청우 김약제 일기

격랑의 시대를 산 19세기 지식인의 기억과 기록

청우 김약제 일기

격랑의 시대를 산 19세기 지식인의 기억과 기록

초판 1쇄 발행   2020년 3월 2일

지은이 | 김약제
옮긴이 | 김동건(한국학중앙연구원)·이남옥(김천대학교)·나영훈(한국학중앙연구원)
        김동석(한국학중앙연구원)
교   열 | 박병련(한국학중앙연구원 명예교수)·곽진(상지대학교 명예교수)
        김학수(한국학중앙연구원 교수)
윤문 및 교정 | 권지은(한국학대학원 고전번역학 박사과정)
펴낸곳 | (주)태학사

편   집 | 최형필 조윤형 김성천
디자인 | 이보아 이윤경
마케팅 | 안찬웅
경영지원 | 정충만

등   록 | 제406-2020-000008호
주   소 | 경기도 파주시 광인사길 223
전   화 | (031)955-7580
전   송 | (031)955-0910
전자우편 | thspub@daum.net
홈페이지 | www.thaehaksa.com

ISBN 979-11-969641-0-8 93810

清愚 金若濟 日記

청우 김약제 제일기

격랑의 시대를 산 19세기 지식인의 기억과 기록

태학사

19세기 관료학자의 격동적 삶의 기록: 김약제 일기

김학수(한국학중앙연구원)

1. 머리말

이 책은 한국의 역사상 가장 격동기였던 한말의 관계 및 지식인 사회의 한복판에 존재했던 김약제金若濟(1856~1910)라는 학자·관료가 몸소 경험하고 목도했던 삶과 문견의 기록이다. 일기는 그의 나이 37세 되던 1892년 4월 7일에 시작되어 1898년 11월 15일에 끝을 맺는다. 그의 일기가 수렴하고 있는 역사적 시간은 그렇게 길지 않지만, 이 일기가 담아내고 있는 역사적 상황은 절실하고, 또 긴박했다. 그는 절의지사로 명성이 높았던 학주 김홍욱의 후손으로 문과에 합격하여 홍문관의 교리를 지낸 엘리트 관료였던바, 19세기 조선이 처했던 내적 근심과 외적 환란에 대한 우려와 책무감 또한 여느 사람과는 다를 수밖에 없었다. 그의 일기는 그런 상황에 대한 식자識者의 가감 없는 시선을 담아낸 것이기에 신필信筆에 손색이 없다.

2. 김약제의 가계와 생애

김약제의 자는 기범起帆, 호는 청우淸愚, 본관은 경주慶州이다. 고려 말의 절신 상촌桑村 김자수金自粹의 17세손이자 직언으로 사림의 존경을 받았던 학주鶴洲 김홍욱金弘郁의 9세손으로, 1856년(철종 7) 10월 5일 서산군 음암면音巖面 갈동리葛洞里 추곡秋谷에서 김상학金商鶴과 하동정씨河東鄭氏의 장자로 태어났다. 직계 선대의 경우 8대조 김세진金世珍은 찰방, 7대조 김두벽金斗璧은 현령, 6대조 김기경金起慶은 현감을 지냈고, 아버지 국은菊隱 김상학金商鶴이 음직으로 효문전孝文殿 참봉을 거쳐 사과를 지내는 등 사환은 지속하였으나 문과 출신을 가리키는 '문신文臣'은 배출하지 못했다.

이런 흐름 속에서 김약제는 1885년(고종 22) 식년 진사시에 입격했고, 이듬해인 1886년 정시庭試 문과에 합격하여 관계에 진출하게 된다. 그의 문과 합격은 직계로는 9대조 김홍욱 이후 첫번째 과경科慶이었다.

그는 문과에 합격 이후 문한직인 부교리에 임명되었고, 1894년(고종 31) 5월 신병으로 군사마軍司馬에서 물러날 때까지 약 8년간 관계에 몸을 담았다. 이 과정에서 부교리·교리·장령·수찬·우통례·사성 등의 요직을 수행하며 국왕의 신임을 받았고,[1] 학식과 문장이 뛰어나 경연관으로서 국왕을 보도하는[2] 등 비교적 청화淸華한 길을 걸었다. 환해宦海에서의 부침은 관료에게는 일상과도 같은 법이다. 그러한 불문율은 그에게도 예외가 아니어서, 1892년 우통례 재직 시에는 산릉山陵 상제에 대령하지 않았다는 이유로 고금도古今島에 유배되는 수난을 겪게 된다.[3]

---

1 『承政院日記』, 「高宗 28年 3月 24日(戊子)」.
2 『承政院日記』, 「高宗 31年 2月 30日(丁丑)」.
3 『承政院日記』, 「高宗 29年 4月 21日(己酉)」.

김약제의 관직 수행 현황.

연도	관직 수행
1886	• 文科 • 副校理 및 修撰 • 檢討官으로 經筵 入侍
1887	• 校理/文臣 兼宣傳官/東學敎授
1888	• 掌令
1890	• 副校理/副司直/掌樂院正
1891	• 掌令/副校理
1892	• 右通禮
1893	• 司成/親軍摠禦營軍司馬
1894	• 親軍摠禦營軍司馬에서 개차

다행스럽게도 유배 생활은 3개월 만에 종지부를 찍었다. 해배는 재등용의 수순으로 이어져 1893년에는 성균관 사성을 거쳐 친군총어영의 군사마에 임명되었고, 이듬해인 1894년 5월 신병으로 인해 군사마 직책에서 물러날 때까지 관료로서 마지막 열정을 불태우게 된다.

고향 서산으로 돌아온 김약제는 관인이 아닌 선비로서의 새로운 삶을 모색하게 된다. 이 무렵 그가 가장 역점을 둔 것은 교육사업이었다. 이를 위해 그는 강사講舍를 건립하여 도강장都講長으로서 강사 운영을 사실상 주도하였다. 이 과정에서 그는 1898년 간재艮齋 전우田愚(1841~1922)를 초빙하여 지역의 학문적 분위기를 크게 고조시켰는데, 아들 김동훈金東勳 등 서산 일대에 간재 문인이 다수 존재하는 이유도 여기에 있다.

그렇다면 당대 기호학계의 거두 전우는 김약제를 어떻게 인식하였을까? 우선 전우는 김약제를 정명강정精明剛正하여 시세時勢에 구애되지 않는 사람으로 기억한다.[4] 사실 그는 1894년 고향으로 돌아온 후 양친養親 및 교자敎子에 전념하며 한사寒士처럼 생활했고, 1905년 을사늑약 때는 충분을 이기지 못하고 순국하려 했으나 양친이 계신 탓에 그 뜻을 이루지 못했다. 그리고 1910년 한일합병조약어 체결되자 세사와는 절연하게 되는데, 이 무렵 일제는 은사금을 매개로 회유하려 했다. 당시 은사금을 거부하는 자는 교형絞刑에 처한다는 협박이 있었지만 그는 이를 단호하게 뿌리치고 그해 12월 28일 자진함으로써 세신世臣으로서의 의를 행하게 된다. 이처럼 그는 죽음의 순간까지도 신자臣子의 도리를 다했던 절사였을 뿐만 아니라, 향중에서는 공손함과 예법을 지켜 모범적인 선비로 추앙을 받았고, 가정에서는 효자孝子이자 자

弘郁
｜
世珍
｜
斗璧
｜
起慶
｜
漢高
｜
翟柱
｜
魯相
｜
愚喜
｜
商鶴
｜
若濟(淸愚)

②東翼　　①東勳
｜　　　　｜
允煥　　中煥

김약제金若濟 가계도.

부慈父로서 집안을 이끈 모범적인 가장이었다. 이런 행적으로 인해 그는 어떤 상황에서도 자신의 절조를 바꾸지 않는 세한歲寒의 절조를 지닌 동송설죽凍松雪竹과 같은 맑은 사람으로 기억되고, 또 기록될 수 있었던 것이다.[5]

4 田愚, 『艮齋集』後編 卷18, 「題淸愚金起帆行錄」.
5 田愚, 『艮齋集』後編 卷18, 「題淸愚金起帆行錄」, "異言不能眩其智 邪世不能移其操 … 如淸愚者 生乎叔季之世 可以見往哲於千載之上 豈非凍松雪竹不負歲寒者耶."

3. 일기의 구성과 내용

김약제의 일기는 1892년 4월 7일부터 1898년 11월 15일까지 약 6년 7개월의 기록이다. 시기별로 크게 네 부분으로 나뉘어 있는데, 저자가 생전에 손수 편찬한 것으로 파악된다.

김약제 일기의 구성.

권수	기간
제1권	1892년 04월 07일~1892년 10월 30일
제2권	1892년 11월 01일~1894년 02월 13일
제3권	1894년 02월 14일~1895년 10월 12일
제4권	1895년 10월 13일~1898년 11월 15일

김약제 일기는 생활 및 관직 일기로 규정할 수 있으며, 그 특성상 일상 또는 관직에서의 체험과 문견을 자세하게 수록하고 있어 19세기 후반 조선의 대내외적 상황을 이해하는 데 크게 도움이 된다.

1) 제1권: 환해宦海에서의 부침과 유배流配의 일상
(1892. 4. 7.~1892. 10. 30.)

제1권에서 주목되는 사안은 고금도에서의 유배생활이다. 김약제는 1892년 4월 21일 우통례 재직 시 산릉山陵 상제祥祭에 대령하지 않았다는 이유로 유배형에 처해졌는데, 배소는 강진현康津縣 고금도古今島였다. 그가 고금도 적소에 도착한 것은 5월 11일이고, 해배가 된 것은 동년 8월 17일이었다.

섬에 들어가고서 갈 곳이 없어서 단지 뱃사람에 의지하여 발길이 닿은 곳은 객점店家이었다.

- 제1권 〈1892년 5월 11일〉

고금도에서 그는 약 3개월 동안 죄인으로 생활하게 된다. 여기서 그는 유배의 시름을 달래줄 수 있는 동료를 만나게 되는데, 1886년(고종 23) 이곳으로 유배 온 전직 참판 이도재李道宰(1848~1909)였다. 김약제에게 이도재는 상관이었지만 두 사람은 매우 빈번하게 왕래하며 무료함을 달랬고, 이 과정에서 그는 이도재로부터 『논어論語』·『공자가어孔子家語』·『좌씨전左氏傳』 등의 책을 빌려 읽을 수 있는 행운을 얻기도 했다.

이런 가운데 8월 17일 김약제의 유배를 해제하는 해배解配 관문이 도착했다. 이튿날인 8월 18일 김약제는 이도재에게 작별 인사를 하고 섬을 떠나게 되는데, 아래 인용문에는 석별의 정서가 사무치게 묻어난다.

이 대감은 7년 동안 이곳에 유배되어 있는데, 양친兩親은 모두 돌아가시고 그 형도 세상을 떠났다. 여러 가지 부음訃音이 들려오니 이곳에서 어떻게 견디겠는가. 마음은 형제와 같고 정의는 한집안과 같으며, 7세대 동안 돈독하게 지냈다. 월사月沙[李廷龜] 상공相公 대대로 사귄 정의가 다른 데 비할 수가 없었다. 그런데 나는 천 리 길을 가야 하니 떠나고 머무는 마당에 심장이 찢어지는 것 같았다.

- 제1권 〈1892년 8월 17일〉

대평리의 이 대감[李道宰]이 편지를 보내 이별을 고하였다. 연죽烟竹 한 개와 서초西草 두 근, 약藥 열 첩을 함께 보내왔다. 그 성의가 너무나 감사하여 오히려 불안하였다. 경례經例로 말하자면 떠나는 사람이 물건을 남겨주어야 하는데, 여행 중에 도리어 물건을 보내어 사람을 전송해주니 더욱 불안하였다.

- 제1권 〈1892년 8월 18일〉

김약제가 고금도에서 3개월을 지내는 동안 위로가 된 것은 이도재와 책 그리고 연초煙草였고, 섬의 자제들을 교육하고 집안사람들의 위로 방문을 맞이하는 것도 빼놓을 수 없는 즐거움의 하나였다. 제1권은 유배지식인들의 삶의 모습을 생생하게 보여주고 있다는 점에서 해당 분야 연구를 더욱 촉진할 수 있는 새로운 자료의 뭉치가 된다.

2) 제2권: 19세기 실무 관료의 공무 수행의 궤적
(1892. 11. 1.~1894. 2. 13.)

제2권은 서울에서 벼슬에 종사할 때의 기록이다. 여기에는 김약제의 상경 루트가 자세하게 드러나 있는데, 호서(특히 지금의 충청도 내포 지역)에서 서울로 가는 노정을 파악하는 데 일정한 도움이 된다. 여기에는 관직 생활에서의 일상이 반복되어 다소 지리한 느낌을 주는 것 또한 부인할 수 없지만 흥미소가 결코 적지 않다. 사위 이정구李廷求의 인일제人日製 참여 기사와 이도재의 서간을 가지고 온 고금도古今島 이 노인李老人의 방문 기사에는 인간사의 따스한 정리가 느껴진다.

인일제人日製에서 근정전勤政殿에 친림親臨하였다. 진사進士인 사위 이정구李廷求의 시권試卷을 살펴보니, 이 사람은 올해 나이가 17세인데, 15세 가을에 진사가 되었다. 15세 봄에 혼인하고 그해 겨울에 도문到門하였는데, 영광스런 날에 예를 겸하여 행하니 참으로 기뻤다.

- 제2권 〈1893년 1월 11일〉

대평리大平里 이 대감의 편지가 와서 바로 답장을 써서 보냈다. 고금도古今島에서 돌아온 이 노인李老人이 와서 만나 보았다.

- 제2권 〈1894년 1월 12일〉

이 외에도 2권에는 국가 및 왕실의 의례, 과거 운용 실태를 비롯하여 중앙 관료들의 상호 교유의 면면들이 매우 자세하게 서술되어 있어 당시의 사회상을 이해하는 데 도움이 된다.

3) 제3권: 동학東學·개화開化를 향한 보수 관료의 시선과 인식
   (1894. 2. 14.~1895. 10. 12.)

김약제 일기 가운데 사료적 가치가 가장 높은 부분이다. 이는 이 시기가 그만큼 격동기였음을 반증한다. 일기를 관통하는 핵심 주제는 동학東學의 향배, 일본의 침략상, 김옥균金玉均 등 개화파에 대한 인식, 반상의 위계가 무너지는 세태에 대한 비감, 청일전쟁, 민비 시해 사건 등인데, 모두 한국 근대사의 쟁점이자 현안을 이루는 중요 사안들이다.

김약제는 보수 유림의 관점에서 시사를 바라보고 해석하는 입장을 견지하고 있다. 그런 맥락에서 그는 동학을 반란으로 규정했고, 김옥균 등 이른바 개화파에 대한 적대적 시선을 숨기지 않는다.

역적 김옥균金玉均을 홍종우洪鍾宇가 잡아 온 일로 대과大科를 시행하였다.

- 제3권 〈1894년 4월 20일〉

3일제三日製에 급제한 홍종우는 10년 동안 일본에서 온갖 풍상風霜을 겪고 대역죄인大逆罪人 김옥균을 잡아 왔다. 오늘 이에 대해 진하를 할 뿐이었다.

- 제3권 〈1894년 4월 27일〉

김약제가 벼슬을 버리고 고향 서산으로 내려온 것은 1894년 6월 10일 이었다. 이 무렵부터 그는 서울과의 정보 단절에 답답함을 느끼는 가운데 동학의 위협을 체감하게 된다.

동학의 소요가 크게 일어나 내포內浦 전체에서 입도入道하지 않는 자가 거의 드물었다. 인심이 흉흉해져 가장 먼저 봉변과 욕을 당한 자는 '양반'이라는 이름이 붙은 사람들이었다. 소위 양반이라는 자들은 전부 집을 옮겨 도피하는 것을 위주로 하였다. 동학교도는 떼를 짓고 무리를 이루어서 하지 않는 것이 없었다. 남의 무덤을 파고 남의 집을 허물었으며 결박하여 구타하였는데, 입도하지 않은 양반으로 당하지 않은 사람이 없었다. 인심이 누란지세累卵之勢와 같이 위태로웠다. … 가장 먼저 피해를 입은 자는 '양반'이라고 이름 붙은 사람들이었고, 그다음은 부자였다. 부자 중에도 이끄는 대로 입도하게 되면 구차하게 그 피해를 모면하기도 하였다. 나도 전실前室인 송씨宋氏를 서산瑞山 미역평彌役坪의 남쪽 기슭에 매장한 지가 16년이 되었는데, 서산 고양동高陽洞에 사는 주朱 아무개가 와서 파서 옮길 것을 독촉하였다. 형세상 어쩔 수 없어 날을 잡지 않고 가서 이장移葬을 하였다.

－제3권 〈1894년 7월 25일〉

1894년 9월 26일 일기에는 동학에 등을 돌리는 사회적 분위기가 언급되어 있지만 그 기세는 금세 꺾이지는 않았던 것 같다. 이에 유림들은 '유회儒會'를 결성하여 대응책을 모색하는 가운데 전봉준 토벌 사실에 크게 안도하게 된다.

비적匪賊의 우두머리인 전봉준田鳳俊[全琫準]의 무리를 토벌했다고 한다. 수십 줄의 윤음綸音이 한문과 한글로 갑자기 내려왔다. 순무사巡撫使의 방시문榜示文을 전하고 초토사招討使의 방문榜文을 여러 차례 전파하였는데, 모두 글의 뜻이 간절하였다.

- 제3권 〈1894년 12월 3일〉

김약제는 1894년 11월 24일 유회소儒會所 도회장都會長에 위촉되어 민심 수습에 주력하는 가운데 토벌 사실에 안도했던 것이고, 12월 22일 전봉준全琫準·김개남金開南의 처형 사실을 인지한 지 3일째 되던 12월 25일에 유회소를 폐지하게 된다.

이듬해인 1895년의 현안은 일본화로 일컬어지는 '개화開化', '광서光緒' 연호에서 '개국開國' 연호로의 개정, 청일전쟁, 명성황후 시해 사건 등이다. 김약제는 이른바 개화를 통해 관제 및 의복의 개정, 관료의 축소 등에 대해 매우 부정적인 입장을 보이고 있었다. 나아가 그는 개화의 주론자인 박영효朴泳孝에 대해서는 불궤인不軌人이란 표현까지 서슴지 않았는데, 이는 김약제의 개화파 인식과 관련하여 많은 것을 시사하고 있다.

불궤인不軌人 박영효朴泳孝가 일본에서 돌아와, 일본의 위세를 믿고 세도를 부려 개화開花를 칭하며 내무대신內務大臣이 되었다. 작년 6월부터는 그의 권력에 견줄 만한 사람이 없었다. 또 불궤不軌한 마음을 가져서 영국英國이 공법公法으로 논단論斷하였는데, 일본으로 도주하여 사람을 시켜 붙잡아 오라고 하였다는데 자세하지 못하다. 불궤인 서광범徐光範 역시 박영효와 함께 위세를 부렸다. 이 사람 역시 같은 죄를 저질렀다고 한다.

- 제3권 〈1895년 윤5월 26일〉

이 외에도 제3권에는 일병日兵의 주둔에 따른 피난 행렬, 반상班常 질서의 붕괴에 대한 무력감, 동학교도에 의해 관료가 피살되는 것에 대한 공포감, 빚에 시달리는 경제적 고충 등이 자세하게 언급되어 있다.

4) 제4권: 변화하는 시대, 그것에 대한 우려와 무력감

(1895. 10. 13.~1898. 11. 15.)

제4권에서 주요 관심사로 다뤄지는 내용은 러시아 군대의 조선 주둔 및 아관파천, 개화에 대한 저항감, 명성황후 복위, 단발령, 영학英學 등 이학 異學에 대한 우려 등이다. 개화에 대한 저항의식은 일기 전반을 관통하고 있는데, 삭발削髮(斷髮), 관제官制 개편, 문서 작성에 있어 국한문眞書·諺書 병기, 달력에서 일본 양력陽曆의 병기 등에 대해 비판적 시각을 견지했던 것도 같은 맥락이었다. 아래 기사는 개화에 대한 두 관인의 처세의 상반성 을 단적으로 보여준다.

들으니, 나주 관찰사 안종수安鐘洙가 개화하였다는 이유로 백성들에게 해 를 당했는데, 80살이나 먹은 그 부친이 상가를 호송하여 돌아왔다고 한다.

– 제4권 〈1896년 3월 23일〉

족숙인 승지承旨 상덕商悳 씨가 홍주 관찰사에 제수되었는데 죽어도 부임 하지 못한다고 하였다. 그 뜻은 대개 개화 중에는 벼슬살이를 하지 않으려고 했기 때문이다. 임금의 명을 누차 거역하였기에 홍주로 좌천을 시켜서 홍주 성 밖에서 대죄待罪하게 하였다.

– 제4권 〈1896년 4월 23일〉

무엇보다 김약제는 국가 운영, 특히 고종의 태도에 있어 원칙의 상실에 대해 깊은 우려를 표명하고 있는데, 이는 보수 유림 전반의 인식을 대변하 는 것으로 보아도 무리는 아닐 것 같다.

서울의 소식을 자주 듣는데, 인산이 아득하여 그 기한이 없고, 탈상除服을 따르는 것도 기한이 없고 환어하는 것도 역시 기한이 없으니, 국가의 체모와 사회 여론이 마음을 정할 수도 없었다.

- 제4권 〈1896년 10월 13일〉

그러나 일기가 비관론으로 점철된 것만은 아니었다. 1896년 7월과 8월에는 풍년을 맞은 기쁨도 표현되어 있기 때문이다.

금년의 풍흉은, 전국이 모두 함께 올라서 크게 풍년이 들었으니 너무나도 다행이다.

- 제4권 〈1896년 7월 23일〉

올해는 크게 풍년이 들어서 사방의 이웃에서 절구질하는 소리가 끊이지 않으니 매우 기쁘다.

- 제4권 〈1896년 8월 14일〉

제4권의 명장면을 꼽으라면 전우田愚와의 만남을 빠트릴 수 없다. 김약제가 전우와 상면한 것은 1898년 10월 11일이었다. 그는 전우와의 만남을 평생의 소원이라 할 만큼 간절하게 염원하였는데, 아래 기사에는 19세기 기호학파를 대표했던 도학군자道學君子에 대한 첫인상이 감동적으로 묘사되어 있다.

초팔일初八日에 일장령逸掌令 간재艮齋 전우田愚가 용곡龍谷에 내방하기에 맞이하였다. 비로소 평생의 소원을 이루었는데, 이름을 대고 만남을 요청하여 그대로 배알했다. 나이는 지금 58세인데도 귀밑머리가 하얗지 않고 얼굴이 윤택하며, 축적된 도가 몸에 가득 차서 넘치니粹面盎背 진실로 도학道學

의 군자君子라 이를 수 있다. 한바탕의 말씀言語에 스스로 아득해졌다.

- 제4권 〈1898년 10월 11일〉

전우 또한 김약제에 대해 깊은 호감과 신뢰를 느꼈던 것 같은데, 전우가 김약제의 행적에 붙인 후제(題淸愚金起帆行錄)는 도의道義 상허相許의 증표에 다름 아니었던 것이다.

4. 맺음말

김약제는 호서 명가 학주 가문의 자제로 태어나 양질의 교육을 받고 자랐지만 그 학문이 석학碩學의 범주에 이르지 못했고, 문과 출신의 엘리트 문신으로 활동하였지만 공경公卿의 지위를 얻지는 못했다. 그럼에도 그는 지식인이자 치자治者로서 자기 시대에 대한 남다른 사명의식과 책무감을 지니고 있었고, 그것으로 인해 고뇌하고 번민했다. 물론 왕조에 대한 충신忠信, 동학 및 개화에 대한 비판적 인식은 그가 추구했던 가치가 수구성守舊性에 있었음을 반증하는 것이지만 그는 죽음의 순간까지도 그 신념을 희석시키지 않았다. 신념의 일관성은 그 기록의 신뢰성을 담보하기에 부족함이 없는바, 그의 일기는 한말 보수 유림이 혼돈에 빠진 자기 시대에 대한 체험의 산물이자 질실質實한 기록의 행위였다. 한국 근현대사의 인식의 확대를 위해 그의 일기에 주목해야 하는 이유도 여기에 있다.

목차

범례

- 이 책은 국사편찬위원회 소장 필사본 『김약제 일기金若濟日記』(B6B 63 v.1~4)를 역주한 것이다.
- 원문의 두주頭註는, 앞머리에 '·'을 붙여 해당 날짜 일기 맨 끝에 수록했다.
- 원문의 세주細註는, 괄호 안에 작은 활자로 수록했다.
- 원문의 ☐는 내용이 생략된 부분으로 '……'으로 표시했고, 주로 인명에서 한 글자씩 공백으로 처리되어 있는 것은 ☐으로 표시했다.
- 책 제목은 『 』으로, 글 제목은 「 」으로 표기했다.
- 각주脚註 및 〔 〕 안의 간략한 설명은 모두 역자가 단 것이다.
- 이 책의 원문 영인본 『김약제일기金若濟日記』는 전자책E-Book으로 발행된다.

청우일기

제 1 권

임진壬辰(광서光緖 18년[1892]) 4월

초7일.

정사政事에서 성균관 사성成均館司成에 제수되었다. 삼망三望은 ○○, 심의
순沈宜純[1861~?], 황회연黃會淵[1854~?]이었다.

초8일.

본관 서리本館書吏 스무 명 중에 한 명이 망단자望單子를 가지고 왔다.

초9일.

초10일.

본관 서리를 불러 숙배 단자肅拜單子를 12일에 걸도록 하였다.

11일.

12일.

문 열기를 기다려 이른 새벽에 대궐에 가서 사은숙배謝恩肅拜[1]를 하였다.

---

1 사은숙배謝恩肅拜 : 벼슬을 제수받으면 임금께 표하는 감사 인사를 말한다.

올 때 가는 비를 만났다. 수청 서리守廳書吏가 미리 광화문光化門에서 기다리고 있었다.

13일.

14일.
효모전孝慕殿 망제望祭에서 쓸 집례執禮 명첩名帖이 도착했다.

15일.
어둑해질 무렵 대궐에 가서 옥당玉堂[2]으로 들어가 잠깐 쉬었다. 3경 무렵 제사를 지냈는데, 집례執禮[3]로서 준비를 잘 …… 하였다. 급히 불러 주선하라고 하기에 몸을 일으켰다. …… 정성스레 노력한 것을 보고 …… 대축大祝하고 …… 감독하고 왔다. 능소陵所에서 재차 전보電報하기를, "……성상聖上의 인자함과 효성스러움은 하늘이 낸 것으로, 산릉제山陵祭와 효모전의 상제祥祭를 동시에 거행하였다"라고 하였다. 전보로 통보하였다.[4]

17일. 맑음.
능陵 아래 이르러 바로 돌아 신각申刻〔오후 3~5시〕에 집으로 돌아갔다. 조동면趙東冕〔1867~?〕 대감에게 가서 만났더니 말하기를, "봉황동鳳凰洞 주련

---

2 옥당玉堂: 홍문관弘文館의 별칭이다.
3 집례執禮: 제향祭享 등의 의식에서 선임選任하는 임시 벼슬로, 홀기笏記를 읽어 절차를 집행하는 사람을 말한다.
4 이날의 일기에 삭제된 부분이 많은데, 김약제는 상제祥祭의 대축大祝이었으나 제사에 대령하지 않았고, 이 일로 인하여 유배를 당하게 된다(『승정원일기』 고종 29년 4월 18일 18/35 기사 참조).

소주차소駐箚所에 입시하였는데, 상上께서 진노하시어 황송하였습니다"라고 하였다. 당일 환궁하셨다.

18일. 맑음.

문밖으로 나가 대죄待罪하고자 하였으나, 원동園洞 민응식閔應植[1844~?] 대감이 "당하관堂下官의 예절과 체면은 당상관堂上官과는 다르고 또 청빈함은 집을 잘 다스리는 방법이니 행장行裝 또한 무방하네"라고 하기에 송구함을 무릅쓰고 집에 있었다. 그러나 향역享役에 참여하지 않았기 때문에 조정의 언론이 얼마 지나지 않아 말이 그릇되어지고 서로 선동하면서 사실과 다르게 전달되어 [나는] 점점 망령되고 도리에 어긋난 사람이 되어버렸다. 두려워하면서 날을 보내니 여러 손님이 와서 위로해주었으나 많아서 기록할 수 없다. (날마다 이와 같았다.)

• 이날 집에 올리는 편지를 추곡秋谷 보현동普賢洞 이달성李達成의 아들 편에 부쳤다.

19일. 맑음.

승정원에서 아뢰기를, "산릉 헌관山陵獻官 강찬姜贊이 아뢰기를, '대축大祝 김약제金若濟가 애초에 대령하지 않아 전사관典祀官 한영원韓永元으로 교체하여 행하였습니다.'라고 하였는데, 이 일은 전에 없던 것으로 대단히 놀랍습니다. 엄중히 처벌하는 것이 마땅합니다. 또한 신중하게 차출하지 못한 이조吏曹의 당상관을 무겁게 추고推考하는 것이 어떻겠습니까?"라고 하니 전교하시기를, "신하의 직분으로 있으면서 어찌 사전祀典의 중요함을 알지 못했겠는가? [김약제는] 섬에 유배 보내는 벌을 시행하고, 신중하게 차출하지 못한 전관銓官(송도순宋道淳[1858~?]이다. 동춘同春[송준길宋浚吉]의 사손祀孫이다)은 삭탈관직削奪官職하는 벌을 시행하라"[5]라고 하였다.

---

5 이 내용은 『승정원일기』 고종 29년(1892) 4월 18일 13/35 기사에 실려 있다.

삼가 생각건대 엄중한 분부에 황공하고 두려워 어찌할 바를 몰랐다. ……

20일. 맑음.

의금부義禁府에서 나장拿將이 왔다. 와전된 말이 성행하여 점점 잘못되어 가니 더욱 심하게 황공하여 몸이 움츠러들었다.

21일(기유己酉). 맑음.

빈객賓客이 무릎을 마주하고 앉았으나 문밖으로 나갈 수 없어 더욱 송구하였다.

22일(경술庚戌). 맑음.

빈객이 당堂을 가득 채웠다. 한편에서는 빈객을 접대하고 한편에서는 길 떠날 여장을 준비하니 마음이 심란했다. 와전된 말이 날이 갈수록 더욱 불어나서 모두 기록할 수가 없었다.

23일(신해辛亥). 맑음.

아침밥을 먹은 후에 즉시 출발하였다. 집 안에서 작별할 때 몰골이 참담하고 수심 가득한 분위기가 방 안에 가득하여 과연 작별을 고하기 어려웠다. 그리고 나는 300리 밖에 있었기 때문에 양친께서 집에 계시는데도 가서 뵐 겨를이 없었다. 이렇게 작별을 고하는 자리를 그만두기 어려운 때에 길을 출발하였다.

그날 목현木峴에서 이성재李聖才 부자가 찾아와서 노자路資를 주며 걱정을 해주고 있을 때, 이李 선비가 종인宗人 정오正五의 송별 편지를 홀로 가지고 왔으며, 겸하여 돈 100민緡[6]을 보내왔다. 또 이 선비가 50민을 도와주

---

6 민緡: 1민은 1,000냥이 꿰어 있는 돈 꾸러미를 말한다. 그러므로 100민은 곧 10만 냥을 말한다.

어 노자의 어려움이 비로소 해결되었다. 대평동大平洞에서 걸어서 출발하여 친구 진사進士 조동식趙東植[1873~1949]의 관관에서 잠시 쉬는데, 주인인 이우李友는 병이 심하여 집 안에 있느라 얼굴을 보고 작별하지 못하여 매우 슬펐다.

걸어가서 석현石峴에 이르러 작별하였는데, 그때 윤구允求 씨, 치수致綏 씨와 동완東阮을 비롯한 여러 사람이 함께 와서 작별하였다. 반주인泮主人 안소安少도 왔는데, 당장에 서로 이별하는 어려움이 하교河橋의 청문靑門에서보다 심하였고, 눈물을 흘리며 말도 못 하는 지경이 되는 것은 당연하였다.

도중에 송별하였는데, 참으로 좋지 않았던 것은 가는 사람으로 하여금 좋지 않은 감정을 품도록 만든助惹懷間 것이다. 하지만 나는 여러 해 동안 온갖 험한 일을 겪은 나머지 조금도 동요하지 않았으나, 어찌 불쾌하고 답답한 마음이 없었겠는가? 자리를 정리하고 전별하는 곳을 떠나 족제族弟 필제弼濟(자는 영서永瑞이고, 호는 금사錦史이다)와 하인 의경儀卿과 함께 걸어서 강나루로 향하였다.

비록 무거운 죄를 지은 사람이기는 하지만 명색은 삼사三司[7]의 관원으로 쓸쓸한 행색은 마치 ……와 같았다. 한양漢陽에서 느낀 처연凄然한 심정이 마음속에서 충동질하는 것을 …… 수 없었다. 무상無狀한 신하가 천 리 길의 먼 섬에 유배되니 마음은 분하여 크게 …… 하였다. 노성칠盧聖七이 먼저 와서 작별하니, 더욱 그 ……을 참을 수가 없었다. …… 온몸의 뼈마디가 모두 아파 마음을 안정시킬 수가 없었다.

음식값은 4냥 반이었고 …… 친구 조천식趙天植이 20민을 보내왔다. 동산東山의 원집元執 족제 …… 또한 많았으나 다 쓰지 못한다. 함열咸悅의 최 선비가 40냥을 보내주었다.

---

7 삼사三司: 사헌부司憲府, 사간원司諫院, 홍문관弘文館을 합쳐서 삼사라고 하였다.

- 체했을 때 먹는 약滯藥單方.

  닭고기를 먹고 체했을 때는 고추장을 먹을 것.

  개고기를 먹고 체했을 때는 메밀가루를 물과 함께 마실 것.

  소고기를 먹고 체했을 때는 까마중[8]을 달여서 먹고 열매도 먹을 것.

  산모가 아이를 낳은 후에는 □□의 족골〔발뼈〕을 …… 질병이 심하여 효험이 통하지 않는

  다면 짓이긴 들깻묵을 왕밤술에 섞어 먹으면 즉시 차도가 있다고 한다.

24일(임자壬子). 맑음.

새벽에 수원水原을 출발하였다. 족제 금사와 함께 비로소 말에 탔다. 모두 두 필의 부담마負擔馬[9]였는데, 걸어가기 어려워 세마貰馬[10]를 얻은 것이다. 상류천上柳川에서 출발하였다. 하류천下柳川에서는 예전에 대소과大小科 의 도문到門[11]을 하던 때였다. "수많은 버들가지가 드리우고, 꾀꼬리가 아 름답게 지저귀는구나, 두견새 우는데, 돌아가지 않겠는가"는 사람의 마음 을 충동질하는 곡조이다.

점심은 진위읍振威邑에서 먹었고, 잠은 성환역成歡驛에서 잤다. 이날 소새 평小塞坪을 지났다. 언전諺傳[12]에 이르길, "학주공鶴洲公[13]이 명사名師 박

---

8 까마중: 가짓과에 속하는 일년생 초본식물. 어린잎을 삶아서 우려내어 독성을 제거, 나물로
  하며, 열매는 식용한다. 한방에서 해열제·이뇨제·피로회복제로 약용한다.
9 부담마負擔馬: 짐을 지고 사람을 태우는 말을 말한다.
10 세마貰馬: 돈을 받고 말을 빌려주는 것을 말한다.
11 도문到門: 과거에 합격하여 그 증서인 홍패와 백패를 가지고 집으로 돌아와 벌이는 잔치
  이다.
12 언전諺傳: 민간에 소문으로 전해지는 말을 가리킨다.
13 학주공鶴洲公: 조선 중기의 문신인 김홍욱金弘郁(1602~1654)으로, 학주는 그의 호이다.
  병자호란 때 왕의 남한산성 몽진 길에 호종하였다. 효종 5년 황해도 관찰사로 있을 때, 인
  조 때 사사된 민회빈 강씨와 유배되어 죽은 그녀의 아들의 억울함을 상소하다가 고문을 받
  고 죽임을 당했다. 숙종대에 이조판서에 추증되었다.

아무개와 함께 매화가 있고 물이 감돌아 흐르는 지형에 매표埋標[14]할 것을 함께 상의하였다"라고 하였다. 그리하여 하나하나 신경 써서 지형을 살펴보았으나 나는 장님과 같이 [풍수를] 볼 줄 모르는 사람으로, 드넓은 들판이 끝없이 펼쳐져 있어 가리킬 만한 곳이 없었다. 이 길은 지난 신사辛巳 [1881]년 사이에 서울에서 영동永同의 악장岳丈의 궤연几筵[15]에 곡하러 갔던 길이다. 그런데도 산천山川에는 생소한 것이 많았다.

25일(계축癸丑). 맑음. 낮에 1각刻 동안 가는 비가 내렸는데 가뭄의 징조인 듯하였다. 천안天安 남산점南山店에서 이른 점심을 먹었다. 마침 출발할 즈음에 아산 牙山 강청동江淸洞의 의제義弟[16] 진사 이범석李範奭이 당나귀를 타고 새벽에 출발하여 50리를 왔다. 소매에서 그 부친 도사都事 어르신의 위로 편지와 그 동생 진사進士의 편지를 가지고 와서 다정하게 악수하니 차마 송별할 수가 없어 눈물이 철철 흘렀다. 마치 도원桃源에서 헤어지는 옛사람의 정[17]과 같았다.

하인 의경의 발병足病이 걱정되어 공주公州 광정점廣亭店에서 잠을 자고, 다음 날 새벽 의경을 정계晶溪로 보냈다. 다음 날 금강錦江 시목정점柿木亭店에서 진사 이정구李廷求를 나아가 만날 뜻으로 분부하여 보내니, 정계까

---

14 매표埋標: 좋은 묏자리를 차지하기 위해 미리 무덤 주인과 만든 날짜 등을 적은 표지석을 묻는 일을 말한다.

15 궤연几筵: 혼백이나 신위를 모신 자리와 그에 딸린 물건들을 말한다.

16 의제義弟: 원문에는 "誼弟"로 되어 있으나 문맥상 의형제를 말하는 의제義弟로 보는 것이 타당하여 교감하여 번역했다.

17 도원桃源에서 헤어지는 옛사람의 정: 도원은 무릉도원武陵桃源의 고사로, 도잠陶潛의 「도화원기桃花源記」에 나온다. 동진東晉의 태원太元 연간에 무릉武陵의 한 어부가 시내를 따라 올라가다가 도화림桃花林이 찬란한 선경을 만났다. 그곳은 일찍이 진秦나라 때의 난리를 피해 처자妻子를 거느리고 들어와 대대로 사람들이 살고 있었는데, 그곳에서 헤어지고 나온 이후로는 다시 그 도화림을 찾을 수가 없었다고 한다(『도연명집陶淵明集』 권6). 여기에서는 헤어지기 어려운 심정을 가리키는 것으로 보인다.

지는 거리가 30리였다. 정계에서 출발하였다. 시목정까지는 20리라고 하였다.

26일(갑인甲寅). 맑음.

시목정柿木亭에서 점심을 먹었다. 공주산성公州山城의 성첩城堞은 비단과 같이 펼쳐졌고 녹음이 참으로 아름다워서 풍경이 매우 사랑스러웠다. 점심을 먹은 후에 조금 머물렀다.

교자轎子〔가마〕 하나가 도착했는데, 진사進士였다. 악수하고 서로 만나 본 것이 일곱 달 사이였는데, 범절凡節이 성숙하여 한층 나아졌으며 겉모습 또한 장대해졌다. 소주 한 병을 가지고 왔는데, 얼마 있다가 그의 백씨伯氏와 종숙從叔도 왔다. 한자리에서 화기애애하게 이야기를 나누다가, 이별할 때가 되자 슬픔이 더하여 더욱 감당하기 어려웠다. 그의 맏형 이명구李命求는 평소 정이 많은 사람으로, 하염없이 눈물을 흘리고 목이 메어 말을 하지도 못했다. 뱃머리에서 서로 이별하니 잠깐 사이에 천 리의 강만큼 멀어지게 되었다고 하겠다.

배에서 내리니, 이 길은 바로 예전에 장가들기 위해서 간 길이었다. 옛 생각을 하며 길게 탄식하니 강 건너에 푸른 도포靑袍를 입은 사람이 내가 떠나는 것을 멀리서 바라보며 방황하며 가지를 못하였다. 그러나 내버려두고 출발하였다. 장인과 사위 사이에 떠나고 머무르는 심정은 참으로 그러할 수밖에 없었다. 옛날에는 장가들기 위해 이 길을 갔는데, 얻은 것은 단지 이 사위東床 하나였으니, 더욱 신기하여 주저하면서 회고하여도 싫증이 나지 않았다.

횃불을 들고 10리를 가서 정천正川에서 잠을 잤다. 신시申時〔오후 3~5시〕가 되자 말의 발걸음이 매우 느려졌으나, 채찍을 치면서 걸음을 재촉하지 않은 것은 산천을 관람하기 위해서였다. 이곳은 계룡산鷄龍山을 전후한 산기슭이었는데, 산세가 험하여 매우 웅장하고 〔산맥은〕 여러 겹으로 감싸고 있었다.

이날 뺨에서 종기가 터졌는데 고름이 큰 보시기大甫兒 하나 정도가 나왔
다. 날마다 고름이 흘렀는데, 큰 사발大碗 하나에 이르는 경우도 있었다.

27일(을묘乙卯). 맑음.

노성읍魯城邑에서 아침밥을 먹었다. 이곳에서 경호鏡湖와 초포草浦로 길이
갈린다. 위양댁渭陽宅이 이곳에서 멀지 않은데, 올해는 외숙外叔의 회갑이
라서 더욱 특별한 마음이 있었다. 지난달 17일이 생신이었는데, 아버지께
서 당진唐津의 이모부, 이종사촌 동생인 웅천熊川의 이아李阿 및 홍산鴻山
의 김우金友, 덕산德山의 윤우尹友는 외삼촌의 사위로 모두 생일에 와서 참
석하였다고 하였다.

비록 멀리서 온 사람이지만 아련함을 참지 못하고 경호로 가는 길로 말머
리를 돌렸다. 남호南湖는 광활하여 가는 사람으로 하여금 가슴속 깊은 회
포를 풀 수 있었다. 신시申時 전에 소포小浦에 이르렀는데 그대로 유숙留宿
하였다. 숙부를 모시고 하룻밤을 편안히 보내면서 밤새도록 섬으로 유배
가게 된 경위에 대해서 자세히 말씀드렸고, 외종씨外從氏와 함께 밤늦게까
지 이야기하며 회포를 풀었다.

28일(병진丙辰). 맑음.

아침에 외종씨의 집으로 가서 사우祠宇에 참배하였다. 몸을 일으켜 출발
하였다. 숙부님이 갈림길에서 조카를 전송하는데 목이 메어 말을 하지 못
하시니, 배회하며 차마 하직 인사를 하지 못하였다. 당시의 난처함은 서울
에서 사람들과 헤어질 때보다 심했다.

여산礪山 석장우점石墻隅店에서 점심을 먹고, 삼례점參禮店에서 잠을 잤다.
밤에 가랑비가 내렸는데, 겨우 먼지만 축일 정도로 내리고 그쳤다.

(이하는 그믐날의 일이다)

완영完營[18] 서문 외마방外馬房에서 점심을 먹고 그대로 유숙하였다. 김제金堤의 수령에게 편지를 부치는데, 영주인營主人을 불러 맡기도록 분부하였다. 동촌東村의 이씨 친척 집을 찾아가려 하였으나 행색이 마땅하지 않았고, 또한 그의 집이 여전히 동촌에 있는지도 알 수 없었다. 몇 해 전에 그의 집이 거의 망해가는 것을 보았기 때문이다.

- 노잣돈으로 엽전 10민을 내려주었다.

29일(정사丁巳). 맑음.

서울에 전보를 쳐서 서울 집 식구들의 우울함을 풀어주고 싶었지만, 한 글자당 엽전 2전이었으므로 감히 생각할 수도 없었다. 영리營吏 김홍길金洪吉을 불러 …… 편에 편지를 부쳤다. 점사店舍에서 악수하고 위로하니 소척疎戚의 두터운 정의情誼가 매우 고마웠다. …… 고을은 대단히 불안하였다. 석양의 경치는 …… 하고 싶었다.

주서主書 차광현車光炫이 왔다. 들으니 …… 차 주서의 친족 교관敎官 남진南震과는 외가의 ……라서 상복喪服을 입었다.

함께 입으로 외고 하룻밤을 편안하게 잤다. …… 역역役을 맡은 규배奎培는 품은 것이 많았는데, 세상에서 '살아 있는'『사문유취事文類聚』라고 말했다.

5월 초1일(무오戊午). 맑음.

또 영문營門에서 아침밥을 먹었다. 노잣돈 100냥, 소주燒酒 10선鐥, 미선尾扇 5병柄, 선자扇子 10병, 대하大鰕 5급級을 내어 편지와 함께 보내어 송별하였으니, 한없이 감사하였다. 차 주서車注書도 50금金을 노잣돈으로 보내주었다. 차 주서와 교관은 아침밥을 먹은 뒤에 먼저 돌아갔다. 외종씨는 차 주서와 함께 잤다.

---

18 완영完營: '전라도 감영'을 말한다.

마침 완백完伯[19]을 사정射亭[20]의 백일장白日場[21]에서 보았는데, 걸어 나와 몰래 지켜보았다. 홰나무와 버드나무가 양쪽으로 심겨 있는데 멋진 정자가 있었으니 바로 사정이었다. 관冠을 쓴 아이들 수천 명이 방榜을 기다리며 둘러서 있었다. 위의威儀가 정숙하여 참으로 볼만했다. 외방의 도신道臣[22]이 하는 한 가지 일 중에 볼만한 것이었다. 밤에 가랑비가 내려 보리를 흠뻑 적셨다.[23]

초2일(기미己未). 맑음.

오전에 가랑비가 내렸는데, 비가 그치고 길을 갔다. 40리를 가니, 금구원金溝院의 들판이었다. 해가 아직 높았고 신시申時 초반이었으나, 더 가더라도 숙박할 곳이 없다고 하였다. 유숙할 곳으로 향하고, 칼 다섯 개를 사서 각각 찼다. 마부馬夫는 완남完南 사람으로 길을 잘 알고 있어서 곳곳을 가리켰으니 특별히 마음이 개운해졌다.

서울 말은 돌려보내고 완영의 마방馬房에서 다시 세마를 내었는데(김관성金觀誠은 명인名人으로 본관은 경주慶州이다), 매 10리마다 엽전 9전으로 값을 정하였다. 초경初更[오후 8~10시]에 나장羅將 맹학선孟鶴善이 금구金溝에서 와 함께 잤다. 금구 수령과 금명金命 수령은 교동校洞과 인접한 곳이어서 친한 사이였는데, 서울로 올라갔다가 돌아오지 않았다. 다음 날 새벽에 길을 떠날 때, 맹학선이 타고 온 말 두 필이 새벽을 틈타 도주하였다고 하였다. 이는 이들이 역驛에서 돈을 받기만 하고 말을 교체하지 않았기 때문에 일

---

19 완백完伯: '전라도 관찰사'를 말한다.
20 사정射亭: 활쏘기를 연습하는 정자를 말한다.
21 백일장白日場: 고을에서 유생儒生의 학업을 권장하기 위하여 시詩·문文 짓기를 시험하던 일을 말한다. 조선조 때 지방 고을에서 과거의 형식을 흉내 내어 시험문제를 내걸고 즉석에서 글을 짓게 하여, 우수한 사람에게는 장원壯元을 내려 표창하였다.
22 도신道臣: 관찰사를 말한다.
23 흠뻑 적셨다: 원문은 "恰"으로 되어 있으나, 문맥상 "洽"으로 고쳐 번역했다.

어난 일이 아니겠는가?

전주全州에서 10여 리를 가니 산천이 험준하면서 아름다웠다. 이현梨峴 고개를 넘었는데, 고개 안에 폭포가 있었다. 이곳은 완인完人들이 여름이 되면 앞다투어 와서 목욕하는 곳으로, 물이 매우 차다고 한다. 고개를 넘어 20여 리를 가니 길에 돌이 많고 험했다. 청도원점青道院店의 서쪽에는 구신사求神寺가 있으나 사방이 산으로 둘러싸여 있어 특별히 볼만한 기이한 경관은 없고, 동쪽에는 금산사金山寺가 있는데 매우 장엄하여 볼만한 것이 많아 완백이 매번 유람하러 온다고 한다. 이날 어사御史 이면상李冕相[24]이 와서 완영을 유람하였다고 한다.

- 서울에 부치는 편지를 차 주서가 서울로 올라가는 인편에 부쳤다. 그리고 그때 요강溺江 두 개를 주었다.

초3일(경신庚申). 맑음.

해가 뜰 무렵 길을 떠났다. 20리를 가서 태인읍泰仁邑에 이르렀다. 읍내에서 아침밥을 먹었다. 여기서부터는 산천이 매우 수려하였다. 읍내에는 큰 못이 있었고 못가에는 정자가 있었는데, 정자의 호號는 '호남제일정湖南第一亭'이었고 정자의 이름은 '풍영정風咏亭'이었다.

10리도 가지 못하여 금사錦史가 탄 말이 갑자기 다리에 병이 나서, 불과 2~3리도 가지 못하여 타고 갈 수가 없게 되었다. 이에 7리를 걸어가 정읍井邑의 대교점大橋店에 이르자 말이 더 이상 걷지 못하게 되었다. 말에 실은 짐을 내가 타는 말 위에다 싣고 함께 걸어가게 되었다. 잠깐 쉬면서 개장국을 먹었다.

---

24 이면상李冕相: 1846~?. 본관은 전주全州, 자는 성규聖圭이다. 1889년(고종 26) 친림경무대문과親臨景武臺文科에 급제하여 이듬해 대사간에 임명되었다. 1892년(고종 29) 조선왕조 마지막 암행어사로 전라도에 파견되고, 후에 주진독리駐津督理로 청나라에 파견되어 무기와 기계 제작 기술을 배우고, 상선商船 운항 문제 등을 협의하였다.

오는 사람의 말을 들으니, "정읍의 조목우점棗木隅店에서 지난밤에 흉악한 도적 몇 사람이 전주 사람을 만나 머리와 허리를 베었다"고 하였다. 큰 변고를 알린 이 사람은 순천영順天營 김시풍金始豐의 하인이었다. 영장營將 김 아무개는 변방에서 도적을 잘 잡았는데, 도적이 그 사람에게 원한을 품고 "진장鎭將 김 아무개가 우리 무리를 붙잡았으니 우리도 너희 무리를 붙잡겠다"라고 한 것이다.

걸어서 10리를 가니 연주원連駐院에 이르렀는데 곧 정읍 읍내였다. 피한皮漢〔피장皮匠〕²⁵을 불러 15냥으로 값을 결정하여 말을 팔았다. 오전에 살아 있던 말이 오후에 죽게 되었으니, 그 모습을 차마 볼 수 없었다. 곧바로 세 마를 얻었는데 〔말의 상태가〕 매우 좋지 않아서 화를 내며 조금 때렸더니 담뱃대가 부서져버렸다.

이곳에서부터 산천이 매우 화려하여 커다란 강이 곳곳에 가득 흐르고 있었다. 동쪽은 순창淳昌의 경계로 산세가 험하면서도 장엄하였고, 서쪽은 김제金堤와 고부古阜로 산세가 기이하고 빼어났으며, 고개 하나 사이에 큰 들판이 있었다.

말이 병들었기에 한낮에 그대로 유숙하였다. 아침밥 먹을 때를 놓쳐 정읍의 군량교점軍糧橋店에서 소고기를 사 먹었다. 장성長城 갈치葛峙를 넘었는데, 남쪽으로 내려간 이후 처음으로 만난 큰 고개였다. 고개 남쪽 산골짜기에 있는 조암점藻巖店에서 맹학선을 만났다. 조암점 아래에는 지소紙所²⁶가 있었다.

- 밤에 할아버님을 배종陪從²⁷하는 꿈을 꾸었다. 여러 산소에 성묘하러 가고 싶어 한 뒤로 몇 년 이후에 처음 꿈에 나타나신 것이다. 큰 죄를 짓고 귀양 가는 길이라 그리워하는 마음이 더하였다.

---

25 피한皮漢: 짐승 가죽으로 물건을 만드는 사람을 말한다.
26 지소紙所: 종이를 만드는 곳을 말한다.
27 배종陪從: 자신보다 높은 이를 모시고 다니는 것을 말한다.

초4일(신유辛酉). 맑음.

갈치를 넘으니 장성의 경계였다. 정오 때 개장국으로 점심을 먹었다. 작은 고개를 넘으니, 산골짜기는 매우 깊고 커다란 하천이 푸른 바위를 돌아 흐르니, 청암靑巖 찰방이 관할하는 땅으로 인호人戶가 가득하였다. 완남 이하로는 마을마다 효열孝烈을 표장한 정려旌閭[28]가 많았다. 이곳에서부터 모시밭苧田이 매우 많았는데, 팔도 사람들이 입는 모시는 모두 이곳에서 생산된 것이다.

점심밥을 장성읍에서 먹었다. 읍내에는 길게 뻗친 숲이 있었고 홰나무와 버드나무가 우거져 짙은 그늘을 드리우고 있었다. 그늘 사이에 작은 정자가 있었는데, 한가한 사람들이 이 정자에서 노닐었다. 바쁠 때 바라보면 진실로 한가함과 바쁨은 같지 않음을 알 수 있다. 산천이 매우 아름다운 가운데 산이 드리워지고, 물이 감돌고 있는 곳은 모두 고을이 줄지어 있었다. 손으로 가리키는 사이에 경계가 나누어져서 매우 기묘했다.

10리쯤에는 월평月坪이 있는데 김씨金氏들이 모여 사는 동네였다. 동구洞口에 시장이 있었다. 산수가 수려하고 오묘하여 살아오면서 처음 보는 것이었다. 이곳의 김씨들은 하서河西 김인후金麟厚[1510~1560] 선생의 음덕으로 이렇게 좋은 산수를 소유하고, 청복淸福[29]이 수백 년 동안 이어져 좋은 땅에 편안히 살고 있으니 진실로 큰 복이다. …… 웅대하고 진기하였으며, 산 아래에는 큰 터가 있었다. 산의 좌우에는 모두 ……가 있었다. 물은 우리나라環東에서 제일이었다. 물이 한 번 감돌면 마을 하나가 열리니 모두 ……하여 대오隊伍를 갖추었다.

---

28 정려旌閭: 충신, 효자, 열녀 등을 기리기 위해 그 동네에 정문을 세워 표창하는 것이다.

29 청복淸福: 세상사에 초연하게 살 수 있는 복을 말한다. 정약용丁若鏞은 세상의 복을 '열복熱福'과 '청복'으로 나누고, 권세가 높아지는 것을 '열복'이라 하고, 깊은 산중에서 세상사에 초연하고 세월이 오가는 것을 모르게 사는 것을 '청복'이라 하였다(정약용, 김도련·이정섭 역, 『다산시문집』6, 민족문화추진회, 1984).

여기 이후는 나주羅州 경계였는데 명당자리가 되는 혈穴 자리 같았다. 동네 이름이 임실任實이었는데, 기씨奇氏가 모여 사는 곳으로 …… 황룡강黃龍江이 흐른다. 이 강에서 나는 자라鱉는 조선에서 제일이라고 한다. …… 물고기는 …… 매우 웅대하고도 아름다웠다. 북창北倉에서 그대로 유숙하였다. 110리를 갔다.

초5일[30](임술壬戌). 맑음.

해가 뜰 무렵 길을 떠났는데, 이어서 북창北倉에서 아침밥을 먹었다. 이날은 단오端午〔단양端陽〕 가절佳節로, 멀리서 서울의 일을 생각하니 좋은 명일名日〔명절〕이었다. 동남북 쪽에 세워진 관황묘關皇廟[31]에서 그네를 탔고, 이런저런 유람을 하러 다녔는데, 나와 같은 길손에게 그리워하는 마음이 없을 수가 없었다. 복숭아나무櫻桃가 나주읍에서 처음 보였다. 나주 경계 일대는 남쪽 지방 중에서도 더욱 아름다운 곳이니 〔서울에서〕 멀리 떨어진 곳이라 안타까웠다.

나주읍에 다다르니 산성山城은 비록 무너진 곳이 많았으나 읍의 터가 웅장하고 성첩城堞이 광활하였으니 참으로 큰 부府였다. 백성들의 소요를 여러 차례 겪어서 황폐해져 퇴락한 곳이 많았다. 고을 수령은 승지 윤상연尹相衍[32]이었는데, 일찍부터 함께 친한 사이였으나 지나치게 되어 매우 아쉬웠다.

읍내의 경치를 구경하려고 객사客舍 앞으로 갔더니, 옥문獄門 앞에 수십 명의 사람이 머리를 모으고 어깨를 나란히 하여 서 있었다. 이상하게 여

---

30 초5일: 원문은 "四"로 되어 있으나, 전날이 4일이므로 5일로 번역하였다.
31 관황묘關皇廟: 중국의 장수 관우關羽를 모신 사당을 말한다.
32 윤상연尹相衍: 1857~?. 조선 말기의 문신. 1874년(고종 11) 왕이 대상의 자제를 직접 배강背講하는 일차과日次科로 직부전시直赴殿試의 특혜를 얻어, 그해 식년문과에 병과로 급제하였다. 아버지 윤자덕은 민비 정권의 주요 인물로, 별입시別入侍로서 왕의 총애를 받아 문한직文翰職을 거쳐, 성균관 대사성, 이조참의, 대사간 등의 청요직을 역임하였다.

겨 살펴보니, 나이는 40여 세쯤 되는 큰 몸집의 남자 한 명이 반듯하게 누워仰臥 있었고 다리 아래는 빈 거적을 덮어놓았다. 역시 나이가 어린 부인 하나가 있었는데 얼굴부터 목 이하로 피가 흘러 온몸을 덮었고, 옷에 피가 묻지 않은 부분이 전혀 없었다. (부인은) 두 손을 반듯하게 누운 남자의 배 위에 놓고 (뛰어나온) 창자를 뱃속에 넣고 있었다. 사람 창자의 크기가 소의 창자와 같았다. 누워 있는 남자의 고통스러워하는 신음이 계속 흘러나와 끊이지 않았다. 경악스러운 모습을 다시 볼 수가 없을 지경이었다.

곁에 있는 사람에게 물어보니, 다음과 같이 말하였다.

"본읍本邑 임실 마을의 기 씨는 다른 사람을 호장護葬[33]하는 사람인데, 이 씨의 장사葬事에 본읍 북창에 사는 양반 김 씨가 상산常山[34]이라고 하며 다른 사람을 빙자하여 금장禁葬[35]을 하니 죽음을 무릅쓰고 싸우게 된 것입니다. 그러나 기 씨와 이 씨는 성대한 무리를 이루었고 김 씨는 (세력이) 약하였기에, 양반 김 씨가 혈분血忿을 이기지 못하고 검을 뽑아 들었던 것입니다. 기 씨 중에서 재작년에 혼인한 묘령의 소년 한 사람이 조금 피하다가 도리어 호령하였는데 위기威氣가 위축되지 않았습니다. 양반 김 씨가 그 앞으로 쫓아갔으나 기 씨 소년은 피하지 않았고, 김 씨가 칼로 소년을 찔렀더니 기 씨 소년은 돌아와 누웠다가 며칠 만에 죽고 말았습니다. 사람들은 양반 기 씨는 원래 (죽을 만큼) 증병症病의 뿌리가 깊지 않았다고 하였습니다. 이것이 이른 봄의 일이었는데, 고을 수령은 어떻게 대신 죽이는 법代殺之律[36]을 시행하지 않을 수 있겠느냐고 생각하여 김 씨를 본읍의 감옥에

33 호장護葬: 장의행렬葬儀行列을 호위하는 것을 말한다.
34 상산常山: 늘 묏자리를 쓰는 산으로 보인다.
35 금장禁葬: 산송山訟의 한 유형으로, 먼저 묏자리를 확보한 사람이 이를 근거로 다른 사람이 근처에 묘를 쓰지 못하도록 하는 행위를 말한다.
36 대신 죽이는 법代殺之律: 다른 이가 자신의 부모나 친족을 죽이는 경우, 죽은 사람의 가족이 살인자를 죽여도 죄 삼지 않는 것을 말한다.

가두었습니다. 김 씨의 아내가 어린아이를 업고 와서 고을 수령에게 빌면서 죄수와 아들에게 밥을 먹였습니다. 20세의 아내는 산에서 땔나무를 해와서 감옥의 온돌을 따뜻하게 데우면서 날을 보내고 있었습니다. 그런데 오늘 생각지 못하던 [일이 벌어졌습니다.] 기 씨의 아내는 작년에 혼례를 올린 신부였는데, 기 씨는 승지의 손자라고 하였으니 완남에서 제일가는 양반이었습니다. 이날 비복婢僕 수십 인을 데리고 왔고, 기 씨 집안의 몇 사람도 따라왔습니다. 또한 그 부인의 친정아버지와 오라비도 따라왔다고 합니다. 이 씨가, '당초의 호장은 기 씨의 처족妻族이 하는 것이 아닌가?'라고 하면서 무리들이 옥문을 부수고 들어와 각자 몽둥이와 칼을 가지고서 갇힌 죄수의 머리를 무수히 때렸습니다. 그를 옥문 밖으로 데리고 나오니 기 씨의 신부가 가마의 발을 걷고 나와서 칼로 배를 찌르고 가버렸습니다. 무리들이 흩어지고 본 고을의 수령이 사대부가의 부녀를 위하여 죄수를 성안에 풀어주고 그 아버지와 사위에게 간호하라고 하였습니다."

완남에 정려旌閭가 많은데 그 탁월하고 특별한 일이 이와 같다. 김 씨의 아내는 피가 흘렀는데, 또한 칼을 귀밑에 맞았기 때문에 피가 이처럼 낭자하게 흘렀던 것이다. 그 아내를 위해 비록 급박한 일이었지만 무슨 정신으로 보이는 바가 있었겠는가. 그럼에도 또한 스스로 칼을 맞았고 그 지아비의 창자를 수습해 넣었겠는가. 마침 그때 김 씨의 아들은 먼 산으로 땔나무를 하러 가서 볼 수 없었다고 한다. 그의 아내 역시 다른 사람에게 음식을 구걸하고 그 현장을 보고 듣지 못하다가 급히 왔던 것이다. 창자는 다시 뱃속에 집어넣어졌고, 주변에서 아직 죽지 않고 소리를 내고 있다 하니, 사람 목숨이 지극히 중요함이 이와 같음을 알 수 있다. 이를 모두 목격하였으므로 기록하여둔다.

이 고을 수령은 [죄인을] 우선 가두어두었던 것이니 무슨 주견主見이 있겠는가. 고을에 이처럼 큰일이 벌어졌기에 연락을 하지 못하고 지나친 것이다. 잠시 사관舍館에 있었는데 어떤 사람과 함께 있게 되었다. 그에게 작년에 벌어진 나 장두에 대한 일을 물어보았다. 나 씨는 도내道內의 사람으로 암행어사繡衣의 이름은 말할 수가 없다고 하였다. 장두를 꾀어 죽였으니 민심이 들끓고, 마음속으로 승복하지 않았으니 훗날의 우려가 두려울 만한 일이었다. 들어보니 나 장두의 아들은 나이가 20세였는데, 아버지의 행적을 설명할 수 있었기에 서울로 올라가서 격고擊鼓[37]하였다고 하였다.

날씨가 매우 흐리고 기수氣數가 황망하였다. 급히 밥을 먹고 몸을 일으켜 남문을 나서니 여자 여섯 명이 안장을 얹은 말을 타고 있었고 두 발을 커다랗고 성대하게 장식하였다. 수건을 치마 위에다 매어두고 남자의 청전복靑戰服과 쾌자夬子를 위에 입었다. 혼인하지 않은 여자는 또한 안쪽을 장식한 전립氈笠을 더 썼다. 괴이하게 생각되어 물어보니, 남쪽 지방에서는 시집가는 날에 열두 번 아이를 낳은下妊 사람이 신부를 나아가 맞이하는데, 아이를 낳은 사람이 신부의 집으로 가서 가마 앞에 서서 크게 싸운다고 하였다. 참으로 기이한 일이다. 사대부 또한 이와 같은가. 바빠서 더 물어보지 못하였을 뿐이다.

10리를 더 가니 영선강永善江이 가로로 흐르고 있었고, 수구水口가 수십리를 매우 좁게 흐르고 있었다. 절중折中하여 살펴보니 나가거나 돌아가는 것도 없었다. 고기를 잡는 배들이 강에 띄워져 오갔는데, 배가 강에 가득하였다. 강의 좌우와 위아래에 있는 마을마다 아름다웠고, 산은 더욱 기이하고 뛰어났다.

110리를 가서 영암靈巖 덕진포德眞浦에서 잤다. 고을 가까이 1마장馬場 거리에 월출산月出山이 있는데, 천 개의 봉우리가 하늘처럼 높은데 형세는 삼각산三角山과 같았다. 산은 험급險急하였고 돌이 많았으며 몸집이 크고 웅장하였다. 그러나 과천果川의 관악冠岳이 조금 더 웅장하고 규모가 컸다.

---

37 격고擊鼓: 원통한 일이 있는 사람이 이를 임금에게 호소하기 위해 북을 치는 것을 말한다.

덕진의 시장은 또한 생선 시장이었다. 생선회를 사서 먹었다. 남초南草〔담배〕 두 개의 값이 4푼이었는데 월출산에서 …… (아침에 구한 것이다) 직접 편지를 보내고 들르지 않고 지나쳤는데, 의경儀卿을 불러 편지를 보냈으니 〔만나지 못하고〕 그냥 지나치는 것이 매우 안타까웠다. …… 교교의 길에서 …… 60냥을 보냈다. 읍내에는 영장營將 하태준河泰準이 있다고 들으니 또한 매우 안타까웠다.

…… 점店은 접객을 잘한다고 멀리서부터 유명하였는데, 과연 들은 대로 잘 대하였다. ……와 정씨鄭氏 노인과 함께 문답하였는데 들을 만한 것이 많은 사람이었다. 그의 나이를 물으니 77세였고[38] …… 아들은 넷이었다. ……을 먹었는데 사람을 놀라게 하였다. 모두 이곳에 오지 않으려고 하였으나 산속에 하나만 있는 점店이었다. 그는 마치 커다란 ……였고 길이 비어서 ……하였다. 작년에 76세였는데 또 딸 하나를 낳았다고 한다. 그의 부인은 47세라고 하였다. 방사房事가 가능하냐고 묻자 노인이 말하였다.

"한 달에 몇 차례 있습니다. 병이 없고, 13세 이후로 처첩妻妾 수십 명이 있었습니다. 어떤 이는 집을 나가고 어떤 이는 죽었는데, 특별히 처첩이 없는 날은 없었습니다. 지금은 역시 몇 명이 있는데 방사는 무관합니다." 그의 아내가 물리침이 이미 심하여 집안사람들이 모두 부끄러워함을 알고 세어보지는 못한다고 하였다. 그의 아버지는 95세에 돌아가셨다고 했고, 또한 그의 할아버지는 89세에 돌아가셨다고 했다.[39] 매우 장수하는 집안이었다. 어떤 좋은 약을 먹느냐고 물으니, 노인은 다음과 같이 말하였다.

"20여 세에 월출산에서 산삼山蔘을 찾아 먹었는데, 크기가 큰 손가락 같은

---

38 77세였고: 이후의 대화에서 작년에 76세였는데 딸을 낳았다고 하였으므로, 당시 77세임을 알 수 있다.

39 그의 아버지는 … 돌아가셨다고 했다: 노인의 나이는 77세로, 아버지는 95세, 할아버지는 85세라고 하였으므로, 두 사람의 경우에는 세상을 떠난 나이를 말하는 것으로 보여 번역에 적용하였다.

것이 다섯 뿌리였습니다. 또한 동복同福[40]에서 나는 인삼과 금산錦山과 무주茂朱에서 나는 인삼은 한 근의 가격이 2냥가량인데, 100근 가까이를 가루를 만들어 먹거나 찧어서 먹었습니다. 또한 경옥고瓊玉膏 반제半製씩을 30년 동안 먹었고 반제의 가격은 2냥입니다."

약 또한 많이 먹는 사람이었다. 그의 집은 매우 깨끗하였는데, 문밖에 있는 세 칸의 옥자屋子는 서울에 있는 정자보다 좋았다. 그 노인은 평생토록 춥거나 더위를 타는 괴로움을 몰랐다고 했다. 자녀는 아홉이 있었는데 남매와 자가자손自家子孫과 진외손眞外孫을 모두 합하면 100여 명이 된다고 하니 매우 대단하였다. 다음 날 아침으로 계탕鷄湯을 내어 왔으니 그 후의厚意를 알 수 있었다.

영암에서 노인을 만났는데 노인이, "오늘 비가 오니 포쇄曝灑[41]하지 마십시오"라고 하였는데 과연 비가 왔다.

• 이전 수령 승지承旨 임대준任大準과 어사 이면상이 백성을 어지럽게 만든 괴수魁首인 양반 나 장두羅狀頭[42]를 꾀어 때려 죽였다고 한다.

초7일(갑자甲子). 안개가 심하게 끼었고 가랑비가 내렸다.

빗속에서 출발하여 40리를 가서 강진康津에 이르니 비가 그치고 맑아졌다. 고을의 모습이 매우 좋고 산과 강이 아름다웠다. 고을 아래에 남포南浦 포구는 매우 긴요하였는데 옛 시에, "그대를 남포로 보내려니 눈물이 줄줄 흐르네送君南浦淚如絲"[43]라고 하였으니 과연 오늘에 적당한 시어이다.

40 동복同福: 지금의 전남 화순이다.
41 포쇄曝灑: 바람에 쐬고 햇볕에 말린다는 뜻이다. '농부農夫는 곡식을 말리고農曝麥, 부녀자는 옷을 말리고女曝衣, 선비는 책을 말린다士曝書'라고 했다.
42 나 장두羅狀頭: 장두狀頭는 여러 사람이 연명聯名으로 제출하는 소장訴狀의 맨 처음에 이름을 적는 사람이다.
43 이 시는 왕유王維(701?~761)의 「송별送別」로, 원문은 다음과 같다. "送君南浦淚如絲 君向東州來我悲 爲報故人憔悴盡 如今不似洛陽時."

동문 밖 마방馬房 김남숙金南淑의 집에서 유숙하였는데 당시의 이방吏房 병진秉珍과 재종再從 사이였다. 매우 후하게 대접해주었고, 음식값을 고사 苦辭하였으나 억지로 주었다.

서울에서부터 이 고을 아전 김희담金喜澹의 아들 김병수金秉洙(본관은 선산善 山이다)가 종종 보러 왔는데, 그의 집에서 유숙할 것을 간청하면서 급히 편 지書角 한 통을 가지고 왔기에 의경을 들여보냈다. 김희담이 즉시 나와 보 고 자신의 집으로 들어가기를 청하였는데 〔나는〕 마방에서 유숙하고 다음 날 들어가겠다는 뜻으로 고사하였다. 김해金海 민영은閔泳殷이 편지를 가 지고 왔을 때를 이야기하였는데, 당시 이방이었으므로 그에게 부쳤다. 그 러자 이방이 즉시 나와 보았다. 병사兵使 민영기閔泳綺와 수사水使 민일호 閔一鎬가 본읍의 수령 민창호閔昌鎬에게 편지를 가져왔으므로 들여보냈으 나 아직 아무런 말이 없었다. 과연 나이 어린 사람이 높은 자리에 오르면 인사人事에 어두운 것이다.

완영完營 이후로는 곳곳에 파리가 많아서 잠을 잘 수 없는 지경이었다. 남 쪽 지방에 파리가 많은 것이 다른 지역에 비해 심하였다.

초8일(을축乙丑). 약간 맑음.

김희담이 일찍 왔고, 또 밥을 먹은 뒤에 곧바로 와서 자기 집으로 들어갈 것을 요청하기에 그의 집으로 들어가게 되었다. 빈손으로 안방에 들어가 니 매우 불안하였다. 두텁게 돌보아주는 것이 융숭하여 매우 불안하였다. 남동南洞의 순희淳喜 씨는 족대부族大夫로, 이지면梨旨面 오동梧洞의 종인宗 人에게 편지를 썼는데 주인을 불러 만나고 주인이 편지를 보냈다. 고호거 로古湖去路 칠량면七良面 영동리永同里에도 종인이 많다고 하였다. 이 역시 희동熙洞의 어르신 상진商鎭 씨와 남동南洞의 대부大夫의 지시였다.

얼마 있다가 주인이 돼지 한 마리를 피한皮漢에게 사려고 하였으나 사지 못하고 돌아왔다. 안주인이 말하기를, "비록 작은 집이지만 돼지를 쓸 수 있습니다"라고 하였다. 잠시 머물고 있으니 돼지고기와 소주를 내오기에 한바탕 배불리 먹었다. 얼마 후에 점심밥을 성대하게 차려 내왔는데, 이때는 꿩고기가 반찬으로 나왔으니 주인이 두텁게 대해준다는 것을 알 수 있었다.

망가진 단벌옷을 바람과 햇볕에 말리고자 객사客舍 서쪽에 이어진 누각에 오르니 바로 양풍루凉風樓였다. 서쪽은 해남산海南山으로 산세가 매우 웅장하고 기이하였다. 동쪽에는 장흥산長興山이 있었는데 산세 또한 이와 같았다. 북쪽에는 병영산兵營山이 있는데 기운이 또한 웅장하고 아름다웠다. 남쪽에는 적취산積翠山이 있는데, 곧 고호古湖로 들어가는 길이다. 길에 올라 50리를 가면 처음 마도진馬島鎭에 이른다.

병술년丙戌年 사이에 주사主事 안종수安宗洙가 아직 해배解配되지 않고 그 섬에서 지내고 있다고 한다. 친지들을 잠시 방문하려는 계획이 있었다. 남포의 포구에는 배들이 왕래하였고, 산 사이에 포구가 통하고 있었으니 역시 기이한 볼거리였다. 대저 장성長城 이하로는 산천이 팔성八省[44] 중에서 제일인 듯하였다. 이 고을의 옛 이름이 금릉金陵이었는데 과연 이곳은 금릉이었다.

무단히 이곳에 머무른 것은 나장羅將이 들어오기를 기다린 것이니, 먼저 고을의 수령에게 도배장到配狀[45]을 급히 보내려고 했기 때문이다. 병사兵使가 병영兵營에 이르러 그 사이의 사정을 듣고 서울과 지방에서 보낸 서신과 섬에 들어갈 때 필요한 것들을 주었다.

일간日間에 도착한다고 한 것은 자위慈闈[모친]의 병환 때문에 우선 언제 도착하는지 모른다고 한 것이다. 낭패스러워 배회하고 주저하였던 것도 이 때문이었다. 동헌東軒 뒤에 홰나무와 느릅나무가 무성하게 자란 사이

---

44 팔성八省 : 팔도八道 곧 전국을 말한다.
45 도배장到配狀 : 죄인이 도착하였다는 보고서를 말한다.

에 정자 하나가 있었다. 수령이 정사를 보는 여가에 올라서 즐기는 정자이다. 저녁밥도 또한 굉장하게 차려주었다. 밥을 먹은 후에 잠깐 문밖으로 나와서 음식을 소화할 참으로 산보를 하였다. 밤이 늦어 주인과 함께 한가로이 이야기하고 그대로 유숙하였다. 임금을 모시고 공무를 행하는 꿈을 꾸었다. 남쪽 지방으로 내려온 뒤로 밤이면 밤마다 …… 꿈을 꾸게 되었으니 그리워하는 마음이 간절한 것이다. 아래에서 모시는 사람이 집과 고향에서 천 리 밖으로 멀어졌으니 임금을 사랑하고 ……를 사랑하는 마음은 한가지이다. 그러나 매번 이와 같으니 임금을 치우쳐 사랑하는 마음이 먼저 일어나 그러한 것이 아니겠는가? 또한 무거운 견책을 받아 두려워하는 사이에 더욱 절실하게 생각하였기 때문이 아니겠는가?

• 주인은 병오년丙午年에 태어났고 3남 2녀를 두었으며 외손外孫이 많았다.

초9일(병인丙寅). 맑음.

지난밤에 비가 내릴 듯하더니 더욱 맑아졌다. 아침밥을 먹은 후에 남문으로 즉시 나와서 돌아보니 콩 도리깨질 하는吹太 소리가 성에 가득하게 들려왔다.

주인이 아이를 시켜 말을 전하기를, 고을의 수령 민창호가 나왔다고 하였다. 단벌의 행색으로는 고을 수령을 곧장 만날 수가 없었다. 우선 주인이 문밖의 마방가馬房家에 있어 그 사이에 사잇길로 주인집에 들어갔다. 고을 수령이 곧장 돌아와서 나를 위로하였다. 그의 모습을 보니 매우 아름다운 소년이었다. 마음속으로 근일에 통운通運하는 집안에서 이와 같이 출중할 수 있겠느냐고 생각하며 감탄하였다. 문안 인사를 마치자 그가 말하기를, "저는 근래 몸이 좋지 않았는데薪憂[46] 오늘에야 비로소 망건을 쓰고 나온

---

46 몸이 좋지 않았는데薪憂: 채신지우採薪之憂, 즉 땔나무를 하기 어려울 정도로 몸이 불편하다는 뜻으로, 자신의 병환을 완곡하게 비유하는 표현이다. 전거는 『맹자孟子』이다.

것입니다"라고 하였다.

의경이 입은 옷옷은 비를 맞아 심하게 더러워졌기에 2전 5푼을 들여 세탁하도록 하였다澣濯. 얼마 후에 수령이 편지를 보내었는데, 내가 이곳에 머무르겠다면 고금도古今島 첨사僉使에게 이문移文[47]하여 도배장이 돌아오면 즉시 처리하여주겠다는 뜻의 편지를 보내왔다. 그래서 나 또한 내일 섬으로 들어가겠다는 뜻으로 답장을 하였다.

나장이 오전에 이 고을로 들어와 만났는데, 완백完伯에게 도배장을 빨리 올려 보내라는 뜻으로 편지를 써서 맡겼다. 또한 패지牌旨[48]를 병영의 강곤康梱에게 부탁하였으나 만나지 못하였기 때문에 편지를 써서 주인에게 전해달라고 부탁하였다. 경향京鄕 두 곳에서 서신을 부치기가 어려웠기에, 이 때문에 우울한 마음이 들었다. 점심밥을 힘써 거절하였으나, 닭고기 전골典骨에 왜면倭麵을 넣어서 배부르게 먹었다. 배를 타고 섬으로 들어갈 계획이었기에 관리들이 힘써 배를 잡으려고 한다고 하였다.

경저리京邸吏 한명석韓命錫을 불렀으나 출타하여 오지 못했는데, 서울 집에 편지를 보낼 방도를 찾고자 한 때문이다. 맹학선孟鶴善이 또 와서 보았고, 선주인先主人 김남숙金南淑도 다시 왔다. 이른바 이방吏房이라는 자도 불러 보았는데, 한 번 본 뒤로는 다시 오지 않았다. 주인은 상현上弦[49]일 때라서 생선을 잡는 일을 하러 갔다. 경저리가 며칠 사이에 상경上京한다고 하기에 서울로 보내는 편지를 부탁하였다. 주인과 함께 종일 이야기를 나누었다. 금사는 옛날의 주인主人을 만나고 돌아왔다.

---

47 이문移文: 관아 사이에 주고받던 공문을 말한다.
48 패지牌旨: 지위가 높은 사람이 낮은 사람에게 주는 글발이다. 패자牌子라고도 한다.
49 상현上弦: 매달 음력 7~8일경에 나타나는 달의 모양으로, 물때가 들어 고기잡이를 나간 것이다.

초10일(정묘丁卯). 맑음.

시기가 맥추麥秋[50]라서 그러한 것인지, 이 땅은 우리나라에서 가장 남쪽 구석인데 당장 덥지가 않았고 아침 기운은 상당히 상쾌하였다. 사람들은 모두 갑의匣衣를 입었다.

아침을 먹기 전에 고을 수령이 와서 상을 성대하게 차렸는데 술과 안주가 모두 갖춰져 있었다. 또한 아침을 먹고 얼마 있다가 주인이 또 점심을 내오려고 하기에 힘써 거절하였다. 풍경을 구경하기 위하여 말을 물리치고 배를 탔는데 곧 100리 길이었다. 경저리 한명석이 보러 왔는데, 16~17일 사이에 서울로 돌아간다고 하기에 향서鄉書와 경신京信을 부탁하였다. 이방 김병진金秉珍이 또 와 보았고, 아침에 일어나 고을 수령을 읍내邑底에서 문안하였다.

남포南浦는 읍에서 5리였는데, 금사, 의경, 그리고 전주의 마부馬夫와 걸어서 나섰다. 주인이 〔떠나는 것을〕 만류하지 못하여 함께 나섰는데, 또한 남포의 가게에서 점심을 준비하였다. 점심밥을 먹은 후에 또 대합大蛤을 사서 먹었다. 주인이 배를 잡아주었는데, 강진의 아전 권 아무개로 다른 읍의 사람은 비할 바가 없다고 하였다. 조수가 줄어들기 때문에 신시申時에 배가 출발하였고 저물녘에 농암農巖에 도착하였다. 그대로 유숙하였는데 배에다 이불을 깔고 편안하게 잠을 잤다. 가게店에서 저녁밥을 사 와서 배 위에서 잘 먹었다. 출발할 때가 되자 주인이 슬프게 울면서 눈물을 흘렸는데, 위에서 기록했듯이 이른바 "그대를 남포로 보내려니 눈물이 줄줄 흐르네送君南浦淚如絲"라는 시에 참으로 딱 맞는 광경이었다.

(이 아래는 11일이다)

축시丑時〔오전 1~3시〕 이후로 북풍이 세게 불어와서 순풍順風을 맞이하였다. 사시巳時〔오전 9~11시〕에 고호진古湖鎭 앞에 당도하였는데, 바다 위를

---

50 맥추麥秋: 보리가 익어서 거둘 만하게 된 때를 말한다.

다니는 배가 전후좌우로 있었고 여러 섬이 나열하여 있어서 마치 배가 골짜기 사이를 지나는 것 같았다. 비록 섬 가운데였지만 사면에 산이 있고 기세가 웅대하고 뛰어나 기이하였다. 좌우의 푸른 산 가운데로 배가 오고 가니, 푸른 산이 만 리에 뻗쳐 있는데 외로운 배 한 척이 지나는 것이었다. 밤은 참으로 아름다워 북두성北斗星이 움직였고, 달이 아직 지지 않았고, 배가 다니는 밤은 이미 깊었다.

고호진은 단안진斷岸鎭에 의지하였는데, 마을은 언덕을 따라 40~50호가 있었고, 남쪽에는 신지도薪智島 만호萬戶가 있으며, 서쪽에는 완도完島이니 바로 가리진㖍里鎭이었다. 처음 마도진에 도착하였는데 성첩城堞이 굉장하였고, 진의 호구 수가 수백 호여서 사람들이 담장을 이어 살고 있었다. 동쪽은 장흥長興으로 흥양산興陽山이 있으며, 바다 쪽에 여러 섬이 나열하여 있어 웅장하였다. 그 앞에는 거금도巨今島가 있어 웅장하였다. 고호진은 사면에서 가운데에 있는데, 진의 아래쪽 바다는 곧 옛날 임진왜란 때 충무공忠武公[이순신李舜臣]께서 왜적 수만 명을 함살陷殺시킨 곳이다. [그것은] 사적事蹟이고 실기實記이다. 진 뒤는 관묘關廟로, 비석이 있었다. 윤선輪船[51]의 전운사轉運使[52]가 고호진 앞으로 당도하였다.

11일(무진戊辰). 맑음.

축시丑時 이후로 북풍이 세게 불어와서 먼 바다를 순조롭게 건넜기에 북쪽에서 불어오는 바람이 고마웠다. …… 더욱 두렵고 떨렸다. 섬에 들어가고서 갈 곳이 없어서 단지 뱃사람에 의지하여 발길이 닿은 곳은 객점店家이었다. 그대로 아침밥을 먹었는데, 뱃사람이 술과 안주를 보내었기에 1냥의 돈을 내려주었다. 얼마 후에 진리鎭吏가 보러 왔고, 또 한 사람이 보

---

51 윤선輪船 : 옆에 달린 물레바퀴를 돌려서 끄는 배로, 화륜선火輪船을 말한다.
52 전운사轉運使 : 조선시대 세곡의 운반을 주관한 전운서轉運署의 관원을 말한다.

러 와서 다음과 같이 말하였다. "소인小人은 작년에 통위영統衛營[53]의 병정兵丁(정홍식鄭弘植이다)으로 이곳에 도배島配되었습니다."

한바탕 낮잠을 잔 후에 금사와 관묘에 가서 두루 거닐며 구경하였다. 관묘 뒤에는 절이 하나 있었는데, 곧 용검산勇劒山 옥천사玉泉寺였다. 절로 가서 轉徙 승려에게 점심밥을 올리도록 하였는데, 음식이 매우 정결하여 맛있게 먹었다. 절에는 단지 23세 되는 승려 한 사람만 있었는데 그 친생모親生母와 함께 산다고 한다. 암자는 작았으나 정결하였기에 머무르고자 하였더니 승려가 말하기를, "제가 병자를 모시고 있어 손님을 맞을 수가 없습니다. 제 어머니가 병을 치료하러 오셨습니다. 제 형님이 마을에 있습니다"라고 하였다. 실제 상황이 이러하니 억지로 머물 수 없어 돌아왔고, 몸을 둘 곳이 없어서 매우 무료하였다.

객점店家으로 돌아오니 의경이 없어서 객점 주인에게 물어보니, "이 진鎭에 병교兵校[54] 두 사람이 와서 함께 머물 숙소를 정하고 갔습니다"라고 하였다. 의경이 곧 왔는데, 머물 숙소는 진루鎭樓 앞이었다. 행구行具[55]를 옮기고 다시 진루에 올라서 진의 동헌 주변의 여러 곳을 두루 살펴보았고, 마침 진장鎭將은 어려운 일이 생겨 관소가 비었다고 하였다. 그대로 유숙하였는데, 밤에는 굼벵이와 같은 벌레가 많아서 고생스러웠고, 자려는데 파리가 많아서 아침까지 잠을 이루지 못하였다.

12일(기사己巳). 맑음.

아침밥을 먹은 뒤에 병사兵使 이근호李根澔를 만나려고 갔으나 아직 자고

---

53 통위영統衛營: 1888년(고종 25) 친군오영親軍五營의 후영後營과 우영右營, 해방영海防營을 통합한 군영이다.
54 병교兵校: 조선시대 때 각 군영 및 지방 관아의 군무에 종사하던 낮은 직급의 벼슬아치를 통틀어 이르는 말이다.
55 행구行具: 여행에 필요한 물건과 차림 등을 말한다.

있다고 하였다. 그는 지난겨울 영변寧邊에서 욕심을 내어 뇌물을 받았다는 이유로耽贓 이 섬에 유배되었는데, 세 사람의 집을 매수하여 이끌고 있는 식솔이 10여 명이었다. 그의 별실別室은 그 뒤에 또한 왔다고 한다. 정오晌午에 가서 보았는데, 서울 가는 인편이 있는지 묻기 위해서였다. 비록 초면이었으나 한바탕 마음을 풀어내었다.

나장羅將과 강진의 색리色吏가 들어왔는데, 아직 주인을 정하지 못하고 떠돌고 있기 때문이었다捷屑.[56] 이 섬의 사람들은 술을 파는 것을 본업으로 삼았는데, 내가 섬에 들어왔기 때문에 술을 파는 사람들이 편히 여기지 못하고 술을 잘 팔지 못할까 생각되어 꺼렸다. 그대로 관소에 유숙하였으며, 고직庫直의 집 바깥 마을은 적막하여 세상 밖의 소식을 들을 수가 없었다. 또한 편지를 맡기기도 어려울 뿐이다.

초경初更 때 이 영변李寧邊[이근호]이 방문하였다. 밤이 깊도록 토론하고 이야기하였는데, 은근한 대화는 같은 조정朝廷에 있던 뜻이 깊었다. 고직의 집 부처는 매우 온순하여 그대로 머무르고자 하였다. 경향으로 보내는 편지를 강진의 색리에게 부송付送하여 경저리에게 전하게 하였다. 또한 김치홍金致洪과 경주인京主人[57]에게 패지를 보냈다.

13일(경오庚午). 맑음.

식전에 왜인倭人이 생선을 가지고 왔다. 정박到泊했다가 바다로 나갈 때 보았는데, 비록 작은 배였으나 매우 기묘하였다. 주인을 아직 정하지 못하여 여러 집의 사람들에게 많이 물어보았으나 모두 허락하지 않았다. 노독路毒이 비로소 일어나 일경一頃 내내 잠을 잤다.

---

56 아직 … 때문이었다: '서설捷屑'은 일정한 거처 없이 떠돌아다니는 것을 말한다. 유배된 곳에서 거처할 곳을 찾아야 하기 때문이었다.
57 경주인京主人: 중앙과 지방의 연락 사무를 담당하기 위하여 지방에서 서울에 파견된 향리이다.

이 승지가 편지로 점심밥을 함께 먹자고 초대하였기에 가서 함께 식탁을 마주하고 식사를 하였다. 곧이어 종일 소화를 시키고 있다가 다시 저녁밥을 함께 먹자고 청하기에 억지로 허락하였다. 또 어떤 집屋子을 가서 보았는데, 매우 누추하여 마음속으로는 부숴버렸으면 하였다. 고직의 앞집에 노파가 하나가 있을 뿐이었기에 가서 말하였고, 또한 이방을 시켜 가서 말하게 하니 비로소 반쯤 허락을 얻을 수 있었다. 노파에게 20냥을 주었고, 본읍本邑의 형리刑吏는 돌아갔으며 나장 또한 돌아갔다. 떠나고 머무르는 것이 자못 감당하기 어려웠다. 나장은 [헤어질 때] 눈물을 가득히 글썽였다.

14일(신미辛未). 맑음.

의경의 적삼과 낡은 옷古衣 두 건을 팔려고 15리 떨어진 시장으로 보냈다. 또한 도배塗排를 하기 위해서 백지白紙 네 묶음과 창호지牕戶紙 여섯 장, 갈석葛席 두 립立을 사 왔다. 당일 쓴 비용이 13냥이었다.

정오에는 이 병사李兵使의 집으로 갔다가 그대로 점심밥을 먹었는데, 매우 편안하지 못하였다.

참판 이도재李道宰[58]는 병술년丙戌年[1886]에 이 섬으로 유배 왔는데, 촌저村底 대평동大坪洞 15리쯤에 산다. 마침 친상親喪을 당하여, 가서 볼 수가 없어서 종을 보내어 부의賻儀를 전하였다.

15일(계유癸酉). 맑음.

주인 오재식吳在植이 있는 곳에 주점酒店이 들어와서 노파 집의 이웃집으로 이사하게 되었고, 노파는 다른 집으로 이사 갔다. 아침저녁을 마련하는 것은 오재식이 이어서 하게 되었는데, 1석石 13두斗에 샀다고 하였다. 그

---

58 이도재李道宰: 1848~1909. 34세에 별시 병과에 급제하고 암행어사와 좌부승지, 이조참의 등을 역임하였다.

리하여 16냥에 이 영변에게 그 집을 살 것을 청하자, 이 영변이 허락하여 20냥을 주었다. 노파는 사양하면서 받지 않았고, 여러 아전 몇 사람이 술값 6전 8푼을 주었다. 노파의 집은 매우 정결精潔하였는데, 옮겨 간 자리도 자못 편안하였다. 나로서는 내가 집으로 삼기에는 다시없을 사람이었으니, 멀리 생각하건대 슬픈 마음이 나도 모르게 들었다. 이사를 하고 편안히 머물렀다.

- ……은 잘못 썼으므로 오늘부터 바르게 고쳤다.

16일(갑술甲戌). 맑음.

진리가 모두 일찍 일어나 식주인집[59]과 더불어 식사하였는데, 울타리를 오가며 나에게 음식을 전해주었다. 네 호戶가 오늘 이사를 하는데, 사면받지 못한 사람이 진중鎭中에서 괴로움을 끼쳐 온 동네가 시끄럽게 되었으니 마음이 매우 편안하지 못하였다.

저물녘에 또 한 사람이 만나러 와서 물어보니, 곧 서울 동네 안에서 이웃 동네에 살던 사람이었다. 그는 공궐空闕의 수문군守門軍으로, 궁궐을 지킬 적에 작벌斫伐[60]하는 이를 막지 못한 이유로 이곳에 유배 왔다고 하였다.

이 섬에는 창재倡才 박상기朴尙起의 15세 아이 박수근朴秀根이 살고 있는데 그가 찾아왔다. 밤에는 이 병사의 집으로 갔는데, 창한倡漢[61]에게 춘향가春香歌를 시켰다. 또 작은아이 수근은 조창성鳥唱聲을 잘하는데, 잠시 들은 후에 병사 정홍식丁弘植에게 난창爛唱을 시켰고, 각자 가사歌詞 몇 편을 부르게 하면서 술잔을 주고받으며 밤을 보내고 돌아왔다. 자던 닭 또한 노래를 불렀다. 이 대감도 반나절 와서 노닐다가 갔다.

---

59 식주인食主人: 나그네를 재워주며 밥을 파는 집의 주인을 말한다.
60 작벌斫伐: 나무를 함부로 베는 것을 말한다.
61 창한倡漢: 노래하는 사람을 말한다.

- 구관舊官 이방은 이동현李東賢이고 새로운 이방은 이옥규李玉奎, 병방 색리兵房色吏는 손순권孫順權이다.

17일(을해乙亥). 맑음.

관묘關廟의 유사有司가 와서 만났다. 의경이 밤에 아팠다. 노독路毒이 갑자기 일어났기 때문인데, 패독산敗毒散[62] 한 첩을 시험 삼아 써보았다. 장차 대평리大坪里 큰 대감 댁에 가려고 하였으나 의경이 아파서 주인집의 아들을 이끌고 갔고, 이방 역시 따라왔으며 금사와 걸어갔다.

천천히 산천을 두루 감상하였는데, 진鎭 아래는 비록 좁았으나 산 언덕에 의지하여 살며 마을이 된 것이 많았다. 마을은 살 만한 공간이 10리쯤 되는데, 곧 시사市肆였고 터가 더욱 좋았다. 시사 근방에 철비鐵碑 하나가 있는데, 영유永柔 어른 상희相喜 씨의 비석이었다. 옛날 유당공酉堂公이 이 섬에 오셨을 때 함께 이곳에 왔다가 이 진鎭의 폐단을 보고 상경한 뒤에 구원해주었으니, 그 일로 송덕비를 세운 것이다. 시사로부터 5리쯤 떨어진 곳은 참판 이도재가 머무는 곳이다. 내시內侍 신 첨지申僉知는 대평동에 귀양 와서 머물고 있다居謫. 숲과 계곡은 더욱 아름답고, 넓게 열린 들판에는 사방에 마을이 있었다. 이 참판과 8년 동안 만나지 못한阻面 나머지, 또한 조문한 뒤에 밤늦게까지 회포를 풀었다. 무릎을 맞대고 지칠 줄도 모르고 이야기하였는데, 8년 동안 이미 극에 달한 괴로움을 하물며 붓 하나로 적는 것은 어려운 것이다. 그 주인 최 사과崔司果 또한 신 내시와 함께 이야기하였다. 또한 나의 풍증風症을 다스리는 약을 논하였는데, 주인 최 사과가 약을 짓기에 말한 것이다. 호마산胡麻散[63] 두 첩을 부탁하고 돌아왔다.

---

62 패독산敗毒散: 감기로 인한 몸살, 발열, 두통 등을 치료하는 약이다.
63 호마산胡麻散: 풍열風熱로 인해 두드러기가 나서 온몸이 가려운 것과 자백전풍紫白癲風을 치료하는 데 쓰이는 처방이다.

이 대감이 매우 만류하였으나 의경이 병이 났기 때문에 어쩔 수 없어 돌아 왔더니, 의경의 병은 조금 나았다. 이 영변에게 가서 날을 보내며 회포를 풀었다. 각 감청군監廳軍의 주인 역시 이곳에 유배되어 나를 보러 왔다.

• 대평리大坪里에는 최 사과崔司果가 〔사는데〕 이름은 영철榮哲이다.

18일(병자丙子). 맑음.

대평동에서 아침밥을 먹은 후에 곧바로 돌아왔다. 여러 진리鎭吏가 보러 왔다. 오는 길에 진鎭 뒤에 있는 산굴山崛을 구경하였는데, 그곳에 사는 사람이 많고 누군가를 기다리는 듯이 머물고 있었기 때문이다. 비로소 모내기가 시작되었고 보리는 거두어들이는 때였다.

윤선輪船이 〔물건을〕 실으러 왔기 때문에 각 읍에서 실어 와서 상납上納하였다. 배가 수십 척이었는데 강에 가득하게 와서 정박하였다. 밤에는 비가 조금 내렸는데 겨우 먼지를 적실 정도였다. 비가 많이 내리지 않아 아쉬웠다. 집으로 돌아가는 꿈을 꾸었다.

19일(정축丁丑). 아침은 맑지 않았다.

장날이었다. 시장으로 가는 인편에 약방문藥方文을 보내어 감곽甘藿 한 냥과 백목白木〔베〕 한 필을 중간 정도 촘촘한 것으로 값은 5냥 4전짜리를 사 왔다.

이 영변의 집으로 가서 반나절 소일하였다. 유배 길을 떠난 이후 이곳에 도착하기까지 얼굴에 작은 종기가 났는데 매우 고통스러웠다. 축시丑時 이후에 가는 비가 밤새 내렸다. 임금聖后을 모시는 꿈을 꾸었다.

20일(무인戊寅). 아침은 맑지 않았다. 하루 종일 몇 차례 가랑비가 내렸는데 겨우 먼지를 적실 정도였다.

날이 길어 중간에 누웠으나 더욱 날을 보내기 어려웠다. 『삼국지三國誌』로 날을 보내니, 한漢의 명운이 쓰러져 마음에 분함이 일어나 귀양 와 있는 사람에게는 더욱 보아 넘기기 어려운 것이었다.

21일(기묘己卯). 아침은 또 맑지 않았고, 동풍이 심하게 불었다.

강진읍 김희담金喜淡이 작설차鵲舌茶 200매와 생강 한 됫박을 편지와 함께 보내왔다. 그 편으로 강곤康梱이 오늘 병영兵營에 도착하였다는 소식을 들었다. 경주인京主人 한명석은 아직도 서울로 출발하지 않았다고 하니 보낸 편지가 지체되어 큰 낭패였다.

이 대감의 집에서 날을 보냈는데 하루 종일 동풍이 불고 종일 가는 비가 내렸다. 이 대감의 집에서 떡을 먹었고 간죽簡竹⁶⁴ 세 개를 얻어 왔다.

22일(경진庚辰). 맑음.

호마산胡麻散 약재는 대평리의 최 사과가 편지로 보내온 것이다. 최 사과 어른이 또 왔는데 약값은 12냥 6전이라고 하였다.

관묘의 유사가 와서 『좌전左傳』을 잠깐 보겠다고 하였다. 종일 이 대감의 집에서 소적消寂하였다. 최 사과가 나누어준 작설차 100개와 아까 온 호마산을 복용하였다.

23일(신사辛巳). 맑음.

아침에 일어나 호마산 한 봉을 서 돈쭝三錢重만큼 마셨다. 오늘부터 복용하고 춘분春分 이후로는 청차탕淸茶湯을 복용하라고 하였다. 그래서 작설차를 함께 끓여서 복용했다. 최 사과가 와서 보았는데 그 편으로 안부 편지를 써서 대평동 이 대감과 신 첨지, 장흥의 명창名唱 박장룡朴壯龍에게 보냈다.

---

64 간죽簡竹: 대나무의 일종이다. 그 줄기를 지팡이, 젓가락, 낚싯대, 담뱃대 등에 사용했다.

이 영변의 집으로 가서 노닐었는데 낮부터 밤에 이르기까지 선소리立聲[65]를 들었다. 마도馬島의 수령이 사람을 시켜 보러 왔다. 이방吏房이 쇠고기 두 근을 사 왔다. 이 대감이 육회肉膾 한 그릇을 보내왔다.

24일(임오壬午). 맑음. 정오에는 더웠다.

마진馬鎭이 인사하고 갔다. 영서永瑞와 강곤을 보내주었다. 의경이 아침에 무단으로 나갔는데 돌아오지 않았으니 매우 괴이한 일이다. 영서는 나갔고 의경은 아직도 어디로 갔는지 알 수 없었다. 단신單身으로 집을 지키니 고요하였고, 맹랑하다는 생각이 들었다. 마침 전前 주인의 아들이 연주시蓮珠詩를 배우러 왔기에 허락하였다.

집을 보고 있다가 이 대감 집에 놀러 갔는데 강진의 김진언金珍彦도 와서 보았다. 강진의 영서가 또 와서 보았다. 전 주인이 와서 보았다. 마도진馬島鎭에서 병방 색리를 잡아 칼을 씌우고枷鑼 데려갔다. 그의 모친은 칠순이었는데 배를 바라보며 통곡하였다. 온 동네가 요란스러웠는데, 나 역시 부모님을 모시고 있어侍下 멀리서 집을 생각하니 가만히 마음이 아파왔다. 시장에서 남초南草 한 줌을 1냥 1전에 사 왔다.

• 대평리의 이 대감과 신 첨지에게 편지를 써서 물어보았는데 이 대감은 깊이 권면하였다. 나는 편지를 써서 답답한 심사를 잊기도 하였다. 이 대감의 따뜻한 마음은 참으로 같은 조정에 있던 우의이고, 평소 다정스러운 성정을 지녔기 때문이다.

25일(계미癸未). 맑음. 정오에는 더웠다.

전후좌우로 보리를 타작하는 소리가 들려왔으니 풍년이라고 할 만하였다. 밤이 되도록 그치지 않았다.

---

65 선소리立聲: 서서 소리하는 것을 말한다. 서울·경기 지역과 서도西道 지방 잡가 중 서서 부른다고 하여 붙여진 이름이다. 앉아서 소리하는 좌창坐唱과 반대되는 개념이다.

적막함潛寂이 심하여 밥을 먹은 뒤에 곧바로 이 대감의 집으로 가서 한가한 시간을 보냈다. 관묘의 유사有司[66]가 책을 가지고 왔는데『관성제군성적도지關聖帝君聖蹟圖誌』였다. 특별히 볼만하였다. 관제關帝는 하夏나라의 충신 관용봉關龍逢의 후예로, 그 아버지와 할아버지는『춘추春秋』의 의리를 깊이 얻었으며 집안의 행실이 매우 좋았다. 그렇게 태어났기에 관제와 같이 정충貞忠한 이가 된 것인가 보다.

이 대감의 집에서 불고기炙肉 한 그릇을 가지고 왔다. 신시申時 이후로 이 대감의 집에서 구운 떡을 또 먹었다. 황혼 이후로 이 대감, 이 위원李委員과 함께 촛불을 밝히고 와서 늦은 시간까지 이야기를 나누었다. 밤이 깊어서 자리를 파하였다.

서울의 중인中人 조趙 씨가 와서 보았다. 병방兵房이 생색生色을 내어 마도馬島에서 풀려나 돌아왔는데, 나의 부탁으로 빨리 왔으며 무거운 형장을 맞지는 않았다고 한다.

26일(갑신甲申). 맑음. 정오부터 가랑비가 내렸고 겸하여 바람도 불었다.

이 대감의 집에 가서 한가롭게 이야기하였다. 조약도助藥島의 김 감찰金監察도 자리에 있었다. 이 사람은 서울에서 왔는데 그 섬에 살게 되었다고 한다. 바다의 장기瘴氣[67]가 가장 심하여 집 안에도 아직 습기가 들어찼다. 이러한 장기 때문에 몸이 상하는 것인지 오늘부터 두통이 심하게 와서 망건을 벗고 드러누웠다.

66 유사有司: 원문은 "有史"인데, "有司"가 맞는 것으로 보인다.
67 장기瘴氣: 축축하고 더운 땅에서 생기는 독한 기운이라는 말로, 당시에는 유배지에서 일어나는 짙은 안개 등이 사람의 몸에 좋지 않다는 미신이 있었다.

27일(을유乙酉). 때마침 비가 내렸는데 그대로 그치지 않았다.

적금赤衿과 헌 옷을 주인에게 빨도록 하였다. 금사는 외출했다가 아직 돌아오지 않았다. 홀로 빈 집을 지키고 있으니 마음을 안정하기가 어려웠다. 비를 무릅쓰고 이 대감의 집으로 가서 소일하였다.

밤에 옷을 입고 여장을 챙겨 추곡秋谷에 가는 꿈을 꾸었는데 매우 걱정되었다. 항상 추곡 중숙仲叔의 병이 염려되었기에 더욱 걱정스러웠다.

28일(병술丙戌). 아침에는 비가 내리지 않았으나 날이 개지도 않았다.

조약도의 김 감찰이 보러 왔다가 돌아갔다. 도배장到配狀은 아마도 이미 입정入呈하였을 것으로 생각되나 처분이 어떠할 것인가. 귀양지에 거처하는 것은 과연 어려웠다. 조 선비가 아침에 와서 한바탕 정답게 이야기를 나누었다.

오후에는 맑았는데, 또 이 대감의 집에 가서 날을 보내며 근심을 풀었다. 그대로 머물면서 점심밥을 먹었다. 그러는 것이 오늘만이 아니었으니 매번 만류하였다. 점심밥을 먹었는데 식탁을 함께하며 먹었다.

마진이 또 와서 석양을 보고 진鎭 뒤에 있는 망덕산望德山을 이 위원과 함께 올랐다. 사방을 돌아보니 바다와 산이었는데 멀리 보이는 경치는 자못 감상할 만하였다. 머리를 돌려 북쪽을 바라보니 만 개의 봉우리가 천 번을 감돌고 구름과 안개가 끼어 있을 뿐이었다. 마주하니 읍읍悒悒하여 나도 모르게 구슬픈 마음이 들었다. 함께 산에서 내려와 진 아래를 두루 살폈는데, 윤선이 와서 정박하였다고 한다.

사방에 주파酒婆가 가가假家 몇 개를 세웠는데 번화하여 볼만하였다. 마진이 어두워질 때 찾아왔다. 한바탕 한가롭게 이야기를 나누고 갔다.

집주인 노파는 소주를 마련해 왔는데 오늘 저녁만 그런 것이 아니었고 종종 술을 보내왔으니, 돌아봐주는 마음이 더욱 감사했지만 그 때문에 마음이 편치 않았다.

망덕산의 전후좌우에는 옛날 임진년壬辰年〔임진왜란〕에 각 읍의 수령이 진장鎭將과 함께 진陣에 머물렀던 곳이 수백 년 동안 전해져서 역력히 가리킬 수가 있다. 동쪽에 작은 섬이 있는데 이름은 해남도海南島로, 해남 수령의 전진戰陣이었다. 서쪽에는 난정蘭井이 있는데 물이 솟아나고 맛이 달았다. 이 근방에 이름난 우물에 이 대감의 별실別室이 한밤중子夜에 직접 우물물을 길어서 축담築坍하여 기성祈誠을 드린다고 한다. 비가 오나 바람이 부나 밤이면 밤마다 직접 물을 긷는데, 그 거리가 한 고개 1리가 떨어져 있다. 여리고 약한軟軟 여자로 〔그와 같으니〕 하늘이 감동할 만한 정성이라고 할 수 있다.

진 도독陳都督[68]의 진과 충무후忠武侯의 운주당運籌堂이 지금 객사이다. 운주정運籌亭은 지금 동쪽 기슭에 세워진 홰나무 정자로, 수백 년 전의 일을 추상追想하니 이곳을 배회하며 흉금을 풀어내지 않을 수가 없었다.

29일(무자戊子). 맑음.

이 위원이 복술卜術을 하려고 아침에 일어나 소나무 잎을 따 와 괘卦를 만들었는데, '용서받아 돌아가는 일歸宥之事'을 보았다.

이 대감의 집으로 가서 한가한 시간을 보냈다. 의경에게 말차末次로 1척 반과 2척의 베木를 지급했다.

농가農歌가 사방에서 들려왔는데, 이 근처에서 밭을 가는 농사꾼 부녀들野婦이 모두 노래를 부르는 것이었다. 노랫소리가 매우 들을 만하였다.

• 오월 이상은 일진日辰이 잘못되었다.

6월 초1일(정해丁亥).

근래 냉변冷便 때문에 일찍 일어나 측간으로 갔다. 매우 짙은 안개가 하늘

---

68 진 도독陳都督: 진린陳璘(1543~1607)으로, 임진왜란에 참전한 명나라 수군의 도독이다.

과 땅에 가득하여 지척도 분간할 수가 없었다. 남쪽 지방은 모두 바닷가에 닿아 있어서 나쁜 기운惡厲이 사람을 상하여 병들게 한다. 과연 이곳은 죽음을 면한減死 죄인이 살 만한 곳이다. 옛 책에 중국은 최남단으로 좌천시키는遷客 경우가 많았는데 많은 사람이 장기瘴氣에 몸이 상하였다고 한다. 우리나라도 최남단 지역은 이와 같다.

오후에 이 대감의 집으로 가서 놀았다. 외촌外村 학구인學究人 손 씨가 와서 만났다. 올해 갑오생甲午生이라고 하는데 소주 몇 잔을 내어 권하기에 마셨다. 관묘의 유사가 와서 만났다.

초경初更 시진時辰[시간]에 등불을 켜놓으니 쓸쓸하였다. 문밖에 갑자기 똑똑 두드리는 소리가 났는데 곧 금사錦史가 돌아온 것이었다. 매우 기뻤는데, 강진 교동橋洞의 종인宗人 경희璟喜와 함께 이곳에 왔다. 종인은 100리를 멀게 여기지 않고 온 것으로, 종친의 친함이 더욱 돈독하였다. 종인에게 끼친 폐가 더욱 많은데 문장蚊帳 한 건을 10냥 값에 사 왔다. 남초南草 한 줌과 닭 한 마리, 죽순채竹筍菜 조금으로 마음을 표했다. 금사가 강진의 종인을 보러 오니 종인이 매우 허물없이款曲 대하였다. 육촉肉燭[69] 쉰 병柄, 정육正肉 열 근을 보내어 대접하였다. 그리고 병영兵營으로 도착하는 인편에 집에서 보낸 편지가 왔다. 5월 초8일의 편지였다. 그동안 여러 가지 일들이 편안하다고 하였다. 천 리 밖에서 부모님의 서찰을 얻어 볼 수 있으니 그 위로됨과 넘치는 기쁨을 보통 때와는 비할 수가 없었다. 또 한 달이 지난 것이다. 또 애타는 마음이 일어났으니 부모님께서 멀리 귀양 간 아들에게 인사하는 내용을 차마 읽을 수가 없어, 구절구절마다 목 놓아 울어 읽을 수가 없었다. 편지를 읽고 또 읽으며 불초하고 못된 마음을 등불燈穗 아래에서 밝게 드러내었다. 편지 내용 가운데 추곡秋谷 백 종숙伯從叔과 종 홍준洪俊이 나를 보려고 4월 27일에 성으로 들어왔는데 헛걸음을 했다

69 육촉肉燭: 소의 기름으로 만든 초이다.

는데, 한번 그런 한스러움을 당하면 스스로 상처를 입는다는 것은 말을 안해도 알 수 있다.

강곤 편에 서울 소식京奇을 고대하였는데 한 글자도 받아보지 못하였으니 헛되이 탄식할 뿐이었다. 강진읍 사람 천영일千永逸[70]이 미나리와 무를 보내왔다. 김희담金喜澹은 금사를 매우 관대하게 대해주었고 또 고추장苦椒醬과 간장艮醬 한 병, 작설차 100매, 백주지白周紙 세 축을 보내주었으니 그 성의가 참으로 감사하였고 더욱 안절부절하여 불안하였다. 또 직접 본현本縣 영동면永同面의 종인宗人에게 가서 내가 이곳에 유배되어 왔으니 와서 나를 보겠다는 뜻을 말했다고 한다. 영동면의 여러 종인들은 교동의 종인 및 박수겸朴壽謙과 강곤에게 존문存問[71]하였다. 박수겸은 월궁月宮 유당酉堂 어른이 이곳에 유배되었을 적의 옛 주인이었기 때문이다.

초2일(무자戊子). 새벽부터 가는 비가 내렸다.

진시辰時[오전 7~9시]와 사시巳時 이후로 큰비가 퍼부었는데 종일 내리고 밤까지 이어져서 삼농三農을 충분히 위로해주었다. 그러나 전해 들으니 기호畿湖 지방에는 모내기한 곳이 모두 말라버렸다고 하니 어떤 상황인지 알 수가 없었다. 지난달 15일 전에 완영完營 위에 우박이 크게 지나갔는데 내포內浦까지 이르렀다고 하였다. 5월에도 재앙이 내리니 참으로 괴상하다. 이러한 재앙이 보리 농사꾼들이 보리밭을 모두 타작하기 전에 지나갔으니 백성들이 두려워할 만하다.

비가 내리는 중에 종씨宗氏와 함께 마주 앉아 이야기하며 술상에 죽순이 나왔는데 그 맛이 청신淸新하였다. 먹을 것을 대하니 천 리 밖에 계신 부모

---

70 천영일千永逸: 천영일의 이름자 중 '일'은 "一", "逸", "日"자로 표기되고 있는데, "一"로 표기된 것이 가장 많다.

71 존문存問: 윗사람의 위문을 말한다.

님이 생각나서 마음을 기댈 곳이 없었다.

냉변冷便의 증상이 일어나 뱃속을 따뜻하게 해주는溫中 약을 복용하니 조금 차도가 있어 매우 다행이었다. 이 대감의 집에서 약을 얻었다.

초3일(기축己丑). 비가 개지 않았다가 오후에 비로소 개었다. 비구름이 가득하였다.
교동의 종씨宗氏를 보냈다. 날을 보내며 『삼국지』를 읽었다.
팔도八省에 이처럼 비가 잘 내렸는지 알 수가 없었다. 만약 비가 이와 같이 내렸다면 대풍大豊의 징조일 것이다.
내학인來學人 이석규李錫圭가 밤에 절병絶餅을 만들어 올려 맛있게 먹었다.

초4일(경인庚寅). 아침에 안개가 짙게 끼었다.
정오에 이 대감의 집으로 갔다가 저물녘에는 산허리를 빙 돌았다. 일행은 점심때 이 대감의 집에서 송병松餅을 먹었다. 이 대감은 이 위원과 함께 왔는데 저녁에 이르러 서로 보내주었다.
관묘의 유사가 간고등어塩古同魚 두 마리와 생석어生石魚 다섯 마리를 보내주었다.

초5일(신묘辛卯). 아침에 안개가 짙게 끼었는데 안개 속에 있으니 장기瘴氣가 없는 날이 없었다.
여기는 기운을 상하는 곳이다. 이 대감의 집으로 가서 시간을 보내다가 정오 때 송병松餅을 먹었다. 내일 강으로 나가 낚시하고 배를 띄워 노닐기로 약속하고 헤어졌다.

초6일(임진壬辰). 아침에 안개가 끼었다.
밥을 먹은 뒤에 배를 타고 진鎭의 오른쪽으로 가서 강 한가운데서 낚시를 했다. 고깃배 네 척이 석어石魚를 낚아 회를 쳐서 먹었다. 이 승지, 이 위원, 이 승지의 당숙 사과司果와 서로 배를 타고 노닐었다. 고깃배 네 척이 잡은 고기가 도합 100여 마리였다. 조수潮水가 들어왔다 나가고 바람과 파도도 일지 않았으며 날씨가 맑았다. 일단一團의 풍류風流가 채석강采石江의 적벽赤壁 아래서 노니는 것보다 못하지 않았다. 도성都城이 천 리나 떨어져 있어 이렇게 좋은 곳을 버려둘 수밖에 없다는 것이 안타까웠다. 이 대감이 마른반찬을 싸가지고 와서 또 한바탕 잘 먹었다.

초7일(계사癸巳). 신시申時 이후로 가랑비가 내렸고 밤에는 바람이 불고 비가 조금 왔다.
문안文案 유흥석柳興奭은 윤선 낭청輪船郎廳으로 먼저 왔기에 만나 보았다. 오후에는 이 대감의 집으로 갔다. 오늘부터 식욕이 꺾여서 전혀 기운이 없었으니 매우 괴이하였다. 유 문안柳文案이 금사를 윤선輪船으로 서울에 보내겠다는 청을 허락하였다.

초8일(갑오甲午). 아침에 안개가 끼었다.
손성필孫聖弼은 진鎭 아래 사는 사람으로, 유 문안의 전갈傳喝을 통해 만나 보았다. 주인 오재식 부처는 날마다 서로 다투었는데, 간혹 나가버리면 돌아오지 않았으니 보기에 매우 불안했다.

초9일(을미乙未). 여름 이후로 아침에 맑게 갠 날이 없었다.
이 대감의 집으로 가서 돌아왔다가 다시 진리鎭吏 손성필에게 갔다. 그를 불러 40민緡의 빚을 내어 사용하였다. 천영일이 보러 왔다.
시장에 가서 베木 마흔 필 반, 마포麻布 한 필을 샀다. 세 필은 고향 집의 혼구婚具로 쓰고, 한 필 반은 서울 집의 옷감으로 썼다. 한 필은 모아서 노주奴主를 위해 쓰려고 하였는데, 베의 품질이 좋지 않아 적합하지 않았다.
본도本道 농상리農桑里의 종인宗人 노은魯垠이 보러 왔다. 밤이 되도록 한가롭게 이야기하였는데, 신시辛時 이후로 이 사과李司果 우승祐承과 이 위원李委員이 찾아왔다. 한바탕 정답게 이야기를 나누었다. 마침 눈병이 나서 고통스러웠다. 오후에 가랑비가 내렸다.

• 유 문안柳文案과 함께 이 대감의 집에서 소일하였다.

초10일(병신丙申). 밤부터 가랑비가 내렸다.

종인宗人과 함께 앉아서 이것저것 했다. 손 학장孫學庄 역시 와서 앉아 있었다. 이 사람은 이 진鎭 아래에서 가장 학문이 뛰어나 자못 함께 이야기할 만하였다.

비가 더 세게 내려서 문을 닫아걸고 앉아서 종일 『좌전左傳』을 보았으나 한 구절의 말도 기억을 하지 못하였으니 분했다. 10년 동안 명리名利의 세상에 혼이 나가버려 정신력이 약해진 것이리라.

오늘은 태묘太廟의 진하일陳賀日이다. 멀리서 서울을 생각하면 아득하여 하늘 끝 같았다. 오늘처럼 비가 내리면 여러 신료들이 어떻게 공무에 나아갈 것인가. 몸은 비록 이곳 땅 끝에 있으나 마음은 늘 궁궐魏闕에 머무르고 있었다.

오늘 혹시 사전赦典[72]이 있어 은혜가 아울러 내려지지 않을까. 일신이 유랑하며 지내는데 부모님을 그리워하는 마음이 더욱 오래되고 깊어졌다. 사람들이 흩어지고 비가 내리니 혼자서 문을 닫고 누웠다. 이때 온갖 생각이 머릿속을 배회하여 조금도 줄어들지 않았으며 여기저기 찔러 왔다. 장맛비가 여러 날 내리는데 서울 집의 시정柴政[73]을 챙기지 못하였으니 아마도 여러 어려움이 함께 닥쳤을 것이다. 한결같이 마음을 써서, 혹시라도 새로운 것이 없을까 하여, 대평리의 이 대감에게 서울로 편지를 보내려

---

72 사전赦典 : 임금의 사면령赦免令이 내리는 것과 같은 은전恩典을 말한다.

73 시정柴政 : 땔나무에 관한 일이나 대책을 말하는데, 여기에서는 서울 집 식구들이 어떻게 지내는지 궁금해하는 것으로 보인다.

는 뜻을 전하였다. 일간에 윤선 편으로 금사를 서울로 보내려고 했기 때문이다.

이 위원이 방문하였는데 한 순배 대작對酌하고 한바탕 이야기를 나누었다. 이우李友(이 위원)는 포부가 매우 넓어서 언어에 맛이 있었다. 신시申時 이후에 비가 내리는 도중에 함께 이 대감의 집으로 가서 소일하였다. 밤새도록 종인과 함께 ……에 대하여 토론하였다.

• 남초南草 두 묶음을 2냥 4전에 샀다.

11일(정유丁酉). 장마가 개지 않았다.

해장海瘴과 장마가 겸하니 습기가 집에 가득하였다. 습기가 사람의 뼛속까지 스며들어 여름철인데도 문을 …… 할 수가 없었다. 고민스러웠지만 해결할 방법이 없었다. 또한 진鎭 아래의 땔나무는 불붙이기가 매우 어려워 난방이 어려웠으니 눅눅한 냄새 때문에 나도 모르게 두통이 일어났다. 비로소 소동파蘇東坡가 "사람이 살 곳이 아니다"라고 한 뜻을 알게 되었다. 강에 가득한 미선米船이 100여 척에 달하였는데 조수潮水가 들어오고 나가면서 뱃노래가 서로 울리고 북소리가 동동鼕鼕 울려왔다. 비 오는 중에 봉창蓬窓에서 노래를 화답하며 부르는 것이 들을 만하였다.

수개월 사이에 미비靡費[74]가 역시 많았으나 손쓸 방도가 없었고 우선 급한 생각이 들었다. 밤에 눈에 종기가 생겼다가 저절로 터지면서 피고름이 많이 흘렀더니 조금 차도가 있었다.

오후에는 날이 개었는데, 황혼黃昏이 내린 뒤로 북풍이 잠깐 일어나 소금기를 머금은 눅눅한 기운을 쓸어버렸으니 맑고 상쾌함이 비할 데가 없었다. 바람이 북쪽에서 불어와 이처럼 상쾌하니 성주聖主의 은택惠澤을 어찌다시 논하겠는가.

---

74 미비靡費: 사치한 비용을 뜻한다.

농상리의 종인이 돌아간다고 고하였다. 또 이 대감의 집에 가서 함께 집 뒤의 산에 올랐다. 한 번 두루 돌아보는데 비가 개고 깨끗하니 특별한 운치가 있었다.

금사는 무던히도 병이 나서 청심환淸心丸을 써보았다. 본속本屬이 평안도 남초南草를 잘게 자른 것 세 근을 1냥 6전 4푼에 사 왔다.

12일(무술戊戌). 맑음. 북풍이 아직 불어왔고 날씨가 맑았다.

이 대감의 집으로 가서 잠시 놀다가 돌아왔다. 돌아와서는 이 위원이 와서 함께 『좌전』을 보았다. 조약도의 감찰 김연경金淵敬이 와서 만났다. 이어서 술상을 차리고 권하였다.

밤이 되니 달빛이 매우 아름다워 금사와 이 대감의 집으로 가서 그대로 잤다. 의경儀卿이 오후에 어느 곳으로 갔는지 알 수가 없었는데 진鎭에 밤이 내렸는데도 돌아오지 않았다. 빈집에 홀로 누워 있으니 더욱 잠들기 힘들었다. 왜지倭紙 열 장을 1냥 반에 샀다.

13일(기해己亥). 맑음.

금사가 아침에 돌아왔다. 의경은 아직 오지 않았다. 이 위원이 아침에 와서 『좌전』을 보았다. 조약도의 중군中軍[75] 차원모車元模가 와서 만났다. 왕과王瓜〔참외〕 스무 개를 가지고 와서 먹었다. 이 사람은 원래 서울 사람인데 이곳에 살게 되었다. 김 감찰도 와서 만났다.

집에 있으면서 시간을 보냈다. 간지簡紙〔편지지〕 아홉 축軸을 만들었다. 이 대감의 집에서 소를 잡아宰牛 다리 하나를 회로 만들어 보내왔다. 먹을 만한 대단한 음식이었으니 매우 감사하였다. 시장의 노파市婆가 와서 소주

---

75 중군中軍: 조선시대 종2품 무관직으로, 각 군영의 대장 또는 절도사, 통제사 등에 버금가는 장수이다.

를 만들었다.

14일(경자庚子). 맑음.

이 대감의 집으로 가서 유 문안과 함께 날을 보냈다. 주인 대감과 점심밥을 먹었는데 고깃국과 갈비乫伊구이를 성대하게 차려서 배부르게 먹었다. 밤중에 이 사과와 이 위원이 함께 와서 새벽까지 이야기를 나누고 파하였다. 진鎭 아래의 손순필孫舜弼이 무과武科 일장一場〔시험〕에 참가하였다. 먹을 놀려 병영兵營에 보내는 편지를 썼다. 대평리의 이 대감이 보낸 편지가 도착했다. 같은 마을에 사는 최 사과崔司果는 고추장苦椒醬 구운 것 한 그릇을 보내주었다. 임금聖后을 모시는 꿈을 꾸었다.

15일(신축辛丑). 맑음. 매우 더웠다.

관묘關廟 유사有司(박치경朴致景)가 와서 만났다. 대평리의 최 사과崔司果가 와서 만났다. 광양光陽의 아전 정석하鄭奭夏와 장유석張裕錫 두 사람이 와서 만났는데, 간죽簡竹 열 개를 가지고 왔다. 주인 노파가 7냥 7전에 사서 평일도平一島의 뱃사람船漢에게 주었다. 대평리의 이 대감이 『논어신집論語新輯』을 보내서 읽어보았다. 이 대감의 집과 유 위원柳委員의 집 두 곳에 가서 시간을 보냈다.

밤에는 배 100여 척이 정박되어 있는 곳으로 갔는데, 배가 가지런히 강 앞에 대어 있고 달빛은 비단과 같았다. 등불이 켜져 휘황하였고, 북소리가 서로 이어지며 뱃노래가 들려왔다. 과연 성대한 모습이었다. 이곳에서 밤에 배회하고 돌아왔다.

유 위원이 밤에 찾아와 한가롭게 이야기를 나누었다. 들으니 장흥長興 수령 김승집金升集이 진鎭 아래에 왔다고 한다. 동궁東宮을 모시는 꿈을 꾸었다. 금사의 체증滯症이 차도가 없었다. 시장의 노파와 주인 노파가 참기름眞油을 보내주었다.

16일(임인壬寅). 맑음.

유 위원이 아침에 왔다. 천영일千永日이 생강生干[生薑] 몇 줄기를 가지고 왔다. 이 대감의 집으로 가서 유 문안과 함께 시간을 보냈다. 농상리의 종인 세 사람이 와서 만났는데 노은魯垠이 콩 1두를 가지고 왔다. 칠량면七良面의 종인 영선永善이 와서 함께 잤다.

한밤에 달빛을 타고 이 대감, 유 문안, 이 위원, 최 사과와 진두津頭를 두루 돌아보고 뱃사람의 난가爛歌를 들었다. 다시 진헌鎭軒 빈 건물에 올라 이야기판을 벌였다가 밤이 깊어서 돌아왔다. 도암리陶巖里의 상욱商郁이 와서 만났다. 노은의 조카였는데 아이 또한 왔다.

17일(계묘癸卯). 맑음. 며칠 사이에 매우 더웠는데 서울보다 심하였다.

여러 종씨들과 한자리에서 아침밥을 먹었다. 화수회花樹會[76]와 같은 아름다운 모임과 다를 게 없었다. 남초 열 근을 사 왔는데, 그 값으로 천영일에게 5냥 5전을 먼저 주었다. 쌀 1석 12두 5승을 팔려고 했는데 값은 17냥 2전이라고 하여 팔지 않았다. 여러 종인들과 시간을 보냈다. 농상리와 도암리의 세 종인은 신시辛時 이후에 돌아갔다. 『좌전左傳』 제2권을 읽었다.

밤에 달빛을 타고 이 사과, 이 위원과 강 머리로 나가 흉금을 풀고 배회하다가 얼마 뒤에 집으로 돌아왔다. 여러 친구와 한가롭게 이야기를 나누었다. 마침 다른 읍의 기생이 술병을 들고 와서 술을 마시고 노래를 들었다. 정홍식鄭弘植과 서울 사람이 있어서 함께 가사歌詞를 불렀다. 밤이 깊은 뒤에 각자 돌아갔다.

18일(갑진甲辰). 맑음. 극도로 더웠다.

금사가 바람이 부는 길을 통하게 하려고 직접 집 뒤의 잡목 세 그루를 베

---

76 화수회花樹會: 같은 성을 가진 사람들이 친목을 꾀하기 위하여 이룬 모임을 말한다.

고 떨어진 울타리를 수리하였다. 영동리永同里의 여러 종인이 와서 만났다. 운희雲喜, 두희斗喜, 관희寬喜(영부동永富洞)는 이처럼 더운 시기에 바다를 건너 찾아와 방문하였으니 성의盛意를 알 수 있다. 머무르면서 하룻밤 잤는데 화수회와 같았다. 이야기를 나누며 날을 보냈다. 시원한 바람을 쐬러 동쪽 산기슭의 운주대運籌臺에 올라서 반나절을 보내고 돌아왔다.

밤에는 이 대감의 집에서 잡가雜歌를 들었는데 유 위원과 함께 감상하였다. 묘당廟堂의 유사가 도미道尾〔道味〕 다섯 마리를 보내왔다. 이방吏房을 불러 오재식吳在式의 사령使令을 풀어달라고 청하였다請脫.

19일(을사乙巳). 맑음. 점점 더위가 심해졌다.

유 위원이 찾아왔다. 간죽簡竹 다섯 개를 보내어 연죽烟竹 한 개를 샀는데 1냥 5전이었다. 이 대감의 집에 가서 유 위원과 함께 종일 노닐었다. 대평리의 이 대감이 편지를 보내 문안했는데, 또한 큰 민어民魚 한 마리, 가는 참빗眞細梳 두 개를 보내주었다.

이 위원과 이 사과가 밤에 와서 서로 술을 마시며 이야기했다. 영동리의 종인이 조약도에서 왔다가 돌아가 갔다. 김희담이 편지를 보내왔고 또 무菁根 스물일곱 개를 보내주었다.

20일(병오丙午). 맑음. 북풍이 불었다.

조약도의 김 감찰이 와서 만났다. 순영巡營의 영리營吏 김홍길金洪吉이 와서 고목告目[77]이 도착했고, 도배장到配狀은 6월 초1일에 서울로 보냈다고 하였다. 영부동永富洞의 종인宗人 오위장五衛將 상호商浩가 와서 만났는데, 영동리의 종인(□희□喜는 태희台喜로 개명하였다)과 함께 시간을 보내다가 저

---

77 고목告目 : 각사各司의 서리 및 지방 관아의 향리가 상관에게 공적인 일을 알리거나 문안할 때 올리는 간단한 문서이다.

녁에 돌아갔다.

이 대감의 집으로 가서 송순주松淳酒를 마셨다. 밤에는 여러 친구와 깊은 시간까지 토론하였다. 종씨 태희는 며칠 동안 함께 머물렀다. 두텁게 돌아보는 마음이 참으로 감사했다.

21일(정미丁未). 맑음. 동풍이 크게 불었다.

전운사轉運使 조필영趙弼永이 진 아래에 정박하여 한 번 인사하였다. 오후에 비가 내려, 조금 가문 때에 비가 오기를 바라는 마음을 만족시켜주었다. 종씨宗氏〔태희〕와 함께 날을 보냈다. 유 위원이 잠시 방문하였다. 서울 여러 곳으로 보낼 편지를 썼다. (이 섬의 가곡歌曲은 초장初章이 강강수월래强羌水越來인데 남녀노소가 함께 부른다. 옛날 임진왜란 때 왜적과 접전接戰할 때 사람들을 시켜 산머리에서 바라보며 감시하다가 이 말로 통보해서 그렇게 되었던 것이 아닌가.)

22일(무신戊申). 맑음. 비가 오다가 정오에 맑게 개었다.

정오에 여러 친구와 배를 타고 윤선輪船을 구경하러 갔다. 그 크기를 헤아릴 수가 없었으며, 높이가 높지는 않았지만 역시 헤아릴 수 없었다. 7,500석을 실을 수 있는데, 천하에서 기이한 볼거리라고 할 수 있다.

밤에는 여러 친구와 함께 노닐었다. 주인 노파가 와서 잤다. 여러 곳으로 보낼 편지를 썼다. 칠량면의 종인이 조약도를 넘어갔는데 돌아오지 않았다. 밤에는 유 위원의 집에 갔다가 돌아왔다.

23일(기유己酉). 맑음.

이 사과의 집에서 30민緡을 얻어 왔다. 농상리의 종인 노은이 와서 만났다. 종 의경은 끝도 없이 원망을 품고 있으니, 그놈의 성정性情 자체가 공연한 불평을 지닌 것이기에 한 번도 책망하지 않았다.

집에 보낼 편지를 썼다. 한결같이 마음이 아파서 필설筆舌로도 울며 목이 메어 장황하게 쓰지 못하고 그냥 넘겼다. 마도馬島의 종인 수희洙喜가 와서 만났다. 참외眞苽 여덟 개, 수박水苽 십여 개, 석어石魚 여섯 마리, 민어民魚 한 마리를 가지고 왔다.

* 밤에 여러 친구와 술을 마셨다. 최장룡崔壯龍의 선소리立聲를 들었다.

24일(경술庚戌). 맑음. 초복初伏이라 매우 더웠다.

집에 보낼 편지를 이 대감의 집 종에게 보내고 그 종에게 5전을 주었다. 김위원金委員 덕용惠容(종인宗人이다)이 찾아와서 만났다(윤선 낭청輪船郎廳의 집이 인천항 화도진花圖津에 있다). 유 위원이 잠시 방문하였다. 관묘의 유사 박양래朴良來가 와서 만났다. 이 위원이 다시 방문하여 노닐었다. 이방吏房이 닭 한 마리를 보내와 아침에 잡아먹었다. 경주인 한명석韓命錫이 왔다고 하였다.

* 이 위원은 이름이 사억思億으로, 전주 사람이다.

25일(신해辛亥). 맑음. 매우 더웠다.

중군中軍 차원모가 강진康津의 병영으로 가다가 지나는 길에 와서 만났다. 안부 편지를 부탁하였다. 관묘의 새로운 유사 남정덕南廷惠이 와서 만났다. 경주인의 거처를 찾아 서울로 보낼 편지 한 봉封을 부탁하였다. 이 위원이 방문하여 한가롭게 이야기하고 술을 마셨다. 대평리의 최 사과가 와서 만났다. 그가 신 첨지의 집에 김씨 성의 종인이 왔다고 하는데 서울의 물의物議가 김 교리金校理를 유배한 것은 애매하다고 하면서 상上께 통촉洞燭하셔야 한다고 하였다 한다. 또 뱀이 시어소時御所에 들어와 떨어졌는데 대내大內[78]를 동관潼關의 대궐로 이어移御하였다고 하였다.

뜨거운 더위가 불같이 일어나 문밖을 나가지 못하고 날을 보내며 한가롭

---

78 대내大內: 임금이 거처하는 곳을 말한다.

게『좌전左傳』제3권을 보았다. 농상리의 노은이 함께 앉아 있다가 갔다. 밤에 목욕을 했다. 오늘부터 호마산을 두 차례 복용했다.

26일(임자壬子). 맑음.

연일 이어지는 더위는 과연 남쪽 지방이 더욱 찌는 듯하였다. 유 위원과 함께 이 대감의 집으로 가서 반나절을 보내고 돌아왔다.『논어집설論語輯說』을 최 사과 편에 이 대감(대평리)에게 돌려주었다.

밤에도 역시 더위가 가시지 않았다. 바람을 쐬기 위해 진두津頭로 나가서 한동안 있었지만 역시 상쾌하지는 않았다. 다시 서쪽 산기슭으로 갔는데, 이 대감과 여러 친구와 난정蘭井에 가서 물을 움켜 마시고 밤이 깊어 돌아와 잤다.

27일(계축癸丑). 맑음. 아침에 바람이 조금 불었고, 정오 무렵에는 매우 더웠다.

박양래가 와서 만났다. 야영하는 곳營札을 돌아보기를 청하기에 영리 김 홍길에게 패지牌旨를 보냈다. 밤에는 유 위원의 집에 가서 한가로이 이야기하다가 밤이 깊어서 돌아왔다. 종일 책을 보았다.

28일(갑인甲寅). 맑음. 바람이 불었다.

윤선輪船 편으로 서울에 편지를 부쳤다. 어제오늘 사이에 들어갔을 것으로 생각된다. 석 달 동안이나 정후庭候를 듣지 못하였으니 슬슬 미쳐갈 것 같았다. 서울에 보내는 편지를 지방에 보내는 편지와 함께 봉하여 부쳤다. 언제 도착하여 부모님庭闈에 대한 그리움이 해소될 것인지, 생각하면 거의 죽을 것 같았다.

대구리大邱里(가우도駕牛島)의 종인宗人 노권魯權, 관희觀喜, 인린麟 세 사람이 찾아와 만났다. 밤에는 여러 친구와 이 대감을 방문하여 밤을 보냈다. 강진의 유리由吏[79]가 소주 한 병을 가지고 찾아와 만났다. 저녁에는 잠시 이 대감의 집으로 갔다가 그대로 저녁밥을 먹었다. 식탁을 함께하였다. 근래 설사泄便가 심하여 매우 괴로웠다.

• 손석규孫錫奎의 집에서 장흥長興과 건산乾山의 저고리苧古衣를 기워 왔는데 공가工價 를 받지 않았다.

29일(을묘乙卯). 맑음.

가우도의 여러 종인이 돌아간다고 고하기에 만류하고 함께 잤다. 또 하룻 밤을 종씨 노권과 잤다. 음양가陰陽家의 설을 외우며 시간을 보냈고, 그러 한 이야기를 한가롭게 하였다.

뱃속이 편안하지 못하여 호마산을 마셨다. 길주吉州의 마씨馬氏 성을 가진 사람이 방문하였다. 음식을 물리치고 돼지고기 1냥어치를 사서 먹었다.

회일晦日(병진丙辰). 맑음.

묘시卯時[오전 5~7시]쯤에 윤선이 와서 정박하였다. 편지를 써서 경주인京 主人을 불렀다. 주인 노파가 술 한 병과 소고기牛肉 한 그릇을 가지고 와서 만나 보았다. 가우도의 여러 종인이 돌아갔다.

초경初更에 윤 주사尹主事와 기선 낭청騎船郎廳이 방문하였다. 곧 전일에 얼굴을 알던 사람이었다. 한자리에 앉아서 정답게 이야기를 나누었다. 유 위원도 함께 방문하였다.

밤에도 더위가 가시지 않았기에 여러 친구와 진두津頭에 가서 바람을 쐬 고 다시 돌아와서 술을 마셨다. 닭이 울자 각자 돌아갔다. 길주의 마 씨가 만나러 와서 만났다.

---

79 유리由吏 : 지방 관아에 딸린 이방吏房의 아전을 말한다.

윤6월 초1일(정사丁巳). 맑음.

마 씨가 또 와서 만나 한가롭게 이야기하였다. 이 대감의 집으로 갔는데 평산平山의 신 선비申雅와 날을 보냈다. 신아는 본읍本邑 백성의 일로 이곳에 유배되었다고 한다.

해가 기울 무렵에 윤선 한 척이 또 정박하였다. 기선 낭청 윤태일尹泰一이 왔다. 서울댁 소식을 물었다. 참외眞苽를 먹었다. 주인 노파가 소주 몇 잔과 꼬막 조개高莫蛤 한 그릇을 보내왔다.

초2일(무오戊午).

서울과 지방으로 보내는 편지를 썼다. 가랑비가 몇 차례 내렸다. 남풍이 세게 불었다. 집이 찌는 듯 습기가 차서 몸이 가라앉는 듯 무거웠다. 잠시 이 대감의 집으로 갔다. 위원委員 윤철규尹哲奎가 방문하였다가 이별을 고하였다.

금사錦史를 경사京肆로 보내는데 화륜선火輪船 현익함懸益艦(배 이름이다)으로 순조롭게 돌아갔다. 해가 기울 적에 배가 출발하여 진두津頭에서 전송하였다. 한 사람이 가면 한 사람이 머무르니, 피차에 보내고 이별하는 마음이 방황하여 쏟아내기 어려웠다. 뱃노래 한 곡조가 들려오고 배꼬리舟尾는 흔들리고 외로운 몸은 헛되이 기우는 햇빛을 의지하고 있으니, 참으로 하양河陽으로 가는 길에는 푸른 문에 드리워진 버들빛도 싫어하게 되는 것이다.

집으로 돌아와 홀로 밥을 먹는데 한 숟갈도 맛이 없었고, 밤에 자는데 등불 그림자가 외롭고 무료하였다. 대나무와 짝하고 있을 즈음에 사과司果 이공빈李貢彬(우승祐承의 자字이다), 위원委員 이중구李重九(사억思憶의 자字이다)가 위문하러 함께 방문하였다. 손 선생孫先生 경락敬洛도 와서 함께 몇 잔의 술을 마시고 한가롭게 이야기하니 재미가 있었다. 밤이 깊어서 서로 돌아갔다.

초3일(기미己未). 남풍이 불었다.

마 씨가 잠시 방문하였다. 유 위원과 위원 윤태일이 방문하였다. 금사가 배를 탄 이후로 남풍이 크게 일어나 걱정이 컸는데 밤에 조약도에 내려서 잤다고 하였다. 이 대감의 집으로 가서 여러 친구와 날을 보냈다. 정오에는 이수면莍水麵을 배부르게 먹었다. 밤에 여러 친구와 술을 마셨고 밤이 깊은 뒤에 잤다. 칠량면 송촌松村의 배 씨가 와서 잤다.

사주四柱를 써서 본면本面의 박 씨에게 부쳤는데 도내에서 가장 고명高明하기 때문이었다. 조약도의 감찰 김연경金淵敬의 동생 진사進士가 와서 만났다. 주인 노파가 탁주濁酒 한 사발과 꼬막 조개高莫蛤 한 그릇을 보내왔다. 윤선의 이름은 창룡선蒼龍船이었는데 또 50여 석을 실었다. 광양光陽의 수령 민치열閔致說이 진 아래에 왔다고 한다. 광양의 하리下吏 장유석張裕錫이 고목告目을 가지고 왔다.

초4일(경신庚申, 중복中伏). 큰비가 왔다.

수시數時에 창룡선이 아침에 출발하였다. 위원 윤태일이 와서 이별하였다. 재식의 집에 술값과 종잇값으로 1냥 8전을 주었다. 영동리의 종인 태희가 조약도에서 넘어와 함께 잠을 잤다. 마 씨가 돈 4냥을 쓰고자 하여 허락하였다. 종일 자못 비가 내렸다.

유 위원과 이 대감의 집에 함께 가서 탁자를 함께하여 점심밥을 먹었다. 서울에서 온 사람은 나의 허물이 날로 밝혀지고 있으니 얼마 뒤에 용서받을蒙宥 것이라고 하였다. 손경락孫敬洛이 와서 잤다.

초5일(신유辛酉). 개지 않았다.

이 대감의 집으로 가서 유 위원과 함께 이야기하고 그대로 점심밥을 먹었다. 밤이 되도록 이야기하였다. 종씨가 그대로 머물렀는데 차마 거절하고 떠날 수 없었으니 진중한 뜻에 감사하였다.

초6일(임술壬戌). 개지 않았다.

대구면大邱面의 오위장 박이겸朴履謙이 서울에서 내려와 서울 소식을 대략 들었다. 참외眞苽 마흔 개와 수박 열 개를 가지고 왔다. 종인 태희가 돈 10냥을 구하기에 주었는데 도리어 마음이 편하지 않았다. 농상리의 종인 노은이 참외 수십 개를 가지고 왔다. 이어서 종인 태희와 함께 잤다. 오늘은 금사가 서울에 들어가는 날인데, 모두 기쁘게 맞이하는 모습을 보지 않아도 그릴 수 있었다.

밤에 꾼 꿈은 매우 괴이했다. 집에 큰바람이 불어 지붕이 벗겨졌는데, 내가 장차 고향 집의 지붕을 수리하려고 하였다. 종조부께서 나를 불러 사당祠堂 문을 열고 먼저 곡을 하신 후 노래를 불렀고, 나도 대신하여 곡을 하였는데, 종조부께서 곡을 하지 말라고 하셔서 그쳤으니 매우 괴이하였다. 고향 집이 천 리 떨어져 있는데 몽마夢魔가 이와 같으니 소식을 기다리기도 어려워 참으로 마음을 억누르기가 어려웠다. 1냥 5전으로 남초南草[80] 한 줌을 샀다.

초7일(계해癸亥). 개지 않았다.

이 대감의 집으로 가서 유 위원과 함께 밤늦게까지 이야기했다. 저녁밥을 같은 식탁에서 먹었다. 이방吏房이 서울에서 와서 만났다.

초8일(갑자甲子). 개지 않았다.

칠량면 농상리의 종인과 도란도란 이야기하면서 날을 보냈다. 시장의 노파가 술을 가지고 와서 함께 마셨다. 현익함懸益艦이 또 와서 정박하였다.

---

80 남초南草: 원문은 "草"로만 되어 있으나, 담배인 남초를 가리키는 것으로 보인다.

초9일(을축乙丑). 맑게 개었다.

오랜 장마 끝에 해를 보니 습기가 싹 사라져서 심신이 경쾌하였다. 아침이 되자 자못 상쾌하였다. 고창高敞의 아전 윤종회尹鍾會가 와서 만났다. 위원 박기붕朴基鵬이 방문하였다. 관묘의 유사가 와서 만났다. 고창의 아전 윤종회가 술과 안주, 온면溫麵 한 상을 성대하게 차려 왔다. 이 대감의 집으로 가서 해가 질 무렵까지 보냈다.

칠량면 농상리의 종인이 돌아간다고 고하였다. 이별할 때에 슬픈 마음이 더하였다. 윤종회는 자주 와서 만났는데 은근히 그 아들을 부탁하였다. 신 첨사新僉使 조철민趙喆民이 와서 만났다. 그는 김제읍金堤邑에 사는데 김제 수령의 동생 송병긍宋秉兢이 대과에 합격했다고 하니 매우 장하였다.

• 윤종회尹宗檜의 아들은 윤행권尹行權이다.

초10일(병인丙寅). 맑음.

어제부터 아침에 가을철 기운金氣이 많아져 청량하였다. 박 위원과 유 위원이 함께 방문하였다. 주인 노파鼻婆에게 술값 10냥을 지급했다. 윤종회가 돌아간다고 고하였다. 얼마 후에 방황하며 은근히 머물라는 뜻을 보였다. 이 대감의 집으로 가서 한가롭게 이야기하였다. 진사鎭使가 와서 만났다. 잠깐 사이 이야기를 나누었다.

박 낭청朴郎廳이 저물녘에 방문하였다. 석어石魚 열 개를 보내왔다. 박 낭청에게 세미선稅米船[81] 두 척을 부탁하였는데 과연 잘 납부하였다. 여러 친구와 달빛을 맞으며 놀러 나갔는데 강 머리에 손 선생이 와서 자고 있었다. 밤이 깊도록 글에 대하여 이야기를 나누니 더욱 맑고 상쾌한 기분이 들었다.

---

81 세미선稅米船: 세곡稅穀을 운반하는 배를 말한다.

11일(정묘丁卯). 맑음.

천영일千永一이 참외 두 개를 가지고 왔다. 박 낭청朴郎廳이 와서 이별을 고하였다. 손 선생과 여러 친구와 동쪽 기슭에 있는 운주대運籌臺로 가서 참외를 사 먹었다. 참외 맛이 섬 안에서 제일 좋았다. 하루 종일 시간을 보내다가 돌아왔다.

두 석石의 쌀을 친구 박 낭청에게 청하여 얻었다. 비록 잠시이지만 그의 성의가 감격스러웠다. 도암리의 종인 종욱宗郁이 닭 두 마리를 가지고 왔다. 가우도의 종인 권종로權宗魯가 약을 보내주었는데 가미加味한 윤조탕潤調湯 쉰 첩이었고, 닭과 토끼 열여덟 마리였는데 그 성의가 참으로 감사하였으니, 백 세世를 이어지는 지친至親의 아름다움이다. 오늘 저녁부터 한 첩의 약을 복용하기 시작하였다. 손문孫文이 와서 함께 잤다.

12일(무진戊辰). 맑음.

5월 초1일에 출발한 편지를 오늘에야 비로소 읽을 수 있었다. 그 사이에 경향京鄕이 모두 편안하였다. 서울에서 온 편지 중에 세상 의론이 모두 나의 일을 원통해한다고 하였다. 용서받는 것이 이처럼 느리니, 하늘의 뜻을 사람이 어떻게 헤아릴 수 있겠는가.

천영일이 참외 네 개를 가지고 왔다. 서강西江의 별영창別營倉 뒤에 사는 서 선달徐先達 치삼致三은 내내 친분이 깊었던 사람인데 마침 이곳에 와서 만나니 매우 기뻤다. 가위 천 리 밖에서 옛 친구를 만났다고 할 수 있겠다. 강진 수령이 방문하였다. 도암리의 종인이 돌아간다고 고하였다. 강진 형리康津刑吏 최가崔哥가 와서 만났다. 진사鎭使가 와서 만났다. 한동안 이야기하였다. 농상리의 종인이 들어와서 송사訟事에 대해서 이야기하고 첩帖을 얻었다. 대평리의 최 사과가 와서 만났는데 참외 스무 개를 가지고 왔다. 인동仁同 김노현金魯炫이 편지를 보내왔고 남초南草 다섯 근을 보내주었다. 종인 노은이 머물러 잤다. 유 위원이 달밤에 방문하였다. 밤이 깊어서 돌아왔다. 이 위원이 해가 기울 적에 방문하였다. 손 선생이 왔다가 갔다.

• 대평리의 최 사과가 가득 채운 약소주藥燒酒 한 병과 참외를 가지고 왔다.

13일(기사己巳). 맑음.

며칠 사이에 매미 소리가 더욱 맑아졌다. 새벽과 저녁에는 청량하여 밤에
잘 때 방문을 단단히 닫았다. 새벽 기운이 얇은 이불에는 약간 추웠다. 신
시申時 이후로 가랑비가 내렸다.

농상리의 종인과 함께 날을 보냈다. 서 선달이 날마다 왔고, 김 감찰 또한
왔다. 진사가 날마다 와서 영암靈巖의 참봉金參 김운선金云善(북평北平 신기
新基)에게 화를 내었다. 여러 사람이 화해하기를 권하였다. 손 선생이 와
서 잤다. 시장 노파가 술과 안주를 가지고 왔다. 강진에 우거寓居하는 이현
익李顯翼은 대평리의 이 대감과 같은 집안으로, 토서討書로 찾아와 만났는
데 닭 한 마리를 가지고 왔다. 유 위원이 방문하였다.

14일(경오庚午). 동풍이 크게 일어났다. 바람을 타고 가랑비가 오다 말다 하였다.

가우도의 여러 종인으로 노권, 관희, 학희鶴喜, 인희麟喜, 완희完喜가 종중
宗中에서 돈 10냥, 닭 두 마리, 농어鱸魚 다섯 마리를 거두어 왔다. 김 참
봉이 와서 만났다.

6월 17일에 서울에서 보낸 편지에 수실壽室이 하향下鄕하면서 집家舍을 그
의 외숙外叔 연 선달延先達과 윤구允求 씨에게 맡겼다고 한다. 숙부님께서
하향하고 윤구 씨가 집안일을 돌보면서 좌우로 주선하면서 지친至親의 정
의를 다하고 있었다. 서울 집이 텅 비었으니 비록 편지를 보내더라도 이
때문에 소식이 서로 끊어진 것이었다. 그 힘든 상황을 생각하니 한편으로
는 시원하고 한편으로는 슬펐으니 온갖 생각이 배회하였다.

밤에도 잠을 잘 수가 없었는데, 아침에 잠들었다가 꿈을 꾸었다. 곧 9월에
집으로 돌아가는 일이었다. 매우 괴이하였으니 꿈에서는 가을이었다. 잠

시 이 대감의 집으로 갔다가 저녁밥을 같은 식탁에서 먹었다. 손 선생이
와서 잤다. 농상리의 종인도 아직 함께 머물렀다.

15일(신미辛未). 바람이 순하지 않았다.

신 낭청申郎廳과 이별하였다. 유 위원이 잠시 방문하였다. 대평리 최 사과
의 맏아들이 와서 만나 보았다. 1전 8푼으로 대님單衽을 샀다. 대평리의
신 첨지가 보낸 편지가 왔다. 영부동의 종인 관희가 해변조奚邊鳥 두 마리
와 참외 스무 개를 가지고 와서 만났다. 농상리의 종인 노은이 돌아간다고
하였다. 이 사과가 방문하였다. 서 선달이 날마다 몇 차례씩 찾아와 놀았
다. 김 참봉은 날마다 보러 오니 좋다고 하였다. 이 위원, 이 사과와 함께
밤이 깊은 뒤에 달빛을 받으며 회포를 풀고 이야기했다. 허 서방許書房 은
垠은 날마다 방문하였는데, 환전換錢을 부탁하였다.

16일(임신壬申). 맑음. 매우 더웠다.

이른 아침에 금사가 돌아왔다. 10여 일 동안 서로 떨어져 있었는데 기쁜
마음이 비록 지극한 정이 있는 형제 사이라도 이보다 더 반가울 수 없었을
것이다. 서울의 여러 곳은 모두 편안하다고 하였다.
대평리의 신 첨지가 주첩舟帖에 대한 일을 부탁하였기에 일을 따져보는
편지를 보냈다討送. 허 서방이 방문하였다. 위원 윤철규가 또 방문하였다.
유 위원은 두루 방문하였다. 서 선달(강江)이 20민緡의 돈을 가지고 왔다.
또한 감사했으니 고향의 깊은 정이다. 10냥은 시장의 노파에게 주었으니
지난달에도 역시 10냥을 주었다. 금사가 돌아와서 대략 집안 소식을 들을
수 있었다. 신 첨지의 편지에 답하였다. 유 위원이 늦은 밤에 방문하였다
가 돌아갔다. 최 사과가 지어준 약값으로 12냥 6전을 주었다.

• 왜경倭鏡 한 좌座를 손석규孫錫圭의 아내에게 주었다. 중의中衣 한 벌을 꿰매준 수고로
보답한 것이다. 바늘 한 갑匣도 주었다.

17일(계유癸酉). 맑음.

영부동의 오위장이 참외 10여 개와 면麵 한 광주리를 가지고 와서 만났다. 이 위원, 이 사과와 같은 식탁에서 밥을 먹었다. 서 사과와도 같은 식탁에서 밥을 먹었다. 전운어사轉運御史 조필영趙弼永 씨가 인사하러 왔는데 돈 50민을 보내주었으니 감사했다. 손영오孫永五가 돈 40냥을 보태주었다. 가사리加沙里의 일로 마을에서 50민이 들어왔다. 이 사과가 30민을 허락하여 보태주었다. 유 위원이 쌀값 17민을 보태는 것을 또한 허락하였다. 돼지고기 1냥어치를 사 먹었다. 박 감찰朴監察이 와서 만났다(이 섬에 유배된 사람으로 감찰을 할 적에 쫓겨났다).

달빛이 정말 좋았다. 또한 윤선輪船 구마천환球磨川丸이 정박하였다. 유 위원과 여러 친구와 조각배 삼판선三板船(왜선倭船이다)을 타고 구마천球磨川을 완상하였다. 구마천은 현익환顯益丸보다 훨씬 좋고 기기묘묘奇奇妙妙하여 형언할 수가 없었다. 또한 윤 위원尹委員과 작별할 차에 그대로 물길을 타고 현익환으로 들어갔다. 마침 남사당男私黨[82]이 놀러 와서 깊은 밤까지 함께 즐기다가 돌아왔다.

18일(갑술甲戌). 맑음. 매우 더웠다.

서경운徐景雲이 이별하러 왔다. 서 사과(선달先達) 또한 이별하러 왔다. 천리 밖에서 함께 살던 사람과 헤어지게 되었으니 과연 슬픈 마음을 억누르기가 어려웠다. 서 사과는 문인門人이었는데, 가고 머무는 마당에 주저하며 차마 떠나지 못하였다. 총무사惣務使가 방문하였는데 한바탕에 이별하게 되었다. 총무사가 떠난 뒤에 진鎭 안이 마치 불계佛界와 같았다. 종일 『좌씨전左氏傳』을 보았다. 진첨사鎭僉使의 백형伯兄과 당진唐津 조성민趙聖

---

82 남사당男私黨: 남사당男寺黨 패거리들로, 떠돌이 예인집단에는 남사당패를 비롯하여 대광대패, 솟대쟁이패, 사당패, 걸립패, 중매구 등이 있다.

民이 와서 만났다.

19일(을해乙亥). 맑음. 매우 더웠다.

이 대감의 집으로 가서 날을 보냈다. 유 위원과 여러 친구와 노닐었다. 그 대로 점심밥을 먹었다. 저녁에는 유 위원을 찾아갔다가 참외를 먹고 밤이 깊어서 돌아왔다. 밤이 깊어도 더위가 물러가지 않았다. 의경儀卿이 시장에 갔다가 돌아왔다.

20일(병자丙子). 맑음. 매우 더웠다.

김달지金達之(경주慶州 사람이다)가 건천리乾川里의 이형도李亨道를 데리고 와서 만났다. 허 서방이 와서 만났다. 유 위원, 이 위원, 이 사과, 이 승지, 허 서방 진첨사, 주인 노파鼻婆와 만나기를 약속하고 종일 노닐었고 밤까지 이어졌다.

사시巳時 이후로 남풍이 불어오기 시작했는데, 신시申時 이후로는 더 크게 불어서 밤까지 그치지 않았다. 이 바람이 백곡百穀을 손상시키는데, 그 해로움이 하나가 아니니 이른바 사성死聲에 떤다는 것이다. 10민의 돈을 이 대감에게 보급報給하였는데, 이 위원과의 유람에 든 비용이었다.

21일(정축丁丑). 축시丑時 이후에 비가 거센 바람을 타고 많이 내렸다.

일찍 일어나보니 네 군데의 울타리가 떨어지고 나무가 넘어졌으니, 들판의 곡식이 크게 상했다는 것을 알 수 있었다.

대평리의 이 대감이 그 마을의 종인 편에 편지를 보내왔다. 여러 친구와 주변 사람들과 함께 이야기하며 날을 보냈다. 해가 진 뒤라야 바람이 비로소 잠잠해졌으니, 이것으로 큰 바람이 강 앞에 불어 닥쳤으나 여러 배가 담처럼 둘러 산과 같았으니 배를 잘 대었다는 것을 알 수 있다.

- 이 선비李雅 현익顯翼이 참외와 수박, 생강生干 한 줌을 가지고 왔다.

22일(무인戊寅). 약간 맑음. 밤까지 매우 더웠다.

이 대감이 방문하였다. 유 위원 역시 방문하였다. 여러 친구와 노닐었다. 낮부터 밤까지 노닐었다.

23일(기묘己卯). 맑음.

진사鎭使가 아침에 왔다. 유 위원과 이씨 두 명, 여러 친구도 있었는데, 새벽에 모두 헤어졌다. 강진 수령이 백미白米 한 석과 서초西草 다섯 근, 해변 조요변조浴邊鳥 다섯 마리, 편지 한 통을 보내주었으니 그 성의가 고마웠다. 주인이 백병白餠[흰떡]을 만들어 내어와서 여러 친구와 맛있게 먹었다. 손님이 많아 주인에게 음식값으로 4냥 남짓을 내어주었고, 주인에게 닭값으로 1냥 6전을 지급하였다.

천영일의 일을 강진 수령에게 맡겼는데, 무단히 새벽까지 비곤憊困함이 심하여 반나절 낮잠을 잤다. 대평리의 신 첨지가 편지를 보내왔다. 꿈을 하나 꾸었는데 서울로 돌아가 스스로를 탄핵하는 상소自劾疏를 올리고 중간에는 보리농사를 망친 일을 아뢴 것으로, 괴이하였다. 정사正斯 씨는 상소를 진달하는 것을 그만두면서 나에게 알리지 않았다. '맥麥' 자를 파자破字하면 18석十八夕에 인人 둘인데 아니면 어떤 감응을 취한 것인지 알 수가 없었다. 또한 글자의 모양을 왼쪽에서 취하여 보면 7월七月 7석七夕이고 2인人이다. 이것을 기록해두고 이후에 대처할 계획을 세울 뿐이다.

허 서방과 이 위원이 밤에 방문하였다. 진사가 다시 왔다.

24일(경진庚辰). 말복末伏 맑음.

허 선비許雅가 또 방문하였다. 묘당廟堂의 유사有司 박양래가 닭 한 마리와 밀가루眞末 다섯 되를 보내왔다. 그대로 닭을 삶고 수제비水接伊를 만들어서 이 사과에게 청하여 함께 먹었다. 신시辛時 이후로 이 대감 집으로 가서 유 위원과 함께 콩국豆粥을 먹었다. 진사가 찾아와 만났는데 날마다 두 번

씩은 찾아왔다.

시장의 노파가 녹두죽綠豆粥을 보내주어 밤에 먹었다. 비단 오늘만 별식이 아니라 종종 보내주었는데, 소주나 막걸리, 참외나 사탕을 이것저것 보내주었다.

25일(신사辛巳). 맑음.

윤선 현익환懸益丸이 아침에 왔다. 낭청郎廳 박기붕朴基鵬이 또 와서 방문하였다. 하루 종일 기운이 한 점도 없어서 누워 있었다. 밤에는 박 낭청과 박 위원이 방문하였다가 닭이 운 뒤에 돌아가 잤다. 이 선비李雅 현익顯翼이 와서 만났다.

26일(임오壬午). 맑음.

손 선생이 수박 두 개를 가지고 왔다. 종종 이와 같이 하였다. 시장의 노파가 또한 이런저런 먹을 것을 가지고 왔다. 장단長湍의 선산 김씨善山金氏라는 사람이 와서 잤다. 이 사람은 대평리의 신 첨지에게 온 사람으로, 윤선을 타야 해서 하루를 머무르는 것이다. 윤선 현익환은 내일 출발한다고 하는데 이곳에서는 필봉畢捧[83]하는 것이다. 이 이후로 진鎭 전체가 또 적막해졌다. 서울로 가는 길은 또한 멀기에 나그네의 심사가 불편한 점이 많을 것이다. 유 위원은 사람됨이 순후純厚하여 그동안 몇 달을 계속 만났는데 이별하게 되었으니 두 사람이 서로 슬퍼하였다.

날씨가 매우 더웠다. 밤에는 이 대감의 집으로 가서 박 낭청, 유 위원과 정답게 이야기했는데 하룻밤으로는 이별하기 어려웠다. 닭이 운 뒤에 돌아와 잤다. 연석硯石 한 좌座를 사서 서울 여러 곳에 부치려 하였으나 그만두었다.

---

[83] 필봉畢捧: 세금稅金을 모두 거두어 끝마치는 것을 말한다.

27일(계미癸未). 맑음.

아침이 되자 청량한 기운이 많았다. 전운영轉運營의 영리營吏 진안鎭安 김연식金淵植이 찾아왔다. 윤선이 장차 출발하는데 유 위원과 박 낭청은 차마 악수하고 헤어지지 못하고 자리로 가지도 못하였다. 곧바로 윤선에 올라 글을 쓰고 소리를 치며 이별하였으니, 그 은근한 마음이 사람을 감동시켰다. 유 위원이 10민의 돈을 보내주었고 박 낭청은 한 석의 쌀을 보내어 도와주었다. 이 또한 요즘 시대에 보기 드문 정의情誼였다. 편지를 써서 총무사惣務使 어른에게 보냈다. 주인 노파가 당일 돌아오는데, 역시 소란스럽고 어지러웠다. 하루를 건넌방越房에서 지내도록 하였는데, 개중에는 불편한 것이 많아 이루 말로 표현할 수가 없었다. 이 사과와 이 위원이 잠시 방문하였다. 돈 14민을 손용오孫容五가 빌려 갔다. 손 선생이 와서 잤다. 보성寶城의 색리色吏 김병의金秉義를 불러 화내며 책망하였다. 온 마을이 불계佛界와 같이 조용하였으니 또한 무방하였다. 천영일에게 평상 한 좌座가 있었는데 얻어 왔다. 정오에는 주인 노파가 조밥을 찧어서 해 왔다.

28일(갑신甲申). 맑음.

아침이 되자 가을 기운이 점점 많아졌다. 백지白紙 한 묶음을 1냥에 샀다. 고가雇價로 1전을 주었다. 관묘關廟 유사有司가 와서 만났다. 오후에는 이 대감의 집에 가서 여러 친구와 원두막苽幕을 찾아갔다. 그리고 다시 서남해西南海의 기이하게 생긴 돌을 구경하면서 날을 보내고 밤에 돌아왔다. 매우 피곤하여 누웠다. 이 위원과 이 사과가 또 방문하여 함께 밤을 보냈다. 강진 수령에게 편지를 썼다.

29일(을유乙酉). 맑음.

주인 노파가 보러 왔다. 이 사과가 방문하였다. 대평리의 이 대감이 생전복 스무 개와 미역甘藿 두 단丹을 보내왔는데 매우 컸다. 한 단은 손석규孫

錫圭의 소가小家에 보냈고, 생전복 다섯 개는 이 대감의 집에 보냈다. 백지白紙 한 묶음, 황촉黃燭 두 쌍으로 진저리鎭底吏 이동현李東鉉의 친상親喪에 조문弔問하였다. 해남海南의 마 선비馬雅가 그 당질의 편지를 가지고 왔다. 건천리의 이규원李奎源은 평소 금사와 친하게 지낸 지 이미 오래였는데 만나러 왔다.

윤조탕潤調湯을 다 복용하였다. 잠시 이 대감의 집에 갔다. 의경의 옷을 마련해주느라 백목白木 한 필을 시장에서 5냥에 사 왔다. 시장의 노파가 돌아간다고 고하였다. 손 선생이 잠시 와서 노닐었다. 이 위원이 방문하고 노닐었는데 박 사과도 왔다. 건천리의 뱃값 3냥 1전 3푼을 아직 지급하지 않았다.

• 주인 노파의 돼지고깃값 1냥을 지급하지 못하였다.

7월 초1일(병술丙戌). 맑음.

마 선비가 와서 노닐었다. 김규원金奎源과 박 사과가 돌아간다고 고하였다. 손 선생이 여러 차례 와서 노닐었다. 조약도助藥島의 중군中軍 차원모車元模가 죽었다化去. 그 역시 서울 사람이었는데 이곳에 이사 와서 살았다. 인간 세상의 빚을 다 갚지 못하고 떠나게 되었다. 그 아들은 나이가 어려서沖年 더욱 불쌍했다. 주인 오재식吳在軾이 참외 몇 개를 구입求入하고, 마 선비 편에 신발과 갑사甲紗[84]를 보내주었다.

밤이 깊었는데 홀연히 작은 등이 다가오기에 물어보니 장흥長興의 소부少婦로, 원통한 일이 있어서 하소연하러 왔다고 하였다. 처음에는 받아들이지 않으려 하였으나 사람이 이미 들어와 있어서 바로 보낼 수가 없었다. 이어서 그 대략을 들으니 과연 매우 원통한 일이었다.

---

84 갑사甲紗: 품질이 좋은 살핏한 사紗로, 여름 옷감으로 많이 쓰인다.

초2일(정해丁亥). 맑음. 처서處暑.

아침에 일어나니 커다란 밥상이 차려져 왔다. 무엇이냐고 물어보니 손용오孫容五가 밤에 제사를 지냈기에 상을 차려 보낸 것이라고 하였다. 과연 성대하게 차렸다. 이곳은 우리나라 동남쪽 구석의 가장 변방이지만 이처럼 제사를 성대하게 갖춘다는 것을 알 수 있다. 우리나라가 예의를 수백 년 동안 젖어들도록 행하였기 때문이다.

칠량七良 김기현金箕鉉이 와서 만났다. 여러 친구와 배를 타고 관묘關廟에 갔고 또 그대로 용검산勇釖山의 옥천사玉泉寺를 찾았다. 유사有司가 점심밥과 소주 한 병을 준비하였는데 종일 노닐다가 돌아왔다(막걸릿값濁醪價 1냥과 소줏값 1냥 반은 아직 지급하지 못하였다).

초3일(무자戊子). 맑음.

이형도가 닭 두 마리를 가지고 와서 만났다. 이 대감의 집으로 가서 신 석사申碩士와 시간을 보냈다. 신 석사가 찾아왔고, 손 선생이 와서 잤다.

옥천사에 갔을 때 운韻을 불렀는데 그때 시를 짓지 못한 사람들이 많았다. 숙소로 돌아와 다음과 같은 시를 지었다.

舟行一里下山靑	배를 타고 1리를 가니 산 아래는 푸르고,
中酒高歌爽若醒	술을 마시다 노래를 부르니 깨어난 듯 상쾌하네.
觀感興思須鳳闕	보고 느끼고 생각함은 모름지기 궁궐鳳闕이요,
徘徊憂慮復鯉庭	배회하며 걱정하는 것은 고향 집鯉庭이라네.
將軍有廟千秋節	장군의 사당이 있으니 천추千秋의 절개이고,
羈旅爲筵半日情	나그네의 연회는 반나절 동안 정답구나.
茶罷山童乂手語	차를 마시고 산동山童은 손짓으로 부르고,
前江歸棹又潮生	강으로 돌아가는 노에는 다시 조수가 일어난다네.

관묘와 옥천사는 같은 마을 안에 담을 이어 있는데 모두 섬 안에서 완상할 만한 곳이었다. 배를 타고 가면 관묘 앞에는 월송대月松臺의 토단土壇뿐이 었지만 매우 절묘하였다.

초4일(기축己丑). 맑음.

평산平山의 신 석사가 방문하였다. 밤에 잠을 잘 수가 없었다. 조약도의 곡 가내 최학태崔學泰가 계란 열세 개를 가지고 찾아왔다. 세 차례 만났다. 이 현익李顯翼이 와서 만났다. 대평리人坪里[85]의 이 대감에게 그사이의 상황 을 편지로 물었다. 영암靈巖으로 보내는 편지를 써서 김상완金相完을 감옥 에서 풀어줄 것을 부탁하였다. 또 김내은金乃殷을 부탁하였는데 그는 김운 선金云善의 동생이었다. 진사鎭使가 와서 만났다. 강진康津의 아전 황남준 黃南駿이 와서 만났다. 김몽여金夢汝[86]의 형제가 와서 아전 황남준을 추천 하였다. 영부동永富洞 오위장의 아들이 와서 만났다. 의경의 술빚이 60여 냥이었는데 몇 냥을 보태주었다. 무단히 시장에 나가서 돌아오지 않으니 괴이하였다.

오후에는 천둥이 치고 비가 조금 내렸다. 시장의 노파가 탁주濁酒 한 병과 참외 몇 개를 보내왔다. 밤에는 손 선생과 운韻을 부르며 한 수의 시를 지 었다. 이날 밤에 이 대감이 와서 노닐었다. 이 위원은 뒤에 왔다. 밤이 깊 은 뒤에 돌아갔다.

초5일(경인庚寅). 맑음.

이 대감, 진사와 함께 배를 타고 노닐었다. 신지도薪智島 앞바다에 이르러 두 피리로 앞을 인도하면서 여러 배가 고기를 잡도록 하였는데, 작은 도미

---

85 대평리大坪里 : 원문은 "李坪里"로 되어 있으나 오자로 판단되어 바로잡아 번역하였다.
86 김몽여金夢汝 : 원문은 "孫夢汝"로 되어 있으나 오자로 판단되어 바로잡아 번역하였다.

道尾와 석어石魚의 은빛 비늘이 반짝이며 나오고 있었으니 참으로 볼만하였다. 점심밥은 배 안에서 닭을 삶아 먹었다. 소담한 맛이 참으로 맑은 유람이었다. 오후에는 갑자기 소나기가 내려서 배를 급히 참왜도斬倭島와 참두도斬頭島 사이에 정박시켰다. 다시 그물을 들어 전어鰷魚 100여 마리를 잡았다. 그물 치는 법을 비로소 알게 되었는데 역시 장관이었다. 저물녘에 돌아왔다.

밤에는 여러 친구와 시 두 수를 지었다. 닭이 울고 나서 자리를 파하여 돌아갔다. 손 선생 어버이의 기일忌日이라 토제討祭[87]하여 술과 음식을 청하여 먹었다. 이 영변이 서초西草 다섯 근을 보내주었다.

초6일(신묘辛卯). 맑음. 매우 더웠다.

손 선생의 백씨伯氏가 무과武科에 [급제하였다.] 음식 한 상을 성대히 차려 왔다. 아침밥을 먹기 전에 배불리 먹었다. 한바탕 선소리立聲를 들었다. 이 대감의 집으로 가서 낮에는 거문고 연주를 들었고 밤에는 선소리를 들었다. 진사鎭使도 함께 가서 보았다. 손 선생과는 운韻을 부르며 시를 지었다.

초7일(임진壬辰). 맑음.

금사錦史를 강진의 병영으로 보내고, 강곤康梱에게 보내는 편지를 썼다. 의경이 비로소 돌아왔다. 무단히 나가버렸다가 무료하게 돌아오니 괴이한 일이다. 유사有司가 와서 만났다. 관묘關廟로 가서 술값 3냥을 주었고, 뱃값 3냥 1전 2푼을 주었다. 선생과 함께 시 짓기를 마쳤고, 『좌전左傳』 다섯 권 읽기를 마쳤다. 장흥長興의 노파 역시 강진의 병영으로 갔다. 오늘은 칠석七夕으로, 서울을 생각하면 회포가 더하였다. 밤에는 선생과 시를 지

---

87 토제討祭: 일부러 남의 제사 집에 가서 제사 음식을 달라고 하여 먹는 것을 말한다. '벌제伐祭'라고도 한다.

었다. 할아버님을 배종陪從하는 꿈을 꾸었다.

초8일(계사癸巳). 맑음. 시원한 느낌이 아침에 더했으나 오후의 열기는 줄어들지 않았다. 『좌전』 다섯 권을 다시 빌려 왔다. 김달지金達之가 날마다 와서 노닐었다. 이민규李敏圭가 수영水營으로 간다고 고하였다. 시장의 노파가 보러 왔다. 진사鎭使가 다시 왔고, 경락敬洛과 함께 시를 지었다. 시장의 노파에게 3냥의 빚을 지급했다.

초9일(갑오甲午). 맑음.

주인 노파가 시장으로 가서, 홀로 앉아 집을 보았다. 사방이 모두 비가 흡족하게 내리는데 유독 이 섬만 가물었으니, 농사 초기에 잘 자라야 하는데 작은 손실이 없겠는가. 비가 내릴 듯하다가 끝내 내리지 않았다. 시 한 수를 지었다. 오후에는 잠시 이 대감의 집으로 갔다. 진사가 와서 만났는데 날마다 이와 같았다. 주인 노파와 밤늦도록 함께 이야기하였는데 노인의 말이 절절히 가상佳尙하였다.

초10일(을미乙未). 맑음.

이 위원이 방문하였다. 함께 시화詩話에 대해서 잠깐 토론하다가 술을 내어와 회포를 풀었다. 정오 사이에 이 대감이 떡을 보내왔는데 빨리 몸을 움직여 급히 열어보니 기장떡黍餠과 인절미引絶였다. 들판에서 새로운 먹을거리를 보내오니 자못 먹을 만하였다. 오후에는 갑자기 소낙비가 내렸다. 가뭄을 걱정하던 차에 조금은 위로될 만하였으나 흡족하지 않은 안타까움이 있었다. 아쉬움이 있으나 소나기는 소나기일 뿐이었다. 이 작은 섬을 돌아보면 또한 아직 비가 내리지 않은 곳이 많다고 한다.

11일(병신丙申). 맑음.

홀로 앉아 있으니 무료하여 또 시 한 수를 지었다. 처음에 이 땅에서 시를 짓지 않으려고 했던 것은, 비단 옛사람의 경계만이 아니라 마땅하지 않은 점이 많았으므로 오랫동안 시를 읊지 않았었다. 여러 벗이 도리어 재미가 없다고 하여 깊이 권하기에 며칠 전부터 밤낮으로 낭랑하게 읊조리고 있다. 그러나 매번 피휘避諱 하느라 시어가 부족하여, 비록 일반적인 글자라도 무단히 눈에 거슬리는 것이碍眼 많았다. 그리하여 좋은 구가 버려지는 경우가 많았다.

조순경趙舜卿이 고등어高登魚 다섯 마리를 보내왔다. 영부동의 오위장이 방문하였다. 마침 옷을 빨고 『좌전』을 보려고 앉았다. 이 대감이 옷을 보내어 초대하기에 가서 노닐었다. 종일 있다가 그대로 점심밥과 담근 감沈柿, 복숭아僧桃를 먹었다. 진사와 함께 날을 보냈다. 밤에는 달빛이 정말 아름다워 고향 생각이 천 첩은 일어났으니 참으로 견디기 어려웠다. 주인 노파는 내가 우울해하는 것을 보고 평상에 함께 앉아 섬의 풍속과 섬 사람들의 물정物情, 그리고 옛이야기를 해주었다. 고어古語에 이른바 과연 귀에 들어오지 않는다는 것이 이와 같은 시기라 하겠다. 선생과 이 위원이 방문하여 운韻을 부르며 시를 지었다. 이어서 술을 마셨는데 〔이 위원은〕 밤이 늦어서 돌아갔고 선생은 그대로 잤다.

12일(정유丁酉). 맑음.

이 대감에게 옷을 보내주었다. 주인 노파가 빨래를 하고 돌아왔는데 과연 솜씨가 좋았다. 이 대감이 사람을 보내와서, 서로 빨리 따라가서 날을 보냈다. 여러 친구와 진사도 함께 이야기했다. 이어서 점심밥을 승려와 함께 먹었다. 저물녘에는 조약도의 감찰 김연정金然定과 박 감찰朴監察이 와서 만났다. 시장의 노파가 와서 잤다. 손 선생과 밤이 늦도록 시부詩賦를 지었다. 우리 왕후를 모시는 꿈을 꾸었다.

13일(무술戊戌). 맑음.

이 대감의 생일이다. 음식을 성대하게 차렸으니 이것은 그 별실別室의 솜씨였다. 아침에 가서 식탁을 함께하고 밥을 먹었는데 과연 진수珍羞였다. 이 대감의 별실의 손맛이 역시 대단히 묘하였다. 점심에는 국수를 만들어 먹었는데 섬 안의 선비들과 벼슬아치들은 거의 함께 모였다. 신시辛時 이후에 돌아왔다.

박인겸朴仁謙의 종형제가 말린 농어鱸魚 두 마리와 고등어高登魚 열 마리를 보내왔다. 밤에는 손경락孫景洛과 함께 시를 지었다. 밤이 깊어서 잤다. 고향 집 꿈을 꾸었다.

- 박수겸朴壽謙은 대구면大丘面 원포垣浦에 산다. 박 오위장朴五衛將은 이름이 영헌永憲이고 사과司果는 이름이 영수永秀이다.

14일(기해己亥). 맑음.

농가農家에서는 비가 내리기를 간절히 빌고 있는데, 농작물의 싹이 틀 때인데 오래도록 가물어서 이런 지경이 되었으니, 비가 내려도 농사꾼들을 위로하기 부족하였고 또한 비가 내리지 않은 곳도 많아서 백성들의 마음이 목마른 듯하였다. 이 때문인지 더위는 날로 더욱 심하였으니 견디기가 어려웠다. 고향 집 꿈을 꾸어서 종일 일어나지 않고 망건을 하지도 않고서 깊이 누웠다. 『좌전左傳』 한 권을 보았다. 이석교李錫敎[88]가 보러 왔다. 근래에 기장과 수수, 조의 세 가지 곡식을 거뒀는데 농사가 은근히 풍성하였다.

진사鎭使가 보러 왔다. 주인 노파가 시장에서 돌아왔다. 꼬막 조개高莫蛤를 사 와서 잘 먹었다(꼬막高莫은 해미시海美市에서 '살조기'라고 한다). 달빛이 정말 좋았다. 이 위원(호는 동농東農이다), 이 사과, 손경락이 함께 방문했는데, 밤늦

---

88 이석교李錫敎: 원문은 "석교문錫敎文"인데, 여기에는 오탈자가 있는 것으로 보인다. 뒤에 나오는 '이석교李錫交'를 지칭하는 것으로 보여 고쳐 번역하였다.

게까지 한가로이 이야기하였다. 이 대감이 남초엽南草葉 열 묶음을 보내주었다.

15일(경자庚子). 맑음.

아침이 되니 가을빛이 더욱 났다. 어젯밤 달이 중천에 뜨자 무지개가 달 곁에 나타났으니 매우 괴이하였다. 주인 노파가 햅쌀新稻밥을 지었기에 반 그릇을 먹었다. 밤에는 꿈에 이실李室[89]이 나왔는데 온몸에 천연두 흉터 같은 게 있었으니 괴이하였다. 천 리 떨어진 고향 소식이 망망茫茫하였다. 바다에 들어온 이후 며칠 사이에는 고향 집 꿈을 많이 꾸어서 마음을 정하기 어려웠다.

이 대감과 여러 친구와 진사가 배를 타고 용검산勇釰山의 옥천사玉泉寺로 갔다. 비 때문에 길이 막혀 하룻밤 잤다. 관묘 유사가 대접하는 비용은 진사가 담당하기로 하였다. 빗속에서 출발하여 돌아오면서 시 한 수를 지었다. 금사는 빗속에서 돌아오느라 또 체하고 설사병이 나서 괴로워하며 돌아왔다. 교동橋洞의 종인이 노자路子로 8냥을 썼기에 참빗眞梳 두 개를 보내주었다. 내간內間[90]에서 매우 관곡款曲하다고 하였다. 김구홍金玖洪의 관곡함은 절절하게 감사하였다. 백지白紙 두 권을 보냈다. 영동永洞의 종인이 남초南草 네 묶음을 보내주었다. 천영일千永一이 작설차鵲茶 네 현絃을 보내왔는데 그 아들이 경마잡이를 하고 왔다.

16일(신축辛丑). 큰바람이 불고 큰비가 내렸다.

비가 내리는 가운데 주인이 교자轎子를 보내왔는데, 여러 사람이 꺼리어서 교자를 돌려보내고 함께 걸어왔다. 강곤의 답서答書가 왔다. 탁주 1냥

---

89 이실李室: 이 대감의 별실別室을 말하는 것으로 보인다.
90 내간內間: 부녀자들이 지내는 곳을 높여 부르는 말로, 아낙을 의미한다.

어치를 사 왔다. 손 선생, 이 위원과 함께 시를 짓고 함께 마셨다. 유사有司
가 백지白紙 열 장과 남초南草 열 묶음을 빌려 쓰는 것을 허락하였다.

17일(임인壬寅). 비가 개지 않았다.

김구홍金玖洪과 이석교李錫交에게 편지를 썼다. 밤에는 제사를 지냈는데
한 상을 성대하게 차려서 왔다. 술값 1냥과 교고轎雇〔가마 삯〕 3전을 지급하
였다. 진사鎭使가 와서 한바탕 이야기하였다. 이 동농李東儂(위원의 별호이다)
이 방문하였다. 선생의 형제가 와서 노닐었다.

바다 속에 물고기가 있는데 이름은 낭구狼具이다. 크기는 수십 위圍이고
머리와 꼬리가 물에 잠겨 있으면 그 길이를 알 수가 없어서 헤아릴 수 없
다고 하였다. 재작년에 수백 마리가 떼를 지어 이 강을 지나갔는데 그렇게
되면 반드시 큰 바람과 비가 온다고 하였다. 과연 그 조짐이 감응이 있었
는지 당일 신천申天[91]에 비바람이 과연 일어났다고 하였다. 그 몸에서 물
밖으로 나오는 부분은 반 장丈이 넘는다고 하였다. 만약 배가 그 무리를
만나면 배 안의 물건을 모두 물에 버리고 살기를 도모해야 한다고 하였다.
가랑비가 그치지 않았다. 저녁을 타서 동농 선생, 용암龍巖 이 사과가 방문
하여 등불을 돋우고 운韻을 불러 율시律詩 한 수를 지었다. 술 몇 잔을 기
울이고 헤어졌다.

18일(계묘癸卯). 비가 개지 않았다.

병이 나서 어찌할 수가 없었다. 체하면 바로 설사가 오는 것이 한 번이 아
니었으니 종일 신음하며 누워 있었다. 『좌전左傳』 한 권을 보았고, 또 율시
한 수를 지었다. 이 대감이 남고병南苽餅 한 그릇을 보내주어 먹었다. 저녁
을 틈타 미약해진 기운을 돋우기 위해 잠시 이 대감의 집으로 갔다. 밤에

---

91 신천申天: 신시申時, 즉 오후 3~5시를 말한다.

는 오정梧亭(선생)과 시를 지었다.

19일(갑진甲辰). 비가 개었다.

아침에 일어났는데 기운이 하나도 없어 몸을 움직이기도 난처하였다. 토와土瓦 다기茶器를 3전 7푼에 샀다. 박양래朴良來가 와서 만났다. 오후에는 이 대감의 집에 가서 소일하였다. 동농과 오정이 밤에 방문하여 시를 지었다. 밤이 늦은 뒤에 자리를 파하였다. 닭이 운 뒤에 비가 조금 내렸다.

20일(을사乙巳). 비가 개었다.

동농이 아침에 방문하였고 진사鎭使가 찾아와 만났다. 정오에는 율시 한 수를 읊었다. 오후에는 가랑비가 내리다가 갑자기 장마처럼 쏟아졌으니 백성들이 심히 괴로워하였다. 들판의 모든 곡식이 이삭을 맺을 때인데 장맛비가 지루하게 쏟아지니 곡식의 손해가 연이을 것이라 매우 괴이하였다. 이 근래가 면전綿田에 꽃이 맺힐 때인데 비가 이와 같으니 백성의 희망이 사라졌다.

체수滯祟를 털어내지 못하고 계속 고통스러워 점점 피곤하고 수척하게疲瘦 되었으니 분하고 한탄스러웠다. 밤에 밤을 줍는 꿈을 꾸었으니 어젯밤에 꾼 꿈을 징험한 것이 아닌가. 밤에 시 한 수를 지었다.

21일(병오丙午). 비가 퍼붓듯 내려 종일 개지 않았다.

빗속에서 금사와 율시 두 수를 지었다. 진사가 잠시 와서 만났다. 이 대감에게서 빚 10민緡을 얻었다.

22일(정미丁未). 비가 개었다. 바람이 맹렬하게 불었다.

일찍 일어나보니 검은 구름이 아직 걷히지 않았다. 날씨가 매우 엷게 어두우니慘淡 가을 기운이 점점 깊어지는 것이다. 오후에는 이 대감의 집에 가서 진사와 소일하였다. 이어서 저녁밥과 자병煮餅〔끓인 떡〕을 먹었다. 밤에는 오정과 함께 율시 두 수를 지었고, 그와 함께 잤다.

23일(무신戊申). 맑음.

가을빛이 점점 깊어졌다. 오늘은 우리 익종실翼宗室 신정후神貞后의 존호를 추상追上하는 날이다. 오늘 밤에 진하陳賀를 하니 조정의 일이 얼마나 많겠는가. 멀리 조정의 상황을 그리워하니 더욱 작은 정성이 간절하였다. 땔나무를 1냥 2전에 샀다. 의경儀卿의 단의單衣를 만든 이에게 1냥을 주었다. 밤에 수실壽室에 대한 꿈을 꾸었는데, 얼굴과 피부가 매우 퉁퉁하였고 화문석花紋席 몇 간으로 장식하였으니 괴이하다.

오정과 율시 두 수를 지었다. 대평리大坪里의 최 사과가 와서 만났다. 묘당廟堂의 승려 편으로 『좌전左傳』 하질 다섯 권을 보냈다. 진사가 와서 만났다. 가을바람이 불어온 이후로 몸이 가려워지는 증상이 극히 심해져서 매우 괴로웠다. 밤에는 할아버님을 배종陪從하는 꿈을 꾸었는데 몸이 자못 건강하지 않았다. 꿈에서도 나그네의 심사가 자주 나오니 걱정하지 않는 것이 없었다. 『공자가어孔子家語』 세 권을 선생에게 빌려서 오늘 비로소 읽기 시작하였다.

24일(기유己酉). 동풍東風이 그치지 않고 불어왔다.

파도 소리와 바람 소리가 함께 이르러 요란스러웠다. 큰 바닷가에는 바람 소리가 더욱 맹렬하였다. 조약도助藥島 괴갈리怪乫里의 최학태崔學太가 닭 한 마리를 보내왔다. 진사가 다시 왔다. 시장의 노파가 떡과 침시沈柿를 보내주었다. 주인이 떡을 사서 내왔다. 선생이 밤에 왔는데 그대로 함께 자고 시를 지었다.

서울 집으로 돌아가는 꿈을 꾸었는데 앞내의 사돈 박씨 댁에 이르렀다. 민수敏壽는 병색病色을 띠고 나그네와 똑같이 의관을 갖추고 와 앉아서 별다른 말이 없다가 내간內間으로 들어갔다.

25일(경술庚戌). 동풍이 그치지 않고 맹렬하게 불었다.

오늘은 우리 성후聖后의 탄신誕辰이다. 겸하여 존호를 올리고 진하陳賀하는 칭경일稱慶日이다. 아마도 특별한 사전赦典이 있을 듯한데, 조정의 의론朝議이 어떠한지 모르겠다. 쫓겨나 멀리 떨어져 있는 신하가 나라의 큰 경사의 날에 참여하지 못하니, 다만 스스로 해를 향한 정성葵忱을 지닌 채 조용히 있을 뿐이다.

영부동의 오위장이 보러 왔다. 건천리乾川里의 이형도李亨道가 보러 왔다. 건천리의 김규원金奎源이 고등어古銅魚 열 마리를 보내왔다. 정오에 이 대감의 집에 갔는데 진사鎭使 역시 왔다. 함께 앉아서 밤을 보내왔다. 손경락과 함께 율시를 지었다. 금사는 설사병이 급하여 자못 매우 무료하였다. 선생이 기장 떡黍餠 한 그릇을 보내주어 밤에 먹었다.

밤에는 할아버님을 배종陪從하는 꿈을 꾸었는데, 산수를 구경하러 곡산谷山으로 가는데 기문箕文 씨도 함께 갔으니 참으로 괴이하였다. 섬에 들어온 이후로 할아버님에 대한 꿈을 가끔 꾸었으니 평소 매우 사랑해주셨기 때문임을 알 수 있다. 저승에서도 은근하게 가르침을 주시는 것이 아니겠는가? 가슴을 어루만지며 슬퍼하고 애도하니 그 마음이 더욱 깊었다.

26일(신해辛亥). 새벽부터 밤까지 비가 내렸다.

주인집에 특별한 채소가 있었는데 양어간養於肝이라고 부른다. 그 줄기는 생강生薑이나 대나무와 비슷하고, 그 뿌리를 잘라서 나물을 만드는데 특이한 향이 먹을 만하였다. 남감南柑〔고구마〕이 이 땅에서 생산되는데[92] 맛이

---

92 남감南柑〔고구마〕이 이 땅에서 생산되는데: 고구마의 원산지는 멕시코에서 남아메리카 북부에 이르는 지역이다. 중국의 복건성福建省에 먼저 전해지고, 우리나라로 전해졌다.

좋고 토산土産이기 때문에 고금아古今芽라고 부른다. 9월에서 10월에 캐는데 많은 경우는 수십 석이 된다고 한다. 크기가 노각爐角[93]만 한 것이 많다고 한다.

청학동青鶴洞의 이 사과李司果가 때마침 내리는 비처럼 고등어古同魚 열 마리를 보내주었다. 가랑비가 종일 내렸는데 선생과 율시 두 수를 지었다. 또 밤에는 율시 한 수를 짓고 그대로 함께 잤다. 가을이 오니 꿈을 자주 꾸었다. 수실壽室을 보았는데, 전동典洞의 척조모戚祖母를 봉배奉拜하였다. 밤에 비가 또 세차게 왔다.

27일(임자壬子). 비가 개지 않았다.

이방吏房의 아버지가 와서 만났다. 사과司果 최희경崔喜景이 와서 만났다. 2냥으로 개 한 마리를 샀다. 선생과 시를 지었다. 개를 삶아서 진사鎭使, 동농東儂, 용암龍巖을 청하여 술을 사서 한바탕 먹고 마셨다.

오후에는 상한上閑에게 가서 노닐다가 돌아왔다. 상한은 기장 떡을 먹었다. 비가 내려 날이 쾌청하지 않았다. 밤에는 율시 한 수를 읊조리고 잤다.

28일(계축癸丑). 동풍이 불어 매우 추웠다.

비가 그치고 이방吏房의 부친이 와서 만났다. 일기日氣가 갑자기 추워져서 구추九秋[94]의 추위보다 심하였다. 진사가 병영兵營의 명기名妓 초월初月을 데리고 왔다. 돌아보건대 이처럼 병을 앓는 와중에 자못 무료하였으나 잘 소일消日할 수 있었다. 금사가 이 대감의 집에서 6냥을 얻어 왔다. 밤에 선

---

93 노각爐角: 노각 즉 늙은 오이를 말하는 것으로 보인다. 오이를 수확하지 않고 30일 정도 둔 것으로, 표면이 누런색이고, 크기는 오이보다 두세 배 정도 크며 700그램 이상 되었을 때 수확한다.

94 구추九秋: 음력 9월의 늦가을을 말한다.

생과 함께 잤는데 율시를 지었다. 변두풍邊頭風[95]과 이통耳痛,[96] 체수滯祟[97]를 앓아 밤새도록 고통스러워 안정할 수가 없었다.

29일(갑인甲寅). 맑음.

날씨가 개기 시작했다. 시장 편市便으로 생강生薑 3전을 샀다. 정오 사이에 초월初月이 와서 노닐었다가 그대로 아파서 종일 누웠는데 밤이 늦어 돌아갔다. 선생이 와서 율시를 지었다. 이 사과와 진사가 와서 노닐었다. 종일 술잔 가득 서로 권하며 마셨다.

최 사과가 방문하였는데 나의 맥脉을 짚어보고 정기산正氣散 두 첩의 〔약방문을〕 내어, 주인의 아들 편으로 대평리 최 사과의 집으로 보내어 약을 지어 왔다. 밤에 한 첩을 시험해보니 풍병風病이 더 심해져서 호마산胡麻散 두 봉씩을 오늘부터 먹기 시작하였다. 밤에 율시 두 수를 지었다.

30일(을묘乙卯). 맑음. 아침이 되자 바람이 세게 불었다.

영부동永富洞의 종인宗人이 베 네 필을 사 왔는데 값은 22냥 7전이었고 비용은 이미 지급하였다. 도암陶巖의 종인이 닭 두 마리를 보내왔다. 영동리永洞里의 종인 상욱商郁이 30민緡을 보내주었다. 진사가 보러 왔다. 초월 역시 보러 왔다.

잠시 비가 조금 뿌렸다. 김희담金喜淡이 백주지白周紙 세 축을 보냈고, 천영일이 그의 아들을 보내어 무菁子 큰 것 마흔 개를 보내왔다. 밤낮으로 선생과 시를 지었다. 꿈에서 정사正斯 씨와 군헌君憲 씨를 보았고, 전망前望[98]에서 낙점의 은혜를 입었는데 더욱 감회가 그러했다. 주인 노파는 병영兵

---

95 변두풍邊頭風: 한쪽 머리가 발작성으로 아픈 증세를 말한다.
96 이통耳痛: 귓속이 아픈 증세를 말한다. '귀앓이'라고도 한다.
97 체수滯祟: 먹은 음식이 잘 소화되지 않아서 생기는 병을 말한다.
98 전망前望: 삼망三望에 들어 있는 사람을 말한다.

營에 있는 사위 집으로 갔다.

8월 초1일(병진丙辰). 맑음.

진사鎭使의 삭하례朔賀禮를 보았는데 위의威儀가 대략 갖추어졌다. 초월
이 만나러 왔다. 그대로 병 때문에 드러누워서 유숙留宿하게 되었다. 진사
가 와서 노닐었다. 이 사과 또한 와서 노닐었다. 닭이 울 때가 되어서야 자
리를 파했다. 강진康津의 수령에게 편지를 썼고, 김희담에게 답장을 썼다.
감자柑子를 샀는데 그 맛이 아주 좋았다.

초2일(정사丁巳). 맑음.

함열咸悅 최 선비가 500리 길을 멀게 여기지 않고 와서 만났다. 그 마음이
고마웠다. 5월에 보낸 서울 편지를 이제야 볼 수 있었다. 환약丸藥 100개를
가지고 왔다. 선생 역시 와서 앉아 초월 옆에 있었는데, 그대로 함께 시를
지었다. 함께 망덕산忘德山에 올라 시를 지었다. 술 한 병을 가지고 동농東
儂, 이용암李龍巖과 함께 이야기하였다. 이 대감의 집에 가서 떡을 먹었다.
집으로 돌아왔더니 책상에 편지 한 통이 있었다. 곧 족형族兄 치수致綏가
당진도唐津島를 지날 때 마침 이곳으로 오는 완도선完島船과 서로 가까워
편지를 써서 보낸 것이다. 비로소 집안의 문안問安을 알 수 있었으니 곧 7
월 망일望日에 보낸 편지였다. 수실壽室 또한 서울로 돌아왔다고 한다. 치
수 형이 데리고 갔는데 목로木路[99]를 따라간 것이다. 큰 바다의 파도에 젊
은 여자가 질병이 없겠는가. 그 또한 액운이 모여 심해진 것이다. 6월의 한
더위에 300여 리를 달려야 했고, 7월에는 바다를 건너 이곳저곳 떠돌아다
녔기 때문이다.
영부동永富洞의 오위장五衛將이 와서 만났다. 유사有司가 왔는데 만나지 못

---

99 목로木路: 얕은 물에서 배가 다닐 만한 곳에 가지를 꽂아 표시한 뱃길을 말한다.

했다. 강곤에게 보내는 편지를 썼는데 이영길李英吉에 대해 청탁하는 일이 었다. 그는 이방吏房의 아버지이다.

초3일(무오戊午). 맑음.

말린 석어石魚 네 속束을 2냥 4전에 샀다. 최 선비가 또 강진康津으로 가는데 금사錦史가 동행하였다. 겸하여 낙안樂安 땅에도 가는데 노잣돈 4냥을 가지고 갔다. 조용하게 혼자 앉아 있으니 홀연히 피리 소리가 방에 들려오는 듯하여 살펴보니, 서정西亭 숙부님叔主과 위당緯堂 김 감역金監役이 천 리를 멀게 여기지 않고 방문하는 것이었다. 그 뜻에 감복하여 안정할 수가 없었다. 금사와 최 선비는 중도에 서로 만나서 함께 돌아왔다. 비로소 경향京鄕의 소식을 대략 들을 수 있었다. 천 리 타향에서 친척과 친구를 만났으니 그 기쁨이 어떠하겠는가? 기쁨과 눈물이 앞서 나왔다. 밤이 깊도록 함께 이야기하는 즈음에 정홍식鄭弘植이 왔기에 신곡新曲 하나를 청하였다. 밤이 깊어서 잠이 들었다.

초4일(기미己未). 맑음.

금사를 낙안 땅으로 다시 보냈다. 밥을 먹은 뒤에 서정 숙주叔主와 위당 김 감역, 최 선비 경명景明, 동농東儂, 오정梧亭과 옥천사玉泉寺로 유람을 갔다. 마침 초월初月도 함께 갔고 정홍식도 와서 참여하였다. 각각 가사歌詞를 부르며 노닐었다. 술 한 병을 사 갔는데 석양이 질 때 돌아왔다.
손님이 와 있었는데 종인宗人으로 광양光陽 월현리月懸里 김 감역金監役의 중자仲子 낙제樂濟였다. 그와 함께 안부를 물었는데 노정이 320리를 온 것이었다. 그의 성의에 감동스러웠다. 건어乾魚 일곱 마리와 건오어乾烏魚[100]

---

100 건오어乾烏魚: '오어烏魚'는 '예어鱧魚'를 말하는데, 곧 가물치이다. 비脾를 보補하고 부기를 가라앉히는 효능이 있어서 약재로도 쓴다.

세 속束, 홍합紅蛤 다섯 첩, 장주지壯周紙 두 축을 가지고 왔다. 광양리光陽里의 정석하鄭奭夏, 장유석張裕錫이 조개 두 첩을 보내주었다. 저녁을 먹은 후에 의경이 무단히 시끄럽게 싸우면서 주인집 아들을 때렸다. 얼굴이 붉어져 고개를 들기가 어려웠다. 그대로 재미 없이 함께 잤다.

초5일(경신庚申). 맑음.

최경명崔景明과 감역 김규배金奎培를 보냈다. 슬퍼하며 집에 있으니 진사가 와서 만났다. 초월도 와서 만났다. 광양의 종인과 함께 이야기하니 분위기가 맑고 은근하였다. 숙부님과 함께 머무르니, 자못 멀리 떠난 곳에서 소중한 일임을 알 수 있었다.

오후에는 이 대감의 집에 가서 사탕을 먹고 왔다. 밤에도 잠깐 갔다가 돌아왔다. 선생과 함께 율시를 지었다. 의경이 또 발광하였는데 어디로 갔는지 알 수가 없었다.

초6일(신유辛酉). 맑음.

광양의 종인을 보내주었다. 그 종인에게 5냥의 돈을 주어 돌려보냈다. 그 종인의 음식값과 여러 손님의 음식값 6냥 4전을 지급하였다. 사시巳時 이후로 가랑비가 종일 내렸다. 선생이 마침 와서 함께 시를 지었다. 주인이 기장 떡黍餅을 만들어 보내주어서 배부르게 먹었다. 진사가 와서 만났다. 저녁 이후로 비가 점점 많이 왔다. 서정 숙부님과 밤이 늦도록 한가로이 이야기하다가 잠이 들었다. 밤에 두 수의 시를 지었다.

초7일(임술壬戌). 쾌청하지 않았다.

초월이 일찍 일어나서 왔다. 하루아침에 한가롭게 이야기하니 적적하지 않았다. 밥을 먹은 뒤에 초월이 길을 출발하여 송별하였다. 숙부님과 선생과 시를 지었다. 들으니 이 대감의 집에 점을 잘 치는 이가 왔다고 하여 가서 물어보니 섣달이 길하다고 하였다. 밤에 선생과 함께 시를 지었다. 진사가 와서 만났다(진중리珍中里의 정찬호鄭贊好가 와서 만났는데 함께 율시를 지었다).

• 초월初月이 돌아갔다.

초8일(계해癸亥). 맑음.

이 대감의 집에 술사術士 김상인金喪人이 왔다. 그의 본은 선산善山이고 영암靈巖에 산다고 한다. 가서 점을 물어보니 이번 달 망일望日이 조금 좋다고 하고, 그렇지 않다면 납월臘月[101]에 해배解配되어 돌아간다고 하였다. 사성四星[사주四柱]을 평하고자 청하였으나, 사성을 논하는 것은 별로 새로운 것이 없었다.

청학동靑鶴洞의 이시우李時雨, 최 사과, 이 위원, 이 사과, 진사, 선생과 함께 앉아서 서로 술을 마셨다. 반나절 동안 즐겼다. 이 대감에게 25냥의 빚을 청하여 왔다. 저물녘에 숙부님과 마을을 두루 돌아다녔다. 돌아와서는 선생과 함께 이야기하고 시를 한 수 지었다. 묘당廟堂의 노파가 보낸 편지가 왔다.

초9일(갑자甲子).

조약도 박 감찰朴監察과 진사鎭使가 와서 한바탕 노닐었다. 주인 노파가 돌아왔다. 영부동의 종인이 와서 백청白淸[102] 한 종자種子를 청하기에 얻어서 보내주었다. 대평리의 최 사과가 와서 만났다. 마침 선생과 시를 짓고 있었는데 손님이 번거로워 짓지 못하였다. 이방吏房의 부친 영길英吉이 병영에서 가져온 토답서討答書를 이영길李英吉의 편으로 돌려보냈다. 함열咸悅 최 선비가 의경 편에 편지를 보내왔다. 그 편에 영서永瑞가 강진읍에서 편

---

101 납월臘月 : 12월을 말한다.
102 백청白淸 : 빛깔이 희고 품질이 썩 좋은 꿀이다.

지를 보내왔다. 밤에 앉아 있으니 천영일이 와서 만났는데 생전복生鰒 다섯 개를 가지고 왔다.

오후에는 노 선비盧雅 성칠聖七(이름은 태영台永이다)이 경향京鄕에서 왔다. 그는 서정 숙부님과 함께 왔는데 완영完營에서 병이 나 드러눕는 바람에 뒤처졌다가 오늘에야 비로소 들어온 것이다. 매우 반가웠다.

초경初更 때 상한上閑 이 대감, 술인術人 김상인金喪人, 이 동농李東儂이 함께 방문하여 한가롭게 이야기를 나누었다. 밤이 깊은 뒤에 헤어졌다.

얼마 지나고 이 대감의 서울 집 종이 편지를 가지고 왔는데 겸하여 우리 서울 집에서 온 편지도 왔다. 7월 회일晦日에 몽유蒙宥의 명[103]이 내렸다고 하였다. 밤낮으로 돌아갈 일만 생각하던 사람에게 그 기쁨이 어떠하겠는가. 천은天恩이 여기에까지 미치는 것을 생각하니 감격스러워 눈물이 흐르고 목을 놓아 울며 감사할 일이다. 그러나 당장에 한마디 말도 할 수 없는 것은, 이 대감이 여산礪山으로 이배移配되었기 때문이었다. 밤낮으로 함께 이야기하던 사이에 차마 먼저 떠날 수가 없었다. 마침 같은 시간에 함께 떠나야 하는 지경이니 얼마나 다행인가. 25냥 4전 8분으로 당목唐木 쉰아홉 척을 샀다(시장의 노파가 닭 한 마리를 보내왔다). 남초南草 1파把를 5전에 샀고, 왜성양倭成陽[성냥] 한 봉을 1전 5분에 사 왔다.

초10일(을축乙丑). 맑음.

가을에는 이 지역에 바람이 불지 않는 날이 없었다. 동네 사람이 하나씩 와서 축하하였다. 의경이 또 돌아왔다. 진사는 아침에 일찍 일어나 축하하러 왔다. 대평리의 이 대감은 편지로 축하해주었다. 그러나 이번에도 임금의 은혜를 입지 못하고, 내가 먼저 떠나게 되었으니 슬픈 형상이 어떠하겠는가! 이 사과와 유사有司가 와서 축하하였다. 곧장 몸을 일으켜 행장을

---

103 몽유蒙宥의 명: 용서를 받는 임금의 명령으로, 김약제의 유배가 풀려난 것을 말한다.

준비하였다. 일의 상황事體은 우선 관문關文을 기다리는 것인데, 언제 올지 알 수가 없어 고대하고 있을 뿐이다. 선생이 또 고구마古今芽를 보내서 성칠과 서정 숙부님과 배부르게 먹었다. 율시 한 수를 지었다.

정홍식鄭弘植이 와서 만났고, 재인才人 박수근朴秀根 부자父子가 와서 만났다. 이번에 버슬을 얻었는데 고을의 도사都事로 크게 천거되었다고 하니 매우 다행이었다. 진사進士 이범석李範奭과 석교石橋의 감역監役 어른이 치수致綏 형과 함께 편지로 축하해주었다. 편지에 풀려났다는 소식을 고향 집에 전달해준다고 하였다. 역시 매우 다행이었다. 수실壽室은 병이 점점 깊어지기에 편지가 없는 듯하였는데, 조우調遇가 어렵고 급하다고 하였으니, 형세가 원래 그러한 것이니 어찌 빨리 올라갈 수 있겠는가. 알지 못해서 그러한 것이다.

근래 체숭滯崇[체한 빌미]으로 인하여 풍병風病이 크게 일어났으니 밤낮으로 괴롭게 앓아 매우 고민스러웠다. 밤에는 진헌鎭軒에 가서 진사鎭使와 밤늦게까지 한가롭게 이야기하였다. 선생이 또 사탕을 가지고 와서 노닐었다.

11일(병인丙寅). 맑음.

손석규孫錫圭와 여러 사람이 와서 만났다. 진鎭 뒤의 산세가 좋아 명혈名穴을 찾을 수 있을 것 같았다. 숙부님과 선생 형제를 데리고 올랐다가 돌아왔다. 조약도助藥島 고갈리高乫里의 최학태崔學太가 와서 만났다. 건상어乾象魚 한 마리와 가는 베木 두 단 한 필을 가지고 왔으니 성의를 알 수 있었다. 선생이 자기 집안의 친산親山[104]을 보자고 청하여서 서쪽의 재 몇 개를 넘어가서 보았으나 별로 취할 만한 것이 없었다. 선생이 사탕수수 몇 줄기를 가지고 와서 산 위에서 풀을 깔고 먹었다. 올 때는 마을을 찾았는데 곧 항도項島였다. 촌락이 바다에 닿아 있어서 가장 쓸쓸하였다. 지팡이를 짚고

---

104 친산親山: 부모님의 산소를 말한다.

돌아가니 건천리乾川里의 박 사과朴司果(수겸壽謙의 종제從弟로 용지동龍池洞에 산다), 김광선金光善, 이형도李亨道가 와서 만났다. 진사鎭使가 남초南草 두 묶음과 아주 넓은 세목細木 한 필을 보내왔다. 선생이 송병松餠을 보내주어 배부르게 먹었다. 마도 만호馬島萬戶가 닭 세 마리를 보내왔다. 회령진會寧鎭의 홍파洪婆〔홍씨 할미〕가 와서 머물렀다. 가우도駕牛島의 종인 노권魯權과 관희觀喜가 방문하였다. 남초 한 줌과 소금에 절인 농어塩鱸魚 세 마리, 말린 물고기 두 마리를 보내왔다. 그대로 함께 잤다.

진사가 와서 만났다. 진鎭에서 게 젓갈 몇 개를 보내왔다. 이석교李錫敎가 밤에 떡을 만들어서 보내주었다. 강진읍의 김희담이 전인專人[105]을 써서 해배解配된 것이 확실한지 알아보았다.

12일(정묘丁卯). 맑음.

대평리 이 대감의 편지에 답서를 보냈다. 김희담의 전인專人에게 노자 5전을 지급하였다. 가우도의 종인이 돌아갔다. 선생 형제와 조약도로 가서 산수를 살펴보러 등산하였다. 박 감찰이 내가 온다는 소식을 듣고 나를 따라와서 함께 가게 되었다. 김 감찰의 집에서 문병하고 김 감찰과 잠깐 쉬었다. 점심과 소주를 내와서 먹은 후에 박 감찰의 집으로 갔더니 이인죽栮仁粥을 내어와 한바탕 배부르게 먹고, 비로소 김 감찰의 아버님을 뵙게 되었다. 산천을 돌아보니 매우 화려하고 아름다웠으며 동학洞壑이 수려한 가운데 100여 호의 마을이 있었다. 과일은 청귤靑橘이 마침 익고 있었고, 석류石榴 등이 있었다. 온갖 꽃 중에서 아름다운 것이 많이 심겨 있었으니, 서울 사람 김 씨와 박 씨 두 사람이 심은 것이다. 해가 기울 적에 돌아오는데, 푸른 옷靑衣을 입은 사람 하나가 나를 찾아왔는데 농상리農桑里의 종인(자는

---

105 전인專人: 어떤 소식이나 물건을 전하거나 알아보기 위하여 특별히 사람을 보내는 것을 말한다.

경학敬學이다)이었다. 그대로 함께 강을 넘어갔다.

대평리의 최 사과가 와서 축하하였다. 진두津頭에 포의布衣를 입은 두 사람이 서서 기다리고 있었는데 곧 진사鎭使와 마도 만호馬島萬戶였다. 서로 악수하고 집으로 돌아오니, 여러 사람이 와서 기다리고 있었다. 강진의 오위장 박의겸朴義謙, 마도馬島 종인(희식喜植이다)이 와서 축하하였다. 침시沈柿〔담근 감〕한 광주리와 닭 두 마리, 소주 한 병을 가지고 왔다. 진사와 노닐다가 헤어졌다. 홍씨 할미가 또 왔다가 갔다. 마도 만호가 돌아간다고 고하였다. 농상리의 종인이 닭 한 마리와 소주 한 병을 가지고 왔다. 농상리의 경학敬學과 마도의 희숙喜肅 박의겸(마도馬島 월곡月谷)과 함께 잤다. 밤에 수실壽室 꿈을 꾸었다. 선생이 단 사탕수수 한 사발을 보내주었다.

13일(무진戊辰). 맑음.

망건網巾 줄을 삼거리三巨里에서 6전 5푼에 샀다. 가우도駕牛島의 종인이 종이를 보내왔는데 동기창董其昌[106]의 글씨체를 써서 봉하였기에 몇 장을 써 보았다. 어제 두 곳에서 선생의 장산葬山을 보았는데 산세가 매우 좋아서 공한空閒하기에 알맞은 땅이었다. 이 근방은 사람들이 땅을 골라 장사 지낼 줄을 모르기 때문에 이처럼 좋은 산이 오래 비어 있는 것이다.

보수인保守人 이여옥李汝玉이 아들 상필相弼과 함께 찾아와서 만났다. 대평리에 산다고 하였다. 대평리 이 대감의 편지가 도착하였다. 인사하는 뜻이 매우 구슬펐다. 이 대감은 삶은 돼지고기 다리 하나를 보내주었다. 이상필이 전어䱢魚 한 마리級를 가지고 또 왔다. 도암리陶巖里와 영부동永富洞의 두 종인이 와서 만났다. 오위장 박의겸이 돈 10냥을 노잣돈으로 주었다. 진사鎭使가 노닐러 왔다. 도암리의 종인은 자가 명숙明叔인데, 흰 베 한 필을 가지고 왔다. 지금 들으니 의경이 6월 사이에 이 종인에게 진 빚이

---

106 동기창董其昌 : 1555∼1636. 중국 명나라 말기의 문인으로, 저명한 화가 겸 서예가이다.

16냥이라고 하였다. 이놈이 하는 짓이 매번 이와 같았으니 한탄스럽고 부끄러웠다. 천영일이 무 몇 뿌리와 생강 몇 줄기, 총백葱白 조금을 보내주었다. 영부동의 종인은 자가 성찬聖贊인데, 닭 두 마리를 가지고 왔다. 대평리의 최 사과는 밤에 노닐러 왔다가 돌아갔다. 선생 역시 와서 노닐었다. 밤에는 꿈에 성후聖后를 배종陪從하고 제사를 지냈는데, 나의 복색은 방립方笠[107]에 상인喪人의 복색과 다름이 없었다. 임금을 모시고 곡을 몇 차례 하였는데 임금이 곡을 끝냈다. 제사를 끝낸 후에 들어가 모시고 있는데 승동承洞[108]의 대신大臣과 함께 입시入侍하였다. 경연經筵에서 독대하여 이야기하였는데 물어보지 않으셨고 아뢰지도 않았다. 하나의 그림과 같이 임금을 모신 것에 비견할 수 있었다. 밤에 꿈을 깨고 나니 의연히 감격스러웠다. 여러 종인은 신시辛時 이후에 모두 갔다.

14일(기사己巳). 맑음.
당목唐木 연척連尺[109] 6척 값 2냥 7전, 생강값 1전을 지급하였다. 주인집 아이들에게 신발값 2냥을 내려주었다. 선생이 일찍 왔다. 의경의 술값 1냥 3전을 이석교의 집에 지급하였다. 함열咸悅 최 서방崔書房의 밥값 2냥 2전 5푼을 지급하였다. 진사鎭使가 고기 몇 덩어리를 보내왔다. 강진 수령이 고기 다섯 근과 갈비乫伊 반 짝을 보내왔다. 김희담이 고기 다섯 근과 갈비 한 짝, 침시沈柿 수십 개, 생간生干[새앙]을 조금을 보내왔다. 김희담과 금사는 고삐를 함께하여 오는데 그 성의가 자못 깊어 감동스러웠으며 마음

---

107 방립方笠: 상제가 밖에 나갈 때 쓰던 갓이다.
108 승동承洞: 지금의 종로구 인사동·종로2가동·공평동에 걸쳐 있던 마을로, 조선시대 이 지역에 있던 중부 관인방의 한 자연마을인 승동에서 마을 이름이 유래되었다.
109 연척連尺: 비단이나 베 등을 계산할 때 그 척수尺數가 모자라는 경우 모자라는 것을 잇대어서 척수를 맞추는 것을 말한다.

이 편하지 못하였다. 갑생초甲生綃[110] 두 필로 된 창의敞衣와 두루마기小周衣 값은 52냥이었는데 김희담의 집에서 만들어 왔다. 진헌鎭軒으로 가서 갈비를 구워 배불리 먹었다.

주인이 떡을 만들어 정오에 가지고 와서 배불리 먹었다. 주인 노파가 시장에서 사탕수수와 사탕을 사 왔다. 선생이 떡과 단 사탕을 가지고 왔다. 석교錫交가 떡을 만들어 왔다. 밤에는 크게 아파 거의 위급한 지경까지 이르렀다.

15일(경오庚午). 맑음.

오창수吳昌壽의 외가外家에서 음식 한 상을 준비하여 보내주었다. 오늘은 명절이다. 천 리 밖에서 고향을 생각하면 어찌 견디겠는가. 밤에는 갑자기 크게 아파서 인사불성人事不省이 되었다.

김희담이 돌아왔다. 오위장 박영수朴永秀가 10냥을 노자로 주었다. 최 사과와 이현익李顯翼이 이 대감의 편지를 가지고 왔다. 김광선金光善, 이형도李亨道가 와서 만났다. 진사鎭使가 각희脚戱〔씨름〕를 베풀어 병든 몸을 이끌고 가서 보았다. 시장의 노파가 와서 만났다. 강곤康梱에게 보내는 편지를 썼는데 이현익에 대한 일이었다. 의경의 술빚 2냥 8전 8푼을 길태吉太에게 지급하였다. 이문필李文弼이 와서 만사輓詞를 청하기에 허락하고 글을 지어 보내주었다. 조약도의 김 동지金同知가 와서 만났다. 김 감찰의 부친과 대평리 최 사과가 밤에 와서 놀았다. 홍파洪婆가 와서 머물렀다. 농상리의 경학敬學이 와서 노닐었다.

• 이석교李錫敎의 아버지는 이름이 문필文弼이다.

---

110 갑생초甲生綃: 곡생초曲生綃라고도 부르며, 명주 생사로 짠, 품질 좋은 비단의 하나이다. 씨올을 빛이 같지 않은 두 가지 흰 실로 절반씩 섞바꾸어 짠, 문채文彩가 나는 여름 옷감이다.

16일(신미辛未). 맑음.

진사鎭使가 와서 만났다. 이 동농, 이 사과가 와서 만났다. 의경의 술빚 1
냥 3전을 병교兵校의 집에 지급하였다.

17일(임신壬申). 비가 하늘이 뚫린 듯 쏟아졌다.

비록 병중病中이었지만 사별辭別하기 위하여 가마를 타고 대평리 이 대감
의 집으로 갔다. 중도에 가랑비를 만났다. 신 첨지가 방문하여 함께 한가
로이 이야기하며 날을 보냈다. 헤어지는 마음이 서로 뒤섞이어 마음이 우
울했다. 정오에는 소주와 보원죽保元粥을 내어와서 먹었다. 그대로 저녁밥
도 먹고 달빛을 타고 돌아왔다. 이 대감은 7년 동안 이곳에 유배되어 있는
데, 양친兩親은 모두 돌아가시고 그 형도 세상을 떠났다. 여러 가지 부음訃
音이 들려오니 이곳에서 어떻게 견디겠는가. 마음은 형제와 같고 정의는
한집안과 같으며, 7세대 동안 돈독하게 지냈다. 월사月沙 상공相公[111] 대대
로 사귄 정의가 다른 데 비할 수가 없었다. 그런데 나는 천 리 길을 가야 하
니 떠나고 머무는 마당에 심장이 찢어지는 것 같았다. 울음을 삼키며 헤어
졌으니 이것이 하양 이소河陽李蘇의 이별이었다.

돌아오는 길에 다시 시장 노파와 이별하였다. 역시 아쉬운 마음을 한층 품
었다. 상한上閈 이 대감과 그 종숙從叔 이 사과가 방문하였다. 병으로 누운
채 서로 수창酬唱하였다. 이방吏房에게 신발값 4냥을 보냈고 교군轎軍 삯
으로 1냥을 지급했다. 해배解配하는 관문關文이 도착하였다 하니 시원하
였다. 농상리의 종인 경학이 며칠간 머물렀다.

---

111 월사月沙 상공相公: 이정귀李廷龜(1564~1635)를 말한다. '월사'는 그의 호이다. 조선
중기의 문신이자 문인으로, 명나라의 요청으로 경서를 강의했다. 정묘호란 때 왕을 호종
하였고, 화의에 반대했다. 우의정, 좌의정 등을 지냈다. 문학의 대가로서 글씨에 뛰어나
조선 중기 4대 문장가로 일컬어진다.

18일(계유癸酉). 맑음.

대평리의 이 대감이 편지를 보내 이별을 고하였다. 연죽烟竹 한 개와 서초 西草 두 근, 약藥 열 첩을 함께 보내왔다. 그 성의가 너무나 감사하여 오히 려 불안하였다. 경례經例로 말하자면 떠나는 사람이 물건을 남겨주어야 하는데, 여행 중에 도리어 물건을 보내어 사람을 전송해주니 더욱 불안하 였다.

대평리의 황수黃秀가 와서 만났다. 의경義卿[112]의 술빚 16냥을 지급하였 다. 황수 역시 노자 5냥을 주었다. 진사鎭使가 와서 노닐었다. 이 대감이 방문하였다. 사과司果 박영수朴永秀가 와서 만났다. 영부동 오위장의 아들 이 10냥의 노자를 가지고 왔다. 신 석사申碩士가 방문하였다. 음식 빚을 계 산해보았다. 감자甘蔗 3냥을 사서 강진 주인에게 주었다. 김희담의 집에서 계산을 마쳤다. 여러 사람이 와서 만났다. 영암의 수령이 전인專人을 통해 편지를 보내왔는데, 간지簡紙 다섯 축, 백지白紙 세 축, 당주지唐周紙 두 축, 육포肉脯 두 첩, 죽력고竹瀝膏 한 병을 보내주었다. 영암靈巖의 하리下吏 김 내은金乃殷이 참빗眞梳 한 동同과 말린 물고기 두 미를 보내왔다. 가우도駕 牛島의 종인은 30냥을 가지고 왔다. 주인 노파에게는 25냥을 내려주었다. 정홍식鄭弘植에게는 2냥을 내려주었다. 주인 노파에게 25냥을 내려주었 다.[113] 영암 수령에게 답장을 써서 보냈다.

19일(갑술甲戌). 맑음.

뒤숭숭한 상황에서 출발하였다. 영암 수령과 김내은에게 보내는 답장을 썼다. 주인 오재식吳在植이 군관軍官을 청하였기에, 진사鎭使에게 청하여

---

112 의경義卿: 원문은 "宜卿"으로 되어 있으나 오자로 보여 바로잡았다.
113 주인 노파에게 25냥을 내려주었다: 앞에서 이미 25냥을 지급했다고 했는데, 실수로 중복 해서 쓴 것으로 보인다.

차출되도록 하였다. 주인에게 40냥을 내려주었다. 유사有司 박양래朴良來
가 전별금 10냥을 보내주었다. 전후로 알던 여러 사람이 모두 와서 이별
하였으나 이루 다 기록할 수가 없었다. 주인 노파가 목사木絲(무명실) 두 태
太를 내어주었다. 길태吉太와 주인 오씨가 함께 콩과 녹두, 좁쌀을 내어주
었으나 짐이 무거워서 모두 물리쳤다. 선생이 2냥과 베 스무 척, 실 네 태
를 보내주었다. 이방에게 2냥 4전을 신발값 남은 조로 제급除給하였다. 이
대감은 100냥을 취용取用하는 것을 허락하였다. 주인 두 집과 작별하는 것
도 슬픔을 감당하기 어려웠다. 여러 사람이 모두 이별에 임하자 매우 슬퍼
하였다. 선생과 오재식의 아들 창수昌壽는 멀리 보기 위해 산에 올랐고, 몇
시간이 지나도 돌아오지 않았다.

바람이 순조로워 마도馬島에 이르니, 만호萬戶(이수겸李壽謙)가 나와 맞이하
였다. 김희숙金希叔도 나와 맞이하여 희숙의 집으로 들어갔다. 술과 고기
가 성대하였고 또 음식을 많이 차렸다. 점심을 먹는 식솔이 10여 인이었는
데 끼친 폐가 매우 많았다. 술값과 풀값을 모두 스스로 부담하였다. 만호
가 손을 이끌어 자신의 관사官舍에 오르게 하였다. 한 번 두루 돌아보았다.
석류石榴가 잘 익어서 수십 개를 따 왔고 유자柚子 역시 노란 것 10여 개를
따 와서 술안주로 차려 내어놓았다.

안 주사主事 안종수安宗洙[114]의 비소匪所(귀양지)에 가서 만났다. 일찍이 그
와 친하여 잘 알았는데, 와서 보니 거의 10년 만에 만난 것이었다. 귀양살
이하는 모양을 차마 볼 수가 없었다.

마진馬鎭의 성첩城堞이 민호民戶를 둘러 빽빽하였으니 매우 장관이었다.

---

114 안종수安宗洙: 1859~1896. 조선 말기의 관리이자 농학자로, 조사 시찰단의 일원인 조
병직趙秉稷의 수행원으로 일본에 가서 많은 농서農書를 가져와 한국 최초의 근대적 농
업기술서인 『농정신편農政新編』을 편찬하였다. 1886년 통리교섭통상사무아문 주사로
있던 중 갑신정변甲申政變을 일으켰다가 일본으로 망명한 김옥균金玉均과 한패라는 이
유로 마도馬島로 유배되었다.

희숙希叔이 흰 베 한 필을 내어주었다. 신시申時 후에 이곳에서 배를 출발하여 초경初更에 가우도의 종인 집에 들어갔다. 매우 정성스러웠으며, 저녁밥을 미리 성대하게 차려놓았다. 하룻밤을 잘 잤는데 또 돈 20민緡을 내어주었으니 그 뜻이 매우 정성스러웠으나 도리어 많이 불안하였다. 아침밥을 먹을 때 가예家隷가 와서 황급히 편지를 열어보니, 어머님慈主께서 그 사이 학질瘧疾을 앓으셨고 아들 운칠雲七도 이어서 학질을 오래 앓았다고 하였다. 또한 비부婢夫[115] 한 사람이 공주로 도망을 갔는데 보낼 때 잃어버린 물건이 많다고 하니 괴이하였다. 곧이어 공주의 소식을 들으니 태평泰平의 여러 종인도 역시 같은 배로 와서 남포南浦에 정박하여 뭍에 내렸다고 하였다.

선한船漢〔뱃사람〕에게 2냥과 백미白米 다섯 승, 고등어 다섯 개를 내려주었고, 술빚과 잡비雜費로 6냥가량을 지급하였다. 이석교李錫敎는 차마 이별하지 못하고 남포까지 함께 왔다가 돌아갔다. 그는 15세였는데, 목을 놓아 울며 슬퍼하였기에 한바탕 슬픈 마음이 동하였다. 서정 숙부님과 금사, 노 선비 그리고 하예下隷 세 사람이 김희담의 집에 들어갔고 끼친 폐가 매우 많았으나, 김희담의 지성으로 사람을 사랑함이 이와 같으니 지극히 감사하나 불안함을 어찌 말할 수가 있었겠는가. 반찬을 준비한 것이 많았다. 영동永同의 종인 사현士現이 가우도에 들어갔다가 함께 왔다.

20일(을해乙亥). 맑음.

가우도駕牛島에서 배가 출발하여 오전에 뭍에 내렸다. 남포南浦에서 있었던 여러 일은 이미 19일의 일기에 기록하였다. 주인이 성대하게 차려서 상을 네 개나 펼쳐놓고 진미珍味로 채웠으니 더욱 대단하였다. 도암리陶巖里의 종인宗人이 이별하러 왔다가 머물렀다. 데리고 온 식솔이 많아서 매우

---

115 비부婢夫 : 계집종의 남편을 말한다.

불안하였다. 밤에 꾼 꿈도 역시 아름다웠다.

21일(병자丙子). 자못 비가 곧 내릴 듯하였다.

이 읍의 아전 김채문金彩文, 김철우金喆瑀는 일찍이 곤영梱營에서 두호斗護한 이들로, 오늘에서야 비로소 만날 수 있었다. 아침 일찍 술상과 바다와 육지의 음식을 내어왔다. 주인 역시 청빈한 처지의 중에 있는 사람으로 안목眼目이 이와 같았다. 또 차를 내왔는데 맛이 달았다. 어제부터 두통頭痛이 비로소 나았다. 안주인內主은 익숙하게 〔손님을 접대하였는데〕 내외內外의 혐의를 두지 않음이 이와 같았다. 풍속이 다른 곳에서 받은 은혜를 어찌 마음에 잊을 수 있겠는가. 세상의 풍속을 돌아보면 매번 잊어버리는 것이 있으니 여기에서 마음을 징계하여 후일의 계획으로 삼으려 한다. 내가 고서古書를 보면서 진문공晉文公과 개자추介子推의 이야기[116]에서 일찍이 여러 차례 감탄하면서 진문공의 실수에 대해 지적하였다.

정오에는 전골煎骨을 성대하게 차려 내어왔는데 채소와 과일이 갖추어져 있었다. 오후에는 가랑비가 내리기 시작하여 밤까지 이어졌다. 주인이 연홍蓮紅이라는 기생을 불렀는데 밤이 늦어서 돌아갔다. 본 고을 수령의 답장이 왔다.

22일(정축丁丑). 비가 내렸다.

집으로 보내는 편지를 썼다. 종일 비가 내렸다. 서정 어른과 금사, 노 선비와 함께 이야기했다. 주인이 점심에 갈비乫腓를 굽고 과일을 차려서 내와 배부르게 먹었다. 두풍頭風〔두통〕이 크게 일어나 고통을 호소하였다. 주인

---

116 진문공晉文公과 개자추介子推의 이야기: 개자추는 진문공이 진후가 되는 데 공을 세웠지만 아무런 상이 내려지지 않았다. 그러나 이를 원망하지 않고 산으로 들어가 어머니를 모시고 살았다. 훗날 그를 찾은 진문공이 산에 불을 질렀으나 개자추는 산에서 최후를 맞이하였다. '한식寒食'은 개자추가 죽은 날을 기념하기 위한 것에서 유래하였다.

이 읍의 기생 연홍과 금란錦蘭을 불러와서 노는 것을 도와주었다.

23일(무인戊寅). 맑음.

금사가 갔다. 교동橋洞의 종인 집에서 서정 어른이 돌아왔다. 강곤의 가예家隸가 10민緡을 가지고 왔는데 짐이 무거워서 돌려보냈다. 대구면大邱面 계치鷄峙의 석사碩士 조병화曺秉華가 와서 만났다. 본 고을의 수령이 방문하였다. 한 번 만나고 돌아왔는데 가사加沙의 일을 천천히 할 것을 청하였다. 본 고을 수령이 황육黃肉〔쇠고기〕세 근과 홍시紅柿 쉰 개를 보내왔다. 연홍蓮紅이 와서 노닐었다. 종일 〔두통 때문에〕고통스러워 정신神思을 수습할 수가 없었다.

서정 어른의 말이, 혼묵昏墨하여 도리어 주관하는 일이 소략하고 넓다고 탄식하였다. 종인 노권魯權이 병영兵營으로 가서 본 일이 있었는데 잘되었는지는 알 수 없었다. 유풍탕愈風湯 세 첩을 복용하였다.

24일(기묘己卯). 맑음.

마 선비馬雅가 이날 숙부님을 따라와서 만났다가 곧바로 고도古島에 들어갔다. 금사는 강진 병영에서 돌아왔다. 나에게 강진 병영으로 같이 갈 것을 권하여 곧장 교자轎子를 꾸려 신시辛時 이후에 병영으로 출발하였다. 저물녘에 도착하였는데 곧바로 영내營內에 기별하지 않고 점사店舍에 투숙하였다. 종인 노권이 또한 중간 길에서 미리 기다리고 있었다. 별장別將 남홍철南弘轍이 술상을 차려 와 주인을 만났다. 김희담이 호방戶房의 소임이었는데 통쾌하였다. 강진의 여러 아전이 와서 만났다. 밤에 두풍頭風이 크게 일어났다. 병영은 산천이고 탁 트인 들판에 있었는데, 참으로 우리 병영의 훌륭한 기세였다.

25일(경진庚辰). 맑음.

가마를 돌렸다. 약 두 첩을 지었다. 이른 아침에 서정西亭 어르신이 영내營
內에 머물면서 문병間病하였다. 황 석사黃碩士와 이 석사李碩士(병사兵使의
지친至親이다), 강 도사姜都事는 모두 관아에서 손님과 머무르고 있다가 함
께 방문하였다. 병사兵使가 전갈傳喝로 나와 김희담에게 물어보았다. 오전
사이에 병사가 방문하여, 문병間病을 하고 또한 마음을 풀어놓고 이야기
하였다. 또 점심밥과 술상을 성대하게 차려서 내왔는데 도리어 불안하
였다.

두통이 종일 계속되어 낫지 않았고, 밤이 되니 더욱 심하였다. 서정 어른
과 함께 잤다. 홍파洪婆가 와서 만났다. 이현익李顯翼이 돌아간다고 고하
였다. 노권 종인이 돌아간다고 고하였다. 김진언金珍彦이 와서 만났다. 남
홍철南弘轍이 다시 왔다.

26일(신사辛巳). 맑음.

두통이 조금 나았다. 이우李友가 방문하였다. 아전 김진언이 찾아와 만났
다. 김치홍金致洪, 김채문金彩文, 김철우金喆瑀는 두호斗護를 청하였고, 장
흥長興의 아전 주창조周昌朝와 창환昌桓은 안부를 물으러 왔는데存問 아침
밥을 먹기를 청하여 또 성대하게 차려 내어놓았다. 곤사梱使가 강권하여
절헌節軒에 들어가 병사兵使와 함께 한바탕 이야기하고 술상을 내어왔다.
또 점심밥을 갖추어 내어놓았다. 병 때문에 조금만 먹고 소매를 떨치고 점
사店舍로 돌아왔는데, 저녁밥을 또 보내주었다.

한산韓山 김 감역金監役은 편지를 보내왔고, [편지를 보낸] 사람 하나가 또 있
었다. 대평리의 이 대감이 편지를 보내왔고, 이근호李根澔 대감도 편지를
보내왔다. 밤에 또다시 두통이 크게 일어났다. 다시 고본膏本[약초 이름] 5전
어치와 강활羌活[강황] 가루 1냥어치를 복용하였다.

27일(임오壬午). 맑음.

아침밥을 또 내어왔다. 여종婢子에게 1냥을 내어주었다. 남 별장南別將이 장시章詩를 지어 증별贈別하였는데 시화詩話가 매우 오묘하였다. 김진언은 날마다 와서 만났다. 교동의 선달先達 종인宗人이 와서 만났다. 이날 편지를 써서 병사兵使와 작별하였다.

신시申時 이후 가마를 꾸려 출발하였다. 선달 종인의 교동 집에서 묵었는데 정성스럽게 돌아보는 정의는 내외內外 모두 두터웠다. 살아 있는 꿩 두 마리를 구해주었는데, 풍병風病에 더욱 좋기 때문이라고 하였다. 고약膏藥을 만들어 밤에 주었는데, 경희璟喜라는 이름이었다. 고도古島 이후로 그 두터운 대접에 참으로 감사하였다. 일행을 많이 끌고 와서 잘 잤다. 아침을 먹고 출발하였다. 주인 김희담의 집에서도 역시 내 집처럼 잘 대접하여 편안하게 지냈고 내외內外가 한결같았다.

병이 한결같이 낫지 않았는데, 객지에 있는 중에 병을 앓으며 신음하니 참으로 난처하였다. 연홍蓮紅 한 무리가 와서 놀았다. 마을의 여러 사람이 와서 보았다. 이방의 동생이 와서 만났다. 본 고을의 수령이 간간이 상황을 물어보았고 밤에 방문하였다. 한동안 정답게 이야기하고 자리를 파하였다. 교동의 종인이 노잣돈 15민緡을 내어주었다. 초곡면草谷面 죽현竹峴의 선달先達 이종선李鍾善이 참빗眞梳을 가지고 와서 만났다.

28일(계축癸丑). 맑음.

병중病中에 일기를 적느라 앞뒤로 착오가 있다. 일영동日永洞의 종인 두 사람이 와서 며칠 동안 머물렀다. 일마다 불안하였다. 이어서 술과 안주를 갖추어 왔다.

29일(갑인甲寅). 맑음.

영동永洞의 종인이 돌아간다고 고하였다. 천영일千永一이 배와 감 같은 과

일 몇 가지를 사 왔다. 영동의 종중宗中에서 5민緡을 노잣돈으로 보태주러 왔다. 일전日前에 영암으로 편지를 보냈는데 영암의 수령이 마침 영문營門으로 가서 들어오지 않아서 한산韓山 김 선비가 빈손으로 돌아왔다. 주인 노파가 편지를 보내어 말하기를 의경의 술빚이 23냥이라고 하였다. 마도 만호馬島萬戶가 와서 만났다. 초갑草匣 1건으로 수작하였다. 노 선비와 금사가 사정射亭에 노닐러 나갔다가 돌아왔다. 한산 김 선비가 영읍靈邑에서 돌아와 함께 이야기했다. 밤에는 기생 연홍蓮紅과 녹절綠節이 와서 놀았다.

• 영사靈砂를 한 돈쭝一錢重씩 복용하기 시작하였다.

30일(을묘乙卯). 맑음.

대감 이근호 또한 배를 타고 왔다. 이 친구는 여산礪山으로 이배移配 되는 길이다. 김채문金彩文이 특별히 큰 상 하나를 차려 왔다. 김채문은 곧 김희담의 8촌이었다. 본 고을의 수령이 방문하고자 하여서 편지를 써서 거절하였다. 이날 밤에 이 동동, 이 사과, 이 대감이 방문하였고, 여러 기생도 와서 앉아 있었다.

9월 초1일(병진丙辰).

이 대감이 와서 이별하였다. 본 고을의 수령이 방문하였다. 뒤에 있는 절인 고성암高聲庵으로 함께 노닐 것을 깊이 청하였다. 병중에 억지로 일어나 고성암으로 갔다. 귤동리橘洞里의 윤 석사尹碩士, 풍호豊浩(학동鶴洞의 임 한승林漢升이다), 백운동白雲洞의 이헌영李巘永과 함께 노닐면서 시를 지었다. 본 고을의 수령이 성대하게 음식을 차렸다. 밤에는 기생이 왔다.

초2일(정사丁巳). 맑음.

절은 높은 산에 있어서 아래를 내려다보면 강해江海와 봉만峯巒이 특별하여 기이한 볼거리가 많았다. 한 승려가 암자를 지키고 있었는데 머물며 노닐었다.

초3일(무오戊午). 맑음.

암자에 머물며 종일 노닐었다. 저녁이 되어서야 여러 선비와 함께 돌아왔다. 금사錦史를 병영으로 보냈다. 풍병風病이 비로소 나아졌다. 태희台喜(영동永洞)와, 관희寬喜(가우도駕牛島)가 찾아와 만났다.

초4일(기미己未). 맑음.

윤 석사尹碩가 방문하였다. 임 석사林碩士가 방문하였다. 2냥을 노자로 보태주었다. 종인 두 사람이 교동에 있는 선달의 집으로 갔는데 종의宗議[117]에 참여하는 것이라고 하였다. 금사가 저물녘에 돌아왔다. 두 종인이 역시 돌아왔는데 완보完譜[118]에 대한 일을 의논하였다고 한다. 강곤康梱의 답서가 왔다.

초5일(경신庚申). 맑음.

본 고을의 수령이 편지를 보내어 안부를 묻고 또한 정육正肉 다섯 근을 보내주었다. 석양이 질 때 본 고을의 수령이 다시 100냥을 노자로 보내주었다. 고성암高聲庵의 승려 응오應悟가 전골煎骨 한 그릇과 행찬行饌 한 그릇을 가지고 왔다. 여러 기생이 와서 놀았다. 병영의 소식을 고대하였는데 소식이 없었다. 반포斑布[119] 한 필 반을 8냥 정도에 샀고 마혜麻鞋를 삼거리三巨里에서 사 왔다.

---

117 종의宗議: 종중에서 여는 회의를 말한다.
118 완보完譜: 족보를 정리하여 바로잡거나 보충하는 등의 일을 말한다.
119 반포斑布: 반물빛의 실과 흰 실을 섞어 짠 것으로, 띠나 수건 감이 되는 폭이 좁은 무명이다.

초6일(신유辛酉). 맑음. 날마다 서리가 내렸다.

본 고을의 수령이 방문하였다. 정성스럽게 돌아보는 마음이 또한 간절하여 불안하였다. 풍경風景을 감상하기 위하여 금사와 노 선비, 주인과 함께 노닐었다. 남문루南門樓의 영강문永康門에서 잠깐 쉬었고, 또 사정射亭과 노인정老人亭에 갔다가 돌아왔다. 천영일이 또 한 상을 성대하게 갖추어 왔다. 신시申時에 단실丹室 이 감찰李監察이 방문하였다. 홍시紅枾 스무 개를 가지고 와서 서로 권하며 먹었다.

밤에는 사례하며 동헌東軒에 들어갔는데 밤이 깊도록 한가로이 이야기하였다. 또 한 상을 차려서 먹고 돌아왔다. 본읍의 아전 김철우金喆瑀가 노자로 20냥을 보태주었고 조그만 동백유東白油 한 병을 가지고 왔다.

초7일(임술壬戌). 맑음.

오늘은 병사兵使가 관묘關廟에 제사 지내는 날이다. 위의威儀가 장관이라고 하였다. 본읍의 아전 김채문金彩文이 노자로 10냥과 백목白木 한 필을 보태주었고, 와서 문안하였다. 단실丹室 이 감찰은 육촉肉燭 열 병柄과 간지簡紙 두 축을 보내주었다. 강곤은 800냥을 보내주었다. 400냥은 가사의 아무개에게 전錢으로 주었고, 말 두 필 값으로 310냥을 주었고, 80냥은 주인이 가져다 쓰는 돈으로 보급했고, 마부를 고용하는 데 60냥을 주었다. 갑생초 두 필을 구입했는데, 한 필은 25냥이고 한필은 26냥이었다.

강곤이 오후에 읍으로 들어왔는데 위의威儀의 성대함이 또한 장관이었으니 병사兵使와 함께 가서 보았다. 서정 숙부님과 이우李友가 작별할 차에 30리를 와서 이별하였다. 밤에는 병사의 숙소로 가서 작별하였다. 본 읍의 수령과 단실이 와서 작별하였다. 주인 허 씨는 팔지 못한 것이 25냥어치라고 하였다.

초8일(계해癸亥). 맑음. 비가 자못 내릴 듯하였다.

본 고을의 수령과 단실이 와서 작별하였다. 주인이 멀리 나와서 전별하려고 하였으나 힘써 거절하였다. 김철우가 와서 작별하였다. 남문南門 밖에서 서정 숙부님과 이별하였는데, 천 리 밖에서 슬프게 이별하니 우울함이 한층 더하였다. 덕산德山의 이우李友(상규尙珪)와도 이별하였다.

40리를 가서 황치黃峙에서 중화中火[120]를 먹었다. 노인 정상운鄭祥雲이 웃는 얼굴로 맞이하였고, 점심값을 받지 않았다. 60리를 가서 영암읍靈巖邑에 이르러 묵었다. 영암의 수령 이정직李鼎稙이 와서 악수하였다. 밤에는 음식을 크게 차려 왔다. 영장營將 하태준河泰準이 와서 만났고, 하리下吏 김내은金乃殷이 와서 만났다.

초9일(갑자甲子). 비가 많이 내릴 듯하였다.

본 고을의 수령이 아침밥을 성대하게 차려 내어왔다. 금사와 노 선비에게 각자 상을 내어왔다. 본 고을의 수령이 나와서 특별히 매우 만류하였으나 시각이 바빠서 떨쳐 일어났다. 수령이 노잣돈으로 50민과 참빗 두 동, 주지周紙 다섯 축, 간지簡紙 세 축, 연죽烟竹으로 오죽烏竹 다섯 개를 보내주었다. 하 영장河營將은 노잣돈으로 20냥과 참빗 한 동, 간죽簡竹 열 개를 보내왔다. 김내은은 노잣돈으로 10냥과 참빗 두 동, 오죽 열 개, 어란魚卵 두 포脯를 보내왔다. 80리를 가서 나주羅州 율목정栗木亭에 이르렀다. 날이 매우 추워서 무명으로 지은 옷을 꺼내어 입었고, 더욱 크게 추웠다.

초10일(을축乙丑). 날씨가 역시 차가웠다.

장성읍長城邑에서 잤다. 밥값은 6전이었다. 80리를 갔다.

---

120 중화中火 : 길을 가다가 중도中途에서 지어 먹는 점심點心을 말한다.

11일(병인丙寅). 날이 추웠다.

정읍井邑의 연주원蓮洲院에서 묵었다. 말이 걱정스러웠다. 점심밥은 군량교軍糧橋에서 먹었다.

12일(정묘丁卯). 맑음.

추위에 말이 병들었다. 50리를 가서 금구원평金溝院坪에서 묵었다. 아침밥을 대교점大橋店에서 먹고 전주全州에 들어갔다. 완백完伯이 겸인傔人[121]을 보내어 전갈傳喝하여 안부를 물어 왔다.

13일(무진戊辰). 맑음.

말이 병들어서 출발할 수가 없었다. 완백이 또 겸인을 보내어 전갈하였다. 어젯밤에 완백의 어버이 기일忌日이라 나와서 방문할 수가 없었다고 하였다. 저녁상을 보내주었는데 문을 닫고 거절하였다. 아침밥을 또 보내주었는데 식사를 마친 뒤라서 힘써 거절하고 보내었다. 완백이 노잣돈으로 100냥을 보내주었는데 그 뜻이 매우 감사하였다.

금구金溝의 수령 김명수金命洙가 편지를 보내왔는데 정이 박한 아쉬움을 情薄之歎 어찌 말하겠는가. 신시申時에 발행하여 10리를 가서 가리천迦伊川에서 잤다. 면주綿紬 한 필을 20냥에 샀다.

14일(기해己亥). 맑음.

새벽에 출발하여 삼례역參禮驛에 이르렀다. 금사는 한 필의 말을 태워 서울 집으로 곧장 보냈다. 천 리 밖에서 몇 달을 함께 짝을 이루었다가 천 리 밖에서 헤어지게 되니 슬픔이 더욱 새로웠다. 70리를 가서 묵었다. 주서注書 차광현車光炫의 집에서 묵었다. 차 주서는 서울에 있었고, 그 어버이가

---

121 겸인傔人 : 양반집에서 잡일을 맡아보거나 시중을 들던 일종의 심부름꾼을 말한다.

매우 친절하게 대해주었다.

15일(경자庚子). 맑음.

음식값이 적지 않았다. 이끌고 오는 일행이 말과 사람 열 명이었으니 쓰는 비용이 적지 않았다. 금사를 서울로 보냈는데 중간에 큰 도둑이 있어 나쁜 짓을 한다는 소문이 있으니 매우 걱정되었다. 이 승지李承旨가 여산읍礪山邑에 머물고 있는데 나아가 전별하지 못하니 안타까움이 매우 컸다. 교리校理 송순탁宋淳鐸 씨가 멀지 않은데 지나쳤다고 하니 매우 슬펐다.

16일(신축辛丑). 맑음.

차 주서의 집에서 아침을 먹은 뒤에 출발하였다. 차 교관車敎官은 은근히 정성스럽게 대해주었다. 노잣돈으로 20민緡을 내어주었고, 찬합饌盒을 갖추어 내어놓았다. 월동越洞 강 선비의 종형제가 와서 만났는데, 술과 안주를 차려 왔다. 30리를 가서 외갓집 소포小浦에서 묵었는데, 모든 것이 평안하였다. 외종모外從母께서 7월 초4일에 돌아가셨다. 갈 때는 배알拜謁하였는데 올 때는 안 계시니虛廓, 궤연几筵에 들어가 곡을 하고 절하였다. 외숙外叔은 올해 갑옹甲翁[환갑]이신데 또 19세의 소실小室을 얻었다고 하니 매우 망령된 듯하였다. 외종씨外從氏와 함께 밤새도록 정답게 이야기하였다.

17일(임인壬寅). 맑음.

아침밥을 먹은 뒤에 출발하였다. 외조모外祖母의 산소가 길가에 있어서 찾아가 배알하니 추모하는 마음이 매우 깊었다. 외종형과 함께 말을 타고 한가로이 이야기하면서 1리를 가다가, 외종형이 낙마落馬하여 물에 빠져 의관衣冠이 모두 젖어버려 어쩔 수 없이 외갓댁으로 돌아갔다. 짐擔負도 전부 젖어, 황산시黃山市에 이르러 짐을 말리고 신시申時에 행장行裝을 수습하여 진津을 넘어가 임천林川의 친구 조동식趙東植의 집에서 묵었다. 동식은 아직 서울에 있어 돌아오지 않았다. 비로소 그 어버이를 뵈었고, 그 둘째, 셋째 동생과 밤에 도란도란 이야기하였다. 동식은 진사進士로 종제從弟가 다섯이라고 하였고, 우제右濟의 장인丈人이라고 한다. 우제는 이곳에 지내며 공부를 하고 있는데, 뛰어나서 사랑스럽다고 하였다.

18일(계묘癸卯). 맑음.

아침밥을 먹고 출발하였다. 임천읍林川邑에서 점심을 먹고 저물녘에 홍산읍鴻山邑에 이르렀다. 다행히 척조戚祖께서 관아에 계셨으나 밤이라 배알하지 못하고 책실冊室을 청하여 이근세李根世와 밤을 보냈다. 정우鄭友가 마침 와서 회포를 풀었다. 정 군이 가기歌妓를 청해 와서 적적하지 않았다. 관청官廳에서 술과 안주를 갖추어 왔다. 저물녘에 비가 와서 옷이 젖었다.

19일(갑진甲辰). 맑음.

아침에 일어나 동헌東軒을 배알하였다. 마침 조 학관趙學官은 동헌의 사위였는데, 이곳에 와 있어 만나게 되었다. 그의 아버지는 조장희趙章熙로, 진보현眞寶縣으로 이배移拜되었다고 한다. 아침밥을 차려와 책실冊室에서 먹었다. 척조戚祖께서는 강창江倉으로 행차行次가 있어 곧바로 하직下直하였다. 김우金友의 집으로 갔다. 안양리安養里 외종매外從妹와 헤어진 뒤로 10년이 지났는데 그 역시 늙어가고 있으니 세상일이 가장 미웠다. 친구 김석기金奭基 형제와 송동춘당宋同春堂[송준길]의 후예와 함께 밤을 보냈다. 김우가 개 한 마리를 잡아서 밤에 먹었고, 밤이 늦어서 잤다.

20일(을사乙巳). 맑음.

사시巳時쯤에 출발하였다. 홍산 아중鴻山牙中에서 노자 50냥을 내어주었다. 책실冊室에서 이우李友가 생저生苧 한 필로 마음을 표시하였고, 이애李

哀와 이별하였다. 이애는 김석기金奭基의 백씨伯氏 아들의 처조카인데, 대평리 이 대감의 조카였다. 무술시戊戌時[122]에 묵었다. 이날 50리를 갔다. 밤에 비가 심하게 내렸다.

21일(병오丙午). 가랑비가 내렸다.

오전에는 길에 물이 많았으나 멈추지 않고 가서 집천集川에서 점심밥을 먹고 80리를 가서 홍주읍洪州邑에서 묵었다. 임홍산林鴻山 이후로는 산천이 익숙하고 말투가 멀게 느껴지지 않았다. 임홍산 이후로 매년 크게 흉년이 졌다고 하니 인심이 흉흉하고 들판은 버려져 있었다. 집천점集川店의 가게에서 대아大牙를 22냥을 주고 구입했다. 종일 추웠다.

22일(정미丁未).

아침에 일어나니 매우 추웠다. 홍주洪州에서 일찍 출발하여 진목정眞木亭에 이르러 아침밥을 먹었다. 해미읍海美邑에서 점심밥을 먹었고, 추곡秋谷 종조모從祖母와 당숙堂叔을 차례로 찾아뵈려는 계획이 있었으나 날이 이미 정오가 되어서 대산大山으로 들어갈 만하였기에 계획을 중지하고 곧바로 대산으로 향하였다. 말의 힘이 점점 떨어져서 높은 언덕을 오르는 데 힘에 겨웠다. 저물녘이 되어 어쩔 수 없이 투숙하였다. 장춘삼張春三 부처夫妻가 너무 친절하게 대해주어서 도리어 매우 불안하였다.

집이 점점 가까워져 마음이 점점 급해졌으니, 마음이 어떠하였겠는가. 오는 길에 사귄 정이 끊어진遏情 곳으로 웅천熊川 이모님이 있는데, 배알한 지 10년이었다. 이 길로 찾아뵙지 못하였으니 매우 슬프고 미안하였다. 그러나 어머님慈闈을 깊이 생각해볼 때면 날마다 나를 그리워하실 것이니 바쁘게 걷는 수밖에 다른 것은 생각할 겨를이 없었다. 또한 덕산德山에 합

---

122 무술시戊戌時: 원문은 "戊戌市"인데 오자로 보인다.

치는 일로, 이번에는 반드시 성장聖章의 처산妻山[아내의 묘]을 파내고 [이장할] 것을 생각하였다. 마침 관소官素가 비어 있어 생각대로 하지 못하고 헛되이 돌아왔으니 분하고 긴박함이 그지 없었다. 해미로 가는 길에 추곡에 들르려고 생각하였다. 지나가는 여러 곳을 들르지 못한 곳이 많았으니 마음속으로 간절하고 날로 급했다. 만약 추곡으로 향하였다면 [좋았겠으나] 종고모從姑母 박씨 댁이 길가에 있고, 또한 친구 박준상朴俊相이 세상을 떠나 궤연几筵이 아직 그곳에 있는데도 한번 가서 곡하지 못하였으니 매우 슬펐다.

고창동高昌洞에 여러 친족의 집이 계속해서 길가에 있었는데 추곡에게 향한다면 다른 곳도 들르지 않을 수가 없었다. 들어가면 떠나기를 만류할 것이니 하루를 허비하기가 십상일 것이다. 생각이 이와 같으니 곧장 집으로 향하였고, 인사人事를 차리지 않은 곳이 많았다. 창동昌洞의 의경儀卿 씨는 아마 깊은 책망이 있을 것이니 어찌 면할 수 있겠는가. 사람이 부모를 모시고 있다면 모두 이와 같을 것이다. 집이 가까워지니 마음이 바빠, 마음이 넓지 못하기 때문이리라. 나의 이번 행차를 돌아보면 혹 사람들의 책망이 없을 것이다.

23일(무신戊申).

멀리 금사를 생각해보면 그저께 서울로 들어갔으니 도로가 험하였으나 능히 무사히 들어간 것이다. 아침밥을 먹은 뒤에 즉시 대치大峙 장춘삼의 집에서 출발하였다. 흉년이라 곳곳에서 소요가 일어났다. 이처럼 혼란스러운 시대에는 걱정이 적지가 않다.

대치를 넘어서 친구 오성좌吳聖佐를 만났는데, 그 행세行勢를 물으니 서울로 가는 길이라고 하였다. 서울 집에 구전口傳으로 기별奇別을 전하고 조금도 쉬지 않고 곧바로 집에 들어갔다. 부모님兩闈은 안녕하시고 집도 그대로였으니 참으로 다행이었다.

24일(기유己酉). 맑음.

여러 지인知人들이 와서 보았다. 어린 아들 운칠雲七은 마침 일곱 살이었는데 이제『통사通史』첫 권을 배웠다고 한다. 김영택金榮澤은 자가 경춘景春이며 병오생丙午生으로, 우리 집안과 3세世 동안 지극히 가깝게 사귀었다. 종조從祖 예와공藥窩公의 사제師弟로 같은 동리에 살고 있으니 한집안으로 논하여도 오히려 대수롭지 않으며, 밤낮으로 오가며 노닐었다. 읍에 사는 김상희金商熙 역시 두터운 사이이다. 그의 아들 봉래鳳來가 와서 만났다.

25일(경술庚戌). 맑음.

마부馬夫 두 사람을 돌려보냈다. 노자는 당오전當五錢으로 100냥을 주었다. 김희담金喜澹에게 편지를 썼다. 여러 사람이 와서 만났다. 산 뒤의 성생원成生員이 방문하였다. 오늘부터 노곤路困[123]이 일어나서 고생이 매우 심하였다.

26일(신해辛亥). 맑음.

읍인邑人 한치기韓致基, 이재백李在伯과 죽리竹里의 김사교金士交, 독곶獨串의 김 감찰金監察 군보君甫, 김양산金梁山 정오正五가 와서 만났다. 그 외에 다른 여러 사람이 많이 왔다. 갈두葛頭 김명실金明實과 여러 족인族人이 와서 만났다. 죽리의 친구 한계윤韓季胤이 방문하였다.

27일(임자壬子). 맑음. 아침에 안개가 끼었다.

종일 근처의 여러 사람이 와서 만났다. 기은곶其隱串의 족제族弟 □제□濟가 함께 방문하였다. 탑동塔洞의 족형 풍제豊濟 씨가 방문하였다. 밤이 되

---

123 노곤路困: 먼 길을 걷거나 여행에 시달려 생긴 피곤함이나 병을 말한다.

도록 좋은 이야기를 많이 들었으니 지친至親의 정의情誼라 할 수 있었다.
고향에 들어온 이래로 마음을 기울인 아름다운 정의를 모두 얻었다.

28일(계축癸丑). 아침에 안개가 끼었다가 맑게 개었다.
경연敬演 씨가 댁으로 돌아갔다. 말 한 필이 병이 나 설사를 하니 걱정이었
다. 사람들이 많이 와서 만나 보았다.

29일(갑인甲寅). 맑음.
교전비轎前婢[124]의 일로 니사리尼斜里의 김주보金主甫에게 편지를 써서 보
냈다. 여러 사람이 와서 만났다. …… 수염이 난 것을 시장에 팔러 갔다가
그냥 돌아왔다. 홍사강洪士康과 김대여金大汝가 와서 만났다.

10월 초1일(을묘乙卯). 맑음.
여러 사람이 또 와서 만났다. 날마다 축하하러 오는 사람을 응대하니 자못
괴로웠다. 말 한 필을 서산瑞山 김대여가 몰고 갔다.

초2일(병진丙辰). 맑음.
홍사강이 돌아간다고 고하였다. 여러 사람이 찾아와 만났다. 대나무를
잘라서 깔개蟠藉를 만들었다. 서울 소식을 대략 들었으나 자세하지는 않
았다.

초3일(정사丁巳). 맑음.
종일 힘들게 깔개를 만드는 일을 했다. 읍에서 김기룡金起龍이 와 만났다.
여러 사람이 와서 만났다.

124 교전비轎前婢: 혼인 때 신부가 데리고 가던 여종을 말한다.

초4일(무오戊午). 맑음.

한밤중에 가랑비가 조금 내렸다.

초5일(기미己未). 흐림.

오늘은 생일 아침이었다. 10여 년 이후로 처음 집에서 맞이하는 것이다. 부모님을 모시고 집에서 시간을 보냈다. 화기和氣가 더욱 새로웠다.

초6일(경신庚申). 맑음.

오늘은 재종조再從祖의 종상終祥이다. 댁이 덕산德山에 있다. 아침을 먹은 뒤에 비가 멎지 않아서[125] 진참進參하지 못하였으니 슬픔을 억누르기가 어려웠다. 신시申時에 창동昌洞의 진사進士 동필東珌이 방문하였다. 70리의 노정이었는데 그 뜻이 감격스러웠으니 비단 지친至親의 돈독함뿐만이 아니었다. 본래 이처럼 돈독하고 가까워서 형제처럼 아끼는 것과 다름이 없었다. 밤에는 침상을 함께하고 잤다. 밤늦도록 함께 이야기했다.

초7일(신유辛酉). 날씨가 갑자기 추워졌다.

서산瑞山 왕촌旺村의 친구 이주승李周承이 방문하였다. 이 친구는 몇 대 동안 이어진 세의世誼가 있으니 그 정이 형제와 같았다. 가계駕契[126]의 수안리水岸里 대종손大宗孫 시환始煥이 방문하였다. 기은其隱의 족제(용제用濟)도 방문하였다. 함께 오래도록 이야기하다가 자리를 파하였다.

초8일(임술壬戌). 추위가 심해지고 드물게 눈이 왔다.

창동의 진사가 돌아갔다. 전재룡全才龍의 종이 와서 만났다.

---

125 비가 멎지 않아서: 이날 날씨가 맑았다고 하였으니, 착오가 있는 것으로 보인다.
126 가계駕契: 가마駕馬 등을 함께 사용하는 계를 말한다.

초9일(계해癸亥). 맑음.

여러 사람이 술과 떡을 가지고 와서 만났다. 금현錦峴의 친구 한응원韓應源은 계부季婦의 남자 형제인데, 홀로 방문하였다. 추곡秋谷의 서신書信이 도착하였다. 밤이 깊어 눈이 왔다. 청양靑陽의 족제族弟와 구성동九星洞의 족제가 왔다가 돌아갔다.

초10일(갑자甲子). 온 세상에 눈이 내렸다.

오늘은 묵수지墨水池의 상하上下 산소에 해마다 제사를 지내는 날이다. 나는 10여 년 동안 참여하지 못하였다가 함函을 꾸려 진참進參하였다. 아버님 또한 행차하셨는데, 운칠을 데리고 가니 3대가 모두 진참하는 것이다. 정산定山의 상억商億 씨는 여러 족인族人 수십 명을 데리고 왔다. 차례로 성묘를 하고 조고祖考의 산소로 돌아왔다. 여러 사람이 와서 만났다. 산 아래의 일로 읍동邑洞의 소임所任에게 패지牌旨를 보냈다.

11일(을축乙丑). 맑음. 추웠다.

금현錦峴의 한우韓友와 날을 보냈다. 정산의 상억 씨가 그 조카[127]를 말에 태워 데리고 와서 방문하였다.

12일(병인丙寅). 맑음. 크게 추웠다.

상억 씨와 그 일솔一率을 돌려보냈다. 여러 족인族人이 또 방문하였다. 추곡으로 보내는 편지를 썼다.

13일(정묘丁卯). 맑음.

한우韓友 노종盧種과 함께 짝을 지어 광암廣巖으로 갔다가 이동梨洞으로 가

---

127 조카: 원문은 '함씨咸氏'로, 남의 조카를 높여 이르는 말이다.

서 사종조四從祖 갑희甲喜 씨의 궤연几筵에 곡하였다. 이곳에서 오지烏池로 가서 족숙族叔 상□商□ 씨의 궤연에 곡하였다. 기은곳에 있는 용제用濟 족제族弟 집안을 두루 방문하고 날이 저물자 집으로 돌아왔다. 종숙從叔과 친구 성일환成佾煥이 방문하였다.

14일(무진戊辰). 맑음. 추웠다.
몽여夢汝 김상희金商熙의 집에 편지를 보냈다. 성우成友, 한우韓友와 함께 돌아왔다.

15일(기사己巳). 맑음.
혼구婚具가 부족하여 양사洋紗 두 필과 당목唐木 열세 척, 백목白木 한 필을 시장에서 샀다. 아버님께서 출타하시고 돌아오지 않은 차에 시장에서 178 냥어치를 사 왔다.
경춘景春의 집으로 가서 아침밥을 먹고, 경춘과 한가롭게 이야기하다가 닭이 운 뒤에 잠을 잤다.

16일(경오庚午). 맑음.
종숙과 며칠 동안 재미있게 이야기하였다. 밤에는 운칠의 선생 선비 이기李曁와 종숙과 더불어 율시 두 수를 지었다. 이동梨洞의 상인喪人이 방문하였다. 북어北魚 열다섯 미를 보내주었다. 한바탕 돈독한 자리였다.

17일(신미辛未). 밤에 눈이 그쳤는데 개지 않았다. 비와 눈이 종일 날렸다.
종숙과 함께 율시 한 수를 지었다.

18일(임신壬申). 맑음.
죽엽리竹葉里 김상즙金商楫의 모친은 나의 수양모收養母로 일컫는데, 며칠 동안 머무르다가 집으로 돌아갔다. 종숙, 이 선비와 함께 밤에 율시를 지었다.

19일(계유癸酉). 흐림. 추웠다.

종숙이 집으로 돌아갔다. 날씨가 조금 추워서 걱정이 되었다. 밤에는 홀로 율시 한 수를 읊었다.

20일(갑술甲戌). 맑음.

죽엽리의 친구 한성교韓成敎가 방문하였다. 한우韓友는 곧 3대 동안 두터운 사이였으며, 나는 태산과 같은 은의恩義를 지고 있다. 김대여金大汝에게 편지를 썼다. 백목白木 열다섯 척과 왜정倭釘 여덟 개를 사 왔다. 밤에는 율시 한 수를 읊었다.

21일(을해乙亥). 맑음.

목현木峴의 홍대목洪大木이 만나 뵙고 싶다 했다. 밤에는 경춘과 함께 닭이 울 때까지 정답게 이야기하고 헤어졌다.

22일(병자丙子). 맑음. 매우 추웠다. 오후에는 바람이 맹렬하게 불었다.

경춘이 왔다 갔다. 광암廣巖의 기천箕天과 경익敬翼이 찾아와서 만났다. 매남리梅南里에서 집 지을 재목材木을 벌채하였다.

23일(정축丁丑). 맑음. 추웠다.

당진唐津 정안리定安里의 이종제姨從弟 윤우尹堣가 와서 만났다. 이어서 이모님의 안부를 물었다. 망일사望日寺의 승려 성준 대사性俊大師가 와서 만났다. 이 승려는 문자文字를 익숙히 알아서 다른 보통 승려와는 달랐다. 또 사귐이 두터워서 그와 함께 밤늦게까지 토론하였다. 경춘이 또 와서 함께 잤다. 김몽여金夢汝의 소상小祥에 편지를 써서 위문하였다.

24일(무인戊寅). 맑음. 추웠다.

노 선비盧雅와 함께 매남리에 가서 재목材木을 살폈다. 작은 매남리의 산소가 있는 곳을 찾아갔는데, 과연 장사 지낼 만한 곳이었다. 눈바람이 조금 날렸다. 이제姨弟[이종사촌 동생]에게 집을 보게 하였다.

25일(기묘己卯). 맑음.

죽엽리의 한우韓友가 방문하였다. 이제姨弟가 돌아갔다. 이모부에게 편지를 썼다. 울타리에 자란 나무 몇 그루를 베어내었다. 경춘이 왔다 갔다.

26일[128](경진庚辰). 맑음.

안채內舍가 좁아서 집을 짓고자 하였다. 앞뒤로 열한 칸을 물리고 집터에다 오늘 아침 진시辰時에 개기제開基祭[129]를 지냈다. 터를 닦는 일을 하는 사람은 모두 독곶일동獨串一洞에서 왔다. 역사役事가 매우 커서 마치지 못하고 파하였다. 정오에는 눈이 내렸다.

27일(신사辛巳). 눈이 드물게 내리고 추워졌다.

기은곳의 군정軍丁 한동네 사람들이 와서 일하였다. 터 닦기를 마치지 못했다. 산전동山前洞에서 재목材木을 실어 왔다. 목수木手 네 사람도 왔다.

28일(임오壬午). 맑음. 추웠다.

목수 두 사람이 또 왔다. 종일 먹줄을 치고 나무를 잘랐다. 경춘이 방문하

---

128 26일: 원문은 비어 있으나 26일이 분명하므로 채워 넣었다.
129 개기제開基祭: 터를 닦기 시작할 때 지내는 제사를 말한다.

였다. 밤늦도록 이야기했다. 근처의 여러 사람이 와서 만났다.

29일(계미癸未). 맑음. 추웠다.

죽리동竹里洞의 사람이 일제히 와서 터 닦는 일을 종일 하였으나 마치지 못하였다. 경춘이 일을 마치는 것을 살피고 이어서 밤에 함께 잤다. 영전瀛田의 이 사과李司果가 와서 잤다. 김 찰방金察訪이 와서 잤다.

회일晦日(갑신甲申). 종일 눈이 내렸다.

경춘이 와서 노닐었다. 목수 여섯 사람이 나무를 다루었다. 김 찰방, 경춘과 함께 잤다.

청우일기 제2권

임진壬辰[1892] 11월 대임자大壬子

초1일(을유乙酉). 밤에 눈이 왔고, 낮이 되도록 그치지 않았다.

경춘景春[1]이 김 찰방金察訪과 함께 찾아와 밤낮을 함께했다.

초2일(병술丙戌). 맑음.

김 찰방이 귀가하였다. 경춘이 밤낮으로 놀러왔다. 서산瑞山 갈치葛峙의
공 선비孔雅가 찾아와 만나 보았다.

초3일(정해丁亥). 맑음. 바람이 불었다.

경춘이 집으로 돌아갔다. 갈두葛頭의 명실明實이 찾아와 만나 보았다. 죽
리竹里의 김복손金福孫이 찾아와 만나 보았다.

초4일(무자戊子). 맑음.

뜸했던 서울에서 온 편지가 죽리 오우吳友의 집 인편으로 왔다. 서울 가족
들이 평안하게 지낸다고 하니 매우 다행이다.

---

1 경춘景春: 한회선韓晦善(1846~1923)을 말한다.

초5일(기축己丑). 맑음.

경춘이 찾아왔다. 시장에서 상량목上梁木 한 필匹을 샀다. 탑동리塔洞里 1
동洞의 군정軍丁이 와서 기초를 닦는 역役을 끝냈다. 탑동의 족형族兄 경
敬 …… 죽리의 한우韓友가 찾아왔다. 탑동의 춘명春明과 덕후德厚가 왔다.

초6일(경인庚寅). 맑음.

경춘이 왔다. 주춧돌을 놓았다. 산후山後의 성 생원成生員이 찾아왔다. 주
춧돌 놓는 일을 마치지 못했다.

초7일(신묘辛卯). 맑음.

탑동의 김덕후金德厚 경빈敬彬이 일찍 왔다. 5대 조고祖考 통덕랑공通德郞
公의 제사 일로 재계하기 위해 추곡秋谷의 백종숙伯從叔께서 오셨다. ……
노심초사하고 남은 회포를 폈다. 경춘이 밤낮을 함께하며 화기애애하게
이야기하였다. 이방吏房에게 패지牌旨를 썼다.

초8일(임진壬辰). 흐리고 습했다.

인시寅時[오전 3~5시]에 들보를 올렸다. 이때 눈이 내렸다. 경춘이 돌아갔다.

초9일(계사癸巳). 비가 오고 습했다.

종숙從叔이 돌아갔다. 목수木手 아홉 사람 모두에게 2일의 휴가를 주었다.
구창舊倉의 성존聖存[2]이 애도하는 편지를 보내왔다.

초10일(갑오甲午). 추웠다.

죽리의 한우韓友가 찾아왔다. 경춘이 밤에 와서 닭이 운 이후에 자리에서

---

2 성존聖存 : 유기일柳基一(1845~1904)을 말한다. '성존'은 유기일의 자이다.

일어났다. 목천 수령木川守令 송병필宋秉弼에게 편지를 썼다.

11일(을미乙未). 맑고 추웠다.

탑동의 경덕敬德이 왔다. 경춘이 왔다. 서울 하인 의경儀卿이 갑자기 와서 몹시 놀랐다. 편지를 보니, ……를 지나 서울로 올라온다고 하니 탐색하기 위해 특별히 사람을 보냈다. 서울 가족들은 잘 지내나 땔나무와 양식에 어려움을 겪고 있다니 걱정이다. 합덕合德 산지기 표表 아무개가 와서 만나 보았다. ……

12일(병신丙申). 해가 났다.

돌아온 의경을 돌려보내고 아울러 집안 하인을 보내 나무상자를 사고자 서울로 떠났다. 묵수지墨水池의 족질族姪 동명東明이 찾아왔다. 족질 ……의 정의情義가 더욱 돈독해졌다. 당진唐津 정안리定安里의 이종姨從 윤우尹堣가 또 왔다.

13일(정유丁酉). 바람이 크게 불고 눈이 내렸다.

바람 불고 눈이 내려 목역木役을 하지 못하였다. 경춘이 왔다 갔다. 족형 면제冕濟와 숙겸叔謙 씨가 찾아왔다.

14일(무술戊戌). 맑고 추웠다.

숙겸 씨가 돌아가고, 경춘이 왔다가 갔다.

15일(기해己亥). 맑고 추웠다.

추곡의 종숙이 왔다. 산후의 성 생원이 찾아왔다. 집안에 기둥을 세우는 일을 마쳤다. 당진의 이종姨從이 돌아갔다. 죽리의 한韓……가 찾아왔다. 잠깐 그가 다시 왔다가 밤늦게 돌아갔다.

16일(경자庚子). 맑고 추웠다.

사돈 이李 아무개의 집으로 편지를 써서 보내 신행新行[3]의 말을 전했다. 밤에 서울 집에 있는 꿈을 꾸었는데 황홀했다.

17일(신축辛丑). 맑음.

아침에 추웠다. 서까래 목재를 손질하였다.

18일(임인壬寅). 맑음.

절기로 소한小寒이라서 날씨가 조금 풀렸다. 기은곳其隱串의 족제族弟가 찾아왔다. 신평新平의 성존聖存도 편지를 보내왔다. ……을 얻어 300민緡을 서울 집으로 부쳤다고 한다. 수안水岸의 대종손大宗孫 시환始煥이 찾아왔다. 권경칠權景七이 촉롱燭籠[4] 두 개를 만들어 와서 보았다.

19일(계묘癸卯). 흐림.

정계晶溪의 답서가 먼저 오고, 기은곳의 답서가 왔다. 기은곳의 족제가 찾아왔고, 묵수지의 족질 동東……가 찾아왔다. 갈두葛頭의 김기삼金箕三이 와서 잤다. 정계에서 온 죽리의 김사교金士敎가 윤오允五와 함께 와서 그 옛날의 ……를 청하였다.

20일(갑진甲辰). 종일 비가 내렸다.

갈두의 김기삼이 와서 잤다.

---

3 신행新行: 혼례를 마치고 신부가 시댁으로 가는 것을 말한다.
4 촉롱燭籠: 촛불을 켜서 들 수 있도록 종이나 무명을 발라서 만든 긴 네모꼴의 초롱을 말한다.

21일(을사乙巳). 흐림.

문기리文綺里 최 선비崔雅가 찾아왔다. 갈두의 김명실金明實이 왔고, 경춘이 왔다가 밤늦게 돌아갔다. 묵수지의 족질이 찾아왔다.

22일(병오丙午). 맑음.

문기리 최 선비가 왔다 갔다. 경춘이 왔다. 신시申時 이후에 가랑비가 왔다.

23일(정미丁未). 비와 눈이 하루 종일 더 크게 내렸다.

서산瑞山 율리栗里의 이 선비李雅와 경춘의 매부妹夫가 와서 만나 보았다.

24일(무신戊申). 흐림.

오늘은 아내 송씨宋氏의 기일忌日인데, 근 10년 만에 처음으로 본다. 정계에서 답장이 도착하였다. 신행新行에서의 여식女息이 염려되었다. ……

25일(기유己酉). 눈이 내렸다.

밤에 눈과 비가 크게 내렸다. 공주公州의 이씨 사돈께서 청을 받아들여 가마와 가마꾼 네 명을 보내왔다. 서까래를 걸치는 일을 이미 마쳤다. …… 여장을 준비하느라 어지럽고 바빠져서 우선 목수를 돌려보냈다.

26일(경술庚戌). 맑고 추웠다.

여러 가지 물건을 사기 위해 서울로 하인을 보냈는데, 기한이 지나도록 오지 않아 근심이 적지 않았다. 개항開項의 김 선비金雅가 찾아와 만나 보았고, 노자 ……를 도와주었다. 문기리 최 선비의 장인이 멀리서 오시니 두터운 정의情誼를 특별히 느낄 수 있었다. 경춘이 왔다. 서울에 보낸 하인이 오후에 도착하였다. 무사히 ……를 다녀왔으니 시원하다. 서울 집 또한 태평하다. 진사進士 이범석李範奭은 형제와 같은 정의가 있는 사람으로,

두 차례 편지가 왔는데 말뜻이 절절하였다.

27일(신해辛亥). 크게 추웠다.

경춘이 왔다.

28일(임자壬子). 눈이 내리고 추웠다.

딸을 데리고 길을 떠났는데, 날이 춥고 길이 얼어서 걱정이 되었다. 60리를 가서 칠가리점七街里店에서 숙박을 하였다.

29일(계축癸丑). 눈이 내리고 추웠다.

새벽에 일어나 추곡 작은댁에 도착해 아침밥을 먹고 바로 출발하였다. 원평院坪에서 점심을 먹었다. 해 질 무렵 덕산읍德山邑에 도착했다. 점방이 모두 받아주지 않아 노여워서 점방 문을 부수었다. 밤에 삽교挿橋에 도착하여 숙박하였다.

거기에서 아침밥을 먹었는데, 밥값은 3냥 반이었다. 신영시新迎市에서 점심을 먹었다. 해 질 무렵 유구維鳩에 도착하여 숙박하였다. 신영시에서 매제妹弟 송씨에게 시집간 여동생의 반비反婢를 만났는데, 가엽게 여겨 10민緡을 주었다.

회일晦日(갑인甲寅). 눈이 내리고 추웠다.

유구에서 숙박하였다.

초1일(을묘乙卯). 맑음.

유구에서 아침밥을 먹었고, 운천점雲川店에서 점심을 먹었다. 정계에서 하인 네 놈을 어제 해 질 무렵에 보냈는데 …… 기다렸다. 날이 저물기 전에 사돈집에 들어갔다. 일행이 흔들림 없이 들어간 것만 해도 다행이다.

초2일(병진丙辰). 맑음.

그대로 숙박하였다. 새 사위의 종숙從叔 3형제가 찾아와서 끊임없이 말을 하였다. 새 사위의 5형제는 모두 단란하게 살고 있는 것으로 보인다.

초3일(정사丁巳). 해가 났지만 조금 눈이 있었다.

여러 친구들과 끊임없이 흥미진진하게 이야기를 나누어 재미가 있었다. 사돈어른은 며느리의 현숙함을 매우 좋아하셨고, 또 애정이 많았다.

초4일(무오戊午). 맑음.

집안 하인들과 한님들을 보내고, 그대로 숙박하였다. 굳이 만류했기 때문이며, 설사병이 나서 건강하지 못했기 때문이다. 장전長田의 이 감역李監役 어른의 집으로 갔다가 돌아왔는데, 새 사위와 함께 동행하였다.

초5일(기미己未). 맑음.

병이 나서 숙박하였다. 평기坪基의 이 승지李承旨 어른의 집에 갔다가 돌아왔다.

초6일(경신庚申). 맑음.

아침에 출발하여 바로 경사京肆[5]로 향했다. 활원活源[6]에서 점심을 먹고, 원평院坪에서 숙박하였다.

초7일(신유辛酉). 맑음.

새벽에 출발하였다. 천안天安 남산점南山店에서 점심을 먹고, 성환역成歡驛

---

5 경사京肆: 서울의 시장을 말한다.
6 활원活源: 공주 정안에 있는 지명이다.

에서 숙박하였다. 밥값은 5냥이었다.

초8일(임술壬戌). 맑음.

진위振威에서 점심을 먹고, 수원水原 북문 밖에서 숙박하였다.

초9일(계해癸亥). 맑음.

과천果川에서 점심을 먹었다. 홍산鴻山의 척조戚祖 일행을 만나 배알拜謁했다. 해가 지기 전에 도성에 들어왔다. 집안에 별일이 없었다. 주서注書 차광현車光炫이 밤에 찾아왔다.

초10일(갑자甲子). 맑음.

족형族兄 영제灤濟 씨가 찾아왔다. 양주楊州의 진사 이면주李冕柱 형제가 찾아왔다. 진사 이의李誼의 아우 범석範奭이 찾아왔다. 마우천馬于天이 와서 만나 보았다.

11일(을축乙丑). 맑음.

마 선비馬雅가 와서 머물렀다. 정으로 맺은 아우 진사 이범석이 찾아왔고, 주서 차광현이 찾아왔다. 잠깐 동촌東村에 갔다가 왔다.

12일(병인丙寅). 맑고 추웠다.

척숙戚叔인 사과司果 이효응李斅應이 찾아왔다. 이상 여러 친구들이 와서 놀았다. 마 아무개馬夫가 돌아갔다. 향정鄕庭에 편지를 써서 올렸다.

13일(정묘丁卯). 맑음.

마우천의 조카가 또 와서 머물렀다. 여러 친구들이 와서 놀았다. 편지를 여러 곳에 보냈다. 판윤判尹 이유인李裕寅이 편지를 보내와 안부를 물었다.

14일(무진戊辰). 맑음.

마 선비의 일로 내환內宦[7]과 다퉈 소란이 있었다. 반주인洋主人 안 노인安老人이 와서 만나 보았다. 사과司果 이용암李龍巖이 찾아왔고, 치유致裕의 족형이 찾아왔다. 강진康津 김희담金喜淡의 고목告目이 왔는데, 상납上納하는 일로 긴히 말하였다. 윤구允求 씨의 편지도 함께 왔다. 양주의 진사 이면주 3형제가 찾아왔다. 진사 이범석이 밤에 찾아와서 한담을 나누었다. 마 선비의 일행이 모두 각자 돌아갔다. 송정松亭에 편지를 썼다.

15일(기사己巳). 맑고 추웠다.

상인喪人[8] 이현직李賢稷이 왔다 갔다. 도사都事 유병설俞炳卨이 편지를 보내왔다. 이 친구는 매우 친밀하다. 강진康津에서 상납上納하는 사람이 왔다 갔다. 하인을 보내 전동典洞의 척숙戚叔, 주서 오응五應 씨, 척조戚祖 홍산鴻山 수령 어른 앞으로 전갈하였다.

16일(경오庚午). 맑음.

아침에 전동典洞에 가서 상식上食[9]에 참여하고 돌아왔다. 동문東門 밖으로 갔는데, 이확재確齋(범석範奭의 호), 최 감찰崔監察과 함께 갔다 왔다. 밤에는 전동에 가서 부제祔祭[10]에 참여하고 새벽에 돌아왔다.

17일(신미辛未). 맑음.

평신平薪 금현禁峴의 장 선비張雅, 원두동原頭洞의 이 선비李雅가 함께 왔

---

7 내환內宦: 궁궐 안에서 일하는 환관을 말한다.
8 상인喪人: 거상居喪 중인 사람을 말한다.
9 상식上食: 상중喪中에 아침저녁으로 고인에게 끼니를 올리는 것을 말한다.
10 부제祔祭: 원문에는 "附祭"로 되어 있으나 "祔祭"를 잘못 기록한 것이다. 부제는 졸곡 다음 날 사당에 고인의 신주를 모실 때 지내는 제사를 말한다.

다. 반주인의 동생이 와서 만나 보았다. 사과 이용암, 선전관宣傳官 이근홍李根泓, 최영구崔永九가 찾아왔다. 확재가 와서 놀았다. 차 주서車注書가 찾아왔다. 밤에 전동에 가서 척조모戚祖母 숙인淑人 평산 신씨平山申氏의 대상大祥에 참여하였다. 홍산의 척조와 40여 년을 동고동락하였다. 매우 비통하였다.

18일(임신壬申). 맑음. 날씨가 조금 풀렸다.

차 주서, 양주 이 진사의 동생이 찾아왔다. 전동에 편지를 써서 강진에서 상납한 일을 거듭 부탁하였다. 이 판윤李判尹이 그의 문인 함 지사咸知事를 보내 안부를 물었다. 이 승지의 유배지인 여산礪山에 편지를 썼다. 마우천 일에 사람 잡아들이는 일로 강곤康梱에 편지를 보냈다. 확재와 차 주서가 밤에 찾아왔다. 밤에 하교河橋에 헛걸음을 했다.

19일(계유癸酉). 흐린 날씨가 풀렸다.

도로가 모두 진흙탕이 되었다. 정계晶溪에 편지를 썼다. 이 편지가 전동으로 전해져서 또 편지를 써서 보냈다. 확재와 차 주서가 찾아와서 밤늦게까지 이야기를 나누었다. 세자익위사世子翊衛司인 족형 유제有濟 씨가 밤에 찾아왔다.

20일(갑술甲戌). 맑음.

도사 유병설, 이 지사李知事의 맏아들, 정 선비鄭雅가 찾아왔다. 차 주서가 와서 이야기를 나누었다. 체증滯症으로 약 두 첩을 복용했다. 입자笠子[11]를 다시 8냥으로 해서 가져왔다. 강진康津 사람이 와서 정비情費[12]를 상납上納

---

11 입자笠子 : 삿갓을 말한다.
12 정비情費 : 세금을 바칠 때 비공식적으로 아전들에게 주던 잡비를 말한다.

하라고 말하고 보냈다.

21일(을해乙亥). 맑음.

신창新昌의 이 석사李碩士가 찾아왔다. 청산青山의 박용서朴龍緖가 편지를 보내왔는데, 이 친구는 윤구 씨의 생질이다. 확재가 와서 종일 놀았고, 차 주서가 다시 찾아왔다. 밤에 치수致綏 족형 집에 갔다가 확재의 집에 들러 밤늦게 돌아왔다.

22일(병자丙子). 맑음.

강진 사람이 돌아갔다. 확재와 차 주서가 놀러 왔다. 진사 윤시영尹時榮과 범성範成의 어머니가 왔다. 경제慶濟 주서注書가 찾아왔다.

23일(정축丁丑). 맑음.

잠깐 문외門外에 갔다가 돌아왔다. 구창舊倉의 서정西亭 숙부님의 가마가 도착했다. 확재가 와서 놀았다.

24일(무인戊寅). 눈이 내리고 흐렸다.

거마현巨馬峴의 장 선비와 원두동原頭洞의 이 선비가 함께 와서 논일畓事을 논의하고 아침밥을 먹고 돌아갔다. 잠깐 양주 이 진사가 있는 곳에 갔다가 돌아왔다. 종부 낭청宗府郎廳 이재홍李載洪이 재차 찾아왔다. 원동園洞의 치수 족형의 집에 갔다가 함께 원동院洞에 들러 돌아왔다. 밤에 계동桂洞에 갔다.

25일(기묘己卯). 맑음.

주서注書가 아침에 찾아왔다. 오늘은 시민市民이 회동會同하는 날이다. 확재와 치수 족형이 찾아왔다. 이 낭청李郎廳이 찾아왔다. 거마현의 장 선비와 원두동의 이 선비가 와서 숙박하였다. 논일로 향가鄕家에 편지를 써서 빚을 얻어 이 선비와 장 선비에게 지급하였다.

26일(경진庚辰). 맑고 추웠다.

이 선비와 장 선비가 출발했다. 한산韓山의 협여挾輿 이항규李恒珪가 10월 20일에 아버지 상을 당해서 부고를 알리는 편지가 왔다. 이에 위로하는 편지를 써서 보냈다. 종가宗家의 동원東元이 생모의 상을 당하여 부고를 알리는 편지가 와서 위로하는 편지를 보냈다. 밤에 확재의 집에 갔다가 돌아왔다.

27일(신사辛巳). 맑고 추웠다.

확재와 차 주서가 찾아와 놀았다. 명동明洞의 친구 이철용李哲鎔이 보낸 편지가 왔다.

28일(임오壬午). 맑고 추웠다.

영암리靈巖里 김내은金乃殷의 고목告目이 도착했고, 참빗 한 동同과 오죽烏竹 열 개를 보내왔다. 이에 영암 수령에게 답장을 썼다. 여러 친구들이 와서 놀았다. 명동의 친구 이철용이 밤에 찾아왔고, 확재도 밤에 찾아왔다.

29일(계미癸未). 맑음.

홍산鴻山 척조戚祖의 회갑 날이다. 아침에 갔다가 날이 저물 무렵 돌아왔다. 확재의 집에 가서 한 상에서 밥을 먹었다.

제석除夕[13](갑신甲申). 맑음.

차 주서가 일찍 찾아왔다. 양주楊州의 이우李友가 일찍 방문했다. 홍산鴻山 어른이 세찬歲饌[14]을 많이 보내왔다. 밤에 치수 족형의 집과 확재의 집에 가서 큰 상으로 먹고 왔다. 소청루小淸樓의 주태主台가 찾아왔다. 서정 숙부님, 금사錦史 족제族弟와 함께 묵은해를 보내고 새해를 맞이했다.

13 제석除夕: 섣달그믐날을 말한다.
14 세찬歲饌: 설에 세배하러 오는 사람에게 대접하거나 일가에게 대접하는 음식을 말한다.

계사癸巳[1893]

정월正月 초1일(을유乙酉). 맑음.

취간醉磵 족형이 일찍 찾아왔다. 확재確齋도 찾아와서 함께 자리하여 아침 밥을 먹었다. 차 주서車注書가 찾아왔다. 묵은해를 보내는 것이 두루 다니면서 노는 것보다 즐거움과 두려움이 갑절이나 되었다.

초2일(병술丙戌). 맑음.

확재가 밤낮으로 와서 놀았다. 차 주서도 밤낮으로 와서 놀았다. 재동齋洞이 선비가 와서 만나 보았다. 취간 족형이 명제命濟(울진蔚珍)와 함께 찾아왔다.

초3일(정해丁亥). 맑음.

반주泮主 안봉순安鳳淳이 와서 만나 보았다. 오늘은 종묘宗廟에서 새해 초에 전알展謁을 위해 행행幸行하는 날이다. 체한 증세가 날마다 계속되어 편안하지 못했다. 울진蔚珍 족제族弟가 찾아와서 함께 나가서 행행의 의례를 보았다. 밤에 홍산 척조께 가서 배알했다. 돌아오는 길에 확재가 있는 곳에 찾아갔다가 밤늦게 돌아왔다.

초4일(무자戊子). 흐림.

이 판윤李判尹에게 편지를 써서 보냈다. 답장이 왔는데 말뜻이 매우 정다웠다. 확재가 와서 놀았다. 확재는 밤이 되도록 놀다 갔는데, 한밤중에 눈이 많이 와서 돌아갔다.

초5일(기축己丑). 맑음.

체한 증세가 날마다 계속되어 건강하지 못했다. 신천申天에 확재가 찾아와서 인시寅時까지 이야기를 나누었다. 취간 족형이 찾아왔다.

초6일(경인庚寅). 맑음.

사시巳時에 문을 나서서 계속 걸었다. 확재를 우연히 만나 손을 맞잡고 함께 들어가서 이야기를 나누었다. 취간 족형도 왔다.

초7일(신묘辛卯). 맑음.

확재가 찾아와 함께 자기 집으로 데리고 가서 금사와 함께 자리하여 한바탕 배부르게 먹었다. 밤에 발길을 돌려 최 감찰崔監察의 집에도 들렀는데, 성대한 식사를 준비하여 내어왔다. 밤늦게 돌아왔다. 주사主事 김희金熙가 찾아왔다.

초8일(임진壬辰). 맑음.

화개동花開洞의 종인宗人이 와서 병에 대해서 논하였다. 밤에 금사, 서정西亭 어른과 함께 취간과 확재의 집 두 곳에 갔다가 밤늦게 돌아왔다.

초9일(계사癸巳). 맑음.

맹학선孟鶴仙이 와서 만나 보았다. 문경聞慶의 종인 홍제洪濟가 찾아왔다.

오늘은 남전南殿,[15] 육상궁毓祥宮에 거둥하는 날이다. 확재가 와서 놀았다. 하루 종일 책을 읽었다.

초10일(갑오甲午). 흐림.

확재가 와서 놀았다. 주서 경제가 찾아왔다. 밤에 하교河橋에 갔으나 만나지 못하고 발길을 돌려 유제有濟 씨 집(재동齋洞)에 들러 문병하였다.

11일(을미乙未). 맑음.

인일제人日製[16]에서 근정전勤政殿에 친림親臨하였다. 진사進士인 사위 이정구李廷求의 시권試卷을 살펴보니, 이 사람은 올해 나이가 17세인데, 15세 가을에 진사가 되었다. 15세 봄에 혼인하고 그해 겨울에 도문到門[17]하였는데, 영광스런 날에 예를 겸하여 행하니 참으로 기뻤다. 밤에 확재에게 갔다가 돌아왔다.

12일(병신丙申). 흐림.

승지承旨 임선준任善準에게 편지를 썼다. 답장을 바로 받아보니, 모두 몰락했다고 하였다.

13일(정유丁酉). 맑음.

서정 숙부님과 함께 판동板洞 주서注書가 있는 곳으로 가서 밤늦게 돌아왔

---

15 남전南殿: 조선시대 태조·세조·원종·숙종·영조·순조의 영정을 모신 전각으로, 후에 영희전永禧殿으로 이름이 바뀌었다.

16 인일제人日製: 오순절제五巡節製의 하나로, 음력 정월 7일인 인일人日에 성균관 유생들을 대상으로 한 특별 과거 시험을 말한다. 오순절제는 철에 따라 보던 다섯 가지 과거로, 인일제人日製·삼일제三日製·칠석제七夕製·구일제九日製·황감제黃柑製이다.

17 도문到門: 과거에 합격하여 합격증을 가지고 집에 돌아오는 것을 말한다.

다. 승지 박제빈朴齊斌을 만났다.

14일(무술戊戌). 맑음.
차 주서와 확재 두 친구가 와서 이야기를 나누었다. 정언正言 만제萬濟가 찾아왔다. 밤에 취간의 집에 갔다가 확재의 집에 들러 책을 읽고 이야기를 나누었다.

15일(기해己亥). 흐림.
이날이 1년 중 가장 큰 보름인데도 종일토록 흐리니 괴이했다. 울진 명제의 생일이라 가서 함께 식사하였다. 밤에 확재의 집에 갔다.

16일(경자庚子). 맑고 추웠다. 서풍이 불었다.
집에 편지를 썼다. 밤에 구가九街에 갔다가 여러 친구들과 함께 헤어져서 돌아왔다. 확재가 같이 와서 이야기를 나누었다.

17일(신축辛丑). 눈이 많이 내렸다.
판동에서 편지가 왔다. 적성積城 오하영吳夏永의 편지가 왔다. 밤에 이 판윤의 집에 가서 회포를 풀고, 차 주서의 집에 들렀다.

18일(임인壬寅). 맑음.
확재가 일찍 찾아왔다. 족형인 풍제豊濟 씨가 찾아왔다. 주서 나두영羅斗永이 찾아왔다. 밤에 확재에게 갔다.

19일(계묘癸卯). 눈이 왔다.
금사를 가서 만나 보았다. 취간이 원동院洞으로 이사 갔다. 『열국지列國誌』를 얻어 와서 재미 삼아 읽어보았다.

20일(갑진甲辰). 맑음.

진창이 바다와 같이 넓게 만들어졌다. 확재, 친구 김수金洙(자字는 준명俊明), 친구 이하李夏(자는 예경禮卿)이 찾아왔다. 밤에 확재를 찾아갔다가 돌아왔다.

21일(을사乙巳). 맑음.

강청동江淸洞 이필하李弼夏가 부모상을 당한 부고訃告 편지가 왔다. 첨정僉正 이규형李奎衡, 주부主簿 민병익閔丙益, 최 감찰(영구永九의 아버지), 김광선金光善이 찾아왔다. 승지 이근호李根澔가 보낸 편지가 왔다. 탑동塔洞의 김성후金聖厚가 집에서 보낸 편지를 가지고 와서 즉시 답장을 써서 성후 편에 보냈다. 동짓달 이후로 처음으로 집안의 기거가 계속 편안하다는 것을 보니 매우 다행이다. 확재가 와서 놀았다.

22일(병오丙午). 맑음.

오늘은 홍 대비전洪大妃殿의 탄신일이라서 백관百官이 문안하였다. 여죄餘罪가 가벼운 죄에 처해졌지만 반열에 참여하지 못하여 더욱 황송했다. 이 판윤李判尹과 우윤右尹에게 편지를 보냈고, 답장이 모두 왔다. 춘사春史 어른(감역監役 석제奭濟 대신이다)의 사위인 유우兪友가 찾아왔다. 판동의 주서注書, 확재, 친구 김준명金俊明, 친구 이예경李禮卿이 찾아왔다. 밤에 원동院洞 족형, 취간이 이사 간 곳에 갔다. 체한 증세로 가미평위산加味平胃散[18] 일곱 첩을 제조하여 왔다. 값은 4냥 8전이었다.

---

18 가미평위산加味平胃散 : 체해서 아프거나 독기가 발산되지 않은 것을 치료할 때 처방하는 약이다.

23일(정미丁未). 맑음.

사과司果인 친구 용암龍巖 이복년李復年이 찾아왔고, 도사 유병설俞炳卨이 찾아왔다. 한갑漢甲의 어머니가 와서 만나 보았다. 이 승지李承旨(유배지가 여산礪山)에게 편지를 썼다.

24일(무신戊申). 맑음.

차 주서가 왔다. 영암의 김내은金乃殷이 오면서 오죽烏竹 열 개도 가져왔다. 답장을 써두었는데 찾아가지 않으니 납득이 가지 않는다.

25일(기유己酉). 맑음.

취간과 확재가 찾아왔다. 밤에 진흙길을 걸어 확재의 집으로 가서 율시律詩 한 수를 짓고, 떡국을 먹고 돌아왔다.

26일(경술庚戌). 맑음.

영암靈巖에 쓴 편지를 가져갔다. 아침에 원동院洞에 갔다. 양주楊州 접동接洞의 이수李秀 어른, 자字 치양致陽 씨가 찾아왔다. 지평砥平의 유우俞友가 찾아왔다. 밤에 확재에게 가서 여러 친구들과 함께 율시 한 수를 지었다.

27일(신해辛亥). 맑음.

친구 김도규金度圭가 찾아왔고, 이용암李龍巖이 찾아왔다. 밤에 확재의 집에 가서 율시를 지었다.

28일(임자壬子).

원두동原頭洞의 사성士成 이덕회李德會가 집에 보내는 편지를 가지고 의봉衣封과 함께 왔다. 밤에 홍산 댁鴻山宅에 갔다가 청석동靑石洞 도사都事 정광현鄭光鉉의 집에 들렀다. 집에 보내는 편지를 써서 돌아가는 이 선비의 편에 부쳤다.

29일(계축癸丑). 맑고 추웠다.

오늘은 도목정사都目政事[19]를 하는 날이다. 원두原頭의 이 선비가 돌아갔다. 친구 김도규金度圭가 찾아왔고, 취간醉磵 형도 찾아왔다.

2월 초1일(갑인甲寅). 맑음.

확재確齋가 와서 놀았고, 그 집에 가서 또 율시를 지었다.

초2일(을묘乙卯). 맑음.

확재의 집에 가서 놀았다. 가쾌家儈[20]와 함께 여러 동네의 집을 살펴보고 노비를 나누었다. 혼사는 11일로 정하였고, 이부자리가 왔다.

초3일(병진丙辰). 맑음.

위원委員인 이동농李東儂이 재차 찾아와서 이야기를 나누었다. 처조카 한계동韓啓東이 서울에 올라와서 머물렀다. 확재가 찾아왔고, 밤에 확재의 집에 갔다. 그의 아버지 도사都事 어른인 덕하德夏 씨가 또 서울에 오셔서 배알하고 이야기를 나누었다. 취간의 집에 들렀다. 강진康津 김희담金喜淡의 편지가 멀리서부터 와서 바로 답장을 써서 보냈다.

초4일(정사丁巳). 맑음.

신창新昌의 이 선비李雅, 결성結城 마현馬峴의 전진田鎭, 온양溫陽 외암곡嵬巖谷의 친구 이종렬李宗烈, 면천沔川 율리栗里 여미餘美의 여러 족장族丈들이 찾

---

19 도목정사都目政事: 이조吏曹와 병조兵曹에서 하는 정기적인 인사 행정을 말한다.
20 가쾌家儈: 주택 및 토지 중개업자를 말한다.

아왔다. 선전관宣傳官 서영구徐榮九가 찾아왔다. 오후에 확재의 집에 갔다.

초5일(무오戊午). 흐림.

꽃이 폈다. 김우인金愚仁(윤국允國의 아들)이 서울에 들어와서 집에서 보낸 편지를 전하였다. 아산牙山의 친구 이예경이 찾아왔다. 홍주洪州의 서정西亭 어른의 맏아들 영제英濟가 친구 박용서朴龍緖, 족질 동□東□(응삼應三 씨의 맏아들)과 함께 서울에 올라와 머물렀다. 노 선비盧雅(성칠聖七)가 돌아갔다. 홍석만洪石萬(명실明實의 아들)이 들어왔다. 최영구崔永九가 와서 만나 보았다. 12냥으로 우산을 샀다. 노 선비가 왔을 때 안부를 자세히 알게 되었다.

초6일(기미己未). 맑음.

확재에게 갔을 때, 도사 이덕하李德夏 씨가 찾아왔다. 석교石橋의 감역監役인 족형이 찾아와 머물렀다. 동필東珌이 보낸 편지가 왔다. 족형 열제說濟 씨가 1월 16일에 세상을 떠났다. 친구 김도규가 찾아왔다. 해주海州 오 선비吳雅가 가는 생명주生細紬 한 필을 가지고 찾아왔다.

초7일(경신庚申). 맑음.

순안 댁順安宅 형님이 찾아왔다. 경사가 임박하여 오늘부터 거리에 등불이 많이 켜져 있는데, 내일이 동궁의 탄신일이기 때문이다.

초8일(신유辛酉). 맑음.

동궁東宮의 탄신을 백관이 진하陳賀드렸고, 거리에는 무동舞童들이 짝지어 기쁘게 춤을 추었다. 이어서 응제應製의 명관命官[21]이 임명되었고, 합장閤

---

21 명관命官: 알성시謁聖試나 증광시增廣試와 같이 특별하게 치러지는 과거科擧의 시험관을 말한다.

丈 조병세趙秉世 씨가 시험을 주관하였다. 대과大科 6인, 소과小科 51인을 내고 188인을 취하니, 과연 풍과豐科였다.

초9일(임술壬戌). 맑음.
또 응제가 설행되어, 잠시 교외로 나갔다가 돌아왔다. 시험의 주관은 문형 文衡인 김영수金永壽가 맡았다. 같이 공부했던 사람들은 또 떨어진 듯하다.

초10일(계해癸亥). 맑음.
문외門外에 편지를 써서 보냈다. 답장이 왔으나, 과거 준비하는 여러 손님 들이 찾아와서 결국 기록할 수 없다.

11일(갑자甲子). 맑음.
정계晶溪의 편지가 비로소 도착했다. 온 집안 식구가 태평하였다. 장전長 田의 주사主事 이용규李容珪가 부모상을 당했다. 딸과 진사進士의 편지가 와서 즉시 답장을 보냈다. 비자婢子의 혼사를 치르고, 또 편지를 써서 문외 門外에 보냈다.

12일(을축乙丑). 맑음.
동궁東宮이 갑술생甲戌生〔1874년 생〕이라서 설행하는 갑술생과甲戌生科가 오 늘 시행되었다. 또 한성부漢城府에서 고적考籍하여, 각각 비단을 내려 노 인이 갑술생이면 옷감을 하사하라는 전지傳旨[22]가 이미 내려왔다. 전동典 洞, 사동寺洞, 원동園洞에 갔다가 돌아왔다.

---

22 전지傳旨: 임금의 뜻을 관청이나 관리에게 전달하는 왕명 문서를 말한다.

13일(병인丙寅). 맑음.

갈두葛頭의 청이靑伊가 와서 집안의 편지를 받아 보고 편안한 상황을 알게
되니, 매우 다행이다. 민우閔友(주부主簿 병익丙益의 조카)가 찾아왔다. 밤낮으
로 이 도사李都事 어른의 집에 찾아갔다. 사직 령社稷令인 상우商愚 씨(상덕
商悳의 동생)가 찾아왔다.

14일(정묘丁卯). 맑음.

율리栗里의 족장族丈 부자가 여미餘美의 친족과 함께 돌아왔다. 아침 일찍
부터 신발을 잃어버렸다. 가락지를 맡기고 원동院洞에서 30민緡을 빚낼 수
있었다. 남동南洞에 갔다가 돌아왔다.

15일(무진戊辰). 하루 종일 비가 가늘게 내렸다.

이 도사 어른이 보낸 편지가 왔다. 비가 심하지 않아서 문제文濟 씨에게 갔
는데 승지承旨에 서용敍用되셨다(판서判書 김윤식金允植이 해배解配되었다).

16일(기사己巳). 가는 비가 그치지 않았다.

비를 무릅쓰고 확재의 집에 갔다 돌아왔다. 동학東學이 크게 성행하여
복합伏閣[23]할 지경에 이르렀으니, 정학正學을 숭상하라는 윤음綸音이 내려
왔다.

17일(경오庚午). 흐리고 가는 비가 내렸다.

이 도사 어른의 집에 잠깐 갔다. 집에서 온 편지를 받아 보고 편안한 상황
을 알게 되니 다행이다. 무평茂坪의 송 교리宋校理(순탁淳鐸 씨)의 부고를 받

---

23 복합伏閣: 나라에 큰일이 있을 때 조정의 신하나 유생들이 대궐 문 밖에서 엎드려 상소하
는 일을 말한다.

왔다. 인척姻戚의 의리로 보나, 사돈의 의리로 보나, 친분으로 보나 몹시 슬펐다. 족질族姪 동희東熙가 보낸 편지가 와서 바로 답장하였다.

18일(신미辛未).

집에 보내는 편지를 써서 적성 군수積城郡守 오吳 아무개 편에 부쳐서 보냈다. 밤에 율시 한 수를 지었다. 하루 종일 가는 비가 내렸다.

19일(임신壬申). 가는 비가 그치지 않았다.

확재의 집에 갔다(한식寒食). 밤에 율시 한 수를 지었다. 서정西亭에서 맏아들의 장원壯元 턱으로 음식을 보내주었다.

20일(계유癸酉). 흐림.

수실壽室의 생일 날이다. 아침밥은 솥 두드리는 것을 간신히 면하였다. 이 도사 어른이 확재의 종형제와 함께 찾아와서 율시 한 수를 지었다.

21일(갑술甲戌). 맑음.

유우兪友가 찾아와서 밤에 율시 한 수를 지었다. 참의參議 이최영李最榮이 찾아왔다.

22일(을해乙亥). 맑음.

정언正言인 족형이 찾아왔다. 참판參判 민정식閔正植, 승지 김병년金炳秊, 교리校理 신경선申敬善에게 위로의 편지를 보냈다.

23일(병자丙子). 맑음.

확재에게 갔다. 여러 손님들이 찾아와서 이루 다 기록할 수 없다. 주서 나두영羅斗永, 상덕商德 씨, 친구 이성함李聖咸이 찾아왔다. 하태영河泰永이 찾아와서 작별하고 집으로 돌아갔다. 원두동原頭洞 이덕회李德會가 와서 만나 보았다. 금현錦峴의 주인이 들어왔다.

24일(정축丁丑). 맑음.

소안리小岸里의 홍석만洪錫萬이 구창舊倉의 족제 영제英濟와 함께 돌아갔다. 여러 손님들이 와서 놀았다. 교리 이필용李弼鎔이 찾아왔다.

25일(무인戊寅). 맑음.

석교의 감역이 돌아갔다. 확재의 집에 갔다. 김도규가 찾아왔다. 밤에 홍산의 척조를 배알하였다.

26일(기묘己卯). 맑음.

확재가 왔고, 동산東山의 천제川濟 아우가 왔다. 범성範聖의 어머니가 왔다 갔다. 오경장吳敬長(해주海州에 산다)이 돌아갔다. 홍산鴻山 전령傳令을 얻어서 청양 군수靑陽郡守 유훈兪訓 아무개가 청에 응답했다.

27일(경진庚辰). 흐림.

이 도사 어른의 집에 가서 소문을 이야기했다. 시직侍直 신응선申應善 씨를 만나 이야기를 나누고 보낸 다음 확재에게 돌아갔다. 동학東學과 같은 것을 금지하는 일로 조정의 명령이 내려왔다.

28일(신사辛巳). 흐리고 가는 비가 조금 내렸다.

참봉參奉 이조승李祖承 부자가 찾아왔다. 친구 이성함이 와서 이야기를 나누었다. 오후에 겨우 먼지만 적실 정도로 비가 조금 내렸다.

29일(임오王午). 개었다.

편지를 써서 보내니, 이 판윤의 답장이 왔다. 남양南陽의 심영沁營을 혁파하고 도총제영都摠制榮을 신설하였다.

3월 초1일(계미癸未). 맑음.

이 도사 어른이 친구 이성함, 취간醉磵 어른과 함께 찾아왔다. 김희담金喜淡의 고목告目이 도착했다.

초2일(갑신甲申).

친구 조성흠趙聖欽(이름은 천식天植이다)이 찾아왔다. 20여 년을 두텁게 교유하였다. 김희담의 편지에 답장을 썼다.

초3일(을유乙酉). 맑고 바람이 불었다.

이 도사 어른과 여러 친구 10여 인과 함께 남산南山의 복천암福泉庵에 가서 율시 한 수를 짓고 해 질 무렵 돌아왔다.

초4일(병술丙戌). 맑음.

친구 이성함, 진사 이교헌李校憲, 최 선비가 찾아왔다. 용곡龍谷의 종인宗人이 찾아왔다.

초5일(정해丁亥).

이 도사의 집에 잠깐 갔다. 판동板洞의 주서注書, 진사 이진재李進齋, 야동冶洞의 오위장五衛將 상우商羽가 찾아왔다. 익찬翊贊 유제有濟 씨가 편지로 이천伊川 어른의 종손의 혼인에시 후행後行[24]을 부탁하였는데, 아직 그럴

---

24 후행後行: 혼인할 때 가족 중에서 신랑이나 신부를 데리고 가는 사람을 말한다.

수 없다고 답장을 써서 보냈다. 이천 관아에서 신시申時가 지난 후에 편지가 또 왔다. 과연 후행을 말하였는데 허락하지 않았다. 완백完伯은 김문현金文鉉이, 영백嶺伯[25]은 이용직李容直이, 동백東伯[26]은 민형식閔亨植이, 광주 유수廣州留守는 윤영신尹榮信이 맡았다.

초6일(무자戊子). 맑음.

이필하李弼夏의 산송山訟 문제로 소청루小淸樓에 편지를 썼는데, 불가능하다고 답이 왔다. 원동院洞에 가서 여러 친구들과 함께 한밤중에 승문동承文洞의 교리 이필용의 집에 갔다. 이 도사가 찾아왔다. 여러 손님이 와서 놀았다. 대보단大報壇 행행幸行은 대내大內에서 행했다.

초7일(기축己丑). 맑음.

교동校洞 이 도사의 집에 갔다. 밤에 전동에 가서 홍산鴻山 어른을 배알하였다. 이어서 주서 송병경宋秉競을 만났는데, 이 사람은 처사촌이다. 그 종씨從氏인 교관教官 병갑秉甲의 아우가 죽었다는 흉한 소식과 그의 장모 안씨安氏는 아직 안녕하다는 소식을 들었다. 충량과忠良科를 맡았다.

초8일(경인庚寅). 오전에는 맑고 바람이 불었으나 오후에는 가는 비가 내려 먼지를 적셨다.

동궁 책례 응제東宮冊禮應製를 맡아서 하루 종일 조용했다.

초9일(신묘辛卯). 흐림.

참봉 이조승 씨가 찾아왔다. 어제 치러진 과거에서 대과大科 2인, 진사進士

---

25 영백嶺伯: 경상도 관찰사를 말한다.
26 동백東伯: 강원도 관찰사를 말한다.

3인을 내었고, 100인을 취하였다. 집을 도배塗排하고, 뒤에 있는 밭을 개간하고 채소 씨를 심었다. 오후에 가는 비가 내렸다. 죽엽리竹葉里의 친구 한성교韓成敎가 서울에 올라와 유숙하면서 이야기를 나누었고, 그 사람 편에 집안이 편안하다는 소식을 전해 들었다.

초10일(임진壬辰). 맑음.

해사海史[27] 어른과 이 도사가 찾아왔다. 진재進齋 진사進士가 고향으로 내려가게 되어 작별하였다. 구창舊倉의 복상服喪 중인 김선약金善約이 찾아왔다. 보현동普峴洞 이사음李舍音의 아들이 돌아갔다. 그 사람 편에 추곡秋谷 종숙에게 편지를 써서 보냈다.

초10일(계사癸巳). 맑음.

해사 어른, 서정西亭 어른, 여러 친구들과 함께 원동院洞에 가서 궐내에 핀 꽃을 유람遊覽했다. 그 모습이 정교하고 고와서 사랑스러웠다. 시간이 지나 계동桂洞 직조국織造局[28]에 들렀는데, 여러 가지 비단붙이를 만드는 기계는 참으로 장관이었다. 조선인朝鮮人은 좋은 방직 기술을 배울 수 있다. 한우韓友가 서강西江에 갔다.

• 이날부터 4월 7일까지 사이에 붙어 있는 간지干支는 오류가 있다.

11일(갑오甲午). 맑음.

소남小湳 외숙부님이 서울에 올라와 머무르셔서 배종하였다. 첨정僉正 이규형李奎衡(종고모부從姑母夫)이 찾아왔다. 참봉 이조승 씨가 찾아왔다.

---

27 해사海史 : 이준李儁(1859~1907)을 말한다. 해사는 이준의 호이다.
28 직조국織造局 : 1885년(고종 22)에 중국으로부터 기술자와 방직기계를 도입하기 위해 설립한 기구이다.

12일(을미乙未). 맑음.

임 선달林先達이 와서 만나 보았다. 선전관宣傳官 박한철朴漢喆, 척숙인 사과 이효응李敦應이 찾아왔다. 청양靑陽 유치흥兪致興이 찾아왔다. 밤에 사동寺洞 친구 박용서朴龍緖의 집에 갔는데, 이 친구가 서울에 올라와 머무는 집이었다. 집을 사서 두 달 동안 있다가 갔다.

13일(병신丙申). 맑음.

서정西亭 한韓 아무개와 함께 동문東門 밖 소청루小淸樓에 가서 율시律詩 한 수를 지었다. 달빛을 타고 돌아왔다. 밤에는 해사 어른께 가서 함께 장반醬飯을 먹었다. 확재가 돌아간 후에 보낸 편지가 왔다.

14일(정유丁酉). 맑음.

청양 유지흥의 집에 갔다. 해사 어른, 진사 이덕유李德裕, 친구 이성함이 와서 놀았다. 남양南陽의 복상服喪 중인 김金 아무개가 와서 만나 보았다. 약수사藥水寺에 나가 놀 뜻을 여러 친구들에게 알렸다.

15일(무술戊戌). 맑음.

동소문東小門 밖 약수사로 나갔다. 산길 10여 리였다. 길이 험하여 벽을 잡고 걸어갔다. 서정, 해사, 금사錦史 이외에 여러 친구들이 함께 율시 두 수를 지었다. 올 때는 달빛을 타고 절구絶句 두 수를 지었다. 금현錦峴의 장원壯元 한韓 아무개가 자리를 마련하여 장반醬飯을 먹었다. 조동면趙東冕이 심유沁留[29]에서 교체되어 왔는데, 추판秋判[30] …… 승진하여 발탁되었다.

---

29 심유沁留: 강화유수江華留守를 말한다. 강화도를 심도沁都라 한다.
30 추판秋判: 형조판서刑曹判書를 말한다.

16일(기해己亥). 흐림.

친구 이성함이 찾아왔다. 낮 한때 간간이 가는 비가 내리고 그치지 않았다. 그래서 여러 친구들과 함께 율시 두 수를 지었다. 이천 수령伊川守令이 찾아왔다.

17일(경자庚子). 단비가 그치지 않았다.

율시를 지으며 시간을 보냈다. 이천伊川의 족형이 편지를 보냈는데, 겸하어 백청白清 한 항아리, 잎 2냥어치, 잣나무 열매 두 되를 보내왔다(외숙부님의 생신).

18일(신축辛丑). 오후에 개었다.

참봉 이조승 씨가 찾아왔다. 밤에 이 도사, 이 참봉, 여러 친구들과 함께 달빛을 타고 거리로 나가서 장반醬飯을 먹었다. 남양의 복상服喪 중인 김 아무개가 돌아갔다. 금백錦伯[31]을 조병호趙秉鎬가 맡았다.

19일(임인壬寅). 맑음.

원집元執 족제가 찾아왔다. 취간 족형, 생원生員 오성좌吳聖佐가 찾아왔다. 해사 어른이 진사 이덕유, 친구 이성함과 함께 와서 놀았다.

20일(계묘癸卯). 맑음.

원집이 찾아왔다. 해사 어른의 집에 가서 율시 한 수를 짓고 돌아왔다. 밤에 전동典洞에 가서 송 주서宋注書와 함께 이야기를 나누고 밤늦게 돌아왔다. 오늘은 대인연大人宴을 행하는 날이라서 근정전勤政殿에 친림親臨하였고, 100여 세 노인들이 그곳에 있었다.

---

31 금백錦伯: 충청도 관찰사를 말한다.

21일(갑진甲辰). 맑음.

해사의 집에 가서 율시 한 수를 짓고 해 질 무렵 돌아왔다. 동학東學이라는 이단의 무리가 보은報恩 땅에서 모여 무리를 이루었는데, 수만 명이 사납게 날뛰는 것이 대적할 수가 없을 정도이고, 창의倡義한다는 깃발로 호령한다고 한다. 이에 성상聖上의 우려가 심해졌다. 삼남三南의 3분의 1이 동학에 빠져들어갔고, 경기京畿 역시 대부분 빠져들어서 살펴보면 없는 곳이 없다고 한다. 참판 어윤중魚允中이 암행어사暗行御史가 되어 나가 첫 번째로 걱정하는 것은, 삼남의 서리胥吏들이 대부분 빠져들었다는 것이다. 수원水原의 서리 50명이 하룻밤 사이 어디로 갔는지 알지 못하니, 저 무리로 들어가게 되어서 그런 것인가? 서리들의 모략謀略이 평범한 사람보다 뛰어나니, 그러므로 우려가 될 뿐이다.

22일(을사乙巳). 맑음.

해사께서 아침에 찾아왔다. 시직侍直인 신응선申應善 씨, 해사 어른, 또 여러 친구들과 함께 가서 놀면서 시詩를 지었다. 개운사開運寺에서 하룻밤을 자고 돌아오는 길에 또 탑동塔洞의 승방僧房을 찾았고, 영풍정映楓亭에서 쉬었다. 함께 집으로 들어가 자리를 하고 헤어졌다.

23일(병오丙午). 맑다가 오후에 비가 내리기 시작하여 밤에 비가 많이 내렸다.

취간이 찾아왔다. 편지를 써서 창동昌洞 진사進士 및 추곡에 답장을 보냈는데, 인편은 울진蔚珍의 집안 하인이었다. 엊그제 외전外殿[32]에서 노인연老人宴을 설행하였는데, 오늘 또 내전內殿[33]에서 노인연을 설행하였다(일찍이 조정의 명령이 내려왔다).

---

32 외전外殿: 임금이 거처하는 전각을 말한다.
33 내전內殿: 왕비가 거처하는 전각을 말한다.

24일(정미丁未). 흐림.

동생 원집이 찾아왔다. 무평茂坪의 하인이 올라왔는데, 그 사람 편에 외종씨外從氏의 편지가 도착했다. 가는 비가 내렸다. 청산靑山의 박우朴友가 찾아왔다. 집에 보내는 편지를 써서 목현木峴에 가는 인편에 부쳤다.

25일(무신戊申). 맑음.

교리校理[34] 유진옥兪鎭沃이 찾아왔다. 외종씨에게 답장을 보냈다. 무평의 진사 송기상宋琦相에게 조문弔問하는 편지를 썼다. 동학 무리의 시끄러운 소문이 크게 일어나, 쌀과 땔나무 값이 갑자기 올라 세상 인심이 흉흉해졌다. 선동仙洞의 친구 신대영申大永이 찾아왔고, 이천 어른도 찾아왔다. 해사 어른의 집에 가서 밤낮으로 율시 두 수를 지었다. 원집이 고향에 내려갔다.

26일(기유己酉). 맑음.

외숙부님이 시끄러운 소문으로 돌아가시고자 하다가 당진唐津의 이모부 댁에 들렀고, 다음으로 우리 집에 가셨다고 한다. 처조카 한계동韓啓東이 2월 초에 와서 머물다가 돌아갔다. 족제 민제民濟(자字는 성존聖存)가 고향에서 와서 머물렀다. 밤낮으로 해사의 집에 가서 율시 두 수를 지었다. 밤에 교동과 전동에 가니, 동학의 무리들이 도로에서 무리를 이루어 유입되는 것이 얼마나 되는지 알 수가 없다고 하였다.

27일(경술庚戌).

청산靑山의 친구 박용서가 찾아왔다. 이날 조지朝紙[35]에서 어윤중을 선무

---

34 교리校理: 원문에는 "校"만 쓰여 있으나, 문맥에 따라 "교리"로 고쳐 번역하였다.
35 조지朝紙: 승정원承政院에서 처리한 일을 적어서 아침에 반포한 종이를 말한다.

사宣撫使로 삼았다고 하였다. 어 대감이 전보電報를 쳐서 동학의 무리들이 귀순歸順할 수 없을 것이라고 하였다. 해사의 집에 가서 시詩를 지었다. 친구 한성교와 함께 잠시 문외門外로 나갔다가 돌아왔다.

28일(신해辛亥). 맑음.
산후山後의 김자정金子正이 고향 집의 편지를 가지고 와서 집안이 편안함을 알 수 있었다. 해사 어른의 집에 가서 시를 지었다. 서정西亭 어른이 이천 관청으로 출발하였다.

29일(임자壬子). 흐림.
청주 병사淸州兵使 홍재희洪在熙가 어제 한밤중에 들어와서 경영문京營門의 병사 1,000여 명을 거느리고 비천포飛天砲 네다섯 개를 가지고 영으로 돌아갔다고 한다. 소문이 점점 긴박해졌다. 며칠 전에 최씨崔氏 성을 가진 사람이 양쪽 엄지손가락을 불태워 광화문 밖에서 바친 이상한 사건이 포도청捕盜廳에 내려졌다. 광화문의 자물쇠가 하룻밤 사이에 이유 없이 헐어서 깨졌다. 해사 어른의 집에 가서 시詩 두 수를 짓고 해 질 무렵 돌아왔다.

30일(계축癸丑). 비가 내렸다.
남양의 복상服喪 중인 김 아무개가 와서 머물렀고, 성존聖存, 차 주서車注書와 이야기를 나누었다. 차 주서의 집이 비록 분수가 다르기는 하지만 밤낮으로 함께했다. 어제 친구 이성함이 찾아왔고, 해사 어른도 오셔서 함께 가서 시詩를 지었다. 죽리竹里의 한우韓友는 강으로 향해 나갔다.

4월 초1일(갑인甲寅). 개었다.
해사의 집으로 가서 시詩 세 수를 짓고 해 질 무렵 돌아왔다. 시끄러운 소문이 조금 뜸해져서 다행이다. 비적匪賊 무리들이 있는 곳에 윤음綸音이 내려졌다.

초2일(을묘乙卯). 맑음.

도사都事 이성함李聖咸, 해사 어른, 복상服喪 중인 김金 아무개, 종씨宗氏 여러 사람이 찾아왔다. 해서海西의 집에 가서 율시 다섯 수를 지었다.

초3일(병진丙辰). 맑음.

성존의 하인이 출발하였다. 시끄러운 소문이 점차 잦아들었다. 국가로서는 천만다행이다. 산후의 김자정이 찾아와서 집에서 보낸 편지를 전하고 돌아갔다. 도사 이성함이 찾아왔다. 해사의 집에 가서 율시 세 수를 지었다.

초4일(정사丁巳). 맑음.

해사께서 계신 곳에 가서 율시를 지었다. 친구 박용서의 종형제, 청양 군수青陽郡守를 지낸 유兪 군이 찾아왔다. 해사 어른이 또 찾아왔다. 친구 한성교가 강에서 들어와 함께했다. 밤에 해사께서 계신 곳에 가서 밤늦게 돌아왔다.

초5일(무오戊午). 흐리다가 한낮에는 뜨거웠다.

동촌東村에 갔다가 청양 군수 유 군이 있는 곳에 들렀다. 밤에는 해사海史께서 계신 곳에 갔다.

초6일(기미己未). 맑음.

청산青山의 친구 박용서가 찾아왔다. 남양의 복상服喪 중인 김 아무개가 돌아갔다. 집에 보내는 편지를 써서 고을에 오가는 인편에 보냈다. 한낮에 차 주서가 있는 곳에서 개장국을 먹었다. 해사 어른이 계신 곳에 들러 율시를 지었다. 술정戌正[오후 8시]부터 비가 내리기 시작해서 땅을 적셨다. 밤에 율시 한 수를 지었다. 유 감찰兪監察이 찾아왔다.

초7일(경신庚申). 흐림.
청산靑山의 친구 박용서의 종형제가 고향을 찾아 떠났다. 해사 어른이 계신 곳에 가서 율시 두 수를 지었다.

초8일(경신庚申). 흐림.
이상의 일진日辰은 착오가 있다. 교동校洞에 갔다가 원동院洞에 들렀다. 청기靑綺, 파서芭西, 해사 어른과 함께 와서 시를 지었다. 밤이 되어서 함께 니현泥峴의 종로鍾路에 가서 등燈을 구경했다. 진사 이범철李範喆이 보낸 편지가 왔다.

초9일(신유辛酉). 흐림.
해사 어른이 계신 곳에 가서 시를 지었다. 청기가 찾아왔다. 당진唐津 슬항瑟項에서, 그리고 구창舊倉의 세웅世雄이 보낸 편지가 와서 모두 답장을 보냈다.

초10일(임술壬戌). 비가 내렸다.
한우韓友와 생질 노 선비盧雅가 와서 집이 편안하다는 편지를 받아 볼 수 있었다. 종일 집에 있으면서 한우와 함께 음양에 관한 책에 대해서 한가롭게 이야기를 나누었다. 백전풍白癜風[36]으로 오삼미산약五蔘眉散藥을 복용하였다.

---

36 백전풍白癜風 : 피부에 흰 반점이 생기는 병증이다.

11일(계해癸亥). 하루 종일 비가 내리다가 밤에 개었다.

해사 어른이 청기, 파서와 함께 와서 놀다가 밤늦게 돌아갔다. 친구 한소헌韓韶軒이 강으로 나갔다.

12일(갑자甲子). 맑음.

해사 어른과 함께 진사進士 동원東元을 조문弔問하였다. 원동院洞의 취간醉碣이 있는 곳에 유 감찰이 찾아와서 율시 한 수를 지었다.

13일(을축乙丑). 흐림.

유 감찰에게 사례하려 하였으나 아직 만나지 못했다. 해사가 계신 곳에 가서 율시 두 수를 지었다. 소헌韶軒이 돌아왔다. 서정 어른의 편지가 도착했다.

14일(병인丙寅). 맑음.

해사가 계신 곳에 가서 시를 지었다. 판동板洞의 주서注書가 찾아왔고, 도사 이성함이 찾아왔다. 밤에 종로에 가서 시를 지었다.

15일(정묘丁卯). 낮 한때 우박과 비가 한동안 내렸다.

소헌과 함께 차 주서가 있는 곳에 가다가 해사 어른이 계신 곳에 들러 시를 지었다. 친구 이철용李喆鎔이 찾아왔다.

16일(무진戊辰). 맑음.

종손宗孫 동원이 복상服喪 중에 찾아왔다. 당진唐津의 친구 심면택沈晃澤이 찾아왔다. 고향 사람 박朴 아무개가 와서 만나 보았다. 첨정 이규형李奎衡, 도사 이성함, 진사 이재익李載翊이 찾아왔다. 해사가 계신 곳에 가서 시를 지었다. 밤에는 종로에 갔다가 돌아왔다. 교리 유진俞鎭이 잠깐 찾아왔다.

17일(기사己巳). 맑음.

오늘은 동릉東陵에 능행陵行하는 날인데, 날씨가 쾌청하여 매우 다행이다.
해사가 계신 곳에 가서 시를 짓고, 밤에 그와 함께 거리에 나가서 환어還
御하는 행행幸行에 절하였다. 위관韋觀 상덕商悳 어른이 보낸 편지가 왔다.
집에 보내는 편지를 써서 박정서朴正西의 아들이 돌아가는 편에 부쳤다.

18일(경오庚午). 맑음.

해사 어른이 아침 일찍 찾아왔다. 해사가 계신 곳에 가서 시를 지었다. 교
리 박희용朴喜容, 교리 김복한金福漢, 정사正斯 씨가 밤에 찾아왔다.

19일(신미辛未). 흐리다가 오후에 가는 비가 내렸다.

해사 어른이 한 상을 차려주셔서 마음껏 많이 먹은 뒤에 시詩 두 수를 지었
다. 석교石橋의 족형이 도성에 들어와 와서 놀았다. 진사 동필東珌이 보낸
편지와 친구 한성교韓成敎(자字는 인원仁元)가 보낸 편지가 도착했다. 도사
이성함이 찾아왔다.

20일(임신壬申). 맑음.

교동에 가서 시를 지었다. 도사都事 김용기金龍基가 왔고, 진재進齋가 찾아
왔다. 참봉 이해덕李海德이 찾아왔다. 밤에 교동에 가서 율시 한 수를 지었
다. 청양靑陽 유치흥兪致興이 찾아왔다.

21일(계유癸酉).

해사 어른, 덕유德裕 족질, 별군직別軍職 동만東萬, 오위장 상우商羽, 도사
이성함, 친구 임호준任浩準, 광천廣川의 척숙 신학선申鶴善, 합덕合德의 감

찰 유계환俞啓煥, 친구 심면택, 함흥咸興의 이면주李冕周가 찾아왔다. 참봉 이종린李鍾麟과 정동貞洞의 동선東瑄이 보낸 편지가 왔다. 판서 김윤식金允植의 맏아들 유증裕曾이 찾아왔다. 정계晶溪의 사위 내외가 무탈하다는 편지가 도착해서 매우 기뻤다. 해사가 계신 곳에 가서 시를 지었다. 판윤 이희재李希齋의 편지가 왔다.

22일(갑술甲戌). 흐림.

아무 이유 없이 설사가 나서 하루 종일 곤란했다. 진재, 파서芭西, 예경禮卿, 이우李友가 찾아왔다. 친구 한소헌이 돌아갔다.

23일(을해乙亥). 흐림.

오늘은 정시庭試가 있는 날이다. 장동壯洞에 몰래 가서 이정구李廷求가 과거를 치르는 것을 보고 해 질 무렵 돌아왔다.

24일(병자丙子). 맑음.

해사 어른이 도사 이성함과 함께 찾아왔다. 밤에 해사가 계신 곳에 가서 시를 지었다. 평기坪基의 진사 이흥규李興珪가 찾아왔다.

25일(정축丁丑). 새벽에 비가 내렸다.

원천遠川의 친구 이우삼李禹三이 찾아왔다. 공주公州 장전長田의 주사 이용규李容珪에게 위문 편지를 썼다. 도사 이성함이 찾아왔다. 해사가 계신 곳에 가서 시 세 수를 지었다. 덕산德山 석교石橋의 감역 족형이 돌아갔다.

26일(무인戊寅). 맑음.

진사 동원이 찾아왔다. 해사가 계신 곳에 가서 율시 두 수를 지었다.

27일(기묘己卯). 오후에 비가 내렸다.

오전에 해사가 계신 곳에 가서 시를 지었다. 비가 와서 머물러 잠을 자고 또 밤에 시를 지었다.

28일(경진庚辰). 흐림.

서릉西陵의 행행幸行을 택일擇日하였는데, 어제 비가 내려 초1일로 미루어 정해 하교下敎하였다. 그대로 머물며 시를 짓고 돌아왔다.

회일晦日(신사辛巳). 흐리다가 가는 비가 여러 차례 내렸다.

진재와 파서가 찾아왔다. 친구 한소헌이 들어왔다. 집에 보내는 편지를 써서 탑동塔洞의 김 아무개 편에 보냈다.

5월 초1일(임오壬午). 흐리다 개기를 반복했다.

오늘은 서쪽 여러 능에 행행幸行하는 날이다. 여러 친구들과 함께 몰래 가서 바라보았다. 율시 한 수를 지었다.

초2일(계미癸未). 흐림.

교동校洞에 가서 시를 지었다. 유 청양兪靑陽의 집에 갔다.

초3일(갑신甲申). 흐림.

초4일(을유乙酉). 흐림.

파서, 진재, 광주廣州 추령秋嶺의 종인 용□容□이 찾아왔다.

초5일(병술丙戌). 비가 내려 하루 종일 흠뻑 적셨다.

초6일(정해丁亥). 개었다.

척숙 신학선, 친구 이승규李承奎(찬경贊景), 청기(금서현琴瑞鉉), 파서, 진재가 찾아왔다. 율시 한 수를 지었고, 밤에 율시 한 수를 지었다.

초7일(무자戊子). 맑음.

남포藍浦의 종인宗人이 청산靑山의 박우朴友, 친구 유성존兪聖存이 찾아왔다. 율시 한 수를 지었다.

초8일(기축己丑). 흐림.

척숙 신학선, 파서, 진재, 친구 임호준, 청기가 찾아왔다. 시 한 수를 지었다. 저녁에 유 청양의 집에 갔다. 박경서朴景瑞로부터 집에서 온 편지를 받아 보고 편안해졌다.

초9일(경인庚寅). 흐림.

응제應製가 설행된 과장科場에 거의 대부분 입장하여 하루 종일 무료했다. 밤에 비가 크게 내렸다.

초10일(신묘辛卯). 비가 거세게 퍼부었다.

참의參議 유진옥兪鎭沃이 찾아왔고, 파서와 진재가 찾아왔다. 함께 시 한 수를 지었다. 진사進士인 사위가 대과大科 초시初試에 참여했다.

11일(임진壬辰). 흐림.

반주인泮主人 안 노인安老人이 와서 만나 보았다. 판동 주서의 일로 우리집에서 종회宗會가 열렸는데, 남동南洞의 도사都事 순희淳喜 씨, 맹현孟峴의 정제定濟 씨, 청주淸州의 □제□濟 씨, 승지 문제文濟 씨, 익위翊衛 유제有濟 씨, 삼청동三淸洞 상덕商德 씨, 오위장 상우商羽 씨, 원동院洞 영제瓃濟, 울진蘝珍 명제命濟, 주서 경제慶濟가 동참했다. 진사 이홍규가 찾아왔다. 청산青山의 친구 박용서가 100민緡을 허락해주었다.

12일(계사癸巳). 맑음.

청기가 재차 찾아왔다. 파서가 와서 함께 율시 한 수를 지었다. 밤에 교동에 갔다. 확재確齋가 고향으로 돌아간 지가 한 달 남짓 되어 오랫동안 만나보지 못했다. 판동의 주서가 찾아왔다. 당진唐津 김희담金喜淡의 편지와 담배 담는 그릇草盒이 왔다.

13일(갑오甲午). 흐림.

상上께서 문묘文廟[37]에서 알성謁聖[38]하셨다. 북묘北廟[39](관황묘關皇廟)를 들렀다가 그대로 동소문東小門 밖 삼산평三山坪의 서총대瑞蔥臺에 친림하셨다. 울진(명제命濟)이 찾아왔다. 청주清州의 윤보允甫 씨, 문외門外 오위장五衛將, 신창新昌의 김 선비(학고鶴皐), 진재進齋 형제가 그 종씨와 함께 찾아왔다. 밤에 함께 율시를 지었다.

14일(을미乙未). 흐림.

오늘 또 응제應製가 설행되어 과장科場이 설치되었다. 청산青山의 박우朴友, 남양의 복상服喪 중인 김 아무개가 찾아왔다. 북청北青의 김 오위장金五衛將이 왔다 갔다.

---

37 문묘文廟: 공자와 그 제자 및 조선 학자들의 신위神位를 모신 성균관成均館과 향교鄉校의 건물을 말한다.
38 알성謁聖: 임금이 성균관의 문묘에서 공자의 신위를 참배하는 것을 말한다.
39 북묘北廟: 동소문東小門 안에 있는 관우關羽를 모신 사당을 말한다.

15일(병신丙申). 가는 비가 내렸다.

집에 머무는 여러 사람들과 이야기를 나누었다. 북청의 김 오위장이 왔다 갈 때 집에 보내는 편지를 부쳤고, 박경서 편에 옷을 부쳤다.

17일(정유丁酉). 비가 크게 내렸다.

갈두葛頭의 김 선비가 돌아갔다.

• 17일부터 21일까지 사이에 간지干支가 잘못 씌어 있다.

18일(무술戊戌). 하루 종일 비가 내렸다.

장맛비가 지리支離하게 계속 내려 실로 고역이었다. 밤에 확재의 집에 가서 명창名唱의 선소리立聲를 들었다. 청기靑綺가 찾아왔다.

19일(기해己亥). 비가 내렸다.

왕촌旺村의 친구 이주승李周承이 서울에 올라와 찾아왔다. 이 친구는 10대조 때 돈독한 우정을 쌓았고, 6~7대에 걸쳐 이웃해 살면서 잘 지낸 집안이다.

20일(경자庚子). 비가 내렸다.

집에 머물면서 여러 사람들과 이야기를 나누며 시간을 보냈다. 확재가 찾아왔다.

21일(신축辛丑). 비가 내렸다.

삼일제三日製를 치렀다. 동촌東村에 보내는 편지를 써서 책과 함께 보냈다. 답장을 보았다. 교동校洞의 확재가 있는 곳에 갔다. 오후에 갰다.

22일(계묘癸卯). 개었다.

구창舊倉의 성팔聖八이 돌아갔다. 편지를 써서 석교石橋에 보냈다. 밤에 직각直閣 어른, 정사正斯 씨가 있는 곳에 가서 밤늦게 돌아왔다.

23일(갑진甲辰). 맑고 심하게 더웠다.

친구 이주승이 고향으로 내려가게 되어 작별하였다. 교동의 여러 친구들이 와서 놀았다. 취간醉磵이 찾아왔다.

24일(을사乙巳). 맑고 더웠다.

밤에 교동에 갔다.

25일(병오丙午). 맑고 더웠다.

친구 찬경贊卿, 이성함, 확재가 와서 놀았다. 잠깐 차 주서車注書, 유 청양의 집에 갔다. 밤에 교동에 갔다. 한우韓友가 강江에서 돌아왔다.

26일(정미丁未). 맑음.

친구 이주승이 고향으로 내려가게 되어 작별하였다.

27일(무신戊申). 맑음.

아산牙山의 친구 이덕여李德汝가 와서 잠을 잤다. 집 소식을 전해 들었다. 청기가 밤에 찾아왔다.

28일(기유己酉). 맑음.

교동의 확재가 소안동小安洞으로 이사하여 잠깐 가서 보다가 그대로 전동典洞에 갔다. 친구 이성함이 찾아왔다. 경원景元 아우가 왔다. 화동花洞의 유사용劉司勇, 사동寺洞의 정환기鄭煥琦가 찾아왔다.

회일晦日(경술庚戌). 맑음.

집이 갑자기 헐값에 팔렸는데 구매하기는 어려웠다. 밤에 안동安洞 확재의 집에 갔다.

- 초복初伏

6월 초1일(신해辛亥). 맑음.

보현동普賢洞 방군榜軍[40] 편에 사곡社谷으로 편지를 써서 보냈다. 집을 사기 위해 계동桂洞에 갔다가 그대로 일곱 칸 부옥蔀屋[41]을 2,040냥에 샀다. 다행히 승지 문제 씨, 울진 명제 씨와 이웃하였다.

직조국織造局에 가서 비단을 짜는 기계를 보았다. 이 기계는 중화中華에서 사 온 것이고, 중화인中華人이 우리나라 사람에게 가르쳐 주었으나 기계가 번쇄하여 보기에 난해하였다. 여러 친구들이 밤에 찾아왔다. 광문廣文의 종이 돌아왔다. 익동翼洞의 종인宗人이 찾아왔다.

초2일(임자壬子). 맑음.

친구 한소헌韓韶軒이 뱃길로 돌아갔다. 세상에 드문 인연으로 몇 개월을 함께 머물다 돌아간다 하니 대단히 섭섭했다. 또 어머님이 금년에 예순이신데 돌아가시기 전에 모시고 식사하고자 하는 정리情理를 억누르기 어려웠다.

도사 이성함, 친구 이찬경李贊卿이 찾아왔고, 여러 친구들도 많이 찾아왔다. 북청의 김 오위장, 남문 밖 오 서방吳書房, 유우兪友(맹도孟道)가 찾아왔고, 족질 동□東□(서산瑞山, 진산眞山)이 찾아왔다.

---

40 방군榜軍: 원문에는 "幇軍"으로 되어 있으나, 문맥에 따라 "榜軍"으로 고쳐 번역했다. 방군은 과거에 합격한 사람의 집에 소식을 전달하는 사람을 말한다.
41 부옥蔀屋: 풀로 지붕을 얹은 집이란 뜻으로, 허름한 집을 말한다.

초3일(계축癸丑). 비가 내렸다.

여러 친구들이 찾아왔다.

초4일(갑인甲寅). 하루 종일 큰비가 내렸다.

유성전兪聖全 형제가 찾아왔다.

초5일(을묘乙卯). 흐림.

유 선비兪雅가 돌아갔다. 편지를 써서 송현松峴 직각 어른께 보냈다. 확재,
청기가 찾아와서 함께 자고 율시律詩 두 수를 지었다. 밤새 비가 또 내렸다.

초6일(병진丙辰). 비가 내리다 잠시 그쳤다.

확재, 청기 두 친구와 함께 소안동小安洞의 확재가 새로 거처하기 시작한
곳으로 가서 시詩 두 수를 짓고 해 질 무렵 돌아왔다. 직각 어른의 답장이
왔다.

초7일(정사丁巳). 비가 내렸다.

하루 종일 큰비가 내려 광통교廣通橋가 넘쳤다.

초8일(무오戊午). 비가 내리다 오후에 조금 개었다.

성복成服 중인 성존聖存이 수개월을 함께 지내다가 서관西關으로 돌아갔
다. 친구 유맹도兪孟道가 찾아왔고, 북청의 오위장이 왔다.

초9일(기미己未). 맑음.

친구 이찬경, 도사 이성함이 찾아왔다.

초10일(경신庚申). 중복中伏. 매우 더웠다.

계동桂洞 여덟 칸의 작은 집으로 이사했다. 협소해서 용납하기 어렵기는 평생 처음이었다. 승지 문제 씨가 찾아왔다.

11일(신유辛酉). 더웠다.

울진蔚珍이 영일令日[42]에 왔다. 위솔衛率[43] 유제有濟 씨가 찾아왔다. 이우李友가 계궁桂宮에 와서 머물렀다. 문외門外의 오 선비吳雅, 북청의 오위장이 찾아왔다. 확재, 학고鶴皐, 친구 유맹도, 정대규鄭大奎가 찾아왔다. 묘동廟洞의 참판 이주영李周榮의 집에 갔는데, 이 대감은 백사白沙 상공相公의 종손宗孫으로 친분이 두터워 가서 뵌 것이다. 그대로 하교河橋의 이 판윤李判尹 집에 갔다가 유 청양과 확재의 집에 들렀다.

12일(임술壬戌). 더웠다.

문제文濟 씨가 찾아왔다. 울진이 날마다 왔다. 상덕商德 씨가 찾아왔다. 이덕회李德會 두 사람이 와서 집에서 보낸 편지를 받았는데, 평안한 사정을 알게 되었다. 보현동普賢洞의 장張 아무개가 왔다. 추곡秋谷 종숙의 편지가 왔다. 문제 씨와 함께 도사都事 유길준俞吉濬, 감찰監察 유길수柳吉秀의 집에 가서 놀다가 돌아왔다.

13일(계해癸亥). 맑고 더웠다.

청기靑綺와 학고鶴皐가 찾아왔다. 소루小樓에서 답장이 왔다. 노태영盧台永은 근 10년 동안 집에 머물던 사람인데, 학질瘧疾에 걸려 염려되었다. 탑동塔洞 풍제豊濟 씨의 부음訃音을 듣고 매우 슬펐다. 대평리大坪里 이 대감

---

42 영일令日 : 좋은 날을 뜻하는데, 문맥상 이사한 날을 말하는 듯하다.
43 위솔衛率 : 세자익위사世子翊衛司의 종6품 무관직으로, 세자의 시위를 담당한다.

의 편지가 와서 바로 답장을 했다.

14일(갑자甲子). 더웠다.

정사 씨의 편지가 왔다. 날이 갈수록 더 더워졌다. 집이 좁아 용납하기 어려웠고, 답답해서 견디기 어려웠다. 승지承旨 어른이 찾아와 하루를 보냈다. 북청의 오위장이 왔다. 밤에 소안동小安洞에 가서 확재 등 여러 친구들과 함께 달빛을 보았다. 종로에서 준마駿馬가 걷는 연습을 하여 수십 필이 거리를 가로 질렀는데, 과연 달빛은 대낮 같았고 흰 말은 쏜살 같았다. 승지 어른이 밤에 왔고, 친구 이성함李聖咸의 안부 편지가 왔다.

15일(을축乙丑). 매우 더웠다.

판동板洞의 주서注書가 찾아왔다. 성종聖從 씨, 중왕重枉, 치명致明 씨(상면商冕)가 찾아왔다. 마우천馬于天이 와서 머물렀다. 밤에 종로에 나가서 생황笙篁과 퉁소를 불고 나란히 돌아왔다. 명주 같은 달빛은 한 가지 풍치였다.

16일(병인丙寅). 서풍이 조금 불었다.

승지 어른이 계신 곳에 갔다. 재동齋洞의 익위翊衛 형님이 계신 곳, 친구 이찬경이 있는 곳에 갔다.

17일(정묘丁卯). 맑음.

문외門外의 오위장 상우商羽가 찾아왔다. 밤에 계동桂洞, 묘동廟洞, 한동漢洞에 가서 승지 권숙權潚을 만났는데, 수암遂庵⁴⁴의 후예였다. 한바탕 끊임없이 이야기하며 놀았다. 외가外家의 하인이 와서 그 편에 집안이 평안함을 알 수 있었다.

---

44 수암遂庵: 권상하權尚夏(1641~1721)를 말한다. 수암은 권상하의 호이다.

18일(무진戊辰). 맑음.

소포小浦의 하인이 출발하였다. 진사 김영학金永學은 사계沙溪[45] 선생의 후예로 전실 부인前室婦人의 육촌이었는데, 찾아왔다. 승지 어른이 찾아왔다. 밤에 확재의 집에 갔다.

19일(기사己巳). 흐림.

아침에 비가 내렸다. 시직侍直 김응선金應善 씨가 찾아왔다. 확재와 여러 친구들이 밤에 찾아왔다. 밤에 비가 내렸다. 집에 보내는 편지를 써서 이덕회에게 보냈다.

20일(경오庚午). 흐림. 가는 비가 내리고, 흐렸다가 개기를 반복했다. 또 매우 더웠다.

잠깐 승지 어른이 계신 곳에 갔다. 홍주洪州의 김 서방이 유 청양의 편지를 가지고 찾아왔다. 족질 철원哲元이 찾아왔다. 밤에 송정松亭에 갔다가 재동의 신 시직申侍直 어른이 계신 곳에 들렀다. 유필환兪弼煥 영감令監과 친구 이찬경이 있는 곳에 들렀다. 확재, 위솔衛率인 족형, 승지 유진옥兪鎭沃과 함께 밤늦게까지 이야기하였다.

21일(신미辛未). 흐리고 조금 비가 내렸다.

정 선비鄭雅가 찾아왔다. 밤에 확재의 집에 갔다가 찬경과 함께 이야기를 나누었다. 서정西亭 숙부님이 이천伊川 관아에서 돌아오셨다.

22일(임신壬申). 비가 내리다 흐리기를 반복했다. 매우 더웠다.

승지 어른이 계신 곳에 갔다. 울진이 함께 자리하여 아침밥 먹기를 청하기에 갔더니 과연 진수성찬이었다. 정대규鄭大圭가 찾아왔다.

---

45 사계沙溪: 김장생金長生(1548~1631)을 말한다. 사계는 김장생의 호이다.

23일(계유癸酉). 비가 내렸다.

큰비가 내렸다. 친구 이성함이 찾아왔다. 수실 외조모壽室外祖母[46]께서 오셔서 머물렀다.

24일(갑술甲戌). 비가 내렸다.

울진의 아들이 백일이라 가서 맛있게 아침밥을 먹었다. 이천 어른의 집안 일로 가서 보았다. 큰비가 내렸다.

25일(을해乙亥). 비가 내렸다.

여러 친구들이 왔다.

26일(병자丙子). 개었다. 입추立秋.

가을 기운이 조금 많아졌다. 승지 어른이 계신 곳에 갔다. 승지 어른이 또 찾아왔다. 이천 어른의 부탁으로 가서 네 곳에서 집을 찾아보았다.

27일(정축丁丑). 맑음.

정대규가 찾아왔다. 직각直閣 어른과 정사正斯 씨가 찾아왔다.

28일(무인戊寅). 비가 내렸다.

오후에 승지 어른이 계신 곳에 가서 저물 무렵 돌아왔다. 청나라 황제 광서光緖의 탄신일이라 청나라 진영에서 등을 밝혔는데, 풍악風樂이 장관이었다.

---

46 수실 외조모壽室外祖母: 수실은 살아 있을 때 미리 만들어놓은 무덤이다. 즉 수실 외조모는 미리 무덤을 만들어놓은 외조모를 말한다.

29일(기묘己卯). 개었다.

윤보允甫 씨, 성종聖從 씨, 치명致明 씨가 찾아왔다. 밤에 확재가 있는 곳에 가서 주서 권익상權益相(수암遂庵의 사손祀孫)과 함께 거리로 나가 바람을 쐬었다.

30일. 말복末伏(경진庚辰). 맑음.

남양南陽의 복상服喪 중인 김金 아무개가 찾아왔다. 치명 씨가 와서 머물렀다. 밤에 확재가 있는 곳으로 가서 친구 권 주서權注書와 함께 이야기를 나누었다.

7월 초1일(신사辛巳). 맑고 매우 더웠다.

승지 어른이 찾아와서 하루를 보냈다. 승지 어른과 함께 밤에 교동校洞에 갔다. 친구인 주서 권익상이 찾아왔다.

초2일(임오壬午). 맑고 매우 더웠다.

차 주서車注書가 찾아왔다. 확재와 여러 친구들이 날마다 찾아와 놀았다.

초3일(계미癸未). 맑음. 더위가 날로 심해졌다.

올해 처음으로 승지承旨가 와서 만나 보았다. 밤에 함께 한동漢洞에 갔다.

초4일(갑신甲申). 맑고 매우 더웠다.

승지 어른이 계신 곳에 갔다. 채운彩雲 여산礪山의 송宋 아무개의 편지가 왔다. 집에서 온 편지로 편안해졌다. 밤에 확재가 있는 곳에 가서 권 주서 등 여러 친구들과 함께 삼청동三淸洞에 가서 목욕沐浴하고 상두上頭로 가서 형제정兄弟井의 물을 먹었더니 설사가 즉시 멈췄다.

초5일(을유乙酉). 맑음.

친구 유맹도兪孟道가 찾아왔다. 정대규가 고향으로 돌아갈 때 집을 부탁하고 떠났다. 종씨宗氏가 머문 지 몇 달 만에 돌아갔다.

초6일(병술丙戌). 맑음.

확재의 부친과 해사海史 어른이 서울로 들어와서, 가서 인사드렸다. 밤에 승지 어른과 함께 한동漢洞에 갔다.

칠석七夕(정해丁亥). 맑음.

친구 이주백李周伯(재로載老)이 찾아왔다. 산변山變[47]의 일로 금현錦峴 한우韓友의 편지가 왔다.

초8일(무자戊子). 맑음. 찬 기운이 자못 감돌기 시작했다.

확재 등 여러 친구들과 함께 군자정君子亭에 놀러 가서 율시 한 수를 지었다.

초9일(기축己丑). 맑음.

온양溫陽의 맹우孟友가 찾아왔다. 설사병으로 두고두고 고통스러웠다. 이도사李都事가 찾아왔다. 성복成服 중인 성존聖存의 편지가 재령載寧에서 왔다.

초10일(경인庚寅). 맑음.

확재가 와서 놀았다. 밤에 꿈에서 성후聖后를 배종했다.

---

47 산변山變: 조상의 묘가 있는 선산이 훼손되는 등의 일을 말한다.

11일(신묘辛卯). 맑음.

승지 어른이 찾아왔다. 문외門外의 봉鳳 아무개가 왔고, 족숙族叔이 찾아왔다. 밤에 한동漢洞에 가서 윤구允求 씨의 병환을 문안했다. 충주忠州 말마리秣馬里 종인 문선文善이 찾아왔다.

12일(임진壬辰). 맑음.

승지 어른이 계신 곳에 갔다. 표 진사表進士(합덕合德), 이 도사李都事(종렬宗烈), 차 주서, 북청北靑의 오위장인 맹우孟友가 찾아왔다. 함양咸陽 제천堤川의 척숙戚叔이 돌아가셨다는 부음訃音이 도착했다. 송현松峴 승지 어른의 답장이 도착했다. 밤에 승지가 있는 한동漢洞에 갔다.

13일(계사癸巳). 맑음.

온양溫陽의 맹우가 작별을 고하고 돌아갔다. 함양咸陽의 정 주서鄭注書와 정 교관鄭敎官에게 위로의 편지를 부쳤다. 오늘은 궐내에서 태묘太廟로 거둥하는 날이다. 처육촌인 진사 송병철宋秉喆(초강草江)이 재차 방문했다. 승지承旨가 찾아왔다.

14일(갑오甲午). 맑음.

상사上舍 김영학金永學, 친구 이재로李載老, 확재, 주서 차상학車商學 씨가 찾아왔다.

15일(을미乙未). 맑음.

친구 이재로 형제가 찾아왔다. 서원書院에 단壇을 설치한 뒤에 통문通文이 왔다. 승지 어른, 치명 씨가 찾아왔다. 윤보 씨가 작별을 고했다.

16일(병신丙申). 맑음.

친구 유맹도兪孟道가 찾아왔다. 추곡 종숙의 편지가 왔다. 설사 증세가 하루 종일 가라앉지 않아 매우 고통스러웠다. 김희담金喜淡의 편지가 왔다.

17일(정유丁酉). 맑음.

정동貞洞의 족질 동선東瑄이 삼등三登의 아문衙門에서 왔다. 밤에 자교紫橋의 희천熙川 어른 상진商鎭 씨의 소기小朞[48]에 갔다.

18일(무술戊戌). 맑음.

서정西亭이 또 이천의 아문衙門을 향해 떠났다.

19일(기해己亥). 맑음. 오후에 비가 내려 땅을 적셨다.

승지 어른이 계신 곳에 갔다. 가뭄이 심해 몹시 비를 기다렸지만 미흡했다. 남 초시南初試가 찾아왔다.

20일(경자庚子). 흐림.

승지 어른과 치명 씨의 문안 편지가 왔다. 진사 김영학, 진사 송병철, 확재가 찾아왔다. 파서芭西의 동생이 그 형의 편지를 가지고 왔다. 집에 보내는 편지를 썼지만 부치지는 못했다. 밤에 명동明洞에 가서 친구 이철용李哲鎔과 함께 이야기를 나누었다. 회원會元 족질 편에 삼등三登 어른(상현商絢 씨)에게 편지를 부쳤다.

21일(신축辛丑). 흐림.

보현普賢 장張 아무개와 추곡에 편지를 부쳤다. 창동昌洞의 집은 그 값이

---

48 소기小朞: 죽은 지 1년 만에 지내는 제사인 소상小祥을 말한다.

130냥이다. 밤에 해사 어른에게 갔는데 비가 내렸다. 비를 무릅쓰고 돌아왔다.

22일(임인壬寅). 비가 시원하게 내렸다.

23일(계묘癸卯). 하루 종일 비가 내렸다.

24일(갑진甲辰). 개었다.

확재가 와서 놀았다. 영암의 서리胥吏 김내은金乃殷이 와서 만나 보았다. 최영구崔永九, 구창舊倉의 복상服喪 중인 하태영河泰永이 찾아왔다. 주서 권익상權翊相, 승지 어른, 홍 사과洪司果, 이 학관李學官이 밤에 찾아왔다. 함께 종로鍾路에 가서 등燈을 바라보았다. 내일은 대전大殿의 탄신일이다. 그러므로 거리 가득 등을 설치하여 화려하고 장엄했다.

25일(을사乙巳). 맑음.

하성좌河聖佐, 친구 이찬경李贊卿, 해사 어른, 친구 이예경李禮卿이 찾아왔다.

26일(병오丙午). 맑음.

친구 한소헌韓韶軒이 왔다. 집에서 온 편지를 보고 집안이 편안함을 알았다. 밤에 묘동廟洞, 하교河橋, 소안동小安洞에 갔다. 큰바람이 불어 나무가 꺾였다.

27일(정미丁未). 비가 내렸다.

하성좌가 찾아왔다.

28일(무신戊申). 비가 내렸다.

강진康津 김희담에게 답장을 써서 보냈다. 도목대정都目大政을 했다. 척조戚祖 홍산鴻山 어른이 영유 현령永柔縣令에 옮겨 제수되었다.

회일晦日(기유己酉). 하루 종일 비가 내렸다.

8월 초1일. 하루 종일 비가 내렸다(경술庚戌).

평산平山의 참봉 이종린李鍾麟이 찾아왔다.

초2일(신해辛亥). 하루 종일 비가 내렸다.

초3일(임자壬子). 흐림.

원동院洞의 취간醉磵이 있는 곳에 갔다가 도사 유병설俞炳卨이 있는 곳에 들렀다.

초4일(계축癸丑). 맑음.

그 관아의 하인이 서정 어른의 편지를 가지고 와서 바로 답장을 써서 보냈다. 성팔聖八의 부고訃告가 와서 바로 내려갔다.

초5일(갑인甲寅). 맑다가 비가 내렸다.

응제應製로 외종씨外從氏와 진사 조동식趙東植이 들어와서 함께 머물렀다. 밤에 영유永柔의 척조 댁戚祖宅에 갔다. 여산礪山 송宋 아무개의 편지가 왔다.

초6일(을묘乙卯). 개었다.

소헌이 강 밖으로 나갔다. 면천沔川 율리栗里의 집안 어른이 찾아오셨다.

해미海美 마령馬嶺의 족형의 형제와 승지 어른이 찾아왔다. 친구 김기金基 (경락敬洛), 친구 하성좌가 찾아왔다. 처질妻姪 한계동韓啓東, 족제族弟 영제英濟가 와서 머물렀다. 도사 유병설이 찾아왔고, 북청 사람 김 오위장이 찾아왔다. 문의 댁文義宅 족제가 찾아왔다. 밤에 재동齋洞 대교待敎 형제의 댁에 갔다가 친구 찬경이 있는 곳에 들렀다.

초7일(병진丙辰). 맑음.

임금께서 거둥하시어 알성謁聖하였다. 평동平洞의 친구 이복년李復年이 왔다. 석교石橋 감역의 형이 서울에 들어와 함께 사돈 이명구李命求에게 갔다. 오는 인편을 통해 여식女息의 편지를 보았다.

초8일(정사丁巳). 맑음.

전천前川 심 선비沈雅의 3형제가 찾아왔다. 밤에 주서 신헌균申憲均이 있는 곳에 찾아가니 이명구 형제, 진사 윤시영尹時榮, 용강龍崗 김자운金子雲 등 여러 사람이 무리로 찾아왔다. 하루 종일 손님들이 출입하여 분주하게 몰려들었다.

초9일(무오戊午). 비가 내렸다.

이날 알성과 합격자를 발표했다. 유제有濟 씨가 다행히 참가하였다. 그날 밤 수찬修撰에 제수되고, 잔치가 내려졌다(계방桂坊은 몇 해 전부터 일정한 방식이 정해졌다).

초10일(기미己未). 개었다.

참봉 조동립趙東立이 찾아왔고, 문외門外의 상우商羽가 찾아왔다. 여러 손님들이 찾아왔으나 내가 병중이라서 모두 기록하지 못한다. 정일여鄭日汝가 독곶獨串 사람 두 명과 함께 와서 만나 보았다. 친구 이명구가 찾아왔다.

초11일(경신庚申). 맑음.

감찰 조동립趙東立이 찾아왔다. 응제應製를 맡았다. 이해영李海永(종고모부
從姑母夫), 문외門外의 오 선비가 찾아왔다.

12일(신유辛酉). 맑음.

조 참봉이 찾아왔다. 소헌이 문외門外에 나갔다. 확재가 고향으로 돌아갔다.

13일(임술壬戌). 맑음.

여러 친구들이 많이 찾아왔다. 친구 김기(경락敬洛)가 찾아왔다. 처남 송병
주宋秉周가 서울에 와서 10여 년 만에 기쁘게 악수했다(집에 보내는 편지를 독
곶獨串에 부쳤다).

14일(계해癸亥). 비가 내렸다.

족형 □제□濟, 구연九然 씨가 찾아왔다.

15일(갑자甲子). 개었다.

송병주, 족제 □제□濟, 청양靑陽 객포客浦에 사는 이우李友가 찾아왔다. 도
사 이종렬李宗烈이 찾아왔고, 청양靑陽 유치흥兪致興이 찾아왔다. 하루 종
일 빈객이 찾아와서 모두 기록하지 못한다. 평기坪基의 친구 이□규李□珪
숙질叔姪이 찾아왔다.

16일(을축乙丑). 흐림.

진사 윤시영과 이 오위장李五衛將(홍주洪州에 거처함)이 찾아왔다. 선전관 서
영구徐榮九가 찾아왔다.

17일(병인丙寅). 비가 내렸다.

선전관 박한철朴漢喆이 찾아왔다.

18일(정묘丁卯). 비가 내렸다.

송병주, 이명구가 찾아왔다. 금현錦峴의 처조카 한시원韓時源이 와서 머물렀다.

19일(무진戊辰). 개었다. 날씨가 조금 시원해졌다.

서정西亭 어른이 이천 관아에서 아내를 거느리고 올라왔다.

20일(기사己巳). 비가 내렸다.

식년式年 감시監試 날이라서 여러 손님들이 과장科場에 들어갔다.

21일(경오庚午). 비가 내렸다.

22일(신미辛未).

종장終場 날이다. 비가 내렸다. 창동昌洞 진사進士의 편지가 왔다.

23일(임신壬申). 개었다.

외종씨와 조 진사가 모두 돌아갔다. 청양靑陽 족제族弟가 와서 머물렀다. 밤에 승지承旨 형님 댁에 갔다. 여산礪山 송宋 아무개에게 답장을 썼다.

24일(계유癸酉). 맑음.

해사海史 어른, 장전長田의 사돈 이성구李性求가 찾아왔다. 밤에 송병주宋秉周, 이명구李命求가 있는 곳에 갔다.

25일(갑술甲戌). 맑음.

이상 여러 빈객이 찾아왔다.

26일(을해乙亥). 맑음.

경무대景武臺에 친림親臨하시어 응제應製가 설행되었다.

27일(병자丙子). 맑음.

여러 빈객이 와서 만나 보았다. 집에서 온 편지를 받아 집안이 평안함을
알게 되었다. 밤에 신 주서申注書가 있는 곳에 갔다.

28일(정축丁丑). 맑음.

이명구, 이성구, 주서 신헌균이 집에 머무는 여러 빈객과 함께 동문東門 밖
으로 가서 동릉東陵 행행幸行을 보았다. 하궐下闕에 들렀다가 돌아왔다. 밤
에 신 주서, 송병주가 있는 곳에 갔다.

29일(무인戊寅). 맑음.

집에 보내는 편지를 써서 명실明實의 아들 편에 부쳤다. 신 주서, 이명구가
찾아왔다.

30일(기묘己卯). 비가 내렸다.

응제應製가 설행되어 여러 빈객이 과장科場에 들어갔다. 오위장五衛將 상
우商羽가 찾아왔다. 창동과 추곡秋谷에 보내는 편지를 썼다.

9월 초1일(경진庚辰). 비가 내렸다.

해사가 계신 곳에 갔다가 주서 신문좌申文座가 있는 곳에 들렀다. 이명구
형제, 친구 이□규李□珪와 함께 하루를 보냈다. 밤에 송현松峴에 갔으나

인천仁川 어른은 만나 뵙지 못했다. 친구 송태현宋泰鉉과 함께 이천 어른 댁에 들렀다. 해주海州 오경장吳敬長, 평산平山 조 선비趙雅가 작별 인사를 했다. 이극보李克甫의 편지에 답장하였다. 청산靑山 유 선비兪雅 형제가 작별 인사를 하고 돌아갔다.

초2일(신사辛巳). 개었다.

송병주가 작별을 고했다. 10여 년 동안 사이가 멀어진 나머지 또 이렇게 작별하게 되니 매우 슬펐다. 이명구 삼숙질三叔侄이 또 고향으로 돌아간다 고 작별하였다. 진사進士 내외에게 편지를 써서 부쳤다. 삼수三修의 김 오 위장金五衛將, 선달先達 이화여李和汝가 와서 만나 보았다. 해주의 집안사 람 성존聖存이 상喪을 당했다는 편지가 와서 바로 답장을 써서 보냈다.

초3일(임오壬午). 맑음.

교리 유제有濟 씨, 승지 한제翰濟 씨가 찾아왔다. 족제 윤중允仲이 찾아왔 다. 창동 진사의 편지가 도착했다.

초4일(계미癸未). 맑음.

해사 어른이 찾아왔다. 소헌韶軒이 들어왔다. 승지 어른이 계신 곳에 갔다 가 재동齋洞 감역 석제奭濟 씨가 있는 곳, 한제 씨와 유제 씨의 댁에 들렀 다. 친구 이찬경李贊卿이 있는 곳, 신 시직申侍直 어른이 계신 곳, 신 주서 와 해사 어른이 계신 곳에 들러 날이 저물어 돌아왔다.

초5일(갑신甲申). 큰바람이 불었다.

친구 신굉조申廣朝, 청기靑綺, 해사 어른, 참봉 조동림, 감역 석제 씨, 족형 용제龍濟 씨가 찾아와서 하루 종일 이야기를 나누었다.

초6일(을유乙酉). 맑음.

진재進齋가 찾아왔다. 승지 어른이 계신 곳에 갔다. 진사 김영학金永學, 진사 송병철宋秉喆이 찾아왔다. 밤에 해사 어른이 계신 곳에 갔다가 장반醬飯을 먹었다.

초7일(병술丙戌). 맑음.

도사 이종렬, 해사 어른, 족형 용제 씨 형제가 찾아왔다. 밤에 비가 왔다.

초8일(정해丁亥). 비가 내리다 개었다 했다.

주부主簿 족숙族叔 상우商愚 씨, 용제 씨가 밤에 찾아왔다.

초9일(무자戊子). 큰바람이 불었다.

원동院洞 유 도사兪都事, 취간醉磵이 있는 곳에 갔다가 승문동承文洞 교리 이필용李弼鎔, 참의 이최영李最榮, 유 청양이 있는 곳에 들렀다.

초10일(기축己丑). 맑고 시원했다.

고금도古今島의 이 노인李老人이 와서 만나 보았다. 김희담金喜淡의 편지가 도착했다. 박 선전관朴宣傳官(한철漢喆)이 찾아왔다. 복상服喪 중인 척제戚弟 박朴 아무개가 와서 머물렀다. 원두동原頭洞 이덕회李德會가 와서 그 편에 집에서 온 편지를 받아 보았다. 김희담의 편지에 답장을 썼다. 해사 어른이 찾아왔다. 확재確齋에게 편지를 써서 보냈다. 김백삼金伯三이 작별을 고했다.

11일(경인庚寅). 흐림.

육상궁毓祥宮과 연희궁延禧宮에 행행幸行하는 날이다. 소헌이 들어왔고, 진재가 찾아왔다. 취간이 찾아왔다.

12일(신묘辛卯). 맑음.

집이 좁아서 수국繡菊은 반주인泮主人에게 보내고, 매화梅花 화분 한 개는 대교待敎 족형 집에 보냈다. 해사 어른이 낮에 찾아오셨다. 소헌과 함께 후원後園에 올라 국화를 감상하고 감찰 유정수柳正秀를 찾아갔다. 밤에 대교 족형의 집에 갔다가 이천 어른에게 들러 벼슬을 내놓고 돌아오신 데 대한 인사를 하였다. 대교 족형과 갈림길에서 각자 돌아갔다. 선전관 서영구徐榮九가 찾아왔다.

13일(임진壬辰). 맑음.

선전관 서영구가 찾아왔다. 대교 족형이 하루 종일 와서 놀았다. 주서 신헌균申憲均이 찾아왔다. 밤에 재동 이치성李致誠 집에 갔다가 유제 씨, 한제 씨 집에 들렀다. 이반李般의 편에 집에 보내는 편지를 부쳤다.

14일(계사癸巳). 아침에 안개가 심하게 끼었다.

선달先達 이언필李彦弼이 와서 만나 보았다. 유 도사에게 편지를 썼다. 해사 부자가 찾아와서 계동桂洞에서 살 만한 집을 함께 보았다. 승지 어른, 취간 족형이 찾아와서 시간을 보냈다. 소헌이 잠깐 포천抱川에 나갔다. 선전관 박한철朴漢喆, 진사 송병철이 찾아왔고, 최경명崔敬明(함열咸悅)이 찾아왔다.

15일(갑오甲午). 흐리다 개었다.

최경명이 와서 놀았다. 한밤중에 가는 비가 내렸다.

16일(을미乙未). 비가 내리다 개었다.

선전관 박한철은 40년을 서울에 눌러살았던 사람이라서 고향을 찾지 못했으니, 노인의 사정이 더욱 한탄할 만했다. 족형 태제泰濟 씨(대교大橋)에게 보내는 답장을 썼다. 도사 유순필兪順弼(병설柄卨)이 밤에 도착했다.

17일(병신丙申). 비가 내리다 개었다.

유 청양에게 편지를 썼고, 여산礪山의 유배지에 보내는 편지를 써서 보냈다. 이 승지李承旨, 해사海史 어른이 찾아왔다. 매사梅史(유병설兪柄卨)가 찾아왔다. 복상服喪 중인 척제 박 아무개가 돌아갔다.

18일(정유丁酉). 맑음.

최경명이 아침에 왔다. 소헌은 포천抱川에서 들어왔다. 진재가 찾아왔다. 밤에 죽동竹洞에 가서 강진 군수康津郡守 민창호閔昌鎬, 숙천 군수肅川郡守 민일호閔一鎬를 만났고, 전동典洞의 척숙戚叔 이 주서李注書 댁에 들렀다. 여기서 주서 송병경宋秉竸(처사촌), 참봉 김영도金永燾(사촌 동서), 교리 신경선申敬善, 영令 이무응李武應을 만나 늦게까지 안부를 묻고 이야기를 나누었다. 송병주宋秉周가 편지 보내면서 인삼人蔘 다섯 근도 보내왔다.

19일(무술戊戌). 아침에 안개가 하늘에 가득했다.

어제는 관왕關王이 현성顯聖하여 북묘北廟에 거동해 작헌酌獻하는 날이다. 문제文濟 씨가 있는 곳에 갔다가 맹현孟峴의 석제奭濟 씨, 감역監役 어른이 계신 곳에 들렀다. 그리고 재동의 한제 씨, 유제 씨에게 갔다가 안동安洞의 신헌균, 해사 어른이 계신 곳을 찾아갔다. 승지 어른이 밤에 찾아왔다.

20일(기해己亥). 맑음.

최경명이 찾아왔다. 용제 씨가 와서 작별하고 고향으로 돌아갔다. 친구 송병주에게 답장을 썼고, 감역 김규배金奎培에게 편지를 써서 보냈다. 이 사람은 포부와 지혜가 남보다 뛰어나 많이 사랑해서 교분이 두터웠다. 청기가 밤에 찾아와서 계속 이야기를 나누었다. 의화군義和君[49]의 재간택再揀擇이 이루어지는 날이다. 의화군의 나이가 18세이므로, 간택은 14세 이상부터 18세 이하까지로 하였다.

21일(경자庚子). 눈이 내린 것처럼 된서리가 내렸다가 개었다.

서총대瑞蔥臺에 가는 날이다. 최경명崔敬明이 작별을 고하고 돌아갔다. 주사主事 관제寬濟, 감역 어른 석제 씨가 찾아왔다. 밤에 전동의 척숙 댁에 갔다가 교리 이병호李秉昊, 주서 송병경을 만나 이야기를 나누었다.

22일(신축辛丑). 맑음.

청기靑綺가 찾아왔다.

23일(임인壬寅). 흐림.

도사 이종렬李宗烈, 진재가 찾아왔다. 소헌이 왔다가 바로 강저江底로 돌아갔다. 선전관 서영구徐榮九가 찾아왔다. 밤에 화동花洞에 가서 순창 령淳昌令, 직각直閣 이성렬李聖烈, 주서 이정렬李貞烈, 도사 이종렬과 함께 늦게까지 이야기를 나누었다. 그리고 해서海西 어른이 계신 곳에 들러 박 참봉朴參奉(아산牙山)을 만나고 돌아왔다. 확재의 편지가 와서 바로 답장을 써서 보냈다.

24일(계묘癸卯). 맑음.

해사 어른이 찾아왔다. 교리 조영구趙寧九가 찾아왔다. 인천 어른(상덕商惠 씨)이 계신 곳에 가서 도사 송태현宋泰鉉을 만나고 태제台濟 씨 댁에 들렀다.

---

49 의화군義和君: 고종의 다섯째 아들 이강李堈(1877~1955)을 말한다.

25일(갑진甲辰). 맑음.

해사께서 계신 곳, 유 청양의 집, 승지 어른이 계신 곳에 갔다가 돌아왔다. 곤전坤殿[50]의 탄신일이라 백관百官이 문안을 드렸다.

26일(을사乙巳). 맑음.

선전관 서영구가 와서 작별 인사를 했다. 내가 고향으로 가려는 것은 혼정 신성昏定晨省을 할 수 없었기 때문이다. 또 서울에서 살기 어려운데, 이는 물가가 많이 오른 까닭이다. 고향으로 내려갈 계획을 계속하였기 때문에 겨를이 없었다. 정사正斯 씨의 편지가 왔다. 진재가 찾아왔고, 소헌이 들어왔다.

27일(병오丙午). 비가 내리다 개었다.

의화군 재간택의 수망首望은 도사都事 김사준金思準(전실 부인前室婦人의 육촌)의 딸이고, 부망副望은 홍우택洪祐澤의 딸이고, 삼망三望은 상오商五(족숙族叔 인천仁川 어른의 종씨從氏)의 딸이다. 삼간택三揀擇은 다음 달이라 한다.

28일(정미丁未). 맑음.

친구 이철용李哲鎔, 해사 어른, 교리 신경선, 진사 송병철宋秉喆, 강진의 민창호閔昌鎬가 찾아왔다. 화동의 직각 이성렬에게 편지를 썼다. 반주인 안 노인安老人이 와서 작별했다. 내가 고향으로 내려간다 하니 여러 친구들이 모두 작별하러 찾아왔다. 소헌이 강江으로 나갔다. 밤에 송정松亭의 해사 어른이 계신 곳에 갔다. 화동에서 성함聖咸과 이야기를 나누고 돌아왔다. 선전관宣傳官 이항로李恒魯, 판관判官 이재영李載英 씨를 만나서 위로하였다.

---

50 곤전坤殿: 왕비의 처소를 말하며, 왕비를 뜻한다.

회일晦日(무신戊申). 맑음.

해사海史 어른, 진재進齋가 찾아왔고, 승지承旨 족형族兄이 찾아왔다. 광문廣文의 하인이 강江으로 나가서 배를 찾아 왔다.

10월 초1일(기유己酉). 비가 내렸다.

진재가 찾아왔다. 밤에 바람이 불고 비가 내렸다.

초2일(경술庚戌). 맑음.

서정西亭의 숙부님이 고향으로 내려가신다고 오셔서 작별 인사를 하셨다. 진재가 찾아왔다. 초4일은 우리 선묘宣廟[51]의 조정이 용만龍灣[52]에서 돌아온 지 5주갑周甲되는 날이다. 초4일에 선묘께서 돌아오신 경운궁慶運宮에 행행幸行하고 종묘宗廟에 고유제告由祭를 임금이 친히 지내는 것은 영조英祖 때 등록謄錄에도 기재되어 있는 바이다. 매사梅史가 찾아왔고, 해사 어른과 진재가 찾아왔다. 오후에 가는 비가 내리다가 밤에 그쳤다. 밤에 울진蔚珍 아우의 집에 갔다.

초3일(신해辛亥). 비가 내렸다.

겨울비가 심하게 내리고 뜻하지 않게 밤에 큰 비바람이 불었으며, 뇌성雷聲이 수차례 울렸다. 밤에 승지 어른이 계신 곳에 갔다.

초4일(임자壬子). 날이 개고 흐렸다.

경운궁慶運宮에 행행幸行하였다. 사전四殿도 가마를 타고 나가서 그대로 진찬進饌을 행하였다. 해사 어른이 찾아와서 함께 광화문光化門 아래로 가

---

51 선묘宣廟: 조선 14대 임금인 선조宣祖(1552~1608)의 묘호廟號이다.
52 용만龍灣: 임진왜란 때 선조가 몽진한 의주 지방을 말한다.

서 돌아다니며 보았다. 진재가 과장科場에서 첩정疊呈한 일로 죄인을 체포하고, 사적으로 여염가에 두었다. 그대로 가서 하루를 보내고 밤에 돌아왔다.

초5일(계축癸丑). 날이 개고 추웠다.

내 생일이다. 10여 년을 객지에서 보내니 매우 유감이다. 해사 어른이 고기 열 근과 쌀 한 말을 보내오니, 매우 고마웠지만 편안하지 않았다. 오후에 해사 어른이 찾아오셨다. 소헌이 강江에서 들어왔다. 연산燕山에 사는 족질族姪 준원駿元이 와서 그 아버지의 수연시睟筵詩[53]를 청하였다. 밤에 해사 어른이 계신 곳에 가서 밤늦게 돌아왔다. 순창 쉬淳昌倅, 이 직각李直閣의 편지가 왔다. 해사 어른이 계신 곳에서 교리 이범익李範翊을 만나 끊임없이 대화하다가 자리를 파하였다.

초6일(갑인甲寅). 맑고 추웠다.

진재, 진사 송병철, 해사 어른이 찾아왔다. 인척인 사과 이효응李斅應이 찾아왔다. 원동院洞의 해사 어른이 계신 곳에 갔다가 재동齋洞의 대교待敎 족형의 집에 들렀다. 소헌이 강江으로 나갔고, 청기는 밤에 찾아와 밤늦게까지 이야기했다.

초7일(을묘乙卯). 맑음.

반주인泮主人 안봉순安鳳淳이 와서 만나 보았다. 원동院洞, 묘동廟洞, 하교河橋에 갔다가 돌아왔다. 족제 준원, 해사 어른, 진재가 찾아왔다.

---

53 수연시睟筵詩 : 수연睟筵을 위한 시詩를 말한다. 수연은 고희연이나 회갑연과 같이 장수를 기원하는 잔치를 말한다.

초8일(병진丙辰). 흐림.

광문의 종이 서산瑞山 추곡으로 출발하였다. 유산遊山의 종인 노예魯藝가 "내가 능히 도모하여 완성할 수 있다"라고 한 것을 돈녕도정敦寧都正이 통지하였다. 진재가 찾아왔다.

초9일(정사丁巳). 맑고 추웠다.

성복成服 중인 성팔聖八이 와서 머물렀다. 해사 어른이 이웃으로 이사 오셔서 매우 기뻤다. 준원이 와서 작별하고 고향으로 돌아갔다. 한동漢洞에 세 차례 갔다. 밤에 해사 어른이 계신 곳에 갔다가 밤늦게 돌아왔다. 승지 어른이 찾아왔다.

초10일(무오戊午). 맑고 추웠다.

동궁東宮의 진찬進饌 날이다. 엊그제 곤전坤殿의 진찬이 지나갔다. 진재進齋가 찾아왔다. 진사 송병철이 다시 찾아왔다. 밤에 해사海史 어른이 계신 곳에 갔다. 밤에 임가林哥 놈의 일로 작은 소동이 있었다. 소헌이 들어왔다.

11일(기미己未). 흐림.

문제文濟 씨가 추참秋參[54]에 제수되었다. 소헌이 강으로 나갔다. 성복成服 중인 성팔이 곤란을 겪고 있어 매우 불쌍하다. 진재가 와서 놀았다. 판서判書 조병직趙秉稷 씨가 찾아왔다. 임가 놈은 매우 패악悖惡하여 바로 감옥에 보내졌다. 추조秋曹의 참판參判 어른 문제 씨가 밤에 찾아왔다. 쌀 한 섬石을 사 왔다.

---

54 추참秋參: 조선시대 형조의 이칭인 추조秋曹의 참판參判, 즉 형조 참판을 말한다.

12일(경신庚申). 맑고 추웠다.

응제應製가 설행되는 날이다. 처조카 한 선비韓雅와 금사錦史가 과장科場에 들어갔다. 잠깐 참판 댁에 갔다. 진재가 밤에 찾아왔다. 교리校理 어른과 유제 씨가 보낸 편지에서 송우宋友의 일에 대해서 말하였다.

13일(신유辛酉). 맑음.

친구 김도규金度圭가 찾아왔다. 진재가 있는 곳과 참판 댁에 갔다. 석교石橋 족형이 도성에 들어왔다. 밤에 비가 내렸다. 소헌이 잠깐 들어왔다가 나갔다.

14일(임술壬戌). 흐림.

잠깐 참판 댁 및 해사 어른이 계신 곳에 갔다. 진재가 찾아왔다. 정동貞洞에 있는 경운궁慶運宮에 행행幸行하여 진찬進饌하고 진하陳賀하기 때문에, 오늘 대가大駕가 융무당隆武堂에 나아가 정동의 80세 노인을 불러 쌀을 내려주었다. 직각 이성렬李聖烈의 편지가 왔다. 비가 내렸다가 갰다.

15일(계해癸亥). 흐리고 비가 내렸다.

이종 사촌 동생 윤훈尹玩, 그 매부妹夫 이종백李種百이 왔다. 진사 송병철, 친구 송준원宋駿元이 찾아왔다. 내시內侍인 노 낭청盧郎廳이 와서 만나 보았다. 밤에 한동漢洞에 가서 송우宋友와 함께 성팔의 일에 대해 시비를 가렸다.

16일(갑자甲子). 개었다.

친구 이주승李周承(왕촌旺村), 족질 동선東瑄이 찾아왔다. 밤에 해사 댁에 갔다. 공주公州의 친구 송병직宋秉稷의 편지가 왔다.

17일(을축乙丑). 맑음.

진사 송병철宋秉喆이 찾아왔다. 송준헌宋駿憲이 왔고, 족제 영제英濟가 와서 머물렀다. 밤에 해사께서 계신 곳에 갔다.

18일(병인丙寅). 맑음.

정시庭試가 설행되어 오늘 바로 창방唱榜[55]이 이루어지니, 그 장소에 여러 손님들이 들어갔다. 성팔聖八이 남촌南村에서 왔다가 갔다. 대과大科는 10인이다.

19일(정묘丁卯). 맑음.

성복成服 중인 성팔이 돌아갔고, 영제가 돌아갔다. 소헌韶軒과 함께 해사가 계신 곳에 갔다. 대내大內에서 재회작再會酌[56]하는 날이다.

20일(무진戊辰). 비가 내렸다.

오늘은 의화군義和君이 삼간택三揀擇하는 날인데, 김사준金思濬의 딸로 정해졌다. 응제應製가 설행되었다. 광문廣文의 종이 무사히 돌아왔다. 그 편에 추곡秋谷, 용곡龍谷, 창동昌洞, 금현錦峴의 편지를 받아 보았다. 강진康津 김희담金喜淡의 편지가 와서 바로 답장을 써서 보냈고, 아울러 자문尺文[57]을 보냈다.

21일(기사己巳). 개었다.

창덕倉德의 이 생원李生員, 객포客浦의 이종姨從 윤尹 아무개, 이우李友, 송

---

55 창방唱榜: 과거 시험 합격자 발표를 말한다.
56 재회작再會酌: 진연進宴이나 진찬進饌을 하고 다음 날 다시 잔치를 베푸는 것을 말한다.
57 자문尺文: 관청에서 세금, 수수료 등을 받고 내주는 영수증을 말한다.

병철이 찾아왔다. 소헌이 강江으로 나갔다. 친구 이주승이 와서 작별하였다. 잠깐 해사가 계신 곳에 갔다.

22일(경오庚午). 흐림.

이종 사촌 동생 윤완尹琓, 그 매부妹夫 이종백李種百이 돌아갔다. 석교石橋의 감역監役이 동시에 돌아갔다. 성복成服 중인 성존聖存이 해주海州에서 들어왔다. 청산靑山의 유성전兪聖全이 찾아왔다.

23일(신미辛未). 맑음.

진재의 숙질叔姪이 고향으로 내려간다고 와서 작별하였다. 진사 윤가영尹佳榮, 죽엽리竹葉里의 유 도사가 와서 만나 보았고, 노관리盧館里의 성복成服 중인 김金 아무개가 와서 만나 보았다. 그 편에 집에서 보낸 편지를 받아 보고 편안해졌다. 오랫동안 소식을 듣지 못했는데 기쁘게 안심이 되었다. 남포藍浦의 종인 □제□濟가 와서 만나 보았다. 명동明洞의 친구 이철용李喆鎔이 보낸 편지가 왔는데, 고故 정산 쉬定山倅 서상면徐相冕 씨를 위해 판서判書 이돈하李敦夏의 글을 얻어주길 청하였다. 친구 이주승이 아직 떠나지 않고 찾아왔다. 대교大橋 족형 태제兌濟 씨, 친구 염솔廉率 이근규李根奎가 찾아왔다. 해사 어른이 재차 찾아오셨다. 한계동韓啓東이 강江으로 나가 돌아오지 않았다.

24일(임신壬申). 맑음.

죽엽리竹葉里의 적성積城 오하영吳夏泳, 대각리大角里의 성복成服 중인 김金 아무개가 와서 만나 보았다. 주서 이정렬李貞烈에게 편지를 썼다. 소헌이 들어왔다. 죽리竹里의 유훈도兪勳都가 와서 숙박을 하였다. 밤에 해사 어른이 계신 곳에 가서 밤늦게 돌아왔다. 친구 이주승이 찾아왔다. 한계동이 돌아왔다.

25일(계유癸酉). 맑음.

정대규鄭大奎, 친구 이주승, 족형 응열應悅(태제兌濟) 씨, 해미海美 심곡深谷의 임우任友, 해사 어른이 찾아왔다. 한성 서리漢城書吏를 불러왔다. 집값 중에 구문口文[58]은 가쾌家儈가 먹는 바이지만, 5월 이후로 한성부漢城府에서 받은 전지傳旨에 가쾌가 받는 구문의 절반을 찾아 추징한다고 하니, 전에 없던 일이라서 말이 많았다. 구문은 11이었지만 이런 까닭으로 12가 되도록 정하였다. 매령梅嶺 용제龍濟 씨의 편지가 도착했다. 밤에 해사 어른이 계신 곳에 갔다가 밤늦게 돌아왔다.

26일(갑술甲戌). 맑음.

친구 이주승이 찾아와서 작별하였다. 유 도사, 성복成服 중인 김金 아무개가 와서 만나 보았다. 성복 중인 김 아무개가 돌아가는 편에 집에 보내는 편지와 철물鐵物, 지속紙屬[59]을 부쳤다. 청산青山의 유□노柳□로魯(자字는 성전聖全)가 찾아왔다.

27일(을해乙亥). 가는 비가 내리다 개었다.

지평砥平의 친구 유맹도俞孟道가 찾아왔다. 평산平山의 조우선趙虞善(자字는 경필敬弼), 족숙族叔 상면商冕 씨, 족질 동선이 찾아왔다. 소헌이 들어왔다. 김백삼金伯三이 찾아왔고, 해사 어른이 찾아왔다. 참판參判 형님이 찾아왔다.

28일(병자丙子). 흐림.

신시申時 이후 더욱 흐려지다가 밤에 비가 내렸다. 재동에 가서 승지 한제

---

58 구문口文: 거래를 주선하고 받는 대가를 말한다.
59 지속紙屬: 온갖 종이를 통틀어 일컫는 말이다.

翰濟 씨를 송별하였다. 사서司書 유제有濟 씨 댁, 주부主簿 유필환兪弼煥과 교리 신응선申應善 씨가 있는 곳에 들렀고, 참판 댁에도 들렀다. 친구 이성함李聖咸의 편지, 수원水原 유제逌濟의 편지, 친구 이철용의 편지가 왔다. 잠깐 해사海史가 계신 곳에 갔다. 강진 군수 민창호閔昌鎬가 찾아왔다.

29일(정축丁丑). 맑음.

금현錦峴의 처조카 한 선비韓雅가 몇 달을 함께 지내다가 돌아가니 매우 슬펐다. 명동明洞 이우李友의 편지가 어제 오늘 사이에 와서 의화군義和君의 혼례일婚禮日을 물었다. 소헌이 강江으로 나갔다. 경춘景春의 편지가 왔고, 조租 한 포苞를 부쳐 왔다. 청산靑山의 친구 박용서朴龍緖가 찾아왔다. 초4일이라 씌어진, 집에서 온 편지를 보았다. 부모님이 습담濕痰으로 평안하지 못하다고 하니 걱정이 되었다. 미두米斗가 배편으로 왔다. 충주忠州 마리馬里의 십청헌十淸軒의 후손인 종인 상진商鎭(이때 진鎭 자는 항렬行列이다)의 손자인 노익魯翼의 아들 문희聞喜가 찾아왔다.

회일晦日(무인戊寅). 흐림.

잠깐 해사가 계신 곳에 갔다. 유제有濟 씨, 교리 조영구趙寧九가 찾아왔다. 밤에 해사에게 갔다가 밤늦게 돌아왔다.

지월至月[60] 초1일(기묘己卯). 흐림.

석교石橋의 참판 어른이 찾아왔다. 이천伊川 어른이 노기 띤 목소리로 물었다. 밤에 해사 어른이 계신 곳에 갔다.

---

60 지월至月 : 11월을 말한다.

초2일(경진庚辰). 흐림.

원동院洞의 유 도사와 취간醉磵이 있는 곳에 갔다. 밤에 병사兵使 이정규李廷珪에게 갔다가, 화동花洞의 주서 이정렬이 있는 곳, 해사가 계신 곳에 갔다가 주서 민영만閔泳晩(전적典籍으로 자리를 옮김)을 만났다. 척숙인 이 주서李注書 댁에 가서 주부主簿 이병제李秉濟(결성結城에 거처함)를 만났다.

초3일(신사辛巳). 맑음.

적성積城 오하영吳夏泳, 유 도사가 와서 작별하고 고향으로 내려갔다. 그 편에 집에 보내는 편지를 부쳤다. 하루 종일 복통으로 고생하다가 가미사신탕加味四神湯을 먹었다.

초4일(임오壬午). 맑고 추웠다.

조원선趙元善, 자字 경장敬長이 와서 작별하고 고향으로 내려갔다. 해사 어른이 찾아왔다. 평동平洞의 친구 이복년李復年, 자 성소聖김가 찾아왔다. 소헌이 들어와서 함께 해사 어른이 계신 곳으로 갔다가 밤늦게 돌아왔다.

초5일(계미癸未). 눈이 내렸다.

교리 신응선 씨가 고향으로 내려가게 되어 작별하였다. 밤낮으로 해사 어른이 계신 곳에 가서 놀았다. 광문廣文의 노비가 강으로 나가 소식을 듣고 돌아왔다.

초6일(갑신甲申). 맑음.

창동昌洞의 진사 동필東珌의 편지가 왔다. 전적典籍 차광현車光炫이 찾아왔다. 서로 살았던 곳이 조금 멀었기 때문에 날마다 찾아왔다. 악藥 1백을 사 왔는데 양위兩闈의 환후患候인 풍습風濕이 걱정되었다. 책력冊曆 한 질을 사 왔다. 이조吏曹 단골丹骨 서리書吏 오두환吳斗煥이 책력 두 권을 보냈다.

소헌이 강에 나갔다.

초7일(을유乙酉). 눈이 내렸다.

지학持鶴 김백삼金白三이 고향으로 내려간다고 와서 작별하였다. 창동昌洞 편에 약봉지를 보냈으나 도로에 화적이 매우 많았다. 사람을 죽이는 경우에까지 이르렀으니, 근 10년 동안 10월 이후로는 해마다 이와 같았다. 겨울을 지나 2월 이후로는 조금 덜했다. 동서남북의 도로는, 겨울이 되어서는 차이 없이 모든 도로가 험했다.

초8일(병술丙戌). 맑고 추웠다.

소헌이 들어왔다. 참판 어른이 찾아왔다. 해사 어른이 계신 곳에 갔다가 밤에 돌아왔다.

초9일(정해丁亥). 맑음.

대안동大安洞의 교리 황회연黃會淵이 찾아왔다. 그는 참판 황기연黃耆淵 씨의 계씨季氏로, 7대조 영유공永柔公의 배위 댁配位宅이다. 편지를 주고받으며 척戚이라 칭하였다. 소헌과 함께 해사 어른이 계신 곳에 가서 놀았다. 부쳤던 약봉지가 돌아왔지만 다시 부치지 못해 걱정되었다.

초10일(무자戊子). 맑고 추웠다.

해사 어른이 계신 곳에 가서 하루 종일 글을 논하고 고사故事를 강론했다. 밤새도록 한가롭게 놀다가 밤참을 먹었다.

11일(기축己丑). 맑음.

최경명崔敬明이 와서 만나 보았다. 해사 어른이 계신 곳에 가서 놀았다. 참판 어른이 찾아왔다.

12일(경인庚寅). 맑음.

참판 어른이 찾아왔다. 주서 이정렬李貞烈의 문안 편지가 왔다. 밤에 해사 어른이 계신 곳에 갔다.

13일(신묘辛卯). 비가 내려 축축해지고 눈이 녹았다.

인천부仁川府에 편지를 써서 보내서 최경명의 일을 말했다.

14일(임진壬辰). 겨울이 왔다. 아침에 습기가 찼다가 오후에는 맑았다. 저녁엔 비가 내렸다.

친구 이성함이 찾아왔다. 태제兌濟 씨가 와서 함께 참판 댁에 갔다가 취간이 있는 곳에 들렀다. 교리 조영구와 유제 씨가 찾아왔다. 해사 어른, 소헌, 오위장 이근모李近謨와 함께 달빛을 따라가서 장반醬飯을 먹었다.

15일(계사癸巳). 맑음.

조 평택趙平澤에게 답장을 했다. 밤에 해사가 계신 곳에 갔다.

16일(갑오甲午). 흐림.

밤에 해사가 계신 곳에 가는데, 마침 청기靑綺가 와서 함께 이야기를 나누며 밤을 지새웠다.

17일(을미乙未). 맑고 추웠다.

참판 어른이 찾아왔다. 차 주서車注書가 3일간 찾아왔다. 유제 씨가 밤에 찾아왔다.

18일(병신丙申). 흐림.

밤에 해사 어른이 계신 곳에 갔다. 삼계蔘鷄를 3일 연속으로 복용했다.

19일(정유丁酉). 눈이 내렸다.

사서司書 전랑銓郞, 유제 씨가 찾아왔다.

20일(무술戊戌). 맑고 추웠다.

인천령仁川令 상덕商惠의 편지가 왔다. 차 전적車典籍이 찾아왔다.

21일(기해己亥). 맑고 추웠다.

밤에 동곡東谷의 태제台濟 씨, 승지 어른 댁에 갔다가 밤늦게 돌아왔다. 화동의 이 주서李注書에게 편지를 보냈다.

22일(경자庚子). 맑고 추웠다.

안신탕安腎湯을 처음으로 복용했다. 요통腰痛이 작년부터 시작되었는데, 작년 여름 장습瘴濕으로 일어난 결과인 듯하다.

23일(신축辛丑). 맑고 추웠다.

듣기로, 송도松都 백성들의 소요가 크게 일어났는데, 유수留守 김세기金世基가 북백北伯[61]으로 체직되어 왔으며, 개성 경력開城經歷은 난타당해 사경을 헤매고 막하의 비장裨將은 돈을 먹여 입을 찢었다고 한다. 근래 백성들의 소요가 종종 곳곳에서 일어난다고 또 들었다. 황주 병사黃州兵使가 목사牧使 송재화宋在華와 함께 조지朝紙에 올랐다. 밤에 해사가 계신 곳에 갔다.

24일(임인壬寅). 눈이 심하게 내렸다.

---

61 북백北伯: 함경도 관찰사를 말한다.

25일(계묘癸卯). 흐림.

해사海史 어른이 계신 곳에 가서 좌랑佐郎 윤우선尹寓善을 만났다. 참판 어른이 찾아왔다. 정계晶溪의 사돈 이 공李公의 편지가 왔고, 아울러 이실李室이 편안하다는 소식을 들어서 다행이었다.

26일(갑진甲辰). 맑고 추웠다.

정계에 답장을 썼다.

27일(을사乙巳). 흐림.

소헌이 오래도록 머무르다가 고향으로 가겠다고 작별을 고해 슬픈 감정을 참기 어려웠다. 추곡 종숙從叔의 편지가 도착했다. 계종조모季從祖母의 병환이 매우 심해서 박씨 댁朴宅 종고모從姑母가 와서 모신다고 하였다. 을유생乙酉生인 노인을 간병할 사람이 없다니 매우 통탄할 일이다. 서종조모庶從祖母의 묘를 이장하는 날이 17일이라고 하니, 한겨울에 큰일을 어떻게 할 것인가? 멀리서 단지 마음이 어지러울 뿐이다.

28일(병오丙午). 맑음.

부모님께 보낼 약재를 광문의 노비가 고향 집으로 가지고 갔는데, 길은 멀고 화적은 크게 일어나 행렬이 걱정되었다. 유제 씨가 찾아왔다.

29일(정미丁未). 맑음.

해사가 계신 곳에 갔다. 태제兌濟 씨, 참판 어른, 문제文濟 씨가 찾아왔다. 함흥咸興의 오위장 이근모李近謨와 해사께서 밤에 찾아와 함께 절편絶餠을 먹었다.

30일(무신戊申). 흐림.

최경명崔敬明이 아침 일찍 찾아왔다. 주서 신헌균申憲均이 고향으로 내려
간다고 찾아와서 작별하였다. 이 친구는 서로 아껴서 매우 돈독한 사이라
슬펐다. 또 사위 이정구李廷求의 외종外從이라서 더욱 친절했다. 해사가
계신 곳에 가서 하루를 보냈다.

12월 초1일(기유己酉). 맑음.

해사 어른이 찾아왔다. 최경명이 왔다. 친구 유영로柳永魯가 찾아왔다. 백
성들의 소요가 곳곳에서 일어나 소문이 시끄러웠다.

초2일(경술庚戌). 맑음.

김병수金秉洙(희담喜淡의 아들)가 김해金海에서 찾아와서 만나 보고 매우 기
뻤다. 잠깐 해사가 계신 곳에 갔다.

초3일(신해辛亥). 맑음.

차 전적車典籍이 아침 일찍 찾아왔다. 최경명이 찾아왔다. 김병혁金秉爀이
와서 만나 보았다.

초4일(임자壬子). 흐림.

오위장 이근모가 와서 만나 보았다. 송복길宋福吉이란 놈을 불러 보니, 전
옥典獄 조가趙哥의 일이 분명해졌다. 참판參判 형님이 찾아와서 하루 종일
놀았다.

초5일(계축癸丑). 비와 눈이 내리다가 오후에 개었다.

용길龍吉 부자가 와서 만나 보았다. 고창 군수高敞郡守 김사준金思濬의 편
지가 왔다. 참판 어른이 밤에 찾아왔다.

초6일(갑인甲寅). 흐림.

반주인泮主人 안安 아무개의 동생이 와서 만나 보았다. 김병수가 와서 만나 보았다. 사동社洞에 머문 유제迺濟가 찾아왔다. 김병수에게 죽피석竹皮席, 화문석花紋席, 입자笠子를 부탁하는 편지를 써서 안 노인安老人의 편에 소청루小淸樓에 보냈다. 해사 어른이 찾아왔다.

초7일(을묘乙卯). 맑음.

최경명이 찾아왔다. 고창高敞 아전 윤종회尹宗檜에게 편지를 써서 보냈다. 상면商冕 씨가 찾아왔다.

초8일(병진丙辰). 맑음.

진사進士 윤시영尹時榮이 찾아왔다. 30여 년 동안 함께 살았던 우의友誼가 있고 외조가 같은 더할 수 없는 친척이었다. 지극히 두터운 사이는 세상에서 이 집안보다 더한 집이 없다. 집은 장단長湍 석주원石柱院이다. 그 사람의 아버지인 감역 윤서구尹瑞求 씨도 아버지와 함께 외갓집에서 30년을 함께했다. 문외門外의 오위장 상우商羽가 찾아왔다. 해사 어른이 잠깐 찾아왔다. 참판 어른이 밤에 찾아왔다. 최경명이 왔다가 갔다.

초9일(정사丁巳). 맑음.

현암玄巖의 승지 김석규金錫圭가 보낸 답조장答弔狀이 왔다. 송도松都의 민란을 여전히 수습하지 못했고, 그 무리는 더욱 커져서 두려워할 만하다고 한다. 금성金城의 민란 또한 커져서 심지어 금성의 쉬倅가 난민을 잡아들이고 작통作統62하던 중에 간악한 서리의 집을 함께 가서 부쉈다고 한다.

---

62 작통作統: 민호民戶를 통統으로 편제하는 일을 말한다. 5호戶를 1통으로 하고, 1통마다 통주統主를 두었다.

이는 전에 없던 변란이다. 평안도는 아직까지 민란이 일어나지 않은 고을이 열두 곳이라고 한다. 과연 백성을 사랑으로 다스려야 하는 관리가 탐닉하길 끝없이 해서 그런 것인가, 아니면 백성들의 습속이 온당하지 못해 그런 것인가? 몹시 당황스럽다.

취간醉磵이 찾아왔다. 밤에 동곡東谷의 승지 어른, 태제台濟 씨 댁에 갔다.

초10일(무오戊午). 흐림.

최경명이 아침 일찍 찾아왔다. 원주原州의 민란이 커졌다고 한다. 영슈 이무응李武應과 청기가 찾아왔다. 밤에 해사 어른이 계신 곳에 가서 절편絶餠을 먹었다. 오위장 상우가 찾아왔다.

11일(기미己未). 맑음.

전동磚洞의 병판兵判 민영소閔泳韶에게 편지를 써서 보냈고, 바로 답장이 왔다. 밤에 동곡東谷의 승지承旨 댁에 갔다. 취간과 최경명이 찾아왔다. 유성전兪聖全, 박용서朴龍緒 두 친구가 찾아왔다.

12일(경신庚申). 맑음.

차 전적車典籍, 최경명이 찾아왔다. 반주인 안 노인이 와서 만나 보았다. 소청루小淸樓에서 보낸 편지가 왔다. 참판 황기연黃耆淵, 교리 황회연黃會淵의 편지가 도착했는데, 영유공永柔公의 배위 댁配位宅이다. 친척 간의 서로 좋아하는 정을 써놓았다. 취간이 찾아왔다. 평산平山 당우리唐隅里의 참봉 이종린李鍾麟이 보낸 편지와 살아 있는 꿩 두 마리首가 도착했다. 밤에 해사 어른과 함께 니동泥洞의 좌랑佐郎 윤우선尹寅善(고故 판서判書 치영致榮의 맏아들)의 집에 갔다. 태제兌濟 씨가 좌랑 윤우선의 집에 머무르고 있었다. 밤늦게까지 이야기를 나누다가 돌아왔다. 유성전이 찾아왔다. 밤에 정계晶溪 이실李室의 방 안에 꽃나무가 활짝 핀 꿈을 꾸었는데 길조인 듯하다.

13일(신유辛酉). 맑음.

영슈 이무웅, 진사 윤시영, 최경명崔敬明이 찾아왔다. 동곡東谷의 승지 어른이 별실別室의 생일에 와서 수실壽室을 청하였다. 울진蔚珍 별실과 함께 한 가마를 타고 종종 해사 어른이 계신 곳에 가서 박후진朴厚鎭을 만났다. 참봉 박용서가 찾아왔다.

14일(임술壬戌). 맑음.

김병수金秉洙가 와서 만나 보았다. 상면 씨가 찾아왔다. 송복길宋福吉이 재차 찾아와서 조趙 아무개의 일을 전하였다. 친구 박용서에게서 태제台濟가 홍주洪州 아문에 보내는 편지를 얻었다. 월현月峴의 이 오위장李五衛將이 찾아왔다. 밤에 해사가 계신 곳에 갔다. 유성전이 찾아왔다. 백관百官이 받는 녹봉을 수년 동안 한결같이 폐하여 1년에 2~3개월만 지급하였다. 연말에 인정人情이 흉흉했다.

15일(계해癸亥). 맑고 추웠다.

연내에 나라에 경사가 중첩되어, 팔도의 기녀를 선발하여 상으로 단속緞束, 주속紬束, 미米, 전錢을 내려주었는데 도합 수만 냥이었다. 또 연내 삼청동三淸洞, 화개동花開洞, 이동二洞에 1년에 네 차례 매 호戶마다 그 식구의 많고 적음에 따라 소미小米 1~2석石, 전錢 100~200냥을 나누어 내려주었다. 또 동서남북의 마을 가운데 궁핍한 집을 찾아 매 호에 또 이와 같이 구휼하였다.

차 전적車典籍, 최경명, 유성전이 찾아왔다. 밤에 해사가 계신 곳에 갔다가 그대로 달빛에 취해 거리로 나가 장반醬飯을 먹고 흥이 올라 돌아와 잠을 잤다. 매사梅史, 유 도사兪都事가 잠깐 찾아왔다. 윤구允求 씨의 편지가 와서 편안한 소식을 들었다.

16일(갑자甲子). 맑음.

이태원李泰元이 왔다 갔다. 월현의 이 오위장, 해사 어른이 찾아왔다. 일전에 시어소時御所의 궐내闕內에 호랑이 한 마리와 여우 한 마리가 담을 넘어 들어와서 울었다. 이에 포수砲手 수백 명을 내어 호랑이와 여우를 잡으려고 하였으나 여전히 붙잡지 못했으니 이상하다.

17일(을축乙丑). 맑음.

최경명이 왔다 갔다. 차 전적車典籍이 꿩 두 마리首를 보냈다. 유성전의 복첩卜妾[63]이 몇 칸 집을 인근에 사서 옮겨 살기에 가서 보았다. 내일은 책례冊禮의 응제應製가 있는 날이다. 해사 어른이 예상 문제를 한 장 써주기를 청하기에 가서 시권試卷을 써주었다. 외종外從 정기현鄭騏鉉 씨의 편지가 왔지만 돌아가는 인편이 없어 답장을 못 했다.

올가을 이후로 전정錢政을 크게 축낸 사람은 근처 시장에서 저축한 전錢을 끌어다가 5일 만에 몇 전을 쥐었다. 전은 모두 국가 재정에 관계된 어음魚音만을 납부하였는데, 가을부터 말아 넣었기 때문이다. 전정이 크게 망하여 연말에 인심이 흉흉하였다. 망한 시장 사람이 수없이 많았고, 시장 사람이 설립한 계稧가 늘어나서 계로 망한 사람도 많았다.

좌포도대장左捕盜大將 신정희申正熙가 제방隄防을 엄금하였다. 신정희는 고故 장신將臣 관호觀浩의 아들이며, 또 장신을 일찍이 경험하였다. 지금 호분위장虎賁衛將의 직임을 맡고 있으며 사람됨이 강직하다. 이런 까닭으로 장안長安이 점차 정돈되었고, 잡기류雜技類의 적들이 점차 없어져 곡물 가격이 조금 변하였다. 무릇 물가物價는 임의로 높이 올릴 수는 없다. 장병익張炳翊의 상소上疏 중에 "사람을 얻으려면 진실로 이것이 있어야 한다"라고 하였다.

---

63 복첩卜妾: 같은 성姓을 피해 얻은 첩妾을 말한다.

전동典洞의 척조모戚祖母 신씨申氏의 초기제初忌祭에 가서 참석하였다. 진사 윤시영, 영令 이무응 씨가 함께 참석하였다. 유성전이 찾아왔다.

18일(병인丙寅). 흐림.

집에 머물던 사람들이 장옥場屋[64]에 들어갔다. 수실壽室이 밤에 본가本家에 갔다가 생일을 맞이하신 어머니를 뵙고 돌아오지 못했다. 사위인 이정구李廷求, 종숙인 상욱商旭과 상엽商燁 형제, 처질妻姪인 한계동韓啓東이 과거 시험을 치르는 곳에 사람을 보내어 보도록 하였다. 생일상을 성대하게 차려 와서 배부르게 먹었다.

편지를 써서 합덕合德의 병사兵使 이정규李廷珪에게 보냈다. 취간醉磵이 고향에 내려가기 위해 와서 작별하였다. 좌랑 윤우선, 족형 태제兌濟 씨가 찾아왔다. 유성전이 잠깐 방문하였다. 과거 시험을 본 유채柳采가 찾아왔는데, 신창新昌에 살다가 이현梨峴에 옮겨 와서 산다. 집에 보내는 편지를 써서 취간 편에 보냈다.

광문廣文의 종이 해 질 무렵 돌아와, 집안의 평안함을 알게 되어 매우 다행이다. 여러 곳이 모두 평안하였는데, 추곡의 종숙만이 근심이 많았다. 그 어머니 안씨安氏를 서산瑞山 창포倉浦의 문씨文氏 집안 뒷산에 모시려 하였으나, 문씨 집안의 여러 사람들이 장사를 금하여 들어가 장사 지내지 못해서 그 아래에 임시로 매장하였다. 영문營門에 의송議送[65]하기로 했는데, 이번 16일이라고 한다. 빙설氷雪이 내리는 중에 힘을 다했으나 대단히 낭패스러웠다. 관계된 우려가 매우 심했지만, 또한 소란이 일어난 단서가 있을지는 알지 못하겠다. 멀리에 있어 참여할 수 없으므로 매우 답답하다.

---

64 장옥場屋: 비나 햇빛을 가리기 위해 과장科場에 만든 곳으로, 일반적으로는 과장을 의미한다.
65 의송議送: 관찰사나 암행어사에게 탄원서나 민원서 등을 제출하는 것을 말한다.

금현錦峴의 한 선비 소헌韶軒이 창동昌洞의 여러 곳에서 보낸 편지를 가지고 왔다. 과거 시험에서 대부분 떨어졌다. 수실壽室이 밤에 돌아왔다.

19일(정묘丁卯). 맑음.

또 응제應製가 설행되어 손님들이 과장科場에 들어갔다. 동생인 확재確齋 의誼가 과장에서 첩정疊呈한 일 때문에 정배定配[66]되는 지경에 이르렀다. 9월에 일이 있었는데 오늘 풀려나게 되었으니 다행이다. 잠깐 해사海史 어른이 계신 곳에 갔다. 태제兌濟 씨는 6월에 과장에 들어갔다. 참판參判 형님 댁에 갔다가 밤에 해사 어른 댁에 갔다.

밤에 추곡秋谷의 장사 지낸 곳에 갔는데, 팔봉산八峯山의 대좌형大坐形이었다. 서상西上 추하樞下한데, 신인神人이 말하길, "옛날에 논 두 마지기斗落가 있던 곳을 향하면 건좌손향乾坐巽向이 된다"라고 하였다. 추곡에서 장사 지내는 일로 우려가 되었기 때문이다.

20일(무진戊辰). 맑고 추웠다.

황감제黃柑製가 설행되었다. 해사 어른이 계신 곳에 가서 태제兌濟 씨를 만났다. 밤에 병사兵使 이정규李廷珪에게 가서 만나 보았다. 이 병사는 홍주洪州의 합덕合德에 살았는데, 근처 마을의 백성 1,000명이 무단으로 소란을 일으켜 불을 놓았다. 이 병사의 큰집과 작은집 도합 네다섯 집이 난리를 만나 서울로 올라왔다. 근래 백성들의 습속이 이와 같으니 두려울 만하다. 보국輔國 민영준閔泳駿 씨에게 편지를 썼다. 답장이 오지 않아 근심하였다.

---

66 정배定配: 원문에는 "正配"로 되어 있으나, 문맥상 유배나 귀양이라는 의미의 "定配"가 맞으므로 고쳐 번역하였다.

21일(기사己巳). 맑고 추웠다.

판윤 이유인李裕寅에게 편지를 썼는데 대궐에 갔으므로 답장이 없었다.

22일(경오庚午). 맑고 추웠다.

김병수가 와서 만나 보았는데 그 부친 희담喜淡의 편지를 가지고 왔다. 또 동백유冬柏油 석 되升를 보내왔다. 첨정 이규형李奎衡이 찾아와서 종고모從姑母가 평안함을 알게 되었다. 차 전적車典籍이 찾아왔다.

23일(신미辛未). 맑고 추웠다.

해사가 찾아와서 함께 매사梅史가 계신 곳에 갔다. 참판 어른이 유성전柳聖全과 함께 밤에 찾아왔다.

24일(임신壬申). 맑음.

병사兵使 이정규李廷珪, 주서 이정렬李貞烈, 도사 이종렬李宗烈의 편지가 왔다. 참판 어른이 밤에 찾아왔다.

25일(계유癸酉). 맑고 추웠다.

잠깐 참판 어른이 계신 곳에 갔다. 좌랑佐郞 윤우선尹寓善, 태제兌濟 씨, 상면商晃 씨, 김병수金秉洙가 찾아왔다. 친구 이응규李膺珪와 공주公州의 진사進士 종숙從叔이 월과月科 때문에 서울에 들어와 찾아왔다. 겸하여 정계晶溪의 편지를 전해주었다. 딸아이가 무탈하니 다행이다. 즉시 답장을 써서 보냈다. 노성 쉬魯城倅 황후연黃厚淵 씨, 참판 기연耆淵 씨, 백씨伯氏가 민란이 크게 일어나 경계 밖으로 축출되는 지경에 이르렀다고 한다. 백성들의 습속이 두려워할 만하다.

26일(갑술甲戌). 맑고 추웠다.

차 주서車注書, 오위장 이근모李近謨가 찾아왔다. 밤에 꿈을 꾸었는데, 서정西亭 어른이 서울에 왔는데 얼굴에 살이 오르고 티끌 하나 없이 깨끗했다. 아마도 평안해질 조짐인 듯하다.

포도대장 장신將臣 신정희가 협잡挾雜하는 부류를 엄히 방비하였고, 음관蔭官의 경우도 많이 붙잡아 장안長安이 숙연해져, 한 사람의 힘이 크다는 것을 비로소 알게 되었다. 소청루小淸樓와 유 청양兪靑陽, 오 주사吳主事, 오 사천吳泗川에게 편지를 써서 보냈다. 연말에 괴로운 일이 많아 고통스럽다. 청기靑綺, 해사 어른이 찾아왔다. 정언正言 만제萬濟가 찾아왔다. 소청루의 답장과 유기재兪杞齋의 답장이 왔다. 김병수가 와서 만나 보았고, 그의 아버지 희담喜淡에게 답장을 써서 보냈다. 유 도사兪都事와 매사梅史가 고향으로 내려간다고 와서 작별하였다.

27일(을해乙亥). 맑고 추웠다.

지난밤에 특별히 임금의 은혜를 입었다. 옥당 사령玉堂使令이 교리校理로 낙점落點한 문적文蹟을 가지고 왔다. 또 서리書吏가 와서 만나 보았는데, 우선은 승정원承政院의 계사啓辭를 기다렸다.

해사 어른, 오위장 이근모, 유성전이 찾아왔다. 김병수가 와서 만났는데, 소청루小淸樓에서 보낸 편지와 영영嶺營에서 보낸 편지를 가지고 있었다. 정언正言 만제 씨와 참판 어른이 와서 축하해주었다. 상면 씨가 찾아왔다. 소청루의 편지가 왔고 아울러 백금百金을 보내와 감격스러웠다. 인천 쉬仁川倅에게 답장을 써서 보냈다. 지난번에 필강畢講하고 대과大科 1인이 나왔고, 월과月科를 마치고 대과 5인이 나왔다. 그 나머지는 초시初試 상격賞格이 나왔다. 인편이 있어 아산牙山 강청동江淸洞의 확재 형제에게 편지를 보냈다. 옥당에서 패牌를 전달하는 사령이 왔다. 밤에 해사 어른이 계신 곳에 가서 아산의 친구 신경성申景星을 만나 장반醬飯 한 상을 먹었다.

28일(병자丙子). 맑음.

김병수金秉洙가 와서 만나 보았다. 성전聖全이 찾아왔다. 상면 씨가 10민緡을 보냈다. 사직상소辭職上疏를 하기를,

"삼가 아룁니다. 신臣은 재주는 보잘것없는데 이름은 계적桂籍에 올라, 외람되게 곁에서 시종하며 맑은 조정을 더럽힌 것이 벌써 10년이 가까워갑니다. 그런데 아직도 한 가닥 목숨을 부지하고 있는 것은 모두 감싸 길러주시고 살게 해주신 성상聖上의 은택이 아니겠습니까?

신은 한미한 집안의 유생儒生으로, 의지할 곳 없는 풀처럼 기생寄生해서 살면서 세상을 살아갈 방법에 어두워, 물에 담근 기름처럼 전례典禮에 익숙하지 않고 공직供職과도 멀어져 마침내 일을 그르쳐 죄를 피할 수 없었습니다. 진실로 엄한 형벌도 달게 받아야 했지만 남쪽 지방으로 귀양 가는 데 그쳤으니 이미 가벼운 처분을 받은 것입니다. 그런데 바로 용서하시고 북쪽으로 돌아오게 하시어 거듭하여 살려주시는 은혜를 받았습니다. 비록 이렇게만 해주시더라도 성인聖人이 만물萬物을 포용하는 덕德에 있어서 이미 대단히 훌륭한 것입니다. 더구나 이번에 또 특별히 직임을 제수하고 탕척蕩滌하여 서용敍用하라는 은혜로운 명을 내리셨으니, 하천이 더러운 물을 용납하고 산림山林이 독을 감추는 것처럼 참으로 성대한 도량으로 잘못을 포용해주신 것입니다. 신이 과연 어떤 사람이길래 이렇게 두텁게 특별한 돌봄을 받는단 말입니까?

신은 이 명을 듣고 놀랍고 당황스러웠습니다. 지난 일을 생각해보면 조심스러워, 잠을 잘 때나 앉아 있을 때나 부끄러워 어찌해야 할지 몸 둘 바를 모르겠습니다. 만약 신자臣子의 분수에 맞는 도리道理라고 핑계를 대며 어리석음을 무릅쓰고 응하여, 뜻밖에 온 것처럼 관직을 받으며 본래 가지고 있던 것처럼 성상의 총애를 믿는다면, 신의 죄는 자꾸만 더해져 쌓일 것입니다. 이는 신 한 사람만의 문제가 아닙니다. 온갖 문제가 곳곳에서 터져나와 안으로는 성상의 아주 가까운 곳에서 계옥啓沃이 잘못될까 두렵고,

밖으로는 능묘陵廟의 제사를 지내는 예를 바쁘게 행하다가 금방 잘못하여 맑은 하늘에 구름이 끼고 결국 조정을 혼탁하게 만들 것입니다. 법과 기강이 이 때문에 무너지고, 신의 분수 역시 이 때문에 없어지게 될 것입니다. 반드시 큰 잘못을 저지르고 난 다음에야 그만둔다는 것은, 멀리에 있는 것이 아니라 여기에서 그 본보기를 찾을 수 있을 것입니다. 그렇다면 전하殿下께서는 애초에 신을 멀리해버리는 것이 나을 것이며, 신도 도리어 출사하지 않는 것이 나을 것입니다. 못생긴 얼굴은 화장하면 도리어 부끄러우며, 비틀거리는 걸음은 버선을 신으면 더욱 비틀거리니, 행동하면 문제를 일으키고 걸으면 반드시 비틀거릴 것입니다. 그러므로 단지 신이 혼자 헤아려 힘쓴다고 될 일이 아닙니다. 전하께서 아끼고 길러주신 성대한 덕으로 어찌 덮어주시고 불쌍히 여겨주시지 않습니까?

지금 신은 실로 관례에 따라 책임지고 마음 편하게 사직을 청하는 것이 아닙니다. 신은 용서받을 수 없는 죄를 지었다고 생각합니다. 그러므로 어찌 신하 된 분수의 의리를 가지고 있다고 할 수 있겠습니까? 대성인大聖人의 처분은 해와 별처럼 밝아 비록 만 번을 죽임당하더라도 실로 달게 여기는 것입니다. 그러므로 지금 어찌 얼굴을 들고 다시 조정에 서겠습니까? 대저 임금이 신하를 등용하는 법도와 신하가 임금을 섬기는 의리는 한 몸처럼 의지해야 하는 것이니, 마치 북과 북채, 소리와 반향, 형체와 그림자와 같습니다. 사양하고 받는 염치와 예의는 병행하더라도 어긋나지 않고, 함께 하더라도 의리가 극진하니, 이것이야말로 임금과 신하가 서로 함께하는 큰 법입니다.

삼가 바라건대, 자애로운 성상께서 심사숙고深思熟考하시어 엄한 교지教旨를 내리셔서 신에게서 옥서玉署의 직함을 속히 빼앗아, 거듭 명을 어기고 태만히 한 신의 죄를 다스려서 사사로운 정분을 편안하게 해주시고 조정의 기강을 엄숙하게 해주십시오.

신이 책임지고 사직을 청하는 글에서 어찌 감히 다시 성상을 번거롭게 할 수 있겠습니까? 다만 임금의 한 마음은 만 가지 조화의 근원이 되므로, 전하께서는 날마다 만기萬機를 총괄하시는 여가에 더욱 격물치지格物致知하고 성의정심誠意正心하는 성인의 학문에 힘쓰신다면, 요堯 임금이 순舜 임금에게 전한 집중執中의 도道와 문왕文王과 무왕武王이 행한 정사政事가 어느 왕보다도 뛰어남이 있게 될 것입니다. 삼가 바라오니 전하께서는 힘쓰시고 힘쓰십시오.

신의 하찮은 몸과 가벼운 말은 성상의 덕을 보좌하기에는 부족합니다만, 구구區區하게 근심하고 아끼는 정성은 억누를 수 없었습니다. 엄한 주벌誅罰을 거듭 무릅쓰고 감히 도리를 알지 못해 앞뒤를 가리지 않고 마구 달려드는 미치광이와 눈먼 사람처럼 진달하였습니다. 신이 직임이 없는데도 격하게 말씀드리고 두려워하며 하늘을 바라본 것은 성상께서 잘되시기를 바라는 마음에서 그런 것입니다."

라고 하였다.

참봉 박후진朴厚鎭, 해사海史, 상면商冕 씨가 찾아왔다. 승정원에서 탕척蕩滌하여 서용敍用하는 명이 내려졌으니 즉시 본서本署로 부르라고 서계書啓하였고, 소차 서리疏箚書吏가 즉시 상소를 올렸다. 원동院洞의 이 대감이 세찬歲饌으로 여러 종류를 후하게 보내 도로 불안해졌다. 매사梅史의 편지, 원동 이 대감의 편지, 주서 이정렬의 편지가 왔다. 소차 서리가 상소를 쓸 종이를 가지고 와서 정서精書하고 상소를 입정入呈하였다. 옛날에 저지른 잘못에 대해서 용서받았는데, 갑자기 관직에 제수되어 감당하기 어려운 일을 겪게 되었다. 이에 말미에 보잘것없는 말을 덧붙여 입계入啓하였다.

29일(정축丁丑). 맑음.

비답批答이 갑자기 내려와서 "지난 일을 어찌하여 끌어들이느냐. 너는 사직하지 말고 직임職任을 살펴라"라고 하였기에, 문이 열리기를 기다려 숙배肅拜하고 그대로 입직入直하였다. 하번下番은 수찬修撰 이인창李寅昌이었고, 상번上番은 김근연金近淵과 체직遞職되었다. 족질 동희東熙(좌익찬左翊贊), 족형族兄, 사서司書 전랑銓郞, 시직侍直인 친구 김용학金容學(백운헌白雲軒의 사손祀孫)이 옥서玉署로 찾아왔다. 옥서는 상번 직소直所로, 밤에 춘향대제春享大祭를 지내서 자정子正에 서계誓戒할 때 대가大駕가 출궁出宮하여 근정전勤政殿에 친림親臨하면 동궁東宮이 시좌侍坐하고 백관百官이 입참入參한다. 입직 관원 종승從承이 함께 근무하였다. 조복朝服을 갖춰 입은 종승, 정승현鄭承鉉(응교應敎), 이범인李範仁(교리校理), 응교應敎인 서상숙徐相肅이 입궐하여 찾아왔다. 동부승지同副承旨 조형하趙衡夏, 검교檢校 춘방春坊 정세원鄭世源, 별운검別雲劍 참판 민영주閔泳柱가 합문閤門 밖에서 먼저 와서 물었다. 춘향대제의 명첩名帖이 왔다. 당일 서계하고, 초4일부터 5일까지 재숙齋宿하고, 초6일에 제사를 지낸다. 초3일에 여의輿儀한다.

30일(무인戊寅). 맑음.

승정원에 가서 조금 쉬었다. 신시申時 1각刻 즈음에 합문閤門 안에서 저녁 문안을 드리기 위해 백관이 입참하였다. 밤에 춘방春坊, 계방桂坊에 가서 유제有濟 씨, 동희東熙, 친구 김용학金容學과 재미있는 시간을 보냈다. 나는 시하인侍下人[67]으로 비록 가정이 멀리 있지만, 입직하여 임금을 배종하므로 지난해를 보내고 새해를 맞이하는 데 특별히 난감難堪한 마음은 없다. 교리 장승원張承遠이 또 찾아왔다.

---

67 시하인侍下人: '웃어른을 모시고 있는 사람'이라는 뜻으로, 보통은 서간문에서 사용하는 용어이다.

갑오甲午(광서光緖 20년)[1894]

정월正月 초1일(기묘己卯).

새벽에 합문閤門 안에서 백관이 들어와 참례參禮할 때 문안하였다. 교리校理 심상황沈相璜과 교리 김사준金思準 씨가 대궐에 들어와서 찾아왔다. 승지 이해창李海昌과 승지 남정기南廷綺도 찾아왔다. 하번下番인 수찬修撰 이종협李鍾浹과 교대하여 들어온 승지 정세원鄭世源, 친구인 필선弼善 김연규金秊圭, 친구인 겸사서兼司書 이정직李鼎稙이 찾아왔다. 잠깐 승정원, 춘방春坊, 계방桂坊에 갔다. 해사海史 어른이 시詩를 지어 보내와서 화답하는 시를 지었다.

밤에는 춘방에서 친구 김연규, 용학容學과 유제有濟 씨, 동희東熙와 함께 밤늦게까지 대화를 나누었다. 유제 씨가 밤에 성찬盛饌을 가지고 와서 배부르게 먹고 돌아왔다. 교리 이재건李載乾이 찾아와서 한나절 담소를 나누었다.

초2일(경진庚辰). 흐림.

승지 남정기가 입직入直하였다. 내병조 참지內兵曹參知가 입직하여 하예下隸를 보내 알려와 숙지을 마치고 나왔다. 나오는 길에 동곡東谷의 승지承旨 형님께 가서 인사를 하였다. 오위장 상우商羽가 찾아왔고, 태제兌濟 씨가 찾아왔다. 해사가 계신 곳에 잠깐 갔다가 정언正言 주재빈朱在賓, 참봉 박원

진朴原鎭, 교리 이범찬李範贊을 만났다. 학관學官 홍순칠洪淳七이 찾아왔다.
밤에는 하교河橋에 갔다가 좌랑佐郎 윤우선尹寓善에게 갔다.

3일(신사辛巳). 맑음.

잠깐 참판 댁에 갔다. 유성전兪聖全의 아들과 최영구崔永九의 맏아들이 찾
아왔다. 태묘太廟의 이의肄儀[68]에 참석했다. 해사 어른이 찾아왔다. 반주인
泮主人 안봉순安鳳淳 부자가 찾아와서 만났다. 종인인 사과司果 상익商翼,
친구인 박붕서朴鵬緖, 참판 어른, 차 전적車典籍이 찾아왔다. 판서 조병직趙
秉稷 씨를 가서 만났다.

공고公故[69] 때 승지 정세원, 교리 이범찬, 교리 장승원張承遠, 교리 정승현
鄭承鉉, 교리 조영구趙寧九, 사서司書 이정직, 좌랑 윤우선을 만나서 이야기
를 하였다.

밤에는 해사가 계신 곳으로 갔다. 청양靑陽 유치흥兪致興이 찾아왔다.

4일(임오壬午). 맑음.

재숙齋宿하는 날이다. 본관本館에 나아가 재계齋戒하였다. 법식法式이 소
중하지만 넉넉하지 못하기 때문에 병조兵曹의 조방朝房에 나아가 재계하
였다. 화개동花開洞 충제忠濟, 사과 경제慶濟, 첨정 이규형李奎衡, 반주인
안계安季, 선전宣傳 서영구徐榮九가 찾아왔다. 승지 태제台濟 씨의 편지가
이 판윤李判尹과 유 청양兪靑陽의 편지와 함께 왔다. 신경성申景星과 해사
어른이 찾아왔다. 최경명崔敬明과 청기가 와서 술 마시며 이야기하였다.

밤에는 해사가 계신 곳으로 청기와 함께 가서 율시律詩 두 수와 절구絶句
한 수를 짓고 성찬盛饌을 먹었다.

---

68 이의肄儀 : 예식 연습을 말한다.
69 공고公故 : 관원이 조회朝會, 진하陳賀 등 궁중 행사에 참여하는 것을 말한다.

5일(계미癸未). 맑음.

낭패스럽게도 붉은 적삼紅衫을 판서 이건하李乾夏 씨에게 빌려 왔다. 손님들이 하루 종일 왔다 갔다.

6일(갑신甲申). 맑음.

아침 일찍 종묘宗廟에 나아갔다. 신시申時 이후에 대가大駕가 임행臨幸[70]하여 전알展謁하고 제기祭器와 희생犧牲을 살펴본 뒤에 대내大內에서 환궁還宮하였다. 제관祭官은 그대로 대신大臣의 행사를 도왔다. 인정寅正〔오전 4시〕에 제사가 끝나고 신료들과 모두 만났다.

7일(을유乙酉). 맑음.

친구 박용서朴龍緖, 차 전적車典籍이 찾아왔다. 하루 종일 누워 있었는데, 독감으로 고통스러웠다.

8일(병술丙戌). 맑음.

최경명이 고향에 내려간다고 작별하러 왔다. 그 인편에 이 승지李承旨의 유배소로 편지를 부쳤다. 해사가 찾아왔다. 당진唐津 슬항瑟項의 하태영河泰永의 편지가 왔고, 확재確齋 형제의 편지가 왔다. 바로 하태영에게 답장을 썼다. 슬항으로 가는 인편에 집에 보내는 편지를 부쳤는데 언제 들어갈 수 있을지 모르겠다. 자字가 응칠應七인 이 오위장李五衛將과 사서司書 형님이 찾아왔다.

9일(정해丁亥). 맑음.

확재 형제에게 편지를 써서 보냈다. 태제兌濟 씨가 고향에 내려간다고 작

---

70 임행臨幸: 임금이 거둥함을 말한다.

별하러 왔다. 해사가 계신 곳에 가서 참봉 박후진을 만나 한 상을 배부르
게 먹고, 곧 참판 댁에 갔다. 척숙戚叔인 주서 오응五應 씨의 편지가 왔다.
청양 유치홍에게 편지를 보냈다.

밤에는 전동典洞의 척숙인 주서 댁注書宅에 가서 영슨 이무응李武應, 찰방察
訪 이수훈李秀薰을 만났다. 남해南海 조종철趙鍾哲 댁의 내간內間에 들렀다
가 돌아왔다.

10일(무자戊子). 맑음.

차 전적車典籍이 찾아왔다. 맹현孟峴의 족형 정제定濟 씨와 판서 이규응李
珪應에게 갔다. 재동齋洞의 사서 형님 댁에 들렀다가 승지 이종윤李種允을
만났다. 영슨 유필환兪弼煥, 진사 구필서具弼書, 승지 조형하趙衡夏, 판서
김만식金晩植, 판서 이건하李乾夏를 방문하고 계동桂洞에 돌아왔다. 주부
主簿 김사필金思弼과 참판參判 형님을 찾아갔다가 원동院洞 상하리上下里를
들러 돌아왔다.

밤에는 반동泮東에 갔다가 돌아오는 길에 주사 최영하崔榮夏를 방문했다.
이날 밤 달빛이 밝게 비추어 거리가 대낮 같았다. 청기, 태제兌濟 씨, 좌랑
佐郎 윤우선尹寓善이 달빛에 취해 거리를 거닐다가, 홀연히 교동校洞 거리
초입에서 만나 배회하며 조금 머물렀다.

11일(기축己丑). 맑음.

잠깐 해사가 계신 곳으로 갔다. 경모궁景慕宮 망제望祭 대축大祝 제관의 명
첩名帖이 도착하였다. 밤에는 비와 눈이 함께 내렸다.

12일(경인庚寅). 맑음.

길이 진창길 같았다. 하교河橋에 편지를 써서 보냈더니 바로 답장이 왔다.
밤에는 할머니가 꿈에 나타났는데, 옷이 선명하고 얼굴은 화사한 기운을

띠고 있었다. 내가 모시고서 할아버지 산소 터를 물었더니, 매우 길하다고 대답하셨다. 10여 년 만에 처음으로 꿈에 나타나셨는데, 깨고 나니 감회가 서글펐다.

다시 꿈에서 갑자년甲子年에 태어났다가 5세 때 죽은 동생을 보았다. 병에 걸려 부은 모습으로 나를 부르며 말하길, "제갈공명諸葛孔明이 불러서 갔다"라고 하였다. 나는 큰 소리로 휘젓다가 깨어났는데, 또한 매우 침통했다. 이 동생의 이름은 해관海寬이었고, 매우 성숙하여 10여 세 아이와 비슷했다. 5세 때 『천자문千字文』 한 권을 읽을 수 있었으며, 용모가 심상치 않고 출중했다. 5월 5일에 태어난 것은 맹상군孟嘗君, 일두一蠹 정공鄭公[71]과 비슷하여 가문에서 매우 기대하였다. 두창痘瘡으로 생긴 수포증水泡症으로 인하여 결국 목숨을 구하지 못한 것이 지금까지 분통하다. 그가 제갈 선생이 잡아갔다고 한 것은 정말로 괴이하다. 사람됨이 출중하여 그러한가? 더욱 참담하여 잠을 이룰 수 없었다.

대평리大平里 이 대감의 편지가 와서 바로 답장을 써서 보냈다. 고금도古今島에서 돌아온 이 노인李老人이 와서 만나 보았다. 오위장 이응칠李應七이 찾아왔다.

13일(신묘辛卯). 맑음.

남전南殿 경모궁景慕宮에 전알展謁하러 행행幸行하는 날이다. 밤에 화동花洞 주서 이정렬李貞烈, 도사 이종렬李宗烈, 대안동大安洞 송유松留[72] 이경직李耕稙, 참판 황기연黃耆淵, 교리 황회연黃會淵, 주서 민영만閔泳晩, 참봉 박후진朴厚鎭, 안현安峴 완평궁完平宮 교리 이재현李載現, 하계동下桂洞 교리 조영구趙寧九에게 갔다가 밤늦게 돌아왔다.

---

71 일두一蠹 정공鄭公: 정여창鄭汝昌(1450~1504)을 말한다. 일두는 정여창의 호이다.
72 송유松留: 송도 유수松都留守를 말한다.

14일(임진壬辰). 흐림.

아침에 경모궁景慕宮에 가서 대축大祝으로 망제望祭를 행했다. 영令 조趙
아무개가 동쪽에 섰고, 영 어魚 아무개, 영 박朴 아무개, 헌관憲官인 판서
조병직, 예방 승지禮房承旨 심상찬沈相瓚이 종일토록 함께했다. 3경에 제사
를 끝내고 돌아왔다.

15일(계사癸巳). 맑음.

옥당玉堂에서 지피持被[73]를 했는데, 이종협李鍾浹과 짝을 이루어서 했다.

16일(갑오甲午). 맑음.

하번下番인 이종협이 근무를 끝냈고, 이인창李寅昌이 입직入直하여 짝을
이루었다. 참의 이최영李最榮이 근무하는 중에 찾아왔다.

17일(을미乙未). 맑음.

몸이 좋지 않았다. 다른 사람을 구하지 못해 일단 가서 하번下番과 잠깐 이
야기하고 책을 보았다. 집의 하인이 전인專人[74]으로 와서 집안 소식을 들
었다.

18일(병신丙申). 맑음.

근무가 끝났다. 해사 어른과 박용서가 찾아왔다. 도사 이종렬이 찾아와서
함께 교동의 병사兵使 이정규李廷珪의 집으로 가서 감회를 풀었다. 주서 김
영기金永冀가 찾아와서 함께 이야기를 나누었다. 청기가 찾아와서 그대로
해사, 참봉 박후진과 함께 밤에 율시 한 수를 짓고 한 상을 차려 먹었다.

---

73 지피持被 : 숙직하거나 근무 서는 것을 말한다.
74 전인專人 : 소식이나 물건을 전하기 위해 특별히 보내는 사람을 말한다.

닭이 울고 나서 흩어졌다.

19일(정유丁酉). 맑음.

화산花山의 친구 이□필李□佖, 종인인 남포藍浦 사람 □제□濟가 찾아왔다.
집의 하인이 돌아갔다. 좌랑 윤우선과 참판 어른이 찾아왔다.

20일(무진戊辰). 맑음.

원동院洞에 갔다. 참판 댁과 주부 김사필金思弼(자字는 경량景良)에게 들렀
다. 참봉 이호면李浩冕 형제에게 가서 조문하였다. 판서 조병직趙秉稷 씨와
이 판윤의 편지가 왔다. 교리 조영구가 찾아왔다. 잠시 해사 댁에 갔다.

21일(기해己亥). 맑음.

친구 이□필李□佖이 찾아왔다. 사서司書 형제가 찾아왔다.

22일(경자庚子). 맑음.

이 병사李兵使가 찾아왔다. 주서 김영기가 찾아왔다. 밤에 해사 댁에 갔다.

23일(신축辛丑). 맑음.

이 병사李兵使의 편지가 왔다. 교리 신응선申應善 씨, 영令 유필환兪弼煥, 친
구 이필李佖, 함열咸悅의 김 선비가 찾아왔다. 화동의 주서 이정렬에게 갔
다가 교리 조범구趙範九를 만났다. 판서 김만식金晩植, 판서 조병직, 족형인
참판 댁과 사서 댁司書宅에 들렀다. 밤에 동촌東村에 갔다가 돌아왔다.

24일(임인壬寅).

희재希齋가 필산筆山에서 쓴 편지가 왔다. 공주公州 정계의 사돈 이명구李
命求가 회시會試 때문에 서울에 와서 찾아왔다. 아울러 계씨季氏 내외의 편

지를 전해주어 기쁘게 맞이했다. 해사 어른, 오위장 이응칠李應七이 찾아
왔다. 밤에 전동磚洞의 병조 판서兵曹判書에서 갈린 민영소閔泳韶에게 갔
다가 교리 신응선 씨, 영슈 유필환, 교리 황회연, 사서司書 족형, 영 김병□
金炳□을 만났다. 송현松峴의 인천仁川 어르신 댁에 들러 교리 장석오張錫五
를 만났다.

25일(계묘癸卯). 비가 내렸다.
참판 댁에 갔다가 고금도古今島의 오위장 박인겸朴仁謙을 만났다. 밤에 해
사 댁에 갔다.

26일(갑진甲辰). 비가 내렸다.
청번 사령請番使令[75]이 왔다.

27일(을사乙巳). 개었다.
편지를 써서 동촌東村에 보냈다. 서정西亭 어른이 서울에 들어왔다. 또 입
직入直하였다. 전동磚洞 민 대감閔台監에게 편지를 했는데, 입직하는 중이
었다. 송현松峴의 인천 댁仁川宅에 갔다가 영슈 박朴 아무개, 영 이상락李相
洛 씨, 교리 이종협李鍾浹과 이인창李寅昌을 만났다. 반직伴直[76]한 병조 참
의兵曹參議 이최영李最榮이 밤에 찾아왔다.

28일(병오丙午). 맑음.
도목정사都目政事하는 날이다. 병참兵參을 찾아갔다.

---

75 청번 사령請番使令 : 번을 바꾸어 대신 서달라고 청하는 심부름꾼을 말한다.
76 반직伴直 : 함께 근무하는 것을 말한다.

29일(정미丁未). 흐림.

교리 장석오가 사은숙배謝恩肅拜를 이유로 청번請番[77]하였다.

2월 초1일(무신戊申). 흐림.

근무를 마쳤다. 주부 김사필, 서정 어른, 사돈 이명구가 찾아왔다. 소헌韶軒이 집의 편지를 가지고 서울로 들어와서, 기뻐하며 손을 잡았다. 그 인편에 경춘景春의 편지, 슬항瑟項 하성좌河聖佐의 편지도 왔다. 성존聖存이 상중喪中에 쓴 편지가 왔고, 교리 이종협의 편지도 왔다. 밤에는 해사海史가 계신 곳에 갔다가 동촌東村 한동漢洞의 차 주서車注書를 아울러 만났다. 서정 어른, 객포客浦의 친척 이李 아무개, 친구 박용서, 유성전兪性全이 찾아왔다.

초2일(기유己酉). 맑음.

소헌이 강으로 나갔다. 친구 박용서가 찾아왔다. 이 진사李進士와 흥규興珪, 정언正言 만제萬濟, 교리 황회연黃會淵, 친구 이복년李復年이 찾아왔다. 감역인 족형 병제秉濟가 서울에 와서 찾아왔다. 밤에 남죽동南竹洞의 장신將臣 정낙용鄭洛鎔(가평공加平公의 배위 댁配位宅)에게 가서 친척으로서의 오래된 정리情理를 풀었다. 상후相厚는 그의 맏아들이고, 병사兵使 주영周榮은 또한 그의 아버지이다. 돌아오는 길에 병사 이정규李廷珪를 찾아갔다. 교동校洞의 참의 이최영이 찾아왔다.

초3일(경술庚戌). 맑음.

객포客浦의 친척 이李 아무개와 차 전적車典籍이 찾아왔다. 유성전, 친구 신대영申大永, 족질 동협東協(준원駿元)이 찾아왔다. 이 판윤의 편지가 왔

---

77 청번請番 : 번을 대신 서달라고 청하는 것을 말한다.

고, 판동板洞 주서注書의 편지가 왔다. 언양彦陽 이규형李奎衡이 찾아왔다.

초4일(신해辛亥). 흐림.
사돈 이명구, 남포藍浦의 종인(호조판서의 집에 머물고 있음), 해사 어른, 처妻이종姨從, 친구 김사혁金思赫, 친구 박용서가 찾아왔다. 잠깐 원동院洞에갔다.

초5일(임자壬子). 서리가 많이 내리고 맑았다.
족질 동선東璿, 해사 어른, 도사 유병설兪炳卨, 친구 김사혁金思赫이 찾아왔다. 이태원李泰元이 와서 만났다. 용곡龍谷의 도정 댁都政宅 종씨宗氏가 서울에 들어와서 찾아왔다. 밤에 판서 조동면趙東冕, 승지 조동윤趙東潤(먼 친척), 친구인 함열咸悅 송주헌宋周憲, 친구인 진사 이흥규李興奎, 사돈 이명구李命求[78]를 만나고 돌아왔다.[79]

초6일(계축癸丑). 맑음.
족질인 진사 동필東珌이 서울에 들어와서 찾아왔다. 당진唐津의 이종姨從윤배尹培와 그 매부妹夫 이종백李種百이 찾아왔다. 외종外從 정기현鄭騏鉉씨가 서울에 도착하여 찾아왔다. 밤에 한동漢洞의 진사 조동식趙東植의 사관舍館에 갔다.

---

78 이명구李命求: 원문에는 "李查命九"로 되어 있으나, 이 일기에서 사돈 이명구는 "李命求"이므로 고쳐 번역했다. 바로 앞인 2월 초4일 일기에도 "李査命求"로 되어 있다.

79 밤에 …… 만나고 돌아왔다: 원문에는 "夜洞"으로 되어 있으나, 문맥상 "밤에 ……를 만났다"는 내용이 되어야 하므로 "夜往"으로 고쳐 번역했다. 바로 다음인 2월 초6일 일기에이 용례가 보인다.

초7일(갑인甲寅). 맑음.

대전大殿의 진찬進饌에 참여하고 그대로 입직入直하였다. 바로 이어서 올라갔다. 대전에서 하례를 받고 회작會酌할 때 공손히 사찬賜饌을 받았는데 한 상이 크게 차려졌다. 백관百官이 모두 들어와 참여하였다. 조정에서 아는 사람을 모두 만났으나 기록할 수 없다.

초8일(을묘乙卯). 밤에 비가 내렸다.

동궁東宮의 탄신일이라서 새벽에 문안하였다. 동궁께서 30세를 바라보시고 책봉된 지 20년이 되었기 때문에, 경사를 칭송하는 하례를 받으시고 크게 사면赦免하였다. 오시午時에 들어가 따라 올라가서 그대로 회작會酌하고, 또 사찬賜饌을 받았다. 어제와 오늘 이틀 동안 상床의 숫자가 50여 상에 달하였다. 백관들은 문관文官, 음관蔭官, 무관武官으로 반열을 나누어 공경히 받았는데, 절차가 가지런하였다. 저녁에 또 사찬을 받았다. 오늘 설행한 응제應製는 내가 시관試官이 되어 경무대景武臺로 나갔다. 시장試丈은 정승 조병세趙秉世 씨가 되었다.

초9일(병진丙辰). 비가 내렸다.

어제 과거 시험[80]은 공고公故로 인하여 미루었다가 새벽에 고시考試[81]하여 밤늦게 방榜을 붙였다. 240인을 뽑았는데, 대과大科는 9인이고 소과小科는 70여 인이었다. 동궁東宮과 동갑인 갑술생甲戌生으로 입격入格한 사람은 모두 올려서 진사進士가 되었다. 밤에 또 사찬賜饌을 받았다.

---

80 어제 과거 시험: 2월 초8일에 시관試官으로 참여한 응제應製를 말한다.
81 고시考試: 시험지를 살펴 등수를 매기는 일을 말한다.

초10일(정사丁巳). 비가 내렸다.

아침에 승정원承政院에서 방목榜目을 작성하였다. 근무를 마쳤다.

11일(무오戊午). 흐림.

남단제南壇祭[82]의 명첩名帖이 도착했다. 종일 손님을 만났지만 모두 기억할 수 없다. 주부主簿[83] 김사필金思弼과 주서 김영기金永冀가 찾아왔다.

12일(기미己未). 비가 내렸다.

아침에 봉상시奉常寺에 가서 풍운뇌우風雲雷雨의 신神, 산천山川의 신, 성황城隍의 신 3위位의 위패를 모시고 남단南壇으로 갔다. 밤에 돌아오다가 판서 송병서宋秉瑞, 교리 이민하李民夏, 주부主簿[84] 장덕근張德根, 도사都事 이승옥李承玉을 만났다.

13일(경신庚申). 개었다.

종일 손님이 왔지만 모두 기억할 수 없다. 저동苧洞 이 선전관李宣傳官의 편지가 왔다. 밤에 훈동勳洞의 판서 조동면, 재동齋洞의 판서 이건하李乾夏 씨, 그의 맏아들인 진사 범팔範八에게 갔다가 밤늦게 돌아왔다.

※

족제族弟 면제冕濟. 오산梧山. 내간內艱.[85] 9월.

주서注書 정순원鄭淳元. 개평介坪.

---

82 남단제南壇祭: 남단南壇에서 지내는 제사를 말한다. 남단은 남방토룡단南方土龍壇의 준말로, 조선시대 때 서울 남산의 남쪽 기슭에 세워 비 내리기를 빌던 제단이다.
83 주부主簿: 원문에는 "主夫"로 되어 있으나 문맥상 "主簿"로 고쳐 번역했다.
84 주부主簿: 원문에는 "主夫"로 되어 있으나 문맥상 "主簿"로 고쳐 번역했다.
85 내간內艱: 모친상을 말한다.

이호면李浩冕. 계동桂洞. 통훈대부 행 홍문관교리지제교 겸 경연시독관 춘추관기주관 동학교수 문신 겸 선전관通訓大夫行弘文館校理知製敎兼經筵侍讀官春秋館記注官東學敎授文臣兼宣傳官.

선전관宣傳官 이항로李恒魯. 외간外艱.[86]

이협여李挾輿. 외간. 명동明洞에 위문하는 편지를 부쳤다.

이 주사李主事. 장전長田. 외간. 1월 28일.

무평茂坪 송 진사宋進士. 외간.

도사都事 송태현宋台鉉. 외간.

승지承旨 김병년金炳秊. 내간.

이필하李弼夏. 아산牙山. 내간. 계사癸巳〔1893년〕 정월正月.

함양 참봉咸陽參奉이 제천堤川 어른(낳아준 부모)의 상을 당하였다.

승지 임탁호任鐸鎬.

교리校理 신경선申敬善. 내년 2월이 어머니 대상大祥이다. 화개동花開洞에 위문하는 편지를 부쳤다.

체직된 완백完伯. 6월 외간. …… 민정식閔正植.

교리 송태헌宋台憲. 내간.[87]

병사兵使 이정규李廷珪. 외간. 8월 일. 돈장敦丈.

세마 댁洗馬宅. 내간. 오산梧山.

죽기竹基의 경숙敬叔 씨. 양모친상 8월.

대교待敎 김석규金錫圭. 내간內間이 정경부인貞敬夫人이다.

이 판관李判官. 명동明洞.

---

86 외간外艱: 부친상을 말한다.
87 내간: 원문에는 "內間"으로 되어 있으나 문맥상 "內艱"으로 고쳐 번역했다.

청우일기 제 3 권

갑오甲午[1894] 2월

14일(신유辛酉). 맑음.

해사海史 어른, 친구인 진사 조동식趙東植, 종인 범제范濟, 신창新昌의 족질 동우東瑀, 청주淸州의 동□東□, 대흥大興의 동만東曼이 찾아왔다. 진사 이홍규李興珪, 친구 신대영申大永, 진사 이만주李萬柱 형제가 찾아왔다. 훈동勳洞의 판서 조동면趙東冕에게 갔다.

15일(임술壬戌). 맑음.

하루 종일 손님이 와서 기억할 수가 없다. 밤에 좌랑佐郞 윤우선尹寓善, 교리校理 이범익李範翊, 교리 이범찬李範贊, 승지承旨 서병선徐丙善, 정언正言 차광현車光炫에게 갔다가 왔다. 월식月食이 있었다.

16일(계해癸亥). 맑음.

손님이 하루 종일 왔다. 문과文科에 급제한 윤하영尹夏榮에게 가서 문안問安하였다.

17일(갑자甲子). 비가 내렸다.

봄날 상갑上甲[1]에 비가 오니 괴이하다. 응제應製를 설행하는데, 시관試官으로 낙점落點되어 밤을 새우고 아침에 물러났다.

18일(을축乙丑). 비가 내렸다.

황감응제黃柑應製[2]를 실시하였다.

19일(병인丙寅). 맑음.

갑술과甲戌科를 실시하였다. 누동樓洞의 판서 이재순李載純, 보국輔國 김수현金壽鉉 씨, 승지 김희수金喜洙, 훈동의 판서 조동면, 좌합左閤[3] 어른 김홍집金弘集 씨, 참판參判 김춘희金春熙, 전동典洞의 척숙戚叔 이 주서李注書, 북장동北壯洞의 교리 황필수黃弼秀, 송태헌宋台憲에게 갔다가 저녁에 돌아왔다.

20일(정묘丁卯). 맑음.

회시일會試日이다. 반촌泮村[4]에 갔다가 해질 무렵에 해사 어른과 함께 필산筆山을 찾았다가 돌아왔다.

21일(무진戊辰). 맑음.

아침밥을 먹은 뒤에 입직入直하여 이세응李世應과 교대하고, 하번下番인 신성균申性均, 이종협李鍾浹과 동료가 되었다.

---

1 상갑上甲: 초하룻날을 말한다.
2 황감응제黃柑應製: 황감제黃柑製를 말한다. 황감제는 매년 겨울에 제주도에서 진상된 황감(감귤)을 성균관과 사학의 유생들에게 나눠주고 그들을 대상으로 실시하던 과거 시험이다.
3 좌합左閤: 좌의정을 말한다.
4 반촌泮村: 성균관 근처 동네를 말한다.

22일(기사己巳). 맑음.

하번인 이재현李載現이 입직하여 동료가 되었다.

23일(경오庚午). 맑음.

조방朝房에 나아가 잠시 친구 이흥규를 만나 보았다.

24일(신미辛未). 맑음.

향랑餉郎[5] 이정렬李貞烈의 편지.

25일(임신壬申). 맑음.

근무를 마치니 해사 어른, 친구 김사□金思□, 청기靑綺, 진사 이흥규, 진사 조동식, 하태영河泰永이 와서 머물렀다. 금현錦峴 한 선비韓雅의 편지가 왔다. 비변사 낭청 이□승李□承과 고창高敞의 김사준金思準에게 갔다.

26일(계유癸酉). 맑음.

확재確齋가 와서 낮부터 밤까지 이야기하였다. 한동漢洞의 차 정언車正言에게 갔다가 진사 조동식을 만났다. 발길을 돌려 병사兵使 이정규李廷珪, 청양靑陽의 유치홍兪致興, 교리 이필용李弼鎔에게 갔다.

27일(갑술甲戌). 맑음.

인일제人日製를 실시하였다. 1소所와 2소所[6]의 회시會試 방문榜文을 내었다. 사돈인 이명구李命求가 승보초시陞補初試[7]에 합격하여 다행이다. 3형제가

---

5 향랑餉郎: 양향청 낭청糧餉廳郎廳을 말한다.
6 1소所와 2소所: 과거 응시자가 시험을 치르는 제1시험장과 제2시험장을 말한다.
7 승보초시陞補初試: 승보시는 서울의 사학四學(동학東學·서학西學·남학南學·중학中學)과 지방의 개성부開城府·제주목濟州牧 유생들에게 시詩·부賦를 시험 보여 식년 사마시 복시覆試에 응시할 수 있는 자격을 부여하던 일종의 사마시 초시이다.

진사進士가 되었으니 장하도다. 확재, 진사 조동식, 교리 조영구趙寧九가 찾아왔다.

28일(을해乙亥). 맑음.

진사 조동식과 정언 차광현을 경모궁景慕宮의 한식제향寒食祭享에 제관으로 임명하는 첩지가 왔다. 입직하고 물러나 이세응과 교대하였다. 하번下番인 신성균, 윤교영尹喬榮이 함께 입직하였다.

29일(병자丙子). 비가 내렸다.

신우申友와 함께 마음속 깊은 이야기를 나누었다.

30일(정축丁丑). 흐림.

차대次對[8]를 시행하였는데, 입시入侍하여 성학聖學에 힘쓰기를 진달하였다. 영의정 심순택沈舜澤 씨가 동참하였다.

3월 초1일(무인戊寅). 맑음. 일식日蝕이 있었다.

정승조鄭升朝가 병으로는 교대를 할 수 없다고 하므로 억지로 입직을 그만두게 했다. 주서注書 김영기金永翼, 교리 이인규李寅奎, 도사都事 유병설兪炳卨, 재종再從 형제, 친구 민승규閔升圭와 민석규閔錫圭가 찾아왔다. 잠시 해사 댁海史宅에 갔다. 밤에 명동明洞의 친구 이철용李哲鎔에게 갔고, 또 조카 동일東鎰이 진사가 된 것을 축하해주었다.

---

8 차대次對 : 매월 여섯 차례 의정議政·옥당玉堂·대간臺諫 관료들이 중요한 정무를 임금에게 보고하는 일 또는 그 자리를 말한다.

초2일(기묘己卯). 비가 내렸다.

참봉參奉 이조승李祖承이 방문했다. 해사 어른, 친구 조동식, 확재 형제, 하태영이 찾아왔다. 동릉東陵에 행행幸行할 때 유도 종사관留都從事官[9]으로 임명하는 차정첩差定帖이 왔다. 병조兵曹의 결속 색리結束色吏[10]가 총어영摠禦營[11]의 기수旗手와 와서 기다렸다. 유도대장留都大將은 판서判書 송병서宋秉瑞가 자천自薦하였다.

초3일(경진庚辰). 흐림.

선전관宣傳官 조동시趙東始가 왔다. 오위장五衛將 이두현李斗鉉이 왔다. 하태영이 방문하였고, 도사 유병설이 찾아왔다. 종인宗人으로 안동安東의 춘양春陽에 사는 진사 태제泰濟가 방문하였다. 해사 댁에서 교리 이인규를 만났는데, 옥서玉署의 직에서 체직되었다.

초4일(신사辛巳). 맑음.

주서 김영기와 교리 이인규가 방문하였다. 차 정언과 해사海史에게 같이 갔다가 광대가 소리하는 것을 들었다.

초5일(임오壬午). 맑음.

유도 종사관留都從事官으로 신시申時에 군사를 소집할 때에 입궐入闕하여 밤을 새우고 사문四門을 적간摘奸하였다. 쉬는 시간에 옥당玉堂에 가서 입

---

9 유도 종사관留都從事官: 임금이 도성都城을 비울 때 도성 경비를 맡는 유도대장留都大將을 두는데, 유도 종사관은 유도 대장을 돕는 실무자를 말한다.
10 결속 색리結束色吏: 임금이 대궐에 있을 때나 행차를 할 때 잡인雜人의 소란을 금지하는 병조의 아전을 말한다.
11 총어영摠禦營: 1884년(고종 21)에 개편된 편제에 따라 설치된 3영 중의 하나이다. 총어영은 우영右營으로 친군5영親軍五營의 별영別營을 개칭한 것이며, 1894년(고종 31)에 부임한 일본 공사 이노우에井上馨가 한 군대 명령권 건의에 의해 폐지되었다.

직하고 있는 조영구, 이재현과 잠시 이야기하였다.

초6일(계미癸未). 맑음.

동릉東陵에 행행했다가 돌아올 때 광화문光化門 안에서 지영祗迎하였다. 하루 종일 적간摘奸을 하고 환궁還宮한 뒤에 지영한 후 나왔다. 선전관 조동시, 준원駿元 족인族人, 하태영이 방문하였다. 판서 김병익金炳翊, 판서 송병서와 함께 종일토록 회포를 이야기하였다. 승지 이종원李種元과 잠깐 이야기하고, 계방桂坊을 맡고 있는 익찬翊贊 조규희趙奎熙에게 잠깐 갔다.

초7일(갑신甲申). 비가 내렸다.

판서 송병서 씨에게 편지를 보냈다. 해사 댁에 잠깐 갔다. 선전관 조동시, 하태영, 도사 유병설, 확재가 와서 하루 종일 놀았다. 참판參判인 족형이 교동校洞으로 이사를 가서 거리가 조금 멀어지니 서운하다.

초8일(을유乙酉). 비가 내렸다.

기재杞齋에게 갔다가 오는 길에 주서 김영기를 찾아갔다. 마침 승지 김덕수金德洙, 승지 홍우상洪祐相, 교리 이인규, 익찬 조규희, 김참영金參永, 주부主簿 김사필金思弼이 모두 한자리에 모였다. 함께 율시律詩 한 수를 짓고 종일토록 몹시 취하여 밤이 되어 돌아왔다.

초9일(병술丙戌). 맑음.

참판 형님의 편지와 교리 조영구의 편지가 왔다. 편지를 써서 고양高陽의 수령 조용구趙容九에게 보냈다. 진사 조동식과 족숙族叔인 상면商冕 씨가 찾아왔다. 계산桂山 위에 가서 여러 친구들과 율시 한 수를 지었다.

초10일(정해丁亥). 맑음.

한동漢洞의 진사 이수봉李秀鳳에게 가서 밤새 광대의 소리를 들었다. 교리 심원익沈遠翊, 선달先達 민영보閔泳普, 수사水使 이규대李奎大, 구 영장具營將이 동참하여 소리를 들었다.

11일(무자戊子). 맑음.

선전관 조동시, 진사 조동식, 교리 조영구가 방문하였다. 친구들과 함께 군자정君子亭, 몽답정夢踏亭, 괘궁정掛弓亭, 북일영北一營에 가서 율시 한 수를 지었다.

12일(기축己丑).

진사 이홍규, 진사 이명구李命求(이번 봄에 성균관에 입학하였다), 직각直閣 유진필兪鎭弼, 교리 이인규, 척숙戚叔인 참봉 송상진宋相鎭 씨, 확재가 찾아왔다. 해사 댁과 승지 유진필에게 잠깐 갔다가 교리 유진찬兪鎭贊, 교리 이인규, 교리 조영구를 만나 회포를 나누었다. 시간이 지나 밤에 전동典洞의 주서注書 이오응李五應에게 갔다가 발길을 돌려 승지 이정직李鼎稙에게 가서 척숙인 승지 송종억宋鍾億을 만났다. 다시 금부禁府에 가서 척조戚祖인 이수은李秀殷 씨를 찾아가 뵈었는데, 영유永柔의 장계狀啓 때문에 파직되어 옥에 갇혔기 때문이다.

13일(경인庚寅). 맑음.

울진蔚珍 명제命濟의 아들이 생일이라 아침밥을 먹으러 갔다. 선전관 조동시와 심호心湖가 방문하였다. 판서 조병직趙秉稷 씨에게 가서 문병問病을 하고, 그의 아들인 익찬 규희에게 가서 잠시 이야기를 나누었다. 승지 김덕수가 찾아왔다.

14일(신묘辛卯). 비가 내렸다.

해사 댁에 가서 친구들과 함께 율시 한 수를 짓고, 점심에 성찬盛饌을 먹었다. 감찰監察 유정수柳廷秀가 방문하였다. 잠시 해사 댁에 갔다. 족질族姪인 준원駿元이 찾아왔다. 밤에 영변寧邊 부사를 지낸 이근호李根澔에게 가서 고호古湖에서 이별한 뒤 처음 만나 대화를 나누었다.

15일(임진壬辰). 흐림.

해사海史가 계신 곳에 가서 율시 한 수를 지었다.

16일(계사癸巳). 흐림.

준원이 이별을 고하고 돌아갔다. 진사 이명구, 확재, 취간醉礀, 외종씨外從氏와 서정西亭 어른이 찾아와서 종일토록 한담閑談을 나누었다.

17일(갑오甲午). 맑음.

친구들과 함께 남산南山의 복천정福泉亭에 가서 율시 한 수를 짓고 해 질 무렵 돌아왔다.

18일(을미乙未). 맑음.

마우천馬于天이 아침에 방문하였고, 해사 어른이 잠시 찾아왔다. 친구들과 함께 군자정君子亭에 가서 율시 한 수를 지었다.

19일(병신丙申). 맑음.

영슈 유필환兪弼煥, 마우천의 삼종형제三從兄弟인 길주吉州의 초시初試에 합격한 마선상馬善相이란 사람이 방문하였다. 좌랑 윤우선과 해사 어른이 잠시 찾아왔다. 확재 형제가 와서 종일토록 놀았다. 밤에 동촌東村에 갔다.

20일(정유丁酉). 맑음.

친구들과 몽답정夢踏亭에 가서 율시 한 수를 지었다. 위양渭陽의 숙부님이 서울에 왔는데, 홍주洪州의 이모 댁과 당진唐津의 이모 댁에 들렀다가 우리 집에 이르렀다. 행차에 웃어른의 평안한 소식을 받들게 되어 아주 기쁘고 다행스러웠다. 63세의 노인이 가는 곳곳마다 남매간에 이별하여 매우 서글픈 것이 많았을 것이다.

21일(무술戊戌). 맑음.

해사 어른, 신 교리申校理 어른, 친구들과 함께 계산 위에 올랐으나 세찬 바람이 방해가 되어 직조국織造局으로 돌아와 율시 한 수를 짓고, 비빔밥骨董飯을 먹었다. 석양에 함께 이 감찰李監察, 유정수, 송정松亭에게 갔다가 돌아왔다.

22일(기해己亥). 맑음.

친구들과 계산桂山 위에 가서 율시 한 수를 지었다. 사방을 바라보니, 이어移御 때문에 하대궐下大闕에서 수리를 하고 있었다. 어가御駕가 어제와 오늘 새 감역소監役所에 있었다.

23일(경자庚子). 맑음.

정언 차광현車光炫이 일찍 방문하였다. 친구들과 맹현孟峴에 갔다. 정제定濟 씨 댁에 잠깐 갔다가 발길을 돌려 산꼭대기에 올라 상대궐上大闕과 삼청동三淸洞을 돌아보고 한가하게 잠시 쉬었다가 다시 주서注書 이정렬李貞烈, 도사都事 이종렬李宗烈, 척제戚弟인 정 주부鄭主簿, 송강松江의 종손인 추택樞澤 형제를 찾아갔다. 돌아오는 길에 유제有濟 씨, 신응선申應善 씨, 유필환, 주부 김사필, 승지 김덕수를 찾아갔다.

24일(신축辛丑). 흐림.

도사 유병설兪炳卨이 방문하였다. 친구들과 함께 확재에게 가서 율시 한 수를 지었다.

25일(임인壬寅). 맑음.

도사 이종렬, 참봉 어른 송상진 씨가 찾아왔다. 확재 형제가 와서 하루 종일 놀았다. 참봉 이종린李鍾麟이 날마다 찾아왔다.

26일(계묘癸卯). 맑음.

친구들과 이현泥峴에 갔는데, 일본인이 한 마을을 이룬 곳이었다. 일본인 광대의 견줄 데 없는 기이한 재주를 관람하고 돌아왔다. 병조 정랑兵曹正郎으로 낙점받았다.

27일(갑신甲辰). 맑음.

친구들과 맹현에 갔다가, 발길을 돌려 삼청동 형제 우물에 갔다가 진사 김영학金永學과 참봉 김영도金永燾를 만났다. 돌아오는 길에 영유永柔 조동립趙東立과 친척인 진사 정순□鄭淳□를 찾아갔다가 돌아왔다. 친구 이철용李喆鎔과 족질인 진사 동일東鎰이 밤에 찾아왔다.

28일(을사乙巳). 비가 내렸다.

종일토록 비가 내려 흡족하게 위로가 되었다. 춘도기春到記[12]가 있는 날이다. 진사 조동식이 비를 무릅쓰고 찾아왔고, 확재도 방문하였다.

---

12 춘노기春到記: 봄에 성균관成均館과 사학四學의 유생儒生을 대상으로 도기到記 원점圓點이 50도到 이상이 되는 경우 시행한 시험을 말한다. '도기'란 유생들의 출결을 알기 위해 사용한 출석부이고, 이를 위해 유생들이 식당에 들어갈 때 도기에 점을 찍고 서명하게 하여 매기는 점수를 '원점'이라 한다.

회일晦日(병오丙午). 맑음.

진사 신대영, 진사 이인협李寅協, 진사 조동식, 진사 이명구, 확재 형제, 조카인 진사 동필東珌과 함께 계산의 정상에 올라 잠깐 쉬고 돌아왔다. 밤에 전동典洞에 가서 영유永柔의 척조戚祖에게 인사를 드렸다. 발길을 돌려 전동磚洞 민영소閔泳韶 대감에게 갔다가 승지 김경규金敬圭, 승지 조길하趙吉夏, 승지 정경원鄭敬源, 사서司書인 족형族兄, 참판 김명규金明圭, 참판 김춘희金春熙를 만났다.

4월 초1일(정미丁未). 흐림.

도사 이종렬이 찾아와서 함께 병사兵使 이정규李廷珪에게 갔다. 그리고 한동漢洞에 갔다가 돌아왔다. 진사 이홍규가 방문하였다.

초2일(무신戊申). 비가 내렸다.

진전眞殿 4실室의 섭통례攝通禮에 임명하는 첩이 왔다. 날이 저물고는 대축大祝으로 임명하는 첩이 또 왔다.

초3일(기유己酉). 오후에 맑았다.

이른 아침에 비를 무릅쓰고 입궐하여 사은숙배謝恩肅拜를 하였다. 신시申時 정각에 신여神輿[13]를 가지고 하궐下闕의 선원전璿源殿으로 다시 모셨다. 바로 이어移御하기 때문이었다. 동료들과 하루를 함께했다.

초4일(경술庚戌). 흐리고 가랑비가 내렸다.

확재確齋가 친구 조동식趙東植과 와서 종일토록 놀았다.

---

13 신여神輿 : 종묘 제례 시에 신주를 모시던 가마를 말한다.

초5일(신해辛亥). 맑음.

친구 이복년李復年, 조 진사趙進士, 해사 어른, 평택平澤의 조영원趙榮元, 이
종린이 방문하였다. 파주坡州 대원리大院里의 송무산宋茂山이 왔다 갔다.
친구들과 함께 밤에 거리를 걸었다. 상노床奴 김만길金萬吉이 들어왔다.

초6일(임자壬子). 흐림.

주서 김영기金永翼의 편지가 왔다. 평택의 조영원, 진사 임부준任溥準, 이
명구, 진사 조동식이 방문하였다. 밤에 해사 어른에게 갔다.

동학東學이라는 이단의 부류가 3월 이후부터 다시 일어나서 작년보다 심
해졌다. 봄에 금산읍錦山邑에서 접전을 벌여서 저쪽 편과 우리 편에 모두
사망한 사람이 매우 많았다. 전라도 고부古阜에는 민요民擾[14]가 크게 일어
나서 그 읍 수령인 조병갑趙秉甲이 무한한 곤경을 당하고 도망하여 살아
났다. 또한 여러 읍에서 이요吏擾[15]가 일어났다. 동소東搔,[16] 이요, 민요 세
가지가 함께 일어나 야단이 났다. 부안扶安의 한 읍에서는 성城이 함락되
고 군기軍器가 탈취되었으며, 수령이 죽을 지경에 이르렀다. 그 무리가 점
점 늘어서 수만 명이 되었고, 농사일은 완전히 그만두었다. 나주 목사羅州
牧使는 선정을 펼친 수령이라서 명확한 판결로 인해 아전들이 난리를 일
으켜 도망가기에 이르렀고, 그의 며느리와 손자, 형제 세 명은 아전들에게
붙잡혀 있다고 한다.

덕산德山의 김병완金炳琬은 예상할 수 없는 민요를 만나 구타를 당하여 몸
이 많이 상하는 지경에 이르렀다. 충청좌도忠淸左道 모든 지역과 전라우도
全羅右道의 사대부와 명색名色들이 모두 모욕을 받은 것이 한정이 없었다.

---

14 민요民擾: 백성들의 소요 즉 민란을 말한다.
15 이요吏擾: 아전들의 소요를 말한다.
16 동소東搔: 동학의 소요를 말한다.

서양의 학문이 점점 크게 번져서 남의 재산을 빼앗고 남의 무덤을 파내어, 지방의 대신大臣과 재상宰相 중에 모욕을 당하지 않는 사람이 없었다. 서울에서도 재상들이 종종 상천배常賤輩[17]에게 모욕을 당해 사람들이 모두 바늘방석에 앉은 것 같았다. 평안도와 전라도는 민요가 없는 곳이 없었다. 13일의 능행陵行은 이 때문에 미루어질 것 같다. 병사 홍기훈洪岐薰(이전 이름은 재희在熙이다)이 초토사招討使로 병사 600명을 이끌고 호남에 가서 강진 병사康津兵使를 겸하였다.

초7일(계축癸丑). 흐림.

서산瑞山의 윤 진사尹進士, 평택의 조영원, 참봉 이종린, 조동식, 종인인 참봉 성제性濟, 조천식趙天植, 친척인 찰방察訪 이수훈李秀薰, 확재 형제가 방문하였다.

욕불일浴佛日[18](갑인甲寅). 비가 내렸다.

공주公州 정계晶溪의 사위 내외의 편지가 와서 편안하다는 소식을 알게 되어 기쁘고 상쾌하였다.

진잠鎭岑에서 평민 등 수천 명이 아무 이유 없이 무리를 모아 동학이라는 이단의 부류 놈들이 집 수십 채에 불을 질러서 그 근심도 가벼운 것이 아니다. 서산 서북면西北面에도 동소東掃가 있어 양반집이 모욕을 겪을까 깊이 우려스러운 데 이르렀는데, 평소에 향촌鄕村에 살면서 불선不善한 자들이 대개 욕을 당하였다. 우리 집은 인심을 얻은 것을 위주로 하여 비록 걱정은 없었으나, 괴상한 민심은 헤아리기가 어려워서 이 때문에 걱정이 된다.

---

17 상천배常賤輩: 상민常民과 천민賤民을 말한다.
18 욕불일浴佛日: '부처님 오신 날'을 말한다.

외종外從 형님인 기현騏鉉 씨가 몇 달 전에 와서 머물렀는데. 그 댁의 근처
가 소란하다고 하여 갑자기 돌아가서 이별하니 매우 서글펐다. 마치 난리
중에 서로 이별하는 듯하다. 친구들과 함께 오후에 나란히 남관황묘南關皇
廟에 갔다가 어둑어둑한 때 오는 길에 참의參議 민형식閔馨植을 찾았다. 발
길을 돌려 명동明洞의 족질인 진사 동일에게 갔다가 한밤중에 돌아왔다.

초9일(을묘乙卯). 맑음.

금사錦史 영서永瑞가 말하기를, "같은 종씨宗氏로 같은 방에서 기거한 지
6~7년인데, 병이 든 지 2년 만인 오늘 진시辰時에 죽으니 참담하고 참담
합니다. 이 사람은 집도 없고 아주 가까운 일가친척도 없어 당일 상을 치
러 수구문水口門 밖에 묻었습니다. 밤에 해사 어른의 집에서 묵었습니다.
아주 작은 집에서 상喪이 나니 여러 손님들이 모두 묵을 곳이 없어 매우 경
황이 없었습니다"라고 하였다. 오늘은 진사進士의 창방일唱榜日이다. 진사
강몽석姜夢錫과 유 청양兪靑陽의 진사 아들이 방문하였다.

초10일(병진丙辰). 흐림.

해사海史 어른, 조동식, 확재 형제가 와서 놀았다. 이명구李命求가 고향에
내려간다고 와서 작별하였다. 소헌韶軒의 편에 집의 안부 편지를 받고 바
로 어른께 답장을 썼다. 고향에서 보내온 물건이 제대로 도착했다. 사위에
게 답장을 썼다.

11일(정사丁巳). 맑음.

친구 민□규閔□圭가 고향에 내려간다고 와서 작별하였다. 참봉 이조승李
祖承 씨가 방문하였다. 청양靑陽의 종인宗人이 찾아왔다. 해사 댁, 송정松
亭, 감찰 유정수, 주부 김사필, 고창 김사준金思準에게 갔으나 모두 만나지
못하였다. 친구 이호면李浩髳에게 갔다가 돌아왔다.

동소東搔가 다시 충청도에서 크게 일어났다. 충청도와 전라도 양도에서 전보電報가 날마다 왔다. 금구金溝의 접전接戰에서 사망한 사람이 많아 염려가 적지 않다.

12일(무오戊午). 맑음.

친구 이주승李周承, 친구 김사□金思□이 방문하였다. 창동昌洞의 진사 동필東珌이 2월 초에 와서 머물렀는바, 이 사람을 친족 중에서 가장 서로 사랑하고 좋아하였는데 고향에 내려간다고 하여 작별하고 보냈다. 청기青綺와 금서현琴瑞鉉(풍기豊基에 산다)은 6년 동안 나그네가 되어 지금 세상의 뛰어난 문장에 견줄 만한데 막혀서 자리를 얻지 못하고 마침 이곳에서 작별하러 오니, 두 사람에게 섭섭하여 단잠을 잘 수 없었다. 소헌韶軒 한성교韓成敎가 강江에서 들어와 두터운 우정의 회포를 풀었다. 진사 송병철宋秉喆이 방문하였다. 진사 김영학이 찾아왔다.

13일(기미己未). 맑음.

외숙부님이 서울에 몇 달 동안 머무셔서 밤낮으로 모시고 다녔는데, 오늘 아침에 고향에 내려가시게 되어 작별 인사를 하였다. 63세의 노인과 소요가 일어나는 때에 작별하니 더욱 많이 한스럽다. 소헌이 강에 나갔다. 같은 마을의 직부直赴[19] 안종화安鍾和, 주부 김사필, 친구 김사□金思□, 위솔衛率 조규희趙奎熙와 같이 확재가 있는 곳에 가서 시간을 보냈다. 밤에 병사 이정규, 청양青陽 유치흥兪致興에게 갔다.

---

19 직부直赴 : 문과에서 초시를 면제받고 회시會試나 전시殿試에 응시할 기회가 부여된 경우를 말한다.

14일(경신庚申). 맑음.

평택 조영원이 고향에 내려간다고 와서 작별하였다. 집에 보내는 편지를 써서 소헌이 돌아가는 배 편에 부쳤다. 추곡秋谷에 편지를 써서 창동昌洞 편에 부쳤다. 확재에게 잠깐 갔다. 판서 김만식金晩植 씨, 진사 구필서具弼書, 사서司書인 족형, 겸사서兼司書 신응선 씨, 판서 이건하李乾夏 씨에게 갔으나 만나지 못하고 그 아들인 진사 범팔範八과 회포를 나누었다. 도사都事 김용기金龍基를 만나지 못하고, 발길을 돌려 도사 유병설兪炳卨, 교리 조영구趙寧九에게 갔다. 밤에 승지 서병선, 교리 이범찬李範贊에게 갔다가 밤이 깊어지고 나서 돌아왔다. 고금도古今島 주인 오창수吳昌壽가 천 리를 멀게 여기지 않고 오로지 나를 보기 위해서 왔으니 그 뜻이 가상하나, 올 때 도적을 만나 의관衣冠을 모두 잃어버려 안타까웠다. 진사 윤시영尹時榮이 찾아왔다.

15일(신유辛酉). 맑음.

확재, 진사 신대영, 친구 이주승, 유영로柳永魯가 찾아와서 한담閑談을 나누었다. 진사 이흥규李興珪, 주부 김사필이 방문하였다. 밤에 판서 조동면趙東冕, 주서 이오응李五應 씨, 인천仁川 어른인 상덕商德 씨에게 갔다가 한밤중에 돌아왔다.

16일(임술壬戌). 맑음.

익찬 조규희, 주부 김사필에게 갔다. 확재가 와서 놀았다.

17일(계해癸亥). 비가 내렸다.

확재가 와서 하루 종일 놀았다. 한담閑談을 나누어 적적하지 않았다. 죽리竹里의 명륜明倫 동생이 배를 타고 왔다.

18일(갑자甲子). 흐림.

서정西亭 어른, 도사 이종렬李宗烈이 찾아와서 함께 병사 이정규에게 갔다. 돌아오는 길에 유 청양兪靑陽, 친구 김사찬金思燦, 주서 김영기를 찾아갔다. 교리 유진찬兪鎭贊이 찾아왔다. 밤에 판서 민영소閔泳韶에게 갔다가 교리 박희용朴喜容, 교리 이재현李載現에게 들렀다. 길에서 교리 김근연金近淵과 사서司書인 족형을 만났다. 금현琴峴의 장경환張瓊煥이 왔다.

19일(을축乙丑). 맑음.

진사 조동식, 친구 이주승, 주부主簿 김사필金思弼이 찾아왔다. 교리 신응선 씨와 영슈 유필환兪弼煥 씨가 회인 현감懷仁縣監을 위해 정오正午에 찾아왔다. 밤에 판서 조동면, 숙천肅川 민일호閔一鎬, 진사 이흥규, 친구 김유증金裕曾에게 갔다가 돌아왔다. 족제族弟인 천제天濟가 와서 유숙留宿하였다.

20일(병인丙寅). 맑음.

확재에게 잠깐 갔다. 판서 조병직趙秉稷 씨와 그의 아들 규희奎熙, 주부 김사필과 직부直赴 안종화에게 갔다. 밤에 원동院洞의 판서 김윤식金允植 씨와 그의 아들 유증裕曾에게 갔다. 주사主事 박준양朴準陽과 육 주사陸主事가 찾아왔다. 3일제三日製를 시행하였다. 역적 김옥균金玉均을 홍종우洪鍾宇가 잡아온 일로 대과大科를 시행하였다. 판윤判尹 이유인李裕寅과 진사 이규환李圭桓의 편지가 왔다.

21일(정묘丁卯). 맑음.

확재가 와서 놀았다. 최영구崔永九와 남문南門 밖의 □□가 찾아왔다. 김사찬이 찾아왔다. 확재가 있는 곳에 잠깐 갔다. 친군 총어영親軍摠禦營의 낭청郎廳과 군사마軍司馬 망통望筒이 왔다. 필산筆山의 편지와 기재杞齋의 편지를 하河 아무개의 일 때문에 어음원동魚音院洞에 보냈다. 승지 김덕수

金德洙, 주부 김사필에게 갔다. 밤에 참판인 오춘군鰲春君 이주영李周榮과 그의 아들 규환圭桓에게 갔다가 돌아왔다.

22일(무진戊辰). 맑음.

진사 조동식, 진사 이흥규, 정 선달鄭先達이 찾아왔다. 해사 어른이 찾아왔다. 공주公州의 이실李室〔딸〕에게 편지를 부쳤다. 죽리의 김영걸金英傑이 오는 편에 집의 안부 편지를 받아 와 집안이 평안함을 알게 되었다. 도사 이종렬이 찾아와서 함께 중동中洞에 갔다. 총어영 낭청으로 낙점을 받아 영문營門의 서리書吏, 별배別陪, 구종驅從 일고여덟 명이 찾아왔다.

23일(기사己巳). 맑음.

숙배 단자肅拜單子를 올렸다. 교리 유진찬에게 갔다.

24일(경오庚午). 맑음.

새벽녘에 영문營門의 하인이 와서 기다리고 있었다. 대궐에 가서 사은숙배하고 옥당玉堂에 들어가서 교리 이종협李鍾浹, 교리 심계택沈啓澤과 잠깐 이야기를 나누었다. 아침밥을 먹은 뒤에 사또 댁使道宅에 가서 장신將臣 한규설韓圭卨에게 인사를 하였다. 발길을 돌려 영변寧邊의 이근호李根澔에게 들렀다. 병사 이정규가 선천宣川으로 귀양 가게 되어 작별을 하였다. 확재가 밤에 찾아와서 한담閑談을 하였다.

25일(신미辛未). 맑음.

고호古湖의 오창수吳昌壽가 강江에 나갔다. 이달 초에 백치栢峙의 과부인 재종형수가 죽어 매우 참담하였다. 팔순의 종조모從祖母의 심정은 더욱 괴로울 것이다. 재종형수가 재종인 홍제洪濟에게 시집을 와서 우례于禮[20]를 치르지 못하고 2년 만인, 재종형이 19세에 요절夭折하였다. 종숙부從叔父 내외분은 이미 5~6년 전에 돌아가셔서 종조모는 우리 집에 계셨고, 재종 형수는 추곡의 종숙부 집에서 나가 있었기 때문에 함께 살지 못하고 백치 의 본가에서 돌아가시니 더욱 참담하였다.

울진蔚珍의 명제命濟가 고향에서 와서 만나 보았다. 상면商冕 씨가 찾아왔 다. 일차전강日次殿講으로 임금께서 인정전仁政殿에 친림親臨하시는 날이 었다.

26일(임신壬申).

확재, 상면 씨, 부평富平의 종인宗人이 찾아왔다.

예릉睿陵[21]의 단오제端午祭의 제관으로 임명하는 첩지가 왔다. 세자궁世子 宮의 단오첩端午帖이 와서 칠언율시七言律詩와 칠언절구七言絶句, 오언율시 와 오언절구 등 네 수를 지어 바쳤다.

교리 유진찬이 찾아왔다. 직각直閣 유진필兪鎭弼에게 가서 만났다. 밤에 전동典洞의 척조戚祖 부자父子 분께 갔다. 진외갓댁眞外家宅이 양주楊洲 접 구接舊로 이사를 갔다. 오늘 오랫동안 사귀던 주서 오응五應 씨가 먼저 떠 나갔다. 성안에 함께 살다가 갑자기 헤어지니 매우 슬펐다. 교리 이재현에 게 들렀다가 돌아왔다.

27일(계유癸酉). 맑음.

부평의 종인이 찾아왔다. 오늘은 진하陳賀하는 날이다. 3일제三日製에 급 제한 홍종우는 10년 동안 일본에서 온갖 풍상風霜을 겪고 대역죄인大逆罪

---

20 우례于禮: 신부가 정식으로 신랑집에 들어가는 예식을 말한다.
21 예릉睿陵: 철종哲宗과 철인왕후哲仁王后 김씨金氏의 능을 말한다.

人 김옥균을 잡아왔다. 오늘 이에 대해 진하를 할 뿐이었다.

남문南門 밖의 오 서방吳書房, 친구 김사찬, 확재가 와서 놀았다. 승지 홍우상洪祐相과 주서 김영기에게 갔다. 확재가 이웃으로 이사를 와서 보러 갔다. 남쪽 지방의 소요가 더욱 심해져서 관찰사를 가려서 뽑았는데, 전라도 관찰사로 판서 김학진金鶴鎭을, 충청도 관찰사로 판서 이헌영李憲永을, 경상도 관찰사로 판서 조병호趙秉鎬를 정하였다.

28일(갑술甲戌). 맑음.

남쪽 지방의 소요로 인하여 판윤判尹 이원회李元會는 양호 순변사兩湖巡邊使로 차출되었고, 참판 엄세영嚴世永은 삼남 염찰사三南廉察使로 차출되었다. 호남에 윤음綸音을 다시 내렸다. 각 항목의 수세收稅를 혁파하고 탐관오리를 낱낱이 조사하여 보고하라는 조령朝令이 엄중하였다. 안동安東의 진사인 종인宗人이 찾아왔다. 선전관宣傳官 조동시趙東始가 찾아왔다. 소헌韶軒 어른이 들어왔다. 해사 어른, 친구 김사찬, 족제인 천제가 찾아왔다.

29일(을해乙亥). 흐림.

확재가 있는 곳에 갔다가 좌랑佐郎 윤우선尹寓善과 진사 신대영을 만났다. 오후에 재동齋洞의 판서 이건하 씨에게 가서 그의 아들인 진사 범팔範八이 경릉 참봉景陵參奉이 된 것을 축하하였다. 사서司書인 유제 씨 댁과 교리 신응선申應善 씨에게 들렸다가 친구 신수선申壽善을 만났다. 주부 김사필이 찾아왔다.

전라도의 소요가 크게 일어나서 전주부全州府에 침입하여 감사監司와 본관本官이 모두 도망가고, 서쪽 기영箕營의 병사 500명이 내려가기에 이르렀다. 전후 두 차례에 걸쳐 내려간 병사가 수천이나, 한 번도 접전을 하지 않아서 그 무리가 점차 극성스러워졌다. 이로 인해 임금의 걱정이 한층 깊어져 매우 근심스럽다.

30일(병자丙子). 맑음.

단오첩端午帖 열일곱 장을 써서 바쳤다. 확재, 진사 조동식, 주부 김사필, 정 선달이 찾아왔다. 신시申時에 주서 이정렬에게 갔다가 도사 이종렬, 부솔副率 이□렬李□烈과 함께 대화를 나누었다. 위솔衛率 조규희趙奎熙에게 들렀다가, 길에서 주부 김사필, 승지 김덕수, 참봉 박후진朴厚鎭을 만났다.

5월 길일吉日(정축丁丑). 맑음.

김영대金永大가 와서 만나 보았다. 인천仁川에 편지를 썼다. 족제인 천제가 찾아와서 주부 김사필, 감찰 유정수柳廷秀, 주사 유길준兪吉濬과 함께 조규희가 있는 곳에 갔다.

초2일(무인戊寅). 맑음.

정 선달鄭先達, 조 진사趙進士, 차 정언車正言이 왔다. 직각 유진필, 주서 김영기에게 갔다. 밤에 영변의 이근호, 족질 동일東鎰, 친구 이철용李喆鎔에게 갔다.

초3일(기묘己卯). 맑음.

선전관 조동시, 종인인 진사 태제泰濟, 친구들이 와서 놀았다.

초4일(경진庚辰). 맑음.

밥을 먹은 뒤에 노새를 타고 하인 네 명을 데리고 예릉睿陵에 갔다. 차 정언, 승지 태제台濟 씨에게 들렀다가 길에서 헌관獻官인 참판 민영주閔泳柱를 만났다. 평소에 친분이 있어 나란히 말을 타고 갔다. 홍제원弘濟院[22]의 점막店幕에서 승지 서병선徐丙善, 교리 김근연을 만났다. 신시申時에 능의

---

22 홍제원弘濟院 : 원문에는 "紅堤院"으로 되어 있으나, "弘濟院"의 오기誤記이다.

재실齋室에 도착하여 향역享役[23]을 무사히 끝내고 유숙하였다. 참봉 이완용李完鎔, 영令 이근홍李根弘과 함께 밤늦게까지 한담閑談을 나누었다.

초5일(신사辛巳). 맑음.

아침 일찍 대자동大慈洞의 산지기 집에 가서 세 분의 산소에 성묘를 하고 돌아왔다. 평신읍平薪邑에 사는 김상희金商熙(자는 몽여夢汝이다)는 서로 간에 3대 동안 같은 집안 사람인데, 와서 유숙하면서 집안의 안부 편지를 전해주었다.

초6일(임오壬午). 맑음.

전주全州에 떠도는 소문에 의하면, 접전接戰을 하여 저들 500명을 해쳐 해산시켰다고 하니 다행이다. 그러나 청나라 병사 2,000명을 요청하였는데, 아산牙山의 둔포屯浦에 와서 정박하고 있다.

확재와 조 진사가 와서 놀았다. 오후에 비에 묶여서 소헌이 강江에서 들어왔다.

초7일(계미癸未). 비가 내렸다.

해사 댁에 잠깐 가서 조 진사, 소헌과 함께 이야기를 나누었다. 몽여夢汝가 다시 들어왔다.

초8일(갑신甲申). 흐림.

몽여와 소헌이 동시에 떠나 돌아갔고, 그 인편에 집으로 편지를 부쳤다. 조 판서趙判書, 김 주부金主簿, 김 주서金注書, 유 감찰柳監察의 집에 갔다가 돌아와서 율시律詩 한 수를 지었다.

23 향역享役 : 제사를 뜻한다.

초9일(을유乙酉). 맑음.

반주인泮主人 안 노인이 와서 만나 보았다. 재동齋洞의 여러 곳에 갔다가 돌아왔다.

인시寅時에 온 초토사招討使의 전보에 "전주부의 성城을 회복하였으나, 평민이 많이 다쳤다"라고 하였다. 또 "일본군 수백 명이 이유 없이 도성에 들어와서 민심이 어수선하며, 청국군이 아산읍牙山邑에 내려 군량을 운송하는 폐단을 일으키고, 농사 짓는 소를 빼앗아 생업을 잃도록 하였다"라고 하니 몹시 근심스럽다. 간동諫洞에 갔다.

초10일(병술丙戌). 흐림.

증조부曾祖父의 제사에 멀어서 참석하지 못하니, 그리움이 더욱 깊어졌다. 조 진사와 권 도사權都事가 찾아왔다. 한동漢洞에 갔다.

11일(정해丁亥). 비가 내렸다.

빗속에서 예릉睿陵으로 출발하여, 큰비를 무릅쓰고 제사를 지낸 뒤에 재실齋室에서 유숙하였다.

12일(무자戊子). 큰비가 내렸다.

큰비를 무릅쓰고 헌관獻官인 참판 조병필趙秉弼, 각신閣臣인 승지 이용선李容善, 참봉 이완용과 짝을 지어 여현점勵峴店에 이르렀다.

신시申時 정각에 마을의 군정軍丁 30명을 세워 가마를 부축하여 물을 건넜는데, 매우 위태롭고 두려웠다.

13일(기축己丑). 흐리고 습했다.

주부 김사필金思弼, 주사 박두양朴斗陽, 선전관 조동시, 진사 신대영, 확재가 와서 하루 종일 놀았다. 밤에 해사 어른에게 갔다.

14일(경인庚寅). 흐리고 습하며 비가 내렸다.

승정원承政院에서 시패試牌[24]가 나왔는데, 삼망三望은 이민하李民夏, 이범홍李範弘, 김약제金若濟였다. 시패를 받들고 승정원에 들어가서 옥당玉堂에 이르렀다.

승지 유진필, 교리 유진찬 형제, 교리 한흥교韓興敎, 교리 이범홍, 승지 송언회宋彦會, 승지 정우묵鄭佑黙, 승지 김덕수, 교리 윤덕영尹德榮과 함께 옥당에서 입직入直하였다. 조범구趙範九, 송태헌宋台憲과는 평소에 절친하였는데, 밤에 마침 만나자 대화가 끊임없이 이어져 밤을 새웠다. 축시丑時 정각正刻에 말망末望으로 낙점落点 받고 동이 터서 나왔다.

15일(신묘辛卯). 흐림.

문과文科와 무과武科의 전시殿試에 대독관對讀官[25]으로 춘당대春塘臺에 들어갔다. 비가 올 형세가 점점 커졌고, 판서 김성근金聲根을 명관命官[26]으로 삼았다. 다만 도승지都承旨 김명규金明圭, 참판 조정희趙定熙, 참판 김학수金鶴洙, 승지 이무로李茂魯, 승지 이근교李根敎, 교리 윤덕영, 교리 이교영李喬榮, 교리 송태헌과 함께, 비가 내려 금대禁臺에 쌓이도록 한담閑談을 나누었다. 어제御題[27]는 원득충효願得忠孝였는데, 장원壯元은 부賦였다.

진사 주일周一의 편지가 왔다.

---

24 시패試牌: 시관試官 후보를 부를 때 쓰는 패를 말한다.
25 대독관對讀官: 문과文科의 상시관上試官으로, 독권관讀券官을 보좌하는 참시관參試官을 말한다. 독권관은 시권試券을 읽고, 대독관은 옆에서 틀림이 없는지 살피게 했던 송나라 과거제도에서 유래한 것이다.
26 명관命官: 임금의 명을 받아 과거를 주관하는 관원을 말한다.
27 어제御題: 임금이 낸 시제試題를 말한다.

16일(임진壬辰). 비가 내렸다.

아침에 시역試役을 끝마치고 돌아왔다. 비가 내려 담장이 무너졌다. 지난번 향역享役과 이번 시역에 장복章服 이하 한 벌의 습복襲服을 모두 버렸는데, 두 번째다.

17일(계사癸巳). 흐림.

일본 병사 1,000여 명이 어려움 없이 성城에 들어왔고, 또 밤을 무릅쓰고 성을 넘어 들어왔다는 소문이 크게 일어나서 피난하는 자가 허다하였다. 곡물 값이 갑자기 올랐다. 남쪽의 소요가 겨우 진정되었는데, 일본인들의 소요가 이와 같으니 인심이 안정될지는 모르겠다. 걱정스럽다. 친구들이 찾아왔다.

18일(갑오甲午). 맑음.

풍양豐壤의 진사 이공일李公一이 찾아왔다. 교리 조영구趙寧九(자는 국경國卿이다)가 찾아왔다. 해사가 계신 곳에 갔다. 확재가 밤에 찾아왔다. 조동시가 찾아왔다.

19일(을미乙未). 장맛비가 이미 지리하게 내렸다.

밤에 학질 기운이 있어 밤새 고통스러웠다.

20일(병신丙申). 흐림.

신응선 씨와 진사 동일이 찾아왔다. 오위장 이두현李斗鉉이 방문했다.

21일(정유丁酉). 맑음.

훈동勳洞의 대신大臣인 홍집弘集 씨, 참봉 이완용, 참판 민영주, 참판 이경직李耕稙, 척숙인 승지 송종억宋鍾億, 보국輔國 민영준閔泳駿, 사또使道인

한 대장韓大將, 영변寧邊의 이근호李根澔, 대장大將 정낙용鄭洛鎔, 참판 정주영鄭周榮, 참판 민영철閔泳轍, 참판 이주영李周榮, 선달 이□영李□永, 판윤 이유인李裕寅에게 갔다가 돌아왔다.

22일(무술戊戌). 맑고 매우 더웠다.

친구들이 찾아왔다. 판서 조병직趙秉稷 씨와 그의 아들 규희奎熙에게 갔다가 유제有濟 씨, 참봉 장□렬張□烈, 위솔衛率 이□렬李□烈을 만났다. 발길을 돌려 주서 김영기金永翼에게 들렀다가 주부 김사필, 감찰 유정수를 만나 이야기를 나누었다. 떠날 때 일본군 수천 명이 만리창萬里倉 아래 주둔하여 인심이 점차 변하게 되니 근심스럽다. 밤에 승지 태제台濟 씨에게 갔다.

23일(기해己亥). 맑고 더웠다.

해사海史에게 가서 떡을 먹었다. 창동昌洞의 진사進士가 하인을 보내왔다. 일본군 수백 명이 다시 동대문東大門 밖에 주둔하여, 인심이 흉흉하여 진정되지 않았다. 안동의 종인인 태제泰濟가 찾아왔다.

24일(경자庚子). 맑고 더웠다.

진사 송병철宋秉喆이 찾아와서 함께 주서 김영기에게 가서 율시律詩 한 수와 절구絶句 여섯 수를 지었다. 익찬翊贊 조규희趙奎熙의 편지가 왔다.

25일(신축辛丑). 맑음.

이 판윤李判尹, 유 청양兪靑陽, 교리 이필용李弼鎔에게 가서 한담閑談을 나누었다.

26일(임인壬寅). 맑다가 밤에 비가 내렸다.

금사錦史가 떠난 뒤에 마음이 몹시 편안하지 않았다. 이에 집을 팔고, 오늘 원래 살던 곳 근처로 이사를 갔다. 일본군의 수가 날로 증가되어 인심이 불안해지니 매우 답답하다.

27일(계묘癸卯). 흐림.

피난을 가는 사람들이 많아서 서울이 반쯤 비는 지경에 이르렀다. 장차 수실壽室을 떠나보내려고 했지만, 돈을 구할 길이 아주 막혀서 몹시 답답할 뿐이다. 주서注書 안종화安鍾和, 종인인 진사 태제가 찾아왔다. 필산筆山이 노자路子 100민繩을 보내와서 매우 감격스러웠다. 주사 최영하崔榮夏가 찾아왔다.

28일(갑진甲辰). 흐림.

일본의 소요가 점점 커져서 장사를 하러 온 중국인이 모두 떠나갔다. 도성 안의 인심이 들끓어서 어쩔 수 없이 수실壽室을 떠나보냈다. 확재確齋가 그 서모庶母와 어린 동생을 데리고 고향에 돌아갔는데, 이 편에 함께 딸려 보냈다. 확재의 성의盛誼는 죽을 때까지 잊지 못할 것이다. 나는 방법이 없어 난리를 기다릴 뿐이었으나, 확재는 가마꾼轎丁을 준비하고 떠나보낼 것을 강력히 권유하였다. 더욱이 무더위에 수백리 길을 데리고 가서 모두 자기 집에 들였다. 인심이 뒤집혀진 이런 때에 그 마음 씀이 몹시 감격스럽다. 의형제를 맺은 지가 지금 7년이지만, 정情은 피를 나눈 형제와 같고, 의誼는 한집안과 같았다. 그의 부친인 해사 어른도 이와 같았다. 한낮에 비가 내려 먼 길을 가는 것이 매우 걱정되었다. 도로에도 화적火賊이 많아 근심스러웠다. 주서 김영기가 친구들과 함께 찾아와서 속마음을 이야기하였다.

29일(을사乙巳). 비가 내렸다.

해사 어른, 권 도사權都事가 찾아왔다.

6월 초1일(병오丙午). 흐리다가 가는 비가 내렸다.

일본군 수만 명을 서울의 사면四面, 도성 밖의 사면, 한강 주위의 사면, 파주坡州의 임진강臨津江,[28] 수원水原 대황교大皇橋의 주변 길 여러 곳, 북한산성北漢山城의 요충지로 이동시켰다. 이 외의 긴요한 곳도 모두 군대가 지키니, 인심이 점차 변하여 노인네를 이끌고 어린애를 부축하며, 남자는 지고 여자는 이어서 꼬리를 이어나갔다. 도성 안과 밖이 10분의 9가 비었고, 길 위에 사람들의 통행이 매우 드물었다. 양반의 아녀자들은 가마를 타지 않고 나가는 자도 많았는데, 가마를 탄 아녀자를 일본인이 발을 걷어 검문을 하고 보내주었다. 대단히 해괴한 일이다. 김 주서金注書가 방문했고, 친구들이 찾아왔다.

초2일(정미丁未). 비가 내렸다.

뜻밖에 어제 아내가 아산牙山의 강청동江淸洞에 들어간 것 같은데, 길에 화적火賊이 크게 일어나 무사히 도착했는지 몰라 걱정스럽다.

전라도에서 동학東學의 소요가 여전히 대단하여 수령守令을 불러서 꾸짖고, 정사政事를 그들이 매일 고쳐서 임의대로 하지 않음이 없었다. 아! 어느 때나 시원스레 씻어낼 수 있을지 모르겠다. 사람들이 모두 분노하여 감정을 진정하지 못하였다. 도사都事 이호면李浩冕에게 가서 작별하였다. 위솔 조규희趙奎熙, 승지 김덕수金德洙, 주부 김사필, 감찰 유정수柳廷秀, 교리 유진찬兪鎭贊이 찾아왔다. 간동簡洞의 동곡東谷에게 가서 작별을 하였다.

초3일(무신戊申). 비가 내렸다.

도사 이종렬李宗烈이 와서 작별하였다. 친구 박운로朴雲路, 친구 유성전兪

---

28 임진강臨津江: 원문에는 "壬津江"으로 되어 있으나, "臨津江"의 오기誤記이다.

聖全, 주부 김사필이 와서 작별하였다. 서정西亭 어른이 여전히 서울에 머무르면서 종종 찾아오셨다.

초4일(기유己酉). 흐림.
친구들이 와서 작별하였다. 하루 종일 짐을 꾸렸다. 간동諫洞에서 노잣돈으로 50민緡을 보내왔다.

초5일(경술庚戌). 흐리고 가는 비가 종종 내렸다.
새벽에 출발하여 해사 어른과 나란히 남녀 하인을 데리고 길을 떠났다. 상노床奴인 성칠聖七에게 집을 돌보게 하였다. 점심은 과천점果川店에서 먹고, 수원水原 남문 밖에서 묵었다. 빈대 때문에 잠을 자지 못하였다.

초6일(신해辛亥). 오후에 비가 많이 내렸다.
50리를 가서 진위振威 읍내에서 묵었다.

초7일(임자壬子). 흐리다가 맑았다.
평택平澤 읍내에서 점심을 먹고, 해질 무렵에 강청동江淸洞의 해사 어른 댁에 들어가서 편하게 묵었다. 확재 형제와 친구들이 모두 와서 회포를 풀었다.

초8일(계축癸丑). 맑고 매우 더웠다.
해사 어른께서 두텁게 보살펴주시고, 또 말 한 필, 가마꾼, 짐삯 몇 푼을 마련해주셔서 홍주洪州 금현錦峴의 한 감역韓監役 집까지 가게 되었다. 그러나 바람 때문에 나루를 건너지 못하고, 바람이 잦아들기를 기다렸다가 밤늦게 나루 두 곳을 순조롭게 건너 신당포점新堂浦店에서 묵었다.

초9일(갑인甲寅). 맑음.

새벽에 금현에 도착하여 아침밥을 먹고 바로 이종姨從 윤씨 댁尹氏宅으로 출발하였다. 아내는 금현으로 가게 하고, 정안定安의 이종 윤씨 집에 묵었는데, 이모가 환대를 하였다. 강청동江淸洞의 가마꾼을 돌려보냈다.

초10일(을묘乙卯). 맑고 더웠다.

아내가 금현에서 정안리定安里로 와서 함께 길을 떠나 성현聖峴에서 점심을 먹었다. 밤늦게 집에 돌아오니, 이모부인 생원生員 윤시영尹始榮 씨, 추곡秋谷의 종숙從叔이 이미 와 있었다. 외종씨外從氏가 오후에 멀리서 찾아왔는데, 그 성의가 감격스러웠다.

11일(병진丙辰). 맑음.

어머님의 회갑일回甲日이었다. 그러나 미리 돌아오지 못하여 음식을 마련하지 못하니 매우 답답했다. 가까운 마을의 친척들과 손님들이 모두 찾아와서 변변찮은 술과 떡으로 대강 그날을 보냈다.

12일(정사丁巳). 맑음.

울진蔚珍이 진사인 동필東珌과 함께 70리 길을 멀게 여기지 않고 더위를 무릅쓰고 찾아오니 감격스러웠다. 손님들이 함께 묵었다.

13일(무오戊午). 맑음.

손님들이 모두 돌아갔다.

14일(기미己未). 맑음.

외종씨인 기현驥鉉 씨가 무더위에 찾아왔다. 그 뜻은 고마웠으나 오늘 출발하여 수백 리 길을 어떻게 온전히 돌아갈지 걱정스러웠다.

15일(초복初伏, 경신庚申). 맑음. 초복初伏이라서 매우 더웠다.
가까운 마을의 사람인 웅□熊□이 와서 만나 보았다.

16일(신유辛酉). 맑음.

17일(임술壬戌). 맑음.
김명실金明實이 왔다가 갔다.

18일(계해癸亥). 맑음.
갈두葛頭의 경춘景春, 새로 관례冠禮를 치른 아들 석錫이 와서 만나 보았
다. 몽여夢汝가 와서 만나 보았다. 가까운 마을 사람들이 종종 와서 만나
보았다.

19일(갑자甲子). 맑음.
경춘이 와서 놀았다. 울진의 족제族弟, 처조카 한계동韓啓東이 모두 돌아
갔다.

20일(을축乙丑). 폭우가 내렸다.

21일(병인丙寅). 흐리고 비가 오며 매우 후텁지근했다.

22일(정묘丁卯). 비가 내렸다.

23일(무진戊辰). 비가 내렸다.

24일(기사己巳). 비가 내렸다.

25일(경오庚午). 비가 내렸다.

26일(신미辛未). 비가 내렸다.

27일(임신壬申). 비가 내렸다.

28일(계유癸酉). 조금 맑고 매우 더웠다.

연일 장맛비가 내려 사람과 만물이 모두 피해를 입었다. 날마다 근처의 사람들이 와서 만나 보았다. 서울 소식을 들을 수 없어 매우 답답하고 우울했다. 그러나 전에 일본 배 세 척이 내려오다가, 올라가는 청나라 배 한 척을 만나 이유 없이 서로 싸움을 해서 청나라 배가 패배하여 손해를 보고 본 읍의 이원면梨園面에 다시 정박하니, 인심이 어수선해졌다.

29일(갑술甲戌). 맑음.

7월 초1일. 길일吉日(을해乙亥). 맑음.

청국군 30여 명이 무단으로 경내에 들어와서 그 이유를 물었더니, "아산牙山의 청나라 진영이 크게 패하고 일본군이 전진하여 패배한 군사가 각기 흩어져서 식량을 구하기 때문이다"라고 하였다.

초1일(병자丙子). 맑고 매우 더웠다.

서울 소식은 자세히 들을 수가 없고, 와전된 소문은 차마 들을 수가 없어서 분하고 울적한 마음을 견디기 어렵다.

초2일(정축丁丑). 맑고 더웠다.

날마다 전해진 소문을 들었으나 그대로 믿을 수가 없어서 당혹스럽다.

초3일(무인戊寅). 비가 오다가 맑아져 매우 더웠다.

일본군과 일본 배가 수로水路와 육로陸路의 요충지에 없는 곳이 없었다. 아! 일본에게 해독을 입는 것은 지금에 와서 수치를 씻을 길이 없으니, 매우 한탄스럽고 분하였다.

초4일(기묘己卯). 비가 오다가 개었다.

서울에는 청론당清論黨[29]과 왜론당倭論黨[30]이 있어 각각 논리를 가지고 의혹을 제기하니 진정되기가 어려웠다. 그러나 그 급박함 때문에 왜론당의 주장에 이르게 되니 더욱 분하고 울적하였다.

초5일(경진庚辰). 비가 오다가 개었다.

초6일(신사辛巳). 맑고 더웠다.

초7일(임오壬午). 맑고 더웠다.

사람들이 모두 최근 10일간의 더위는 근래에 처음 겪는다고 하였다.

초8일(계미癸未). 맑음.

파접罷接[31]을 하고 율시律詩 한 수를 지었는데, 대여섯 명의 아이들이 해석을 할 수 있었다.

---

29 청론당清論黨 : 청나라를 지지하는 무리를 말한다.
30 왜론당倭論黨 : 일본을 지지하는 무리를 말한다.
31 파접罷接 : 시詩를 짓거나 책을 읽는 모임을 마치는 것을 말한다.

초9일(갑신甲申). 맑음.

날마다 손님이 없는 날이 없었다. 와전된 소문은 그대로 믿을 수가 없고, 서울의 소식은 막연하여 울적하였다. 도성都城에는 인민人民이 빈 것 같고, 일본인이 4대문에 와서 파수把守를 하는데, 나갔다 들어오는 것은 금지하지 않고 들어갔다 떠나는 것은 엄중히 지킨다고 하였다. 설령 이상하지 않더라도 한심스럽다.

초10일(을유乙酉). 맑음.

11일(병술丙戌). 맑음.
추곡의 큰 종숙이 찾아왔다.

12일(정해丁亥). 맑음.
큰 종숙이 머물면서 허다한 감회를 말하였다.

13일(무자戊子). 맑음.
종숙從叔이 돌아갔다.

14일(기축己丑). 맑음.
서울 소식을 듣기가 어려워서 매우 우울하다. 손님들이 날마다 왔다.

15일(경인庚寅). 맑음.
당진唐津의 하 선비河雅가 자기 부친의 편지를 가지고 찾아왔다.

16일(신묘辛卯). 맑음.
말복末伏이다.

17일(임신壬辰). 맑음.

18일(계사癸巳).

19일(갑오甲午). 맑음.
홍주洪州 월현月峴의 참판인 족형族兄, 그 아들인 진사 시원始元이 이 아무개와 김 아무개 두 명을 데리고 찾아왔다.

20일(을미乙未). 비가 오고 해가 났다.
진사進士와 함께 가서 여러 곳을 둘러보았다. 추곡의 종숙이 왔다.

21일(병신丙申). 비가 오다가 개었다.
진사 일행이 돌아갔다. 종숙과 함께 죽리竹里에 갔다가 날이 저물고 나서 돌아왔다.

22일(정유丁酉). 맑음.
종숙과 함께 갈두의 경춘의 집에 가서 묵었다.

23일(무술戊戌). 맑음.
종숙과 함께 일찍 출발하여 산을 둘러본 뒤에 날이 저물고 나서 김명섭金明攝의 집에 들어가 유숙하였다.

24일(기해己亥). 비가 오다가 개었다.
일찍 출발하여 비를 무릅쓰고 오시午時에 추곡의 작은댁에 도착했다.

25일(경자庚子). 비가 오다가 개었다.

동학의 소요가 크게 일어나 내포內浦 전체에서 입도入道[32]하지 않는 자가 거의 드물었다. 인심이 흉흉해져 가장 먼저 봉변과 욕을 당한 자는 '양반'이라는 이름이 붙은 사람들이었다. 소위 양반이라는 자들은 전부 집을 옮겨 도피하는 것을 위주로 하였다. 동학교도는 떼를 짓고 무리를 이루어서 하지 않는 것이 없었다. 남의 무덤을 파고 남의 집을 허물었으며 결박하여 구타하였는데, 입도하지 않은 양반으로 당하지 않은 사람이 없었다. 인심이 누란지세累卵之勢와 같이 위태로웠다. 도로는 가을을 맞아 황량하였고, 논밭은 모두 두 번의 김매기를 하지 못했다.

이런 때에 조정의 명령이 갑자기 내려와서, 피한皮漢이 갓을 쓰고 칠반천인七般賤人[33]이 모두 면천免賤[34]하여 양반과 상놈의 구분이 없게 되었다. 그래서 상민常民의 마음에 더 거리낌이 없게 되었고, 노복奴僕들이 상전上典을 바로 마주하고 모욕하는 일이 종종 있었다. 스스로 물러나고서 면천이 일어나 갑자기 사환使喚이 없어지니 살아도 죽는 것만 못하였다. 도인道人들이 일의 옳고 그름을 따지지 않고 단지 원한을 품고 보복하는 것을 주로 하였으나, 관찰사와 수령은 감히 금지하지 못했다.

행인은 감히 말을 타지 못하였고 윗옷을 감히 입지 못하였는데, 윗옷을 입는 사람은 양반이라고 하여 옷을 찢고, 말을 탄 사람은 잡아가서 소와 말을 빼앗기에 이르렀다. 논밭은 태반이 황폐해졌고, 교량橋梁은 전부 무너졌으며, 길을 닦는 일도 전혀 없었다. 수십 년의 빚과 2~3대에 걸친 원한을 갚는 것을 주로 하였다. 그러므로 이웃 마을이 서로 권하고 친척들이 권면하며 인척姻戚들이 함께 끌어들여서 결국 동학의 경내로 들어가게 되

---

32 입도入道: 동학東學에 입교入敎하는 것을 말한다.
33 칠반천인七般賤人: 백정·장인匠人·기생·노비·승려·무당·광대와 같은 일곱 부류의 사람들을 천하게 이르는 말이다.
34 면천免賤: 천한 신분을 면하는 것을 말한다.

었다. 입도하지 않은 자는 1만 명 중에 한 명뿐이었고, 무리를 지어 길을 나란히 출입하였다.

가장 먼저 피해를 입은 자는 '양반'이라고 이름 붙인 사람들이었고, 그다음은 부자였다. 부자 중에도 이끄는 대로 입도하게 되면 구차하게 그 피해를 모면하기도 하였다. 나도 전실前室인 송씨宋氏를 서산瑞山 미역평彌役坪의 남쪽 기슭에 매장한 지가 16년이 되었는데, 서산 고양동高陽洞에 사는 주朱 아무개가 와서 파서 옮길 것을 독촉하였다. 형세상 어쩔 수 없어 날을 잡지 않고 가서 이장移葬을 하였다.

추곡의 서종조모庶從祖母인 순흥 안씨順興安氏의 제사와 둘째 종숙從叔의 제사에 참여했다.

26일(신축辛丑). 맑음.

아침 일찍 밥을 먹었다. 무덤이 훼손되는 피해를 입으니 매우 비참하였다. 그날 모두 염斂을 하고 산 위에서 밤을 지새웠다. 큰 종숙 형제, 족숙인 상칠商七(자는 성칠成七이다), 족질인 동명東明(자는 성오聖五다), 동□東□가 와서 함께 밤을 지새웠다.

27일(임인壬寅). 맑음.

해미읍海美邑에 사는 최가 놈에게 20년 전에 빚 400금金이 있었는데, 공갈恐喝이 너무 심해서 쫓아낼 수가 없었다. 종숙從叔은 수레를 따라 대산大山 집 근처의 산 아래에 들어갔기 때문에 내가 남아서 최가 놈에게 무수히 애걸하여 당오전當五錢 1,000냥을 마련하여 갚겠다고 하고, 8월 10일까지 기한을 정하였다. 그러나 그 곤경은 붓으로 차마 쓸 수가 없다.

창동昌洞의 친척들이 찾아왔다. '양반'이라는 이름을 가진 사람들이 모두 도망을 주로 하였다. 서산의 친척들이 낱낱이 욕을 당하였다.

소요가 점점 커져서, 일본 배가 무수히 연해의 요충지에 흩어져서 정박하였다. 서울에는 왜론倭論을 주장하는 자들이 남아 있었고, 나머지 수구守舊 재상들과 관원들은 모두 고향에 내려갔다. 이번 달 21일에 대궐에 침입한 일본의 소요를 어찌 차마 말로 하겠는가?

28일(계묘癸卯). 맑다가 비가 내렸다.

추곡에서 족질인 성오聖五와 함께 돌아왔다. 산 아래 소매남리小梅南里의 뒷산 기슭에 새로 터를 잡고 그날 바로 일을 시작했다. 아버님이 이미 무덤을 만든 곳으로, 흙 색깔이 좋지 않아 한탄스러웠으나, 이 땅은 송씨를 6~7년 전에 매장했다고 표시한 곳이어서 시비是非의 단서가 없으므로 무덤을 만들었다. 경춘, 성오와 함께 밤을 지새웠다. 방금放金은 죽리의 소헌韶軒이 해주었다.

29일(갑진甲辰). 비가 오다가 개었다.

묘시卯時에 하관下官을 하고 바로 묘墓를 만들었다. 사초莎草는 이때가 아니면 할 수가 없으므로 오전에 일을 끝내고 돌아왔다.
도인道人인 원두동原頭洞의 이李 아무개와 여러 사람들이 와서 못된 짓을 하였으나 애걸하여 큰 낭패를 겨우 면하였다.

30일(을사乙巳). 맑음.

이 아무개가 다시 와서 논 일로 공갈을 치면서 경지정리한 일이 없다고 하였다. 그러나 도인은 애초에 경계가 없었다고 하면서 논문서를 빼앗아 갔다.

8월 초1일(병오丙午). 맑음.

금현琴峴의 장청일張淸一도 입도入道했다. 편지로 이전의 빚을 말하기에, 가서 애걸하여 겨우 모면하였다.

초2일(정미丁未). 맑음.

심히 가을 분위기가 났다. 금현의 장청일이 왔다 갔다.

초3일(무신戊申). 맑음.

집에 머물렀다. 종숙從叔이 추곡의 본댁으로 돌아가셨다. 날마다 듣는 소문이 매우 송구스러웠다.

초4일(기유己酉). 맑음.

오지烏池의 족제族弟, 서산의 척숙戚叔인 이문영李文永 씨, 영남嶺南의 배裵 아무개가 함께 와서 묵으며 입도入道할 것을 강권하였으나 듣지 않았다. 종조從祖인 예와공蘂窩公의 제삿날이어서 아버님께서 제사에 참석하시려고 추곡에 가셨다.

초5일(경술庚戌). 맑음.

경춘이 왔다 갔다. 개화동開花洞의 김 선비 두 명, 탑동塔洞의 김 선비가 보러 왔다. 노룡동老龍洞의 이 아무개도 논일로 와서 공갈을 쳤는데, 꾀를 내어 일단 겨우 모면하였다. 해미海美 사람에게 1,000냥을 갚는 일은 날마다 괴롭지만, 빌려서 메우기도 어렵고 매매할 것도 없어서 돈을 마련할 방법이 없으니, 이 때문에 걱정이 된다. 정한 날짜는 점점 다가와서 답답하고 근심스럽다. 그러나 기한을 넘기면 반드시 수십 명의 무리가 와서 대단한 행패를 부릴 텐데, 어떻게 감당할 수 있겠는가? 숨을 쉬고 밥을 먹을 때도 편안하지가 않다.

서산 왕촌旺村의 친구 이주승李周承의 편지가 왔는데, 이 친구도 이것 때문에 걱정을 하고 있고, "비할 데 없이 곤경에 처했다"라고 하였다.

초6일(신해辛亥). 맑음.

경춘, 명실明實, 독곶獨串의 김군보金君甫 등 여러 사람이 와서 만나 보았다.

초7일(임자壬子). 맑음.

서산의 친구 임□준任□準, 족손族孫인 시환始煥 남매가 찾아왔다.

초8일(계축癸丑). 맑음.

아버님이 서산에서 돌아오셨고, 종숙從叔도 따라왔다.

초9일(갑인甲寅). 맑음.

사람들이 왔다 갔다.

초10일(을묘乙卯). 흐림.

11일(병진丙辰). 맑음.

가뭄이 심하여 비를 기다렸다. 석교石橋의 감역監役인 족형이 찾아왔다.

12일(정사丁巳). 맑음.

석교의 감역과 함께 죽리의 소헌에게 가서 하루 종일 회포를 풀고 달빛에 취해 소헌을 끌고 함께 돌아와서 밤새 이야기를 나누었다.

13일(무오戊午). 맑음.

석교의 감역이 돌아갔다. 죽리竹里의 오 적성吳積城에게 갔다. 소 한 마리를 집었다.

14일(기미己未). 맑음.

가뭄이 심하여 근심이 되었다.

15일(경신庚申). 맑다가 오후에 비가 내렸다.

각수脚數인 근根이 왔다.

16일(신유辛酉). 맑음.

서산의 친구 임□준任□準, 족손 시환始煥, 탑동塔洞의 김성후金聖厚가 와서 만나 보았다. 일본 배 30~40척이 근해近海에 아무 때나 왕래하거나 가까이 정박하기도 하니, 인심이 더욱 어수선해졌다. 종숙이 추곡에 갔다.

17일(임술壬戌). 맑음.

늦은 밤인 오경五更에 목치木峙의 도인 여섯 명이 와서 혼사婚事를 훼방하겠다고 말하고 물러갔다.

18일(계해癸亥). 맑다가 비가 내렸다.

광암廣岩의 도인의 모임에 가서 논에 관한 일을 말했다.

19일(갑자甲子). 맑음.

다시 광암에 갔다.

20일(을축乙丑). 맑음.

몽여夢汝, 적성積城 오하영吳夏泳이 찾아와서, 함께 산 뒤로 가서 갈두葛頭에서 묵었다.

21일(병인丙寅). 맑음.

정자동亭子洞 사창社倉의 도인의 모임에 가서 논문서를 찾았다. 종숙從叔이 돌아왔다.

22일(정묘丁卯). 맑음.

당진唐津의 이종姨從도 도인에게 한없이 곤란을 당하여 이사를 하려고 이곳에 들어와서 이틀을 묵고 돌아갔다. 광문廣文의 하인을 서울에 보냈다. 다시 사창社倉의 도소道所에 갔다.

23일(무진戊辰). 맑음.

소헌이 찾아왔다. 도인道人이 도인이 아닌 사람을 잡아가서 입도入道하도록 위협하니 인심이 더욱 어수선했다. 약간의 남은 자들이 모두 입도하였고, 입도하지 않고 남은 사람은 100에 한두 명이었다.

24일(기사己巳). 흐림.

동학東學이 점차 극성스러워져서 입도入道하지 않는 사람이 없는 지경에 이르렀다. 입도하지 않으려는 사람을 도인들이 잡아다가 결박하고 구타했다. 형세상 어쩔 수 없이 입도하였고, 지금도 입도하지 않은 사람은 100명 중에 한 명 정도였다. 패악질하고 난리를 일으키는 것이 갈수록 헤아리기가 어려우니 참으로 한심스럽다.

25일(경오庚午). 맑음.

기은곶其隱串의 족제族弟인 명열命悅의 집에 갔다가 발길을 돌려 이동梨洞 족숙族叔의 집, 오지烏池 족제의 집에 들렀다. 오는 길에 척세戚弟인 성전聖全의 집에 들렀다가 사람들과 함께 돌아왔다.

26일(신미辛未).

분지동盆池洞에서 이틀을 묵었다.

27일(임신壬申). 맑음.

서산瑞山 율곡栗谷의 족제인 용제用濟가 찾아왔다.

28일(계유癸酉). 맑음.

이 고을 수령인 김덕진金德鎭이 찾아왔다. 홍주洪州의 복상服喪 중인 조씨趙氏 일가가 찾아왔다.

29일(갑술甲戌). 맑음.

9월 길일吉日(을해乙亥). 맑음.

예산禮山 죽곡竹谷의 김경술金景述이 윤尹 아무개와 박朴 아무개 두 명의 도인道人과 함께 와서 만나 보았다. 오지烏池의 족제인 배裵 아무개가 찾아왔다.

초2일(병자丙子). 맑음.

초3일(정축丁丑). 맑음.

영전令田의 이 사과李司果가 찾아왔다.

초4일(무인戊寅). 맑음.

청나라 병사 수만 명이 평양성平壤城 안에 와서 주둔하였다. 근래에 일본군이 승승장구해 들어갔다고 하는데, 정확한 소식인지 모르겠다. 또한 청나라 병사가 겉으로 패한 척하고 일본군을 꾀어 성城으로 끌어들여 전부

몰살하려고 하는데, 대개 청나라 사람들은 우리나라를 아껴서, 추수秋收가 되지 않아 아직 접전을 하지 않고 다만 주둔하며 나오지 않을 뿐이라고 하였다.

일본 배가 셀 수 없이 바닷가에 이어져 있고, 그 병사들은 황해도·평안도의 두 개 도, 강원도·황해도·평안도의 가까운 고을, 경기 연로沿路의 여러 곳에 퍼져 있었다. 전라도는 동인東人[35]의 난리가 점차 커지고 전투가 어지럽게 일어났다. 충청도에서도 동도東道[36]로 인해 날마다 변괴가 들려왔다. 하인이 그 주인을 모욕하는 것은 비일비재했고, 나오지 않는 변괴가 없었다.

초5일(기묘己卯). 맑음.

초6일(경진庚辰). 맑음.
석 달 동안의 가뭄으로 인해 밭곡식이 말랐다.

초7일(신사辛巳). 맑음.
용안龍安에 사는 조우趙友가 멀리서 찾아왔다. 그 편에 외종씨外從氏와 진사 조동식趙東植의 편지가 왔는데, 이곳에 난리를 피하려는 뜻을 긴밀히 부탁하는 것이었다. 분지동에 가서 도인道人의 천제天祭를 구경하고 유숙留宿하였다.

초8일(임오壬午). 맑음.
7월 22일에 고산高山 등지에 큰비가 내려서 산이 무너지고 매몰된 촌락이

---

35 동인東人 : 동학東學을 믿는 교인敎人을 말한다.
36 동도東道 : 동학東學을 말한다.

많다고 들었다.

초9일(계미癸未). 맑음.
죽리에 가서 소헌 댁에서 유숙하였다.

초10일(갑신甲申). 맑음.
율리栗里의 성장聖章, 문기리文綺里의 최 선비가 찾아왔다.

11일(을유乙酉). 맑음.
최유홍崔攸洪과 함께 문기리에 가서 밤에 친구 윤씨尹氏를 만나 밤을 보
냈다.

12일(병술丙戌). 맑음.
문기리에서 돌아오던 길에 대교大橋 홍천댁洪川宅의 족제族弟를 만났는데,
피난하러 봄에 바닷가로 나갔다가 낭패를 당하고 돌아왔다고 하였다. 종
광문廣文이 서울에서 돌아왔다.

13일(정해丁亥). 맑음.
할아버지의 제삿날이라서 재계齋戒하였다.

14일(무자戊子). 맑음.

15일(기축己丑). 맑음.
소헌이 찾아왔다. 정천貞川의 김문경金文敬이 와서 만나 보았다.

16일(경인庚寅). 맑음.

17일(신묘辛卯). 맑음.

탑동塔洞의 족질인 동東이 찾아왔으나, 당진唐津에 갔기 때문에 편지를 써서 정안리定安里 이종姨從의 집에 보냈다. 복상服喪 중인 조 아무개가 찾아왔다. 타조打租[37]로 9포苞를 얻었다.

18일(신묘辛卯). 흐림.

19일(임진壬辰). 맑음.

홍주洪州의 이종 사촌 동생인 이주국李柱國이 피난하고자 와서 만나 보았다.

20일(계사癸巳). 맑음.

이종 사촌이 돌아갔다. 이원면梨園面의 강요하며 다니는 도인 100여 명이 와서 소란을 일으켰다.

21일(갑오甲午). 맑음.

22일(을미乙未). 맑음.

23일(병신丙申). 맑음.

24일(정유丁酉). 맑음.

---

37 타조打租: 소작농小作農이 수확한 농작물을 탈곡하고 도정하여 소정의 비율에 따라 지주에게 납부하는 방식을 말한다.

25일(무술戊戌). 맑음.

26일(기해己亥). 맑음.
별유관別諭官 경제慶濟가 동학인東學人을 위무慰撫하려고 서산읍瑞山邑에
와서 도인道人을 불러 의리義理로써 타이르니, 모두 동학을 등지고 귀순하
겠다고 하였다.

27일(경자庚子). 맑음.
동학을 등지는 사람들이 날로 많아졌다.

28일(신축辛丑).

29일(임인壬寅). 맑음.

30일(계묘癸卯). 맑음.

10월 초1일(갑진甲辰). 맑음.
도인道人들이 다시 일어나 크게 늘어났다. 서산의 수령이 맞아 죽었고, 해
미海美는 군기軍器를 탈취당했으며, 태안泰安의 수령은 죽을 지경에 이르
렀다. 그 밖에 맞아 죽은 양반들도 많았다. 경제慶濟도 죽었다고 한다. 경
제의 집에 불을 지르고, 도인이 모두 모였다가 나갔다. 고을과 마을마다
남자는 전부 없었고, 도인이 아닌 사람은 곤경을 겪거나 상해를 입었다.
하나도 남기거나 빠뜨리지 않고 짐꾼으로 몰아가니 당황하여 어찌할 줄을
몰랐다. 차마 볼 수도 들을 수도 없었다.

초2일(을사乙巳). 바람이 많이 불고 비가 조금 내렸다.

도인의 소란을 날마다 들었으나, 예측할 수가 없다.

초3일(병오丙午). 바람이 많이 불었다.

초4일(정미丁未).

도인道人이 난리를 일으켜서 무리를 모아나가니 날로 매우 견디기가 어려워졌다. 피난 온 사람들은 그 수를 세지 못할 정도여서 두려웠다. 마침 경제가 태안泰安 수령과 함께 모두 참수斬首를 당하고, 경제의 집과 크고 작은 대여섯 채의 집이 모두 불탔다는 소식을 들었다. 삼남三南에서는 동시에 도인이 군대를 일으켜서 3~5리 사이에 보루를 설치하여 연락을 하였다. 병기兵器는 고을에서 빼앗았는데, 고을의 수령, 목사牧使, 관찰사는 속수무책束手無策으로 빼앗겼다. 그들 중 조금이라도 금지하려는 수령이 있으면, 헤아릴 수 없는 모욕을 당하거나 진중陣中에 갇히거나 피해를 입기도 하였다. 그러나 홍주 목사洪州牧使 이승우李勝宇만은 처음부터 동학을 믿지 않는 사람과 차력인借力人을 모아 군기軍器를 많이 만들고 군량軍糧을 비축하여 성안에 1만 명에 가까운 군사를 모았다. 그러므로 도인 거의 100만여 명이 포위했으나 이러한 도인의 세력으로도 감히 성城을 공격하지 못하였다. 이길지 질지는 아직 모르겠다. 날마다 도인이 싸움터에 나아갔으나 동학을 믿지 않는 사람은 도망가서 산 위에서 노숙露宿을 하였는데, 그 수는 모르겠다. 동학을 믿지 않는 사람을 붙잡아다가 구타한 것은 어디 비할 데가 없었다. 더욱이 무거운 짐을 지는 짐꾼으로 싸움터에 나왔기 때문에 모두 도망간 것이다. 우리 집도 위아래 식구들이 두려워하며 지낼 뿐이었고, 소위 양반이리 이름하는 사람들은 더 큰 피해를 입었다. 그럼에도 우리 집이 오히려 편안했던 것은 아버님이 평소에 한없는 덕德을 닦았기 때문이었다. 대개 덕은 말세末世에 더욱 통하였다. 남녀노소, 어린

애, 노약자로 피난 온 사람은 모두 우리 집에 와서 어수선하여 더욱 어려웠다.

초5일(무신戊申). 맑음.

오늘은 생일날인데, 몇 년 만에 처음으로 집에서 생일을 맞았으나 소란스러웠기 때문에 마음이 편안하지 않았다.

초6일(기유己酉). 비가 조금 내렸다.

초7일(경술庚戌). 비가 내렸다.

초8일(신해辛亥).

오늘은 추곡秋谷 안협공安峽公의 산소山所에 세일사歲一祀[38] 하는 날이지만, 길이 막혀서 참석하지 못하니 그리움이 더욱 간절하였다. 세일사는 작년부터 지내기 시작했다. 그런데 추곡의 종숙이 이런 난리를 만나 통지通知할 수 없었다. 오늘 제사는 과연 순조롭게 지냈는지 모르겠다. 중종숙仲從叔도 우리 집에 머문 지 여러 해가 되었으니, 또한 참석하지 못하였다.

초9일(임자壬子). 맑음.

문 앞의 대로大路는 더욱 난처難處한 곳이어서 소요가 더욱 많았고, 잠시도 두려워서 정말로 진정하기가 어려운 곳이었다. 묵수지墨水池 위아래 산지기의 소문을 듣고 매우 놀라서, 도인道人의 집에 가서 다음 날 있을 묵수지의 세일사歲一祀를 편안하게 지낼 수 있도록 한없이 거듭 부탁하였다.

---

38 세일사歲一祀: 음력 10월에 5대 이상의 조상 무덤에 지내는 제사인 시향時享을 말한다.

초10일(계축癸丑). 맑음.

아버지를 모시고 아들을 인솔하여 일찍 묵수지에 가서 위아래 산소에 세일사歲一祀를 간신히 지냈다. 난리를 친 도인道人이 내정內庭에 들이닥친다는 급보가 묵수지에 왔다. 조금 있다가 다시 한 무리가 내정에 갑자기 들어온다는 급보가 왔고, 얼마 후에 또 한 무리에 대한 급보가 왔다. 그러나 제사를 끝내지 못하여 집에 돌아갈 수가 없었다. 조금 있다가 그 무리들이 묵수지에 함께 왔다. 산지기와 제관祭官이 모두 화禍를 피해 도망을 가서 묘정墓庭 안에는 우리 부자父子만이 있었고, 당황하여 어찌할 줄을 몰랐다. 4일부터 11일까지 이처럼 지냈는데, 그동안의 두려운 상황을 붓으로 쓸 수 없다. 그 무리가 다시 우리 집에 와서 머물다가 갔다.

11일(갑인甲寅). 맑음.

도인道人들이 난리를 쳤는데, 그 단서가 한결같지가 않았다. 조포租包[39]·돈·의복·철鐵 등을 창고에 넣어 봉인封印하고, 가산家産 등의 물건을 제멋대로 빼앗아 가서 바로 적당賊黨이 되었다. 소는 빼앗아 가거나 잡아먹어 외양간이 완전히 비게 되었다. 소가 농사에 큰 힘이 되는 것을 생각하지 않은 것이다. 보리를 경작하는 자도 드물었다.

12일(을묘乙卯). 맑음.

날마다 듣는 소문은 한없이 헤아리기가 어려웠다.

13일(병진丙辰). 맑음.

진루陣壘에서 수백 리에 연락을 하는 사람들은 모두 흰 두건을 썼다. 수령들은 모두 예측할 수 없는 욕을 당하였고, 진중陣中에서 죄를 논하여 결정

---

39 조포租包: 벼를 담는 데 쓰는 가마니를 말한다.

되는 일도 있었다.

14일(정사丁巳). 맑음.

입도入道하지 않고 피난하는 사람들은 남녀를 막론하고 모두 우리 집에 왔다. 아침저녁으로 식사를 제공하는 것도 어려웠다.

15일(무오戊午). 맑음.

그 무리들이 칼과 창을 만들었다고 하는데, 농가農家의 호미와 삽을 전부 빼앗아 가서 농기구가 걱정이 되었다.

16일(기미己未). 맑음.

이 동네는 본래 입도入道하지 않은 마을이어서 피해가 더욱 심했다. 사람들이 모두 도망가서 산 위에 머물렀다.

17일(경신庚申). 맑음.

도인道人 한 무리가 다시 와서 소란을 피우니 매우 두려웠다. 언제나 쉴 수 있겠는가? 사는 것이 죽는 것만 못하다.

18일(신유辛酉). 맑음.

19일(임술壬戌). 맑음.

도인 한 무리가 와서 쌀과 돈을 요구하기에 간신히 쌀 한 말과 돈 10민緡을 순순히 내주었다. 소헌韶軒이 인재人才이기 때문에 도인의 진중陣中에 잡혀가니 매우 걱정스럽다. 적성積城 오하영吳夏泳이 밤을 무릅쓰고 찾아 왔다.

20일(계해癸亥). 맑음.

경군京軍이 일본인과 함께 육지를 따라 내려왔다. 홍주 목사洪州牧使가 안에서 일을 처리하였고, 청주 목사淸州牧使도 일을 처리하였다. 또 연변沿邊에 일본인이 많이 정박하고 수로와 육로로 모두 전진하여 도인道人을 잡았다고 한다. 그래서 도인의 무리가 모두 화를 피해 도망가기를 주로 하였고, 각각의 진영에서는 도인과 속인俗人[40]을 막론하고 모두 잡아서 데리고 갔다고 한다. 일대의 경내가 흉흉하여 마치 바늘방석에 앉아 있는 것 같으니 언제나 쉴 수 있겠는가?

21일(갑자甲子). 맑음.

소문이 갈수록 흉흉해졌다. 추곡의 종숙從叔이 우리 집에 머문 지 3년이 되었으나, 그의 백씨伯氏의 집이 어떤 상황인지를 알 수 없어서 어쩔 수 없이 돌아갔다. 무사히 도착했는지 알지 못해 걱정스러웠다. 율리栗里의 족인族人도 피난하러 우리 집에 들어와서 20일을 머물다가 함께 돌아갔다.

22일(을축乙丑). 맑음.

죽엽리竹葉里 최관오崔寬五의 장지葬地 및 오 적성吳積城의 집에 갔다가 날이 저물어서 돌아왔다.

23일(병인丙寅). 맑음.

배청련裵靑蓮이 도인道人 일고여덟 명을 데리고 밤에 찾아왔다.

24일(정묘丁卯).

난리를 일으킨 도인이 부수히 바다에서 건너와 정박했다고 하니 갑자기

---

40 속인俗人 : 동학東學을 믿지 않는 일반인을 말하며, 도인道人의 반대 개념이다.

놀라고 두려워졌다. 이웃에 사는 문승만文勝萬이 장가를 가서 다시 이동梨洞의 혼인집에 가서 만나 보았다. 밤에 비가 조금 내렸다.

25일(무진戊辰). 날씨가 4~5월보다 따뜻하니 괴이하다. 우기雨氣로 연일 습했다.

홍주洪州의 유당儒黨[41]이 덕산德山 등지에 진陣을 치니, 도인이 감히 대적하지 못하고 모두 흩어졌다. 멀리서 위세만 보고도 두려워서 가야산加倻山 안의 네 곳으로 해산하였다. 100여 곳에 진陣을 세우고 감히 산을 넘지 못하였다. 여미餘美 등지의 60여 개 진은 홍주 사람이 추격해 오는 것을 보고 모두 도망갔고, 죽음을 당한 자도 많다고 하였다. 이 동네에는 소 한 마리만 남아 있다.

지난밤 같은 마을의 도인이 다시 소를 빼앗아 잡아가서, 우리 집에 소 한 마리가 있기는 하지만 보전할 수 있을지 모르겠다. 마을 사람이 이처럼 염치와 의리를 돌아보지 않으니 다른 것을 오히려 어찌 말할 수 있겠는가? 우리 집 송아지는 이웃집에 맡겨 키웠는데, 여러 번 빼앗겼다가 되찾았다. 마을의 도인이 어제 다시 와서 사리에 어긋나는 말을 했으나 간신히 애걸하여 지켰다. 10월부터 시장이 전폐하여 물건을 사고 팔 수가 없으니 어떻게 살아갈 수 있겠는가? 이른바 '양반'이라는 이름을 가진 사람이나 '부자'라는 사람들은 모두 먼저 도망을 가서 겨우 실낱같은 목숨을 보존하였다.

26일(기사己巳). 맑음.

도인道人이 날마다 홍주성洪州城을 치려고 했으나 홍주 목사의 방어가 매우 치밀하여 마음을 먹을 수가 없다고 하였다. 동학 진영道陣은 여미餘美

---

41 유당儒黨: 원문에는 "儒黨"으로 되어 있으나, 선비의 무리란 뜻의 "儒黨"이므로 고쳐 번역하였다.

에서 당진唐津에 이르기까지 산천山川의 한 곳에 진陣을 쳤다. 당진 승전곡勝戰谷에 진을 쳤으나, 진이 깨진 뒤에 여러 진들을 덕산의 여러 곳으로 옮겼다고 한다. 죽리竹里에 갔다가 병을 얻어 몸에 열이 나고 관절이 아팠다. 밤에 너무 아팠다.

27일(경오庚午). 맑음.
병세가 더욱 심해졌다.

28일(신미辛未). 맑음.
병이 완쾌되지 않고 도리어 목에 병이 났다. 이 증세는 소금물을 밤낮으로 입에 머금으면 효과를 본다. 목에 병이 난 초기에 소금물을 입안에 늘 머금으면 저절로 심해지지 않는데, 여러 번 시도하여 효과를 보았다. 도인道人이 반드시 홍주읍洪州邑을 토벌하려고 했으나 도리어 패하여 피해를 입었다. 총에 맞아 죽은 수천 마리의 소들이 도로에 있다고 하였다. 복상服喪중인 조응칠趙應七이 찾아왔다.

29일(임신壬申). 밤에 비가 내렸다.
병이 나아지지 않아 약 두 첩을 먹었다. 패배하여 돌아온 도인이 셀 수 없이 많았다.

11월 초1일(계유癸酉). 비가 내렸다.
병으로 인한 것은 아니지만, 아내가 임신한 지가 6개월인데 밤에 유산流産을 했다. 10월 11일에 연이어 도인道人이 세 차례나 와서 소란을 피웠고, 게다가 포성 소리 때문이었다.

초2일(갑술甲戌). 비가 오다가 개었다.

추곡의 종숙이 무사히 도착했다는 소식을 들었다. 진영陣營에서 도망 나온 사람들이 계속 와서 전하는 말을 들어보면, 이번에 홍주에서 죽인 도인이 헤아릴 수 없이 많다고 하였다. 죄 없는 목숨이 이처럼 헛되게 죽은 것은, 비록 자신이 선택하여 죽음에 나아간 것이라고 하더라도 매우 참담하다. 서산瑞山과 태안泰安 두 개 고을에서 난리를 주동한 사람들이 많이 피해를 입은 것 같다고 하였다.

초3일(을해乙亥). 흐림.

친구 임호준任浩準이 찾아왔다. 지곡池谷의 족형인 검서檢書 관제觀濟 부자父子가 찾아와서 유숙하였다.

초4일(병자丙子). 맑음.

손님들이 모두 돌아갔다. 당진唐津과 면천沔川 사이, 홍주洪州와 결성結城 사이에서 도인道人 태반太半이 동학東學을 등지고 유도儒道[42]에 돌아갔다. 아! 사람이 궁박하면 근본에 돌아간다는 것이 이것이다. 헛소문에 움직이고 인심이 어수선해져서 난리를 피해 이런 지경에 들어간 사람들이 날마다 소매를 나란히 하여 남자는 등에 지고 여자는 머리에 이어서 인생을 분주하게 방황하다가 결국 이와 같이 되니 매우 가련하다.

초5일(정축丁丑). 흐림.

와서 만나 본 사람이 많았다.

---

42 유도儒道: 원문에는 "孺道"로 되어 있으나, 유학儒學의 도란 뜻의 "儒道"이므로 고쳐서 번역했다.

초6일(무인戊寅). 비가 오다가 개었다.

개옥자蓋屋子, 망일사望日寺의 승려인 성준性俊이 와서 만나 보았다. 유도인儒道人[43]이 점점 무리를 모으니, 도인道人이 매우 두려워하였다. 통쾌하다.

초7일(기묘己卯). 맑음.

5대조 할아버지의 제사여서 재계齋戒하고 제사를 순조롭게 지냈다. 수구리水口里의 강 선달姜先達이 찾아왔다. 도인이 무단無端으로 유도인이 되어 소문을 내고, 피난 간 사람들은 날마다 끌려가서 낭패를 당했다. 길에서 분주하게 서성이니 가련하다. 승려 성준이 절로 돌아갔다.

초8일(경진庚辰). 맑음.

김몽여金夢汝, 김봉순金鳳淳, 김덕윤金德潤, 김자정金子正, 김명실金明實, 척숙인 문영文永 씨, 족형族兄인 이제履濟 씨가 찾아와서 모두 유숙하였다. 오후에 비가 조금 내렸다.

초9일(신사辛巳). 맑음.

손님들이 돌아갔다. 가까운 마을 사람들이 와서 만나 보았다. 경군京軍이 유도인儒道人과 힘을 합하여 도인道人을 토벌한다는 소문이 크게 일어나서 피난 가는 사람들이 꼬리를 이었다. 사람들이 방책을 물으러 와서 이 때문에 날마다 손님이 이어졌다. 어수선하여 분명히 말을 할 수가 없었고, 단지 안심하라는 뜻으로 자세하게 타일렀다. 이 동네에는 평소에 도인이 없어서 다행이다.

---

43 유도인儒道人: 원문에는 "儒道人"으로 되어 있으나, 유학자儒學者란 뜻의 "儒道人"이므로 고쳐서 번역했다.

초10일(임오壬午). 맑음.

여러 사람들이 하루 종일 만나러 온 것은 피난 가는 방법을 묻기 위해서
였다.

11일(계미癸未). 맑음.

유도인儒道人이 홍주의 네 곳으로부터 와서 100보마다 유막儒幕 자리를 설
치하여 서로 호응하게 하였다. 도인의 수괴首魁를 잡아 유막에 보내고 다
음으로 홍주읍에 보냈기 때문에, 도인의 기세가 점차 위축되었다.

12일(갑신甲申). 흐림.

도인道人 괴수魁首 중에 죄가 있어 용서받지 못한 사람을 잡아서 유막儒幕
으로 옮기고, 다음으로 홍주에 보내 형벌을 집행하여 사람들을 경계하게
하였다. 원두동原頭洞의 동회洞會에 갔다.

13일(을유乙酉). 맑음.

여러 동네 사람들이 밤을 무릅쓰고 찾아와서 나에게 함께 본진本鎭으로
들어가 본관本官에게 호소해달라고 청하였다. 홍주에 가서 백성을 안심시
킬 뜻을 거듭해서 본관에게 말했다.

14일(병술丙戌). 맑음.

본 읍의 수령이 홍주로 가다가 지나는 길에 찾아왔다. 사람들이 밤새 와서
만나 보았다.

15일(정해丁亥). 맑음.

각 마을 사람들이 연락을 하고 와서 만나 보았다. 금현琴峴, 기은곶其隱串,
분지동分池洞, 이동梨洞, 오지烏池에 갔다가 족제族弟의 집에서 유숙하였다.

16일(무자戊子). 맑음.

오지에서 돌아왔다. 밤에 기은곳에 가서 면회장面會長을 만나 보았다. 한 밤중에 소헌, 생원 오익선吳翊善이 여러 사람들과 찾아왔다. 새벽에 함께 구진舊鎮 시장에 갔는데 각 마을에서 모였다. 또 면천沔川의 농보農堡[44]에 서 20여 인이 도인道人을 잡으러 왔다. 마침 얼굴을 아는 사람을 만나 사리 事理로 충분히 말하여 무사히 돌려보냈다.

17일(기축己丑). 맑음.

사람들이 계속 오니 실로 고통스럽다.

18일(경인庚寅). 큰 바람이 불고 갑자기 추워졌다.

사람들이 계속 오고, 또 묵는 사람이 많아졌다.

19일(신묘辛卯). 맑고 추웠다.

날마다 손님들을 만나 보았는데, 어떤 일을 막론하고 모두 와서 물으니 답 하기가 실로 괴로웠다. 이 근처에도 죄를 많이 지은 도인道人이 있어, 이 사람을 잡아서 홍주洪州로 보냈다. 족제族弟인 영제寧濟가 배裹 아무개와 함께 찾아왔다.

20일(임진壬辰). 흐림.

손님을 맞는 괴로움이 계속 이어졌다. 본 읍의 수령이 홍주에서 돌아오는 길에 방문하여 세상 밖 소식을 약간 들을 수 있었다. 서울 안에는 일본인 이 성城을 가득 채웠고, 황해도에는 민란이 다시 일어나 관찰사가 잡혀가 서 그 무리들과 함께 가다가 죽었다고 한다. 평안도는 청나라 군대가 패

---

44 농보農堡 : 농지農地 주변에 도둑을 막기 위해 설치하는 보루堡壘를 말한다.

배하여 도주할 때 저지른 폐단이 비할 데가 없어 고을들이 거의 비게 되었고, 강원도에도 동학이 일어났으며, 경상도에도 동학의 난리가 일어났다고 한다. 전라도는 동학의 괴수魁首 전녹두田彔斗(이름은 봉준鳳俊이다)가 다시 소요를 일으켜서 한산韓山과 남포藍浦 등지에 이르렀는데, 홍주 목사 겸 초토사洪州牧使兼招討使가 군사를 내어 막았고, 충청도 감영忠淸道監營에서도 출병을 했다고 한다. 난리를 일으키는 무리가 없는 곳이 없으니, 난리를 일으키는 허다한 부류를 어떻게 맞아 귀화시킬 수 있겠는가? 매우 근심스럽다. 살릴 방법을 모르겠다. 밤에 눈이 많이 내리고 아울러 큰 바람이 불었다.

21일(계사癸巳). 눈이 내리고 매우 추웠다.
족제인 영제와 배裵 아무개가 찾아왔다.

22일(갑오甲午). 맑고 추웠다.

23일(을미乙未). 맑고 추웠다.

24일(병신丙申). 맑음.
아내 송宋 씨의 기일忌日이기 때문에 재계하였다. 우리 고향에도 유회소儒會所[45]를 설치하였으나 도회장都會長을 맡을 사람이 없었다. 14개 마을의 사람들이 한 번에 우리 집에 와서 나에게 도회장을 맡아달라고 청하였다. 사람들의 기대가 모여서 회피하기가 어려워 억지로 따르니, 각 마을마다 기뻐하며 흩어졌다.

---

45 유회소儒會所: 동학東學에 맞서 유생儒生들이 만든 모임을 말한다.

25일(정유丁酉). 밤에 눈이 조금 내렸다.

유회소儒會所를 목치木峙에 설치하고 어쩔 수 없이 나갔다. 비록 사람들의 기대가 모여서 허락하였으나, 이런 어지러운 세상을 맞아 사람들의 두목 頭目이 되니 매우 두렵다. 영유永柔의 척조戚祖인 이수은李秀殷 씨가 이번 달 17일에 세상을 떠났다는 부음訃音이 도착하니, 무척이나 슬펐다. 목치 에 갔다가 도중에 홍주洪州 원봉圓峯의 유회군儒會軍[46] 30명을 만났는데, 화포火炮를 가지고 왔다. 경내 전체를 숙청하고 물러나서 떠나가는 것이 었다. 날이 저물어서 목치에 도착하여 유숙하였다.

26일(무술戊戌).

유회소를 함께 만들고 유숙하였는데, 이 참봉李參奉, 손 석사孫碩士, 탑동 塔洞의 김 생원金生員, 성 석사成碩士(자는 순오順五이다)와 함께 머물렀다. 각 마을의 회장會長들이 서로 하루 걸러 찾아왔다. 하루 종일 일이 많았다. 정 말 난처한 것은 좌우로 응대하여 말을 해야 하는 것이니, 실로 괴로웠다.

27일(기해己亥). 다시 어제처럼 맑았다.
추곡秋谷의 종숙이 본가本家에서 들어왔다.

28일(경자庚子). 흐림.

민심을 안정시키는 것을 위주로 하였다. 정신이 피로하고 괴로워서 매우 힘들었다. 20일을 밖에 나가 있어 문안問安 인사를 빠뜨린 것이 걱정되어 어둠을 타서 돌아왔다.

---

46 유회군儒會軍: 동학군東學軍에 맞서 유생들이 만든 군대를 말한다.

29일(신축辛丑). 맑음.

본 읍의 수령이 찾아왔다. 하루 종일 손님을 만나 보니, 틈이 없었다. 밤에 눈이 내렸다.

30일(임인壬寅). 맑다가 밤에 눈이 내리고 큰 바람이 불었다.

하루 종일 사람이 와서 좌우로 응대하였다.

12월 초1일(계묘癸卯). 맑고 추웠다.

오는 사람이 어제와 같았다.

초2일(갑진甲辰). 맑고 눈이 내렸다.

밥을 먹은 뒤에 유회소儒會所에 가니, 이 참봉, 김 찰방, 성 석사, 손 석사, 김 생원, 각 마을의 회장들이 이미 자리에 앉아 나를 기다리고 있었다.

초3일(을사乙巳). 맑음.

하루 종일 사람들이 모였다가 갔다. 각 마을의 회장들이 차례로 잠시 집에 왔다 돌아갔는데, 나만 성우成友와 함께 밤을 지냈다. 비적匪賊의 우두머리인 전봉준全琒準[47]의 무리를 토벌했다고 한다. 수십 줄의 윤음綸音이 한문과 한글로 갑자기 내려왔다. 순무사巡撫使의 방시문榜示文을 전하고 초토사招討使의 방문榜文을 여러 차례 전파하였는데, 모두 글의 뜻이 간절하였다.

전후에 걸쳐 다친 사람들이 1만 명에 이르고, 또 다른 도道와 내포內浦 근처의 10개 고을 밖에서 다친 사람들은 아직 알 수 없었다. 서울 안에는 일본인이 성城을 가득 채우고 있다고 한다. 비적匪賊 부류의 난리는 강원도·

---

47 전봉준全琒準: 원문에는 "田鳳俊"으로 되어 있으나, 이는 '全琒準'의 오기誤記이다.

황해도·경기의 몇 개 고을, 충청도의 각 고을, 경상우도慶尙右道의 여러 곳에서 전후에 걸쳐 차례로 토벌하고 겨우 귀화시켰다고 한다. 그러나 앞으로 어떻게 될지는 모르겠다. 경병京兵이 여러 곳을 돌아다니며 폐단을 저지르는 것도 많고, 유회인儒會人도 도적을 막는다는 명분으로 일으킨 폐단이 여러 가지여서 걱정스럽다.

초4일(병오丙午). 맑음.

포수砲手를 데리고 사냥을 나가 수꿩 한 마리를 잡아 제수祭需로 쓰려고 들였다. 고조할머니 공인恭人[48] 전주 이씨全州李氏의 제삿날이어서 집에 돌아오다가 지나가는 길에 정자동亭子洞의 윤우尹友를 찾아갔다.

초5일(정미丁未). 맑음.

손님들이 하루 종일 와서 만나 보았다. 그래서 밤까지 번잡했다.

초6일(무신戊申). 맑음.

사람들이 어제와 같았다. 할머니인 유인孺人의 제삿날이라서 재계하였다.

초7일(기유己酉). 맑음.

우리 동네가 기은곶其隱串의 마을과 함께 웅도熊島의 수가收家[49]에 들어갔다. 이것 때문에 두 개 마을 사람들이 와서 만나 보았다. 이 때문에 어수선했다.

---

48 공인恭人: 조선시대 문무관文武官의 정처正妻에게 내리는 외명부의 정5품 작호를 말한다.
49 수가收家: 빚진 사람의 재산을 관아에서 모두 압류하는 일을 말한다.

초8일(경술庚戌). 맑음.

목치木峙의 유회소에 가서 김 생원, 손 석사와 함께 유숙하였다.

초9일(신해辛亥). 맑고 추웠다.

홍주 매령리梅嶺里의 족제族弟 형제가 찾아왔다. 창동昌洞의 족숙族叔이 족제와 함께 방문했다.

초10일(임자壬子). 맑음.

동학의 무리가 점차 사방에서 잦아들었고, 동학의 무리를 잡아들이는 것도 느슨해졌다. 구슬픈 소리 또한 줄어드니 다행스럽다. 사방에서 시장이 열리고 상려商旅[50]가 다니기 시작했으나 물가가 너무 올랐다.

11일(계축癸丑). 맑음.

12일(갑인甲寅). 맑다가 밤에 안개가 끼었다.

납월臘月의 날씨가 2월처럼 따뜻하니 괴이하다. 날마다 각 마을의 회장들이 번갈아가면서 계속해서 와서 자리하였다.

13일(을묘乙卯). 맑음.

14일(병진丙辰). 맑음.

날마다 번잡하여 정신 차리기가 어려웠다.

---

50 상려商旅: 돌아다니며 장사하는 사람을 말한다.

15일(정사丁巳). 맑음.

구진舊鎭의 시장은 예전처럼 장場을 열었다. 태안泰安 문 선비文雅의 일도 매우 번잡하였다.

16일(무오戊午). 맑고 추웠다.

고조할아버지의 제사에 참석하였다.

17일(기미己未). 맑음.

경춘景春의 사위 일 때문에 태안부泰安府에 가서 방어사防禦使 이희중李熙重을 만나 보고 충분히 이야기하다가 밤늦게 돌아와서 여관에 유숙하였다.

18일(경신庚申). 맑고 추웠다.

태안泰安에서 돌아와 그대로 유회소儒會所에서 유숙하였다.

19일(신유辛酉). 맑고 눈이 내렸다.

추곡의 종숙이 돌아왔는데, 창동昌洞의 진사進士와 큰당숙의 편지를 함께 가지고 왔다.

20일(임술壬戌). 눈이 내리고 추웠다.

21일(계해癸亥). 맑고 추웠다.

22일(갑자甲子). 맑고 추웠다.

날마다 각 마을의 회장들이 번갈아 와서 모든 일을 함께 보았다. 서울 안의 소식을 들었는데, 개화開化가 크게 펼쳐지고 각 관사官司가 통합되어 몇 개의 관서로 되었으며, 풍속이 모두 바뀌어 일본인의 풍속을 일제히 따

른다고 한다. 또한 함경도와 평안도 두 개 도 이외에 여섯 개 도가 모두 동
학의 피해를 입어 군대를 보내 토벌하지 않은 곳이 없었다. 괴수 중에 죽
은 자가 많은데, 그중에 김개남金開南[51]과 전녹두全綠豆도 죽임을 당했다
니 통쾌하다. 본 읍의 수령 어른에게 편지를 써 보내서 유회소를 폐지하겠
다는 뜻을 알렸다.

23일(을축乙丑). 맑음.

강당講堂[52]을 설치하는 일로 마을의 회장 몇 원員이 본 읍의 수령 어른 앞
으로 갔고, 아울러 유회소를 폐지하는 일을 논의하였다.

24일(병인丙寅). 맑고 추웠다.

고을에 들어간 사람이 돌아왔는데 수령 어른이 말씀하시기를, "긴요하지
않으므로 강당을 설치하는 일은 우선 정지하고, 유회소를 폐지하는 것은
허락한다"라고 하였다.

25일(정묘丁卯). 추웠다.

보장報狀[53]을 올려 유회儒會를 폐지하는 데김題音[54]을 얻었고, 다시 이것으
로 하체下帖[55]하였다.

---

51 김개남金開南: 원문의 "金介南"은 "金開南"의 오기誤記이다.
52 강당講堂: 원문의 "講當"은 "講堂"의 오기誤記이므로 고쳐서 번역했다.
53 보장報狀: 사실 관계에 대해서 상관에게 공식적으로 보고하는 문서를 말한다.
54 데김題音: 관부官府에 제출한 청원서, 민원서 등에 대해 관부에서 써주는 판결문이나 처
  결문과 같은 처분을 말한다.
55 하체下帖: 수령이 백성에게 지시 문서인 체문帖文을 내리는 것을 말한다.

26일(무진戊辰). 맑고 추웠다.

쌓인 일들을 대략 마감磨勘하고, 날이 저물어서 집으로 돌아왔다.

27일(기사己巳). 눈이 내렸다.

도리동道利洞으로 이사 간 종숙의 집에 갔다가 날이 저물어서 돌아왔다.

28일(경오庚午). 맑고 추웠다.

유회소儒會所를 폐지한 뒤에 서산瑞山에서 사리에 어긋난 일이 틈틈이 일어나 심부름꾼의 보고가 연달아 이르니 기뻤다.

29일(신미辛未). 맑음.

통문通文에 답장을 써서 여러 곳에 보냈다. 서울 안은 날마다 개화開和를 일삼아서 조정의 신하들은 검은색으로 온몸을 걸쳤고, 의복 제도가 모두 바뀌었다고 하였다. 탑동塔洞 김덕후金德厚의 집에 가서 나무 한 그루를 샀다. 오후에 눈이 내렸다. 눈이 내리는 와중에 목치木峙에 들러 유숙하였다.

30일(임신壬申). 맑고 추웠다.

말과 노새의 일로 서산에 보장報狀을 내고 날이 저물어서 돌아왔다. 본 읍의 수령이 편지와 고기 다섯 근을 보내왔다.

을미乙未[1895] 정월

초1일(계유癸酉). 흐림.

가까운 곳의 여러 사람들이 모두 찾아와서 만나 보았다.

초2일(갑술甲戌). 바람이 심하게 많이 불었다.

초3일(을해乙亥). 큰바람이 불었다.

여러 사람이 하루 종일 왔다.

초4일(병자丙子). 눈이 많이 내렸다.

눈이 내리는 와중에 사람들이 많이 와서 만나 보았다. 서산에서 노새 새끼
를 찾았다.

초5일(정축丁丑). 눈이 내리다가 다시 개었다.

오지烏池의 족제族弟 영제寧濟가 와서 유숙하였다.

초6일(무인戊寅). 맑고 남풍南風이 불어 눈이 녹았고, 눈 녹은 물이 많이 흘렀다.

선달先達 강윤모姜允模, 족제 용제用濟, □제□濟(명소命昭)가 찾아왔다. 여
러 손님들이 또 많았다. 밤에 큰바람이 불었다.

초7일(기묘己卯). 맑고 추웠고 큰바람이 계속되었다.

송씨 집안에 시집간 동생의 생일이다. 오늘은 인일人日〔정월 7일〕인데도 바람의 세기가 매우 맹렬하니 괴이하다. 공주公州 정계晶溪에 편지를 부치고 싶었으나, 부치지 못하니 슬프다.

초8일(경진庚辰). 맑고 추웠다. 북풍이 불었다.

강 선달姜先達이 다시 와서 유숙하였다. 자립동紫立洞의 노인 이경천李景天이 세상을 떠났다.

초9일(신사辛巳). 맑음.

초10일(병오丙午). 맑음.

증조할머니 덕수 이씨德水李氏의 제삿날이라서 재계齋戒하였다. 본 읍 수령의 편지가 왔다. 태안泰安 수령에게 편지를 썼다.

11일(정미丁未). 맑음.

묵수지墨水池에 가서 성묘하였다. 소헌韶軒이 방문하였고, 그의 아들 정석貞錫이 찾아왔다.

12일(무신戊申). 맑음.

여러 손님들이 하루 종일 왔다. 석교石橋의 족형인 감역監役 병제秉濟 씨가 찾아왔다.

13일(기유己酉). 맑음.

아내 한씨韓氏의 생일이다. 소헌이 찾아왔다. 감역監役 어른과 함께 광암廣岩의 종숙 댁從叔宅에 갔다. 다시 동회洞會에 참석하고 종숙 댁에서 저녁

식사를 하였다. 김현옥金玄玉이 술자리를 마련해서, 가서 먹고 밤늦게 돌아왔다. 천안天安 죽현竹峴의 김경술金敬述의 편지가 왔다.

14일(경술庚戌). 흐림.

소헌, 감역 어른과 함께 매남리梅南里 이 선달李先達과 족질 동명東明의 집에 갔다. 오전에 감역 어른, 소헌과 함께 지색紙塞의 친구 한여진韓汝眞의 집에 갔다. 발길을 돌려 김경춘金景春의 집에 들렀다가 달빛을 따라 돌아왔다. 김현옥이 그 종제從弟 원백元伯이 포를 쓴 일로 인하여 와서 만나 보았다.

상원上元[56](신해辛亥). 맑음. 날씨가 화창함.

10세인 운雲을 보내 그 전 어미의 묘를 성묘省墓하게 하였다. 사방에 고아孤兒가 넘쳐났다. 사람이 많이 죽고 큰 소리가 났는데, 죄 없이 죽는 사람도 많았다. 이는 비적匪賊의 부류가 죄 없는 사람을 죽이는 것을 숭상하기 때문이 아니겠는가?

서울 소식을 들을 수 없지는 않았다. 화禍를 피해 일본으로 간 갑신오적甲申五賊[57]이 작년 6월에 조정朝廷으로 돌아와 모두 사적仕籍[58]에 들어가게 되었다 한다. 이는 개화開化의 소치이므로, 사람들이 모두 성난 기운이 충만하였다. 사대부士大夫라는 사람들을 모두 해체하여 고향으로 흩어지게 하였다. 그러므로 조정 대신 중에 새로 출사하지 않은 사람이 없었으며, 수령과 관찰사도 모두 새로 등용한 사람이었다. 천하의 법도宇下法度는 모두 일본인들의 것을 따랐다.

---

56 상원上元: 정월대보름인 1월 15일을 말한다.
57 갑신오적甲申五賊: 1884년(고종 21)에 갑신정변甲申政變을 일으킨 김옥균金玉均, 박영효朴泳孝, 서광범徐光範, 홍영식洪英植, 서재필徐載弼을 말한다.
58 사적仕籍: 관직자의 명단을 말한다.

각사관방各司官方은 모두 감축하여 열 개 아문衙門으로 만들었다. 판서判書 이상부터는 십대신十大臣이라 칭하였고, 의정부議政府에서는 좌의정을 좌의장左議長으로, 우의정을 우의장右議長으로 삼았다. 관방官方은 모두 이름을 바꾸었고, 각 영문營門도 모두 감축하고 합해서 한 개 군무아문軍務衙門으로 만들었다.

의복 제도는 사서인士庶人은 단지 소매가 길지 않은 두루마기를 입고 두루마기 위에 사대紗帶를 찼다. 탕반인宕繋人은 두루마기 위에 전복戰服을 입었다. 장복章服은 소매를 좁게 하고 염색한 저고리赤古里, 바지, 두루마기이다. 전복은 단지 흑색립黑色笠을 더욱 작게 할 뿐이다.

서울 안에서는 각사의 서리書吏와 원역員役 및 하인은 모두 감축하여 100분의 1도 남기지 않았다. 이 때문에 허다한 사람들이 의지할 곳 없이 생활하게 되니, 대중들은 울분에 차게 되었다. 궐내의 여러 관사를 한 번에 모두 감축하여 위의威儀가 전무하게 되니, 군왕의 의도儀度는 아니다. 분한 마음을 풀 길이 없다. 별감別監과 무감武監 각 80명을 한 번에 모두 혁파하였는데, 앞에서 감축했다고 한 것은 모두 혁파를 의미한다.

소헌이 서산을 출발하여 지나는 길에 선달 강윤모를 방문하였다. 망일사 望日寺의 승려가 와서 만나 보았다. 새벽에 안장을 갖춘 흰 말이 품 안으로 들어오는 꿈을 꾸었다.

기망旣望[59](임자壬子). 흐리고 큰 눈이 오다 오후에 그쳤다.

17일(계축癸丑). 맑음.

새 하인이 들어와 대신하였다. 마침 옥천沃川으로 떠나는 사람이 있어 그 편에 공주公州 정계晶溪로 보내는 편지를 부쳤고, 또 영동永同 초강草江의

---

[59] 기망旣望: 망월望月이 지났다는 의미로, 음력 16일을 말한다.

처가妻家에 보내는 편지를 부쳤다. 장모님인 순흥 안씨順興安氏께서 여전히 생존해 계셨다. 아내는 장인의 전취 남원 윤씨의 소생이다. 윤씨는 곧 삼학사三學士의 후예로 교리 윤주현尹冑鉉 씨의 여동생이며, 나의 큰 외숙모의 동생이다. 그러므로 외종 형님 기현騏鉉 씨는 아내와 이종 남매이다. 아버님께서 가까운 동네인 이동梨洞에 가셨다.

18일(갑인甲寅). 맑음.

여러 사람이 와서 만나 보았다. 탑동塔洞 김 선생金先生의 편지가 왔다. 장양삼張良三이 와서 만나 보았다. 서산의 일로 작패作牌[60]하였다.

19일(을묘乙卯). 맑음.

마을 안에서 일어난 살인 사건으로 서산의 웅도熊島에 작패作牌하였다. 서산 사람이 토색討索한 일로 탑동塔洞과 문곶리門串里 두 마을에 작패하였다.

20일(병진丙辰). 맑음.

이동梨洞, 고창포古倉浦, 오지烏地에 갔다. 족제族弟 경눌景訥의 집에서 저녁을 먹었다. 발길을 돌려 이동에 도착해서 유숙하였다. 밤에 비가 내렸다.

21일(정사丁巳). 비가 내렸다.

오후에 현초弦初의 척숙戚叔 어른이 찾아오셔서 함께 이동梨洞에서 유숙하였다.

---

60 작패作牌: 공식적으로 지위가 높은 사람이 낮은 사람에게 편지를 보내는 것을 말한다.

22일(무오戊午). 맑음.

이동에서 발길을 돌려 대소광암大小廣岩으로 갔고, 종숙 댁에서 유숙하였다.

23일(기미己未). 맑음.

광암廣岩에서 집으로 돌아오니, 아버님께서 추곡秋谷으로 행차하셨다. 강 선달姜先達과 이 선달李先達이 왔다.

24일(경신庚申). 맑음.

족제인 천제川濟, 종숙인 도빈道彬이 와서 묵었다.

25일(신유辛酉). 맑고 추웠다.

족제族弟 일행이 돌아갔다. 문기리文綺里의 인척 최崔 아무개와 윤우尹友의 편지가 왔다. 소헌의 딸을 시집보내는 일로 족제인 천제에게 긴한 부탁을 하였다. 세포細浦의 성우成友, 김기삼金箕三, 배성훈裵性勳이 와서 유숙하였다.

26일(임술壬戌). 큰 눈이 내리고 큰바람이 불었다.

머물렀던 손님이 오후에 돌아왔다. 고천高川의 김경회金景回는 한집안이라 해도 틀리지 않는 사이인데도 오랫동안 못 봤는데, 찾아왔다가 금세 돌아갔다.

27일(계해癸亥). 맑고 심하게 추웠다.

몹시 춥고 눈이 많이 내려, 아버님께서 돌아오실 일이 걱정되어 답답했다. 김몽여金夢汝가 와서 머물렀다. 한정석韓貞錫과 강 선달이 왔다. 아버님께서 서산瑞山의 추곡으로부터 돌아오셨는데, 별다른 이상이 없어 다행이다. 밤에 눈이 내렸다.

28일(경자庚子). 밤에 눈이 내렸다.

독감毒感으로 몹시 고통스러웠다. 연일 건강하지 못하다. 태안泰安의 수령에게 편지를 썼다.

29일(신축辛丑). 눈이 내렸다.

회일晦日(임인壬寅). 맑고 추웠다.

바다처럼 진창이 되었다. 신시申時 이후에 분지동粉脂洞의 척숙 댁에 갔다가 발길을 돌려 이동梨洞에서 유숙하였다.

2월 초1일(계묘癸卯). 맑음.

새벽에 장덕삼張德三이라는 사람이 와서 위급함을 알려 와 목현木峴으로 가서 서산의 관차官差[61]를 보내고 돌아와 여러 사람들과 함께 유숙하였다.

초2일(갑진甲辰). 눈이 내리고 바람이 겸해서 불었다.

다시 유숙留宿하였다. 문기리文綺里 윤철헌尹喆憲의 편지가 왔다.

초3일(을사乙巳). 눈이 내렸다.

다시 유숙하였다. 본 읍 수령의 편지와 이방吏房의 편지가 도착했다.

초4일(병오丙午). 비가 내리고 또 눈이 내렸다.

발길을 돌려 탑동塔洞으로 가서 김경빈金敬彬의 집에서 묵었다.

---

61 관차官差: 관청의 하급 관리, 즉 아전衙前을 말한다.

초5일(정미丁未). 맑음.

발길을 돌려 수구동水口洞과 정자동亭子洞에 가서 영전令田의 이 사과李司果가 있는 곳에서 유숙하였다.

초6일(무신戊申). 맑고 눈이 내렸다.

태안泰安 수령의 편지가 왔다. 태안의 조 선비趙雅가 와서 유숙하였다. 공주公州 정계晶溪에서 편지가 왔는데, 딸과 사위가 모두 무탈하고, 6월 이후 난리를 피해 산에 머무르고 있다고 하였다. 또 10월 동학東學의 소요로 인하여 가산家産과 집물什物이 모두 탈취당해 단지 사방의 벽만 남아 있다고 하였다. 딸아이가 의복과 침구류를 모두 잃어버려 몹시 근심스럽다.

초7일(기유己酉). 맑음.

자립동紫立洞 김명교金明敎의 상가喪家에 갔다가 돌아왔다.

초8일(경술庚戌). 맑음.

판재板材를 재단하여 거鉅를 만들었다.

읍내에서 인천항仁川港에 왜인倭人이 한 명도 없다는 소문을 들었는데 어찌 된 일인지 몰라 답답하다. 서산의 수령 성하영成夏永이 경리청 영관經理廳領官이 되어 갑자기 군대를 이끌고 서울로 올라갔는데, 이 또한 어찌 된 일인지 알지 못했다. 장안長安의 소식을 들을 길이 없어 매우 답답하다. 올해 역서曆書에는 청나라의 연호 '광서光緖'를 버리고 '개국開國 504년'으로 썼다. 그러나 청나라에 진 빚을 없앨 수 있을지는 조야朝野에서 의구심이 들었다. 서울 안에서는 날로 개화開化를 주로 한다고 한다. 태안 방어사泰安防禦使의 편지를 보니 장흥長興 수령이 백성들에게 피해를 입었다고 한다. 소요가 잦아들었으나 난리가 일어나 종종 이와 같은 변란이 있으니, 몹시 통탄할 일이다. 동학의 무리가 체포를 피해 제주로 많이 들어갔다고 하니, 훗날 우려가 될 일이다. 동학의 괴수 최시형崔時亨(자호自號는 해월海月이다)이라는 사람을 여전히 붙잡지 못해 우려스럽다.

대각大角 권경오權景五가 나귀 값으로 40냥을 보내왔다.

밤에 한 점 눈이 내렸다. 올해는 하루도 쾌청한 날이 없었다. 한사寒事[62]와 대관大關은 겨울철 추위보다 심하다. 날씨가 병자년[1876년] 역서와 차이가 없으니 괴이하다.

논의 값이 가장 높은 것은 40냥에 이르러 사람들이 모두 팔기를 원했지만 사려는 사람이 특별히 없었다. 집값은 더욱 내려 모두 팔지 않으려 하였는데, 또한 사려는 사람이 없어서 빈 집이 많았다. 하루 종일 맑은 날이 없어 사람마다 땔나무도 얻기 어렵다. 청나라 군인들이 서울과 지방으로 떠난다고 위협하였고, 동학의 무리는 어느 때나 소요를 멈출지 모르겠다.

비록 태평함이 민심을 안정시킨다고는 하나 확신할 수 없다. 전에 큰 바다에서 대포 소리가 계속 나는 것을 들었는데 어째서 그런 것인지 알 수 없다. 그러므로 태평함이 어느 때나 가능할지 모르겠다. 백성들은 삶을 즐기는 화기和氣가 없었다.

초9일(신해辛亥). 맑음.

목수木手를 데리고 거인鉅人 9인을 끌어들여 판재板材를 베는 일을 하였다. 탑동塔洞으로 나가 그날로 판板 두 벌筏을 만들었다. 해가 저물어 덕후德厚의 집에서 묵었다.

초10일(임자壬子).

목현木峴으로 가서 여러 사람들과 함께 유숙하였다. 장양삼張良三의 일을 끝내고 싶어 유숙하였다.

---

62 한사寒事: 겨울철에 일으키는 전쟁을 말한다.

11일(계축癸丑). 비가 내리다 오후에 개었다.

주인主人의 하기下記를 출초出抄하였다. 이 참봉李參奉의 집에 가서 유숙하였다.

12일(갑인甲寅). 맑음.

탑동塔洞 여러 곳에 들렀다. 친구 윤하경尹夏卿의 집에서 저녁밥을 먹고 날이 저물어 돌아왔다.

13일(을묘乙卯). 맑음.

친척인 대부大夫 평해 영平海令이 와서 유숙했다.

14일(병진丙辰). 맑음.

최점구崔漸九, 친구 윤철헌, 족제族弟 □제□濟가 와서 유숙하고 회포를 풀었다. 평해 영平海令이 돌아갔다.

15일(정사丁巳). 흐리고 가는 비가 내렸다.

잠깐 친구들과 이야기를 나누었다. 생원生員 김익진金翼鎭이 와서 유숙하였다. 창동昌洞 진사進士의 편지가 왔다.

16일(무오戊午). 맑음.

아버님이 해미海美로 행차하셨다. 추심推尋의 일로 정천貞川의 여러 친구들이 돌아갔다. 정자동 윤우尹友의 집으로 가서 유숙하였다.

17일(기미己未). 맑고 동풍東風이 크게 일어났다.

다시 유숙留宿하였다.

18일(경신庚申). 비가 내리고 눈이 내렸다.

계속 유숙하였다.

19일(신유辛酉). 바람이 불고 비가 내렸다.

계속 유숙하였다.

20일(임술壬戌). 흐림.

신시申時 이후에 돌아왔다.

21일(계해癸亥). 맑다가 또 눈이 내렸다.

아버님이 정천貞川의 안녕安寧에서 돌아오던 차에 본 읍 수령의 영문營門
에 가시고자 교자轎子를 빌려 가셨다. 일본과 청나라가 중원中原의 이주伊
州에서 큰 전투를 벌였다고 들었는데 정확한 사실은 알지 못하겠다.

22일(갑자甲子). 맑음.

고을로 가던 길에 본 읍 수령을 만났다. 발길을 돌려 개화동開花洞에 가서
날이 저물어 돌아오니, 추곡의 큰 종숙이 이미 와 계셨다. 가서 이야기를
나누며 밤을 지새웠다.

23일(을축乙丑). 맑음.

큰 종숙이 돌아갔다. 정자동 윤우尹友의 집에 가서 유숙하였다. 오후에 눈
이 내렸다.

24일(병인丙寅).

매남梅南의 족질 동명東明에게 갔다가 발길을 돌려 광암廣岩으로 가서 유
숙하였다.

25일(정묘丁卯). 흐림.

집으로 돌아오니 경춘景春이 이미 와 있었다. 문기리文綺里의 최우봉崔遇鳳 씨는 곧 안협공安峽公의 계배위 댁繼配位宅이다. 우봉 씨는 문장으로 세상에 이름이 났다. 예전에 3년간 수학受學하였는데, 그 아들 석구錫九와 그 조카 점구漸九가 찾아와서 유숙하였다. 소헌韶軒이 찾아왔다.

26일(무진戊辰). 흐림.

김기삼金箕三이 아침에 찾아왔다. 서울 소식이 막연하여 들을 수 없으니 몹시 답답하다. 김치로金致老의 장지葬地에 갔다.

27일(기사己巳). 맑음.

박정서朴定西가 돈 70냥을 가지고 떠났는데, 송씨 매제가 사적으로 돈을 불렸다.

28일(경오庚午). 맑음.

홍주洪州, 광주廣州의 이 선달李先達과 정 노인鄭老人이 와서 유숙하였다.

29일(신미辛未). 맑음.

정자동에 함께 갔다가 작별하고 원훈동原勳洞 이인서李仁瑞의 집에서 유숙하였다.

3월 초1일(임신壬申). 맑음.

집으로 돌아왔다. 어제와 오늘 이틀 밤 동안 남쪽 하늘에 불빛 같은 것이 있었는데, 괴이하다.

초2일(계유癸酉). 가는 비가 내렸다.

태안泰安의 복상服喪 중인 문文 아무개가 와서 만나 보았다. 처조카 한계동韓啓東과 기동箕東 형제가 몹시 혼란스러운 나머지 피차간의 소식을 알지 못했는데, 오로지 안부를 알기 위해 찾아오니 몹시 기뻤다. 오후에 비가 조금 많이 내렸다.

초3일(갑술甲戌). 흐리고 추웠다.

독곶獨串의 김 찰방金察訪이 찾아와서 김명교의 장지葬地에 함께 갔다가 바로 돌아왔다. 문기리文綺里의 최 선비가 찾아왔다.

초4일(을해乙亥). 맑음.

한계동 형제가 돌아갔다. 하 선비河雅가 와서 만나 보았다. 슬항瑟項에 답장을 하고 한천寒泉의 정 선비鄭雅에게 답장하였다. 왕촌旺村의 생원인 이행재李行宰 씨가 찾아왔다.

초5일(병자丙子). 맑음.

정자동亭子洞에서 유숙하였다.

초6일(정축丁丑). 맑음.

정자동에서 돌아왔다. 복상服喪 중인 김성장金聖章의 아우가 와서 만나 보았다. 채성묵蔡性默의 편지가 왔다. 날로 일이 많아져 괴롭다.

초7일(무인戊寅). 맑음.

종숙從叔과 함께 서산의 팔봉산八峯山에 가서 서종조모庶從祖母 순흥 안씨順興安氏의 묘를 사초莎草하였다. 발길을 돌려 서산 화변면禾邊面의 도비산島飛山 밑에 있는 증조모曾祖母 덕수 이씨德水李氏의 묘를 성묘하였다. 그리고 산지기의 집에서 유숙하였다.

초8일(기묘己卯). 비가 내렸다.

계속 유숙留宿하였다.

초9일(경진庚辰). 짙은 안개가 끼었다.

안개 속에서 둘째 종숙, 작은 종숙과 함께 내려와서 저녁에 집으로 돌아
갔다.

초10일(신사辛巳). 짙은 안개가 끼었다.

지곡池谷의 김윤필金允弼이 왔다 갔다. 경춘이 놀러 와서 밤을 지새웠다.

11일(임오壬午). 맑음.

아내 송씨宋氏의 산소에 대한 사초莎草를 작년에는 비적匪賊의 소요로 인
하여 마치지 못하였는데, 올해는 청명淸明하여 일꾼 30여 명을 데리고 사
초를 이미 마쳤다. 작년에 산소 자리가 좋지 못하여 갑좌甲坐로 만들고자
하였으나 방해되는 것이 있어 묘좌卯坐로 만들었다. 외좌外坐는 갑좌로 묘
를 만들고 해가 저물어 돌아왔다. 일한 곳에 와서 살펴본 근처 사람들이
많았다.

12일(계미癸未). 맑음.

여독과 피곤이 쌓였고, 감기에 걸려 고통스러워서 상비약을 먹었다. 서산
왕촌旺村의 친구 이주승李周承이 찾아왔다. 명실明實, 김경춘金景春과 여러
사람들이 와서 만나 보았다.

13일(갑신甲申). 바람이 불었다.

사람들이 많이 와서 놀았다. 오후에 가는 비가 내렸다.

14일(을유乙酉). 맑음.

광암 윤백允伯의 집에서 유숙하였다. 제지虒地의 최관오崔冠五, 남포藍浦의 이 선비, 여러 사람들이 와서 만나 보았다. 울진蔚珍 족제族弟가 어머니의 생일에 시詩를 지어 보냈다. 친구 한소헌이 와서 놀았다. 승려 성준性俊이 와서 묵었다.

15일(병술丙戌). 맑고 바람이 불었다.

산후山後의 친구 성성오成聖五, 친구 윤하경尹夏卿, 강 선달姜先達, 족손族孫 태환泰煥이 찾아와서 함께 정자동으로 나가 유숙하였다.

16일(정해丁亥). 맑음.

여러 친구들과 함께 놀러 갔다가 해가 지고 돌아왔다. 덕산德山의 임우林友가 그의 부친을 본 동네에 장사 지내러 와서 장사 행렬을 호위했다.

17일(무자戊子) 맑음.

다시 장사 행렬을 호위했다. 본 읍의 수령이 항금산亢金山으로 놀러 가서, 편지를 보내 모임에 참석하지 못하는 사정을 이야기하였다. 다시 여러 친구들이 와서 만나 보았다.

18일(기축己丑). 맑음.

추곡秋谷의 종숙이 들어왔다. 당진唐津 황곡黃谷의 족장族長인 춘희春喜 씨가 찾아왔다. 여러 사람들이 와서 만나 보았다. 밤에 비가 내렸다.

19일(경인庚寅). 비가 내리다 오후에 개었다.

수동실壽洞室이 정자동에 분가分家하였다. 5리 거리에 있는데 걱정이
된다.

20일(신묘辛卯). 맑음.

정자동으로 이사 간 집을 가서 보았다. 여러 사람들이 새로 거처하는 곳으
로 찾아왔다. 추곡의 큰 종숙과 함께 영전令田의 여러 사람들의 집을 가서
보았다. 오후에 큰 종숙이 집으로 돌아왔다.

21일(임진壬辰). 맑다가 오후에 가는 비가 내렸다.

위아래에서 듣건대, 황해도에서 민란이 크게 일어나 무리를 이룬 많은 수
가 본 도道의 구월산九月山 속에 모였다고 한다. 전라도에서도 많이 모여
무리를 이루어서, 도로에서 강도로 인한 근심이 많아지게 되었다고 한다.
이는 동학의 남은 무리 가운데 망명한 자와 재산을 탕진한 자들이 일으킨
것이다. 조정은 물론 모두가 체포를 위주로 하고, 초유招誘하고 안돈安頓
시키는 것을 모르니 한탄할 만하다. 정자동亭子洞의 족질 동명은 상한上閈
매남리梅南里에 살았으며, 화린火隣의 족제 건제建濟의 자는 도빈道彬으로
여기에 살았다. 친구 윤하경과 선달先達 강윤모姜允模도 여기에 살았다.
날마다 이야기를 했다.

22일(계사癸巳). 맑음.

반성返省하였다. 작은 종숙이 찾아왔다.

23일(간오甲午). 맑음. 새벽에 안개가 짙었다.

큰 종숙의 집터 문제로 영전令田에 갔다.

24일(을미乙未). 맑음.

25일(병신丙申). 맑음.

26일(정유丁酉). 맑음.
추곡에서 편지가 왔다. 경춘, 명실明實, 오 적성吳積城이 찾아왔다. 사람을 구해서 집 뒤의 좁은 곳에서 일을 했다.

27일(무술戊戌). 맑음.

28일(기해己亥). 맑음.
창동의 진사, 평촌坪村과 평해平海의 족조族祖, 창동과 울진 등 여러 곳의 친척 어른들이 묵수지墨水池의 산지기 집을 바르게 하는 일로 들어오셨고, 묵수지로 함께 가서 유숙하였다.
우리 종중의 규정에는 비록 본손本孫은 궁핍하여도 묘막墓幕에 들어가지 않는다는 뜻으로 엄히 단속하는 규범이 있는데, 그러나 몇 해 전부터 자손이 들어가 살고 묘막이 퇴락하여 엄금할 여지도 없고, 들어갈 수도 없었다. 작년 가을에 한 사람이 금법禁法을 범하였다. 이 때문에 여러 친척 어른들이 이르렀다.

29일(경자庚子). 맑음.
묵수지墨水池에서 여러 친척 어른들과 함께 정자동亭子洞의 임시 거처로 나가 유숙하였다. 아산牙山 강청동江淸洞의 진사 이범철李範喆이 찾아와서 함께 자며 이야기를 나누었다. 요사이에 소요를 경험하였고 위험한 상황을 많이 겪었는데, 한바탕 웃을 만한 것이 많았다. 수백 리를 찾아온 정리情理를 어떻게 해야겠는가? 그 형의 편지를 그 부친인 해사海史 어른께서 가져오셨는데, 해사 어른께서 회포를 풀고자 부賦를 지어 오셨다. 그 문체가 지극하고 절절한 정상情狀이라 문장文章이 아니라면 이렇게 짓지 못할 것이며, 세밀하고 큰 것이 훌륭한 격조가 있다. 이 진사李進士와 함께 돌아와 죽리竹里의 한소헌韓韶軒에게 갔다. 어두워질 무렵 다시 소헌과 함께 돌아왔다. 밤늦게 묵었다.

회일晦日(신축辛丑). 맑음.

진사進士인 진재進齋와 함께 출발하여 서산으로 가던 길에 서로 작별하고 율리栗里에서 유숙하였다.

4월 초1일(임인壬寅). 맑음.

아침을 먹은 후에 추곡에 갔는데, 종숙從叔은 태평했고, 종조모從祖母께서는 강녕하셨다. 덕산의 재종고모 조 댁趙宅이 이미 와 있었는데, 추곡에서 10년 만에 처음 만나 매우 기뻤다. 유숙留宿하였다.

초1일(계묘癸卯).[63] 맑음.

창동昌洞에 가서 염솔 댁廉率宅을 조문吊問했다. 발길을 돌려 해미海美 삼봉리三峯里의 종고모 박씨 댁朴氏宅에 갔다. 오후에 돌아와 창동 진사進士의 집에서 묵었다.

초2일(갑진甲辰). 오후에 가는 비가 내렸다.

울진의 집에 들러 유숙하였다. 서울의 정확한 소식을 듣고 또 목격하니,

---

63 초1일(계묘癸卯): 간지는 달라진 채로 '4월 초1일'이 두 번 나오는데, 이는 단순한 날짜 표기 오류인 듯하다. 4월 일기는 29일까지 기록돼 있는데, 날짜가 하루씩 밀려야 맞는 것으로 보이고, 그렇게 할 경우 30일까지의 내용이 온전하게 된다. 이곳 외에도 『청우일기』 전체에서 이 같은 날짜 표기 오류가 몇 차례 더 나온다.

개화開化가 점차 퍼져서 만리萬里가 모두 새롭게 되었다. 은전銀錢과 동전銅錢은 모두 방해 없이 사용되었고, 지전紙錢 역시 사용되었다. 간간이 호전胡錢이 사용되었으나 이제는 금지되었다. 은전과 동전 1푼은 수십 냥, 수십 푼이 되어 쓰였다. 청나라와 일본이 요동遼東에서 오래도록 전쟁을 벌여서 이기고 지는 것이 많았다. 황해도의 구월산九月山에 적들의 형세가 매우 많은데, 이는 동학東學의 잔존 세력이 흘러들어간 것으로 매우 날뛴다고 한다.

초3일(을사乙巳). 가는 비가 내렸다.

다시 추곡의 진사 주일周一이 와서 함께 유숙하였다.

초4일(병오丙午). 가는 비가 내려 개지 않았다.

초7일(정미丁未).

노을이 질 무렵 종숙과 함께 당진 정안리定安里의 이모 댁姨母宅에 가서 저녁을 먹었다. 어둠을 무릅쓰고 발길을 돌려 시동柿洞에 갔는데, 시동은 곧 재종조再從祖 휘諱 철희喆喜가 10여 년 전에 잘못된 선택으로 단지 동성同姓을 취하여 계자繼子로 삼은 곳이다. 이때는 종조부님께서 살아 계실 때이다. 이 때문에 패악하고 망령된 일이 떠들썩하게 일어났으나 끝내 파양破養할 수는 없어 결국 한을 머금고 돌아가셨다. 집안의 한恨이 골수骨髓에 깊게 박힌 것은 생고조부生高祖父의 신주神主 때문이다. 지금 세상사를 돌아보니 변란을 겪은 뒤에 날로 근심할 일이 생겨나지 않을 수 없기 때문에 종숙과 함께 시동에 가서 양손養孫이라고 하는 자와 더불어 힘써 논쟁하고 자세히 깨우쳐주었다. 재종조는 4년 전에 돌아가셨고, 또 그 양자養子라는 자 역시 3년 전에 또 세상을 떠났다. 그래서 단지 양손 형제만이 있을 뿐이었다.

초8일(무신戊申). 맑음.

아침을 먹은 뒤에 다시 힘써 말하고 달콤한 말로 꾀어서, 종숙께서 친히 두 분의 신위神位를 모시고 돌아왔다. 생고조부生高祖父와 종증조부從曾祖父의 신위는 사우祠宇에 모셨으나, 재종조再從祖는 아직도 신주神主를 모시지 못했다.

이상 글은 날짜를 잘못 썼다. 그러므로 다시 썼다. 당진으로 간 것은 초7일이고, 사우에 모시고 추곡으로 돌아온 것은 초8일이다.

초9일(기유己酉). 맑음.

아침에 가서 봉안奉安 제사를 지내고 봉심奉審하였다. 사우祠宇 분면粉面[64]에 토실土室 한 칸에서 연훈煙燻하여 가라앉힌 분을 바르니 도리어 검게 되었다. 도자韜子[65]는 자색紫色으로 건위乾位[66] 도자이다. 곤위坤位[67]인 홍색紅色 도자와 함께 10여 년을 바꿔 사용하였으니, 신위神位가 받은 모욕 때문에 통곡하였다. 추곡秋谷의 별당別堂에 편안히 모시게 되어 비로소 쌓였던 한을 풀 수 있었다.

초10일(경술庚戌). 맑음.

아침 후에 집으로 돌아왔다. 오랫동안 문안을 걸렀는데, 안녕하시니 다행이다.

11일(신해辛亥). 맑음.

산후山後의 손우孫友와 탑동塔洞의 김 생원이 여러 사람들과 함께 방문했

---

64 분면粉面 : 분을 바른 흰 면을 말한다.
65 도자韜子 : 신주를 모시는 궤를 씌우는 집을 말한다.
66 건위乾位 : 남자의 신위神位를 말한다.
67 곤위坤位 : 여자의 신위神位를 말한다.

다. 본 고을 원의 편지가 왔고, 서산 아전 윤무경尹茂卿이 와서 보았다. 태안의 문 선비文雅가 운칠雲七에게 책을 읽어주기 위해 머물렀다. 목수를 시켜 따비耜를 만들었다. 법무아문法務衙門(전의 형조와 한성부)의 관문關文에 지금 이후로는 도적들을 체포하지 않고 사환미社還米〔전의 환자곡還子穀〕를 탕감한다고 한다. 이것은 난을 겪은 후 백성들을 진정시키고 가을 후에 또 곡식의 수량을 채우려는 것이라고 한다.

12일(임자壬子). 맑음.
하인을 서산瑞山의 시장으로 보내 고기를 사 오게 하였다. 여러 사람이 와서 만나 보았다.

13일(계축癸丑). 남풍南風이 크게 불었다.
추곡의 종숙이 찾아왔다. 정자동亭子洞의 윤우尹友가 방문했다.

14일(갑인甲寅). 비가 내리다 오후에 조금 개었다.
아버님의 생신이라서 여러 손님들이 와서 참석하였는데 차린 것이 없어 부끄러웠다. 해미海美의 친구 윤계회尹季會가 찾아왔다. 개화開化가 시행되는 중에 서울의 아문衙門과 관문關文에서 날마다 새로운 이야기가 들리나 일일이 모두 기록할 수는 없다. 손님들과 밤늦게까지 이야기를 나누었다.

15일(을묘乙卯). 맑음.
족제族弟 명설命說이 여러 손님들과 함께 당堂을 채우고 시간을 보냈다. 신시申時 이후 큰 종숙 경춘景春과 함께 니산泥山의 매장하려고 표시해둔 곳에 가서 일을 했다. 발길을 돌려 작은 종숙 댁에 갔다. 달빛을 따라 정자동의 집으로 가서 함께 유숙하였다.

16일(병진丙辰). 비가 내리다 오후에 개었다.

하한동下閑洞의 계계契禊에 갔다.

17일(정사丁巳). 맑음.

종숙 김명교金明敎와 함께 노룡동老龍洞, 목룡동睦龍洞에 가서 답산踏山[68]하고 심룡尋龍[69]하였으며, 다시 여러 곳을 재혈裁穴[70]하고 돌아와 유숙하였다. 한밤에 집안 하인이 와서 내 아내가 임신 5개월 만에 다시 유산하였다고 말하였는데, 기가 막혔다. 하인은 급한 소식을 고하고 즉시 몸을 일으켜 병구완을 하러 갔다. 본 읍의 수령이 망일사望日寺로 나오기를 청하였으나 나가지 못했다.

18일(무오戊午). 큰 바람이 불었다.

종숙從叔이 아침 일찍 왔다가 돌아갔다. 친척 어른, 평해 영平海令, 종중宗中의 편지가 와서 즉시 답장을 써 보냈다. 족질인 동명, 탑동塔洞의 김 생원, 친구 성낙준成樂駿이 와서 유숙하고 이야기를 나누었다.

19일(경신庚申). 한낮에 비가 내리고 천둥과 번개가 크게 쳤다. 빗줄기가 점점 거세어졌다.

전에 서울에 편지를 부쳤는데 배편이 언제 들어갔는지 알 수 없으며, 서울 소식을 듣지 못했다. 근래 개화開化하는 중에 80여 개 조목條目이 새로 나왔다고 하는데 듣지 못하니 매우 답답하다.

---

68 답산踏山: 명당을 찾기 위해 산을 돌아보며 조사하는 것을 말한다.
69 심룡尋龍: 산의 주맥主脈이 되는 산줄기를 찾는 일을 말한다.
70 재혈裁穴: 정기精氣가 모여 명당이 되는 혈의 위치를 재서 정하는 것을 말한다.

20일(신유辛酉). 안개가 짙게 꼈는데 사시巳時 정각에 없어졌다.

근처 사람들이 하루 종일 와서 만나 보았다. 고향에 내려온 이후로 평신平
薪 일대에서는 어떤 일을 막론하고 모두 와서 물어보고 내 결정을 기다리
니 무척이나 고통스럽다. 근래의 인심은, 인심을 잃고 문득 처지를 바꾸어
잃은 자, 얻은 자 아울러 모두 서로 원망을 억누르는 것을 위주로 한다. 그
러므로 모두 나에게 기대어 와서 묻고 와서 말하니, 관청에 들어가 송사訟
事하는 일은 하나도 없다. 새벽에 일어나 밤늦게까지 문에 사람이 들락거
리니 날로 괴롭고 무척이나 고통스럽다.

21일(임술壬戌). 안개가 짙게 끼었다.

22일(계해癸亥). 남풍南風이 크게 일어났다.
정자동亭子洞에 갔다. 오후에 큰비가 세차게 내리다 밤에 그쳤다.

23일(갑자甲子). 비가 내리다 그쳤다.
친구 윤하경尹夏卿, 족질 동명과 함께 일행이 되어 서산 석현席懸의 족질
동□東□의 집에 가서 그 집 딸의 혼사를 보았다.

24일(을축乙丑). 맑음.
여러 친구들과 함께 돌아왔다.

25일(병인丙寅). 맑고 남풍南風이 불었다.
해미海美의 이 우후李虞侯, 이 참봉, 김 생원이 찾아왔다. 이 우후를 보낸
다음 여러 사람들을 데리고 들어와 본 읍의 수령 어른에게 가서 배알하게
하고 유숙하였다. 밤에 비가 내렸다.

26일(정묘丁卯). 흐림.

고을에서 돌아오는데 마침 금영錦營의 영주營主를 만났다. 정계晶溪 이 진사에게 편지를 부쳤다.

27일(무진戊辰). 맑음.

28일(기사己巳). 맑음.

삼좌三座 종숙從叔과 함께 추곡으로 가서 생고조生高祖와 종증조고從曾祖考 두 분의 사판祠版을 매안埋安하고자 나갔다. 이때 소란이 있을까 우려했지만 사람이 많이 매안하러 와서 스스로 담당하였다. 사모하는 마음이 그칠 수 없었다.

29일(경오庚午). 맑음.

창동昌洞의 여러 친척 어른들이 방문하였다. 저녁부터 생고조고生高祖考 산소山所의 좌측에 매안埋安하고 통곡했다.

5월 초1일(신미辛未). 맑음.

종숙從叔과 함께 돌아와서 정자동의 집에서 유숙하였다.

초2일(임신壬申). 맑음.

아들 운칠雲七의 생일이다. 오후에 돌아가 아버님을 뵈었다. 밤에 문 선비와 함께 율시律詩 한 수를 지었다.

초3일(계유癸酉). 맑음.

황혼黃昏에 서산군瑞山郡의 장차將差[71] 여섯 놈이 와서 만나 보았다. 서산 관아에서 패牌를 발급하여 사내종을 붙잡아 가길 매우 엄하게 하였다. 몇 해

전부터 인심人心이 감내堪耐하기 어려웠다. 법法도 없고 사리 분별도 없는 경우가 많아서, 생각이 여기에 이르자 우려됨이 이르지 않은 바 없었다.

초4일(갑술甲戌). 아침에 흐렸다.

부득이하여 장차將差와 함께 서산으로 나섰다. 서산 수령은 바로 작년에 동학의 비적匪賊 무리를 모두 섬멸하는 데 성공한 성하영成夏永이다. 이 수령의 편협한 고집은 자막子莫의 집執[72]과 같았고 어투語套도 괴이했다.

초5일(을해乙亥). 아침에 흐렸다.

서산에서 경내境內의 선비들을 모아 향교에서 강송講誦하였는데, 많은 선비들이 와서 내가 괴로움을 겪고 침탈받았음을 듣고 모두 관사官舍로 와서 위로하였다. 또다시 동헌東軒에 들어가 특별히 강송하고 말하니, 서산의 수령은 별 이유 없이 크게 성냈고, 이러한 기색을 항거하기 어려웠다. 사람들은 모두 탐탁해하지 않으며 물러났고, 이날 밤에 여러 동료들이 다시 들어와 말하였으나 다시 무료해하며 물러났다.

초6일(병자丙子). 바람이 크게 불었다.

여러 친구들과 친척들이 다시 동헌東軒으로 들어와 특별히 말하였으나 또다시 거절당했다. 심지어 감영監營에 보고하는 일도 있었으니, 그 부당한 일을 고집하는 것은 사람이라면 할 수 있는 일이 아니었다.

---

71 장차將差: 고을 수령이나 관찰사가 심부름 보내는 사람을 말한다.
72 자막子莫의 집執: 『맹자孟子』「진심盡心」상上의 "자막子莫은 그 중간을 잡았으니, 중간을 잡는 것이 도道에 가까우나 중간을 잡기만 하고 저울질함權이 없으면 하나를 고집하는 것과 같다"에서 유래한 말이다. 사리를 분별하지 않고 기계적으로 고집함을 말한다.

초7일(정축丁丑). 아침에 흐리다 오후에 비가 조금 내렸다.

관아에서 승발承發 아전을 보내 재촉하였고, 감영에 보고하였다. 진사 윤형구尹衡求와 친구 조사문趙士文이 함께 관아에 들어가려고 하였으나 들어주지 않았다. 이날 밤에 관문官門에서 사죄謝罪하고, 윤형구와 조사문 두 친구가 다시 밤에 들어와 말하니, 비로소 노여움이 풀어졌다. 아무 이유 없이 욕을 당하였으니 무슨 이유에서인가?

초8일(무인戊寅). 맑음.

어제 동향同鄉 친구 성낙준成樂駿이 마침 와서, 함께 들어가 사죄하고 돌아와서 유숙하였다. 그리고 동행하여 돌아가던 길에 경춘景春, 몽여夢汝, 기삼箕三 등이 나를 위로하러 나와서 내 손을 잡고 함께 돌아갔다. 옛 진鎮 시장에 이르니, 상인 한 사람이 술을 마련해서 나를 환영해주었다. 한바탕 술자리를 하고 돌아왔다.

초9일(기묘己卯).

증조고曾祖考의 기일忌日이다. 추곡 종숙이 서산의 일을 듣고 서산에서 발길을 돌려 제사에 참석하였다. 많은 사람들이 와서 만나 보았다. 척숙 이문영李文永 씨가 와서 제사에 참석하였다.

초10일(경진庚辰). 비가 내렸다.

서울 물건이 배편으로 내려오다 많이 잃어버렸다. 몹시 애석하다.

11일(신사辛巳). 맑음.

종숙從叔이 돌아갔다. 석헌리席懸里 족질 동욱東彧(자는 분오文五이다)이 찾아왔다가 돌아갔다. 여러 손님들이 많이 찾아왔다. 어머님이 정자동 집에 행차하셨다.

12일(임오壬午). 맑음.

사람들이 많이 와서 만나 보았다.

13일(계미癸未). 맑음.

서산 한천寒川의 족숙 상호商護 씨가 찾아왔다. 오후에 정자동 집에 가서 어머니를 뵙고 묵었다.

14일(갑신甲申). 맑음.

탑동塔洞의 족질 동□東□의 집에 갔다. 오후에 어머님을 모시기 위해 돌아와 뵈었다. 수실壽室이 일일학一日虐[73]으로 6개월 동안 차도가 없으니 몹시 가엾었다. 산후山後의 한 생원 어른이 찾아왔는데, 흑색黑色으로 옷을 입고 있었다. 여러 도道에서 소요가 일어나 인심人心을 안정시키기 어려우니 근심이 된다.

15일(을유乙酉). 맑다가 초경初更에 비가 조금 내렸다.

화변禾邊의 족질 동일東一이 멀리서부터 찾아왔고, 소헌韶軒이 방문했다. 초경부터 꿈속에서 성후聖后를 모시고 있었는데 성후께서 미복微服 차림에 혼자서 문 밖으로 나서셨다. 이는 무슨 조짐인가? 참으로 황공하다. 다양한 소문을 날마다 들으니 답답하다.

16일(병술丙戌). 비가 내리다 오후에 개었다.

밤에 문 선비와 율시 한 수를 지었다. 아무 이유 없이 병이 나서 고통스러웠다.

---

73 일일학一日虐: 날마다 일정 시간에 발열하는 학질瘧疾을 말한다.

17일(정해丁亥). 맑음.

묵수지墨水池의 족제, 수안水岸의 족질 및 윤우尹友가 찾아왔다. 병이 심해져 고통스러웠다. 휘諱 두규斗奎인 낭천공狼川公의 사판祠板을 오지烏池에 있는 묘소에 매안埋安하였는데, 아버님께서 참석하러 행차하셨다. 병중에 율시 한 수를 지었다.

18일(무자戊子). 맑음.

병으로 끙끙 앓았는데 차도가 없어서 괴로웠다. 평신平薪의 수형리首刑吏 이상율李尙律, 김명실金明實이 와서 만나 보았고, 독곶獨串의 김 군과 윤 군이 와서 만나 보았다.

19일(기축己丑). 맑음.

병이 한결같이 계속되어 약을 썼다. 당진唐津의 이종姨從이 친구 이공삼李公三, 강 선달姜先達, 친구 손양립孫樑立과 함께 찾아왔다. 탑동塔洞의 족질 동□東□이 방문했다.

20일(경인庚寅). 맑음.

신시申時 정각에 다시 매우 고통스러웠다.

21일(신묘辛卯). 맑음.

손우孫友와 강우姜友가 다시 방문했다. 서울 계동桂洞에 거주하는 신申 아무개가 조정의 일로 충청도를 두루 들러 찾아와서 유숙하였다.

21일(임진壬辰). 맑음.

사방이 이앙移秧으로 한창 바빠졌다. 아홉 명의 미인美人에 대한 시詩를 청하는 사람이 있어서 각기 절구絶句를 도합 아홉 수 지어서 주었다. 아홉 명의 미인은 베개 위의 미인, 누樓 위의 미인, 말 위의 미인, 그림 속의 미인, 꿈속의 미인, 술 취한 미인, 달빛 아래의 미인, 꽃 아래의 미인, 등불 아래의 미인으로, 이들이 매우 아름답다. 여러 사람들이 와서 만나 보았다. 병이 비로소 차도가 있었다.

22일(계사癸巳). 맑고 가물었다.

23일(갑오甲午). 맑음.
서울 사람들이 돌아갔다. 정자동亭子洞에 갔다.

24일(을미乙未). 맑음.
여러 손님이 와서 만나 보았는데, 이들은 유회소儒會所의 앞뒤 일을 마감하러 온 것이다. 성우成友와 손우孫友, 김 생원, 강 선달, 이 참봉, 그 나머지 사람들이 와서 참석하였다. 날이 저물도록 대화했다.

25일(병신丙申). 맑음.
여러 사람들이 와서 만나 보았다.

26일(정유丁酉).
서산瑞山의 신우申友, 적성積城의 오경춘吳景春, 여러 손님들이 찾아왔다. 집으로 돌아가 부모님을 뵈었다.

27일(무술戊戌). 흐림.
진시辰時 정각 이후로 종일토록 비가 내렸다. 가뭄으로 근심했는데 매우 흡족하게 내렸다. 문 선비와 율시 다섯 수를 짓고, 문 선비는 집으로 돌아갔다.

28일(기해己亥). 맑음.

김몽여金夢汝, 김생민金省民, 이흥서李興西, 김기삼金箕三이 와서 만나 보았다. 이때 서울 소식이 어지럽게 뒤섞여 믿을 수 없었다. 아홉 마지기斗落에 이앙移秧했다.

29일(경자庚子). 며칠째 아침에 안개가 심하게 끼었다.

홍주洪州의 안 서방安書房이 찾아왔다. 족손族孫 태환泰煥이 방문하였다. 창동昌洞의 진사가 운雲의 혼사 일로 사람을 시켜 편지를 보내왔다. 율시 한 수를 지었다(자시子時에 문경文景이 아들을 낳았다).

회일晦日(신축辛丑). 맑음.

여러 사람들이 모두 돌아갔다. 창동昌洞에 답장을 썼다.

윤5월 초1일(신축辛丑). 맑음.

사람들이 많이 와서 만나 보았다.

초2일(임인壬寅). 동풍이 크게 불었다. 새벽에 비가 내리고 아침에 바람이 불다가 개었다.

이앙移秧으로 바빠져 사람들이 쉴 틈이 없었다. 서울 소식이 막혀 매우 답답하다.

초3일(계묘癸卯). 다시 동풍이 불고, 흐리고 습했다.

초4일(갑진甲辰). 동풍이 불고 흐렸다.

초5일(을사乙巳). 맑음.

서울에 사는 신 감찰申監察이 와서 만나 보았다. 수실壽室이 들어왔다. 기삼箕三, 최 생원이 찾아왔다. 인근에 사는 장張 아무개가 무단으로 송아지를 해쳐서 피한皮漢을 시켜 도살하게 하였다. 영남嶺南의 김 생원과 함께 가서 간산看山[74]하였다. 당진 이종姨從의 집에 편지를 써 보냈다.

초6일(병오丙午). 맑음.

김풍金風을 광암으로 보내고 정자동의 집에 갔다. 어머님도 역시 행차하셨다.

초7일(정미丁未). 맑음.

사람들이 많이 와서 만나 보았다.

초8일(무신戊申). 맑음.

초9일(기유己酉). 맑음.

어머님께서 돌아오셨다.

초10일(경술庚戌). 흐리고 조금 비가 내렸다.

11일(신해辛亥). 흐리고 동풍이 불었다.

며칠째 근처 마을의 여러 친척들이 사람들과 함께 동참하여 선소리立聲를 들었다.

---

74 간산看山: 묏자리를 구하기 위해 산을 돌아보는 것을 말한다.

12일(임자壬子). 흐림.

돌아와 부모님을 뵈었다.

13일(계축癸丑). 맑음.

14일(갑인甲寅). 맑음.

사람들이 와서 놀았다. 갑오甲午〔1894년〕 2월에 교리校理로 차대箚對하였는데 휴지休紙에 빠진 것이 있어 베껴 쓴다. 주대奏對[75]가 장황하여 자못 부끄러우므로 부주敷奏[76]로 요약한다.

"삼가 아룁니다. 신은 대단히 부족한 사람으로 여러 차례 외람되게도 현재 직임職任을 맡아 이미 10년 가까이 되었습니다. 그런데 조금도 보답하지 못하고 있으니, 항상 황공하고 부끄러워 몸 둘 바를 모릅니다. 구구한 저의 정성은 진실로 성학聖學 한 가지 일에 있습니다. 다만 삼가 생각건대, 지덕至德의 요체는 경전經典에 있고, 치란治亂의 사적事蹟은 사승史乘에 있습니다. 지금 봄이 되어 낮이 점차 길어지고 날씨도 따뜻해지니, 빨리 주강畫講과 야대夜對를 열어 신하들을 자주 만나 경사經史를 토론하고 격물치지格物致知를 연구하며 흥망성쇠興亡盛衰를 꼼꼼히 살펴보신다면 모든 이치가 절로 밝아지고 모든 법도가 바르게 될 것입니다. 게다가 우리 동궁東宮 저하低下께서는 덕의德儀를 하늘에서 이어 받으시고 온화한 기상이 일취월장日就月將하고 있습니다. 삼가 원하건대, 전하께서는 진실로 남겨줄 가르침을 열어주시고 계승할 아름다움을 이르게 해주십시오. 신은 지극히 축원할 마음을 이기지 못하겠습니다."

---

75 주대奏對 : 임금의 질문에 대한 신하의 답변을 말한다.
76 부주敷奏 : 임금에게 자신의 견해를 아뢰는 것을 말한다.

15일(을묘乙卯). 맑음.

어머님께서 광암廣岩, 분지동分脂洞, 이동梨洞, 오지烏池에 가셨다가 돌아오셨다.

16일(병진丙辰). 맑음.

농민들이 가뭄으로 근심하였다. 문 선비와 율시를 지었다. 몽여의 아들이 와서 만나 보았다. 소매 가득히 시축詩軸을 가져와서 평評하였다. 나는 그와 더불어 화운和韻하여 율시 네 수를 지었다.

17일(정사丁巳). 맑음.

경춘景春과 함께 죽리竹里의 소헌韶軒에게 가서 유숙하고 이야기를 나누었다.

18일(무오戊午). 맑음.

장다瘴多의 3인과 함께 일행이 되어 오 적성吳積城에게 갔다가 신시申時에 돌아왔다.

19일(기미己未). 맑음.

수실壽室이 어제 왔다가 돌아갔다. 용산龍山의 응교應敎 어른과 유제有濟 씨가 운雲의 혼사로 사람을 시켜 편지를 보냈다. 그 뜻에 감격하였다. 저번에는 나이가 맞지 않는다고 답장을 썼다.

20일(경신庚申). 맑음.

날이 너무 가물어 민심이 걱정된다. 기은곶리其隱串里에 갔더니 족제族弟 명열命悅과 그 당숙堂叔이 모두 전염병에 걸려 만나 보지 못하고 돌아왔다.

21일(신유辛酉). 맑음.

면천沔川의 박 노인朴老人이 와서 만나 보았다. 금년에 80세인데 잘 걸을 수 있어 와서 만나 보니 감격스러웠다.

22일(임술壬戌). 맑음. 밤에 비가 내렸다.

삼麻이 베기 좋게 잘 익었다.

23일(계해癸亥). 아침에 비가 내리다 한낮에 개었다.

비가 매우 부족하다.

24일(갑자甲子). 흐림. 저녁에 비가 내렸다.

서울 소식을 들을 길이 없어 매우 답답하다. 아이들을 시켜 여름 소일거리를 만들었다. 운雲이 10세여서 오언五言과 팔구八句를 지을 수 있었으나, 말이 사리에 맞지 않으니 둔하다 하겠다.

25일(을축乙丑). 맑음.

당진 무수동無愁洞의 이 도사李都事, 원당동元塘洞의 친구 이공삼李公三이 찾아왔고, 오지烏池의 족제族弟가 방문했다.

26일(병인丙寅). 맑음.

정자동 집에 갔다. 불궤인不軌人[77] 박영효朴泳孝가 일본에서 돌아와, 일본의 위세를 믿고 세도를 부려 개화開花를 칭하며 내무대신內務大臣이 되었다. 작년 6월부터는 그의 권력에 견줄 만한 사람이 없었다. 또 불궤不軌한

---

[77] 불궤인不軌人: 도리에 어긋난 사람을 말한다. 여기서는 민족의 반역자라는 의미로 사용되었다.

마음을 가져서 영국英國이 공법公法으로 논단論斷 하였는데, 일본으로 도주하여 사람을 시켜 붙잡아 오라고 하였다는데 자세하지 못하다. 불궤인 서광범徐光範 역시 박영효와 함께 위세를 부렸다. 이 사람 역시 같은 죄를 저질렀다고 한다. 서울 소식이 어지럽게 뒤섞여 자세하지 못해 기록할 수 없다.

27일(정묘丁卯). 맑음.
날이 너무 가물어 백성들의 근심이 너무 깊다.

28일(무진戊辰). 맑음.
메밀木麥을 심도록 하였다. 윤우尹友, 강 선달姜先達, 도빈道彬과 함께 하루 종일 율시를 지었다.

29일(기사己巳). 맑음.

6월 초1일(경오庚午). 맑음.
하루 종일 이 친구들과 함께 시를 지었다.

초2일(신미辛未). 맑음.
추곡秋谷 큰 종숙의 편지가 왔다. 매우 어려운 상황에서 소식이 전해져 기쁘다.

초3일(임신壬申). 맑음.

초4일(계유癸酉). 맑음.

초5일(갑술甲戌). 맑음.

사람이 많이 와서 만나 보았다. 남양南陽의 유柳 아무개가 찾아왔다.

초6일(을해乙亥).

정자동에서 종숙 댁從叔宅에 들렀다가 날이 저물어 돌아와 부모님을 뵈었다.

초7일(병자丙子). 흐렸다.

가는 비가 하루 종일 내리다가 저녁에 그쳤다. 그러나 겨우 먼지나 적실 정도였다. 너무 가물어 백성들이 걱정하였다.

초8일(정축丁丑). 가는 비가 내리고 오후에는 흐렸다.

하루 종일 문 선비와 함께 율시律詩를 지었다.

초9일(무인戊寅). 흐림.

며칠째 습기濕氣로 기운이 무겁고 탁하니 걱정된다.

초10일(기묘己卯). 흐림.

해가 저물고 척숙戚叔 이문영李文永 씨와 배 청년裵靑年이 찾아왔다. 밤에 비가 내렸다. 율시 한 수를 지었다.

11일(경진庚辰). 비가 내렸다.

비가 세차게 내려 하천이 흘러넘쳤다. 근처의 손님들이 비를 무릅쓰고 많이 찾아왔다. 온 동네 사람들이 또 왔다. 번번치 않은 음식으로 하루를 보냈는데, 어머님의 생신이기 때문이다. 이때 날이 무덥고 또 비가 많이 내려 사람들이 많이 오지 못했다. 여자 명창名倡이 마침 와서 밤에 선소리立

聲를 들었다.

12일(신사辛巳). 흐리다 개었다.

족제 도빈, 윤우尹友, 강 선달이 찾아왔다.

13일(임오壬午). 비가 내렸다.

장맛비가 내리고 폭염이 계속되어 매우 고통스럽다.

14일(계미癸未). 비가 내렸다.

며칠째 부는 남풍과 습기로 고통스럽다. 장마 전에 인천仁川의 항구港口에서 괴질怪疾이 크게 일어나서 하루 동안 사망하는 사람이 거의 100명이나 되었고, 경강京江에 이르러서야 사그러들었다고 하는데, 이에 대해서 다시는 듣지 못했다. 서울 소식을 들을 길이 없다. 10일 동안 비가 내리고 습기가 차서 병이 생길까 두렵다. 밤에 큰비가 내렸다.

15일(갑신甲申). 흐리다 오전에 개고 나서는 매우 더웠다.

성준性俊 스님, 윤우尹友, 복상服喪 중인 윤성장尹聖章, 김춘경金春景이 여러 사람들과 함께 와서 만나 보았다. 꿈에 성후聖后를 배종했다.

16일(을유乙酉). 비가 내렸다.

수형리首刑吏의 편지가 왔다. 밤에 다시 큰비가 내렸다.

17일(병술丙戌). 흐림.

오대조비五代祖妣 덕수 이씨德水李氏의 기일忌日이라서 재계齋戒하였다. 종숙從叔 내외분께서 오셔서 참석하셨다. 생원 김진보金振甫, 참봉 이성李聖이 찾아왔다. 장맛비가 내린 이후로 날마다 율시를 여러 수 지었다.

18일(정해丁亥). 맑음.

죽리의 소헌이 찾아왔다. 사람들이 많이 와서 놀았다.

19일(무자戊子). 비가 내렸다.

날마다 율시를 세 수씩 지었다. 종조모從祖母 안동 권씨安東權氏의 제삿날
이라서 재계하였으나 제사에는 참석하지 못했다. 종숙께서 어제 이미 추
곡으로 돌아가셨다.

20일(기축己丑). 비가 내렸다.

다시 율시 네 수를 지었다.

21일(경인庚寅). 맑음.

말복末伏이다. 오늘 아침에는 가을 기운이 자못 느껴졌다. 궐내闕內에서
노니는 꿈을 꾸었다. 정자동에 갔다.

22일(신묘辛卯). 비가 내리다 개었다.

추곡 종숙의 편지가 왔다.

23일(임진壬辰). 맑음.

정자동亭子洞에서 아침 일찍 돌아왔다. 당진의 이종姨從 형제가 왔다.

24일(계사癸巳). 맑고 매우 더웠다. 어제 저녁에도 가는 비가 내렸다.

잠깐 동명東明 족질과 함께 묵수지墨水池에 갔는데, 윤우尹友와 강 선달이
또 나를 찾아와 발길을 돌려 함께 돌아왔다. 소헌이 찾아왔다.

25일(갑오甲午). 맑음.

질금진迭今津의 차조車祚가 와서 만나 보았다. 도상리道上里에 가서 잠깐 복상服喪 중인 성장聖章과 함께 시詩에 대해서 논하고 발길을 돌려 갈두葛頭에 들러 유숙하였다.

26일(을미乙未). 맑고 더웠다.

지하紙河, 매남梅南, 정자동亭子洞, 광암廣岩을 들러 날이 저물어 돌아왔다.

27일(병신丙申). 맑고 매우 더웠다.

각 고을의 병부兵符를 무단으로 수거하였다고 하니 괴이하다.

28일(정유丁酉). 맑고 더웠다.

남쪽 지방은 올해 초여름부터 큰비가 내려서 풍년이 들었다고 하며, 경기京畿는 사방에서 괴질이 일어나 인명 손실이 많이 일어났고, 황해도와 평안도 양도兩道 역시 그러하다고 한다. 일전에 밤에 유성流星이 한 개 떨어졌는데, 그 크기가 한 말들이 통만 하여 어느 곳에 있을지 의심스럽다. 창동昌洞 진사의 편지가 왔고, 아울러 당진唐津 이병우李丙愚가 혼사婚事 때문에 쓴 편지가 함께 왔다.

29일(무술戊戌). 맑고 동풍東風이 불었다.

정자동에 갔다. 이 참봉, 김 생원, 성우成友, 김경덕金景德, 김덕후金德厚가 와서 모였다.

7월 초1일(기해己亥). 맑음.

학동學童이 파접罷接하였다.

초2일(경자庚子). 맑음.

고을에 가서 성주城主를 배알하고 앞뒤 사정을 모두 말하고 날이 저물어 돌아왔다.

초3일(신축辛丑). 맑음.

문 선비文雅가 다릿병이 나서 걸을 수 없어서 교자轎子에 실어 보냈다.

초4일(임인壬寅). 맑음.

창동 진사의 대부인大夫人의 부고訃告를 알리는 편지가 왔는데, 초2일에 세상을 떠나셨다. 성준 스님이 와서 유숙하였다.

초5일(계묘癸卯). 맑음.

죽리竹里 사람 유 도사柳都事가 와서 만나 보았다. 날마다 율시 세 수를 지었다. 강 선달에게 청하여 본 읍 수령의 의향을 세세히 전하였다.

초6일(갑진甲辰). 맑고 가물었다.

소요가 다시 일어났다. 이삭이 나올 때 심한 가뭄이 드니 결실에 우려가 된다. 아버님을 모시고 분지동分脂洞의 이 척숙李戚叔에게 가서 파접罷接을 보고 종숙 댁從叔宅으로 돌아와 유숙하였다.

초7일(을사乙巳). 흐리다 개었다.

광암에서 파접을 보고 해가 저물어 정자동으로 돌아왔다.

초8일(병오丙午). 맑음.

산승山僧이 와서 만나 보았다. 추곡의 큰 종숙이 산 밑의 권우權友와 찾아와서 함께 유숙하였다.

초9일(정미丁未). 한낮에 가는 비가 내렸다.

큰 종숙과 함께 돌아왔다.

초10일(무신戊申). 비가 내렸다.

큰 종숙, 권우權友와 함께 소회素懷를 이야기했다.

11일(기유己酉). 비가 내리다 개었다.

아무 이유 없이 종숙, 권우와 함께 산에 갔다. 묵수지墨水池 오동梧洞에서 발길을 돌려 삼길산三吉山으로 가서 개화동開花洞 김 우윤金愚允의 집에서 유숙하였다.

12일(경술庚戌). 비가 내리다 개었다.

산에 올랐다. 녹안리鹿眼里에서 발길을 돌려 호지虎地 죽엽리竹葉里로 갔다가 돌아와 유숙하였다.

13일(신해辛亥). 비가 내렸다.

오후에 도동桃洞 둘째 종숙 댁仲從叔宅으로 가서 유숙하였다.

14일(임자壬子). 비가 내리다 개었다.

다시 산에 올랐다. 도동桃洞에서 발길을 돌려 기은곶其隱串, 금현錦峴, 독곶獨串, 황금산黃金山에 들렀다. 비가 내려 지체되어 김군보金君甫의 집에서 유숙하였다.

15일(계축癸丑). 맑다가 비가 내렸다.

바로 광암으로 돌아오다 발길을 돌려 망일사望日寺로 가서 유숙하였다.

16일(갑인甲寅). 비가 내리다 개었다.

망일산望日山을 둘러보다 청양리靑陽里 김 아무개의 집에서 유숙하였다.

17일(을묘乙卯). 비가 내리다 개었다.

산 뒤의 여러 기슭을 두루 살펴보다 정자동 집으로 돌아와 유숙하였다.

18일(병진丙辰). 비가 내렸다.

유숙留宿하였다.

19일(정사丁巳). 맑다가 흐리고 북풍北風이 불며 갑자기 추워졌다.

종숙과 권우權友가 광암으로 돌아가서 나만 혼자 집으로 돌아갔다. 밤에 수안水岸의 홍 노인洪老人이 세상을 떠났다. 괴질怪疾 때문에 곳곳에서 사망하는 일이 계속 이어지니 괴이하다. 광암에 가서 권우와 함께 유숙하였다.

20일(무오戊午). 맑음.

여러 사람들과 함께 수룡곶睡龍串에 가서 박 생원의 집에서 유숙하였다.

21일(기미己未). 맑음.

산을 둘러보았다. 이 참봉의 집에서 아침밥을 먹고 발길을 돌려 영전瀛田의 이 사과李司果에게 가서 유숙하였다.

22일(경신庚申). 맑음.

여러 산을 둘러보고 정자동에 와서 유숙하였다.

23일(신유辛酉). 맑음.

광암廣岩으로 돌아와 유숙하였다.

24일(임술壬戌). 맑음.

25일(계해癸亥). 맑음.

돌아왔다. 괴질이 크게 일어나 서울에서 사망자가 대단히 많았다. 서산瑞山에서 하루 동안 사망자가 열 명에 가까웠는데, 이 중에는 잡병도 있었다. 매우 걱정된다. 독곶獨串 전여백田汝伯이 와서 만나 보았다.

26일(갑자甲子). 흐림.

문 선비와 함께 시詩 두 수를 짓고 읊었다. 동동東冬에서 30운韻까지 몰운沒韻이 시작이 되었다. 6월에 빗발이 조금 보였다.

27일(을축乙丑). 비가 내렸다.

율시律詩 짓기를 그치지 않았다. 새벽에 비가 많이 내렸다.

28일(병인丙寅). 비가 내리다 개었다.

광암에 가서 유숙하였다.

29일(정묘丁卯). 맑다가 오후에 가는 비가 내렸다.

삽시간에 광암에서 돌아왔다.

30일(무진戊辰). 맑음.

소헌이 찾아왔다. 병으로 인한 소요가 날로 커져갔다. 괴질의 치료 방법에 대한 단서가 하나도 없어서 자질구레하게 기록할 수 없다. 하루 종일 율시를 읊었다.

8월 초1일(기사己巳). 맑음.

문우홍文禹洪이 갈두葛頭에 갔다. 경춘이 종숙從叔과 함께 찾아왔다. 평국
平國이 와서 유숙하였다.

초2일(경오庚午). 맑음.

어제 어머님이 정자동의 집으로 가셨다가 광암廣岩에 가서 유숙하셨다.

초3일(신미辛未). 맑음.

어머님이 돌아오셨다. 광암에서 돌아오다가 죽엽리竹葉里로 가서 유숙하
였다.

초4일(임신壬申). 맑음.

고을에 갔다가 날이 저물어 돌아왔다. 조정朝廷에서 새로운 명령이 내려
왔는데, 통제사統制使·병사兵使·수사水使·첨사僉使·방어사防禦使·영장營
將·감목관監牧官·만호萬戶를 모두 폐지하고, 평신平薪도 폐지한다고 하였
다. 중토中土 지신地新에 관계된 서산의 인심이 동요되었는데, 진정시키기
어려운 것은 서산 수령과 갈등을 겪었기 때문이다. 팔도의 관찰사觀察使
가 스물세 개로 나뉘었는데, 충청도의 공주公州, 충주忠州, 홍주洪州가 세
명의 관찰사로 되었다. 서울에 머문 초계草溪의 이민승李敏昇의 편지가 왔
다. 문기리文綺里의 최 선비가 찾아왔다. 조정의 명령이 날로 새로워졌는
데, 그 단서를 알지 못하겠다. 영효가 도주한 후로부터 상上의 권력이 전
보다 짐차 나아졌다고 한다.

초5일(계유癸酉). 흐림.

질병으로 인한 소요가 한결같아 사방에서 사망자가 많아졌다. 정자동에 갔다.

초6일(갑술甲戌). 맑음.

초7일(을해乙亥). 맑음.

밀을 뿌렸다.

초8일(병자丙子). 맑음.

초9일(정축丁丑). 맑음.

돌아와 부모님을 뵈었다. 복상服喪 중인 태안泰安의 조趙 아무개가 와서 만나 보았다. 족형族兄 천여天汝 씨, 족형 영슭과 함께 방문하여 회포를 풀었다.

초10일(무인戊寅). 맑음.

손님들이 모두 돌아갔다. 오지烏池의 족제族弟 경눌景訥이 찾아왔다.

11일(기묘己卯). 흐림.

승리升里로 가서 소헌과 함께 회포를 풀고 돌아왔다.

12일(경진庚辰). 비가 내렸다.

도동桃洞 족숙族叔이 왔는데 비 때문에 머물렀다. 팔도의 고을이 폐지되는 조치 때문에 서리배胥吏輩가 갑자기 생계 수단이 막혀 서울 안에서 원망한다고 하는데, 이 또한 걱정된다.

13일(신사辛巳). 맑음.

여러 가지 잘못된 일이 계속해서 일어나고 있다. 올해 전염병이 돌아 실제로 고통을 겪는 와중에 많은 사람들이 건강하지 못했다.

14일(임오壬午). 맑음.

추곡 종숙의 편지가 왔다.

15일(계미癸未). 아침에 안개가 심하게 끼었다.

인명人命이 사라질 때가 괴이하다. 추곡에 답장을 보냈다.

16일(갑신甲申). 아침에 안개가 하늘에 가득했다.

죽기竹基의 경숙敬叔 씨에게 위로 편지를 써 보냈다.

17일(을유乙酉). 어제처럼 아침에 안개가 끼었다.

도동桃洞의 종숙모從叔母, 송씨에게 시집간 누이, 집사람이 모두 정자동 집으로 갔다. 운칠雲七을 그 전모前母의 산소山所에 보내 성묘하고 오도록 하였다. 자시子時 정각에 지진地震이 크게 일어났다.

18일(병술丙戌). 맑음.

개화동開花洞의 김윤국金允國(김우윤金禹胤의 부친이다)과 소헌이 찾아왔다. 잠깐 동회洞會에 갔다. 복상服喪 중인 문文 아무개가 갈두葛頭에서 왔다. 과연 혁파된 고을의 이서배吏胥輩가 일어났다고 하니, 이 때문에 우려된다. 괴질과 전염병이 여전히 그치지 않아 인명이 손실되었다. 동학東學의 소요가 뒤에 일어났다고 한다. 어젯밤에 지진이 크게 일어났다. 인심人心을 어떻게 정돈해야 할지 모르겠다.

19일(정해丁亥). 맑음.

20일(무자戊子). 맑음.

염솔廉率의 권우權友가 찾아왔다. 이 사람 편에 친구 이응오李應五에게 편지를 써 보냈다. 명실明實과 소헌韶軒이 찾아왔다.

21일(기축己丑). 맑음.

족형族兄 숙겸叔謙 씨, 윤우尹友가 찾아왔다. 문 선비와 함께 한가롭게 읊었다.

22일(경인庚寅). 맑음.

화동花洞의 족질 의중義仲이 찾아왔다.

23일(신묘辛卯). 맑음.

방옥房屋을 고치고 문호門戶를 수리했다.

24일(임진壬辰). 맑음.

하루 종일 집집마다 얼마씩 나눠줬다. 면천沔川의 윤 도사尹都事, 족제 명열命悅, 도빈道彬, 김명실金明實, 이병운李炳雲이 찾아왔다.

25일(계사癸巳). 맑음.

삼봉리三峯里의 문 선비가 와서 만나 보았다.

26일(갑오甲午). 맑음.

문우홍文禹洪이 집으로 돌아왔다. 분지동으로 가서 족제 원집元集이 우거寓居하는 곳을 살펴보고, 발길을 돌려 이동梨洞에 들렀다. 날이 저물어 정자동 집으로 갔다.

27일(을미乙未). 맑음.
조학서曹學西를 불러 유회儒會의 추가 경비에 대한 일을 세세히 가르쳤다.

28일(병신丙申). 맑음.

29일(정유丁酉). 맑음.

9월 초1일(무술戊戌). 맑음.
보리농사를 지었다. 서울 소식을 서울에서 온 사람에게 전해 들었다. 8월 19일에 왜구倭寇가 작년 6월처럼 대궐 안으로 들어가 재상宰相 4인을 시해하고 내관內官 10여 인과 나인內人 다수를 상해 입힌 망측한 일이 있었다고 하는데, 전해진 소식이 자세하지 않다. 분노는 잠시 버려두고, 아주 먼 옛날에도 듣지도 보지도 못한 변고가 있었다고 하니, 너무 놀라워 숨을 쉴 수도 없었다. 이때 꿈자리가 서울 안보다도 매우 좋지 못했으니, 이러한 조짐이지 않았을까? 밤마다 서울 꿈을 꾸었는데, 깨고 나면 의미가 없었다. 밤이 되면 탄식하지만 근심 걱정을 해결하기는 어려웠다.

초2일(기해己亥). 맑음.

초3일(경자庚子). 맑음.
돌아가서 부모님을 뵈었다. 서울 소식을 점차 듣게 되었는데 정신이 아찔하고 몸이 몹시 떨렸다. 8월 19일 밤에 왜구倭寇가 총을 쏘며 대궐로 들어가 대궐을 지키는 병사들과 서로 총을 쏘아서 전사한 사람이 많았다. 서양의 대인大人이 우리나라 병사를 통솔하여 궁궐을 지키다가 죽기도 하였다. 우리나라가 왜인倭人에 대해 겁을 먹고 서양 사람으로 하여금 병사를 통솔하도록 한 것은 서양의 힘에 기대고자 했던 것이다. 총에 대해 겁을 먹은 병사가 바로 궁궐로 들어갔으니, 이때 어찌할 바를 몰랐던 상황을 어찌 차마 말로 할 수 있겠는가? 곤전坤殿이 해를 입었다고 하는데 이는 아주 옛날부터 없던 변고이다. 이런 일은 곤전께서 왜인과 개화開化하지 않으려 하셨기 때문에 일어난 것이다. 상上께서 내리신 전지傳旨에 폐廢하여 빈궁嬪宮으로 삼는다 하시고, 신민臣民으로 하여금 상喪을 치르지 못하도록 하였다. 그러므로 동궁東宮께서 상을 치를 수 있도록 해달라고 상소上疏하였으나 윤허하지 않았다고 한다. 그러나 신민의 억울함은 어떻게 해야 하겠으며, 신하 된 사람으로 어찌 처신해야 하겠는가? 조용히 앉아서 단지 눈물 흘릴 뿐이지만, 마음은 산이 무너지는 것 같고 여러 생각이 식은 재와 같이 되는 것은 막지 못한다.

초4일(신축辛丑). 맑음.
본 읍 수령 어른의 편지가 왔다.

초5일(임인壬寅). 가는 비가 여러 날 밤 계속해서 내렸다.

초6일(계묘癸卯). 비가 내리다 개었다.
밤이 되어 천둥과 번개가 쳤는데, 우레와 같지는 않았으나 수상하니 괴이하다.

초7일(갑진甲辰). 맑음.
복상服喪 중인 문 아무개가 고향에서 돌아왔다. 날마다 답답한 소회로 감당하기 어려워 애오라지 시구詩句에 내 마음을 의탁하여 많이 지으니 처연悽然했다. 밤에 다시 지진이 일어나니 괴이하다.

초8일(을사乙巳). 비가 내리다 개었다.

성복成服 중인 이원면梨園面의 공량公亮이 서울에서 왔다. 서울 소식을 듣고 매우 분노했다. 일본 사람들이 8월 19일 밤부터 병사를 조련한다고 궐내를 가득 채웠고, 살해했다는 설이 의심할 것이 없으니 억울하다. 종숙從叔이 경춘景春과 함께 와서 유숙하였다.

초9일(병오丙午). 맑음.

죽리竹里의 소헌이 있는 곳에 가서 오 적성吳積城과 함께 발길을 돌려 금현琴峴을 찾아갔다가 유숙하였다.

초10일(정미丁未). 맑음.

발길을 돌려 기은곶其隱串의 명열과 분지동分旨洞의 원집元執 그리고 친척이李 아무개의 집에 갔다. 다시 이동梨洞, 고창포古倉浦, 배 청년裵青年에 들렀다가, 오지烏池로 둘러 가 족제族弟 집의 소상小喪에 참석하고 유숙하였다.

11일(무신戊申). 맑음.

손님이 많이 와서 또 유숙留宿하였다.

12일 기유(己酉). 맑음.

오지烏池로부터 또 분지동分旨洞, 도동桃洞, 정자동亭子洞을 돌아본 후 돌아왔다.

13일(경술庚戌). 흐림.

조고祖考의 제사라서 재계齋戒하였다. 큰 종숙伯從叔이 참석하였고, 사종숙四從叔 상준商俊 씨, 복상服喪 중인 종인宗人이 100여 리를 찾아왔다. 그

정의情誼에 매우 감격했다. 이 척숙이 와서 유숙하였다.

14일(신해辛亥). 맑음.
서정西亭 어른, 복상服喪 중인 종인과 함께 죽리의 소헌에게 갔다가 발길
을 돌려 묵수지墨水池 산소山所에 가서 날이 저물어 돌아왔다.

15일(임자壬子). 맑음.
서정 어른이 복상服喪 중인 종인과 함께 돌아갔다. 복상 중인 권權 아무개
가 찾아왔다. 밤에 다시 지진地震이 일어났다.

16일(계축癸丑). 추웠다.
종숙從叔이 권우權友와 함께 산천山川을 유람하고 도동桃洞 종숙 댁從叔宅
에 가서 유숙하였다. 밤에 비가 내리고 또 간간이 눈이 내렸다. 심하게 가
물다가 추위가 갑자기 심해졌다.

17일(갑인甲寅). 추웠다.
다시 산천山川을 함께 유람하다가 날이 저물어 돌아왔다. 어제 저녁부터
아침까지 홍주洪州 등지에서 큰 눈이 내렸다.

18일(을묘乙卯). 비가 내리다 개었다.

19일(병진丙辰). 비가 내리다 개었다.
광암廣岩에 가서 권우權友, 종숙從叔과 함께 산수山水가 좋은 여러 곳을 갔
다가 정자동亭子洞 집에서 유숙하였다.

20일(정사丁巳). 맑음.

산수山水를 함께 유람하고 목치점木峙店에서 유숙하였다.

21일(무오戊午). 맑음.

그대로 작별하였다.

22일(기미己未).

23일(경신庚申). 맑음.

정자동에서 돌아왔다. 고천高川의 김경회金景回가 와서 유숙하였다.

24일(신유辛酉). 맑음.

종중宗中의 여러 장로長老들이 묵수지墨水池 일로 찾아왔다. 자손들이 묘막墓幕에 들어가는 여러 가지 일로 인한 다양한 폐단을 수호守護하기 위해 일제히 나갔기 때문이다.

25일(임술壬戌). 맑음.

여러 친척 어른이 묵수지墨水池에서 돌아와 유숙하셨다. 밤에 비가 내렸다.

26일(계해癸亥). 맑고 바람이 불었다.

홍주의 이종姨從 동생 이주국李柱國이 와서 만나 보고 이모님의 안부도 알게 되었다. 석현리席懸里 족형族兄이 와서 기은곳의 명열에게 함께 갔다가 돌아왔다.

27일(갑자甲子). 맑음. 아침에 큰바람이 불고 눈이 내렸다.

황금산黃金山의 김현옥金玄玉을 가서 보고 면례緬禮[78]하였다. 김 양산金梁山의 집에서 유숙하였다.

28일(을축乙丑). 맑음.

광암으로 돌아와 유숙하였다.

29일(병인丙寅). 맑음.

현옥玄玉을 보고, 면장緬葬을 지내고 날이 저물어 돌아왔다.

회일晦日(정묘丁卯). 흐림.

홍 첨지洪僉知의 장지葬地를 가 보고 발길을 돌려 정자동 집으로 갔다.

10월 초1일(무술戊戌). 맑음.

윤우尹友와 하루 종일 시간을 보냈다.

초2일(기사己巳). 맑음.

집으로 돌아왔다. 서울 소식을 들을 수 없어 매우 답답하다. 명실明實이 서산瑞山에서 왔다.

초3일(경오庚午). 흐림.

한낮에 수다동水多洞의 족질 동명東明의 집으로 가서 유숙하였다.

초4일(신미辛未). 흐림.

금현錦峴 장택중張宅中의 집에 갔다. 집 살림이 크게 일어났다.

---

78 면례緬禮: 무덤을 옮겨 다시 장사 지내는 것을 말한다.

초5일(임신壬申). 흐림.

생일날이다. 여러 사람들이 와서 음식을 먹었다.

초6일(계유癸酉). 흐림.

새벽에 금현琴峴 돈정頓定의 집터에 갔다.

초7일(갑술甲戌). 맑음.

새벽에 추곡秋谷으로 출발하여 성묘할 장소에 도착할 수 있었다.

초8일(을해乙亥). 바람이 불고 맑았다.

안협공安峽公의 세일사歲一祀에 참석했다.

초9일(병자丙子). 맑음.

금리錦里 종고모댁從姑母宅에 가서 슬픔을 위로하고, 발길을 돌려 삼봉리三峯里 종고모 박씨 댁朴氏宅에 가서 그 시아버지 상喪을 조문하였다. 그리고 창동昌洞에서 진사 동필東珌을 조문했다. 여러 친척들이 차례로 찾아왔다. 밤이 깊어 복상 중인 진사 울진蔚珍의 동생과 함께 추곡으로 돌아와 회포를 풀었다.

초10일(정축丁丑). 새벽에 가는 비가 내렸다.

덕산德山 석교石橋로 가서 감역監役을 조문弔問했다.

11일(무인戊寅). 흐림.

홍주 합덕合德의 응정리應井里 산소에 가서 성묘하고, 광제匡濟를 조문하고 돌아갔다. 주곡住穀의 감역인 석제奭濟 씨에게 들렀다가 석교石橋로 돌아와 유숙하였다.

12일(기묘己卯). 맑음.

돌아오는 도중에 추곡의 큰 종숙이 나를 위해 와서 만나 보고 헤어졌다. 도중에 문기리文綺里 최 선비의 집에서 유숙하였다.

※

용龍(불호不好)

천天(대길大吉)

파破(파재破財)

인人(생남生男)

귀鬼(흉凶)

지地(부귀富貴)

생生(재財)

절絶(패패敗)

간艮 인寅 갑甲 묘卯 을乙 진辰

손巽 사巳 병丙 오午 정丁 미未

곤坤 신申 경庚 유酉 신辛 술戌

건乾 해亥 임壬 자子 계癸 축丑

사巳는 용龍 자字가 되고, 병丙은 천天이 되며, 오午는 파破가 된다. 정丁은 인人이 되고, 미未는 귀鬼가 되며, 곤坤은 지地가 된다. 신申은 생生이 되고, 경庚은 절絶이 되며, 유酉는 경竟이 되며, 신辛은 천天이 된다.

사巳·유酉·축丑 생生(사·유·축 방方은 용龍 자字이다).

신申·자子·진辰 생生(신·자·진 방은 용 자이다).

해亥 · 묘卯 · 미未 생(해·묘·미 방은 용 자이다).

인寅 · 오午 · 술戌 생(인·오·술 방은 용 자이다).

경생庚生은 이離로, 임壬 · 인寅 · 술戌은 생기生氣요, 건乾 · 갑甲은 천의天宜
요, 감坎 · 계癸 · 신申 · 진辰은 복덕卜德이다.

병생丙生은 곤坤으로, 을乙은 생기生氣요, 감坎 · 계癸 · 신申 · 진辰은 천의天宜
요, 건乾 · 갑甲은 복덕卜德이다.

갑생인甲生人은 건삼연乾三連이요, 을생인乙生人은 곤삼절坤三絶이요, 병
생丙生은 간상연艮上連이요, 신생辛生은 손하절巽下絶이요, 임생壬生은 이
허중離虛中이요, 계생癸生은 감중연坎中連이요. 경생庚生은 진하연辰下連이
요, 정생丁生은 태상절兌上絶이요, 무생戊生은 감중연坎中連이요, 기생己生
은 이허중離虛中이다.

가령 갑생甲生의 건삼연乾三連은 태생兌生의 기진천의氣震天宜이다. 곤坤의
절체絶體, 감坎의 유혼遊魂, 손巽의 화해火害, 간艮의 복덕福德, 이離의 절명
絶命, 건乾의 귀혼歸魂은, 이 법은 기절체 복덕 좌생 기문忌絶體卜德坐生氣門
의 가장 좋은 것이다. 가령 건乾이 복덕卜德이 되면 태명兌命은 생기生氣가
된다.

○ 자리 잡고 살기 좋은 방향

건乾 갑甲

곤坤 을乙

간艮 병丙

손巽 신辛

이離 임壬 인寅 술戌

감坎 계癸 신申 진辰

진震 경庚 해亥 미未

태兌 정丁 사巳 축丑

무戊는 자子에 가깝고, 기己는 오午에 가깝다.

자계子癸: 오륙년五六年에 진전進田하고 가관加官하고 생남生男하니, 해亥·
　　묘卯·미未 년이다.

축간丑艮: 인망人亡하고 패재敗財하니, 신申·자子·진辰·인寅·오午·술戌
　　년이다.

인갑寅甲: 비운卑運하여 장남長男이 요패謠敗하고 구설口舌로 흉재凶災하
　　니, 인寅·오午·술戌 년이다.

묘을卯乙: 가관加官하고 진전進田하니, 신申·자子·진辰 년이다.

진손辰巽: 관재官災하니, 인寅·오午·술戌 년이요, 퇴재退財하고 수사水死
　　하니, 해亥·묘卯·미未 년이다.

사병巳丙: 성흉性凶하니, 신申·자子·진辰·인寅·오午·술戌 년이다.

오정午丁: 초년初年에 진재進財하고 대길大吉이니, 해亥·묘卯·미未 년이다.

미곤未坤: 고각高角한 여인女人이니 잠손蚕損하여 손재損財라. 해亥·묘卯·
　　미未 년과 인寅·오午·술戌 년이다.

신경申庚: 온화瘟火한 잡인雜人이니, 질병疾病으로 퇴재退財라. 인寅·오午·
　　술戌 년과 해亥·자子·축丑 년이다.

유신酉辛: 진전進田하여 횡재橫財하며, 잠왕蚕旺하여 혹 구설口舌이라. 해
　　亥·묘卯·미未 년과 신申·자子·진辰 년이다.

술건戌乾: 손처損妻하고 퇴재退財하니, 대흉大凶이다. 신申·자子·진辰 년
　　과 사巳·유酉·축丑 년이다.

해임亥壬: 관재官災로 사상蛇傷하고 퇴재退財하며, 부부夫婦가 쌍질雙疾이
　　라. 해亥·묘卯·미未 년과 신申·자子·진辰 년이다.

○ 주자朱子 면례緬禮 사초법莎草法

정월 망인亡人 대기大忌 오년午年 5인五人 사사死

2월 망인 대기 진년辰年 3인 사

3월 망인 대기 축년丑年 11인 사

4월 망인 대기 신년申年 4인 사

5월 망인 대기 유년酉年 5인 사

6월 망인 대기 해년亥年 가장家長 사

7월 망인 대기 묘년卯年 11인 사

8월 망인 대기 자년子年 3인 사

9월 망인 대기 사년巳年 3인 사

10월 망인 대기 인년寅年 자손子孫 사

11월 망인 대기 축년 8인 사

12월 망인 대기 사년 11인 사

이상의 법法에서 만약 정월에 죽은 사람을 오년午年에 개장改葬하면 그 집은 흉망凶亡하고 또한 발복發福할 이치가 없다. 나머지는 모두 이에 따른다.

○ 일생一生 이복二福 삼병三病 사광四狂 오사五死 육금六金 칠절七絶 팔왕八旺
정丁은 육금六金이 되고, 미未는 칠절七絶이 되고, 곤坤은 팔왕八旺이 되고, 신申은 일생一生이 된다.

이상은 가택家宅의 좌향坐向을 살펴보는 법이다. 가령 신申·자子·진辰 생生은 진으로부터 일一·이二·삼三·사四·오五·육六·칠七·팔八의 숫자로 일으키면 진은 일생一生이 되고, 손巽은 이복二福이 되고, 기己는 삼병三病이 되고, 병丙은 사광四狂이 되고, 오午는 오사五死가 된다.

○

늦게 낳고 다시 늦게 낳아 가문家門을 이루었으나　　晚生又晚生成門

감동스런 효심孝心에도 지금 손자를 보지는 못하네　　孝感今多未抱孫

아름답구나! 우리 아들이 겸덕謙德을 앎이여!　　懿哉吾子知謙德

장수長壽를 비는 말을 공경히 하네.　　祗以斯兒壽永言

난 꽃은 신영新榮에서 처음으로 나왔는데　　蘭蓓始見新榮發

단풍나무 등걸은 지금 감동스런 효심孝心을 머금고 있네　　楓檜今多孝感存

백 일 동안 술자리 했던 것은 참으로 생각이 있어서였으니　　百日設醵眞有意

장차 사람들의 의견을 따르고자 했음이네.　　聊將先後向人論

주서注書 권익상權益相의 부친상父親喪 4월

승지承旨 김병억金炳億

승지 김주현金疇鉉

교리校理 신대균申大均의 친부모 상 계사癸巳 12월

대교待敎 족형族兄이 정월正月에 모친상母親喪을 당해 위문하였다.

교리 송태헌宋台憲

죽리竹里의 경숙敬叔 씨가 계사년 가을에 모친상을 당했다.

○ 동사東舍와 서사西舍 댁宅 길흉법吉凶法

동사는 임壬 · 자子 · 계癸 · 갑甲 · 묘卯 · 을乙 · 병丙 · 오午 · 정丁 · 축丑 · 간艮 · 인寅이며, 서사는 술戌 · 건乾 · 해亥 · 진辰 · 손巽 · 사巳 · 미未 · 곤坤 · 신申 · 경庚 · 유酉 · 신辛이다.

○ 연삼지年三地

신申·자子·진辰 년은 북쪽에 있다.

인寅·오午·술戌 년은 남쪽에 있다.

사巳·유酉·축丑 년은 서쪽에 있다.

해亥·묘卯·미未 년은 동쪽에 있다.

○ 월삼지月三地

정正·오五·구九·육六 월은 묘卯·진辰·사巳 방향에 있다.

삼三·십十·지至 월은 신申·술戌·유酉 방향에 있다.

사四·팔八·십이十二 월은 해亥·자子·축丑 방향에 있다.

이二·칠七 월은 사巳·오午·미未 방향에 있다.

집을 짓고 이사하는 법은 음년陰年에는 음좌陰坐로, 양년陽年에는 양좌陽坐
로 해야 길하다.

청우일기 제4권

을미乙未[1895] 10월

음청陰晴 제4권

을미乙未[1895], 병신丙申[1896], 정유丁酉[1897], 무술戊戌[1898]

보명탕保命湯

당귀當歸(술로 씻는다酒洗).

천궁川芎 각 1전 5푼.

백작약白芍藥(조금 볶는다) 1전 2푼.

패모貝母(약재로 쓰기 위해 심을 뽑아서 간다去心硏).

토사자兔絲子(깨끗한 술에 담가서 푹 우린다) 각 1전.

형개荊芥

황저黃芪 각 8푼.

후박厚朴(볶는다).

애엽艾葉(초에 담갔다가 볶는다醋炒). 7푼.

지각只角(부초夫炒한다) 6푼.

강활羌活

감초甘草 각 5푼.

이는 …… 어렵고, …… 순산하는 것은 연속하여 …… 것과 같다. 매우 시급하게 낙태하고 또한 두렵게도 연이어 장腸이 밖으로 나왔다. 해산하는 달에 한두 첩을 사용하면 순산한다. 배 속에서 사망하였을 때는 부인이 이를 복용하면 또한 태반이 나온다. 많이 퍼뜨려 전하지 말라. 출산이 어려울 때는 그 남편이 침을 임신한 부인의 입을 열어서 3번에 걸쳐 목구멍 안에 뱉으면 금방 출산한다.

나의 허다한 공부를 쓰지 않는다면 또한 나를 보는 것이 되지 못할 것이요, 성현의 허다한 공부를 쓰지 않는다면 또한 성현을 보는 것도 되지 못할 것이다.[1]
삼가 말하길, 밖에서뿐만 아니라 비록 가정 내에서도 다양한 말들을 해서는 안 되고, 중요한 손님만이 아니라 비록 가까운 친구라도 함부로 말을 해서는 안 된다.

복학腹瘧 약방문〔方文〕
인삼仁蔘
영사靈砂
건칠乾漆
별갑鼈甲
노회蘆薈
황단黃丹
주사朱砂 각 1전.

녹두菉豆를 매우 곱게 빻아서 크게 환丸을 만들어서 바로 전일에 건조하고는 한두 개, 두세 개씩 복용해도 차도가 있다.

---

1 『대학大學』에 나오는 내용이다. "不用某許多工夫 亦看某底不出 不用聖賢許多工夫 亦看聖賢底不出"(『大學』, 「讀大學法」, '讀法 5').

을미乙未[1895] 10월

13일(경진庚辰). 맑음.

문기리文綺里에서 돌아와 정자동亭子洞의 집에서 잤다.

14일(신사辛巳). 흐림.

며칠 전인 11일에 병정兵丁들이 또 궐내에서 시끌벅적하게 소란을 피웠는데, 이는 또한 왜倭가 사주한 때문이라고 한다.

15일(임오壬午). 맑음.

정자동의 집이 조금 멀어 불편했기 때문에, 작게 딸려 있는 집下屋으로 거느려서 들어갔다가 집으로 돌아왔다.

16일(계미癸未). 비가 내렸다.

9월부터 단서도 없고 근거도 없는 이야기가 서로 전하여 퍼져서 도내가 심히 소란스러워지는 지경이었다. 혹자는 이르길 "해일海溢이 30장이나 된다"고 하고, 혹자는 이르길 "공주公州와 홍주洪州, 내포內浦의 사람의 목같이 생긴 땅의 언덕이 가라앉았다"고도 하니, 이 어리석은 사내들이 여러 가지 일들로 두려워 떨게 되었다. 서울에서의 소식은 자세하지는 않지만, 러시아俄羅斯가 서울에 많이 왔다고 한다. 공주公州의 사위 이 씨의 편지가 도착했는데, 편안하다는 소식을 확인하였다. 9월 14일에 나갔다가 돌아왔는데 울적하다.

17일(갑신甲申). 비가 오고 흐렸다.

18일(을유乙酉). 비가 오고 습했다.

19일(병술丙戌). 흐리고 습했다.
겨울날이 이와 같으니, 계절에 어긋난 것이 괴이하고도 이상하다.

20일(정해丁亥). 맑음.
올해의 농사가 심히 흉년이니 백성들이 겨울을 보낼 저축이 없는데, 백성을 구제하기 위해 마련하는 죽을 쑤는 사람도 하나 없다. 사람들의 마음이 세상을 살아갈 형편이 안 됨을 알 수 있다.

21일(무자戊子). 맑음.
따뜻함이 봄날과 같은데, 사람들이 많이 병에 걸렸으니 두렵다. 묵수지墨水池의 돌아가신 할아버지 산소의 제사용으로 사용할 토지祭位土 네 마지기를 샀다. 묵수지 한 골짜기의 나머지는 큰 산소의 위토位土이다. 이제 묵수지의 밭과 논은 하나도 다른 성씨의 땅이 없으니 다행이다.

22일(기축己丑). 비가 왔다.
날씨가 때에 맞지 않으니, 사람들이 많이 병으로 누워 있어 두렵다. 도처의 도적이 크게 빈성하여서 도로가 황폐히고 퇴락했다. 또 백골白骨 도둑이 일어나 부자들의 무덤에서 두골頭骨을 훔쳐서 돈을 받아내니, 말세의 나쁜 습속이 너무 한심하다.

23일(경인庚寅). 바람이 크게 일고 비로소 추워지면서 드물게 눈이 내렸다.

24일(신묘辛卯). 춥고 드물게 눈이 내렸다.

곤전坤殿이 복위된 후에 국상이 비로소 반포頒布되었으니, 서울에서는 이미 상복을 입었다. 러시아俄國는 일본倭에게 죄를 물었고, 또한 영국에 책임을 전가하였다. 주화主和를 막지 못하여 변괴變乖가 생기는 데 이르렀던 것이다. 중도를 지켰던 영국은 이치에 따라 우리나라를 떠나갔고, 개화를 주장한 조신들이 많이 살육을 행하였으니 사람들의 목숨이 손상되고 사라지기에 이르렀다. 더욱 안타깝고 가슴이 답답하다.

25일(임진壬辰). 맑고 추웠다.

소헌韶軒이 찾아와서 강청동江淸洞의 해사海史 어르신과 확재確齋 형제의 글을 직접 전해주었다. 처음 도원桃園의 깊은 정의로 맹단盟壇에서 굳게 결의했는데 만나지 못해 원망스럽다는 내용이 지면을 가득 채우고 있다. 친구 윤하경尹夏卿과 족제族弟 도빈道彬이 숙박하고 금현琴峴으로 돌아갔다. 장택중張擇中이 찾아왔다. 오동梧洞의 최가崔哥가 와서 묵수지의 제위답祭位畓 네 마지기의 문권文劵[2]을 전해주었다. 서울의 소식은 갈수록 망측하다. 영국이 비로소 개화改化를 주도했다는데, 장차 오게 될 앞날이 어찌 될지 모르겠다. 그저께 추곡秋谷에 보낸 글에 올해의 농사가 심히 흉년이라 소란스럽다는 말을 했는데, 점차로 인정이 급박해지니 두렵다.

26일(계사癸巳). 눈이 왔다.

경춘景春이 와서 잤다.

---

2 문권文劵: 땅의 소유권을 증빙하는 문서를 말한다.

28일(갑오甲午). 눈이 왔다.

당진唐津에 사는 친척이 와서 머물렀다. 죽리竹里의 소헌韶軒에게 가서 사위를 맞이하는 것을 보았다.

회일晦日(병신丙申). 눈이 왔다.

추곡秋谷 종숙從叔의 글이 왔는데 평안하다고 한다.

지월至月 초1일(정유丁酉). 눈이 왔다.

초2일(무술戊戌). 눈이 내리고 비가 왔다.

족숙族叔 상풍商豊 씨가 현초弦初 어르신과 함께 방문하였다. 석교石橋의 글이 왔는데 평안하다는 것을 알았다.

초3일(기해己亥). 눈이 왔다.

곤전이 복위했다는 관문이 도착하였다. 8월 20일 묘시에 곤녕전坤寧殿에서 승하하셨다. 팔도에서 자최齊衰[3]를 입고 교외에서 상사喪事를 치르는데, 북쪽을 향하여 절을 하고 곡을 하였다.

초4일(경자庚子). 비가 오고 또 눈이 왔다.

창동昌洞의 권 선비權雅가 왔다. 추곡의 글에 답하였다.

초5일(신축辛丑). 비가 왔다.

사람들이 많이 와서 보았다.

3 자최齊衰: 어머니의 상에 입는 상복을 말한다.

초6일(임인壬寅). 흐림.

족질族姪 윤문允文이 찾아왔다.

초7일(계묘癸卯). 흐리고 추웠다.

아랫집에 초가를 덮었다. 사람들이 많이 와서 보았다.

초8일(갑진甲辰). 흐리고 추웠다.

사람들이 많이 와서 보았다. 동지 차례冬至茶禮를 지냈다. 5대조의 제사는 재계를 파하였다破齊. 서울의 소식을 아직 듣지 못해서 심히 답답하다. 인산因山이 몇 시로 정해졌는지 모르겠다. 복상의 제도와 동궁東宮의 절차도 알지 못하니 어떻게 하겠는가. 도동道洞의 종숙이 와서 제사에 참석하였다.

초9일(을사乙巳). 맑음.

평신平薪은 예전의 대산감목관大山監牧官이다. 지난 갑인년[1854] 정순대비貞純大妃가 생존해 계실 때 감목장의 말똥이 너무 많아서 더러워하여 여러 말들을 송추松楸에 모두 모아서 어렵게 길렀는데, 거주하는 백성들의 전답이 손상되었다. 그때는 우리 집안이 요직要職에 있을 때였는데, 영조대英祖代에 대비에게 여쭈어 전달되게 하여서 마장馬場을 남양南陽의 대비도大飛島로 옮겼고, 그대로 평신진平薪鎭을 독립된 진으로 하여 첨사僉使를 설치하였다. 품달稟達한 이유는, 그때 묵수지 산소의 결복結卜[전세]을 아주 가볍게 정한 것은 거주하는 백성들로 하여금 산소를 수호하게 하는 뜻을 알게 하고자 한 것이다. 금년 개화改化 이후부터 결복이 개정되었는데 다른 읍의 사례와 같아져서 갑자기 결복이 무거워졌다.

백성의 사정이 갑자기 어려워져 뿔뿔이 흩어지는 지경에 이르렀으니, 너무도 측은했다. 그런데 추사공秋史公[김정희]께서 충청도湖右에 어사로 오셨을 때 또한 이 땅에서 은혜를 입은 적이 있었다. 이에 따라 우리 김씨가 이곳 충청도에서 숨통이 트이게 되었으니 자연스러운 이치이다. 그런데 조심하여 지키는 것을 삼가지 않는 일가들이 매번 호습豪習을 부리는 일이 많으니 탄식할 만하다. 억지로 율시律詩 한 수를 지었다.

10일(병오丙午). 맑은데 드물게 빗발이 내렸다.
사내종 홍준洪俊을 공주公州 정계晶溪의 사위 이 진사李進士의 집에 보냈다. 불양계佛養稧[4]를 위해 아버님께서 망일사望日寺로 행차하셨다. 소헌이 찾아왔다.

11일(정미丁未). 비가 왔다.
부친께서 몽여夢汝를 데리고 돌아오셨다. 상중喪中인 창동昌洞 진사의 편지가 왔다.

12일(무신戊申). 맑고 또 눈이 왔다.
백성의 형편이 공세貢稅로 인해 허둥지둥하여 날마다 혹독하다. 서울의 소식에 살육殺戮이 심히 많다고 하는데, 어떤 사람인지 알지 못하겠으니 답답하다. 밤에 눈이 왔다.

13일(기유己酉). 심히 추웠다.
명실明實이 왔다 갔다. 밤에 만용萬用의 어미를 데려왔다가 돌아갔다.

14일(경술庚戌). 흐리고 추웠다.

15일(신해辛亥). 흐리고 눈이 왔다.

---

4 불양계佛養稧: 부처님께 기증하는 모임을 말한다.

16일(임자壬子). 흐림.

홍주洪州에서 백성을 다스리는 주사主事인 종인宗人 □희□喜가 찾아왔다. 구창舊倉의 족제인 웅제雄濟가 와서 잤다. 공주公州, 회덕懷德, 진잠鎭岑 등지에 또 의당義黨이 일어나서 소란스러웠다고 한다. 도성 내의 일본인들이 모두 물러가고 청나라 병사들이 다수 왔다고 한다. 영남에 또 소요騷擾가 일어나서 심지어 경주 수령이 죽임을 당했다고 한다. 처음에는 백성의 소요로 시작되었으나 수령이 일본인을 살피지 못하자 와서 죽였다고 한다.

17일(계축癸丑). 맑고 눈과 비가 왔다.

소헌이 서산瑞山에서 찾아왔다. 날마다 소문消聞이 있는데 예측할 수 없는 것이 많다. 자세하지 않은 것은 싣지 않는다.

18일(갑인甲寅). 맑음.

홍준이 정계晶溪에서 무사히 돌아왔다. 동상東床[사위]의 집안이 모두 별탈이 없다고 하니 다행스럽다. 공주의 의당義黨이 병정兵丁으로 인해 모두 흩어졌다고 한다. 서울 소식에는 인산因山은 아직 정해지지 않았는데 빈전殯殿과 산릉山陵의 두 도감都監 당상은 민영준閔泳駿과 민영환閔泳煥이 되었다고 한다. 열 명의 대신은 아직 수를 채우지 못했다. 유길준兪吉濬은 본래 감찰로서 한미한 직책이었는데 개화開化에 능하여서 올해 6월에 승지로 승서陞敍되었다. 지금은 협판協辦(전일의 참판參判)이 되었는데, 정령政令이 모두 이 사람에게서 나온다고 한다. 옥관자玉貫子와 금관자金貫子를 모두 폐지하였다. 이미 관자를 드리운 사람은 그대로 옛날 관자를 하게 하고, 새롭게 당상이 된 자는 모두 금옥의 관자를 없앴다. 관직자의 명부仕籍에는 금일에 벼슬하지 못한 사람이 내일은 땅이 넓고 물산이 많은 고을의 수령이나 관찰사가 되었고, 비록 천한 종놈들厮隷輩이라도 관직에 앉고 높은 관품에 멋대로 제수되었다. 친구 윤하경이 방문하였다.

20일(을묘乙卯). 맑음.

사람들이 많이 찾아왔다. 날마다 사람들을 만나 조금도 한가할 틈이 없다.
탑동塔洞의 성후聖厚가 밤에 방문하였다.

21일(병진丙辰). 맑음.

경춘景春이 왔다가 돌아갔다. 상중에 있는 문文 아무개가 돌아갔다. 이치
성李致成이 찾아왔다. 서울 소식을 조금이나마 들었다.

22일(정사丁巳). 맑음.

덕산德山의 임우任友가 그 산지기의 집에 와서는 날마다 더불어 놀았다.

23일(무오戊午). 맑고 따뜻했다.

원집元執, 명열命悅, 도빈道彬, 윤문允文이 종숙從叔과 함께 방문하였다. 기
은곶동其隱串洞의 백성과 노하동路下洞의 백성이 함께 모여 부비浮費[5]에 관
한 일로 논의하였다. 인항仁港에서 온 사람의 말에, 조정에서 인항까지 비
로소 삭발削髮을 시작하니 머리카락을 기른 사람들은 서로 모여 울며 곡
하였다고 한다. 머리에 착용하는 것이 갑자기 이렇게 되었으니, 또한 추위
를 겪는 어려움과 바람을 견뎌내기 위한 등이簦伊의 가격이 갑자기 몇 배
나 높아졌다고 한다. 삭발하는 일로 인심이 갑자기 변화하여 거두어들이
기 어려우니 얼마나 한탄스러운가. 강 선달姜先達과 이 선달李先達이 찾아
왔다.

5 부비浮費: 무슨 일을 하는 데 써서 없어지는 돈을 말한다.

24일(기미己未). 맑음.

전실前室 송씨의 제사로 재계齋戒에 들어갔다. 종숙이 와서 참여하였다.
이날 삭발하는 일로 소란스러운 말과 괴이한 일이 도니 이것이 근심이다.

25일(경신庚申). 흐림.

머리 위에 사용되는 물품이 모두 102개나 된다고 한다. 한번 삭발을 따랐
다가 폐지하였는데, 이는 상인商人과 여객旅客도 부끄럽게 생각하는 바無
聊로서, 이때 백성들 모두 흉흉洶洶하게 되었으니 그 마음을 안정시키기
위함이었다. 억지로 율시 한 수를 지었다.

26일(신유辛酉). 맑음.

장청일張淸一이 좌도에서 왔다. 삭발의 일로 사방에서 소란스러운 말이 크
게 퍼졌다고 한다.

27일(임술壬戌). 맑음.

서울에서 노성칠盧聖七의 편지가 왔다. 결국 이번 달 15일 자정子正에 대
전大殿과 동궁東宮, 운현雲峴, 양태兩台가 모두 삭발하였고, 열 명의 대신도
모두 삭발하였다. 그 남은 사람들로 우선 병정兵丁과 순금巡禁, 시정인市
井人이 연이어 차례로 삭발하였으니, 차차 삭발을 면하기 어렵게 되었다.
500년 종사宗祀의 국가에 이러한 거조擧措는 참으로 망극罔極하다. 삭발한
순금과 병정이 모두 흩어졌다고 한다. 현옥玄玉과 기천箕天이 와서 잤다.

28일(계해癸亥). 맑음.

사람들이 많이 와서 보았다. 새 달력을 보니 아래 단락에 일본의 양력洋曆
이 있어서 함께 기록해둔다.

29일(갑자甲子). 맑음.

회일晦日(을축乙丑). 흐림.

분지동分旨洞에서 편지가 왔다.

12월 초1일(정묘丁卯). 맑음.

호남에서 머리를 자르기 위해 내려간 병정兵丁이 죽은 자가 많다고 한다. 영남 역시 이와 같다고 한다. 가장 많이 죽은 지역은 영남이다. 이에 따라 병정이나 순금巡禁이 수천 명이나 더 내려갔다.

초2일(무진戊辰). 맑음.

광암廣岩 도동道洞의 종숙 댁에 갔다가 그대로 머물러 숙박하였다.

초3일(기사己巳). 맑음.

성일聖一을 찾아갔다가 돌아왔다. 백종숙의 편지가 들어왔다. 족조族祖이신 평해平海 어르신이 지난달 27일에 상을 당하셨다.

초4일(경오庚午). 맑음.

고조할머니의 제사로 재계에 들어갔다. 종숙이 오셔서 참여하였다. 서울에 거주하는 신 감찰申監察이 와서 머물러 숙박하였다. 여러 사람들이 와서 만났다.

초5일(신미辛未). 맑음.

삭발하는 일로 인심이 답답하고 기뻐하지 않았다. 도처에서 의병을 일으켰다. 홍주 목사 이승우李勝宇도 거병擧兵하기를 역시 작년의 사례와 같이 하였다. 유막儒幕을 도로에 설치하여 서로 거리가 수백 보 떨어지게 하였는데, 소란스러운 정황이 형언할 수 없었다. 죽리竹里의 소헌이 갑자기 병을 얻어 밤중에 상을 당하였으니 심히 비통하다. 그 사람은 재주가 세상에 드문 사람이니 너무도 애석하다. 수십 년간 서로 아끼고 서로 의지하며 모든 일에 정을 통하지 않은 일이 없었다. 장차 서로 의지하여 난을 피할 계획이었는데, 하루아침에 이러한 상황에 이르게 되어서 참담하게 저지되었다. 너무도 가까운 사람의 상사喪事인데, 세상의 변란도 이에 이르렀으니 더욱 탄식한다.

초6일(임신壬申). 밤에 비가 오고 심하게 추웠다.

할머니의 제사로 재계에 들어갔다. 홍주 목사가 의병을 일으킨 관문關文이 들어왔다.

초7일(계유癸酉). 맑음.

죽리 상가喪家에 가서 소헌에게 곡을 하였다. 오늘부터 다시 마음이 통하는 친한 벗知音이 사라져버렸다. 다만 강청동江淸洞의 해사海史 어르신만이 남아 있지만 멀어서 매사에 서로 만나지는 못한다. 바라볼 수 있는 사람, 나를 아는 사람이 없으니 이처럼 어려운 것이다. 홍주의 의거義擧가 지금 갑자기 도로 거두어들였는데, 그 까닭을 모르겠다. 인심이 도리어 억울하게 되었다.

초8일(갑술甲戌). 맑음.

상가喪家에서 유숙하였다.

초9일(을해乙亥). 맑음.

힘써 그 상喪을 치르는 형제가 임시로 장사를 지냈는데, 세상이 소란스러웠기 때문이다. 날이 저물어 장소葬所에서 돌아왔다.

10일(병자丙子). 맑음.

올해는 겨울에 극한 추위와 눈은 없었다. 흙을 덮지 않았는데도 산에 꽃이 많이 피었으니 기이하다. 아산牙山 강청동의 의제誼弟인 이확재李確齋가 수백 리를 걸어서 위방委訪[6]하였는데, 두 해 동안 매우 근심스럽고 답답한 즈음에 지극히 즐겁게 머물렀다. 밤을 새워 품었던 생각을 말하는데도 간절하여서 피곤하지도 않았다. 창동昌洞의 진사가 글을 보냈는데 판서 이인응李寅應과 명응鳴應이 돌아가셨다고 한다.

11일(정축丁丑). 남풍南風이 불어와 눈을 녹였다.

확재와 함께 하루 종일 밤늦게까지 쌓인 회포를 풀었다. 여러 사람이 와서 만났다.

12일(무인戊寅). 맑음.

확재가 돌아가는 즈음에 실망하여 뒤숭숭하고 어수선했다. 정을 누를 길이 없어 한 길 두 길을 따라가며 작별했다.

13일(기묘己卯). 비와 눈이 왔다.

사람들이 많이 와서 만났다.

14일(경진庚辰). 눈이 왔다.

현옥玄玉이 와서 만나 이동泥洞의 논에 대해 논의하였다.

15일(신사辛巳). 눈이 오고 맑았다.

이백금貳佰金을 현옥의 집에 보냈다.

---

6 위방委訪: 하룻밤 이상 머물기 위해 방문함을 말한다.

16일(임오壬午). 맑음.

고조할아버지의 제사로 재계에 들어갔다. 세상 밖의 소식이 날마다 들리는데 너무나 흉흉하다.

17일(계미癸未). 맑음.

들으니 추곡秋谷에 사는 백종숙伯從叔이 가대家垈를 팔아서 상룡곡上龍谷의 절협窃峽으로 6일에 이사를 간다고 한다. 가사家舍는 좁아서 다 들어가기 어렵다고 한다. 큰 집에서 지내던 터라 심히 근심이 된다. 추곡은 대대로 구롱邱壠[무덤]과 집이 있어서 우리 4대조부터 서로 전한 터전인데, 하루아침에 버려졌으니 슬프다.

홍주 목사 이승우는 앞서 어떤 마음으로 의병을 일으켰는가. 자신이 다스리는 구역이 스물두 개 읍으로, 그대로 의병을 일으키라는 명령을 내렸다가 이유도 없이 도로 거두었는데, 장수된 자의 소홀함이 이와 같으니 괴이하다. 홍주목은 호서湖西의 보장처保障處가 되니 당대에 인망이 제일 높았는데 하루아침에 인망을 잃었으니 탄식할 만하다. 그때 의병을 일으켰던 사람 가운데 승지 김복한金福漢과 이 승지李承旨, □설□偰과 나머지 이름이 알려진 20여 명을 바로 홍주의 감옥에 가두어서 끝없는 곤경에 처하게 했으니, 차마 듣지 못하겠다. 홍주 목사는 벼슬을 내어놓고 돌아오는 중간에 다시 임용되었다고 한다.

18일(갑신甲申). 맑음.

석현席懸의 족형인 이제履濟 씨가 와서 만났다.

19일(을유乙酉). 맑음.

팔도에서 들은 것이 각각 달라서 증빙하여 믿기에 어렵다. 백성들이 갑자기 삭발을 당했고, 또한 어쩔 수 없는 변고를 8월에 만났으니, 이 울분으로 모두 의병을 일으키려고 했던 것이다. 밤에 꿈을 꾸었다. 궐에 들어가서 우리 성후聖后[명성왕후]를 모셨는데, 다정하게 격려하여 받은 교지가 많았다. 깨어나니 임금의 은혜가 아득하였다.

20일(병술丙戌). 맑음.
문 선비는 자기 집의 형세事勢가 완전히 철파될 것 같아 집으로 돌아갔다.

21일(정해丁亥). 맑음.
사람들이 많이 와서 만났다.

22일(무자戊子). 맑음.

23일(기축己丑). 맑음.
삼좌三座의 종조모從祖母를 모셔 오기 위해 교자轎子와 교정轎丁, 복지기卜直를 용곡龍谷의 백종숙에게 보냈다. 종고조從高祖의 댁에 후사가 없는 것이 어찌 이리 심한가. 종고조께서는 일찍이 인걸人傑로서 세상에 이름을 날렸다. 호랑이와 같은 부리부리한 눈虎目으로 많은 위엄을 펼치셔서 당시 세상이 두려워 벌벌 떨었다. 재종증조再從曾祖 역시 부친의 뜻을 잘 계승하였지만 후사가 없었다. 삼좌三座의 종조從祖를 후사로 들였으나 21세에 요절하셨다. 다만 딸 한 명이 있었는데 함양 박씨咸陽朴氏에게 출가하였다. 충민파忠愍派에서는 종숙從叔을 양자로 들여 왔다. 후사로 들일 때 종고조모從高祖母와 재종증조모再從曾祖母께서 생존하셨는데 차례로 상을 당하셨다. 우리 가문이 대산大山에 들어왔던 시기에 종숙 역시 우리 가문에 의지하여 이 땅 죽엽리竹葉里에 들어오셨다. 몇 해 전 1월에 내외께서 상을 당하셨는데, 그때 재종再從은 겨우 13세였고 두 딸만 있었다. 하나는 신평 이씨新平李氏에게 출가한 지 얼마 되지 않았고, 기르고 있던 아들 하나도 요절하였다. 하나는 성씨成氏에게 출가하여 올해로 30여 세인데 아직 한 점의 혈육도 없다.

죽엽리에서 또 재종과 종조모를 모셔 왔다. 재종은 이미 관례를 한 지 겨우 1년밖에 안 되었고 나이는 19세로 또한 너무 어린 감이 있다. 몇 해 전인 정해년[1887]에 종조모께서는 뒤따라서 억지로 추곡 백종숙의 집에 의거依居하셨는데, 드문드문 박 고모朴姑母의 집에도 왕래하셨다. 박준상朴俊相 역시 어린 나이에 죽었다. 손자며느리와 재종 형수再從嫂를 추곡에 데려와서 출산하게 하였는데, 재종 형수 또한 젊은 나이에 죽었다. 올해 나이 71세로, 전부터 차례로 상을 당한 것이 이와 같으니 기이하다. 종숙이 집을 이사했는데, 너무나도 좁고 가세家勢 역시 위태로웠기 때문에 모셔 오는 것이다. 아버님과 어머님께서도 늙으셨는데 또 숙모를 모셔야 하니, 이 역시 매우 답답한 일이다. 그래서 창동昌洞에 글을 보냈다. 편지를 장단長湍 석주원石柱院의 진사 윤가영尹佳榮에게 보냈는데, 이 사람의 할머니와 우리 할머니가 종형제분이 된다. 서로 촌수를 대어 항렬을 찾아 부르니 정을 통하는 것이 보통과는 다르다. 일전에 그 집에서 두 봉封의 삼蔘을 보내와 감동하였다. 오지烏池의 족제族弟가 왔다 갔다.

24일(경인庚寅). 맑음.

종조모從祖母께서 해가 저무는데 평안하게 돌아오셨다. 작은댁 역시 크게 평안하다고 하니 다행이다.

25일(신묘辛卯). 된서리壯霜가 내렸고 흐렸다.

사람들이 많이 와서 만났다. 이예산李禮山과 풍수風水가 와서 방문하였다.

26일(임진壬辰). 바람이 불고 추웠다.

아내室人가 홀몸이 아닌 지 6개월인데, 복통이 있다고 하니 좋지 않아서 궁귀弓歸[7]로 처방하였다. 종숙께서 날마다 세상 바깥의 기이한 일을 가져왔으나 아직 듣지 못했으니 유달리 답답하다. 들으니 서산 수령이 교체되고 새로운 수령이 얼마 뒤에 부임한다고 한다. 최근 부임하는 새로운 수령은 모두 삭발하였으니 반드시 요란스러울 것이다.

27일(계사癸巳). 맑음.

척숙戚叔인 현초弦初 어르신이 와서 만났다. 들으니 황해도와 평안도의 두 서쪽 지역에서 병정兵丁들이 감히 숙직하러 내려가지 않은 이유는 양서인兩西人이 떼로 모여 있기 때문이라고 한다. 개화파開化派는 지난달에 이미 설을 쇠었기에, 세제歲除[섣달그믐]가 임박했는데도 모두 경시하고 단절하는 것이 많아서, 감히 이전과 같이 풍성하지 않았다. 서울에서는 설을 쇠는 방도가 없다고 한다.

28일(갑오甲午). 맑음.

29일(을미乙未). 눈이 왔다.

몽여夢汝가 와서 만났다. 금년의 역서曆書와 천세력千歲歷이 다르니 기이하다. 천세력은 12월의 [일자가] 많고, 금년의 달력은 12월의 [일자가] 적다. 내년 1월의 [일자는] 많고 천세력 1월의 [일자는] 적다. 설을 쇠는 것이 혹 1일의 차이가 있는데, 나는 역서를 따라서 행할 것이다.

---

7 궁귀弓歸: 천궁과 당귀를 말하다.

병신丙申[1896] 정월正月

초1일(병신丙申). 눈이 오고 추웠다.

세배歲拜를 하는 자가 많이 와서 하루를 보냈다.

초2일(정유丁酉). 드물게 눈이 내리고 추웠다.

들으니, 서산瑞山의 새로운 수령이 결국 부임했다. 북인北人인 임 진사任進士였는데, 삭발하고 부임하였다. 장차 벼슬살이를 하려는 자는 역시 삭발하는 모습을 보여야 한다. 새로운 수령은 모두 삭발한 자였으니, 이미 임용되었던 수령 역시도 삭발할 것이다. 아직 삭발하지 않은 사람은 백성이다. 들으니 사방에 거주하는 재상과 벼슬아치들도 임금께서 삭발하는 것에 의탁하여 삭발하는 자가 많다고 한다.

초3일(무술戊戌). 맑음.

삭발하라는 명령이 경아문京衙門의 관문關文으로 홍주의 관찰사와 수령에게 내려왔는데, 벼슬하는 자는 우선 삭발하라고 하였다. 이전의 관문과 감결甘結도 고쳐서 지칭하길 '훈령訓令'이라 하였고, 전령傳令도 고쳐 지칭하길 '고시告示'라고 하였다. 각종 문첩文牒의 투식套式 역시 모두 변경하였다. 제반 문첩은 임금께서 재가하셨는데, 모두 진서眞書와 언문諺文이 섞여 있었으니, 지금 이후로 문자文字 공부工夫는 등한시될 것이다.

초4일(기해己亥). 맑음.

1일부터 날씨가 순조롭지 않았다. 매일매일 보러 오는 사람들의 자리가 넉넉하지 않았으니, 거의 수백 명에 가까웠기 때문이다. 박구薄具와 세식歲食[8]을 준비하여 손님을 접대하는 것이 너무나 어렵다.

초5일(경자庚子). 맑음.

묵수墨水에 가서 산소에 성묘하고 날이 저물어 돌아왔다.

초6일(신축辛丑). 맑음.

들으니, 지난 납일臘日인 27~28일에 러시아 군사가 갑자기 서울로 올라와서 삭발한 것을 비난했다 한다. 열 명의 대신을 책망하였는데, 혹은 도피한 자도 있었고, 혹은 해를 입은 자도 있었다고 한다. 임금께서도 또한 몹시 난처한 지경에 있었다고 한다. 자세하지 않아서 모두 서술할 수 없다. 향촌에서는 또한 몹시 급하게 삭발하려고 했는데, 서울의 소식을 들어보니 지금 잠시 독촉하지 않는다고 하니 다행이다. 서산 수령이 아전을 보내서 꾸짖어 물었다.

도니동道尼洞, 이동梨洞, 분지동分旨洞, 기은곶其隱串 등 여러 곳에 갔다가 날이 저물어 돌아왔다. 밤에는 지신제地神祭를 행하였다.『주자가례朱子家禮』에 의하면 사중월四仲月〔4계절의 가운데 달〕에 행하라고 하였는데, 가세家勢가 빈곤한 이유로 예를 준수할 수는 없고 매년 맹월孟月에 한 차례 행하고는 이후로 행한 지가 이미 오래되었다.

초7일(임인壬寅). 흐리고 오후에 바람이 불고 눈이 왔다.

이닐은 인일人日이 되는데 이와 같으니 두려울 만하다. 현초弦初 친족 어

---

8 박구薄具와 세식歲食: '박구'는 간단한 술안주를, '세식'은 설에 차린 음식을 말한다.

르신과 족숙族叔인 치상致相 씨, 광암廣岩의 성일聖一 등 여러 사람이 방문
하여서 종일토록 사람들을 만났다. 용곡龍谷 종숙의 서신이 왔다.

초8일(계묘癸卯). 바람이 불고 눈이 와서 날씨가 심하게 어그러지고 나빴다.
곡일穀日[9]이 이와 같으니 기이하고도 두렵다.

초9일(갑진甲辰). 맑음.
사람들이 많이 와서 하루 종일 만나 보았다.

10일(을사乙巳). 맑음.
증조할아버지의 제사로 재계에 들어갔다. 백종숙伯從叔과 계종숙季從叔이
와서 참여하셨다.

11일(병오丙午). 맑음.
하루 종일 문에 늘어선 손님들을 만났다. 새벽에 비가 내렸다. 사내종 홍
준洪俊이 진주晉州 고향으로 출발하였는데, 가는 편에 무평茂坪에게 글을
부쳐 보냈다.

12일(정미丁未). 흐리고 비가 왔다.

13일(무신戊申). 맑음.
아내의 생일生朝이다.

---

9 곡일穀日 : 정월 초여드렛날로, 농사의 풍흉을 점치는 날이다. 날이 좋지 않으면 재앙이 있
다고 여겼다.

14일(기유己酉). 맑음.

강 선달姜先達과 벗 이상운李祥雲, 화변禾邊에 사는 권우權友가 와서 만났다. 생고조할머니生高祖母 안동 권씨의 제사로 재계에 들어갔다. 재종조再從祖께서 자식이 없어서 제사를 받드는 것이다. 종숙이 와서 참여하였다.

15일(경술庚戌). 맑음.

권우와 함께 광암에 갔다가 그대로 고창포古倉浦에 가서 숙박하였다.

16일(신해辛亥). 맑음.

계속해서 산천을 유람하다가 오지烏池의 족제 경눌景訥에게 가서 숙박하였다.

17일(임자壬子). 맑고 바람이 불었다.

산수를 떠돌아다니다가 돌아와서 광암에서 숙박하였다.

18일(계축癸丑).

그대로 머물러 숙박하였다.

19일(갑인甲寅). 맑음.

광암에서 돌아왔다. 조정에서 또 경계를 알리는 변고가 있었는데, 러시아 공사관公事館과 몰래 통하여서 갑오년〔1894년〕 6월의 역적 우두머리와, 을미년〔1895년〕 8월의 역적 무리들을 잡아서 형벌로 복주伏誅시켰으니, 김홍집金弘集과 조희연趙羲淵, 어윤중魚允中, 정병하鄭秉夏 등으로, 그 나머지 무리는 다 기록할 수 없다. 상上께서 러시아 공사관으로 이어移御하셨으니 앞날이 너무나도 아득하다. 윤음綸音이 급하게 내려갔는데, 민심을 안심시키려는 것이다. 의병을 일으킨 자들은 각기 파하여 흩어졌는데, 삭발하는 일이 중단되었기 때문이다. 각처의 의병은 통문을 보내 서로 전달하였다. 종숙이 강청동江淸洞에 가기에 편지를 부쳤다. 석교石橋의 편지가 왔다.

20일(을묘乙卯). 맑음.
사람들이 많이 와서 만났다.

21일(병진丙辰). 맑음.
경회景會와 몽여夢汝가 와서 만났다. 너무나도 많은 요란한 이야기들을 이루 다 기록할 수 없다. 밤에 꿈을 꾸었는데, 임금과 왕후를 모시는데 탑전榻前 아래에 한 사람도 시위하는 자가 없었다. 깨어보니 너무나도 두렵다. 돌아보건대 지금 시세時勢가 혹시 그럴 수도 있을 것 같아서 이와 같은 우려가 있는 것이다. 당장 서울로 올라갈 계획이었으나 몸을 건사할 방도가 없으니 한탄스럽다.

22일(정사丁巳). 맑음.
또 권우權友와 함께 근처 경치를 돌아다니며 관람하였다. 현옥賢玉의 집에 투숙하였다.

23일(무오戊午). 맑음.
심하게 추워서 계속해서 같은 곳에 머물렀다.

24일(기미己未). 맑음.
오후에 돌아왔다. 소엽沼葉을 원집元集 족제 집에 보냈다.

25일(경신庚申). 맑음.

26일(신유辛酉). 맑음.

아버지께서 서산에 있는 무덤을 살펴보고 깨끗이 청소하기 위해 행차하셨다. 권우權友가 광암에서 왔기에 함께 가서 무덤을 살폈다. 매남리梅南里에서 숙박하였다.

27일(임술壬戌). 맑음.

낮에 정자동亭子洞에 사는 윤우尹友와 놀았다. 저녁나절에야 돌아왔다.

28일(계해癸亥). 맑음.

도처에서 의병을 일으키는 거조擧措가 너무나도 컸는데, 다수가 진을 치고 있었다. 인심이 저절로 진정되기 어려우니 민망하다.

29일(갑자甲子). 흐림.

들어보니, 의거義擧가 날이 갈수록 심해서 삭발한 수령은 대부분 피해를 입었는데, 혹은 기회를 틈타 도망하여 몸을 숨기기도 하였다. 하나의 진이 서울에 크게 펼쳐져 있는데, 일본인을 진압하기 위해서였다. 대가大駕는 아직도 러시아 공사관에 머물러 있다고 한다. 그래서 지금 들리는 말에 의병이 장악하지 않은 고을이 없다고 하니 어찌 어긋나지 않겠는가! 소동이 심하게 답답하다. 김명교金明敎의 모친이 야정夜正[12시]에 돌아가셨다.

회일晦日(을축乙丑). 맑음.

아버지께서 놀아오셨다. 김명교의 상갓집에 갔다. 밤에 해사海史 어르신과 함께 흥미진진하게 대화하는 꿈을 꾸었다.

2월 초1일(병인丙寅). 맑음.

원집 족제族弟에게 글이 와서 답하였다.

초2일(정묘丁卯). 맑음.

분지동分旨洞 원집의 모친慈闈 생신에 가서 참석했다가 날이 저물어 돌아왔다.

초3일(무진戊辰). 맑음.

초4일(기사己巳). 맑음.

윤우尹友가 와서 만났다. 당진唐津의 친구 이공삼李公三이 와서 만났다. 도동桃洞에 있는 종숙의 집에 갔다.

초5일(경오庚午). 아침에 안개가 끼었다.

서울의 소식을 듣지 못하니 너무나도 답답하다. 의병의 소식에 별다른 신기한 것은 없다. 신시申時 이후에 안개가 자욱하게 내려서 하늘을 뒤덮었다.

초6일(신미辛未). 맑다가 바람이 불었다.

초7일(임신壬申). 크게 바람이 불어 추웠다.

세상 바깥의 일을 아직 듣지 못하니 심히 우울하다.

초8일(계유癸酉). 맑음.

분지동 기은곶其隱串에 있는 원근元根 일가가 이사하는 곳으로 원집元集과 함께 갔다. 그대로 광암에 가서 머물러 숙박하였다.

초9일(갑술甲戌). 맑음.

김명교金明敎가 장사를 지냈는데, 가서 보았다.

10일(을해乙亥). 맑음.

명교에게 갔는데, 장례 일을 끝마쳤다.

11일(병자丙子). 맑음.

날이 가물었다. 지난가을 이후부터 비와 눈이 땅을 한쪽도 적시지 못했다. 이와 같이 땅이 가무니 답답하다. 세상 바깥의 일을 들을 길이 없으니 심히 울적하다. 밤에 입궐하는 꿈을 꾸었다. 용곡龍谷과 창동昌洞 두 군데에서 편지가 왔다. 둘째 종숙次從叔이 아산에 갔는데 오랫동안 돌아오지 않으니 울적하다.

12일(정축丁丑). 맑음.

정자동에 가서 도빈道彬, 윤하경尹夏卿과 함께 탑동塔洞에 갔다. 성성오成聖五, 손경옥孫景玉, 김진보金振甫, 첨사 김덕진金德鎭을 맞이하여 회포를 풀고 그대로 숙박하였다.

13일(무인戊寅). 맑음.

두서너 줄의 윤음綸音이 내려왔다. 삭발을 금지하고 폐지했던 것은 모두 옛 법식을 회복하였다. 재상 김병시金炳始가 영의정에 제수되어서 도체찰사都體察使가 되었다. 진사 계국량桂國梁이 칠로七路의 감군지휘사監軍指揮使가 되어서 중외를 안정시키고 어루만져 달랬다. 충청도의 의병들을 충의군忠義君으로 삼았고, 황해도의 의병은 경의군敬義君으로 삼았으며, 강원도의 의병은 용의군勇義軍으로 삼았다. 경상도의 의병은 장의군壯義軍으로 삼았고, 전라도의 의병은 분의군奮義軍으로 삼았으며, 평안도의 의병은 강의군剛義軍으로 삼았으며, 함경도의 의병은 돈의군敦義軍으로 삼았다. 의병의 우두머리는 모두 초토사招討使에 제수하여서, 관찰사와 수령은 의병에게 맡은 임무를 스스로 하게 하였고, 흉년이 들어서 가난한 읍은 조세를 반으로 탕감하였다. 경기도는 순의군殉義軍이라 하였는데, 사직과 생사를 함께 하라는 뜻이니 말이 너무나도 간박艱迫하였다.

14일(기묘己卯). 맑음.
죽엽리竹葉里 오 적성吳積城의 집에 가서 그대로 숙박하였다.

15일(경진庚辰). 맑음.
죽리竹里에서 상중에 있는 한 아무개를 찾아가서 만났다. 이리저리 다니다가 족숙族叔인 희도希道 씨를 방문하였다가 집으로 돌아왔다. 처조카인 한계동韓啓東이 와서 만났다.

16일(신사辛巳). 날씨가 순조롭지 않았다. 바람에 날리는 눈으로 사방이 막혔다.

17일(임오壬午). 바람에 날리는 눈이 더욱 커졌다.
정자동 윤우尹友 자제의 우례于禮에 갔다가 곧이어 노룡동老龍洞을 찾아갔다. 돌아와 윤우를 찾아가서 함께 숙박하였다.

18일(계미癸未). 바람에 날리는 눈이 있었다.
광암廣岩에 갔다가 돌아왔다. 강청동江淸洞 이 진사李進士의 답서答書가 왔다. 석교石橋에서 편지가 왔는데 답하지 않았다. 슬항瑟項에서 편지가 와서 바로 답장하였다.

19일(갑신甲申). 맑음.

처조카가 집으로 돌아갔다. 죽숙인 치영致榮 씨가 와서 방문하였다. 의병의 무리가 점차 커지니 일이 매우 어려운 처지에 놓였다. 어가御駕가 아직도 러시아 공사관에 머무르면서 돌아올 기약이 없고, 인산因山도 기한을 미루어 정하였는데, 전해지는 얘기가 자세하지 않다. 임금의 거처가 있는 러시아 공사관을 지키는 신하는 두세 명에 불과하고, 그 외에는 임금을 모시는 방도가 없다고 한다. 사람들의 출입도 금지하며 관찰하고 있으니 너무나도 황망하여 어찌할 바를 모르겠다고 한다. 감히 거론하여 이야기할 수 없다.

20일(을유乙酉). 맑음.

금일은 농사를 살피는 날인데, 날이 더욱 맑으니 괴이하다. 서산 수령 임철재任哲宰는 개화 중에 삭발한 사람인데 와서 방문하였다. 들으니, 의병을 일으킨 사람들을 각각 본업에 종사하게 하라는 뜻으로 선유사宣諭使가 내려왔다고 한다. 강원도에는 이도재李道宰가 내려갔고, 호서와 호남에는 신기선申箕善이 내려갔다고 하는데, 모두 일찍이 개화를 했던 사람들로서, 이미 모욕을 당했다고 한다.

21일(병술丙戌). 맑음.

광암에 갔다가 돌아왔다.

22일(정해丁亥). 맑음.

권우權友가 와서 만났다. 청명淸明으로 날씨가 매우 맑았다. 가뭄이 너무나 심하니 괴이하다.

23일(무자戊子). 맑음(추곡秋谷의 증조할아버지 산소에 사초沙草를 고쳐 입혔다).

한식寒食이다. 묵수지墨水池의 할아버지 내외분이 함께 모셔진 산소에 가서 절기 제사節祀를 지냈다. 예를 행한 후에 그대로 족숙 태환泰煥에게 가서 사초沙草를 입혔고, 이어서 수안리水岸里 동명東明의 집에 가서 숙박하였다. 할머니 산소는 처음 경오년〔1870년〕 3월 서산의 노지교위蘆旨轎位 봉우리 아래에 장사하였는데, 임신년〔1872년〕 10월에 묘소를 이장하였다. 물과 불의 재화로 인한 실패가 너무나도 컸기 때문에 묵수지에 임시로 매장하였던 것이다. 다음 해〔1873년〕 2월에 학주공鶴洲公의 경내 청룡의 자좌子坐 언덕에 완전히 봉안하였다. 할아버지의 산소는 임신년〔1872년〕 10월에 묵수지 백호白虎의 가장 아래 언덕에 임시로 두었다가 계유년〔1873년〕 2월에 임시로 정해두었던 그 위의 언덕 임좌壬坐에 개장改葬하였다. 무인년〔1878년〕 4월에 서산 북촌 가자산佳資山에 이장하였는데, 이내 실패하고는 또한 그 산의 아래에 임시로 매장하였다. 가을 9월에 서산 팔봉산八峯山에 이장하였고, 이후 최산最山 높은 곳으로, 또한 3년 뒤에는 망일산望日山 아래로 옮겨 봉안하였다. 그러나 수환水患을 이겨내지 못하고 무덤을 보호하기 위하여 할머니의 산소 좌측 자좌子坐에 매장하였다. 그간 옮겨 다닌 것이 두렵고 민망하다. 처음 묵수지 냉혈冷穴에 장사하였는데, 그 후에 그 장소는 모두 재화로 인해 실패하였다.

24일(기축己丑). 맑았는데 낮에 몇 점 동안 비가 왔다.

여러 사람들과 죽리竹里에 갔다가 돌아왔다.

25일(경인庚寅). 맑음.

광암廣岩에 갔다가 권우權友와 함께 숙박하였다.

26일(신묘辛卯). 맑고 크게 바람이 일었다.

돌아왔다.

27일(임진壬辰). 낮 동안에 미세한 비가 내렸고, 낮밤을 가리지 않고 크게 바람이 일었다.

28일(계사癸巳). 크게 바람이 일었다.

29일(갑오甲午). 흐림.

30일(을미乙未). 흐리고 또 미세한 비가 내렸다.

현초弦初 어르신께서 서산의 친구 이경춘李景春과 함께 와서 숙박하였다. 수안리의 김홍문金弘文이 죽었다.

3월 1일(병신丙申). 비가 왔다.

비가 처음으로 씨 뿌리기에 흡족하게 왔다. 도처의 의병은 병정兵丁이 내려와서 대포를 발포하자 모두 흩어졌다가도 혹 모였는데, 영남의 안동安東과 진주晉州 등 두 곳에 가장 많이 모였다고 한다. 바다 바깥에서 대포大砲 소리가 그저께 종일토록 그치지 않았는데 〔무슨 일인지〕 알지 못하겠다. 청나라 병사가 평양으로 많이 나왔다고도 하는데 자세하지 않다. 족숙인 상풍商豊 씨와 척숙戚叔인 현초 어르신, 서산의 이우李友가 와서 만났다.

초2일(정유丁酉). 비가 오다가 아침에 개었다.

여러 어르신들과 함께 영전令田에 가서 산을 살피고 물을 평하다가 그대로 숙박하였다.

초3일(무술戊戌). 맑음.

수구리水口里에 가서 족질族姪의 우례于禮에 참여하러 갔다가 바로 서산의 여러 친구들을 만나 손을 잡고 망일사望日寺로 올라갔다.

초4일(정해丁亥). 맑음.

망일사에서 오후에 돌아왔다. 창동과 용곡 두 곳에서 편지가 도착하였다.

초5일(무자戊子). 맑고 큰 바람이 일었다.

초6일(기축己丑). 비가 왔다.

파종播種을 하는데, 비가 비로소 흡족했다.

초7일(경인庚寅). 흐리고 습했다.

억지로 율시 한 수를 지어 아동들에게 가르쳤다. 친구 이덕일李德一이 와서 기록하였다.

초8일(신묘辛卯). 비가 왔다.

금년에 핀 꽃은 지난 몇 해 동안 장성함을 처음으로 보였다.

초9일(임진壬辰). 흐림.

10일(계사癸巳). 맑음.

생고조할아버지의 제사로 재계에 들어갔다. 재종조再從祖께서 자식이 없는데 아직 후사를 들이지 못했으니 몹시 슬프다.

11일(갑오甲午). 맑음.

서산의 족제가 도빈과 함께 와서 만났다.

12일(을미乙未). 비가 왔다.

세상의 소식이 너무나도 들리는 것이 없다. 서울의 소식이 너무나도 막혀 있으니 우울하다.

12일(병신丙申). 흐리고 비가 조금 왔다.

13일(정유丁酉). 흐림.

의병이 일어나 통문을 돌리고 행동하였다. 영남의 안동과 대구, 진주 등지의 의병 수만 명이 일제히 개화파 수령들을 공격하여 쫓아내서, 경기京畿에까지 이르렀다고 한다. 도처의 대적大賊과 도적盜賊이 크게 일어났으니 민심은 더욱 손쓸 바가 없었는데, 덕산德山 안쪽은 잠시 고요하였다고 한다.

14일(무술戊戌). 맑음.

아동들과 함께 뒷산에 올라가 한 곡조를 읊고 돌아왔다.

15일(기해己亥). 맑음.

분지동分旨洞에 가서 여러 사람들과 함께 기산其山에 올라가 한 곡조를 읊고 그대로 숙박하였다.

16일(경자庚子). 비가 왔다.

그대로 족제인 원집元執에게 미물렀다.

17일(신축辛丑). 맑음.

광암에 가서 그대로 숙박하였다.

18일(임인壬寅). 맑음.

여러 친구들과 여러 족제族弟들과 더불어 웅도熊島에 함께 가서 한 곡조 읊조리고 또 생선을 먹었다. 그대로 숙박하였다.

19일(계묘癸卯). 맑음.

날이 저물어서 돌아왔다.

20일(갑진甲辰). 맑음.

친구 이덕일과 함께 하루 종일 율시 몇 수를 읊조렸다.

21일(을사乙巳). 맑음.

족숙 상풍 씨가 와서 만났다.

22일(병오丙午). 맑음.

광암廣岩에 갔다가 돌아왔다. 족제 원집과 친구 윤하경尹夏卿이 와서 만났다.

23일(정미丁未). 맑음.

들으니, 나주 관찰사 안종수安鐘洙가 개화하였다는 이유로 백성들에게 해를 당했는데, 80살이나 먹은 그 부친이 상가를 호송하여 돌아왔다고 한다. 이날은 친구 이덕일과 잠깐 시를 읊으면서 집으로 돌아왔다.

24일(무신戊申). 아침에 가는 비가 내리다가 맑게 개었다.

25일(기유己酉). 맑음.

서울 소식을 오랫동안 듣지 못하니 너무나도 답답하다. 종숙이 와서 숙박하였다.

26일(경술庚戌). 흐림.

이날 덕일德一과 함께 율시 두세 수를 지었는데, 특별하여서 스스로 위로할 수 있었다.

27일(신해辛亥). 맑다가 낮부터 큰바람이 불었다.

족제 명설命說이 와서 방문하였다. 덕일이 갔다가 돌아왔다.

28일(임자壬子). 남풍南風이 크게 일었다.

죽리竹里의 상중喪中에 있는 한 아무개, 갈두葛頭의 김 선비가 와서 보았다. 오후에 내리던 비가 밤이 되자 더 심해졌다.

29일(계축癸丑). 아침에 비가 오다가 맑게 개었고, 또 바람이 불었다.

족숙 희도希道 씨가 와서 만났다.

30일(갑인甲寅). 맑고 바람이 불었다.

독곶獨串의 김 감찰金監察이 와서 보았다. 분지동의 현초弦初 척숙이 글을 보내셨는데, 나를 불러 함께 시를 읊자고 하셔서 찾아갔다. 그대로 이동梨洞에서 숙박하였다.

4월 초1일(을묘乙卯). 맑음.

족제 원집, 명열命悅과 함께 광암의 도동桃洞에 나아갔다가 돌아왔다. 세상의 일을 하나도 들을 수가 없으니 너무나도 울적하다.

초2일(병진丙辰). 맑음.

애벌갈이를 하였다. 분지동의 족숙이 와서 만났다. 승려 성준性俊이 와서 보았다.

초3일(정사丁巳). 맑음.

또 밭갈이를 하였다. 망건網巾 상인이 와서 머물렀다.

초4일(무오戊午). 맑음.

들으니, 홍주洪州에 관찰사를 신설하였던 것을 혁파하고 단지 목사牧使라고 칭하겠다고 한다. 충청좌도의 충주忠州 관찰사는 그대로 존속시켰고, 공주公州 역시 그대로 존속시켜서 좌도와 우도에 각각 하나만을 두었다. 공주에는 태사台司 이건하李乾夏가 제수되었다고 한다. 정령政令이 어느 곳에서 나오는지 알지 못하겠으니 너무나도 울적하다. 사람들이 많이 와서 만났다.

초5일(기미己未). 맑음.

[관찰사를] 혁파하라는 이야기는 아직 정확한 것은 아니다. 족숙인 순경舜卿 씨가 와서 만났다. 오 적성吳積城이 와서 보았다.

초6일(경신庚申). 맑음.

광암에 가서 현옥玄玉이 산송山訟하는 일에 참견하였다. 청주의 족형 윤보允甫 씨와 김 선비가 족질인 윤문允文과 함께 와서 방문하였다.

초7일(신유辛酉). 맑은데 너무 더웠다.

광암에서 돌아왔다. 덕일이 그 학동學童을 번갈아가면서 도와주기 위해 수안리水岸里로 이사하였다. 운칠雲七도 역시 함께 갔다. 한가로이 율시 한 곡조를 읊조렸다.

초8일(임술壬戌). 맑음.
분지동에서 가서 그대로 머물고 이동에서 숙박하였다.

초9일(계해癸亥). 맑음.
윤보 씨를 데리고 함께 광암에 갔다. 저녁이 되어서 돌아왔다.

10일(갑자甲子). 맑음.
서산瑞山 전당리錢塘里의 구 석사具碩士가 와서 만났다.

11일(을축乙丑). 맑음.
족제 도빈道彬이 와서 만났다. 몽여夢汝가 와서 보았다.

12일(무인戊寅). 흐림.
친구 윤하경과 이우李友가 와서 만났다. 밤에 가느다란 비가 왔다.

13일(기묘己卯). 아침에 비가 왔다.
여러 친족이 와서 숙박하였다.

14일(경진庚辰). 바람이 불었다.
현초 어르신과 족조族祖 군재群載 씨가 와서 만났다. 여러 손님들이 모두 아버지의 생신에 와서 참여하였다.

15일(신사辛巳). 맑음.
갈두葛頭에 가서 상을 당한 선생先生 김성장金聖章과 함께 소회를 풀며 시를 읊었고, 그대로 숙박하였다.

16일(임오壬午). 맑음.

갈두에서 망일사望日寺에 올랐는데 학동들을 데리고 갔다. 덕일이 여러 친구들과 함께 와서 노래하는 것에 참여하고 또 시를 읊었다. 그대로 머물렀다.

17일(임오壬午). 맑았고 오후에 안개가 크게 꼈다.

깊은 밤 해시亥時〔오후 9~11시〕 즈음에 부인이 아이를 거꾸로 낳았는데 딸 하나를 출산하였다. 어미가 무탈하니 다행이다. 사주四柱가 매우 좋아서 조금 위로가 된다.

18일(계미癸未). 맑음.

친구 이상운李祥雲이 와서 만났다. 외종씨外從氏와 기현騏鉉 씨가 지금 임천林川에 거주한다. 3년이나 만나지 못했는데, 멀리서 찾아왔으니 진귀한 손님을 흔쾌히 반겼다.

19일(갑신甲申). 흐림.

외종씨와 함께 묵수지墨水池에 갔다가 죽엽리竹葉里, 슬현瑟峴, 기은곶其隱串, 분지동分旨洞, 광암廣岩을 돌아다녔다. 그대로 숙박하였다.

20일(을유乙酉). 맑음.

이어서 친구 이상운의 맏아들이 관례를 하며 갓을 쓰는 것을 보았다. 저녁이 되어서 돌아왔다.

21일(병술丙戌). 맑음.

정자동亭子洞과 회포回浦, 영전令田에 가서 산수山水의 이치를 논의하고 답사하다가 날이 저물어서 돌아왔다. 꿈에서 동궁東宮 저하邸下를 배종陪從하였다.

22일(정해丁亥). 흐림.

족손族孫 태환泰煥과 족질 성오聖五가 와서 만났다. 창동과 용곡에서 편지가 왔다.

23일(무자戊子). 맑음.

날이 너무나도 건조하여 밀과 보리가 말라버려서 민심이 소란스럽다. 좌협左峽〔팔도의 좌측 지역〕의 여러 읍들은 의병이 아직도 맹위를 떨치고 있다. 영남의 진주晋州 지역은 병정兵丁과 의병義兵이 살해되고 상처 입은 자가 수를 헤아릴 수 없다. 나주의 의병들이 진주에 합세하여서 병정과 의병이 서로 부딪혔는데, 그 사이에 민호民戶에도 상처를 입혔다. 판서 이건하李乾夏가 공주 관찰사가 되자 의병들이 도적의 무리에 귀부歸附해 들어갔는데, 금지하는 법이 너무 엄했기 때문이다. 족숙인 승지承旨 상덕商悳 씨가 홍주 관찰사에 제수되었는데 죽어도 부임하지 못한다고 하였다. 그 뜻은 대개 개화 중에는 벼슬살이를 하지 않으려고 했기 때문이다. 임금의 명을 누차 거역하였기에 홍주로 좌천을 시켜서 홍주 성 밖에서 대죄待罪하게 하였다. 이후에는 어찌 되었는지 알지 못한다. 현옥이 와서 숙박하였다.

24일(기축己丑). 맑음.

첫 번째 모내기를 하였다. 족숙인 치영致榮 씨가 와서 만났다.

25일(경인庚寅). 맑다가 신시에 흐려졌다.

친구 윤하경과 이원면梨園面의 점숙漸叔이 와서 만났다. 밤에 비가 내렸다.

26일(신묘辛卯). 비가 왔다.

극심한 가뭄 끝에 내리는 비라 너무나도 위안이 되지만, 민심은 흡족하게 여기지 않았다.

27일(임진壬辰). 흐림.

갈두葛頭에 갔다가 갑시甲天〔오전 4시 반~5시 반〕에 돌아왔는데 크게 안개가 꼈다.

28일(계사癸巳). 흐리고 안개가 꼈다.

29일(갑오甲午). 흐림.

외종씨가 집으로 돌아갔다. 이때 서로 송별하는데 너무나도 슬퍼하였다. 10리를 배웅하고 돌아왔다.

5월 초1일(을미乙未). 맑음.

족숙인 상풍商豊 씨가 와서 만났다. 하루 종일 모내기하는 것을 지켜보았다. 신시申時에 비가 왔다.

초2일(병신丙申). 비가 왔다.

초3일(정유丁酉). 비가 왔다.

초4일(무술戊戌). 장마로 습했다.

모내기가 끝났다.

초5일(기해己亥). 바람이 크게 일고 장마로 습하였다.

마른장마로 물이 없어, 건조한 지역에서는 물을 구하면서 여전히 근심하고 있다.

초6일(경자庚子). 바람이 크게 일고 장마로 습하여서 매우 고생스러웠다.

상중喪中에 있는 한경원韓慶元이 와서 만났다.

초7일(신축辛丑). 크게 비가 내렸고, 낮 동안에 또 바람이 일었다.

덕일德一이 또한 자립동紫立洞으로 옮겼다. 이날 율시 몇 수를 읊었다.

초8일(임인壬寅). 비가 왔다.

비가 종일 내려서 밭이랑이 대부분 무너져 많은 손해를 입었다.

초9일(계묘癸卯). 흐림.

증조할아버지의 제사가 있었다. 중종숙仲從叔이 와서 참여하였다.

10일(갑진甲辰). 비로소 맑음.

분지동에 갔다가 다시 광암에 갔다. 그대로 현옥의 집에서 숙박하였다.

11일(을사乙巳). 맑음.

우리 읍의 수령이 체문帖文을 내렸다. 그 내용에, 이번 달 망일望日에 벼슬아치와 유림儒林들이 모두 나아가 만나자고 하는데, 심각한 이유가 있는 것인지는 알지 못하겠다.

12일(병오丙午). 맑음.

덕일이 향촌에 있는 여러 아이들을 찾았는데, 법식을 가르치고자 한 것이다. 오 적성吳積城과 하영夏泳이 와서 보았다.

13일(정미丁未). 맑음.

몽여夢汝와 승려 성준性俊이 함께 와서 보았다.

14일(무신戊申). 맑음.

우리 읍의 수령에게 편지를 썼다.

15일(기유己酉). 맑음.

16일(경술庚戌). 오후에 흐림.

팥과 콩을 농사지었다. 신시申時에 하늘에서 비가 내렸다.

17일(신해辛亥). 비가 왔다.

공주公州에 거주하는 김씨 성을 가진 사람이 와서 숙박하였다. 고요하고 조용한 중일中日이라 율시를 읊조렸다.

18일(임자壬子). 비가 왔다.

19일(계축癸丑). 비가 왔다.

장마로 인해 습해서 너무 고통스럽다. 의병은 여전히 관동關東과 충청도의 제천堤川, 경상도의 여러 읍에 많이 있는데, 해산하는 것도 기약이 없다. 친구 덕일과 함께 죽리竹里에 갔다. 오 적성과 하영이 회갑잔치를 베풀었다. 비가 내려서 함께 숙박했다. 밤에 큰비가 내렸다.

20일(갑인甲寅). 가느다란 비가 내렸다.

죽리에서 돌아왔다. 도로가 물에 잠겨서 그대로 시부詩賦나 읊조렸다.

21일(을묘乙卯). 흐림.

22일(병진丙辰). 흐림.

세상일이 날마다 달라지는데 조정의 체모가 너무도 어리석어서 사리 분별도 못 한다. 읍에서 면훈장面訓長의 차첩差帖을 아버지께 내리었다.

23일(정사丁巳). 흐림.

도동道洞에 가서 숙박하였다.

24일(무오戊午). 흐리고 신시에 비가 왔다.

25일(기미己未). 비가 왔다.

이里의 훈장訓長을 선출하는 일로 사창社倉에서 면面의 모임이 있었다.

26일(경신庚申). 비가 왔다.

이고익李皐翼 씨에게 편지를 써 보냈다. 밤에 분지동의 친척 동생이 와서 만났다.

27일(신유辛酉). 비가 왔다.

28일(임술壬戌). 바람이 불었다.

처음으로 가래로 모내기鋤秧를 하였는데 일이 쉬웠다.

29일(계해癸亥). 맑음.

30일(갑자甲子). 맑음.

6월 초1일(을축乙丑). 맑다가 비가 왔다.

초2일(병인丙寅). 맑음.
망건網巾 상인이 와서 탕건宕巾을 고쳤다. 해가 져서 어둑할 무렵부터 급성 위장병癨亂이 심하게 생겼는데, 위급한 경지는 지났다.

초3일(정사丁巳). 비가 왔다.
두 달 동안 장마로 습하여 사람들이 많이 병에 걸렸는데, 온 집안사람과 종붙이들도 모두가 병에 걸렸다.

초4일(무진戊辰). 비가 왔다.

초5일(기사己巳). 흐리고 습했다.

초6일(경오庚午). 맑음.
초복初伏이다. 비가 내리지도 않았는데 나무에 열매가 열렸으니 혹시 길조일 수도 있겠는가?

초7일(신미辛未). 흐리고 오전 중에 비가 내렸다.

초8일(임신壬申). 비가 왔다.

초9일(계유癸酉). 비가 왔다.

10일(갑술甲戌). 흐리고 엄청 더웠다.

11일(을해乙亥). 맑음.

어머님의 생신이다. 여러 손님들이 와서 만났다.

12일(병자丙子). 맑음.

13일(정축丁丑). 맑음.

14일(무인戊寅). 맑음.

15일(기묘己卯). 맑음.

여러 날 계속해서 엄청 더웠다.

16일(경진庚辰). 맑음.

17일(신사辛巳). 흐림.

5대조 할머니의 제사로 재계에 들어갔다. 인후증咽喉症으로 참여하지 못했
다. 밤에 비가 크게 내렸다.

18일(임오壬午). 비가 크게 내렸다.

홍주洪州의 김 참봉金參奉이 와서 숙박하였다.

19일(계미癸未). 비가 왔다.

20일(갑신甲申). 흐리고 또 비가 왔다.

21일(을유乙酉). 흐림.
조종록趙鍾錄이 말안장과 관련된 일로 글을 써 왔다.

22일(병술丙戌). 흐리고 습했다.

23일(정해丁亥). 큰비가 내렸다.

24일(무자戊子). 비가 왔다.

25일(기축己丑). 흐림.

26일(경인庚寅). 흐리고 습했다.
날마다 크게 바람이 일었다. 해미海美 정천貞川의 이 생원李生員이 와서 만
났다.

27일(신묘辛卯). 흐리고 바람이 불었다.
이 생원과 함께 묵수지墨水池에 갔다. 밤에 비가 내렸다. 태안泰安의 조재
선趙載善(자는 대경大卿이다)이 와서 보았다.

28일(임진壬辰). 흐리고 오전에 비가 약하게 내렸다.
이 생원이 집으로 돌아갔다. 태안 수령에게 편지를 써 보냈다.

29일(계사癸巳). 흐림.

7월 초1일(갑오甲午). 맑고 바람이 불었다.

권우權友가 와서 만났는데 함께 광암廣岩에 가서 그대로 숙박하였다.

초2일(을미乙未). 맑음.

초3일(병신丙申). 맑고 오전에 약간 가는 비가 내렸다.

광암에서 돌아왔다.

초4일(정유丁酉). 맑음.

초5일(무술戊戌). 맑음.

이우李友와 각곡서당角谷書堂에서 벼루를 씻었다.

초6일(기해己亥). 맑고 바람이 불었다.

초7일(경자庚子). 맑고 더웠다.

권우權友와 현옥玄玉, 경필敬弼과 함께 가서 산수山水를 관람하고 그대로
삼길리三吉里에 이르러 숙박하였다.

초8일(신축辛丑). 맑고 더웠다.

돌아다니다 광암으로 가서 그대로 숙박하였다.

초9일(임인壬寅). 맑음.

집으로 돌아왔다.

10일(계묘癸卯). 맑음.

11일(갑진甲辰). 맑음.

어린아이들에게 벼루를 씻게 하였다. 여러 벗들이 둥글게 모여 한 자리씩 앉았다.

12일(을사乙巳). 맑음.

13일(병오丙午). 비가 왔다.

비가 내리기에 기은곳其隱串에 가는 것을 중단하였다.

14일(정미丁未). 비가 왔다.

서재書齋가 개인적으로 통하는 달콤한 글귀를 갖고 왔다. 확재確齋에게 편지를 부쳤다. 오후에 친구 덕일德一과 함께 슬현瑟峴에 갔다. 그대로 여러 사람들과 함께 독곳獨串을 돌아다니다가 그대로 숙박하였다.

15일(무신戊申). 맑음.

오지烏池의 족제 경눌景訥의 집에 갔다가 날이 저물어서 돌아왔다.

16일(기유己酉). 맑음.

17일(경술庚戌). 맑음.

18일(신해辛亥). 맑음.

족숙族叔인 승지 상덕商悳 씨가 홍주洪州 관찰사를 누차 거절하며 나아가지 않았는데, 임금의 명을 거역하였기 때문에 섬으로 귀양 가기에 이르렀는데, 5월 얼마 전에 석방되었다고 한다. 세상의 소식이 아득하여 들리지 않는다.

19일(임자壬子). 맑음.

20일(계축癸丑). 맑음.

21일(갑인甲寅). 벼락 소리가 들리고 소낙비가 내렸다.

22일(을묘乙卯). 마른벼락이 쳤다.
현초弦初 어르신이 방문하였다. 공주 관찰사 이건하李乾夏의 순제句題[10]가 내려왔는데, 뜻이 모두 옛 변방을 지키는 것이었다.

23일(병진丙辰). 맑음.
분지동分旨洞에 가서 원집元執의 막 태어난 어린 아기를 처음으로 보았다. 금년의 풍흉은, 전국이 모두 함께 올라서 크게 풍년이 들었으니 너무나도 다행이다. 도적들이 도처에서 소동을 일으키며 크게 번성하였는데 물리치거나 막지를 못한다고 한다. 관찰사의 수효를 많이 줄였다. 다만 한 도道에 관찰사 두 명을 두는데, 오직 강원도와 황해도는 전과 같이 하나만 두었고 홍주 역시 혁파되었다. 의병이 모두 동협東峽에서 모였는데, 가지런하여 기율이 있다고 한다.

24일(정사丁巳). 맑음.
덕일과 함께 기은곳의 횡당黌堂[공부하는 집]에 갔다. 이리저리 나니나가 장

---

10 순제句題: 유생에게 제목을 내려주어 글을 짓게 하는 일을 말한다.

여구張汝求의 집에서 술에 취해 집으로 돌아왔다.

25일(무오戊午). 맑음.

죽리竹里에 가서 두루 방문하고, 또 슬현에 갔다가 돌아왔다.

26일(기미己未). 맑았다가 비가 왔다.

27일(경신庚申). 맑음.

신평新平에 있는, 상喪을 당한 족조族祖가 이 생원과 함께 와서 만났다.

28일(신유辛酉). 맑음.

광암廣岩에 가서 성일星日의 생일에 참여하였다. 족형인 용제容濟 씨가 와서 만났다.

29일(임술壬戌). 맑음.

광암에서 돌아왔다.

8월 초1일(계해癸亥). 맑음.

햅쌀新稻을 조상의 신위에 올렸다.

초2일(갑자甲子). 맑음.

길을 지나가는 나그네인, 온양溫陽에 거주하는 김씨 성을 가진 사람이 와서 숙박하였다.

초3일(을축乙丑). 맑음.

서늘한 기운이 여기저기 퍼져서 많이 있었다. 분지동의 족숙 및 현옥이 와서 만났다.

초4일(병인丙寅). 맑음.
이 생원李生員과 성첨聖瞻 씨가 와서 숙박하였다.

초5일(정묘丁卯). 맑음.
고양동高陽洞의 주원봉朱元鳳이 와서 아내의 무덤妻山을 거쳐 오는 곳에 있는 땔나무 시장柴場의 일에 대해 말해주었다. 밤에 비가 오고 바람이 불었다.

초6일(무진戊辰). 맑다가 밤에 비가 왔다.

초7일(기사己巳). 맑음.
원집의 편지가 왔다. 고천高川에 있는 경회景回의 댁에 편지를 썼다.

초8일(경오庚午). 맑음.
성주城主에게 편지를 썼다. 분지동分旨洞에 갔다.

초9일(신미辛未). 비가 오고 흐렸다.
밤에 천둥과 번개가 함께 내리쳤고, 또 지진地震과 유사한 소리가 길게 이어졌다.

10일(임신壬申). 맑음.

11일(계유癸酉). 맑음.
종이 상인紙商이 왔기에 삼첩지三帖紙 두 묶음을 사서, 꾸며서 편지 글들을

한 권으로 제본하였다.[11]

12일(갑술甲戌). 맑음.

덕일과 함께 회포回浦의 친구 이문유李文有의 집에 갔다가 다시 생원 성계섭成季攝을 찾았다. 또한 세포細浦의 친구인 자字는 성우聖佑라 하는 성낙준成樂駿에게 갔다. 이어서 청양리靑陽里에 갔고, 조금리造琴里에 도착해서 친구 한여진韓汝眞을 찾아가 조문弔問하였고, 지하紙河의 김성장金聖章을 자정子正에 만나서 애도하고 함께 돌아왔다. 밤에 가는 비가 내리고 또 천둥과 번개가 쳤다.

13일(을해乙亥). 맑음.

서정西亭 어르신과 윤구允求 씨 맏아들의 글을 보니 서정 어르신께서 한성주사漢城主事[12] 관직을 받게 되었는데, 지금 그 관직을 살피니 혹자가 말하길 불가하다고 해서 가는 것이 맞는 것인지 잘 모르겠다고 한다. 강청동江淸洞의 해사海史 어르신 부자의 편지가 왔다. 오경의吳慶義와 김명실金明實이 와서 만났다. 덕일이 집으로 돌아갔다.

14일(병자丙子). 맑음.

올해는 크게 풍년이 들어서 사방의 이웃에서 절구질하는 소리가 끊이지 않으니 매우 기쁘다. 밤중에 어머니께서 갑자기 심한 병환이 나셨다. 이는 63세 노인이 방이 차가워서 그런 것이다. 평소의 성격과 도량이, 차례茶禮도 몸소 살피시고, 또한 맡은 일에 임해서는 가만히 앉아서 보고만 계시지

---

11 편지 글들을 한 권으로 제본하였다: 원문은 "簡牘一卷"으로, 이는 책으로 제본製本하는 것을 의미한다.

12 한성 주사漢城主事: 한성부 주사는 을미개혁 이후 새롭게 신설된 관직이다.

않으셨다. 평소 많이 움직이시고 일을 하시니 걱정이 되고 근심이다.

15일(정축丁丑). 맑음.

환후患候가 아직도 회복되지 않았다. 잡다하게 약재를 조제하여 처방하였다. 사람들이 많이 와서 만났다. 족제인 원집과 명설命說이 와서 만났다. 함께 광암에 가서 그대로 숙박하였다.

16일(무인戊寅). 맑음.

광암에서 돌아왔다. 서울에서 온 사람에게 들으니, 어가御駕가 러시아 공사관에서 7월 24일에 경복궁으로 환어還御하셨다고 한다. 인산因山은 아직 일자를 정하지 못했지만, 재궁梓宮이 명려궁明麗宮에 안치되어 있는 것 외에는 무탈하다고 한다. 가마를 메는 사람들이 엎어져 넘어졌기에 임금께서 놀라서 슬퍼하셨다고 한다. 임금께서 아직도 망건網巾을 착용하지 않으시는데, 국가의 제도를 복구한 후에 착용하려는 뜻이라고 한다.

17일(기묘己卯). 맑음.

이덕우李德佑가 와서 보았다.

18일(경진庚辰). 맑음.

친구 덕일德一이 고향을 찾았다가 돌아왔다. 서울에서 온 사람들이 모두 모호模糊하게 여기면서 왔는데, 대가大駕가 아직도 러시아 공사관에 몽진蒙塵해 있다고 한다. 병정兵丁들은 이유도 없이 사방으로 흩어졌고, 백성들의 동요는 더욱 커졌다. 현초 어르신이 족숙인 치상致祥 씨와 함께 와서 만났다.

19일(신사辛巳). 맑음.

치상 씨가 와서 만났다. 생원 한도원韓道元이 와서 만났고, 함께 머물러 숙박하였다.

20일(임오壬午). 맑음.

21일(계미癸未). 맑았는데 아침에 안개가 끼었다.

어가가 결국 아직도 러시아 공사관에 머물러 있고, 경복궁은 완전히 버려졌다. 내전內殿은 명려궁明麗宮에 이어하셨으니, 빈전殯殿은 역시 명려궁이 된다. 도원道元 씨가 서울에서 와서 상세하게 전해주었다.

22일(갑신甲申). 맑음.

광암廣岩에 갔다가 옮겨서 정자동亭子洞을 찾았다. 그대로 숙박하였다.

23일(을유乙酉). 맑음.

노룡동老龍洞과 탑동塔洞에 갔다가 돌아왔다.

24일(병술丙戌). 맑음.

현초 어르신과 치상 씨, 명열命悅이 와서 만났다. 이덕우, 이춘오李春五가 와서 보았다. 우리 고을 수령이 버려진 진鎭에 있는 전패殿牌〔임금을 상징하는 나무로 만든 패〕를 받들어 반납하기 위해 이곳에 들어왔다가 꾸짖어 물었다. 분지동에 가서 밤새워 회포를 풀었다.

25일(정해丁亥). 맑음.

분지동에서 돌아왔다. 영학英學〔영국의 학문〕이 하남下南 등지에서 크게 성하였는데, 학문을 강요하기가 동학東學 무리들보다 심하다고 한다. 이러한 소란스러운 움직임으로 병정兵丁이 출동하였는데, 난리를 부리는 것이 역시 심하다고 한다.

26일(무자戊子). 맑음.
족형인 공선公善 씨가 와서 만났다.

27일(기축己丑). 맑음.
묵수지墨水池에 가서 산소에 성묘하고 그대로 공선 씨와 함께 숙박하면서 회포를 풀었다.

28일(경인庚寅). 맑음.
정자동 윤우尹友의 집에 갔다. 원집과 함께 분지동分旨洞에 가서 윤 도사尹都事를 만났다. 함께 숙박하면서 밤새도록 품었던 생각을 논의하였다. 그 밤에 비가 왔다.

29일(신묘辛卯). 맑음.
낮에 돌아왔다. 태안泰安의 문 선비와 한경원韓景元이 와서 만났다.

30일(임진壬辰). 비가 오다가 맑게 개었고 또 바람이 불었다.
영학嶺學〔퇴계학〕의 시끄러운 소문이 점차 고조되니 두렵다. 문기리文綺里의 최유홍崔由洪이 왔다가 갔다. 한 마리의 오소리烏宵狸를 사서 도살하여 먹었는데 담백하였다. 그 기름이 여러 병의 치유에 가장 좋다.

9월 초1일(계사癸巳). 흐림.
조금진造今津의 홍사강洪士强이 와서 보았다. 명열이 서산瑞山에서 와서 보았다.

초2일(갑오甲午). 맑음.

태안의 상중喪中에 있는 문 씨가 돌아간다고 했고, 오경휘吳慶輝, 상중에 있는 한경원韓慶元이 와서 보았다.

초3일(을미乙未). 맑음.

본관 수령께 제출할 면훈장面訓長의 일을 사직하는 단자單子를 부훈장副訓長 어르신 이고익李皐翼 씨에게 써서 보냈는데, 광암廣岩의 경필敬弼이 가지고 갔다. 벼를 베어서 점을 쳤다. 대유大有와 성일成一이 상운祥雲과 함께 와서 만났다.

초4일(병신丙申). 맑음.

초5일(정유丁酉). 흐리고 추웠다.

본관 수령이 사직하는 단자를 그대로 물리쳤는데, 이고익 씨가 답하고 왔다.

초6일(무술戊戌). 흐리고 서늘했다.

현옥玄玉이 와서 보았다.

초7일(기해己亥). 맑음.

덕일이 윗마을 어귀로 거처를 옮겼다.

초8일(경자庚子). 맑음.

진천鎭川에 사는 이승□李承□이라는 자는 호가 설송雪松인데 행동이 예사롭지 않았다. 와서 숙박하였다.

초9월(신축辛丑). 맑음.

10일(임인壬寅). 바람이 불었다.

오위장五衛將 이순문李順文이 풀草을 샀는데, 문기리에 와서 숙박하였다.

11일(계묘癸卯). 바람이 불고 밤에 비가 왔다.

족질族姪인 상중喪中에 있는 진사進士 시원時元이 사과司果 조구령趙具令, 상중에 있는 이 아무개와 더불어 여러 사람을 거느리고 와서 만났다. 잠시 묵수지에 갔다가 돌아와서 숙박하였다.

12일(갑진甲辰). 비가 왔다.

잠시 도동道洞에 있는 종숙從叔의 집에 갔다가 함께 숙박하였다.

13일(을사乙巳). 맑음.

할아버지의 제사로 재계에 들어갔다. 진사進士 일행이 길을 떠나갔는데, 진사가 서울에서 왔기에 서울 소식을 약간 들었다. 친구 윤하경尹夏卿이 와서 만났다.

14일(병오丙午). 맑음.

집안일을 했다.

15일(정미丁未). 맑음.

비로소 타조打租를 하였다. 이사성李士成이 와서 보았다.

16일(무신戊申). 맑음.

삼봉三峯에서 토역土役을 했다. 척제戚弟인 상중에 있는 박 아무개가 용곡龍谷에서 와서 보았는데, 종숙의 편지를 전해주었다.

17일(기유己酉). 맑음.

유모乳女가 눈병眼病으로 인해 부종浮腫이 생기게 되었다. 직접 집에 가서 네 첩帖을 처방하고는 돌아왔다. 죽기竹基의 족형 경숙敬叔 씨 형제가 와서 만났다. 문공삼文公三이 와서 보았다.

18일(경술庚戌). 맑음.

19일(신해辛亥). 비가 왔다.
방사房舍에서 토역土役을 하였다.

20일(임자壬子). 맑음.

21일(계축癸丑). 맑음.
친구 신치인申致仁과 친구 윤하경이 와서 만났다.

22일(갑인甲寅). 맑음.

23일(을묘乙卯). 맑음.
우리 고을에서 25일에 민후閔后〔명성왕후〕께서 탄생한 날을 맞아 곡에 참여한다는 뜻을 보였다. 지금 분지동에 가서 그대로 숙박하였다. 밤에 비가 내렸다.

24일(병진丙辰). 맑고 밤에 비가 왔다.
이동梨洞에 가서 숙박하였다. 새로 부임한 충청도 도사都事 윤성학尹性學에게 편지를 부쳤다.

25일(정사丁巳). 맑음.

이동에서 일찍 돌아왔다.

26일(무오戊午). 맑음.

족제 원집과 명열, 윤우尹友가 아침 일찍 와서 만났는데, 서산에서 발생한 사건을 밝히는 일에 있어서 한 지역 전체가 등장等狀을 올리고자 하였다. 신시申時가 되어서 돌아갔다.

27일(기미己未). 맑음.

이원면梨園面에 갔다. 날이 저물어 출발하여 광암에서 숙박하였는데, 성일 聖一과 같이하기로 약조하였다.

28일(경신庚申). 바람이 크게 일었다.

여러 사람들과 함께 오지烏池의 진두津頭에 이르렀는데, 바람 때문에 건널 수가 없어서 그대로 숙박하였다.

29일(신유辛酉). 바람이 크게 일었다.

또한 건널 수가 없었다.

10월 초1일(임술壬戌). 맑음.

바람이 고요해지고 파도가 잦아들었다. 마침 커다란 배가 와서 정박해 있기에 순조롭게 10리 바다를 건넜다. 이동하여 관동官洞에 갔다. 수찬修撰의 궤연几筵에서 한 번 곡을 하였다. 그대로 숙박하고 대상大祥에 참석하였다.

초2일(계해癸亥). 맑음.

작은 배를 얻어서 돌아와서 내오지內烏池에서 숙박하였다.

초3일(갑자甲子). 남풍이 부니 비가 곧 올 듯했다.

아침 일찍 여러 사람들과 함께 원집의 어버이를 위한 잔치에 참여하였는데, 아버지께서 여기에 행차하셨다가 오후에야 비로소 돌아오셨다.

초4일(을축乙丑). 맑음.

방옥房屋을 모두 수리하였다. 경춘景春과 덕일德一이 와서 만났다.

초5일(병인丙寅). 맑음.

내가 『시경』 「청아菁莪」편을 암송하고는 이날 간략하게 배준盃樽하였다.

초6일(정묘丁卯). 맑음.

아버지께서 추곡秋谷에 행차하셨는데, 초파일初八日에 안협공安峽公의 세일사歲一祀에 참례參禮해야 하기 때문이었다. 덕일이 와서 대화하였다. 김경덕金景德이 서울에서 왔다. 마침 부모님 내외의 수의壽衣를 사들였는데, 무늬가 없는 두꺼운 고급 비단貢緞으로 만들었다. 목현木峴 사람 김군삼金君三이 와서 지춘삼池春三의 일을 호소하였다. 왕촌旺村의 친구 이주승李周承과 길현吉峴의 친구 이 씨, 왕촌의 김우金友가 와서 만났는데, 모두 숙박하면서 밤새도록 대화하며 회포를 풀었다.

초7일(무진戊辰). 맑음.

여러 친구들이 자기 집으로 돌아갔다. 친구인 이대경李大卿이 와서 만났는데, 밤이 깊도록 대화하면서 회포를 풀었다.

초8일(기사己巳). 맑음.

안협공安峽公의 세일사歲一祀이다. 날씨가 맑고 낭랑하니 순조롭게 이루어지는 것 같은데, 참석하여 예를 다하지 못하니 너무나도 마음속 깊이 사모하는 마음이 지극하다.

초9일(경오庚午). 맑음.

10일(신미辛未). 맑다가 비가 왔다.

묵수지에 가서 단구공丹邱公[13]과 학주공鶴洲公의 세일사에 참여하였다. 여러 친족들이 많이 모였다.

11일(임신壬申). 맑음.

12일(계유癸酉). 흐림.

오지烏池의 낭천공狼川公의 세일사로 아버지께서 행차하셨다.

13일(갑자甲子). 흐림.

서울의 소식을 자주 듣는데, 인산이 아득하여 그 기한이 없고, 탈상除服을 따르는 것도 기한이 없고 환어하는 것도 역시 기한이 없으니, 국가의 체모와 사회 여론이 마음을 정할 수도 없었다. 족대부族大夫 원직元直과 족숙族叔 치영致榮 씨가 여러 족친들과 함께 와서 만났다. 친구 한여진韓汝眞의 편지가 와서 즉시 답장하였다.

---

13 단구공丹邱公: 김적金積(1564~1646)을 말한다. 호는 단구자丹丘子 또는 단구丹邱, 본관은 경주이다.

14일(을해乙亥). 맑음.

상옥上屋을 덮었다. 족형인 사유四維 씨와 족숙이 와서 만났다. 밤에 비가
내렸는데 승려 성준性俊이 와서 보았다.

15일(병자丙子). 맑음.

학동學童과 기동奇童들이 관례를 치르고 갓을 썼다. 수양收養 형을 가서 보
았다. 김상집金相集이 와서 숙박하였다.

16일(정축丁丑). 맑음.

훈장의 일을, 또 본관 수령에게 사직하는 글을 부훈장副訓長 이고익李皐翼
씨에게 써서 보냈다. 친구 윤하경이 서울에서 와서 만났다. 현옥이 와서
보았다.

17일(무인戊寅). 맑음.

이동梨洞과 분지동分旨洞에 갔다. 광암廣岩에서 숙박하였다.

18일(기묘己卯). 흐림.

변벽성邊璧成을 불러서 논畓의 일에 대해 말하였다. 구창舊倉의 상중喪中에
있는 족조族祖 형제가 와서 만났다.

19일(경진庚辰). 맑음.

자곡紫谷의 상중에 있는 한 아무개의 집에 갔다. 윤우尹友가 와서 만났다.

20일(신사辛巳). 맑음.

아침에 자곡에 갔다. 본관 수령과 이고직 씨의 답서가 모두 도착했는데,
사직하는 일을 허락받았으니 다행이다. 외종씨外從氏인 정기현鄭騏鉉 씨의

편지가 이르렀다.

- 곡식穀의 가격이 40냥이다.

21일(임오壬午). 흐리고 또 비가 왔다.

독곶獨串의 감찰 김군보金君甫가 와서 숙박하였다.

22일(계미癸未). 맑음.

예산禮山은 곡향穀鄕인데도 60냥인데, 이 부근은 한 섬에 40냥이다. 다른 곳은 일본인이 질곡質谷하기 때문이다. 해마다 이와 같이 값이 높으니 풍년과 흉년이 따로 없다. 김 찰방金察訪이 와서 만났는데, 그대로 그와 함께 근처 산수를 유람하고 수안리水岸里의 학당學堂에 갔다.

23일(갑신甲申). 흐리고 크게 바람이 일었다.

24일(을유乙酉). 맑음.

독곶의 김양산金梁山의 상가葬所에 갔다가 잠시 뒤에 돌아왔다.

25일(병술丙戌). 바람이 일고 또 비가 왔다.

분지동에 갔다가 잠시 광암에 갔다. 윤우尹友와 함께 숙박하였다.

26일(정해丁亥). 맑음.

종숙모從叔母 심씨沈氏의 생신이어서 아침에 돌아왔다. 친구 이상운李祥雲이 와서 숙박하였다.

27일(무자戊子). 흐리고 바람이 불었다.

현초弦初 어르신이 원집元執과 함께 와서 만났다. 김기삼金箕三이 와서 보왔다.

28일(기축己丑). 맑음.

내일은 대통혼大通婚의 날인데, 사방에 많이 요청하여 오라 하였다. 이동의 종조모從祖母 손녀딸이 혼례卒禮하는 자리에 갔다. 성일보聖日甫가 와서 만났다.

29일(경인庚寅). 맑음.

오후에 눈이 적지 않게 왔다. 이동에서 숙박하였다.

회일(신묘辛卯). 눈이 왔다.

현초 어르신 손자孫子의 관례에 참석하러 갔다. 날이 저물어서 돌아왔다.

지월至月 초1일(임진壬辰). 추웠다.

친구 덕일德一이 다시 돌아왔다.

초2일(계사癸巳). 맑고 추웠다.

분지동에 갔는데, 원집이 치욕을 당한 일을 말하였다. 밤에 심하게 통감痛感하였다.

초3일(갑자甲子). 맑음.

오 적성吳積城이 와서 보았다.

초4일(을미乙未). 맑음.

오지烏池에 사는 경눌敬訥의 여동생의 혼례를 가서 보았다. 현초 어르신 손주와의 결혼이었다.

초5일(병신丙申). 맑음.

객포客浦의 척인戚人인 이□영李□永의 종형제가 와서 숙박하였다. 아버지께서 홍산鴻山에 행차하셨다.

초6일(정유丁酉). 흐림.

현초 어르신의 우귀于歸〔신부가 시집에 처음 들어감〕에 갔다. 날씨가 좋지 않은데 아버지께서 행차하시니 너무나도 염려스럽다. 척조戚祖인 영유공永柔公의 종상終祥〔대상大祥〕이 이번 17일인데, 홍산의 금양리金陽里에서 의탁하여 진행秋寓하기 때문이다.

초7일(무술戊戌). 맑음.

5대조이신 괴와공槐窩公의 제사로 재계에 들어갔다. 비로소 울타리를 쳤다.

초8일(기해己亥). 맑음.

소식이 끊겼던 까닭으로 편지를 써서 사내종 홍준弘俊을 공주公州 정계晶溪의 사위東床의 집에 보냈다.

초9일(경자庚子). 오후에 눈이 왔다.

경춘景春이 와서 만났다.

10일(신축辛丑). 맑음.

윤우尹友가 편지를 보냈는데, 빨리 나에게 그 뜻을 완수하도록 하려는 것이었다. 이동하여 탑동塔洞에 갔다가 돌아왔다.

11일(임인壬寅). 맑음.

광암에 갔다가 원집을 만났다.

12일(계묘癸卯). 맑다가 오후에 비가 왔다.

아버지께서 홍산鴻山에서 돌아오셨는데 별다른 이상이 없으시니 기쁘고 다행이다.

13일(갑진甲辰). 맑음.

아침에 자립동紫立洞의 상중喪中에 있는 한 아무개가 머무는 곳에 갔다.

14일(을사乙巳). 맑음.

광암廣岩에 가서 덕일과 함께했다.

15일(병오丙午). 맑음.

16일(정미丁未). 비가 왔다.

17일(무신戊申).

잠깐 광암에 갔다. 석교石橋의 감역監役 족형이 와서 만났다. 치상致祥 씨가 와서 만났다.

18일(기유己酉). 맑고 추웠다.

묵수지墨水池에 갔다.

19일(경술庚戌). 맑음.

영전令田에 갔다.

20일(신해辛亥). 흐림. 오후에 눈이 조금씩 떨어지다가 밤이 되자 몇 치의 눈이 내렸다.

21일(임자壬子). 맑음.

손경옥孫景玉이 왔다. 감사하게도 충청 도백道伯께서 산송山訟을 허락하는 편지를 보냈다.

22일(계축癸丑). 비가 오고 바람이 불었다.

23일(갑인甲寅). 맑음.

분지동分旨洞에 갔다.

24일(을묘乙卯). 흐림.

수안리에 갔다. 전처前室 숙인淑人의 기일忌日이어서 재계에 들어갔다. 밤에 비가 오고 바람이 불었다.

25일(병진丙辰). 바람이 크게 일었다.

본관 수령에게 편지를 써서 보냈는데 상중喪中에 있는 한 아무개가 가지고 갔다.

26일(정사丁巳). 흐림.

친구 한여진韓汝眞이 있는 조금리操琴里에 갔다가 돌아와서 도빈道彬의 집에서 숙박하였다.

27일(무오戊午). 흐림.

아침 식사를 이덕우李德友의 집에서 하고 일찍 돌아왔다.

28일(기미己未). 맑음.

29일(경신庚申). 흐림.

갔다.

납월臘月 초1일(신유辛酉). 맑음.

초2일(임술壬戌). 맑음.

산으로 놀러 갔다. 종친 어르신宗丈께서 와서 만났다.

초3일(계해癸亥). 맑음.

초4일(갑자甲子). 비가 오고 바람이 불었다.

몽여夢汝가 와서 숙박하면서 대화하고 회포를 풀었다.

초5일(을축乙丑). 맑음.

고조할머니 공인恭人 전주 이씨全州李氏의 제사였다. 재계를 마쳤다.

초6일(병인丙寅). 맑음.

족숙인 경언景言 씨와 이 오위장李五衛將이 와서 만났다. 할머니의 제사忌辰로 재계에 들어갔다.

초7일(정묘丁卯). 맑음.

초8일(무진戊辰). 맑음.

초9일(기사己巳). 맑음.

명열命悅과 원집元執이 와서 만났다.

10일(경오庚午). 맑음.

철로 만든 화로 한 좌를 사들였다.

11일(신미辛未). 눈이 오고 비가 왔다.

12일(임신壬申). 비가 오다가 눈이 오고 바람이 불었다.

13일(계유癸酉). 맑음.

14일(갑술甲戌). 맑음.

분지동分旨洞과 광암廣岩에 갔다. 도동道洞의 종숙의 집에서 숙박하였다.

15일(을해乙亥). 비와 눈이 함께 왔다.

겨울이 오고 나서 처음으로 심한 추위였다. 덕일德一이 철파撤罷하고 갔다.

16일(병자丙子). 맑고 바람이 불어 크게 추웠다.

고조할아버지의 제사로 재계에 들어갔다.

17일(정축丁丑). 맑고 크게 추웠다.

18일(무인戊寅). 바람이 불고 추웠다.

해사海史 어르신에게 편지를 써서 상중에 있는 경원景元에게 보냈다.

19일(기묘己卯). 눈이 왔다.

20일(경진庚辰). 바람이 불었다.

밤에 눈이 크게 내렸다.

21일(신사辛巳). 바람이 불었다.

22일(임오壬午). 바람이 불었다.

23일(계미癸未). 맑음.

서울의 소식을 얻어 들을 길이 없으니 너무나 울적하다.

24일(갑신甲申). 비가 왔다.

기삼箕三이 와서 숙박하였다.

25일(을유乙酉). 흐리고 밤에 비가 왔다.

도동의 종숙이 병이 있어서 약의 재료를 보냈다.

26일(병술丙戌). 흐리다가 맑았다.

27일(정해丁亥). 맑음.

28일(무자戊子). 맑음.

29일(기축己丑). 맑음.

30일(경인庚寅). 비가 왔다.

금년 겨울에는 비가 빈번하게 계속되니 괴이하다. 세상의 일이 뒤집어 엎어진 것이 그 이유가 하나가 아니라 너무나 많아서 하나만을 지칭할 수 없고, 병을 낳게 하려 해도 항상 어그러지니 너무나도 답답하다. 다만 어린 자식인 운칠雲七이 힘써 독서하여서 이번 겨울에 능히 수십 줄을 읽었고 스스로 글의 뜻을 해석할 수 있었으니 다행이다. 『통사칠편通史七篇』을 오늘에 다 끝냈다. 밤에 바람이 크게 일어나니 괴이하다.

정유년[1897, 고종 34]

정월正月 초1일(신묘辛卯). 맑고 바람이 불고 또 추웠다.

도동道洞에 있는 종숙의 집과 이동梨洞, 분지동分旨洞에 갔다가 돌아왔다.

초2일(임진壬辰). 맑음.

하루 종일 사람을 만났는데, 또한 너무나도 괴롭고 바빴다.

초3일(계사癸巳). 오후에 눈이 많이 내리고 바람이 불었는데, 밤이 되어도 그치지 않았다.

원집元集 형제昆季가 찾아와서 만났다. 밤에 지신제地神祭를 설행하였다.

초4일(갑오甲午). 흐림.

하루 종일 사람들을 만났다. 새벽에 성황사城隍祀가 있었는데, 이는 이 마을에서 널리 행하여 풍속을 이룬 것이니 괴상하다.

초5일(을미乙未). 맑고 혹독한 추위에 바람이 불었다.

초6일(병신丙申). 맑고 추웠다.

먼저 쌓인 눈에 또 눈이 쌓였다. 묵수지의 산소에 가서 살폈다.

초7일(정유丁酉). 맑고 추웠다.

도처의 소식을 하나도 들을 수가 없으니 너무나도 답답하다. 당진唐津 정안리定安里의 이모 댁에서 평안하다는 소식이 왔으니 다행이다. 나뭇가지에 꽃이 핀 것처럼 엉긴 눈이 인일人日에 생겼으니 마땅치 않다.

초8일(무술戊戌). 맑고 추웠다.

우리 고을郡의 수령에게 편지를 썼다.

초9일(기해己亥). 맑고 추웠다.

날마다 오는 사람들을 집으로 모두 들일 수가 없었다.

10일(경자庚子). 맑음.

증조할머니의 기일忌辰로 재계에 들어갔다. 지난봄부터 우리나라 연호를 건양建陽[14]으로 하고 자월子月〔음력 11월〕을 새해 첫 달歲首로 삼았으며, 역서曆書도 전파되었다. 갑오년〔1894〕부터 작년까지 연달아 3년 동안 사람 목숨이 난리에 상한 자가 수만에 이르렀다. 새해의 날씨가 1년의 마지막 밤除夜까지 좋지 않았다. 북쪽에는 큰 빛大光이 있어서 하늘이 반으로 나뉜 형상과 같은 천변天變이 있었으니 괴이하다. 천변이 없었던 밤이 없었으니 모두 기록할 수도 없다.

11일(신축辛丑). 맑음.

아산牙山 강청동江淸洞에 있는 이 도사李都事의 서찰이 왔는데, 또한 마음에 품었던 뜻을 담은 율시 세 수가 있었으니 심히 감탄스럽다.

---

14 건양建陽: 조선은 1896년 1월 1일을 건양 1년으로 선포하였다.

12일(임인壬寅). 맑음.

아산에서 온 편지에 답하고 또 율시를 평론하여 화답하였다.

13일(계묘癸卯). 맑다가 밤에 눈이 왔다.

14일(갑진甲辰). 맑음.

생증조할머니의 제사로 재계에 들어갔다. 용곡龍谷의 백종숙伯從叔이 와서 참여하였다.

15일(을사乙巳). 흐리다가 개었다.

이날은 누이동생妹阿의 병으로 염려스러웠다.

16일(병오丙午). 맑음.

종숙이 집으로 돌아갔다.

17일(정미丁未). 맑음.

18일(무신戊申). 눈이 왔다.

이날은 학도學徒들이 골몰하여 조금도 한가할 틈이 없었다.

19일(기유己酉). 맑음.

20일(경술庚戌). 맑음.

21일(신해辛亥). 맑음.

학도學徒들이 도상리道上里에서 왔다.

22일(임자壬子). 맑음.

우리 고을 수령이 위방委訪하여 하룻밤을 자면서 대화하고 소회를 풀었다.

23일(계축癸丑). 맑음.

수령城主이 고을로 돌아갔다.

24일(갑인甲寅). 맑음.

25일(을묘乙卯). 맑음.

26일(병진丙辰). 맑음.

하경夏卿이 와서 만났다.

27일(정사丁巳). 맑음.

28일(무오戊午). 맑음.

문우홍文禹弘이 와서 만났다. 서울 소식에 인산因山은 4월 4일 동각東刻에 북암北岩 위의 승당僧當〔사찰〕에서 하기로 정해졌다고 한다. 이번 달 19일에 경운궁慶運宮으로 환어還御하셨다고 한다. 경운궁은 서촌西村에 있는 이전의 명례궁明禮宮으로, 수리하여 편액扁額을 고쳤다.

29일(기미己未). 맑음.

2월 초1일(경신庚申). 맑음.

이 선달李先達이 와서 만났는데, 보현동普賢洞에 살고 있다.

초2일(신유辛酉). 맑음.

분지동에 갔는데, 원집元集의 모친 생신生朝이었다.

초3일(임신壬申). 맑음.

초4일(계해癸亥). 비가 왔다.

초5일(갑자甲子). 가벼운 비霞雨가 왔다.

안개비가 하루 종일 부슬부슬 내렸다. 봄철 갑일甲日〔간지가 갑甲으로 된 날〕
의 기후가 기이하다.

초6일(을축乙丑).

심한 안개가 하늘에 가득 퍼졌다. 더러운 병病 기운이 도처에 있으니 염려
스럽다.

초7일(병인丙寅). 맑음.

초8일(정묘丁卯). 맑음.

사내종 윤경允景을 공주 정계의 사위東床 집에 보냈다.

초9일(무진戊辰). 맑음.

친구 손경옥孫景玉과 족제 원근元根이 와서 만났다.

10일(기사己巳). 맑음.

이날 열이 많이 나는 감기에 걸려 앓는 소리를 냈는데, 오늘부터 점차 심
해졌다. 윤우尹友가 와서 서울로 올라간다고 말해주었다.

11일(경오庚午). 맑음.

12일(신미辛未). 맑음.
오늘부터 점점 〔감기가〕 심해져서 내실로 들어가 병을 치료했다. 이날 약이
되는 음식을 먹었다.

13일(임신壬申).

14일(계유癸酉).

15일(갑술甲戌).

16일(을해乙亥).
용곡龍谷의 사위東床에게서 편지가 도착했다.

2월 18일(병자丙子).

19일(정축丁丑). 맑음.
공주公州에 갔던 종이 돌아왔다. 사위 댁은 모두 무탈하다고 하니 다행이다.

20일(무인戊寅). 맑음.

21일(기묘己卯). 맑음.

22일(경진庚辰). 맑음.
이날 바람이 크게 일었다.

23일(임오壬午). 비가 왔다.

24일(계미癸未). 아침에 비가 오고 바람이 불었다.

지금까지 병으로 음청陰晴을 기록할 수 없었다. 지난 11일 동안 햇무리日暈가 크게 일었는데 뒤섞여 있었다. 붉은 기운이 〔해를〕에워쌌고 하얀 기운이 해를 관통하였는데, 그것은 매우 추하게 생긴 형상이었다. 평생 처음 보았고 처음 들었는데 이후에도 서너 차례나 이와 같았다. 최근 밤에는 장경성長庚星[15]의 주변에 살기가 도는 천변天變으로 사람을 놀라게 하고 소란을 일으키는 것 역시 많았다고 한다.

25일(갑신甲申). 비가 종일 내렸다.

26일(을유乙酉). 비가 왔다.

온 집안이 거의 모두가 병에 걸려 하나도 빠짐이 없었다. 오직 아내만이 병에 걸리지 않아서 위아래의 병에 걸린 자들을 도와주었다. 심지어 대문간에 붙어 있는 작은 방에도 모두 병으로 누웠는데 계집종 임단壬單이 술시戌時〔오후 7~9시〕쯤에 죽었다(임단壬單의 죽음). 나이는 25세로, 비참하다.

27일(병술丙戌). 흐림.

이날 사방前後左右에서 약물을 요구하여서 응하니 고통스럽다. 최근에 운칠雲七과 수실壽室이 병에 걸렸으니 우려스럽다. 계집종 임단의 상여喪輿가 나갔는데, 그 지아비의 딱한 모습과 세 살 아이가 젖 달라고 울어대니 차마 못 보겠다. 또한 분비分婢〔임단〕는 지난달에도 아팠는데 또다시 아팠고, 심지어 죽는 지경에 이르렀으니 너무도 원통하다. 밤에 비가 내렸다.

---

15 장경성長庚星: 해가 진 뒤의 샛별, 즉 금성을 이르는 말이다.

28일(정해丁亥). 흐리고 습했다.

창동昌洞에 있는 승지承旨 댁의 족제 윤일允一이 와서 만났다. 이 사람 편에 용곡으로 편지를 부쳤다. 요즘에 근심스러운 일로, 의술刀圭을 업으로 삼고 있으니 매우 고통스럽게 되었다.

29일(무자戊子). 맑음.

봄철 농사가 점차로 순조로운데, 온 집안의 병은 나부터自家 점차 벗어나게 되었으나 회복되기에는 아직 기약이 없으니 답답하다.

회일(기축己丑). 흐림.

농사일이 시작되었는데 병은 더디게 떠나가니 두렵도다. 사람들이 모두 밤새도록 고통스러워하여 근심이 되는데, 음식을 잘 섭취하지 못하면 많은 사람이 다시 고통을 받을 수 있으니 걱정이 적지 않다.

3월 초1일(경인庚寅). 비가 왔다.

병세가 혹은 줄었다가 혹은 증가하니 고통스럽도다.

초2일(신묘辛卯). 맑음.

날마다 의술刀圭을 일삼는다. 관동官洞의 공양公陽 숙질이 와서 만났다.

초3일(임진壬辰). 빗방울이 점점이 떨어졌다.

날마다 문병問病하러 오는 사람을 응대해야 하는 것도 역시 고통스럽다.

초4일(계사癸巳). 빗방울이 점점이 떨어졌다.

한식寒食이다. 날씨가 맑아야 할 계절인데 비가 분분紛紛하다.

초5일(갑오甲午). 맑음.

이날 운칠이 병에 걸려 걱정스러움이 적지 않은데 운칠의 삼남매가 모두 아프다.

초6일(을미乙未).

강청동江淸洞에 편지를 부쳤는데 인편이 아직 출발하지 않았으니 한탄스럽다.

초7일(병신丙申). 비가 왔다.

이날 운칠의 병으로 온 집안이 정신을 잃을 정도로 아득했다. 의술刀圭을 일삼는데 효과가 없다.

초8일(정유丁酉). 맑음.

의술을 일삼았다.

초9일(무술戊戌). 맑음.

10일(기해己亥). 맑음.

운칠의 병이 점차 무거워진다. 경춘景春이 자식의 병이 위태로운 지경에 이르러서 들쳐 메고 집으로 돌아갔다.

11일(경자庚子). 맑음.

농사일을 시작하였다. 생증조할아버지의 기일이었는데 병으로 제사를 폐하였으니 답답하고 두렵다.

12일(신축辛丑). 맑음.

올해 꽃은 매우 아름답지 않다. 운칠이 어제부터 차도差度가 있었는데, 음식을 갑자기 물리니 형색이 완전히 살이 빠져버렸다. 언제쯤이나 완전한 사람이 될지 모르겠다. 밤에 비가 적지 않게 내렸다.

13일(임인壬寅). 비가 왔다.

시냇물 소리가 제법 창대하다. 문우홍文禹洪이 집으로 돌아갔다가 와서 보았다.

14일(계묘癸卯). 비가 오고 바람이 많이 불었다.

운아雲兒[운칠]의 병이 조금 나아졌으니 심히 다행이다. 일곱 살 된 딸과 작년에 태어난 딸 둘 다 병에 걸렸으니 근심스럽다. 서울 소식이 막연하여 들리지 않으니 울적하다.

15일(갑진甲辰). 맑음.

병으로 인한 소동으로 모든 일을 하지 않고 농사일도 폐한 자가 많으니 답답하다.

16일(을사乙巳). 맑음.

정계晶溪의 사위東床 댁에 편지를 써서 보냈다. 윤우尹友가 직접 가서 전하였다.

18일(병오丙午). 맑음.

비로소 밭을 갈고 파종播種하였다. 면친沔川 객포客浦에 있는 이우李友가 와서 오래 묵은 빚을 독촉했는데, 전부 주고 나니 통쾌하였다.

19일(정미丁未). 바람이 불었다.

이우가 오래 묵은 빚을 받았다. 이는 할아버지께서 사용하셨던 것인데 수기手記[16]가 있었고, 아버지께서도 또한 수기가 있었다. 백금百金을 주어서 두 장의 수표手標도 찾아왔으니 얼마나 시원한가.

20일(무신戊申).

종일 흙비가 와서 네 개의 개천이 모두 막혔다. 아침에 몇 방울의 비가 있었는데 이와 같은 흙비는 처음 본다. 올해 날씨가 정초부터 매일매일 좋지 않다. 심지어 이와 같은 일도 있으니 놀랍고도 이상하다.

21일(기유己酉). 큰 바람이 일었다.

예산禮山의 오吳 씨가 아침에 방문하였다. 근심스러운 일이 아직도 끊이지 않으니 진실로 고통스럽다.

22일(경술庚戌). 흐림.

농사일을 몸소 살펴보았다. 밤중에 비가 왔다.

23일(신해辛亥). 비가 왔다.

봄비가 매우 잦으니, 옛사람의 말을 비로소 알겠다. 부인이 손수 너무나도 애썼는데, 여동생阿妹과 어린 여자아이가 학질瘧疾이었기 때문이다. 서양인의 가루약을 연구하여서 가루를 내어 아침에 시약試藥하였는데, 어린 여자아이는 조금 효과가 있었지만 여동생은 조금 고통스러워했다.

---

16 수기手記: 돈을 빌리고 써준 일종의 수표.

24일(계축癸丑). 맑음.

기은곶其隱串의 표덕삼表德三이란 자가 와서는, 송매宋妹에게 간청하고는 전엽錢葉 20민緡을 가지고 갔다.

25일(갑인甲寅). 맑음.

친구 이문유李文有가 와서 만났다.

26일(을묘乙卯). 맑음.

상중喪中에 있는 한경원韓慶元이 아산에서 돌아와서 만났다.

27일(병진丙辰). 맑음.

28일(정사丁巳). 맑음.

3월 한 달간 병을 앓고 난 뒤 억지로 율시 두 수를 읊었다.

29일(무오戊午). 맑음.

파종이 시급한 업무이다.

30일(기미己未). 맑음.

4월 초1일(경신庚申). 맑음.

초2일(신유辛酉). 맑음.

파종하고 모내기하며 울타리를 수리하였다. 윤우尹友가 와서 만났다. 한천寒泉의 정 선비鄭雅가 와서 만났다.

초3일(임술壬戌). 맑음.

경춘景春이 와서 만났다.

초4일(계해癸亥). 맑음.

당진唐津의 김원숙金元叔과 죽리竹里의 성일星一이 와서 만났다. 이날 율시 한 수를 읊었다.

초5일(갑자甲子). 빗방울이 점점이 떨어지고 바람이 불고 종일 흐렸다.

봄의 갑자일甲子日과 여름의 갑자일이 모두 날씨가 좋지 않으니 괴이하다.

초6일(을축乙丑). 흐림.

초7일(병인丙寅). 맑고 바람이 불었다.

애벌갈이初耕를 하였다. 경춘이 왔다 갔다.

초8일(정묘丁卯). 흐리고 바람이 불었다.

종중宗中에서 편지가 도착했는데, 성암서원聖岩書院[17]의 옛터에 비표碑表 를 세우는 일에 대한 명목으로 돈을 내라는 통지가 도착하였다.

초9일(무진戊辰). 맑음.

종중에 답하는 편지를 강청에 보내는 편지에 붙여서 보냈다. 경춘이 왔다. 밤에 비가 내렸다.

---

17 성암서원聖岩書院: 충청남도 서산시 읍내동에 있는 서원으로, 유숙柳淑과 김홍욱金弘郁 의 위패가 있다. 대원군의 서원철폐령으로 1871년 훼철되었다가 1896년 복원되었다.

10일(기사己巳). 아침에 비가 내리다가 낮에 그쳤다.

용곡龍谷에서 보낸 편지가 왔다.

11일(경오庚午). 맑음.

좌도左道의 지나가는 나그네 두 명이 왔다 갔다. 논畓에 대한 일로 죽리에 서 편지가 재차 도착하여 다시 답하였다.

12일(신미辛未). 맑음.

초파일에 홍준弘俊 부처夫妻를 양인良人으로 풀어주어서 그들의 고향으로 돌려보냈다. 홍준의 처는 우리 전처前室人의 교전비轎前婢〔신부가 데리고 다니 는 계집종〕였다. 딸 하나를 낳았는데 나이는 8세이고, 또한 남자아이도 하나 낳았다. 의지할 곳 없는 것을 가엾게 여겨서 넓은 의리로 특별히 결단하여 서 풀어주는 것이다.

13일(임신壬申). 흐렸는데, 앞서는 또 비가 왔다.

용곡의 종숙이 와서 명조明朝에 참여하였다.

14일(계유癸酉). 비가 오고 흐렸다.

종숙이 도동道洞 중숙仲叔의 집으로 출발하셨다.

15일(갑술甲戌). 맑음.

치상致庠 씨가 와서 만났다.

16일(을해乙亥). 맑음.

창동昌洞의 족제가 와서 만났다.

17일(병자丙子). 맑음.

유모乳女가 처음 왔다.

18일(정축丁丑). 맑음.

19일(무인戊寅). 맑음.

20일(기묘己卯). 맑음.

21일(경진庚辰). 맑음.

죽은 계집종을 묻기 위해 무덤 자리를 알아보려고 한 바퀴 돌았다. 첨사僉使 김덕진金德鎭이 와서 만났다.

22일(신사辛巳). 흐림.

신시申天에 우뢰가 쳤다. 산후山後에 사는 생원 성계섭成啓攝이 와서 만났다. 신시에 천둥과 번개가 쳤다.

23일(임오壬午). 맑음.

윤우尹友가 와서 만났다. 갈두葛頭의 젊은이妙[18] 안 아무개가 와서 머무르고 학문을 배웠다.

24일(기미己未). 맑음.

25일(경신庚申). 맑음.

---

18 젊은이妙 : 묘妙는 20세 안팎의 젊은 사람을 말한다.

26일(신유辛酉). 흐리다가 오후에 비가 왔다.

27일(임술壬戌). 맑음.

28일(계해癸亥). 맑음.

29일(갑자甲子). 맑음.
읍邑의 찬홍撰弘이 와서 만났다.

5월 초1일(을축乙丑). 맑음.
갈현葛峴의 공 생원孔生員이 와서 만났다.

초2일(병인丙寅). 맑음.
운아雲兒의 생일이다.

초3일(정묘丁卯). 맑다가 오후에 비가 왔다.

초4일(무진戊辰). 맑음.
윤우尹友가 와서 만났다.

초5일(기사己巳). 흐리고 비.

초6일(경오庚午). 맑음.

초7일(신미辛未). 맑음.

초8일(임신壬申). 맑음.

아홉 마지기斗落를 이앙移秧하였다.

초9일(계유癸酉). 맑음.

증조할아버지의 제사로 재계에 들어갔다.

10일(갑술甲戌). 맑음.

비로소 도동道洞에 갔다. 밤에 비가 왔다.

11일(을해乙亥). 비가 왔다.

12일(병자丙子). 맑음.

동촌東村의 친구 박경연朴敬淵이 와서 만났다. 갈두葛頭의 김명실金明實이 죽었으니 비참하다. 이 사람은 우리 집안과 가까워 신임하였는데, 오래도록 연락이 끊어졌던 것이었으니 더욱 마음이 슬프고 아프다.

13일(정축丁丑). 맑음.

14일(무인戊寅). 흐림.

15일(기묘己卯). 맑음.

16일(경진庚辰). 맑음.

17일(신사辛巳).

18일(임오壬午). 맑음.

친구 손경옥孫景玉과 윤우尹友가 와서 만났다.

19일(계미癸未). 맑음.

20일(갑신甲申). 맑음.

21일(을유乙酉). 맑음.

22일(병술丙戌). 맑음.

광암廣岩에 갔다.

23일(정해丁亥). 맑음.

24일(무자戊子). 맑음.

25일(기축己丑). 맑음.

가뭄으로 시끄러우니 조금 근심스러움이 있다.

26일(경인庚寅). 맑음.

27일(신묘辛卯). 맑음.

28일(임진壬辰). 맑음.

분지동分旨洞에 갔다.

29일(계사癸巳). 맑음.

종일토록 동풍東風이 불었다.

30일(갑오甲午). 맑음.

6월 초1일(을미乙未). 맑음.

초1일(병신丙申). 맑음.

초2일(정유丁酉). 맑음.

초3일(무술戊戌). 맑음.

이날 오는 사람이 있었다. 아산牙山에서 편지가 도착했다.

초4일(기해己亥). 맑음.

초5일(경자庚子). 맑음.

가뭄으로 소란이 매우 크다. 곡식의 가격穀價이 매일 높아지니 민심이 흉흉한데, 보리麥 역시 아직 여물지 않았다. 인산因山이 또한 가을로 미루어 정해졌으니, 국가의 일이 아득하다.

초6일(신축辛丑). 맑음.

이날부터 벼에 김매기를 하였다.

초7일(임인壬寅). 비가 흡족하지 않게 내리다가 밤에 많이 왔다.

당진唐津의 이종사촌姨從이 왔다.

초8일(계묘癸卯).

비가 비로소 흡족하여 늦은 모내기를 하였다.

초9일(갑인甲寅). 흐리다가 오후에 맑았다.

오랜 가뭄으로 아직도 흡족하지 않으니 한탄스럽다. 이날부터 콩과 팥을 경작하였다.

10일(을묘乙卯). 맑음.

당진의 정안리定安里로 출발하였는데, 12일에 있을 이모의 환갑잔치에 참여하기 위함이다. 목곡木谷의 족인族人인 경열景悅의 집에서 점심 식사를 하였다. 계속 비가 내리고 세찬 바람이 불었다. 우양점牛陽店에서 숙박하였다. 친구 윤하경尹夏卿과 함께 갔다. 밤에 비가 크게 내려서 도랑과 개울渠川이 넘쳐흘렀다.

11일(병진丙辰). 큰비가 왔다.

이른 아침에 비를 무릅쓰고 부암傅岩 최유홍崔由洪의 집으로 가서 식사하고 쉬었다. 비를 무릅쓰고 출발하였다. 냇가를 만나 옷을 벗고 위험을 무릅쓰며 건넜다. 어두워져서야 당진 정안리에 도달하였는데, 집안사람들은 모두 평안하였다.

12일(정사丁巳). 비가 왔다.

가까이에 거주했던 사람들이 조금 이르러서 간단한 술잔치를 열고 술잔을 올렸다. 이종사촌 3형제 내외분 각각이 손주를 보이고 술잔을 올렸으니 큰 행복을 헤아릴 수 없을 것이다.

13일(무오戊午). 비가 내리다가 조금 맑았다.

원당동元當洞에 가서 친구 이공삼李公三을 만나고 돌아왔다.

14일(기미己未). 비가 내리다가 맑았다.

정안定安에서 출발하여 고실固實에 있는 최 도사崔都事의 집으로 갔다. 이동하여 시곡柿谷을 찾았고, 재종매再從妹[6촌 누이] 성일환成佾煥에게로 향했다가 그대로 숙박하였다.

15일(경신庚申).

비를 무릅쓰고 거산巨山의 사위 한종원韓宗源의 집甥館으로 갔다.

16일(신유辛酉). 심하게 찌는 듯한 무더위인데 오후에 비가 왔다.

잠시 구창舊倉에 가서 가평공加平公의 산소에 성묘했다. 내려와서 족숙族叔 윤구允求 씨를 방문하고 돌아와서 거산巨山에서 숙박하였다.

17일(임술壬戌). 큰비가 왔다.

제사에 참여하지 못하여[19] 멀리서 추모追慕하였다.

18일(계해癸亥). 심하게 더웠다.

낮에 출발하여 백치栢峙에 있는 재종再從의 처가妻家인 이 초계李草溪의 집에서 숙박하였다.

19일(갑자甲子). 흐리고 더웠다.

용곡龍谷에 있는 종숙의 집에 가서 종조모從祖母 권씨權氏의 제사에 참여

19 제사에 참여하지 못하여: 이날은 김약제의 오대조비五代祖妣의 제사일이었다.

하였다. 종숙께서 예절에 밝으시고 학문을 수양하셔서 정확한 예禮로 행하셨다. 다만 단위單位로 모시고 제사를 지내셨다.

20일(을축乙丑). 맑음.
여러 친척들과 함께 날을 보냈다.

21일(병인丙寅). 맑음.
용곡에서 출발하여 3경에 돌아왔다. 도동道洞의 종숙을 살폈는데, 10일 해시亥時에 딸을 보셨다. 종숙모從叔母는 31세로 초산이었는데 이처럼 생생生新하셨다.

22일(정묘丁卯). 맑음.

23일(무진戊辰). 비가 왔다.

24일(기사己巳). 흐림.

25일(경오庚午). 오후에 비가 왔다.
진천鎭川 태랑리台郞里의 척제戚弟 진사 정용택鄭龍澤은 자字가 중칠仲七인데, 먼 길을 멀리서 찾아왔으니 성의盛誼가 감동이다. 선비 김만생金萬生이 같이 왔다. 밤이 늦을 때까지 담화하며 회포를 풀었다.

26일(신미辛未). 비가 왔다.

27일(임신壬申). 비가 왔다.
날마다 중칠仲七과 함께 대화를 하였다.

28일(계유癸酉). 비가 내리다가 맑게 개었다.

중칠이 잠깐 금현琴峴에 갔다. 금현에 갔다가 돌아왔다.

29일(갑술甲戌). 맑음.

7월 초1일(을해乙亥). 맑고 동풍東風이 불었다.

윤우尹友에게 갔다가 날이 저물어서 돌아왔다. 중칠은 이미 돌아왔다.

초2일(병자丙子). 맑고 동풍이 크게 일었다.

중칠과 함께 광암의 정자동亭子洞에 가서 망일사望日寺에서 숙박하였다. 율시 한 수를 읊었다.

초3일(정축丁丑). 맑음.

함께 탑동塔洞에 갔다가 그대로 서로 헤어지니 너무나도 원망스럽다.

초4일(무인戊寅). 맑음.

초5일(기묘己卯). 흐림.

초6일(경진庚辰). 흐림.

초7일(신사辛巳). 비가 왔다.

초8일(임오壬午). 비가 왔다.

도동桃洞의 종숙 댁에 갔는데, 접대하는 연회接筵가 끝났다.

초9일(계미癸未). 비가 왔다.

이날 남풍南風이 불었다. 온갖 곡식百穀이 병에 걸렸다.

10일(갑신甲申). 맑음.

11일(을유乙酉). 맑음.

12일(병술丙戌). 맑음.

날마다 크게 덥다.

13일(정해丁亥). 비가 왔다.

승려가 우동禹童과 함께 와서 숙박하였다. 족숙인 치상致庠 씨가 와서 만났다.

14일(무자戊子). 흐림.

치상 씨가 요청한 양식을 어렵게 준비하여 여섯 되升의 쌀을 보냈다는 뜻으로 편지를 보냈다. 화가 나서 다시 답장을 보내서 죄를 알게 하였는데, 이 어르신께서 곤궁하게 봉양되셔서 기개氣槪가 전부 사라지셨으니, 사람을 헤아리는 능력이 한심하다.

15일(기축己丑). 흐림.

16일(경인庚寅). 흐림.

학동學童들이 글공부하는 모임을 마쳤다. 현초弦初 어르신과 치상 씨, 친구 윤성오尹聖五가 와서 만났다.

17일(신묘辛卯). 비가 왔다.

18일(임진壬辰). 비가 왔다.

사람들이 많이 와서 보았다. 몽여夢汝가 와서 숙박하였다.

19일(계사癸巳). 맑다가 흐렸다.

20일(갑오甲午). 맑음.

명열命悅이 와서 만났는데, 함께 자립동紫立洞과 수안리水岸里에 갔다.

21일(을미乙未). 비가 왔다.

지곡池谷의 최 선비가 와서 보았다.

22일(병신丙申). 비가 왔다.

23일(정유丁酉). 비가 왔다.

24일(무술戊戌). 흐리다가 조금 비가 왔다.

25일(기해己亥). 신시申時 이후에 조금 비가 왔다.

26일(경자庚子). 비가 왔다.

27일(신축辛丑). 흐리고 드물게 빗방울이 점점이 떨어졌다.

6월 8일부터 비로소 비가 내렸는데, 비가 내리지 않는 날이 없다. 사방에서 잡다한 병이 생겨 사람들이 많이 죽었다. 논밭田谷은 황폐해진 땅赤地

과 다르지 않았고, 곡식禾穀 역시 벌레에게 손상을 입어 굶주린 민심이 어수선하다. 해시亥時쯤에 윗문칸上間에 사는 정축丁丑의 어미가 죽었다. 밤에 비가 더욱 세차게 왔다.

28일(임인壬寅). 비가 오고 그 사이 맑아졌다.

29일(계묘癸卯). 맑음.
어린아이가 경기驚氣를 일으켜서 하루 밤낮을 힘을 다해 보양했다.

30일(갑진甲辰). 맑음.
부암傳岩에 갔다.

8월 초1일(을사乙巳). 비가 왔다.
갈두葛頭에 갔다.

초2일(병오丙午). 비가 왔다.
비에 길이 막혀서 갈두에 머물렀다.

초3일(정미丁未). 비가 왔다.
아직 맑아지지 않았는데 갈두에서 돌아왔다.

초4일(무신戊申). 맑음.

초5일(기유己酉). 맑음.

초6일(경술庚戌). 비가 왔다.

초7일(신해辛亥). 흐림.

용곡龍谷에 있는 종숙의 편지가 왔다.

초8일(임자壬子). 맑음.

먹여 기르던 소가 아침에 깎아지를 듯한 언덕 위로 달아나서 새끼를 낳았
는데, 물속으로 굴러 들어간 것을 어렵게 구해서 데려왔다. 동암銅岩의 한
생원韓生員 어르신에게 편지를 써 보냈다.

초9일(계축癸丑). 맑음.

윤우尹友와 현옥玄玉, 족숙인 치상 씨가 와서 만났다.

10일(갑인甲寅). 맑음.

당진唐津의 이종사촌姨從이 와서 보았다.

11일(을묘乙卯). 맑음.

12일(병진丙辰). 맑음.

이종사촌이 돌아갔는데, 이모님의 회갑回甲에 대한 운韻과 짧은 서문을 만
들어 올렸다.

13일(정사丁巳). 맑음.

14일(무오戊午). 빗방울이 점점이 떨어졌다.

인산因山을 이번 달 7일로 정하여 행하려던 것이 또 미루어졌다.

15일(기미己未). 낮에 비가 왔다.

묵수지墨水池에 가서 성묘했다.

16일(경신庚申). 아침에 비가 왔다.

17일(신유辛酉). 맑음.

18일(임술壬戌). 맑음.

19일(계해癸亥). 맑음.

인후병咽喉病에 걸려서 너무나 고통스럽다.

20일(갑자甲子). 맑음.

농사가 되어가는 상황이 벼의 이삭이 피고 있다. 누렇게 익어가는 시기는 벌레가 먹는 시기와는 크게 차이가 나니, 사람들의 마음에 조금 위안이 되었다.

21일(을축乙丑). 맑음.

몽여가 와서 보았다. 김운영金雲永이 와서 보았다.

22일(병인丙寅). 맑음.

후병喉病이 조금 나아졌다. 상중喪中에 있는 한 아무개 형제昆季가 이날 와서 선조들의 정의情誼를 계승하는 말을 계속하니 기쁘다.

23일(정묘丁卯). 맑음.

해미海美 승부承浮에 있는 박 선비가 와서 만났다. 윤우尹友가 와서 만났다.

24일(무진戊辰). 빗방울이 점점이 떨어졌다.

공주公州에 편지를 썼다. 찬홍贊洪이 와서 보았다.

25일(기사己巳). 맑음.

김화중金和仲에게 편지를 가지고 정계晶溪로 가게 했다.

26일(병오丙午). 맑음.

어머니께서 도동道洞으로 행차하셨다가 돌아오셨다.

27일(정미丁未). 흐림.

28일. 비가 왔다.

오지烏池의 족제가 와서 만났다.

29일. 흐림.

9월 초1일(정해丁亥). 맑음.

아버지께서 성묘하시러 목변면木邊面 산저리山底里의 산소에 행차하셨다.

초2일(무자戊子). 맑음.

족형 응삼應三 씨 형제가 와서 숙박하였다. 삼봉리三峯里의 친척 박 씨가 와서 머물렀다.

초3일(기축己丑). 맑음.

정자동亭子洞 윤우尹友의 거소에 갔다.

초4일(경인庚寅). 맑음.

아버지께서 행차하셨다. 생원 이승첨李承瞻 씨가 와서 숙박하였다.

초5일(신묘辛卯). 맑음.

친구 김태원金泰元과 친구 임호준任浩準, 족손族孫인 □환□煥이 와서 만났다. 공주公州에 갔던 사람이 돌아왔다. 이씨 사위댁이 모두 태평하다고 하니 다행이다. 딸아이女阿가 임신한 지 몇 개월이라고 하니 기특하고 다행이다.

초6일(임진壬辰). 맑음.

초7일(계사癸巳). 맑음.

읍의 찬홍贊洪이 와서 학업을 배웠다. 성문聖文이 와서 역시 학업을 배웠다.

초8일(갑오甲午). 맑음.

초9일(을미乙未). 맑음.

친척 박 씨가 집으로 돌아갔다. 종조모從祖母께서 연세가 높으신데 외손주杵孫를 보내니 섭섭한 소회를 금할 수가 없으셨다.

10일(병신丙申). 맑음.

당진 정안리定安里의 편지가 도착했다. 노인老人 공사술孔思述이 와서 보았다.

11일(정유丁酉). 맑음.

추수穫稻가 비로소 시작되었다. 경춘景春이 병중에 왔다. 염솔廉率의 친구 이응오李應五가 와서 만났다.

12일(무술戊戌). 맑음.

13일(기해己亥). 맑음.
할아버지의 제사로 재계에 들어갔다. 백종숙伯從叔께서 와서 참여하셨다.

14일(경자庚子). 맑음.
윤우尹友가 와서 만났다.

15일(신축辛丑). 맑음.

16일(임인壬寅). 맑음.
영걸英傑이 공주에 가기에 정계에 편지를 썼다.

17일(계묘癸卯). 맑음.

18일(갑진甲辰). 맑음.

19일(을사乙巳). 맑다가 비가 오고, 잠시 비바람이 쳤다.
족제인 윤일允一이 와서 만났다.

20일(병오丙午). 맑음.

21일(정미丁未). 맑음.

22일(무신戊申). 맑음.

지난가을부터 영학英學의 소란스러운 이야기가 퍼져 있었는데, 금년 7월부터는 꺼리거나 감추지 않고 도성에 두루 통용되게 되었다고 한다. 전 면천 군수沔川郡守가 사람들의 성명을 가지런히 나열하여 집 밖에다가 깃발을 걸어놓자 많은 사람들이 가게 되었는데, 이러한 말을 500명에게 전파하면 수령으로 삼고, 1만 명에게 전파하면 관찰사方伯로 삼았다고 하니, 또한 조정에서 이를 금하였다고 한다.

올해의 작황이 흉년에는 이르지 않았는데, 곡식값谷價이 떨어지지 않아서 올해 여름과 동일하게 조租 한 섬에 80냥이나 하니 괴이하다.

23일(기유己酉). 맑음.

배 청년裵靑年과 현옥玄玉, 김원숙金元叔이 와서 만났다. 족제인 윤일이 와서 숙박하였다.

24일(경술庚戌). 맑음.

25일(신해辛亥). 맑음.

정계晶溪에서 편지가 도착하였다.

26일(임자壬子). 맑음.

27일(계축癸丑). 맑음.

죽리竹里의 상즙商楫이 예산禮山에서 왔다.

28일(갑인甲寅). 맑음.

29일(을묘乙卯). 맑음.

노룡동老龍洞의 묏자리를 미리 잡아서 표식을 남겨두는 산지기가 와서 그 마을의 정가鄭哥가 허락 없이 묘역에 장사를 지냈기에 밤에 가서 그 장례를 금지시켰다고 보고하였다.

30일(병진丙辰). 맑음.

공주 정계를 향하여 한 필의 당나귀驢와 키가 1척 되는 어린아이, 짐꾼 한 명으로 길 떠날 여장을 준비하였다. 홍주洪州 원평願坪에서 숙박하였다.

10월 초1일(정사丁巳). 맑음.

대흥大興 신영시新迎市에서 숙박하였다. 낮에 건치乾峙에 있는 감사監司의 본가本家에 도착하여서, 그 맏아들인 사어司禦 범팔範八[20]을 조문하여 위로하였다.

초2일(무오戊午). 맑음.

공주公州 운천시雲川市에서 숙박하였다.

초3일(기미己未). 맑음.

감영營底에 들어가서 이름자를 대고는 곧바로 통과하여서 길을 인도받아 선화당宣化堂[21]으로 올라갔다. 잠시 몇 년간 쌓였던 회포를 풀었다. 곧 작별 인사를 하고 주점主店으로 나갔다. 광암廣岩의 종인宗人인 현옥玄玉을 만나서 함께 계룡산鷄龍山을 두루 유람했는데 진실로 장관이었다. 죽리 영걸英傑의 동생이 갇혀 있었는데, 옥에서 나오도록 했다. 공주 소포점小浦店

---

20 범팔範八: 판서 이건하李乾夏의 아들로, 당시 공주 감찰사였다.
21 선화당宣化堂: 각 감영의 본관 건물을 일컫는다.

에서 숙박하였다.

초4일(경신庚申). 맑음.

가파르고 험한 길을 따라가서 신도新都 서문의 터를 돌아다니다가 내려갔
는데, 바위가 가파르고 진기하며 기이했다. 웅룡雄龍이 그 터에 웅크려 들
어가는 것과 같았고, 맑고 고운 뛰어난 경치를 눈으로 보니 활짝 트이고
시원스럽다. 철옹산성鐵甕山城은 자연적으로 조성된 요새天府와 같은 땅이
라 이를 만하다. 두루 한 지역을 유람하고 내동內洞의 종인宗人인 동준東駿
의 집을 찾았다. 이 친족은 문아文雅가 뛰어나서 모두가 으뜸으로 높인다.
또한 친절하게도 오래도록 흔쾌히 맞이해주어 회포를 풀었다. 들으니, 신
령스럽고 기이한 자취가 종종 그 속에 있다고 한다.

초5일(신유辛酉). 맑음.

공주公州 장전長田에 있는 이성구李性求의 집에 가서 숙박하였는데, 이 사
람은 사위東床의 둘째 형이다. 그 후처繼后의 부친을 조문吊問하였다.

초6일(임술壬戌). 맑음.

정계晶溪 사위의 집에 갔는데, 무탈하니 다행이다. 5년 동안에 딸아이가
성숙해져서, 임신한 지가 5개월에 이르렀으니 기특하고 기쁘다.

초7일(계해癸亥). 맑음.

율리栗里에 사는 사위의 당숙堂叔과 둘째 형仲兄의 집에 갔다가, 옮겨서 평
기坪基의 이 승지李承旨 어르신에게 갔다.

초8일(갑자甲子). 맑음.

딸아이를 데리고 출발했다. 공주公州 유구점維鳩店에서 숙박하였다. 밤에

비가 내렸다.

초9일(을축乙丑). 맑음.
덕산德山 동문東門 밖 여관店에서 숙박하였다.

10일(병인丙寅). 가는 비가 내렸다.
비를 무릅쓰고 집에 도착했다. 이날 100리를 걸었다. 원평願坪으로 가는 길에 옥천沃川의 이우李友와 족형族兄 금삼今三 부자를 만났다. 묵수지墨水池의 제사歲一祀에 참여하였다가 와서 숙박하였다.

11일(정묘丁卯). 비가 왔다.
대흥大興의 족형 윤보允甫 씨가 와서 만났다.

12일(무진戊辰). 비가 왔다.

13일(기사己巳). 맑음.
정계晶溪에 하예下隷[종]를 보냈다.

14일(경오庚午). 맑음.
여자아이가 독감毒感으로 몇 번이나 위험했는데, 약을 조제하여서 처방하였다. 김경필金景弼의 장례葬所에 갔다가 돌아와서 수안리水岸里의 족질 동명東明에게로 갔다.

15일(신미辛未). 맑음.
묵수지에 갔다.

16일(임신壬申). 흐림.

윤우가 와서 만났다.

17일(계유癸酉). 맑음.

목현木峴의 족숙인 상정商鼎 씨 부인配位의 장례葬所에 갔다.

18일(갑술甲戌). 맑음.

〔장례의〕 역사役事를 마치고 장례 장소葬所에서 돌아왔다.

19일(을해乙亥). 맑음.

독곶獨串의 김 찰방金察訪이 와서 보았다. 승려 성준性俊이 와서 보았다.

20일(병자丙子). 맑음.

율리栗里의 성장보聖章甫가 와서 보았다.

21일(정축丁丑). 흐리고 동풍이 불었다.

22일(무인戊寅). 비가 왔다.

범일凡一의 아들인 정政이 와서 숙박하였다.

23일(기묘己卯). 맑음.

24일(경진庚辰). 맑다가 밤에 비가 왔다.

서울에서 함군삼咸君三이란 자와 신사信使란 자가 나를 만나기 위해서 왔기에 보았다.

25일(신사辛巳). 맑음.

자립동紫立洞에 갔다.

26일(임오壬午). 흐림.

도동道洞에 계신 종조모從祖母의 생신生祖에 갔다. 돌아서 분지동分旨洞에 갔다. 성우成友와 족숙인 희도熙道 씨가 와서 만났다.

27일(계미癸未). 맑음.

함군삼이 영동永同 초호岬湖의 사위 송 아무개의 집에 가는 까닭에 편지 한 봉을 부쳤다.

28일(갑신甲申). 맑음.

족형인 응삼應三 씨 형제가 와서 만났다. 밤에 비가 왔다. 족질인 윤문允文 이 와서 만났다.

회일晦日(을유乙酉). 비가 왔다.

낮에 가볍게 현옥의 종가宗家에 갔다가 비로 인해 그대로 숙박하였다.

지월至月 초1일(병술丙戌). 맑음.

초2일(정해丁亥). 맑음.

족질인 윤문이 와서 만났다.

초3일(무자戊子). 흐림.

응삼 씨 형제가 돌아와 찾았다. 밤에 비가 내렸다. 강청동江淸洞에 편지를 써서 윤문允文이 돌아가는 길에 보냈다.

초4일(기축己丑). 비가 내리다가 맑게 개었다.

초5일(경인庚寅). 오후에 춥고 흐렸다.

초6일(신묘辛卯). 흐리고 바람이 불었다.

초7일(임진壬辰). 맑고 추웠다.
남촌南村 월곶月串의 박 선비가 와서 보았다. 상지암공尙志庵公의 제사로
재계에 들어갔다.

초8일(계사癸巳). 맑다가 밤에 비가 왔다.

초9일(갑오甲午). 드물게 눈과 비가 왔다.
족반族伴인 성오聖五와 함께 정자동亭子洞의 윤우尹友가 거처하는 곳에 가
서 그대로 숙박하였다.

10일(을미乙未). 맑음.
들으니, 전라도는 농사의 작황이 조금 좋아졌는데, 고부古阜 지역에서는
또 백성들의 소동이 일어나서 그 수령을 쫓아내는 지경에 이르렀다고 한
다. 갑오년甲午年의 반란 역시 고부에서 시작되었는데, 이상하게도 만연하
게 되었다고 한다. 태안읍泰安邑에서 군기軍器를 분실했는데 누가 어떻게
몰래 도적질했는지 알 수 없다. 지난 9월 17일 임금께서 지극히 존엄한 자
리 즉 황제皇帝의 자리에 올랐다. 인산因山은 10월 28일이라 이미 지나갔
다. 서울長安에는 이학異學이 많은데, 각처의 항구에도 역시 이학이 많다.
항곡鄕谷에는 서학西學이 전파되어 있는데 역시 폐단이 많다. 금년에 또한
영학英學이 일어났는데 흉악한 소동이 더욱 심했다. 조租 한 섬은 지금 가

격이 20금金이니, 내년 봄 백성들의 형편에 우려되는 부분이다. 서울의 연조문燕朝門〔영은문迎恩門〕을 고쳐 독립문獨立門이라 하였고, 팔도八道 관찰부觀察府[22]에도 독립문이 있다고 한다.

11일(병신丙申). 흐림.

12일(정유丁酉). 혹 비가 오고, 혹 흐렸다.
지하紙河의 이덕우李德佑의 장례葬에 갔다.

13일(무술戊戌). 흐리고 가는 비가 왔다.

14일(기해己亥). 흐리고 밤에 비가 왔다.

15일(경자庚子). 흐림.
지붕을 덮었다.

16일(신축辛丑). 흐림.

17일(임인壬寅). 맑고 추웠다.
『이산정사기尼山精舍記』를 지어서 어린아이들에게 보여주었다.

18일(계묘癸卯). 흐리고 조금 눈이 오는 것이 보였다.

19일(갑진甲辰). 비가 적게 오고 바람이 많았다.

22 관찰부觀察府 : 1895년 전국을 23개의 부로 나누어 관찰부를 두었다.

20일(을사乙巳). 눈이 흩뿌리고 또 추웠다.

21일(병오丙午). 흐리고 추웠다.

22일(정미丁未). 맑고 추웠다.

23일(무신戊申). 맑고 눈이 왔다.

24일(기유己酉). 맑고 추웠다.
아내室人의 제사로 재계에 들어갔다.

25일(경술庚戌). 맑음.

26일(신해辛亥). 맑음.
족숙族叔 치상致庠 씨가 와서 만났다.

27일(임자壬子). 맑음.
날마다 춥고 매일 밤마다 점설點雪이 온다.

28일(계축癸丑). 맑음.
동지冬至이다.

29일(갑인甲寅). 맑음.

회일晦日(을묘乙卯). 맑음.
상중에 있는 경필敬弼이 와서 보았다.

12월 초1일(병진丙辰). 맑음.

초2일(정사丁巳). 흐림.

초3일(무오戊午). 흐림.

초4일(기미己未). 흐리고 밤에 눈발이 날렸다.

고조할머니의 제사로 재계에 들어갔다. 자립동의 상중에 있는 한 아무개의 종상終喪을 가서 보았다.

초5일(경신庚申). 맑음.

족숙 순경舜卿 씨가 와서 만났다. 친구 이공삼李公三과 송 선비가 와서 만났다. 족제인 도빈道彬이 와서 만났다.

초6일(임술壬戌). 흐림.

할머니의 제사로 재계에 들어갔다. 독감毒感으로 고통이 심하다.

초7일(계해癸亥). 맑음.

초8일(갑자甲子). 맑음.

사방에서 열이 높은 감기運感 증세가 매우 성행하니 답답하다. 족질인 성오聖五가 와서 만났다.

초9일(을축乙丑). 맑음.

창동昌洞 진사의 편지가 왔다. 겸하여 민 개령閔開寧이 생가生庭의 모친상內艱을 당했다는 부고가 있었다.

10일(병인丙寅). 맑음.

11일(정묘丁卯). 맑음.

12일(무진戊辰). 맑음.

13일(기사己巳). 맑음.

14일(기사己巳). 맑음.
석교石橋의 족질族姪 진사進士[23]가 와서 만났다. 그에게 답장上謝을 써주
었다.

15일(경오庚午). 맑음.
진사와 더불어 흥미진진하게 날을 보냈다. 밤에 눈이 몇 치寸 내렸다.

16일(신미辛未). 맑음.
진사가 집으로 돌아갔다. 친구 한인형韓仁兄에게서 위문하는 편지唁狀가
이르렀다. 고조할아버지의 제사로 재계에 들어갔다.

17일(임신壬申). 맑음.

18일(계유癸酉). 맑음.

---

23 진사進士: 원문에는 "進"이라고만 되어 있지만, 다음 날 기록을 보면 진사進士를 만난 것
이 확인된다.

19일(갑술甲戌). 맑음.

20일(을해乙亥). 맑음.

21일(병자丙子).

12월의 날씨가 꼭 봄철의 따뜻한 날씨와 같으니 의아하다.

도처에서 도적의 소동이 매우 성행하여서 도로가 거의 끊어졌다. 근 10년 이래로 겨울에 큰 도적이 없던 시기가 없었는데 올해는 더욱 황폐하고 더욱 만연하다. 서울의 쌀값米價이 너무 높았는데, 갑오년 이후부터 세곡稅穀〔조세로 바치는 곡식〕을 돈으로 대신하게 하니 또한 장사꾼들이 사들여서 모두 각 항구로 가져갔다. 권세 있는 재상과 부유한 사람權宰富人은 가을에 거둬들였고, 수적水賊들은 모두 항구에 풀어져 있었으며, 사방에서 도적이 소란을 피워서 소나 말로 실어 나르는 것도 유통되지 않으니 이 때문에 쌀이 귀해졌다. 시골下鄕도 역시 거지流乞가 날마다 많아져서 공갈恐喝이 견줄 바 없이 심해졌고, 주던 사람이 도리어 거지乞人에게 구걸하게 되었으니 지금의 세상이 뒤바뀐 것이 이와 같이 한심하다.

대상大喪〔왕후의 장례〕이 종결된 시기는 이미 8개월이나 지났고 인산因山은 이미 10개월이나 지났는데, 조야朝野에 관문으로 탈복脫服을 아직 시행하지 못했다. 우배紆盃하는 날에 학동學童들에게 학문에 매진하게 하였는데, 문밖이 어떤 세계인지 모르니 무료하게 세월만 보낼 뿐이다.

22일(정축丁丑). 맑음.

척숙戚叔 이운영李雲永 씨가 와서 만났다.

23일(무인戊寅). 맑음.

밤이 깊어지자 남쪽 하늘에서 불빛火光과 비슷한 것이 하늘 한가운데에서 움직였는데 그치지 않고 매우 잦았으니 괴이하다.

24일(기묘己卯). 맑음.

들으니, 서울에서 온 사람의 말에, 운현부대부인雲峴府大夫人이 돌아가셨다下世고 한다.

25일(경진庚辰). 맑음.

『태죽기泰竹記』를 짓고 학동들에게 보여주었다.

26일(신사辛巳). 맑음.

변사좌邊舍佐가 와서 보았다. 고문古文 세 권의 등서謄書를 겨우 마쳤다.

27일(임오壬午). 맑음.

염솔廉率의 권우權友가 와서 만났다.

28일(계미癸未). 맑음.

정자동亭子洞 윤우尹友의 거소에 함께 갔다.

29일(갑신甲申). 낮 동안에 빗방울이 점점이 떨어졌다.

수안리水岸里 자립동紫立洞에 두 번 갔다.

대한大漢 광무光武 2년 무오년[1898, 고종 35]

정월正月 초1일(을유乙酉). 맑음.

새벽에 안개가 하늘에 가득 퍼졌다. 동풍이 조금 불었고, 하루 종일 손님을 만났다.

초2일(병술丙戌). 맑음.

묵수지墨水池의 산소에 가서 성묘했다.

초3일(정해丁亥). 맑음.

분지동分旨洞, 이동梨洞, 오지烏池에 갔다.

초4일(무자戊子). 맑음.

도동道洞에 갔다. 이날 와서 만나는 사람이 많아서 계속하여 한가하지 않았다.

초5일(기축己丑). 맑음.

날씨가 봄과 같이 화창하였다.

초6일(경인庚寅). 가는 비가 내리고 바람이 불었다.

초7일(신묘辛卯). 새벽에 바람이 불었고 맑았다.

초8일(임진壬辰). 맑음.

추곡秋谷의 계종숙季從叔이 와서 머물렀다. 이날 새해 손님을 만나면서 계속하여 날을 보냈다.

초9일(계사癸巳). 흐림.

10일(갑오甲午). 맑음.

증조할머니의 제사로 재계에 들어갔다. 백종숙伯從叔이 와서 참여하였다. 현초弦初 어르신도 역시 와서 참여하셨다.

11일(을미乙未). 맑음.

백종숙께서 집으로 돌아가셨다.

12일(병신丙申). 맑음.

날마다 날씨가 화창하여 봄날과 같았다.

13일(정유丁酉). 맑음.

14일(무술戊戌). 비가 왔다.

생고조할머니의 제사로 재계에 들어갔다.

15일(기해己亥). 흐리고 가는 비가 아침에 내렸다.

민우閔友와 권우權友가 와서 만났다. 들으니 상옥上玉이 새해를 지나면서 세상을 떠났다損館고 한다.

16일(경자庚子). 흐림.

17일(신축辛丑). 맑음.

석교石橋에서 편지가 왔다. 잠깐 수안리에 갔다.

18일(임인壬寅). 맑음.

염솔의 권우權友가 와서 만났다.

19일(계묘癸卯). 맑음.

20일(갑진甲辰). 맑음.

「현초이장재서弦初李丈齋序」를 지었다.

21일(을사乙巳). 맑음.

대행황후大行皇后의 대상大詳 날짜를 다시 정하였으니, 신민臣民이 상복을
벗었다.

22일(병오丙午). 맑음.

분지동에 갔다. 사내종 광문廣文이 서울에서 내려왔다. 윤구允求 씨의 편
지와 여러 사람들의 편지가 왔다.

23일(정미丁未). 맑음.

자립동에 갔다.

24일(무신戊申). 맑음.

25일(기유己酉). 맑음.

정자동 매남리梅南里에 갔다.

26일(경술庚戌). 맑음.

27일(신해辛亥). 맑음.

독곶獨串에 갔다.

28일(임자壬子). 맑음.

29일(계축癸丑). 맑음.

독곶에 갔다.

30일(갑인甲寅). 바람이 불었다.

죽리竹里에 갔다.

2월 초1일(을묘乙卯). 바람이 불었다.

죽리에 가서 경문景門을 만났다.

초2일(병진丙辰). 맑음.

초3일(정사丁巳). 바람이 불었다.

우두牛痘²⁴가 이래李來의 딸아이가 걸린 천연두痘에 적합하였다.

24 우두牛痘: 천연두 백신을 말한다.

초4일(무오戊午). 큰바람이 불었다.

해산海山에서 여러 배가 많이 파손되어 다친 사람이 수백이었는데, 전국을 통틀어 논하면 수천이 다치는 지경이었으니 한탄스럽다.

초5일(기미己未). 맑음.

차 선비가 찾아왔다. 강청동江淸洞의 편지가 왔다.

초6일(경신庚申). 맑음.

종놈을 용곡龍谷에 보내서 목물木物을 실어 왔다. 염솔의 권우權友가 와서 만났다.

초7일(신유辛酉). 맑고 추웠다.

날마다 급격히 추워져서 사람들이 많이 병에 걸렸고, 나 역시 병으로 누웠다.

초8일(임술壬戌). 맑음.

병을 무릅쓰고 약을 처방하였다.

초9일(계해癸亥). 맑고 추웠다.

차 선비가 돌아왔다. 매일 약을 복용했다.

10일(갑자甲子). 맑고 추웠다.

또 약을 복용하니 조금 나아졌다.

11일(을축乙丑). 맑음.

들으니 흥선대원군國太公이 이번 달 2일에 별세하셨다고損館 한다.

12일(병인丙寅). 맑고 추웠다.

13일(정묘丁卯). 흐림.

경칩驚蟄이다. 수안리水岸里 자립동에 갔다. 권우權友가 와서 숙박하였다.

14일(무진戊辰). 추웠다.

경춘景春과 족질 성오聖五가 와서 만났다. 상중喪中에 있는 한 아무개 형제
昆季가 이날 함께 방문하였다. 덕석교德石橋에서 부고訃告의 글이 도착하
였는데, 12일에 생가生庭 모친의 상內艱을 당했다고 한다.

15일(기사己巳). 맑음.

병이 소란스러워 사방에서 번성하였고 사람들이 많이 사망하였으니 두
렵다.

16일(경오庚午). 흐리고 추웠다.

이 오위장李五衛將 편에 청주淸州 사천寫川에 편지를 썼다.

17일(신미辛未). 맑고 추웠다.

18일(임신壬申). 맑고 추웠다.

도동道洞에 갔다. 상중에 있는 한 아무개에게 머물러 숙박하였다. 김명교
金明敎가 공주로 출발하기에 정계에 편지를 부쳤다.

19일(계유癸酉). 맑고 눈이 오고 바람이 불었다.

20일(갑술甲戌). 맑음.

21일(을해乙亥). 눈이 오고 바람이 불었다.

정월부터 지금까지 매일 율시 한 수를 읊었다.

22일(병자丙子). 맑음.

「김성장하근재서金聖章下根齋序」를 지었다. 성장聖章은 간재艮齋 전 산장田
山丈[전우田愚] 어르신의 문인門人이다.

23일(정축丁丑). 맑음.

창동昌洞의 진사가 이번 달 17일에 아내室人의 상喪을 당하였는데, 용곡의
서신 가운데 전해 왔다. 족숙인 치상致庠 씨가 와서 만났다. 신시申時에 은
진恩津의 외숙外叔께서 두 어린 자제를 데리고 행차하셨는데 수고스럽고
세상살이에 지친 모양이셨다. 70세의 노인이 차마 당해내지 못하고 어찌
할 계책이 없어서 나에게 부탁하려고 오신 것이었다. 웅계熊溪의 이종사
촌姨從이 모시고 왔다.

24일(무인戊寅). 바람이 불고 흐렸다.

여자아이가 경증驚症[놀라서 생긴 병]이 있고 또한 입술에 종기가 나타났는
데, 갑자기 위중해졌다. 의원 집에 가서 약을 제조하고 왔다.

25일(기묘己卯). 맑음.

26일(경진庚辰). 맑음.

아버지께서 외삼촌表叔, 이종사촌姨從과 함께 당진唐津 이모 댁으로 행차
하셨다.

27일(신사辛巳). 맑음.

28일(임오壬午). 맑고 밤에 바람이 불었다.

청주에 갔던 사람이 돌아왔다.

29일(계미癸未). 맑고 추웠다.

3월 초1일(갑신甲申). 맑음.

초1일(을유乙酉). 맑음.

윤우尹友가 와서 만났다. 차 선비車雅의 「국은서菊隱序」를 지었다.

초2일(병술丙戌). 가는 비가 종일 내렸다.

학동學童에게 강의를 열었는데, 의義를 해석해주고 의를 물었으며 또한 그러한 의에 대한 글을 수정해주었다. 날마다 연습하니 성취가 있었다.

초3일(정해丁亥). 흐림.

이날 눈이 심하게 내려 앞산에도 눈이 있었다. 지난겨울 이래로 처음 보았다. 분지동分旨洞 원집元執의 소상小祥에 갔다.

초4일(무자戊子). 맑음.

지동芝洞에서 돌아왔다. 아버지께서 당진에서부터 합덕合德 응정리鷹井里 산소를 성묘하시고 석교石橋의 용곡으로 행차하셨다가 돌아오셨다.

초5일(기축己丑). 흐림.

자립동紫立洞 명교明敎에게 놀러 갔다. 상중에 있는 한 아무개가 3일에 놀아왔는데, 여러 곳의 편지를 가지고 왔다. 사방에서 병과 난리로 사람들이 많이 죽었다. 서울에서 노성칠盧聖七의 편지가 왔다.

초6일(경인庚寅). 맑음.

도동에 가서 족질의 이사搬移를 보고는 그대로 숙박하였다.

초7일(신묘辛卯). 맑음.

청산靑山 산장山丈의 맏이인 박 진사朴進士가 와서 만났다. 여자아이의 경증驚症으로 종일을 지내고 밤새도록 약을 처방하였다.

초9일(임진壬辰). 맑음.

공주公州의 이실李室이 묘시卯時 정각〔오전 6시〕에 남자아이를 순산하였으니 기특하고도 다행이다. 생각하니 옛날 그의 모친이 단 한 명의 자식만을 남겨두었는데, 능히 〔아이를〕 낳아 기르게 되니 기특하고 기쁘다. 차기서車奇書〔車奇瑞〕가 어제 왔는데 오늘 길을 떠나간다.

신묘년〔1891년〕에 박 진사의 조카 운로雲路가 와서 산장山丈께서 물건을 잃어버린 일을 말하였는데(청산靑山 박진사朴進士의 일), 누차 〔잃어버린 물건을〕 받아내는 방도를 간청하였기에 부득이하게 간여하게 되었다. 운로는 일찍이 경험해보지 못했던 일이고 나이가 어려서 많이 속임을 당했기에, 그의 숙부叔丈가 그 조카의 말을 잘못 듣고는 그 당시에 들어갔던 비용을 찾으러 온 것이다. 한탄스럽다.

10일(계사癸巳). 가는 비가 내렸다.

신시申天에 경춘景春과 자정子正이 와서 숙박하였다.

11일(갑오甲午). 큰바람이 불었다.

이날 어린아이로 인해 근심이 심하다. 용곡의 편지가 왔는데 재종再從의 관례加冠가 이번 17일로 정해졌다고 한다.

12일(을미乙未). 맑음.

이날 율시 한 수를 읊었다. 「차기서국은서車奇瑞菊恩序」를 지었다. 윤우尹友가 와서 만났다.

13일(병신丙申). 맑고 바람이 불고 추웠다.

지나가는 나그네가 와서 숙박하였다.

14일(정유丁酉). 맑음.

윤우가 와서 만났다.

15일(무술戊戌). 맑음.

한식寒食과 청명淸明이다. 용곡龍谷의 재종再從에게 편지를 써 보냈는데, 이름을 '경제經濟'라고 써 보냈다.

16일(기해己亥). 맑음.

지동芝洞 현초弦初 어르신의 생신잔치晬席에 갔다.

17일(경자庚子). 맑음.

기은곶其隱串 명열命悅의 생일生朝에 갔다가 돌아서 독곶獨串 성장聖章의 거소에 갔다.

18일(신축辛丑). 흐림.

밤에 비가 내려서 보리를 흠뻑 적셨다. 목곡木谷의 생원 이경춘李景春이 와서 만났다.

19일(임인壬寅). 아침에 비가 내리다가 낮에 줄어들었다.

독곶에서 돌아왔다.

20일(계묘癸卯). 맑고 바람이 불었다.

21일(갑진甲辰). 맑음.

22일(을사乙巳). 맑음.

산천을 두루 유람하고자 하였는데, 또한 난리가 지난 이후에 오랜 친척들의 생존 여부를 알지 못하였고, 동류의 친구들은 어떻게 시간을 보내는지 깊이 알고 싶었다. 한성시韓聖時와 함께 어린아이小僮와 짧은 지팡이短策한 개로 행장을 꾸려서 정자동亭子洞에 이르렀다. 윤우尹友를 데리고 함께 20여 리 떨어진 목곡木谷의 종인宗人 경열景悅에게 가서는 점심을 먹고 날이 저물어서 두암斗岩 최숙崔叔의 집으로 가서 투숙하였다.

23일(병오丙午). 맑음.

염솔廉率의 친구 이응오李應五의 집에 가서 점심을 먹었다. 날이 저물어서 당진 정안리定安里 이모 댁에 갔다. 외숙外叔께서 아직 돌아오지 않으셨다. 집안사람들이 모두 안녕하였다.

24일(정미丁未). 맑음.

머물렀다.

25일(무신戊申). 비가 보리에 흡족하게 내렸다.

26일(기유己酉). 맑음.

출발하여서 면천沔川 장동獐洞 이우李友의 집에 이르러 점심을 먹었다. 윤우尹友와는 여기서 서로 헤어졌다. 날이 저물어서 보천普川 유 청양兪靑陽의 집에 이르렀다.

27일(경술庚戌). 맑음.

합덕合德의 산소에 성묘를 하고는 상리上里에 있는 족질族姪의 집에서 점심을 먹었다. 날이 저물어서 석교石橋에 이르렀다.

28일(신해辛亥). 맑음.

용곡龍谷 종숙의 댁에 나아갔다.

29일(임자壬子). 맑음.

부자父子가 재종再從의 신례新禮〔혼례〕에 참여하기 위해 행차하였다. 오후에 비가 왔는데 우귀于歸 행차는 비를 무릅쓰고 행하였다. 선후가 뒤섞여서 어수선하였다.

30일(계축癸丑). 아침에 비가 오고 낮에 개었다.

그대로 현고구례現舅姑를 행하였다. 새 사돈인 이 찰방李察訪이 곧 집으로 돌아갔다.

윤3월 초1일(갑인甲寅). 맑음.

낮에 창동昌洞에 가서 진사進士의 부인상喪配을 위문하였다. 돌아서 울진蔚珍 족제族弟에게 가서 지녁 식사를 하였다. 날이 저물어서 용곡으로 돌아왔다.

초2일(을묘乙卯). 맑음.

아침에 현사당례現祠堂를 행하였다. 다시 출발하여 면천 삽교簽橋의 친척 박 씨의 집에 이르러 숙박하였다.

초3일(병진丙辰). 맑음.

근리芹里에 있는 성매成妹의 집에 갔다가 이어서 금현錦峴의 사위甥館에게 갔다. 한 선비韓雅가 또한 약조訂約를 하기 위해 왔다.

초4일(정사丁巳). 맑음.

머물렀는데, 여러 사람들이 와서 보았다.

초5일(무오戊午). 맑음.

머물렀다.

초6일(기미己未). 맑음.

구창舊倉 가평공加平公의 산소에 가서 살폈다. 서정西亭 어른신 댁에서 점심을 먹었다. 부리진夫里津에 이르러 순조롭게 건넜다. 강청동江淸洞의 의로 맺은 아우 이 진사의 집에 이르렀다.

초7일(경신庚申). 맑음.

머무르며 오래 쌓인 회포를 풀었다. 가까운 곳에서 여러 벗들이 와서 놀았다.

초8일(신유辛酉). 맑음.

머무르며 상촌上村의 참봉 이백효李伯孝 씨에게 갔다.

초9일(임술壬戌). 맑음.

힘써 더 있다 가라고 만류하였다.

10일(계해癸亥). 맑음.

온양溫陽 공수동公壽洞에 있는 종고모從姑母 이 언양李彦陽의 집으로 향했다. 20여 년 만에 찾아가 뵈었더니 종고모께서는 노인이 되셨다. 단지 두 명의 여자아이만 낳고 남자아이子弟가 없는 것이 흠이다.

11일(갑자甲子). 맑음.

목천木川 안래시安來市로 향하여 숙박했다. 좌협左峽의 산천이 웅장하며 아주 기이하고 절묘하다. 큰 강이 옆으로 퍼져 흐르니 진실로 사대부가 거처할 만하다고 이를 수 있다.

12일(을축乙丑). 맑음.

골짜기峽에서 위험을 무릅쓰고 고개를 넘었다. 날이 저물어서 진천鎭川 관동寬洞 혹은 은곡隱谷이라 하는데, 척제戚弟인 정남포鄭藍浦 송강松江〔정철〕의 종손인 추택樞澤의 집에 이르렀다. 쌓였던 회포를 풀었다.

13일(병인丙寅). 맑음.

머무르며 척고모戚姑母에게 조알朝謁하였다. 두루 산천을 다니며 관람하였는데 송강松江 문청공文淸公의 산소가 그 위에 있었다. 산세가 웅장하고 화려하였고 빈틈없이 차곡차곡 쌓인 강물이 앞을 가로지르니 진실로 좋은 묏자리大地였다. 여기는 우암尤庵〔송시열〕이 점지한 땅이라고 한다. 정추택 내부인鄭樞澤大夫人은 우리 어머니의 외종 형제로, 성의盛誼가 감동할 만했다.

14일(정묘丁卯). 맑음.

여러 정씨 성을 가진 벗들과 함께 산에 올라 율시 한 수를 지었다.

15일(무진戊辰). 맑음.

하곡下谷의 진사 용택龍澤의 집으로 내려갔는데, 그는 추택樞澤의 둘째 동생이다. 머물러 숙박하였다.

16일(기사己巳). 맑음.

추택의 막내 동생과 함께 태랑리台廊里에 있는 그 중형仲兄의 집에 이르렀다. 그대로 장관리獐觀里의 자기 집으로 가서 머물러 숙박하였다. 이 동네는 진천읍鎭川邑과 가까이에 있는데, 산천이 밝고 맑으며 빼어나게 아름다우니 진실로 장관이다. 동네의 주변이 아주 기묘하여 자못 뜻이 있었으나 세상의 혼란이 끝나지 않으니 한탄스럽다.

17일(경오庚午). 맑음.

안성安城 가현佳峴에 이르러 여관店에서 투숙하였다. 안성의 산천이 매우 아름답다.

18일(신미辛未). 맑음.

아침에 읍저邑底에 갔는데 인가人戶가 빈틈없이 조밀하며 큰 들판이 매우 평평하였고 시정市井은 풍성하고 넉넉하니, 진실로 조선인의 대시大市였다. 읍저에는 족대부族大父인 도사都事 만재萬載 씨가 거처하였는데, 들어가서 회포를 풀었다.

점심 식사 후에 출발하여 성환成歡 찰방도察訪道에 이르렀는데, 폐지된 이후로는 관사官舍가 무너져 떨어져 나갔고, 점사店舍는 고요하고 조용하였기에 투숙하였다. 곡가穀價는 1두에 4냥 5전에 이르렀다. 인심人心이 흉흉하여서 버티기 어려우니 한탄스럽다.

19일(임신壬申). 맑음.

온양 용두리龍頭里에 이르러 장張 씨의 집에서 점심 식사를 하였다. 학자學者 유兪 아무개(호는 문양文陽이다)를 지나는 길에 방문하였다. 날이 저물어서 강청동에 이르러 숙박하였는데, 점점이 내리는 비點雨를 만났다.

20일(계유癸酉). 흐리고 바람이 불었다.

날이 가물어서 크게 우려스럽다. 심히 만류하기에 머물러 숙박하였다.

21일(갑술甲戌). 바람이 불었다.

산에 올라 여러 벗들과 함께 율시 한 수를 지었다. 물과 돌이 매우 아름다웠다. 경치를 즐기다가 날이 저물어서 돌아왔다.

22일(을해乙亥). 바람이 불고 따뜻했다.

출발해서 보진普津을 건넜고, 금현錦峴의 사위 집에서 숙박하였다.

23일(병자丙子). 바람이 불었다.

익은 보리를 거두는 일이 자못 긴요하다. 정안定安에 이르러 숙박하였다.

24일(정축丁丑). 바람이 불었다.

신시申天에 돌아와 안부를 여쭈었다.

25일(무인戊寅). 맑음.

비로소 '보선단환약報仙丹丸藥'을 복용하였다.

26일(기묘己卯). 맑음.

모여暮汝가 와서 보았다. 사람들이 많이 와서 보았다. 도동道洞에 갔다.

27일(경진庚辰). 흐림.

오후에 비가 와서 보리를 겨우 적셨다. 명소命沼의 성오聖五가 와서 숙박
하였다.

28일(신사辛巳). 맑음.

29일(임오壬午). 흐림.

4월 초1일(계미癸未). 맑음.

초2일(갑신甲申). 맑고 크게 바람이 일었다.

당진唐津의 상중喪中에 있는 장 씨가 와서 탕건宕巾을 만들었다. 석교石橋
의 편지가 왔다.

초3일(을유乙酉). 맑음.

족대부 이학李學 씨와 족제 명열命悅이 와서 만났다.

초4일(병술丙戌). 맑음.

창동昌洞의 족제가 와서 만났다.

초5일(정해丁亥). 맑음.

사이사이에 두 차례 가는 비가 내려서 보리농사가 희망이 보인다.

초6일(무자戊子). 맑음.

초7일(기축己丑). 맑음.

도동의 족질과 족형 경숙敬叔 씨 형제가 와서 만났다. 밤에 비가 내렸다.

초8일(경인庚寅).

초파일浴佛日이다. 아침에 비가 내렸고 이어서 맑아졌다. 묵수지墨水池에 갔다. 여주驪州의 친구 신광조申廣朝가 와서 만났다.

초9일(신묘辛卯). 맑음.

묵호墨湖에 갔는데 신우申友가 천 리를 멀다 하지 않고 와서 서로 만났으니 진실로 감동이다. 함께 산천을 관람하고 날이 저물어 돌아왔다.

10일(임진壬辰). 맑음.

신우가 집으로 돌아갔다.

11일(계사癸巳). 맑음.

탕건宕巾 장인이 집으로 돌아갔다. 왕촌旺村의 친구 이주승李周承과 족제인 윤일允一이 와서 만났다. 아버지께서 화과산禾过山 아래의 산소에 행차하셨다.

12일(갑오甲午). 바람이 불었다.

족숙인 치상致詳 씨가 와서 만났다.

13일(을미乙未). 맑음.

친구 윤하경尹夏卿이 와서 만났다.

14일(병신丙申). 맑음.

아버지께서 날이 저물어서야 돌아오셨다. 용곡龍谷의 백종숙伯從叔이 와서 머무르셨다.

15일(정유丁酉). 아침에 맑고 낮부터 밤까지 비가 내렸다.

16일(무술戊戌). 아침에 비가 오고 오후에 개었다.

묵호墨湖의 종숙從叔에게 갔다. 밤에 도동에 갔다.

17일(기해己亥). 맑음.

운아雲兒가 『통사通史』 열다섯 권을 모두 보았다. 학동學童을 망일사望日寺에 보내어 맑은 바람에 대해 시를 읊게 하였다. 처음으로 모내기를 하였다.

18일(경자庚子). 맑음.

족숙인 치상 씨가 와서 만났다. 운아雲兒가 새로 『사략史略』 한 권을 읽었다.

19일(신축辛丑). 맑음.

올해 누에를 치는 일이 잘 이루어져서 11두에 이르렀다.

20일(임인壬寅). 맑음.

21일(계묘癸卯). 비가 왔다.

경눌景訥 족제族弟가 와서 만났다. 윤우尹友가 와서 만났다.

22일(갑진甲辰). 비가 왔다.

두 번째 모내기를 하였다.

23일(을사乙巳). 비가 왔다.

오늘 석교石橋에 가기로 약조했으나 비로 인해 갈 수 없으니 한탄스럽다. 모내기를 했다.

24일(병오丙午). 흐림.

25명이 모내기를 하였다.

25일(정미丁未). 맑음.

숙질叔侄 윤일允一이 와서 만났다. 온 집안이 근심스러운데, 어머니께서 학환瘧患〔학질〕이기 때문이다. 가슴을 태우며 근심하고 걱정하였다.

26일(무신戊申). 맑음.

윤문允文 족질이 와서 만났다. 소가 병에 걸려서 역시 염려된다.

27일(기유己酉). 맑음.

윤우尹友가 와서 만났다.

28일(경술庚戌). 맑음.

이날은 운아雲兒가 병에 걸렸으니 근심이다.

29일(신해辛亥). 맑음.

현초弦初 어르신이 와서 만났다.

회일晦日(임자壬子). 맑음.

오월午月 초1일(계축癸丑). 맑음.

초2일(갑인甲寅). 맑음.

초3일(을묘乙卯). 맑음.

한 선비, 차 선비와 함께 석교石橋에 갔다.

초4일(병진丙辰). 맑음.

석교에서 장례로 상여를 20리 동안 호위하였다.

초5일(정사丁巳). 맑음.

석교에서 날이 저물어 돌아왔다.

초6일(무오戊午). 흐리고 가는 비가 내렸다.

공주公州에 있는 사위의 종놈이 와서 소식을 들었는데 평안하다고 한다.

초7일(기미己未). 맑음.

초8일(경신庚申). 맑음.

공주의 종을 돌려보냈다.

초9일(신유辛酉). 맑음.

증조할아버지의 제사로 재계에 들어갔다. 용곡龍谷의 작은 종숙과 새로 관례冠禮를 한 재종이 왔는데, 초행인데도 흔들림 없이 들어오고 또한 기개와 도량이 좋고 당당하며 위용이 빼어나니 기특하고 기쁘다.

10일(임술壬戌). 가는 비가 내렸다.

11일(계해癸亥). 가벼운 비霞雨가 내렸다.

용곡 종숙과 숙질叔侄이 도동으로 향하여서 함께 갔다. 벗인 이공삼李公三이 와서 만났다.

12일(갑자甲子). 가벼운 비霞雨가 내리다가 신시 이후에 비가 내렸다.

13일(을축乙丑). 비가 왔다.

14일(병인丙寅). 가벼운 비霞雨가 내렸다.

며칠 동안 마른장마로 사람들이 고통스러워했다. 농민들이 비를 기다리며 날은 급박해지는데 모종을 옮겨 심지 않은 자가 매우 많으니 염려스럽다.

15일(정묘丁卯). 안개비가 내렸다.

오후에 큰비가 내려서 사람들의 마음을 흡족하게 했다.

16일(무진戊辰). 맑음.

17일(기사己巳). 흐리고 낮에 비가 왔다.

18일(경오庚午). 비가 왔다.

19일(신미辛未). 안개비에 또 비가 왔다.

김매고 이앙移秧하였다.

20일(임신壬申). 가벼운 비霞雨가 내렸다.

21일(계유癸酉).

한 번 장마가 오고 그치지 않으니 고통스럽도다.

22일(갑술甲戌). 가벼운 비霞雨가 내렸고, 오후에 남풍이 크게 불었다.

23일(을해乙亥). 가벼운 비霞雨가 내렸다.

24일(병자丙子). 가벼운 비霞雨가 내렸다.

25일(정축丁丑). 가벼운 비霞雨가 내렸다.

탕건宕巾 장인인 상중喪中에 있는 장張 씨가 길을 떠나갔다. 학동學童이 글 짓는 모임을 시작하였다.

26일(무인戊寅). 흐리고 바람이 불었다.

27일(기묘己卯). 흐림.

명군命君 족제가 와서 만났다.

28일(경진庚辰). 맑고 바람이 불었다.

29일(신사辛巳). 흐리고 바람이 불었다.

회일晦日(임오壬午). 흐리고 바람이 불었다.

6월 초1일(계미癸未). 흐림.

초1일(갑신甲申). 흐림.

수십 일간 남풍이 부니 대곡大谷이 많이 상처를 입고 쓰러졌다. 외손자가 다시 복학腹瘧[25]이 생겼다.

초2일(을유乙酉). 흐리고 바람이 불었다.

초3일(병술丙戌). 흐리고 또 바람이 불었다.

초4일(정해丁亥). 남풍이 크게 불었다.

날마다 비가 올 것 같으면서 안 오니 이상하고 한스럽다.

초5일(무자戊子). 흐리고 오후에 적은 비가 왔다.

초6일(기축己丑). 흐림.

초7일(경인庚寅). 흐리고 비가 왔다.

초8일(신묘辛卯). 흐림.

초9일(임진壬辰). 흐림.

도동에 갔다. 외삼촌表叔께서 행차하셨다.

10일(계사癸巳). 비가 왔다.

도동에 있는 어린아이를 처음 보았다.

---

25 복학: 어린아이에게 생기는 병의 하나로, 비장이 부어 배 속에 멍울이 생기는 것을 말한다.

11일(갑오甲午). 흐림.

12일(을미乙未). 흐림.

13일(병신丙申). 흐림.

14일(정유丁酉). 맑음.

15일(무술戊戌). 맑음.

16일(기해己亥). 흐림.

거산巨山의 처조카 젊은이 한韓 군이 와서 만났다.

17일(경자庚子). 흐리고 심하게 더웠다. 오후에 비가 왔다. 새벽과 밤에 큰비가 내렸다. 밭두둑이 찢어지고 둑이 무너졌다. 5대조 할머니의 제사로 재계에 들어갔다.

18일(신축辛丑). 비가 왔다.

이날 아이들의 홍진紅疹〔홍역〕으로 번민하였다.

19일(임인壬寅). 흐림.

20일(계묘癸卯). 맑음.

입추立秋이다. 족제 명열命悅이 와서 만났다. 운칠雲七이 처음 홍진으로 고통스러워했다.

21일(갑진甲辰). 맑음.

22일(을사乙巳). 맑음.

23일(병오丙午). 흐리고 심히 더웠다.
당진唐津의 이종사촌姨從이 와서 만났다.

24일(정미丁未). 비가 왔다.

25일(무신戊申). 비가 왔다.

26일(기유己酉). 가는 비가 내렸다.
이종사촌이 집으로 돌아갔다.

27일(경술庚戌). 맑음.
족숙 치상致祥 씨가 와서 만났다.

28일(신해辛亥). 맑음.

회일晦日(임자壬子). 맑음.

7월 초1일(임자壬子). 비가 왔다.
족제 명소命召가 와서 만났다.

초2일(계축癸丑). 비가 왔다.

초3일(갑인甲寅). 비가 왔다.

초4일(을묘乙卯). 비가 왔다.
친구 윤하경尹夏卿이 와서 만났다.

초5일(병진丙辰). 큰비가 왔다.
승려 성준性俊이 와서 보았다.

초6일(정사丁巳). 짙은 안개가 아침에 있었다.

초7일(무오戊午). 맑음.

초8일(기미己未). 맑음.
낮에 천둥소리가 있었으니 다른 장소에 비가 있었을 것이다.

초9일(경신庚申). 맑음.

10일(신유辛酉). 빗방울이 점점이 떨어졌다.

11일(임술壬戌). 흐림.

12일(계해癸亥). 맑고 심하게 더웠다.

13일(갑자甲子). 맑고 심하게 더웠다.

14일(을축乙丑). 맑음.

학동學童이 벼루를 씻었다. 여러 손님이 와서 만났다.

15일(병인丙寅). 맑음.

16일(정묘丁卯). 맑음.

해월암海月庵에 학동들과 함께 가서 율시 한 수를 읊었다. 지는 해를 보며 돌아왔다.

17일(무진戊辰). 맑다가 비가 왔다. 빗방울이 점점이 떨어졌다.

18일(기사己巳). 맑음.

족제 윤일允─과 김종휴金鍾休가 와서 숙박하였는데, 홍주洪州의 천궁天宮에 거주하는 사람이다.

19일(경오庚午). 맑음.

20일(신미辛未). 맑음.

외삼촌表叔께서 당진으로 행차하셨다. 성장보聖章甫가 와서 만났다. 김종휴가 거듭 방문하였다.

21일(임신壬申). 맑음.

22일(계유癸酉). 맑음.

23일(갑술甲戌). 맑음.

24일(을해乙亥). 맑음.

날마다 늦더위가 심하여 삼복 더위三庚보다 더하다.

25일(병자丙子). 맑음.

26일(정축丁丑). 맑음.

청산靑山의 박우朴友와 이 선비가 와서 만났다. 금현錦峴의 처조카妻侄가
와서 만났다.

27일(무인戊寅). 맑음.

날마다 돗자리를 엮었는데, 동풍이 크게 불었다. 슬항瑟項의 하 선비河雅
가 와서 만났다.

28일(기묘己卯). 비가 왔다.

29일(경진庚辰). 비가 왔다.

족제 윤일이 와서 만났다. 한 씨와 하 씨가 둘 다 집으로 돌아갔다.

30일(신사辛巳). 맑음.

8월 초1일(임오壬午). 맑음.

활성活城에 사는 김 생원이 와서 만났다.

초2일(계미癸未). 맑음.

초3일(갑신甲申). 흐림.

추곡秋谷에 갔다.

초4일(을유乙酉). 비가 왔다.

종조할아버지의 제사로 재계에 들어갔다.

초5일(병술丙戌). 맑음.

아침에 발자국 소리가 들렸는데, 집안의 종놈이 와서 공주公州에서 온 편지를 전해주었다. 이실李室을 데려가기 위해서 하인下隸이 도착한다고 한다. 밤이 깊어서야 집으로 들어왔다.

초6일(정해丁亥). 맑음.

행장을 꾸렸다. 척제戚弟 박찬필朴燦弼이 와서 만났다.

초7일(무자戊子). 맑음.

딸과 외손자杵孫를 데리고 출발하여 용곡龍谷에 이르러 유숙하였다.

초8일(기축己丑). 아침에 비가 조금 내렸다.

늦게 출발하여서 덕산德山 동문 밖에서 낮 더위를 맞았다. 날이 저물어서 대흥大興 삼거리에서 숙박하였다.

초9일(경인庚寅). 맑음.

유구維鳩에서 점심을 먹었다. 소나기驟雨가 갑자기 한바탕 내렸기에, 약해지기를 기다려 출발하였는데 가는 길에 한바탕 비를 맞았다. 날이 서물어 흑암黑岩 아래의 여관店에서 숙박하였다.

10일(신묘辛卯). 아침에 짙은 안개가 끼었다.

10리가량을 가니 사돈댁査家의 하인下隸 세 명이 와서 기다리고 있었는데, 새로이 온 장정들이라 기운이 있었다. 길마현吉馬峴에서 점심을 먹었다. 신시申天에 사돈댁에 도착하였는데 모두 평안하니 다행이다.

11일(임진壬辰). 맑음.

녹초가 되어서 별도로 누울 곳을 찾았다.

12일(계사癸巳). 맑음.

평기坪基의 승지 이대직李大稙 씨가 와서 만났다. 그 맏아들이 또한 와서 만났다.

13일(갑오甲午). 맑음.

집안 종이 어제 집으로 돌아갔다.

14일(을미乙未). 맑음.

날마다 돌아가고자 했으나 사돈집에서 힘써 만류하여 이겨내지 못했다.

15일(병신丙申). 맑음.

평기의 율리栗里에 가서 이 주사李主事와 진사進士의 여러 형제를 만났다.

16일(정유丁酉). 맑음.

출발하여서 계룡산鷄龍山 아래에 이르러 숙박하였다.

17일(무술戊戌). 맑음.

신도神都에 있는 백암동白岩洞의 족인族人 준원駿元에게 들어가서 머물러 숙박하였다.

18일(기해己亥). 맑음.

두루 신도 안을 돌아다녔다.

19일(경자庚子). 맑음.

출발하여 은진읍恩津邑 아래에 이르렀다.

20일(신축辛丑). 맑음.

출발하여 무평茂坪 송 진사宋進士에게 이르렀는데, 여러 벗들이 무탈하였다.

21일(임인壬寅). 맑음.

채운彩雲 송여산宋礪山의 집에 이르렀다. 그대로 출발하여 임천林川 장현壯峴의 진사 조동식趙東植(자는 순좌舜佐)에게 이르렀다. 이 친구와는 친분이 매우 두터웠다.

22일(계묘癸卯). 맑음.

그대로 머물러 한가하게 대화하였다.

23일(갑진甲辰). 맑음.

출발하여 한산韓山 교촌橋村에 있는 이 초관李哨官에게 이르렀는데 만나지 못했다. 그대로 숙박하였다.

24일(을사乙巳). 맑음.

아침에 고종사촌內從을 보았고, 새벽에 출발하여 홍산鴻山 약현藥峴의 친구인 외종매부外從妹夫 김석기金奭基에게 이르러 머물러 숙박하였다.

25일(병오丙午). 맑음.
그대로 머물렀다. 외종매外從妹가 만류하여 출발하지 못했다.

26일(정미丁未). 맑음.
늦게 출발하여 홍산鴻山 금양리金陽里에 있는 척숙戚叔 이 주서李注書에게 이르렀다. 척숙은 갑오년[1894년]에 고향으로 돌아오셨다. 평소 부와 권세를 가진 집안이었는데, 갑자기 고향으로 내려오신 처음의 상황은 말로 다 할 수 없다. 그대로 숙박하였다.

27일(무신戊申). 맑음.
그대로 머물러서 허다한 회포를 풀었다.

28일(기유己酉). 맑음.
출발하여 보령保寧 대포大浦에 이르러서 숙박하였다.

29일(경술庚戌). 맑음.
웅천동熊川洞 이모댁에 이르렀다. 거의 20년을 배알하지 못했다. 집안이 영세해져서 노년의 신세가 고약해졌으니 사정이 딱하고 안타깝다. 말을 관리하는 종이 종기腫氣로 몸져누웠다.

9월 초1일(신해辛亥). 맑음.

초2일(임자壬子). 맑음.

초3일(계축癸丑). 맑음.

초4일(임인壬寅). 맑음.

초5일(계묘癸卯). 맑음.

노비의 병으로 출발하지 못했다. 근처에 사는 여러 벗이 와서 놀았다. 침으로 종기가 있는 곳을 쨌다.

초6일(갑진甲辰). 맑음.

위아배衛兒輩가 병에 걸린 노비를 〔수레〕 위에 싣고 출발하여 60리에 이르러서 서산瑞山 덕천점德川店에 투숙하였다. 길에서 양림陽林에 사는 한씨 성을 가진, 자字는 낙서洛西라고 하는 자를 만났는데, 술주정을 부려서 매우 고난에 처했다.

초7일(을사乙巳). 맑음.

일찍 출발하여 돌아왔다. 아버지께서 2일간 학질瘧疾로 아프셨다 나으셨다 하니 안타깝고 답답하다.

초8월(병오丙午). 맑음.

초9일(정미丁未). 맑음.

묵수지墨水池의 명소命召 족제가 와서 만났다. 성윤聖允 족질이 와서 만났다.

10일(무신戊申). 맑음.

11일(기유己酉). 맑음.

12일(경술庚戌). 새벽에 큰바람이 일고 아침에 조금 비가 내렸다가 곧 갰다.

도동道洞에 갔다.

13일(신해辛亥). 맑음.

할아버지의 제사로 재계에 들어갔다.

14일(임자壬子). 맑음.

묵수지에 갔다.

15일(계축癸丑). 맑음.

이동梨洞에 가서 그 둘째 며느리子婦의 상喪을 위문하였다. 분지동分旨洞에 가서 척숙이 맏아들長子의 상을 당한 일을 위문하였다.

16일(갑인甲寅). 맑음.

17일(을묘乙卯). 맑음.

척제 도빈道彬이 와서 숙박하였다. 묵수지에서 혼례의 우귀于歸가 행해지니 어머니께서 행차하셨다.

18일(병진丙辰). 맑음.

척손戚孫 □환□煥이 와서 만났다.

19일(정사丁巳). 맑음.

20일(무오戊午). 맑음.

묵수지의 혼례于禮〔于歸〕에 갔다. 석현席懸에 편지를 보냈다.

21일(기미己未). 맑음.

창동昌洞의 진사가 와서 숙박하였다. 아침에 도동에 갔다. 명소命김가 와서 만났다.

23일(경신庚申). 맑음.

척숙 치상致庠 씨가 와서 만났다.

24일(신유辛酉). 흐림.

외숙께서 당진唐津에 행차하셨다.

25일(임술壬戌). 비가 왔다.

명소가 와서 만났다.

26일(계해癸亥). 맑음.

27일(갑자甲子). 맑음.

척손戚孫인 □환□煥(자는 계술繼述)이 와서 만났다. 여주呂州의 신우申友와 진위振威의 홍우洪友가 와서 만났다.

28일(을축乙丑). 맑음.

신우와 함께 수안리水岸里의 관례加冠하는 자리에 갔다. 그대로 죽리竹里에 갔다.

29일(병인丙寅). 맑음.

신申, 홍洪 두 친구가 집으로 돌아갔다.

회일晦日(정묘丁卯). 맑음.

10월 초1일(신사辛巳). 맑음.

오지烏池의 혼례婚席에 갔다.

초2일(임오壬午). 맑음.

오지에서 돌아왔다. 운아雲兒가 『사략史略』 1권을 모두 읽었다.

초3일(계미癸未). 맑음.

운아가 『소학小學』을 읽기 시작했다.

초4일(갑신甲申). 맑음.

분지동 여로汝老의 장례에 갔다.

초5일(을유乙酉). 맑음.

외종사촌外從이 집에서 관례를 하였다. 천궁天宮의 진사進士 민제敏濟가 와
서 만났다.

초6일(병술丙戌). 맑음.

초7일(정해丁亥). 맑음.

추곡秋谷에 갔다.

초8일(무자戊子). 추웠다.

처음으로 추위의 공포를 느꼈다. 안협공安峽公의 제사歲一祀를 행하였다.

초9일(기축己丑). 빗방울이 점점이 떨어졌다.

2경更에 집으로 돌아왔다.

10일(경인庚寅). 흐리고 빗방울이 점점이 떨어졌다.

족대부族大父와 족질族姪이 모두 묵수지에 들어왔는데, 제사歲一祀를 지내기 위해서 오셨기에 만났다.

11일(신묘辛卯). 흐림.

초팔일初八日에 일장령逸掌令 간재艮齋 전우田愚가 용곡龍谷에 내방하기에 맞이하였다. 비로소 평생의 소원을 이루었는데, 이름을 대고 만남을 요청하여 그대로 배알했다. 나이는 지금 58세인데도 귀밑머리가 하얗지 않고 얼굴이 윤택하며, 축적된 도가 몸에 가득 차서 넘치니粹面盎背[26] 진실로 도학道學의 군자君子라 이를 수 있다. 한바탕의 말씀言語에 스스로 아득해졌다.

12일(임진壬辰). 흐리고 바람이 불고 조금 눈이 내렸다.

분지동分旨洞, 기은곶其隱串, 수안리에 갔다. 외종사촌外從이 아내를 맞이하러 갔다가 돌아왔다.

13일(계사癸巳). 크게 바람이 일고 비와 눈이 왔다.

운아雲兒의 수업受業을 위해 공손하게 연곡蓮谷 노정섭盧正燮 씨를 맞이하였다. 곧 중암重庵 김 산장金山丈, 성재誠齋 유 산장兪山丈의 제자이시다. 도학道學이 한 시대의 혈초絜楚가 되시므로 힘써 주선하였다. 또한 성문聖文

---

26 축적된 도가 몸에 가득 차서 넘치니粹面盎背: 군자의 내면에 축적된 것들이 넘쳐서 몸으로 드러나는 것을 말한다.

에게 편지를 써 보냈는데 답장이 도착하였다.

14일(갑오甲午). 바람이 불고 비와 눈이 왔다.

죽리, 기은곳에 갔다.

15일(을미乙未). 맑음.

땅이 질어서 질퍽질퍽한 것泥濘이 바다와 같았다. 자립동紫立洞에 갔다.

16일(병신丙申). 흐림.

욱현勗賢의 관례冠禮를 가서 보았다.

17일(정유丁酉). 흐림.

연자동硯子洞.

18일(무술戊戌). 맑음.

경빈景彬이 왔다 갔다.

19일(기해己亥). 맑음.

20일(경자庚子). 맑음.

21일(신축辛丑). 맑음.

족질 문오文五가 찾아왔다. 밤에 수안水岸에 갔다.

22일(임인壬寅). 흐림.

문오와 함께 묵수지에 갔다. 밤이 되도록 품었던 생각을 말하였다.

23일(계묘癸卯). 비가 왔다.

위양渭陽의 삼촌께서 집에 전염병이 들었다고 외종형제를 데리고 당진으로 행차하셨다.

24일(갑진甲辰).

어제의 비로 무지개虹가 동서로 보였다. 때 아닌 무지개이니 괴이하다.

25일(을사乙巳). 흐림.

수안水岸의 혼례婚席에 갔다.

26일(병오丙午). 흐림.

그대로 머물러서 혼례禮를 보았다. 도동에 갔는데, 종조모從祖母의 생신이 셨다.

27일(정미丁未). 맑음.

안성安城의 석사碩士 유원준兪遠濬이 찾아왔다. 진사 유치준兪致遵이 사주단자柱單를 청하는 편지를 갖고 왔다. 이 집안은 우곡愚谷〔유성증〕과 취옹醉翁〔유철〕의 후예이다. 집안 행실이, 지조와 체모를 지키는 것이 여러 사람들보다 뛰어나니 다행이다.

• 갑사甲寺의 승려 동선東善이 와서 보았다.

28일(무신戊申). 흐림.

방현榜峴의 족숙 집에 가서 그대로 숙박하였다. 족손族孫 선환善煥은 자가 계술啓述인데, 와서 운칠雲七과 함께 겨울 3개월 동안 독서를 하였다. 갈두葛頭 경춘景春의 집에 갔다. 족숙族叔 희도熙道 씨가 와서 숙박하였다.

29일(기유己酉). 바람이 불고 흐렸다.

안성安城 유 생원兪生員이 집으로 돌아갔다. 밤에 바람이 불고 비가 왔다.

11월 초1일(경술庚戌). 비가 오고 눈이 오고 바람이 불었다.

조학서曹學西가 와서 보았다.

초2일(신해辛亥). 바람이 불고 추웠다.

아이들兒曹이 이질痢疾로 날마다 고통스러워한다.

초3일(임자壬子). 바람이 불고 추웠다.

약을 제조하여 왔다.

초4일(계축癸丑). 바람이 불고 추웠다.

약을 제조하여 왔다.

초5일(갑인甲寅). 맑음.

공주公州와 아산牙山 두 곳에 편지를 썼다. 편지는 고용한 사내에게 맡겼다.

초6일(을묘乙卯). 맑음.

초7일(병진丙辰). 흐리고 바람이 불고 추웠다.

초8일(정사丁巳). 흐리고 바람이 불었다.

초9일(무오戊午). 흐리고 바람이 불었다.

초10일(기미己未). 흐리고 바람이 불었다.

초11일(경신庚申). 흐리고 바람이 불었다.

초12일(신유辛酉). 맑음.

초13일(임술壬戌). 맑음.

초14일(계해癸亥). 맑음.
밤에 두 차례의 지진이, 네 차례의 지진과 같은 소리가 있었으니 괴이하
다. 외삼촌께서 당진에서 돌아오셨다. 서울의 소식을 들으니 더욱 놀랍다.

초15일(갑자甲子). 맑음.

부 록 ― 김약제 행록 및 제문 · 만사

1. 청우공행록清愚公行錄

공의 휘는 약제若濟, 자는 기범起汎, 초휘는 흥제興濟, 호는 청우清愚이니, 경주慶州가 본관으로 김씨계출金氏系出은 신라국성新羅國性이다. 상세上世에 휘 인관仁琯이라는 분이 있어 벼슬은 고려태자태사高麗太子太師였고, 휘 자수自粹라는 분은 호가 상촌桑村이며 벼슬은 고려조에 관찰사로서 이조李朝가 수립되자 도리에 절의를 세웠다. 8세를 내려와 휘 홍욱弘郁이라는 분은 호가 학주鶴洲이며 시호는 문정文貞으로서 사림士林에서 제향하며, 문정공이 휘 세진世珍이란 분을 낳았는데 벼슬은 찰방察訪으로서 찬성贊成에 추증되었고 가정이 곤궁한 까닭으로 한번 명命에 응하고 다시는 벼슬을 하지 않았다.

찬성공 이분이 휘 두벽斗璧이란 분을 낳았는데, 이분은 문학이 뛰어나 수의繡衣[암행어사를 영화롭게 부르는 말]에게 천거되어 벼슬이 영유현령永柔縣令에 이르렀다. 현령공 이분이 휘 기경起慶이란 분을 낳았는데 벼슬은 안협현감安峽縣監이며, 둘째 휘 치경致慶이란 분을 낳았는데 벼슬은 가평군수加平郡守였다.

현감공은 타고난 성품이 단정端整하고 고결하며 부모에 대한 효성과 형제간의 우애에 있어서는 자기 본분을 다하였으며, 시문詩文을 일삼지 않고 오로지 경사經史에만 뜻을 두었고, 황강黃岡 권 선생權先生(상하尙夏) 문하에 유학遊學하면서 동류들에게 본보기가 되었다. 현감공이 끝내 후사後嗣가 없어서 아우인 군수공(치경)이 계자季子인 휘 한설漢卨을 후사로 삼아주었다. 공이 유시幼詩로부터 뜻을 고상하게 가졌기 때문에 아버지의 가르침으로 호를 상지암尙志菴이라 하였다. 시례詩禮[자식이 부모에게 받는 교훈]의 교훈을 학문으로 삼고 공차문公車文[소장疏章이나 시문 등의 과거 공부]에는 힘쓰지 않았으며, 가난을 편안히 여기고 도道를 즐기며 단정하고 고결함을 스스로 지키었기에 공을 아는 이는 모두들 흠앙欽仰하고 애석해하였으며,

처음 벼슬에 나아갈 때 백씨伯氏에게 사양하고 끝내 세상에 나가지 않았으니 이분이 청우공淸愚公에게 5세조世祖가 된다.

고조高祖의 휘는 휘주翬柱. 요사夭死하여 후사가 없으므로 아우인 휘 희주羲柱의 아들을 자기 아들로 삼았으니, 이분의 휘는 노상魯相이며 호는 현현자玄玄子로서 성품이 인후仁厚하여 효성과 우애는 천성으로 타고났다. 예학禮學 문장文章을 지니고서도 산수에 뜻을 붙이고 살면서 양식이 없는데도 걱정을 하지 않았고, 또 유림儒林의 거벽巨擘이 되었으니 이분이 청우공에게 증조가 된다. 조祖의 휘는 우희愚喜이니 천성이 고매하여 효성과 우애가 있고 부지런하며 검소하였는데, 불행하게도 일찍이 아버지를 여의고 온갖 어려움을 다 경험하였으며, 자기 몸을 봉양하는 데는 가벼이 여기고 제사에는 정성을 다하였으며, 농사에는 부지런하고 가족들에게는 힘을 다하였다. 항상 온화한 기색으로 남을 대하고 너그러운 마음으로 일을 하면서 끝내 성립成立하여 선대의 교훈을 저버리지 않았다. 고考의 휘는 상학商鶴인데 음직蔭職[과거를 거치지 않고 조상의 혜택으로 얻은 관직]으로 참봉參奉이 되었으나 나아가지 않았다. 그의 품격은 강직하고 현명하였으며, 천성은 너그럽고 온화하여 가정교육을 많이 받고 외면을 꾸미지 않았으며, 일에 임하여 구차스럽게 하지 않고 희로喜怒를 겉으로 드러내지 않았으며, 상喪에 임하여서는 슬퍼하고 제사는 정성을 다하였다. 매양 상을 당했을 때 애통해하는 나머지 거의 실신하는 데까지 이르렀고, 본성은 술을 즐거하였으나 취하는 데까지 이르지는 아니하였다.

어머니는 하동정씨河東鄭氏 일두一蠹 후손인 환두煥斗란 분의 따님으로, 천성이 현숙賢淑하고 가정교육을 잘 받아 시집온 이후로부터 효성과 우애의 정성은 처음부터 끝까지 한결같았다. 대대로 청빈한 가문의 정신을 수호하면서 가난의 어려움을 체험하였으며, 시아버지 시어머니가 노환으로 침음沉吟하자 날마다 곁을 떠나지 않았으며, 잠을 자도 옷을 벗지 않고 지극히 정성을 다하기를 십여 년 동안 조금도 게을리하지 않았다. 어느 날

깊은 밤, 밥을 짓고 있는데 호랑이가 와서 지켜주었으니, 이 또한 효성의 감동으로 이루어진 현상이 아니겠느냐. 일에 임해서는 명민하고 시탕侍湯 [부모의 병환에 약시중을 드는 일]하는 일 외에 제사 모시는 예와 손님 접대하는 일, 농사일, 바느질 등의 모든 절차에 있어서 다른 동서들을 부르지 않고 스스로 다 해결하고도 밤낮을 어김이 없었으며, 융질隆耋의 노인이 되어 서도 기일忌日[제사]이 되면 철상하기 전에는 편히 쉬는 일이 없었으니 그 의 숙덕淑德[부인의 미덕]과 의행懿行[아름다운 행실]은 여사女士다운 태도가 있 었으며 향년 80세로 일생을 마쳤다.

병진년丙辰年 10월 5일 해시亥時에 서산瑞山 추곡구택秋谷舊宅에서 공(청우) 을 낳았으니 임신할 무렵 아버지 참봉공과 어머니 하동정씨 두 분이 용꿈 을 꾸는 아름다운 징조가 있었다. 공이 어려서부터 재간과 도량이 있어 놀 이에도 어린 행동을 하지 않았고, 점점 자라면서 풍의風儀[훌륭한 풍채, 기거 동작]가 일찍 숙성하였다. 혹 과일이나 좋은 음식이 있으면 항상 먼저 먹지 않고 동류들에게 나누어준 다음 먹었으며, 남들과 함께 거처할 때에도 혼 자만의 이로운 점을 선택하지 않았다. 깊은 겨울 심한 추위에도 따뜻한 자 리는 반드시 타인에게 사양하고 냉돌방에 거처하면서도 항상 겸양謙讓하 는 자세로 남들과 다투는 일이 없었으니 그의 천성이 대개 그러하였다.

10세 이전부터 조고학생공이 숙환宿患으로 10여 년을 침음沉吟하자 참봉 공이 항상 서울에서 객지생활을 했기에 청우공이 주야로 곁에서 모시되 옷을 벗지 않았고, 비록 깊은 밤 취침 중이라도 한번 부르면 곧바로 일어 나며, 혹 음식을 올리는 일, 가려운 곳을 긁어주는 일, 대소변기大小便器를 세척하는 일들을 직접 하면서 조금도 게을리하지 않았다. 또 여가로 학문 을 익히는데 암송을 잘하지는 못하였으나 뜻을 이해하는 데에는 어느 누 구도 따라가지 못하였고, 글을 저술하는 데에는 타인의 소작所作과 별다 른 점이 없으면 반드시 고쳐 지었으며, 혹 문장에 능한 이가 공을 위해 차 작借作이나 윤문潤文을 해주겠다는 자가 있으면 반드시 말하기를 저술에 능하고 능하지 못하는 데 있어서는 자신의 조예造詣를 따라 진보하는 것인데, 만약 남의 솜씨를 빌린다면 이것 역시 아첨하는 관습이며 참으로 공부의 과정課程에 유익한 일은 아닌 것이다 하고 들어주지 않았다.

14세에 조모 이씨의 상喪을 당하자 봉존奉尊하는 절차와 곡읍哭泣하는 슬픔에 있어서 한결같이 어른 같았으며, 16세에는 대로大老[송시열宋時烈]의 후손인 송내수宋來洙의 가문에 장가들어 두어 달 머무는 동안에도 우리 집 기일忌日을 당하면 띠를 묶고 밤을 지새웠으니 모두들 돈독하다고 칭송하였다. 그다음 해인 임신년壬申年에 학생공學生公[조부]이 세상을 떠나자 처음에는 단구공丹丘公 묘의 좌록左麓에 장례 지냈다가, 묘지가 좋지 못하다는 이유로 지관地官을 맞이하여 널리 탐방하고 서산 팔봉산八峰山에 치성을 드렸는데 백 일을 채우지 못한 채 마귀魔鬼의 저해로 중도에 돌아오고 말았다. 여러 번 묘소墓所를 옮겨 다니다가 끝내 부인 이씨묘李氏墓에 쌍봉을 하고 나니 세상 사람들이 다 길지吉地라고 칭박稱嘆하였다. 그러므로 그의 성력誠力과 효심孝心의 돈독敦篤함은 다른 사람들이 미치기 어려웠다.

을유년乙酉年에 사마시司馬試에 합격하고 병술년丙戌年에 문과文科에 발탁되어 곧바로 성은聖恩을 입고 홍문관弘文館 교리校理에 제수除授되어 이로부터 삼사三司[사헌부·사간원·홍문관의 합칭]를 출입하면서 항상 소대召對[왕명으로 입대하여 정사에 대한 의견을 들어보는 것]를 입고 치우치게 주상主上의 은춘恩春[임금의 특별한 은혜]을 입었으며, 간혹 외관직의 천망薦望도 있었는데 상上이 말하기를 김모金某는 대용大用이 있을 것이니 가만히 두어라 하였다. 그리하여 여러 번 관직을 받았는데 이것은 대개 특별한 대우였다. 동학교수東學敎授와 장악원정掌樂院正, 선전관宣傳官, 군사마軍司馬 등 여러 관직을 역임하였고, 간혹 파직되었다가 풀려나기도 하였으며, 또 주상主上의 꾸중을 입었다가 용서받기도 하였다. 당시에 외관外冠들과 왕래往來가 통하자 고위명관高位名官에 급한 자는 다 외국사행外國使行으로서 요임要任을 삼았는데, 간혹 사람들이 공을 권유하자 공은 마음속으로 이런 관직을 비비卑鄙하게 여기어 결단코 응하지도 않았으며 시세時勢에 아부하여 속으로 권요權要들을 가까이하지 않은 것으로 평소平素의 주간主幹을 삼았기 때문에 경재卿宰와 동료 관리들이 기대期待하여 두려워하고 곤경하지 않는 이가 없었다.

갑오년甲午年에 흉당凶黨들이 조정朝廷에 우글거려 국가의 변란變亂이 끝이 없자 드디어 관직을 버리고 고향으로 내려왔다. 그러나 마침 동학란東學亂을 만나 백성들이 많이 죽었는데 공公은 중인衆人들의 추앙追仰을 받아 외읍外邑의 침탈을 방어하여 경내境內의 민간民間을 살피고 위로하자 온 경내가 안정되어 한 사람도 피해를 입은 자가 없었다. 이 뒤로부터 공이 폐인廢人으로 자처自處하고 다시는 영리榮利에 뜻을 두지 않고 농사일만을 업을 삼아 노인을 봉양奉養하고 자녀들 가르치는 일로 직분을 삼았다. 거처하는 것은 소박하고 누추하며 출행出行할 때에는 뚫린 망혜芒鞋[띠신]를 신었으며, 사사로이 거할 때는 유건儒巾과 띠를 하지 않았으며, 옷은 비단[명주] 옷을 입지 않고 출행할 때에는 탈것[수레]을 타지 않았으며, 진기하고 화려한 노리개는 한 번도 쳐다보지 않았으니, 당시 사람들은 그 처의處義를 알지 못하고 공이 검소해서 그렇다고 여겼다.

전간재田艮齋 선생을 본 뒤로 자기 몸에 필요한 학문을 갖추어 듣고 목표를 세워 실행實行하여 매일 일찍 일어나면 세수하고 머리 빗고 가묘家廟에 배알拜謁하였다. 소학小學으로서 우선 기본을 삼고 차분한 마음으로 힘써 배워서 차서次序에 따라 나아가되, 많이 탐내는 것으로서 공부의 일과를 삼지 않고 오로지 존신복행尊信服行[높이어 신뢰하고 실천해 나감]하는 것으로 준법準法을 삼았으며, 자기 자식을 간재艮齋 선생 문하門下에 보내어 학문을 익히게 하였다.

기미년己巳年 매국변란賣國變亂 때 민충정閔忠定 영환泳煥과 조충정趙忠定 병세秉世 등이 스스로 의義를 실천하자 공이 이 소식을 듣고 우국충정憂國忠情에 격분하여 간뇌도지肝腦塗地[참살당하여 간과 뇌가 땅에 흩어지고 시체는 그냥 방치되는 것을 말함]코자 해도 어버이가 계시기 때문에 뜻을 이루지 못하였다. 을미년乙未年에 명성황후明成皇后가 승하昇遐한 이후로 의병義兵들이 사방에서 봉기하였으나 여러 번 패하여 떨치지 못하였고, 다시 정미년丁未年 홍양지패洪陽之敗[고종高宗 양위讓位]에 적세賊勢는 점점 가해지고 사기士氣는 더욱 저하되었다. 공은 때마침 병중에 있으면서 잘못 간련干連되어 적진賊陣에 불려가서 위협당하고 방자하게 꾸짖음을 당하자 공이 정색하여 말하기를 "너희와 우리는 대대로 원수였는데 하물며 층층 변고變故가 이 망극한 지경까지 왔느냐? 신하 된 자가 분격하여 자신을 돌아보지 않고 의병을 일으켜 적을 토멸하여 우리 원수의 원한을 설욕하는 것이 당연한 것이며, 만약 이루지 못한다면 칼날이 죽음을 초래하여 충혼忠魂을 짓는 것을 달게 여기는 것이 본래 내 명분의 소원이다. 생각건대 부재不才한 내가 노쇠한 어버이 때문에 해빈海濱에 엎드려 살면서 본 뜻을 이루지 못했으니 죽고 싶어도 죽을 땅도 없다. 그런데 다행히 너희에게 포박당하고 구타당하는 것이 어찌 나의 현명함이겠느냐. 비록 죽음을 당해도 진실로 달게 여길 것이다"라고 말하자 왜로倭虜 역시 서로 돌아보고 기색이 저하되면서 도리어 우대하여 보내주었다.

경술년庚戌年 8월에 국운國運이 망하고 종묘宗廟[왕실王室]와 사직社稷[국토國土]이 전복顚覆되자 공公은 해를 쳐다보지 않을 것을 맹서하고는 문을 닫고 빈객賓客을 거절하면서 문밖을 나가지 않았으며, 이러한 우국충심憂國忠心의 울분으로 병을 얻게 되자 이른바 은사금恩賜金이란 명목으로 하사금이 내렸다. 그러나 공이 말하기를 "의리義理에 불가不可한 것은 비록 군부君父가 하사할지라도 받지 않는 것이거늘 하물며 오랑캐 원수들의 금전金錢을 받을 수 있겠는가. 나는 듣건대, 받지 않는 자는 저들이 목을 매단다 하니, 내 비록 죽음에 나아갈지라도 견단코 받을 수 없다"고 하고 엄중히 사양하여 물리쳤다. 이해 12월 28일 오시午時에 끝내 일어나지 못하고 세상을 떠났다. 임종할 때 집안과 뜰을 깨끗이 청소하게 하고 집안 식구 및 외객外客들과도 사람마다 고별告別하고 일어나 자리를 피하여 말하기를 "지금 군상君上께서 실위失位를 하였는데 신하 된 자가 침석寢席에서 편안히 죽을 수 없다"라고 하고는 다시 자리에 누워 자진하였다. 이듬해 3월에 서산瑞山 대산면大山面 영전리令田里 부축負丑의 언덕에 장례 지냈다.

공은 천성天性이 인후仁厚하고, 기개氣槪가 높고 소통疏通〔조리 정연하고 막힘 없이 통함〕하여 간국幹局〔사물을 처리하는 재간과 국량〕이 있고 일을 보고는 명민明敏하였으며, 반드시 효제孝悌를 근본으로 삼았다. 수차 이사를 가서 존당尊堂〔남의 어머니에 대한 존칭〕의 거처가 불결不潔한 관계로 두어 칸 집을 새로 지어 침실을 만들어 기쁜 얼굴로 어버이를 극진히 봉양하였다. 공은 다른 곤계昆季가 없고 다만 한 여동생이 있었는데 불행하게도 일찍이 과부가 되었기에 함께 살면서 보살피고 아껴주기를 더욱 돈독히 하였으며, 사사로 재물을 경영하여 타일신후他日信後의 계책을 만들어주었다. 거처居處할 때에는 항상 기쁜 모습이었으며, 자녀아손子女兒孫들이 앞에서 떠들고 소란해도 빙그레 웃고 보아주며 끝내 못 떠들게 꾸짖는 일이 없었다. 교도敎導하는 방법에 있어서는 엄중嚴重하고 강직剛直·방정方正하여 반드시 그들로 하여금 법규대로 따르게 하고, 비복婢僕들을 대함에 은위恩威〔은혜와 위험〕를 함께 베풀어 힘을 다해 영판營辦〔경영하고 힘씀〕하고 그들을 안업安業〔안심하고 업무에 종사함〕하게 하니, 어리석은 이는 그 은혜에 사모하고 교활한 이는 그 위엄에 심복하여 인정人情을 다하지 않음이 없었다. 온화溫和한 마음으로 사람을 접하고 비록 시골 사람일지라도 반드시 정성껏 대접하여 공손히 하니, 간혹 사람들이 과공하다고 말하자 공이 답하기를 "사람들을 대접하는 도道는 당연히 이같이 해야 한다"라고 하였다. 또 후생들을 접인接引한즉 마음을 열어 성의誠意를 보이고 잘 인도하여 곡진히 타이르기를 게을리하지 않고, 위기무실爲己務實한 자를 보면 내심외심內心外心으로 다 기쁘게 하여 자기에게 이런 점이 있는 것처럼 하였으며, 간혹 시태時態에 빠지면 여러 번 경계하였다. 또 의리를 분석함에 있어서는 고금

古今을 통하여 충역忠逆의 구분과 득실得失의 이유를 잘 논변論辨하였다.

성품은 술을 잘 마시지 않았으며, 즐거운 일에는 남들과 함께 기뻐하고 자기 자신을 심히 겸양하였으며, 밤늦도록 담소하고 술잔을 서로 권하되 사람들에게 자연스러운 화기和氣가 풍기는 까닭에 귀천貴賤이나 아이 어른 없이 사모하고 기뻐하여 덕화德化에 심복하지 않는 이가 없었다. 구차스러운 일들은 남에게 간청하지도 않았으며, 남을 아끼고 베풀기를 좋아하여 곤궁困窮하고 빈핍貧乏한 사람들을 도와주지 못할까 염려하였다. 때문에 항상 말하기를 "남에게 구걸하는 것은 심히 괴로운 일이므로 오직 베푸는 쪽이 즐거운 일이 된다"라고 하였다. 경사서책經史書冊들을 사서 두고 독서의 자료로 삼고 항상 말하기를 "남에게 전적典籍을 빌리는 것도 어려운 일이지만 가령 빌리더라도 한번 보고 돌려주면 아무리 재주가 있다 해도 수용需用하기가 어렵기 때문에 땅을 팔아서라도 서책을 구입하는 것은 옳은 일이다"라고 하였고, 혼사婚事의 절차는 반드시 자기의 능력에 따라 행하되 술을 장만하지 않고 손님을 불러 말하기를 "지금은 천지가 번복飜覆하는 시대인 만큼 성례成禮하는 것만으로 주간을 삼아야지 어찌 성연盛宴을 베풀어 즐길 수만 있겠느냐"라고 하며 일체 세미재리世味財利에는 담담하게 생각이 없었으며, 구마裘馬〔의복과 거마〕와 음식에 있어서도 역시 좋고 맛있는 것을 취하지 않았다. 일을 행함에 섬세하고 공교로운 것과 까다롭고 번거로운 것은 제외시키고 대체大體를 들어 이용하되 미연에 그 취지를 잘 파악하였으며, 사람을 대하면 미리 알고 그 밝은 지식이 드러내 보였으며, 혹시 불측不測한 사변事變이 일어나 화색禍色〔재앙이 일어나는 빌미〕이 심급甚急하여 어찌할 바를 모르는 순간에 사람들이 공을 위해 걱정하면, 공은 조금도 근심하는 빛이 없이 오로지 광명정직光明正直으로 대처하여 일호一毫도 은곡흉사隱曲譎詐〔숨기고 왜곡되며 허위와 거짓〕가 없이 모면하였다.

본래부터 산수山水를 좋아하여 구경을 많이 다녔고, 항상 좋은 땅을 선택하여 이사하려고 했던 것은 손자들을 위한 계책이었지만 끝내 뜻을 이루지 못하고 말았다. 공이 한번 용퇴勇退한 이후로 국세國勢가 급업岌業[위태로운 모양]하고 세도世道가 윤상淪喪[망하여 없어짐]하자 공이 죽을 때까지 물러나 살면서도 마음은 항상 북궐北闕[대궐]에 달려 있었으니 존군애국尊君愛國하는 충성심은 조금도 변함이 없었다. 만일 조보朝報[조선조 때 승정원에서 처리한 사항을 매일 아침에 반포하던 통보]의 불평不平함을 들으면 반드시 망침폐식忘寢廢食하고 북향하여 눈물을 흘리지 않음이 없었으니 이것도 범문정공范文正公[휘는 중암仲淹, 자는 희문希文으로 송宋 인종조仁宗朝의 명상名相임]이 이른바 '나아가도 걱정이며 들어가도 걱정이다'라는 말이다. 아! 공 같은 정대正大한 뜻과 견확堅確한 절조節操로서 때를 얻어 위位에 처했다면 나아가서는 충성하기를 생각하고 물러가서는 허물 고치기를 생각하며 치평治平하는 계책을 광구匡救하여 장차 세도世道에 공이 있었을 것이다. 그런데 시운時運이 불행하여 인간과 금수禽獸가 구별이 없고 화이華夷[중화와 오랑캐]가 분변分辨이 없는 당시에 한 손으로 하늘을 들 수 없기 때문에 마음으로 항상 통탄하고 한恨하면서 일생을 마치고 말았다. 임종臨終 당시에도 오히려 나라를 걱정하는 정성이 있었으니, 그의 타고난 올바른 정신력과 굳게 지키는 확고한 뜻이 아니면 어찌 여기에 미칠 수 있었으랴.

그의 당호堂號를 보면 '진문자陳文子[춘추시대春秋時代 제齊나라 대부大夫. 명名은 수무須無로 문자文子는 그의 시호諡號]는 청렴淸廉하고, 영무자甯武子는 우직愚直하다'라는 말에서 청우淸愚라는 당호를 쓰게 된 것으로, 공이 금세에 처해서 진문자가 자신을 깨끗이 하고 혼란混亂한 세상을 피해 떠난 것과 영무자가 충성을 다하여 어려움을 구제救濟한 그런 정신을 가슴에 품고 있는 지 오래였기 때문에 다만 시대와 형세가 다르고 처한 바가 같지 않았을 뿐인 것이다. 공은 아름답고 순수한 자질資質로서 이른 나이에 문과에 발탁되어 진실로 애물愛物하는 데 마음을 두었고, 물러나서도 지조를 지키며 늙어서도 학문을 좋아하였다. 비록 참공부를 오래 지속하지는 못하였지만 어버이를 섬기고 남을 접할 때에는 소심하고 공근恭謹하며, 실천하고 중도를 지키어 갑작스런 언어와 행동을 입에 내뱉고 밖으로 드러내지 않았으며, 고요한 밤에는 잠을 자지 않고 서책書冊을 경대敬對하여 정사함영精思涵泳하고 침잠반복沉潛反覆하여 개연慨然히 구도求道할 뜻이 있었다. 매양 존자尊者를 보면 의리를 질문하되 엽등하여 소홀히 하지 않고 순순循循히 조리 있게 겸허한 자세로 나아갔으며, 말과 행동은 마음을 다스리고 몸을 닦는作心修身 것으로 절요切要를 삼아서 그의 교풍校風이 사람들에게까지 미치지 않음이 없었으며, 항상 온공자애溫恭慈愛하고 남에게 은혜를 베풀어 구제하는 데 마음을 두었기에 향리鄕里가 교화敎化에 감동하고 문풍文風〔문학을 숭상하는 기풍〕이 일어나서 문득 의관지향衣冠之鄕〔예모를 차린 고을〕을 이루었다. 또 모든 일이 있으면 모두들 공에게 가서 질정質正한 다음에 시행하였다. 공이 상례喪禮에 미쳐서도 복服이 없는 종족과 지구知舊들도 모두 의리의 복을 입었으며, 장지葬地는 집에서 10여 리 떨어진 거리였는데 지나는 길목 마을마다 치존致尊 드리고 제문을 읽지 않는 이가 없었으니 이 역시 공의 사람 됨됨의 대개大槩이다.

초취初娶는 은률송씨恩律宋氏 내수來洙의 따님으로, 16세 때 공에게 시집왔는데 천성이 단정하고 청결淸潔하여 가정교훈家庭敎訓에 관습慣習되어 재덕才德을 겸비하고 성경誠敬이 갖추어졌다. 슬하에는 한 따님을 낳아 기르고는 공淸愚보다 32년이나 세상을 먼저 떠나자 홍주洪州 운천運川에 초장初葬하였다가 재차 서산 대산면 수다리水多里 간향艮向 언덕에 천장遷葬하였다. 재취再娶는 청주한씨淸州韓氏로 21세에 시집왔다. 정숙貞淑한 부덕婦德과 온화한 용모容貌는 송숙인宋淑人〔공의 전취前娶〕과 더불어 덕과 아름다운 점이 아울러 비슷하다고 말할 수 있겠다. 2남 2녀를 길렀으니 장남은 동훈東勳, 차남은 동기東冀, 측실남側室男은 동묵東黙이다. 장녀는 진사 이정구李廷求에게, 차녀는 진사 이보영李普榮에게, 또 유덕준兪悳濬에게 각각 시집갔다. 동훈의 자는 중환中煥이고 여는 어리며, 이정구의 자는 문찬

文燦이다.

내가 공과 같은 시대에 생장生長하면서 놀 때엔 같은 방향에 놀고 공부할 때엔 한 침상에서 공부하여 늙을 때까지 우락憂樂을 함께 겪어 상세히 알고 환히 보았으니 아! 아깝도다. 공 같은 인효仁孝로써 끝까지 부모를 봉양하지 못하고 양친으로 하여금 상명喪明〔아들의 죽음을 당함. 자하가 아들의 죽음에 너무 많이 울어 실명한 고사에서 나온 말임〕하게 하였으며, 공 같은 포부泡負를 시행도 하지 못하고 국가에 충성도 다하지 못하였으며, 공 같은 학문에 뜻을 둔 사람으로서 충분히 공부를 이루지 못하고 한 푼도 만회挽回〔바로잡아 돌이킴〕하는 도道가 없었으니, 생각하건대 공은 구원九原〔황천黃泉〕아래에서도 눈을 감을 수 없을 것이다. 뒤에 죽는 나로서 진실로 섭섭한 마음은 배나 비통해하지 않을 수 없다. 그러나 세월이 흐르고 자취가 인멸湮滅되어 전해지지 못할까 두려워한 나머지 나의 거친 재주를 돌아보지 않고 대략 진술陳術한 것이 이와 같지만 문사가 졸렬하여 공의 진상眞相을 만의 하나도 묘사하지 못하였으니, 이 역시 사정私情에 끌려 꾸민 것은 아니다. 엎드려 생각하건대 입언군자立言君子는 살피고 감염鑑念하여 재택裁擇하기를 바란다.

종숙從叔 상원商元 소술所述

2. 제문祭文

서종숙庶從叔 김상원金商元 지음

오호! 슬픕니다.

삶과 죽음은 피할 수 없는 자연의 순리이지만, 죽은 이를 애도하고 슬퍼하는 것은 누구나 가진 감정입니다. 무릇 평소 친히 알고 지내는 사람에 대

해서도 오히려 그러한 감정은 마땅한데, 하물며 우리는 아저씨와 조카의
사이이니 어찌 마음이 저리고 가슴이 아프지 않겠습니까.

공께서는 우리 집안의 대들보 역할을 자임하였고, 공과 나와의 관계는 마
치 나팔 소리와 피리 소리처럼 서로 조화를 잘 이루었습니다. 나보다 세
살이 위로 일찍부터 풍채가 있었는데, 길을 갈 적에는 나란히 다녔고 학업
을 닦을 때는 책상을 함께 썼습니다. 공은 성격이 호방하였는데, 나는 참
으로 용렬하고 졸렬하였습니다. 그러나 우리 두 사람의 마음만은 어렸을
적부터 죽이 맞아 막역莫逆하였습니다.

신미년辛未年〔1871〕에 이르러 사는 곳이 각각 하늘의 끝자락으로 떨어져
있게 되었는데, 수십 일만 소식이 막혀도 오히려 마음이 울적하였습니다.
병술년丙戌年〔1886〕에 이르러서는 길사와 흉사가 엇비슷했으니, 나는 어
버이의 상사를 당했고, 공께서는 대과大科[1]에 급제하고 특별히 국왕의 은
혜로운 예우를 입어 청화직淸華職[2]을 두루 거치게 되었습니다. 운산雲山의
그리움[3]은 비록 슬프지만, 우리의 집안은 공에게 힘을 입었습니다. 객지
에서의 벼슬살이에 생활은 늘 궁핍하였는데, 은혜로운 견책[4]은 또 무슨 일

---

1 대과大科: 김약제金若濟는 1886년(병술, 고종 23)에 정시 문과庭試文科에 급제하였다(을과
　1위 - 총 26명 중 2위)〔『승정원일기』 고종 23년(1886) 3월 29일(임술)조〕.

2 청화직淸華職: 깨끗하고 화려한 벼슬자리, 곧 청환직淸宦職과 화요직華要職을 이르는 말
　이다. 학식이 높은 사람에게 주었던 홍문관·예문관·춘추관·사간원·사헌부 등의 벼슬로,
　지위와 봉록은 높지 않지만 후일에 높이 승진할 수 있는 자리이다.

3 운산雲山의 그리움: '어버이를 그리워하는 마음'을 뜻하는 말이다. 당나라 때 재상을 지낸
　적인걸狄仁傑이 한때 병주幷州 참군參軍이 되어 태항산太行山에 올랐다가 남쪽 하늘의
　흰 구름을 바라보면서 "우리 어버이께서 저 구름 아래 하양河陽 땅에 계신다" 하고 오래도
　록 슬피 바라보다가 구름이 옮겨 가자 비로소 자리를 떴다고 한다(『新唐書』 권115, 「狄仁傑
　傳」, "親在河陽 仁傑登太行山 反顧 見白雲孤飛 謂左右曰 吾親舍其下 瞻悵久之 雲移乃得
　去"). '운산雲山의 그리움'은 이 고사에서 나온 말이며, 같은 뜻의 다른 표현으로 그냥 '백운
　白雲'이라고도 이른다.

4 은혜로운 견책: 김약제가 제관祭官으로서의 소임을 소홀히 하여 1892년(고종 29) 4월부터
　동년 7월 사이에 고금도古今島에 귀양 갔던 일을 가리킨다〔『승정원일기』, 1892년(임진, 고종

이란 말입니까. 정분이 지극한 처지이니 나의 근심에 어찌 다함이 있었겠습니까. 이에 우리 가문의 모든 사람들이 우러러 축원하였으되 얼른 지방관으로 나아가기를 꾀하라고 하였습니다. 그러나 세상에 나아가 능력을 다 발휘해보지도 못한 채 벼슬살이한 지 10여 년 만에, 갑오년〔1894, 고종 31〕의 동학변란東學變亂으로 나라의 일이 걷잡을 수 없이 혼란에 접어드는 바람에 벼슬을 버리고 고향으로 돌아왔는데, 몸과 이름을 깨끗이 보존했습니다.

어버이 봉양하기를 직분으로 삼았으며, 자녀들의 교육에 법도가 있었습니다. 비록 초야에 엎드려 지냈지만 절실히 종묘사직宗廟社稷을 걱정하였으니, 방 안에 앉아 있을 때는 밥상이나 주안상을 갖추려고 하지 않았고, 나다닐 때는 말이나 가마를 타지 않았습니다. 공명과 이록利祿이 무슨 물건인지를 몰랐으며, 몸소 농사짓는 데에 안주하였습니다. 착한 일을 좋아하고 배우기를 독실히 하면서 유학儒學에 종사하였으니, 검은 갓에 기운 옷을 입은 채 경전을 연구하였습니다. 사람들을 대함에는 공손하였고, 일을 처리함에는 너그러웠습니다. 착실히 법도를 지키면서 두터이 효제孝悌를 실천하였으니, 온 집안이 화목하였고 향리의 사람들이 감화되었습니다. 천성이 원래 어질고 넉넉한 데다 유쾌하고 까다롭지 않았기에 사람들로부터 사랑을 받았습니다. 재주는 세상의 인심과 사리에 겸하여 통달하였고, 사물을 대하고 처리하는 데 주도면밀하여 장차 세상에 나아가 마음속 재능을 펼칠 것을 기대하였습니다. 그러나 태어난 때가 좋지 못하여 하늘과 땅이 위치를 뒤바뀐 듯한 세상이 되었으므로, 맹세코 문밖에 나가지 않으면서 하늘의 태양을 보기를 한스럽게 여겼습니다.

오호! 이렇게 슬픈 나의 마음을 어디에다 붙이겠습니까. 나를 알아준 사람은 오직 공뿐이었고, 공을 알아본 사람도 오직 나뿐이었습니다. 젊었을

29) 4월 18일(병오)조, 4월 21일(기유)조, 7월 29일(갑인)조, 8월 1일(병진)조〕.

때는 호방豪放하여 세속을 벗어난 사람에 가까웠는데, 나이 30세에 이르러서는 소과小科, 대과大科[5]로 이름을 떨쳤으며, 늘그막에는 고상한 절개를 지키면서 책상다리하고 앉아 경전을 궁구窮究하였습니다. 어떤 이유인지 은사금恩賜金[6]이란 게 마침내 우리 집안에도 이르렀으나 의리로 항거하면서 거절하고 우뚝하게 외로운 충성심을 세웠으니, 지금 세상의 사람들의 눈으로 비추어 볼 때 높다란 표준을 세운 것이었습니다. 늘 일상화된 곧은 절개를 실천함으로써 선조들의 유훈遺訓을 더럽히지 않은 것은 바로 상촌桑村[7] 선생의 명성과 절조, 단구丹邱 선생의 경개耿介함과 고결함에 따른 것이었습니다. 나라에 대한 충성과 부모에 대한 효성을 마음속에 간직한 채 선철先哲들의 교훈을 잘 준행하는 일이라면 오직 공만이 시종일관 변함이 없었으니, 하늘을 우러러보고 땅을 굽어보아도 부끄럽지 않았습니다.

몇 년을 더 살았더라면 어버이의 회혼례回婚禮를 베풀어드렸을 터이고, 또 몇 해를 지나지 않아서는 실로 공의 회갑년이 돌아와 흰 백발에 색동옷을 입고 어버이께 차례로 축수를 올렸을 터이니, 의당 여한이 없게 되었을 것이고 효성과 봉양에 유종의 아름다움을 누리게 되었을 것입니다. 공의 어지심과 어버이의 덕행으로는 무한한 복록을 받아서 오래도록 천록天祿을 누렸어야 마땅하거늘, 저 푸른 하늘은 무슨 심사로 공의 수명에 그리 인색하였단 말입니까.

공이 세상을 떠나심에 소식을 들은 사람들은 코끝이 시큰하였고, 집안에

---

5 소과小科, 대과大科: 김약제는 1885년(을유, 고종 22)에 식년 진사시에 3등 160위(239명 중 190위)로 입격하였고, 1886년(병술, 고종 23)에 정시 문과에 전술한 바와 같이 급제하였다.
6 은사금恩賜金: 1910년의 경술국치 후에 일본이 조선의 관리官吏와 유신遺臣들을 회유할 목적으로 지급한 금품을 이른다. 당시 양식이 있는 사람들은 모두 이의 수령을 거절하고 낭국으로부터 고초를 겪었다.
7 상촌桑村: 김자수金自粹(1352~1413)로, 본관이 경주, 자가 순중純仲, 호가 상촌桑村이다. 형조 판서를 역임하였으며 문장에 뛰어났다.

계신 어버이께서는 아들을 잃은 일[8]로 슬퍼하다가 혼절하셨습니다. 공을 모시던 부인婦人은 슬피 주곡晝哭[9]을 하였으니, 마치 매우 슬피 울어서 성城을 무너뜨린 기량杞梁의 아내[10]와도 같았습니다. 막내아드님과 따님 두 남매는 아직 성혼成婚을 하지 못하였고 맏아드님은 질병에 잘 걸렸기에 늘 걱정하였는데, 어찌 차마 이들을 잊어버린 채 문득 저 머나먼 세상으로 영원히 떠나신단 말입니까. 무릇 여러 가지 걱정스러운 일과 즐거운 일에 대해서는 이제 누가 그 책임을 맡겠으며, 뒷일을 완료하지 못하였으니 요절한 것과 다름이 없습니다. 인사人事의 어긋남이 어찌 이다지도 지극한 지경에 이르렀는지요. 오호! 슬픕니다. 이제 다 끝나고 말았습니다.

나의 가려움을 공께서 긁어주었고 공의 아픔을 내가 근심하였는데, 마주 대할 기회가 드물어서 매양 헤어져 있음을 병통으로 여겼습니다. 그러다가 만나게 되면 그때마다 슬픔과 기쁨을 함께했고, 이야기를 나누면 반드시 감개感慨하기를 같이하였습니다. 위로 어버이 섬기는 일과 아래로 자녀들 교육하는 일로 이른 새벽부터 늦은 밤중까지 근심걱정하였던 한편, 크고 작은 일들을 반드시 서로 의논하였습니다.

그런데 근래에 공을 만나보았더니 쇠약하기가 매우 심했기에 혹시 뜻밖의

---

8 아들을 잃은 일: 원문 "西河"를 의역한 것이다. '서하西河'는 원래 중국의 지명인데, 본문에서는 자식을 잃은 일을 두고 썼다. 공자의 제자 자하子夏가 서하 땅에서 위문후魏文侯의 스승으로 있을 때 아들을 잃고 너무 비통하게 운 끝에 실명失明하였다는 고사가 있다(『史記』 권67, 「仲尼弟子列傳」, "子夏居西河敎授 爲魏文侯師 其子死 哭之失明"; 『禮記』 「檀弓上」, "子夏喪其子而喪其明").

9 주곡晝哭: 남편의 죽음에 대한 곡읍哭泣을 말한다. 곧 옛날의 예법상 '낮에만 하는 곡'으로, '남편이 죽었을 때 그 아내가 하는 곡'이다. 이에 대하여, 아들이 죽었을 경우에 그 어머니는 밤낮없이 하는 '주야곡晝夜哭'을 하였다(『禮記』 「檀弓下」, "穆伯之喪 敬姜晝哭 文伯之喪 晝夜哭 孔子曰 知禮矣").

10 매우 슬피 울어서 성城을 무너뜨린 기량杞梁의 아내: 춘추시대 제齊나라의 대부 기량杞梁이 전사하였을 때, 그의 아내 맹강孟姜이 너무 슬프게 울어서 주위의 모든 사람들을 울게 한 나머지 10일 만에 성이 무너졌다는 고사가 있다(『열녀전』 「齊杞梁妻」, "內誠動人 道路 過者 莫不爲之揮涕 十日而城爲之崩").

일이 생기지 않을까 하고 염려한 나머지 걱정하는 마음이 바야흐로 깊었습니다. 대저 어찌하여 한 번 앓으시고 대번에 이 지경에 이르렀단 말입니까. 소임과 책임이 막중하였기에 그로 인해 병이 생겼습니까. 지금의 세상 돌아가는 일에 분통을 느껴 건강을 손상시켰습니까. 게다가 운수가 덩달아 부채질하여 수명을 단축시킨 것입니까.

지난해 섣달에 찾아뵈었을 때는 때마침 어떤 일에 부딪혀서 밤낮으로 분주히 골몰하시는 바람에 소회를 다 털어놓지 못하였습니다. 이어서 병환이 나 누우셨고 혀가 말려 말씀을 못 하였으며, 점차 위중한 지경에 이르게 되어 약을 써도 효험이 없었습니다. 공교롭게도 연말을 당하여 많은 일로 제약을 받던 중에 갑자기 하직하고 되돌아 왔으니, 인정과 의리를 전혀 베풀어드리지 못하였습니다. 내가 어찌 공을 잊어버렸겠습니까만, 공께서는 틀림없이 나를 원망하였겠지요. 그때 오직 '신명께서 보우하시어 약을 쓰지 않고도 곧바로 질병이 회복되기'를 기원할 뿐이었습니다. 그러나 어찌 이번의 발걸음이 영원한 이별이 될 줄 알았겠습니까. 며칠 지나지 않아서 다급한 소식이 갑자기 이르렀기에 외마디 소리로 크게 탄식하니 오장이 다 찢어지려고 하였습니다. 허둥지둥 길을 떠나 궤연几筵에 나아가서 손을 잡아보고 문질러보았으나 기쁘게 맞이하는 기색을 보이지 않으셨으니, 꿈입니까 생시입니까. 어찌 이 지경에 이르렀단 말입니까.

두 분의 노친께서는 내가 온 것을 보시고 소리 내어 곡하다가 혼절하셨고, 시신을 어루만지다가 혼절하셨습니다. 길을 가다가 옷깃을 스쳐도 인연인데, 하물며 우리 친속 사이인 경우이겠습니까. 만일 공께서 더 오래 살고 내가 만약 먼저 죽었다고 치면, 공께서 나의 죽음을 비통해하는 정도는 틀림없이 내가 지금 비통해하는 것과 같을 것입니다. 어찌하여 바로 오늘에 나를 버리고 가심으로써 나로 하여금 지쳐서 쓰러지게 하고, 갑자기 이러한 비애를 지니게 한단 말입니까.

오호, 슬픕니다. 만사가 끝났습니다. 훤칠한 위의威儀를 어느 때에 다시 보겠으며, 의리에 관한 담론을 누구와 더불어 함께하겠으며, 집안의 온갖 일들을 누구와 함께 의논하겠습니까. 그러나 나도 또한 늙었으니, 이 세상에 오래 머무를 사람이 아닙니다. 저승에서 만날 날이 조만간에 다가옵니다. 한마디의 말로써 위로하거니와, 행여나 후일 만날 희망이 있기를 바랍니다.

맏아드님이 훌륭하시니 장차 선친의 성공을 잘 지킬 것이고, 두 아우도 잘 교도하여 선친의 뜻을 무너뜨리지 않을 것이며, 손자도 막 태어나서 후일의 복록에 끝이 없을 것이니, 생전에 미처 누리시지 못한 혜택은 틀림없이 이 뒤에 두터이 베풀어질 터입니다. 나의 사사로운 뜻을 말한 것이 아니요, 곧 공의 어지심을 이른 것입니다.

우리 두 사람의 마음이 통하여 이승과 저승 사이에 간격이 없습니다. '슬퍼하되 문식文飾함이 없다'[11] 함은 옛사람이 말한 바이거니와, 종이를 대함에 가슴이 꽉 막히고 눈물이 쏟아져 흘러내리므로 이 제문으로 할 말을 다 하지 못하며, 말하더라도 마음속의 생각을 다 표현하지 못합니다. 우매하지 않은 것이 영혼이니, 삼가 바라건대 굽어 살피소서.

아, 슬픕니다. 삼가 바라건대 흠향하시옵소서.

---

11 슬퍼하되 문식文飾함이 없다: 당나라의 문장가 유종원柳宗元의 글에 "지극한 슬픔에는 문식함이 없고, 지극한 존경에는 문식함이 없다(至哀無文 至敬不飾)"라고 한 말이 보인다. '문식文飾'이란 '거짓으로 그럴듯하게 꾸미는 것'을 이른다.

3. 제문祭文

외생外甥[12] 이정구李廷求[13] 지음

오호! 슬픕니다. 공께서는 어찌 참으로 한번 떠나 돌아오지 않으십니까. 지난해 계동季冬[12월]에 부고장訃告狀이 홀연히 이르렀기에 반신반의하였으니, 갑자기 이러한 지경에 이르렀을 줄을 어찌 생각이나 하였겠습니까. 하늘이여, 이치여!

오늘 비로소 허둥지둥 달려와서 마루에 오르고 휘장을 걷으니, 마치 공의 고결한 모습과 밝은 정신을 접하는 듯하였으며, 우뚝하게 눈앞에 서 계시는 듯하고, 황홀하게 맑은 가르침을 주시는 듯했습니다. 이에 절을 올리오니 공께서는 보고 계시는지요. 곡을 하오니 공께서는 응답해주시는지요. 공의 확고한 의지와 독실한 행실, 뛰어난 식견과 박통博通한 학문으로는 의당 장수를 누리시고 명성을 날리실 것 같았는데, 하늘은 어찌하여 재주를 주시고는 수명을 주시지 않았단 말입니까. 아니면 천지의 기운이 펴지고 닫는 데 운수가 있기에 삶과 죽음, 장수와 요절을 그대로 내버려둔 채 일절 유의하지 않은 것입니까. 공께서 악착같은 세상살이에 염증을 느낀 나머지 세속의 허물을 벗어 내던지고 진여眞如의 세계로 되돌아가신 다음 만에 하나도 되돌아보지 않으시는 것입니까.

오호! 제가 듣건대 군자의 재주를 가진 사람이 반드시 군자의 포부를 가진 것은 아니며, 군자의 포부를 가진 사람이 반드시 군자의 행실을 가진 것은 아니니, 이 세 가지가 다 구비된 뒤에야 비로소 온전한 덕을 갖춘 군자라 할 수 있는데, 이 세 가지를 모두 갖추지 못한다면 차라리 재주를 버리고

---

12 외생外甥: 생질甥姪이라는 뜻과 사위라는 뜻을 지닌 말인데, 본문에서는 사위라는 뜻으로 사용되었다.

13 이정구李廷求: 어떤 인물인지 자세하지 않다. 본문의 내용에 의하면 생진시司馬試에 합격한 것으로 기술되어 있으나, 『사마방목司馬榜目』에 이름이 보이지 않는다.

포부와 행실을 갖는다 하더이다. 재주란 참으로 타고나기가 어려운 것입니다. 그러나 포부와 행실은 사람에게 근본이고 재주는 그 나머지의 것입니다. 그런데 세상에서 재주로 일컬어지는 경우는 많고 포부와 행실로 일컬어지는 경우는 적으니, 오늘날 사람들이 옛사람들의 수준에 미치지 못하는 것은 이 때문이 아니겠습니까. 아! 제가 보고 기억하는 바로는 포부를 가다듬고 행실을 독실히 하여 옛사람들에게 부끄럽지 않은 사람을 들자면 아마도 공 한 사람뿐이 아닌가 합니다.

공은 젊은 시절에 재주와 명성으로 남쪽의 글하는 선비들 사이에서 우뚝하였는데, 문과에 급제한 뒤로는 홍문관弘文館[14]의 벼슬 등을 두루 역임하셨고[15] 군왕에게 좋은 충언을 올리면서 짬 나는 대로 후진의 발탁에 힘을 쓰셨습니다. 본디 재주와 학문도 없는 못난 제가 사마시司馬試에 합격한 일도 또한 공께서 저를 비천하게 여기지 않으신 의리 때문이었습니다.

공께서는 탁월한 천성이 일반 사람들보다 뛰어났는데, 가정에서의 몸가짐이 더욱 아름다웠지요. 그리고 효성과 우애에 본분을 다하였고, 동료와 벗들과 돈독하였으며, 홀로되어 외롭게 지내는 사람들에게 자애로웠습니다. 만년에는 실질적인 일을 실천하시며 화려한 수식을 즐기지 않고 영예와 이익을 사모하지 않은 채 문을 닫고 단정히 지내셨습니다. 공의 포부와 행실로는 비록 학문의 뒷받침이 없다고 할지라도 또한 한 시대의 청사淸士가 되시기에 충분하였습니다. 하물며 공께서 침잠한 것이 옛날의 경전이었으며, 오매불망 그리워한 것이 옛 성현의 도道였습니다. 평소의 포부와

---

14 홍문관弘文館: 조선시대에 궁중의 경적經籍·문한文翰을 관장하고, 임금의 자문諮問에 응한 관청이다. 이를 신선이 거처하는 집에 비기어 영각瀛閣이라 이르기도 하고, 화려한 벼슬이라 하여 옥당玉堂·옥서玉署라 일컫기도 하였다. 예로부터 옥당의 벼슬은 청환직淸宦職의 하나였으므로, 옥당에 들어가는 것을 아주 영예롭게 여겼다.

15 홍문관弘文館의 벼슬 등을 두루 역임하셨고: 김약제는 문과에 급제한 익일에 홍문관 부교리弘文館副校理로 임명되었다〔『승정원일기』 고종 23년(1886) 3월 30일(계해)조〕.

평시의 행실은 오로지 옛사람들을 본받아 어깨를 겨루는 것이었으니, 공부에 힘 쏟는 일이라면 누가 공의 경지를 넘어서겠습니까. 타고난 아름다운 자질에다가 학문의 힘까지 보태셨으니, 공을 '군자君子다운 선비儒士'라고 불러야 되지 않겠습니까. 이러한 까닭으로 일이 행위에 나타난 것을 살펴보면 모두 모범이 될 만합니다. 의리상 당연히 하여야 할 일이라면 죽고 사는 문제도 두려워하지 않으셨고, 의리상 해서는 안 될 일이라면 맹분孟賁, 하육夏育[16]과 같이 힘센 장사라 할지라도 공의 의지를 빼앗을 수 없었습니다. 마음을 지키는 일이라면 차라리 고통을 당하며 실수를 할지언정 나태한 지경에서 실수를 하지는 않으셨습니다. 덕행을 지키는 일이라면 차라리 고집을 부리다가 실수를 할지언정 방탕하게 행동하다가 실수를 하지는 않으셨지요. 행실에 대해 혹시라도 만족스럽지 않은 점이 있다면 마치 잘못을 저지른 죄인인 양 두려워하셨고, 선행을 추진하고 어른에게 양보하는 일이라면 자기 자신을 굽히는 데 용감하셨습니다. 꿋꿋한 자세로 멀리 바라보고 담백한 마음으로 깊이 생각하셨으니, 멀고 먼 긴 세월도 아침저녁처럼 보였고 천 리의 먼 길도 지척의 거리와 같았습니다. 마치 힘껏 노력하여 이를 수 있을 법한데도 끝내 이르지 못한 것은 의지나 행실이 부족해서가 아니라, 이르지 못한 것은 재주 때문이었습니다. 애석합니다만, 이에 공의 모범이 집안과 향리에 국한되고 말았습니다. 또 마침내 시사時事가 날로 그르쳐지고 운수가 더욱 궁박해졌으니, 이는 공도 또한 어찌할 수 없는 일이었습니다. 그러나 한 개의 책상과 한 개의 벼루에 경서 한 권을 손에 잡고 하루 종일 지냈으되, 백수白首의 노인이 마치 처음 배우는 학동과 같았습니다. 이는 주부자朱夫子[주자]께서 이르신바, "한 가닥

---

16 맹분孟賁, 하육夏育 : 중국 전국시대 제齊나라의 용사 맹분孟賁과 수周나라의 역사力士 하육夏育을 이른다. 맹분은 맨손으로 쇠뿔을 뽑았다고 하고, 하육은 천 균鈞의 무게를 들어 올렸다 한다.

숨이 붙어 있는 한 이러한 포부에 대해 조금도 해태解怠할 수 없다一息未泯
此志不容少懈"[17]는 말씀을 지금 공에게서 볼 수 있는 것입니다. 이러한 도
리를 확충해나간다면 나약한 사람도 일으켜 세울 수가 있고 비루한 사람
도 독실하게 만들 수가 있을 터이니, 어찌 세교世敎를 돕는 데 부족하겠습
니까.

무릇 『주관周官』[18]의 삼물三物[19]에 의한 빈흥賓興[20] 가운데는 육행六行[21]이
그 한 가지였고, 『맹자孟子』에서는 이르기를 "선비는 뜻을 숭상한다士尙
志"[22]고 하였으며, 행실과 포부 같은 것은 도道가 시종일관하는 것입니다.
공께서는 이러한 것들을 가지고 종신토록 지키셨으니, 충분하다 하겠습
니다. 오늘날의 이른바 재주 있는 사람이라는 데 대해서는 공께서도 별다
른 가치를 부여하지 않으셨습니다.

오호! 소자小子가 사위가 된 지도 지금 이미 여러 해가 되었습니다만 아직

---

17 한 가닥 숨이 붙어 있는 한 이러한 포부에 대해 조금도 해태解怠할 수 없다一息未泯 此志
不容少懈: 『논어論語』 「태백泰伯」에 나오는 글 중 주자朱子의 주석註釋에 보이는 말이다
(『論語』 「泰伯」, "仁以爲己任 不亦重乎 死而後已 不亦遠乎." 〈集註〉 "仁者 人心之全德 而
必欲以身體而力行之 可謂重矣 一息尙存 此志不容少懈 可謂遠矣").
18 『주관周官』: 『주례周禮』를 이른다. 『주례』는 주周나라의 관제官制인 천天·지地·춘春·하
夏·추秋·동冬의 육관六官을 분류하고 해설한 책으로, 중국의 국가 제도를 기록한 최고最
古의 문헌이다.
19 삼물三物: 주나라 때 백성들을 가르친 세 가지 일로, 육덕六德·육행六行·육예六藝를 이
른다. '육덕'은 지知·인仁·성聖·의義·충忠·화和이고, '육행'은 효孝·우友·목睦·인婣·
임任·휼恤이며, '육예'는 예禮·악樂·사射·어御·서書·수數이다(『周禮』 「地官·大司徒」).
20 빈흥賓興: 인재를 빈객의 예로 천거함을 이른다. 원래는 주나라 때 인재를 뽑았던 방법으
로, 소학小學에서 어질고 유능한 학생을 가려 뽑아 태학太學으로 올려 보내는 제도였다
(『周禮』 「地官·大司徒」, "以鄕三物敎萬民而賓興之").
21 육행六行: 여섯 가지의 선행으로, 효孝·우友·목睦·인婣·임任·휼恤을 이른다. '효孝'는
부모를 잘 섬기는 일이고, '우友'는 형제간에 우애 있게 지내는 일이고, '목睦'은 구족九族
과 화목하게 지내는 일이고, '인婣'은 동서 간에 사이좋게 지내는 일이고, '임任'은 친구 간
에 신 있게 지내는 일이고, '휼恤'은 곤궁한 사람을 구제해주는 일이다. 또한 앞의 각주
'삼물三物' 참조.
22 선비는 뜻을 숭상한다士尙志: 『맹자孟子』 「진심상盡心上」에 보이는 말이다.

도 그 일을 기억하거니와, 공께서는 일찍이 저에게 글씨 쓰고 작문하는 일을 권장하셨고, 착한 길로 충고하며 인도해주셨습니다. 그러나 지금은 아니 계시니, 저는 장차 누구를 본받겠습니까. 그동안 세상일이 복잡다단하고 도로가 길고 멀기에 처자妻子를 데리고 문안드리러 와서 가르침을 받음으로써 공의 지극한 뜻에 부응해드릴 수가 없었는데, 머리를 한번 돌리는 사이에 사람의 일이 여기에 이르고 말았으니, 저승과 이승 사이에서 공을 저버린 일이 참으로 많아졌습니다. 오호! 이제 끝났습니다. 만사가 한바탕 봄꿈으로 끝났습니다. 지금 제가 돌이켜 생각해보니 공연히 더욱 목이 멜 뿐입니다. 공께서 편찮으셨을 때는 멀리 있어서 즉시 알지 못하였고 공께서 떠나신 뒤에는 병든 몸이라 즉시 분상奔喪하지 못하였으니, 섭섭한 마음 그지없습니다. 옛날에 공을 뵙던 곳에는 책상과 자리가 텅 비어 쓸쓸한데, 구슬프게 통곡하고 지칠 대로 지쳐서 쇠약한 분은 공의 어버이와 공의 자녀와 부인입니다. 또 관례冠禮를 치르고도 아직 장가를 들지 못하였고 계례筓禮를 치렀지만 아직 출가를 하지 못한 이는 공의 막내아드님과 막내따님입니다. 공의 효성과 자애로써 어찌 이 같은 일을 차마 견디시겠습니까. 어찌 저로 하여금 애간장이 끊어지고 찢어지게 하십니까. 아득히 남은 인생이 쓸쓸하고 처량하기만 합니다. 의문이 생기면 누구에게 여쭈어보겠으며, 문제가 생기면 누구와 의논하겠습니까. 기나 긴 밤에 새벽이 오지 않음이 한탄스럽고 우리의 유도儒道를 의탁할 데 없음이 개탄스럽습니다. 처연凄然한 안개는 한을 머금은 채 끼어 있고 드나드는 밀물과 썰물은 울음을 토해냅니다. 휘장을 걷어내는 슬픔에 대해서는 마음속의 생각을 다 표현할 수가 없고, 구천九泉에까지 이르는 눈물은 가슴속의 슬픔을 다 씻어낼 수가 없습니다. 아득한 천도天道여! 이 또한 무슨 이치입니까. 생각건대 공께서도 틀림없이 소자의 말씀에 쓸쓸히 공감을 하시고 사뿐사뿐 하강하시어 소자의 마음을 알아차리실 것입니다.

오호, 슬픕니다. 삼가 바라건대 흠향하시옵소서.

4. 제문祭文

참판參判 이성렬李聖烈 지음

오호! 군자君子[23]께서는 중인衆人의 영웅이시니, 타고난 성품이 단정하고 빼어난 데다 지혜와 사려가 시원하게 트이고 공평하였습니다. 일찍이 괴과魁科[24]에 발탁되었으나 화려한 명성을 구하지 않았으니, 금문金門[25]과 옥당玉堂[26]이 공에게 무슨 영광이었겠습니까. 결연하게 어느 날 서슴없이 도성을 하직하고 떠나왔으니, 좋은 벼슬자리를 하찮게 여기고 넉넉히 성정性情을 기르셨습니다. 효성이 향당鄕黨에 소문났고, 어진 덕은 시골 사람들에게 베풀어졌습니다. 소박한 차림에 맑은 풍모를 지키셨으니, 외물外物과 다툼이 없었습니다. 일의 조짐을 알아차림이 시초蓍草로 점을 친 듯이 정확하였고, 뜻을 독실히 하고 절조를 굳게 지키셨습니다. 지조로 삼은 뜻을 더욱 두터이 하였기에 그 은덕이 비로소 빛이 났습니다. 문득 나라가 멸망함을 당하여 구차히 살고자 아니 하셨으나, 양친이 살아 계셨기 때문에 자신의 뜻을 펼칠 수 없었던 것입니다.

이제 이 세상을 하직하셨거니와, 살아서는 순리를 따르셨고 죽어서는 평안을 찾았습니다. 이에 만물의 구속으로부터 벗어나 자유로이 우주에서 노닐게 되었으니, 공으로서는 뜻을 얻은 것이지만 다른 사람들로 하여금 슬픔을 머금게 하셨습니다. 하늘은 이미 현인을 내놓으셨건만 그 수명은 어찌하여 인색하게 주셨는지요. 어버이 봉양을 끝까지 못 하였으니 어버

---

23 군자君子 : 청우淸愚 김약제를 지칭하는 말이다.
24 괴과魁科 : 과거科擧의 갑과甲科를 이르는 말이다. 실제로 김약제는 1886년(고종 23) 정시 문과庭試文科에 을과乙科 제1인으로, 총 26인 중 제2위로 급제하였다.
25 금문金門 : 금마문金馬門의 준말이다. 원래 한漢나라 궁궐 문의 이름인데, 학사學士들이 임금의 조서詔書가 내리기를 기다리던 곳이다. 전하여, 임금을 가까이에서 모시는 관직을 지칭한다.
26 옥당玉堂 : 홍문관弘文館의 별칭이다. 앞의 각주 '홍문관弘文館' 참조.

이를 위로할 방법이 없으며, 어린 자녀들이 아직 장성하지 못하였으니 누가 이 난국을 헤쳐나가리오. 알 수 없는 게 이치인지라, 귀신에게 따져 물어보기도 어렵습니다. 작년에 대문에 들어갔을 때 말씀과 웃음이 온화하고 순박하였거니와, 만년을 함께하기로 기약하였으니 교제 기간은 짧았으나 사귄 정분은 깊었습니다. 그러나 오늘 마루에 올라보니 목소리와 모습이 사라지고 말았습니다. 바다와 산악을 두고 옛날에 약속하였거니와, 이제 누구와 더불어 술잔을 기울이겠습니까. 회포가 있으나 펼칠 수가 없고, 흐르는 눈물을 참을 수가 없습니다.

어린 자녀들이 발버둥 치며 곡을 하니 슬픈 심정을 어찌 견디리오. 뒷일을 헤아려보니 근심과 걱정이 갖가지로 밀려듭니다만, 아직도 아드님을 아끼시니 가업을 잘 이어받으실 것을 알겠습니다. 어르신들은 어린아이들을 잘 거느리시니 아마도 잘 가르쳐서 이름이 드러날 것입니다. 어질고 현명한 사람에 대한 하늘의 보답은 틀림없이 후손들이 받게 될 것이니, 바라건대 형께서는 걱정하지 마시옵고 혼령께서는 편안히 하늘나라로 오르소서. 오호, 슬픕니다. 삼가 바라건대 흠향하시옵소서.

5. 제문祭文

김건주金建周 지음

공께서는 천자天資가 빼어나시고 덕성이 충만한 데다 순수하고 온화한 기색이 얼굴과 등에 흘러넘쳐 빼앗을 수 없는 지조가 지주砥柱[27]처럼 우뚝하

---

27 지주砥柱: '지주砥柱'는 원래 중국 하남성河南省 삼문협시三門峽市의 동쪽 황하黃河의 격류 가운데 기둥처럼 우뚝 솟아 있던 산 이름인데, 대개 '격랑 속에서도 흔들리지 않는 꿋

였고, 넉넉하면서도 절제함이 있었고, 화평하면서도 방종함이 없었습니다. 진실하고 신의가 있어서 남을 속이지 않음은 공의 입심立心이었고, 겸손한 자세로 자신을 수양함은 공께서 완성한 성품이었습니다.

공께서는 자신을 처신할 경우 벼슬길에 나서거나 그만두거나, 나아가거나 물러남을 때에 따라 적절히 하였고, 일에 임할 경우 명철하고 민첩하여 과감하게 결단하였으되 일의 물개[기미]를 잘 살펴보았습니다. 착한 일을 보면 마치 자기 자신이 그렇게 한 듯이 기뻐하였고, 악한 일을 보면 마치 자기 자신이 그러한 병통을 지닌 듯이 여겼으며, 다른 사람을 이롭게 해주고 모든 생명체를 구제해주었으며, 의리를 귀중하게 여기고 재물을 하찮게 여겼습니다.

공께서 학문을 함에는, 간재艮齋[28] 선생의 논도論道를 들은 뒤로부터는 마침내 과거 공부를 접고 주저 없이 구도求道의 포부를 지니셨으며, 평생토록 『소학小學』 책을 학습하여 몸소 실천하는 바탕으로 삼았습니다. 공께서 다른 사람을 대할 경우에는 종일토록 즐거워하는 마음으로 질문에 따라 대답해주었으되 한 점 의문도 남기지 않았으므로 사람들이 즐겨 따르며 모두 유익함을 얻었습니다. 비록 시비是非를 구분하기는 하였지만 사람에게 차별을 두지 않았으므로, 현명한 사람이거나 어리석은 사람이거나 착한 사람이거나 악한 사람이거나 모두 공을 마음으로 좋아하였습니다.

공께서 처세하신 것을 보자면, 갑오년의 동학란 때 용감하게 물러나서 자신을 수양하였고, 경술년의 끝 무렵에는 깊숙이 문을 닫은 채 밖에 나오지 않았습니다. 오호, 공은 아마도 이른바 '조예造詣에는 정도正道를 얻었고, 실천에는 중용中庸을 얻었다'는 경우가 아니겠습니까.

저 건주建周가 오늘 곡하는 것은 어찌 유독 종유從遊한 정분 때문만이겠습

꿋한 모습'을 비유하는 말이다.

28 간재艮齋: 조선 말기의 유학자 전우田愚(1841~1922)의 호이다.

니까. 오호, 만약 하늘이 공에게 90세, 100세의 수명을 더 주셔서 공으로 하여금 그 덕을 더욱 닦게 하고 그 학문을 점차 발전시키게 하셨더라면, 천지의 마음을 얻어서 또한 중화예의中華禮義의 도덕을 다시 볼 수 있었을 것입니다. 오호, 슬픕니다.

공께서는 건주에 대해 마치 아우처럼 사랑해주셨고 건주는 공에 대해 마치 스승과 같이 공경하였습니다. 잘못이 있으면 반드시 충고해주셨고 의문이 있으면 반드시 질문을 하였습니다. 밖에서 노닐 경우에는 장소를 같이하였고 집에서 지낼 때는 대문을 같이하였습니다. 저에게 두 아들을 맡기셨고 나를 인척이 되게 인도하셨으니, 그 일을 어찌 감히 받들겠으며 또한 그 일을 어찌 감히 어기겠습니까. 삼가 생각건대 어둡지 않은 영령께서도 또한 차마 잊어버리지는 않으시겠지요.

아, 이제 나라가 없어졌으니 사람이라면 누군들 살기를 바라겠습니까. 아, 공께서는 갑자기 세상을 떠나셨는데, 비록 뒤따라가고자 한들 어찌 될법한 일이겠습니까. 생각건대, 당상堂上에 계시는 두 분 양친께서는 이미 늙어 고령이시며, 슬하의 여러 자제들은 혹 아프기도 하고 혹 어리기도 하니, 이 때문에 공께서 장차 지하에서 눈을 감지 못하시겠습니다.

오호, 슬픕니다. 삼가 바라건대 흠향하시옵소서.

6. 제문祭文

족제 이구제李九濟·이완제李完濟 지음

오호, 슬픕니다. 선생께서 돌아가심에, 친소親疏를 불문하고 온 고을의 인사들이 얼굴빛을 잃고 서로 돌아보면서 이르기를 "아무 공의 상사喪事는 무슨 변고란 말입니까. 어진 사람은 반드시 수壽를 누리는 법인데, 이 또

한 장담할 수 없습니다" 하였으며, 이어서 혹 2, 3일 동안 눈물을 흘리는 사람도 있고, 또 행소行素[29]하면서 가마加麻[30]하는 사람도 있으며, 심지어 여항閭巷의 남자들과 부녀자들치고 오열하면서 마음 아파하지 않는 사람들이 없습니다. 그 까닭이 어디에 있겠습니까. 이는 참으로 선생께서 이러한 사람들 속에서 묻혀 지내며 의로운 일을 행하신 결과 사람들의 가슴속 깊이 은혜가 스며들어 이처럼 슬퍼하는 것입니다.

대개 선생의 선생다우심은 소제少弟들이 감히 알 수 있는 바가 아닙니다만, 한 방면에 치우친 저희들이 지닌 궁금한 생각에는 끝내 풀리지 못한 점이 있으니, 부득이 한번 아뢰지 않을 수 없습니다.

생각건대, 선생께서 나아가 조정에 계실 적에는 온몸이 부서지도록 심신을 다 바치셨고 물러나 강호에 계실 적에는 밤낮으로 나라와 임금을 걱정하시면서 하루도 편안히 침식寢食을 하신 적이 없으셨으니, 선생께서 임금을 섬기신 일은 참으로 충성스러웠다 하겠습니다. 보건대, 선생께서 집안에 계실 때는 어버이의 마음과 몸을 두루 잘 받들어 모셨고 아랫사람들을 꾸짖는 소리가 집 밖으로 흘러나오지 않았으니, 선생께서 어버이를 섬기신 일은 참으로 효성스러웠다 하겠습니다. 선생께서 자녀들을 교육하심에는 은애恩愛를 베푸시면서 올바른 도리를 가르치셨으니, 선생께서 자식들을 훈육하신 일은 참으로 자애스러웠다 하겠으며, 선생께서 빈객과 붕우들을 대하실 때는 경건한 자세로 간편함을 추구하셨으며 화합하면서도 한쪽으로 기울지 않으셨으니, 선생께서 사람들을 대하신 일은 참으로 고른 덕을 갖추었다 하겠습니다.

그러나 나라 안에 오늘날과 같은 변고가 있음에도 선생께서는 충성을 끝

---

29 행소行素: 상사喪事를 당하여 고기를 먹지 않고 채식함을 이른다.

30 가마加麻: 스승이나 친한 사람의 상喪을 당하여 심상心喪을 입는다는 뜻에서 관冠 위에 삼베를 두르거나 수질首絰을 쓰는 것을 이른다. 스승, 친구 등의 상에는 원래 복복服이 없기 때문에 3개월 또는 1년 동안 가마함으로써 애도하는 마음을 표하였다.

까지 다하지 못하셨고, 집안에 더 현명한 아들이 없음에도 선생께서는 효성을 끝까지 다하지 못하셨으며, 자녀들이 혹 어리기도 한데 갑자기 교육을 받지 못하게 하셨으며, 사우士友들이 태산북두泰山北斗처럼 우러러보는데도 걸림 없이 홀로 떠나셨습니다. 이것이 어찌 선생의 본마음이겠습니까. 참으로 아무도 이끌지 않았는데도 이루신 일입니다. 운명이 아니겠습니까. 아니면 이 세상이 혼탁하다 하여 홀로 몸을 깨끗이 한 채 스스로 하늘로 날아올라 저 흰 구름 위에서 이 세상을 벗어나 여유롭게 거닐며 새삼 국가와 천하에 마음을 두지 않으시는 것입니까. 한번 따져보고자 하나 어쩔 수 없으니, 어찌 한 생각에 머문 저희들의 궁금한 견해를 온전히 풀 수 있겠습니까. 오호, 슬픕니다.

소제들은 선생과의 관계에서 의리로는 스승과 벗의 관계이고, 은혜로는 동기同氣와도 같은 사이였습니다. 인근에 나뉘어 살면서 격일로 나아가 뵈었는데, 뵐 때마다 편안하고 부드러운 모습으로 낮부터 밤중까지 시간을 보냈습니다. 혹 사람을 놓고 의리의 타당하고 옳지 못함, 혹 사건을 두고 시비의 뒤섞임, 그리고 고금에 일어난 존망치란存亡致亂의 까닭, 군자와 소인의 진퇴가 관계된 일, 나아가 수기치인修己治人의 방법과 공부와 농사에 힘쓰는 일 등, 그 어느 것 하나 성의를 다하여 깨우쳐주시지 않은 것이 없었습니다. 또 일찍이 저희들에게 이르시기를, "나는 늘그막에 심신을 간수하는 데도 힘이 미치지 못한다. 그대들은 젊고 굳세니 더욱더 힘씀으로써 반드시 선인先人의 업적을 버리지 말아야 할 것이다" 하셨으니, 참으로 당신의 붉은 심장을 꺼내어 저희들의 배 속에 넣어주신 말씀이었습니다.

그러나 어리석고 모자란 저희들은 언제 한 번이라도 스스로 애태우면서 분발히여 기르침을 깨우친 바가 있었겠습니까. 이는 틀림없이 탄식하면서 뒷날 후회하지 않을 수 없는 점입니다. 오호, 슬픕니다. 이제 다 끝났습니다. 어디에서 다시 뵙겠습니까.

아, 저 응견鷹犬[31]은 누구를 두려워하면서 어깨를 움츠리고 머리를 조아리겠습니까. 불쌍한 저희 후생後生들은 어디에서 덕행을 상고詳考하고 학업을 여쭙겠습니까. 그렇다면 소제들이 지금 슬퍼하는 이 아픈 심정은 어찌 한갓 저 '2, 3일 동안 눈물을 흘리는 사람들'이나 '행소行素하고 가마加麻하는 사람들'과 비교하겠습니까.

하늘이 이미 선생에게 보상輔相[32]의 지위와 세도世道를 만회할 권력을 주시지[33] 않는다면, 마땅히 90세나 100세의 수명을 늘려주심으로써 충성과 효성과 자애를 펼치는 성과를 이루도록 해주었다면 우리나라에 큰 행운이 아니겠습니다. 그러나 그렇게 되지 못했으니, 시운時運입니까, 운명입니까. 이 점도 또한 저 넓고 넓은 천지에 대하여 유감을 두지 않을 수 없는 점입니다. 마음속에 맴도는 답답한 이 회포는 죽을 때까지 어찌 풀겠습니까.

이제 저희들이 명당明堂에 올라서자, 마치 직접 말씀을 듣는 듯하지만 선생께서는 계시지 않습니다. 그 모습은 영원히 뵐 수 없게 되었습니다. 무덤의 광壙도 곧 덮이려 합니다. 어찌 저희들이 실성失聲하도록 목 놓아 울부짖으면서 푸른 하늘을 향해 한없는 슬픔에 통곡하지 않을 수 있겠습니까.

제문으로 저희들의 뜻을 다 표현할 수 없습니다. 선생께서는 영혼이 있으시니 생각건대 더욱 느껴 우실 것입니다.

오호, 슬픕니다. 삼가 바라건대 흠향하시옵소서.

---

31 응견鷹犬: 원래 '사냥매와 사냥개'를 이르는 말이나, 전하여 '남의 앞잡이 노릇 하는 사람'을 낮추어 이르는 말로 쓰인다. 본문에서는 국권을 탈취한 왜놈들의 앞잡이 노릇 하는 하수인들을 지칭하는 말로 쓰였다.

32 보상輔相: 군왕을 보좌하는 재상宰相이나 대신大臣을 이른다.

33 주시지: 원문의 '甹'는 '畀'의 오기이다.

7. 제문祭文

족제 이건제李建濟·이선제李選濟 지음

오호, 하늘로부터 타고난 자질은 청명淸明하고 온화·순수하여 빼어나심이 사람들을 능가하였고, 충후忠厚하고 넉넉하시며 따뜻하고 부드러우시면서도 절제함이 있고 제멋대로 넘치시지 않으셨습니다. 사람을 대하심에는 마음을 열어 숨김이 없었고, 일을 처리하심에는 쉽고 평이하여 거짓이 없었습니다. 이는 선생의 품성을 대략 묘사한 것입니다.

오호, 선생의 수신제가修身齊家의 규모와 출처出處의 의리는 어찌 고루한 저희들이 감히 짐작할 수 있는 경지이겠습니까. 그러나 평소에 가정의 교훈을 익히시어 향기로운 덕성이 일찍부터 알려졌고, 일찍 대과大科에 뽑혀 아름다운 이름이 사방으로 전파되었으며, 경연經筵과 대각臺閣을 출입하신 지 10여 년이 지났습니다. 오직 임금만 계시는 줄만 알았지 자신의 몸이 있는 줄은 알지 못했고, 오직 나라가 있는 줄만 알았지 임금의 총애와 복록이 있는 줄은 몰랐습니다. 선생께서 윗사람을 섬기고 아랫사람을 부리는 도리는 끝내 옛사람에게 뒤지지 않았습니다.

조정에 처음 벼슬하였을 때 선생에게 행도行道의 직위를 지워주셨기에 우리의 백성들이 지치至治의 혜택을 입어 어느 한 사람도 마땅한 자리를 얻지 못한 사람이 없었습니다. 오호, 나라의 운명이 점차 더 기울어지고 세도世道가 갈수록 더 무너졌습니다. 선생께서 향리로 돌아가려는 뜻이 이에 더욱 간절해져서 개연히 벼슬을 버리고 물러나 외진 바닷가에서 자취를 숨기셨습니다. 친척이나 친구들 가운데 즐겨 옛 습관에 젖어 혹 편지로 벼슬하기를 강권할 경우 처음에는 '어버이께서 연로하시다'고 대답하였는데, 두세 번 번거롭게 권하면 곧바로 의리를 들어 거절하였습니다. 세속 사람들의 눈으로 본다면 무모하다고 이를 수 있겠으며, 또 고집이 매우 세다고 할 수 있겠습니다.

한번 고향으로 돌아온 뒤로는 오직 어버이에 대한 효성과 자녀들에 대한 자애에만 힘썼습니다. 어버이를 효성으로 섬겼으되 마음과 몸을 바쳐 봉양하였고, 자녀들을 올바른 도리로 가르쳤으되 지식과 실천을 모두 온전하게 겸하도록 하였습니다.

지금 고당高堂의 두 노인 분들께서는 이미 팔순에 이르셨는데도 아직까지 별 탈이 없으시니 천수天壽를 다 누리시리라 봅니다. 아드님 세 형제가 모두 어리지만 효제孝悌의 도리에 더욱 힘을 쓰면서 선친의 뜻을 잘 이어 집안의 명성을 떨어뜨리지 않으니, 이웃과 고을의 사람들치고 누구인들 입에 올리지 않겠습니까. 가만히 생각건대 이는 하늘에 계시는 영령께서 역시 드러나지 않게 잘 보살펴주시되, 저승에서나 이승에서나 차이가 없어서 그러한 것이 아니겠습니까. 오호, 슬픕니다.

선생께서는 일가친척들에게 친소親疏를 가지지 않고 아무런 차별 없이 정성껏 대해주셨습니다만, 저희 형제에 대해서는 특별히 더 사랑하고 애틋하게 보살피시며 은혜로 감싸주시고 의리로써 가르쳐주셨습니다. 하루나 달포 사이에 자주 찾아뵈면 손을 부여잡으면서 즐겁게 맞아주시며, 혹 담소하면서 날을 새우기도 하고, 혹 술을 마시면서 밤을 지새우며 그 즐거움을 끝없이 누렸습니다. 지금 와서 상청喪廳에 오르니 말씀 소리는 끊어지고 지팡이와 신발은 옛 모습 그대로라 절로 흐르는 눈물이 샘처럼 솟습니다. 옛일을 돌이켜 보니 모두가 싸늘히 식은 재와도 같습니다. 외로운 저희들은 다시 누구를 따르며 의지하겠습니까.

흐르는 세월이 달리는 마차와 같이 빨라 상기祥期가 하루건너 다가왔으니, 비통한 슬픔과 억눌린 회한을 더욱 견딜 수 없습니다. 삼가 변변찮은 전물奠物을 갖추어 대략 마음속의 뜻을 진술하오니, 삼가 바라건대 영령께서는 씻은 듯이 강림하시어 저희 형제의 뜻을, 슬픈 마음을 살피소서. 오호, 슬픕니다. 삼가 바라건대 흠향하시옵소서.

8. 제문祭文

이방헌李邦憲 지음

고금의 일을 두루 살펴보니 세상에는 흥망성쇠가 있었거니와, 운기運氣가 좋지 못하여 어진 이가 돌아가셨습니다. 공께서 이러한 세상을 만났으니, 어찌 돌아가지 않을 수 있으리오. 세상을 떠나는 것이 실로 좋은 운명이니, 뒤에 죽는 것이 되려 슬픔입니다. 지극한 이치로써 헤아려보면 공께서는 의당 오래 사셔야 하나, 이理가 기氣에 속박되었으니 이 어진 사람들을 어찌하리오.

오호, 공과 같은 사람은 우리들 속에서 빼어난 인물이니, 단단한 금강석과 온화한 옥돌이 공의 바탕이요, 봄날이 발동하는 따뜻한 양기는 공의 덕성입니다. 효성과 우애는 그의 천성이요, 화락함과 평이함은 공의 행실입니다. 생각은 두루 통하여 민첩하였고 밝은 지혜는 널리 뻗치어 통달하였으며, 식견과 국량은 크고 호탕했고 풍류는 넓고 장대하였으며, 의론議論은 영발英發하였고 문한文翰은 풍부하였습니다. 크고 작은 과거에의 합격이 마치 티끌을 줍는 듯이 쉬웠는데, 성명聖明한 조정에 등용되어서는 근시近侍의 직임을 두루 거쳤으니, 저 멀리 영주瀛洲[34]에 올랐고 금마문金馬門[35] 위를 날았습니다.

벼슬길이 막 열리자 국운이 이미 위태로워졌으니, 고향으로 돌아와 호해湖海의 변두리에서 밭을 갈고 낚시를 하면서 양친兩親을 효성으로 봉양하

---

34 영주瀛洲: 삼신산三神山의 하나로, 신선들이 사는 곳이다. 당태종唐太宗이 천책상장군天策上將軍으로 있을 때 문학관文學館을 지어놓고 방현령房玄齡·두여회杜如晦 등의 18학사學士를 불러들여서 극진히 대접하자 세상 사람들이 그들을 흠모하여 '영주에 올랐다登瀛洲'고 하였다 한다. 조선시대에는 홍문관弘文館을 비유하는 말로 사용되었다.

35 금마문金馬門: 원래 한漢나라의 궁궐의 궁문 이름으로, 문한文翰을 담당하는 학사學士가 임금의 명령을 기다렸던 곳이다. 본문에서는 임금 가까이에서 문한을 담당하는 관원의 근무처, 곧 홍문관弘文館 등을 지칭한다.

였습니다. 그리고 은자隱者의 높은 관冠과 넓은 소매 차림에 짚신과 단장短
杖을 착용한 채 하늘을 우러러보고 땅을 굽어보며 자유로이 거닐면서 자
신이 좋아하는 일을 좇아 유유자적하였습니다. 책을 읽고 도리를 강론하
며 몸소 실천하였으되 늙어갈수록 더욱더 독실히 하였으니, 성인의 길이
탄탄대로였습니다. 이는 마치 사마駟馬에 가벼운 수레를 매어서 익숙한
길을 가는데 수레를 잘 모는 왕량王良이 채찍을 잡은 것과 같았습니다. 이
에 우리들이 맹약을 맺고 모두 공을 맹주로 추대하였으며, 우리의 유도儒
道로써 세교世教를 지키고자 기약하였습니다. 그런데 인간의 어떤 세상인
지, 도도히 흐르는 물결을 바라보니 하늘과 땅이 뒤집어져서 온 국면이 다
왜적의 수중에 떨어지고 말았습니다. 절개를 바칠 기회가 없어져 울음을
삼키며 마음 아파 하였습니다. 명분이 없는 은사금恩賜金을 뿌리쳤으며,
맹세코 산골짜기와 산림에서 자정自靖36하고자 하였습니다. 굴자屈子〔굴원
屈原〕가 속세를 벗어나자 그의 출사를 보기를 원하였으니, 공께서도 어찌
보편타당한 도리를 보고자 하지 않았겠습니까. 그러나 한번 병이 드시고
기세에 꺾임을 당하셨습니다. 이에 노친께서는 가슴을 치시고 병든 자식
들은 피눈물을 흘립니다. 남편의 죽음을 슬퍼하는 부인께서는 두 고아孤兒
를 부둥켜안고 웁니다. 멀리 떠나신 혼령께서는 어찌 차마 잊어버리시겠
습니까. 친구들은 서로 조문을 하고 길 가는 사람들도 손수건을 적십니다.
누가 이러한 사태를 만들었는지, 또한 매우 착하지 못합니다.
제가 처음 공을 안 것은 코흘리개 때부터였습니다. 중간에 서로 떨어져 지
냈으니, 구름과 진흙이 현격한 거리를 둔 것과 같았습니다. 그러나 공께서
벼슬을 그만두고 호탕하게 귀향하였으니, 사는 곳이 비록 100리나 되었지

---

36 자정自靖: 물러나 은거하면서 의리와 지조를 지킴을 이른다. 은殷나라 태사太師인 기자箕
子가 주왕紂王의 서형庶兄인 미자微子에게 "스스로 의리에 편안하여 사람마다 스스로 선
왕先王에게 뜻을 바칠 것이니, 나는 뒤돌아보지 않고 떠나가 은둔하겠다自靖 人自獻于先
王 我不顧行遯"라고 한 데서 유래한 말이다(『書傳』「微子」).

만 저의 마음은 떨어져 있지 않았습니다. 생각건대 지난날 홍양洪陽[37]에서 술을 받아놓고 대작하였거늘, 누가 이렇게 이별하여 저승을 사이에 두고 영원히 떨어질 줄을 알았겠습니까. 저의 일신을 돌아보건대 몸 둘 곳이 없어졌으니, 오직 청산이 있어서 뼈를 묻는 일만이 편안하겠습니다. 구천에서 서로 만날 그 기일도 가까워졌습니다. 눈물을 훔치며 제문을 부침으로써 저의 속마음을 털어내 보이노니, 사라지지 않는 영혼이 있으시거든 이 심정을 굽어살피소서.

오호, 슬픕니다. 삼가 바라건대 흠향하시옵소서.

9. 제문祭文

송명진宋明鎭 지음

오호, 슬픕니다. 저 명진明鎭이 공을 안 지는 겨우 3년 남짓합니다. 그러나 외람스럽게도 어리석은 제가 지나친 지우知遇를 입었으니, '조예造詣에 취할 점이 있다'는 말씀을 해주셨습니다. 저 명진도 현군자賢君子를 따라 종유從遊함을 다행으로 여기고, 장차 한평생 우러러 모시면서 지도해주심에 힘입어서 행여나 행의行義에서 취할 바가 있도록 하려고 하였습니다. 그런데 어찌 공을 이처럼 빨리 곡哭하게 될 줄을 생각이나 하였겠습니까.

오호, 슬픕니다. 생각건대 공은 품성이 순수하고 재기가 특출하며 학식이 넓고 박식하므로 사우士友들이 공을 추중推重하였습니다. 일찍이 괴과魁科에 뽑혀서 명예가 사방으로 뻗치었고, 청요淸要의 직임[38]을 두루 거쳤으되

---

37 홍양洪陽: 홍주洪州의 옛 이름으로, 지금의 충청남도 홍성洪城을 이른다.
38 청요淸要의 직임: 사헌부司憲府·사간원司諫院·홍문관弘文館·예문관藝文館·규장각奎

풍의風儀〔풍채〕[39]가 넘치셨습니다. 도중에 은혜로운 견책을 입어서 바닷가에서 「복조부鵩鳥賦」[40]를 읊조렸으나, 곧바로 다시 서용敍用되었으니 임금의 은혜에 끝이 없었습니다. 당시 세도世道가 점점 더 무너져 내려 못된 소인배들이 아첨을 떨면서 이록利祿만을 도모하였는데, 공께서는 산반散班[41]에 있으면서 포부와 계책을 펼치지 못하고 하는 일 없이 국록만 축냄을 부끄럽게 여긴 나머지 벼슬을 그만두고 물러나고자 하는 생각이 절실하였습니다.

그 이전 갑오년[1894, 고종 31]에 동학교도들의 소요사태가 맹렬하게 일어났고, 흉악하고 간사한 자들이 화란禍亂을 양성釀成하고 왜구들을 불러서 왕실에 들여놓았으니, 명칭은 경장更張이라 하였지만 사실은 질서를 문란하게 한 것이었습니다. 공께서는 시사時事가 점점 더 한심해져서 맨손으로는 구제할 수 없음을 아시고 개연히 벼슬을 버리고 고향 땅으로 돌아왔습니다. 그리하여 농사와 독서를 일삼으면서 나날이 두 분 어버이를 모셨으되 몸과 뜻을 다 기쁘게 극진히 봉양하였으며, 자식들을 가르치고 스승을 따르게 하여 엄연히 덕기德器가 이루어지도록 하였습니다. 만연에는 더욱 도학道學을 좋아하였고 의리義理를 더욱 정밀히 연구하였으며, 고을의 선비들을 교도하여 수신제가修身齊家의 길을 따르게 하였습니다. 이에 예양禮讓의 풍습이 행해지고 효제孝悌의 풍속이 이루어졌습니다. 빈궁한 사람들을 도와주었고 혼사와 상사에 부조하였으며, 그리고 고을의 그릇된 잘못을 힘이 닿는 한 반드시 막아내었습니다. 이에 친척들이 모두 즐거워하

章閣·승정원承政院의 관원과 정부의 이조吏曹·병조兵曹의 정랑正郎·좌랑佐郎, 선전관宣傳官 등의 벼슬을 이른다. 대개 학문이 높고 가문이 훌륭한 사람을 임명했다.

39 풍의風儀: 원문의 '風議풍의'는 '風儀풍의'의 오기로 판단된다.

40 「복조부鵩鳥賦」: 한문제漢文帝 때의 태중대부太中大夫 가의賈誼가 참소讒訴를 입고 장사상長沙王의 태부太傅로 좌천되어 나가 있을 때 그의 집에 올빼미가 날아들자 지은 부賦이다. 가의는 자신의 불우한 처지를 슬퍼하다가 이를 지어서 스스로를 위로하였다.

41 산반散班: 품계만 있고 실직實職이 없는 관원을 말한다.

였고 벗들도 미덥게 여겼으며, 마을 사람들과 고을 사람들도 고마워하면서 따르지 않는 사람이 없었습니다. 오호, 이것이 어찌 사람으로서 쉽게 이룰 수 있는 일이겠습니까. 효성과 우애에서부터 확충하여나가서 차례로 그다음의 덕목에 이르렀고, 지키기를 간결히 하면서 베풂을 넓게 하였으니, 그 효과가 저와 같았던 것입니다.

한번 벼슬에서 물러난 뒤로는 세속의 사람들과 낮게 어울려 지냈거니와, 은거하는 생활이 비록 즐거웠으나 종묘사직을 염려하는 마음은 간절하였습니다. 갑자기 을미년[1895, 고종 32]에 왜인의 화액禍厄[42]이 망극하였으니, 황후皇后의 변고는 불구대천의 원수의 소행이었습니다. 공께서 그 소식을 듣고 피를 토하며 분개하였으니, 큰 원수를 갚지 못한 마당에야 다른 일을 어찌 말할 수 있었겠습니까. 방 안에 깊이 칩거蟄居하며 흰 상복과 소찬素餐으로 지냈는데, 마침내 병신년[1896, 건양 1]에 이르자 의병義兵이 사방에서 일어났습니다. 왜적을 토벌하고 국권을 회복하자는 의리가 밝아졌고, 충성하는 마음과 분개하는 마음을 지닌 사람들이 모두 씩씩하였습니다. 다시 정미년[1907, 융희 1]에는 사방의 교외에 군진軍陣이 많아졌는데, 시운이 어긋나고 국운이 가버린 바람에 여러 번 패배하고 기세를 떨치지 못했습니다. 공은 그 당시에 병석에 누워 있었는데, 잘못 연루되어 주재소駐在所에 불려 갔습니다. 왜놈들이 협박하며 마구 회유하니, 공이 비록 의거에 몸을 일으키지는 않았지만 의리상 변명할 수는 없었기에 다음과 같이 말씀하였습니다.

"너희 왜놈들은 무례하고 의리가 없으니, 우리의 모후母后를 시해하고 끝내 우리의 나라를 탈취하였다. 충성과 의리를 함께 가지는 바에 병사들은 화살과 창날을 무릅썼지만, 하늘이 돕지 않아서 싸울 때마다 연달아 패배

---

42 을미년[1895, 고종 32]에 왜인의 화액禍厄: 1895년(고종 32) 일본 공사 미우라 고로三浦梧樓가 보낸 자객에게 명성황후明成皇后가 시해된 을미사변乙未事變을 가리킨다.

하였다. 내가 재주 없는 사람으로서 궁벽한 산중에 숨어 폐인으로 지내지만, 늘 활을 잡고 앞장서서 나아가 너희들의 종자를 다 죽이고 우리의 원한을 갚지 못함을 한스럽게 여겼다. 일이 혹 타당하지 않게 될 경우 칼끝에 엎어져 죽은 다음에 기꺼이 충혼忠魂이 되는 것이야말로 의리상 원하는 바였다. 이미 병든 몸으로 가슴속의 뜻을 이루지 못한 채 죽고자 해도 죽을 곳이 없었는데, 다행히도 너희들에게 붙들려 왔다. 너희들이 비록 나를 구렁텅이에 빠뜨렸지만, 내가 어찌 스스로 밝히겠는가. 나를 붙잡아놓고 핍박할 필요 없이, 난도질을 하든 삶아 죽이든 너희들 마음대로 하라."

왜놈들이 이 말씀을 듣고 서로 돌아보며 어깨를 움추리며 탄식하였으며, 도리어 공을 우대하며 뜻밖에 탈이 없도록 호송하기까지 하였습니다. 저는 이 이야기를 듣고 몸속의 피가 끓어올랐으며, 의분義憤이 격발하는 바에 적의 칼날도 하찮게 여겨졌습니다.

생각건대 공의 가법家法은 선대 때부터 유명하였으니, 절개로는 상촌桑村〔김자수金自粹〕선생이 있었고, 충성으로는 문정공文貞公이 있었습니다. 공 또한 선조들의 이름을 실추시키지 않아서 실로 가문의 명성을 잘 이었으니, 앞의 조상과 뒤의 후손이 한 몸처럼 영광을 떨쳤습니다.

지난 갑진년〔1904, 광무 8〕에 제가 면호沔湖〔충남 당진〕에서 객거客居할 때 여러 번 찾아뵙고자 하였으나, 일과 마음이 어긋나서 정미년〔1907, 융희 1〕 겨울에 이르러서야 비로소 공을 찾아뵈었습니다. 공께서 매우 기뻐하며 맞이하여 손을 부여잡고 환대해주셨습니다. 그때 말씀하시기를, "우리 두 집안은 선대의 우의가 특별하였는데, 세월이 오래되어 인척 관계도 멀어졌고 사는 곳도 남북으로 떨어졌소. 이에 있고 없음과 살고 죽음의 소식이 까마득히 끊어졌는데, 지금 그대가 먼저 찾아와주니 고마운 마음과 부끄러운 마음이 한량없구려" 하였습니다. 제가 처음 공을 뵈오니 과연 소문과도 같이 모습이 단정 엄숙하였고 말씀이 정성스럽고 부드러웠으며, 정직하고 온후하였으며 자상하게 사람들을 사랑하였습니다. 그때부터 나날이 친밀해져서 마음속 뜻을 털어놓았으니, 의리라면 강론하지 않은 것이 없었고 의문을 여쭈어보지 않은 것이 없었습니다. 공과 사의 분별, 시시비비에 대한 비판은 흑백을 구분하는 듯이 명백하였고, 텅 빈 거울이나 수평을 이룬 저울대와 같이 정확하였습니다. 간혹 세상사에 대해 언급할 때면 충신과 역적, 난신亂臣과 적자賊子에 대해 비분강개하기도 하고 눈꼬리가 찢어지고 머리털이 곤추서기도 하였습니다. 이후 기유년⁴³〔1909. 융희 3〕에 이르러 나라의 운수가 끝내 기울어져서 하늘과 땅이 뒤바뀌었으니, 이 원수를 어떻게 갚겠습니까. 공께서는 당시 외출을 하였다가 도중에 급히 되돌아간 다음 방문을 닫은 채 침상에 누워서 밤낮으로 울음을 삼켰으니, 백이伯夷·숙제叔齊가 수양산首陽山에서 굶어 죽은 일⁴⁴과 굴원屈原이 멱라수汨羅水에 빠져 죽은 일⁴⁵ 등을 의리상 뒤따를 수도 있었습니다. 그리하여 여러 번 자살을 시도하였으나, 당상의 양친이 계시니 어찌할 수 없었습니다. 비통한 심정을 견디며 원한을 머금은 채 몸 붙일 곳이 없는 듯이 서성거리며 불안하게 지냈습니다. 그러다 드디어 그 이듬해에 울분이 병이 되어 문득 이 세상을 떠나 자연과 한 몸이 되었습니다. 공께서 이렇게 떠나신 일은 틀림없이 구차하게 그렇게 된 것이 아니니, 외로운 충성심이 사라

---

43 기유년: 원문에는 "己卯"로 되어 있으나, 문의文義에 따라서 "己酉"로 고쳐 번역하였다.

44 백이伯夷·숙제叔齊가 수양산首陽山에서 굶어 죽은 일: 백이伯夷와 숙제叔齊는 본래 은殷나라 고죽국孤竹國의 왕자였는데, 아버지가 죽은 뒤 서로 후계자가 되기를 사양하다가 끝내 두 사람 모두 나라를 떠나고 가운데 아들이 왕위를 이었다. 그 무렵 주무왕周武王이 은주왕殷紂王을 토벌하고 주나라를 세우자, 두 사람은 무왕의 행위가 인의仁義에 위배되는 것이라 하여, 주나라의 곡식 먹기를 거부하고 수양산首陽山에 들어가 몸을 숨긴 채 고사리를 먹고 지내다가 굶어 죽었다.

45 굴원屈原이 멱라수汨羅水에 빠져 죽은 일: 전국시대 초楚나라의 귀족으로, 회왕懷王을 섬겨 벼슬이 좌도左徒에 이르렀고 큰 신임을 받았다. 그러나 회왕이 장의張儀의 연형책連衡策에 빠지자 왕에게 간하여 장의를 죽이고자 하였으나 실패하였고, 대부들의 참소를 받았다. 이에 『이소離騷』를 지어 왕이 깨닫기를 기대했으나 또한 뜻을 이루지 못하였다. 그 뒤 회왕의 아들 양왕襄王이 즉위하자 장사長沙로 좌천되었다가 「어부사漁父辭」 등을 지어서 자신의 뜻을 표하고 멱라수汨羅水에 빠져 죽었다.

지지 않아 가지고 계신다면 혹 상제님께 하소연하실 것입니다. 세상이 이미 침몰되어 캄캄한 밤중에 조수鳥獸들의 발자국뿐인데, 공께서는 이미 몸을 깨끗이 한 채 초연히 유유자적하십니다. 이에 아직 죽지 못한 불쌍한 우리들은 부끄럽고 한스러운 마음 그지없습니다.

공께서 떠나신 뒤 1년하고도 반이 되었습니다. 층층이 쌓인 변고를 공께서는 일찍이 짐작하셨으니, 장차 닥칠 일들은 혹시 또 어떠하겠습니까. 들으심에 다 듣지 못한 것이 있거니와 말씀 드림에도 또한 남은 사연이 있습니다. 저승은 아득히 멀고 영혼은 가까이하기가 어렵습니다, 한없이 긴 이 회포를 어디에서 또 풀어놓겠습니까.

공의 집안일은 제가 실로 잘 알고 있습니다. 공은 형제가 없어서 혈혈단신의 외톨이였습니다. 누이 한 사람과 의지하였으나 또한 일찍이 과부가 되었습니다. 80, 90세에 이른 집안의 두 어버이를 공께서 어찌 차마 버려두고 먼저 떠났습니까. 세 아들들은 막 관례를 치렀습니다만, 맏이는 병을 잘 앓아서 지금 거상居喪하느라 몸이 수척해져 연약한 몸이 여러 번 위태로웠습니다. 그러나 저승에 계시는 공의 보이지 않은 도움으로 점차 회복하고 있습니다. 이에 공의 집안의 뒷일이라면, 선대의 업적을 잘 계승하고 전할 것입니다.

오호, 공께서 편찮을 때는 문후問候를 하지 못하였고 돌아가셨을 때는 빈렴殯斂에 참석하지 못했는데, 장례를 치를 적에도 하관下棺을 보지 못했습니다. 평소의 정분을 되돌아볼 때 은혜를 저버렸음이 한량없습니다. 작년 여름 곡하는 반열에 달려갔으나 미처 제문을 가져가지 못했는데, 지금 다시 이렇게 와보니 옛날의 슬픔이 새로이 쌓입니다. 이에 연궤筵几 앞에서 통곡하오니, 이 눈물이 황천에 닿을 것입니다. 삼가 바라건대 고명한 영령께서는 저의 이 무딘 제문을 살펴보시옵소서.

오호, 슬픕니다. 삼가 바라건대 흠향하시옵소서.

10. 애사哀辭[46]

서병갑徐柄甲 지음

오호, 영공令公이시여! 물은 저절로 흐르고 꽃은 저절로 핍니다水流花開.[47]
복의 터전은 덕업으로 만든 것이니, 작은 것이 떠나가고 큰 것이 찾아옵니
다小往大來.[48] 나라의 보배요, 동량棟梁의 재목이신데, 세로世路가 험악하
여 재주를 다 펼치지 못하고 호탕하게 귀향하여 자신을 수양함에 뜻을 세
웠습니다. 산을 좋아하고 물을 좋아하였으며, 사람들을 사랑하고 선비들
에게 자신을 낮추었습니다. 효성으로 두 어버이를 봉양하였으되, 고기반
찬을 갖추었고 술을 갖추었습니다. 올바른 도리로 세 아들들을 가르쳤으
니, 현명한 스승이요 현명한 벗이었습니다. 낮은 자세로 자신의 덕을 길렀
으니 겸손한 풍모가 사방에 미치었고, 부유하면서도 예禮를 좋아하였으니
엄숙한 용의容儀가 온 집안에 빛났습니다. 아름다운 명성과 널리 퍼진 명
예를 누가 싫어하겠으며 누가 미워하겠습니까.

제가 보잘것없는 사람이지만 오히려 어진 이를 애모할 줄을 압니다. 10년
동안의 신교神交와 삼숙三宿[49]의 기이한 인연으로 처음 만났을 때부터 간
절한 정분으로 의기투합하였습니다. 특별한 의자를 꺼내어 우대해주시며
즐거워하였으니, 잔을 잡고 서로 권하기도 하였고 도의와 문장을 강론하

---

46 애사哀辭: 한문 문체의 일종으로, 죽은 사람을 애도하는 글이다. 대개 운문韻文으로 짓는
　　다. 본 「애사」도 운문이다.
47 물은 저절로 흐르고 꽃은 저절로 핍니다水流花開: 동파東坡 소식蘇軾의 「십팔대아라한송
　　十八大阿羅漢頌」에 나오는 구절 "텅 빈 산에 사람은 없는데, 물은 저절로 흐르고 꽃은 저
　　절로 피누나空山無人 水流花開"에서 따다 쓴 말이다. 본문에서는 오묘하고 아름다운 자
　　연의 경치를 함께 감상할 지기知己의 벗이 없어서 슬프기 그지없다는 뜻을 표현한 것으로
　　이해된다.
48 작은 것이 떠나가고 큰 것이 찾아옵니다小往大來: 『주역』 「태괘泰卦」에 나오는 말로, '어
　　두움·불행·소인 등이 점차 사라지고 밝음·행복·군자 등이 점차 찾아온다'는 뜻을 나타낸다.
49 삼숙三宿: 사흘 동안 묵었다는 뜻으로, 깊은 애착을 가지게 된 관계를 뜻한다.

기도 하였습니다. 저의 마음을 알아주심에 깊이 의탁하고 남은 생애를 기약하였건만, 그 누가 하루아침에 부음을 전하는 수레를 갑자기 보게 되리라 생각이나 하였겠습니까. 오호, 슬픕니다. 이것이 꿈입니까, 생시입니까.

세상은 상전벽해와 같이 변했고 착한 사람은 세상을 떠났습니다. 이에 생각하기를 "하늘이 높지만 이 세상에 발붙일 곳이 없었으니, 이는 시국이 실로 그러하였기 때문이었습니다. 연세는 또한 반백半百을 넘겼거니와, 더구나 정도正道를 얻은 군자의 끝마침이겠습니까. 살아서는 사리에 순응하였고 죽어서는 몸이 편안하실 터이니, 당신께서 무엇을 원망하시리오. 어버이를 끝까지 봉양하지 못하였으니, 이 일은 유감으로 삼을 바입니다. 그러나 자식이 부모보다 먼저 죽는 슬픔은 공자孔子와 안로顏路[50]도 벗어나지 못했습니다" 하였습니다. 이러한 내용으로 말씀드린다면, 아마도 구원九原에 계시는 공에게 위로가 되지 않겠습니까.

오호, 슬픕니다. 지금 이후부터는 온화한 모습, 순후淳厚한 덕망, 겸양하시는 풍의風儀, 장경莊敬한 안색, 의리에 대한 담론 등을 다시는 보고 들을 수가 없습니다. 아, 뒤에 죽을 저는 장차 누구와 함께 저세상으로 가겠습니까. 실성失聲한 이 통곡을 공께서는 아마도 아시겠지요. 이 글을 감히 뇌문誄文[51]이라 할 수는 없겠으며, 애오라지 이 글로써 스스로 슬퍼할 뿐입니다.

---

50 안로顏路 : 안연顏淵의 아버지이다.
51 뇌문誄文 : 죽은 사람을 애도하는 글이다.

11. 제문

명희命喜는 공과의 관계에서 이미 윗대부터 대대로 강론해와 '서로 잊지 못하는 덕'이 있지도 않으며, 또한 태어나서 같이 자라나 '같은 마을에서 살았다는 의리'가 있는 것도 아닙니다. 그럼에도 불구하고 오히려 서로 찾고 서로 호응하는 동성同聲 동기同氣의 관계를 지니고 있고, 그리고 서로 생각을 주고받고 일으켜 세워주는 동도同道 동지同志의 관계를 가지고 있습니다. 다행하게도 이 생애에 세상을 함께 살면서 뒤처지거나 앞서지 않았고, 죽어서는 그것이 함께 후세에 전해질 수 있기를 희망하였습니다. 연거푸 여기저기 옮겨 다니는 동안에 세상의 많은 변고가 부딪혔거니와, 홍양洪陽의 화액禍厄[52]은 동일한 사건으로 죽음이 걸려 있었습니다. 원고와 피고가 모두 미친 척하는 계책을 내었기에 그 의문에 대한 판단이 공에게 달려 있었는데, 한마디의 말로 실정實情이 밝혀졌습니다.

공의 공다움은 국한된 한 가지의 행실이나 한 가지의 절조로써 섣부르게 추측할 수가 없지만, 의론이 준정峻正하였고 공부가 더욱 독실하였으니, 자신을 완성하고 남을 완성시킨 성과는 자신만 착하게 하려 하지 않았던 것입니다. 하늘이 만약 공에게 몇 년의 수명을 더 주셨더라면, 공의 품덕品德은 현인賢人이 되기를 바라는 경지에서 그치지 않았을 것입니다.

공께서 평소에 하신 말씀은 "주표朱彪[53]가 논의한 성性〔천성〕은 성인이 출현하자 올바른 데로 귀착되었다"는 것이었습니다. 이는 처음 공부하는 제가 함부로 다툴 바가 아닙니다만, 그러나 사도師道를 세상에 세우는 일이

---

52 홍양洪陽의 화액禍厄: 1907년(정미년, 융희 1)에 김약제가 주재소駐在所에서 신문당한 일을 지칭하는 듯하다. 앞에 나온 송명진宋明鎭의 제문祭文 참조.
53 주표朱彪: 어떤 인물인지 미상이다.

라면 지금 간재艮齋 선생의 문하에서 명命(천명)을 언급한 것만 한 것이 없습니다. 그리하여 맏아드님께서 집지執贄하여 찾아뵙고 가르침을 청했는데, 올바른 가르침에 대해 능히 경건하고 신중하였습니다.

애석하게도 공께서는 하루아침에 한을 품은 채 돌아가셨으니, 학발鶴髮을 늘어뜨리고 계시는 고당高堂의 양친兩親은 어찌하시겠습니까. 그러나 공자와 같은 성인도 아들 백어伯魚가 먼저 죽었고, 안로顔路와 같은 현인도 아들 자연子淵(안회顔回)이 일찍 죽었으니, 거기에는 운명과 관련된 일로 하늘을 어찌 믿을 수 있겠습니까. 시국도 또한 이와 같으니, 저세상에 누워 계시는 것이 어찌 복분福分의 하나가 아니라는 걸 알겠습니까. 나보다 뒤에 태어난 사람이 나보다 먼저 영결永訣을 하기도 하지만, 공보다 먼저 태어나서 아직까지 생존해 계시는 분도 다시 몇 날을 더 살 수 있겠습니까. 야만스러운 오랑캐가 문명의 땅을 뒤바꾸어놓았고 금수禽獸의 무리가 인간을 핍박하니, 더부살이하는 우리의 인생은 공께서 저세상으로 되돌아가셨음을 다행으로 여깁니다. 그렇다면 참으로 하늘에서 오르내리는 공의 영령께서는 도리어 이 세상에서 불행하게 지내는 저희들을 위로하시리라는 점을 알겠습니다.

오호, 슬픕니다. 삼가 바라건대 흠향하시옵소서.

12. 제문(공의 장례가 영전리令田里에서 거행되었는데, 3월 4일 발인하였다. 그때 노하리路下里의 제생諸生 수십 명이 노차路次에서 전물奠物을 바쳤다)

김영제金永濟·김용혁金容爀·홍양섭洪陽燮·김정희金正希·
김상억金商億·이경교李景敎 등 지음.

오호, 슬픕니다. 공께서는 젊어서부터 학문에 뜻을 두고 덕성을 길렀으니, 사람들이 큰 선비라 일컬었습니다. 평생 주목한 것은 밖으로 관대寬大함을 받드는 것이었고 안으로 강직한 마음가짐을 지니는 것이었습니다. 만약 뜻을 제대로 얻었더라면, 일국에서 재상 노릇하는 것도 어렵지 않은 일이었습니다. 장년壯年에 조정에 나아갔으나, 벼슬이 낭서郎署[54]에 그쳐 크게 중용되지 못했습니다. 이에 몸속의 재주를 다 발휘할 수 없었으니, 아, 하늘의 운명이었습니다.

갑오년[1894]의 봄에 관직에서 물러나 고향에서 만년을 보냈는데, 어버이를 효성으로 섬겼고, 자제들을 올바른 의리로 가르쳤습니다. 그리고 고을 사람들의 경우 부로父老들에게 자손들을 교육하게 권유하였고 부형들에게 효도와 우애를 다하게 자녀들을 가르치게 했는데, 그 결과 풍교風敎가 바로 행해지고 습속이 이루어졌으며, 문장가들이 많이 나왔습니다.

경술년[1910]을 당하여 사문斯文이 불행한 탓에 공께서 홀연히 세상을 떠나셨으니, 아, 슬픕니다. 하늘은 어찌 이리도 잔인합니까. 고당의 양친兩親은 연세가 80이신데 옆에서 호곡呼哭을 하시고, 여러 자제분들은 혹 병약하기도 하고 어린데 가슴을 치며 한없이 슬퍼합니다. 공께서 비록 한순간에 숨이 거두어지더라도 어찌 차마 눈을 감겠습니까. 친척들도 눈물과 콧

---

54 낭서郎署: 낭관郎官과 같은 말로, 임금을 숙위宿衛하거나 시종侍從하는 근시近侍의 신하를 이른다.

물을 흘리며 슬퍼합니다. 온 이 사실을 알고 있는 고을 사람들은 누구인들 코끝이 시리게 슬퍼하지 않겠습니까. 지금부터 누구에게 의심스러운 일을 여쭈어보고 누구에게 가르침을 받겠습니까. 청산은 말없이 적막하고 찾아오는 사람도 없겠습니다.

아, 슬픕니다. 삼가 바라건대 흠향하시옵소서.

13. 제문(산전리山前里의 제생諸生 86인)

오호, 스스로 얇고 보잘것없는 식견識見을 되돌아볼 때 실로 저희 동류들의 선악도 잘 구별하지 못하거늘, 더구나 우리 공의 우리 공다움은 실로 저희들 같은 일반 사람이 감히 짐작할 바가 아닙니다. 그러나 저희들이 공의 가르침 아래에 있으면서 아직도 그곳에서 편안히 잘 살고 있으니, 치우친 견해라 해도 하나라도 없을 수가 없습니다.

생각건대 우리 김 공께서는 연세가 한창 약관弱冠일 때 이 고장에 오셔서 살 터전을 마련하였는데, 이 고장의 백성들은 모두 공의 넓은 풍도風度를 우러러보았습니다. 그 뒤 병술년[1886, 고종 23]에 이르러 이름이 괴과魁科에 발탁되었고 명성이 대각臺閣에까지 올랐기에, 행여나 경세제민經世濟民의 길을 펼치리라 기대하습니다. 아, 조정에서 역시 공의 큰 포부를 알아주지 못하였으므로, 끝내 보상輔相의 지위에 오르지 못하였습니다. 이에 우리의 만백성들이 어찌 깊은 혜택 입기를 바랐겠습니까. 시운이 장차 기울어지려 하고 소인들이 그 틈을 이용하는 바람에 온 조정의 기강이 해이해져서 국사가 어찌해볼 수 없을 정도로 크게 그르쳐졌습니다.

갑오년[1894, 고종 31] 봄에 우리 김 공께서 대번에 벼슬을 버리고 물러나와 서울 근방에서 3일을 묵은 다음 가족들을 거느리고 귀향하였습니다. 그리고 해변에 자취를 감춘 채 가난한 생활을 지키고 도를 즐기면서 노친을 효성으로 봉양하고 자녀들을 화목으로 기르면서 더욱 가범家範을 닦았습니다. 또 온 고을의 젊은 무리들을 학문에 뜻을 두게 이끌어주시고 한편 남의 자제 된 도리를 일깨워주셨습니다. 고을 사람들을 대할 때는 늘 든든하고 인정 어린 자세로 자신을 낮추고 남을 높였으니, 자신은 밀어두고 남을 앞서 챙겨주셨습니다. 향당鄕黨의 친척들이 혹 '스스로 가볍게 여겨서는 아니 됩니다不宜自輕'라고 말하면 공은 늘 장담張湛[55]의 말로 이르기를 "이것을 본받는 것이 도이다則此是道"라고 하였습니다. 오호, 지극한 어짊과 두터운 품덕品德을 어찌 다시 보겠습니까. 이제 끝났으니, 통곡하고 통곡합니다.

그해 가을에 동학교도들의 소요가 점차 치열해져서 인심이 흉흉하였습니다. 이에 조정에서 먼 시골 고을까지 한결같이 그들을 붙잡는 것을 급선무로 여겼는데, 공은 그때 탄식하며 이르기를, "조정이 베풀어야 하는 일은 도리로써 효유曉諭하여 그들이 근본으로 되돌아가게 만들 줄 모르니, 이는 또한 무슨 마음인가" 하였는데, 한밤중에 일어나 탄식하셨습니다.

10월 초에는 차마 온 고을 사람들의 끈질긴 추대를 외면하지 못하여 마침내 이 고장의 경계 입구에서 유회儒會를 개설하였습니다. 그러자 소요 사태를 일으키던 백성들은 이 경계 밖으로 나가지 않았고, 백성들을 약탈하

---

55 장담張湛: 후한後漢 때의 부풍扶風 평릉平陵 사람으로, 자가 자효子孝이다. "엄숙한 태도를 지키고 예를 좋아하였으며, 행동에 반드시 규칙이 있었다. 아무도 없는 어두운 방에 거처할 때도 반드시 언행을 단정히 하고 삼갔으며, 비록 처자식을 만나더라도 마치 엄한 아버지를 대하는 듯하였다. … 그의 그러한 처신을 위선이라고 비판하자, 그가 웃으면서 말하기를 '맞는 말이다. 남들이 모두 거짓으로 악행을 하는데, 나는 홀로 거짓으로 선행을 하니 또한 옳지 않겠는가'라고 하였다(矜嚴好禮 動止有則 居處幽室 必自修整 雖遇妻子 若嚴君焉 … 人或謂湛僞詐 湛聞而笑曰 我誠詐也 人皆詐惡 我獨詐善 不亦可乎)(『後漢書』 권27, 「張湛傳」). 본문에서 이른 '장담의 말'은 '나는 홀로 거짓으로 선행을 하니 또한 옳지 않겠는가'라는 대목을 가리키는 듯하다.

던 무리들은 이 경계 안으로 들어오지 않았습니다. 그리하여 몇 달 이내에 민생을 구제한 것은 어찌 그 수효를 알 수가 있었겠습니까. 대저 부끄러워하고 미워하는 마음은 하늘이 부여한 바[56]이고 선을 좋아하는 마음은 사람들이 모두 지니고 있습니다. 그러므로 사방의 법을 집행하는 벼슬아치들이 공을 본받아서 또한 그들의 백성들을 효유한 나머지 소요 사태가 잦아들었습니다. 이는 실로 나라의 복으로, 또한 우리 공의 덕택이었습니다. 을사년(1905) 10월의 변고[57]는 어찌 차마 말하겠습니까. 공은 당시 병석에 누워 하늘을 우러러 탄식하였는데, 민영환閔泳煥,[58] 조병세趙秉世[59] 등의 제공諸公이 감행한 열렬한 절개의 소식을 듣고 즉각 순사殉死하여 임금의 은혜에 보답하려 하였습니다. 그러나 끝내 팔순의 양친이 당상에 계시는 까닭으로 드디어 시끄러울 일을 단념하고 억지로 몸을 일으켜 노친을 봉양하며 존모와 공경을 모두 정성껏 하였습니다. 도가 쇠미한 세상의 나

---

56 부여한 바: 원문의 "所卑"는 "所畀"의 오기이다.

57 을사년(1905) 10월의 변고: 1905년(광무 9) 양력 11월 17일(음력 10월 21일), 일본이 강제로 한국의 외교권을 박탈하는 조약을 맺은 일을 지칭한다. 그 조약을 '을사늑약乙巳勒約', '을사보호조약乙巳保護條約' 등으로 일컫는다.

58 민영환閔泳煥: 1861～1905. 구한말의 문신文臣이자 순국지사殉國志士이다. 문과文科에 급제한 뒤 여러 벼슬을 거쳐 예조판서·병조판서·형조판서 등을 지냈다. 1905년 11월 일본이 을사보호조약을 강제로 체결하고 외교권을 박탈하자, 이에 조약의 파기 등을 요구하는 상소를 올리며 항쟁하다가 대세가 기운 것을 보고 자결하였다. 사후에 대광보국숭록대부 의정대신大匡輔國崇祿大夫議政大臣의 관작이 추증되었고, 1962년에는 건국훈장 대한민국장이 추서되었다. 시호는 충정忠正이다.

59 조병세趙秉世: 1827～1905. 자는 치현穉顯이고, 호는 산재山齋이며, 본관은 양주楊州이다. 음관蔭官으로 참봉에 임명되었다가 1859년(철종 10) 증광 문과에 급제하였다. 『철종실록』의 편찬에 참여하였고, 대사헌, 이조판서, 좌의정 등을 지냈다. 동학농민운동, 청일전쟁, 갑오개혁 등으로 나라가 혼란하고 일제의 침략이 가시화되자 물러나 가평에서 은거하였다가, 뒤에 다시 중추원 의장과 의정부 의정을 역임하고 특진관에 임명되었다. 1896년 폐정개혁을 위하여 시무책時務策을 올리기도 하였다. 1905년 을사늑약이 체결되자 상경하여 백관과 함께 입궐하여 정청庭請의 소두疏頭로서 조약의 무효화와 5적신의 처형 등을 주청하다가 일본 헌병에 의해 강제로 고향으로 끌려가던 중 가마 안에서 음독하였는데, 조카 조민희趙民熙의 집에 음력 12월 1일에 이르러 죽었다. 시호는 충정忠正이다.

태한 습속을 진작시킬 수 있었을 뿐만 아니라 남의 자식 된 자들도 누구나 힘껏 효도를 하도록 해주었습니다.

오호, 지난해는 곧 융희 4년〔1910〕입니다. 12월 28일 미시未時에 홀연히 고복皐復[60]하는 소리를 들었으니, 삼원三元〔일日·월月·성星〕이 빛을 잃었고, 양의兩儀〔천天·지地〕가 빛을 바꾸었습니다. 이에 공이야 마땅한 바를 얻었겠으나, 사람들은 모두 슬픔을 머금었습니다. 그 누구인들 이러한 변고가 공에게 일어날 줄을 생각이나 하였겠습니까. 이를 두고 "하늘은 실로 믿기가 어렵고, 알기 어려운 것은 수명이다"라고 말하는 것이 아니겠습니까.

이제 원근의 사민士民들은 다시 누구를 의지하고 따르면서 이 세상에서 삶을 즐기겠습니까. 삼가 바라건대 영령英靈께서는 음우陰佑를 내려주심으로써 우리 온 고을의 사민들로 하여금 언제나 공께서 살아 계실 때와 같도록 해주시고, 각각 본분을 지키며 이 세상에서 섭섭함을 가지지 않도록 해주시기 바랍니다.

아, 슬픕니다. 아, 통곡합니다. 삼가 바라건대 흠향하시옵소서.

14. 제문(탑동塔洞의 제생諸生 63인)

오호, 슬픕니다. 생각건대 공은 지극한 행실이 순수하고 과묵하였는데, 형제간에 우애하고 친척 간에 화목하였으며, 시詩와 예禮를 집안에서 전수받았고 충절과 지조를 대대로 지켰습니다. 모든 행동이 규범에 들어맞았

---

60 고복皐復: 갓 죽은 사람의 웃옷을 가지고 지붕에 올라가 북쪽을 향하여 웃옷을 휘두르면서 죽은 사람의 이름을 세 번 불러 그 영혼이 되돌아오도록三呼曰某人復 초혼招魂을 하는 의식이다.

고 개연히 학문에 뜻을 두었습니다. 그러나 세상의 운수가 극히 막히고 온 세상이 혼탁하였기에 자신의 생각을 펼치지 못하였고 벼슬자리에 오래 견디지 못하였으니, 영각瀛閣〔홍문관〕의 화려한 반열에서 조용히 물러나와 주어진 처지에 만족할 줄 알았습니다. 그리하여 빛을 숨기고 자취를 감춘 채 바닷가를 거닐었는데, 어진 혜택과 덕스러운 교화에 향당鄕黨의 사람들이 모범으로 삼았으니, 공의 마을에 들어가면 예절이 행해졌고 공의 초려가 보이면 송사가 그쳐졌습니다. 사람은 타고난 천성이 같으므로 공의 우뚝한 절개를 사모하였기에, 지금 만사가 끝났지만 마을의 곡소리는 끊어지지 않습니다.

하늘은 참으로 믿을 수가 없으니, 화액禍厄을 내리심이 혹독합니다. 두 분 어버이가 고당에 계시는데 어찌 눈을 감겠습니까. 그러나 석과碩果[61]가 달리는 데는 이치가 있으니 전정前庭에 옥수玉樹[62]의 자제들이 줄지어 서 있으며, 큰 도포에 넓은 띠를 맨 선비들은 공의 모습을 상상해보게 합니다. 공께서 떠나고 아니 오시니, 우리들은 장차 누구를 우러러보겠습니까. 늘어진 수양버들은 희미하고 떨어지는 꽃은 쓸쓸합니다. 발인하는 노차路次에서 한번 영결하옴에 감히 맑은 술을 진설하오니, 선인仙人의 깃발이 오르내리는 게 공의 영령이 강림하시는 듯합니다.

오호, 슬픕니다. 삼가 바라건대 흠향하시옵소서.

---

61 석과碩果: '먹히지 않고 남아 있는 큰 과일'로, 끝까지 남아 있거나 얻기 어려운 물건 또는 사람을 비유하는 말이다(『周易』「剝卦」, "上九 碩果不食 君子得輿 小人剝廬").
62 옥수玉樹: 훌륭한 자제를 비유하는 말이다.

15. 제문

삼가 아룁니다.

푸른 하늘의 백일白日은 모든 사람들이 쳐다볼 수 있는데, 군자의 마음 베
풂은 하늘의 해와 비슷합니다. 그러므로 저 시정始鼎과 같이 지극히 어리
석은 사람도 그 마음 씀을 알 수 있습니다.

오호. 선생은 명문거족으로서 재주와 덕망을 두루 갖추었습니다. 이름이
운방雲榜〔문과 급제 방문榜文〕에 들었고 몸이 옥당玉堂에 섰으니, 조야朝野의
사람들이 모두 그 바람을 기대하며 바라보았습니다. 그러나 국운이 좋지
못하여 소인들이 권력을 농락하는 바람에, 선생께서는 어찌할 수 없게 될
조짐을 미리 알고 벼슬을 사양하고 고향으로 돌아왔습니다. 가난을 지키
고 도를 즐기면서, 효성으로 양친을 봉양하였고 가업을 부지런히 닦았습
니다. 향당鄕黨의 사람들을 만나면 좋은 말로 이끌어주셨고 남의 자제들
에게 삼가 강학講學에 힘쓰도록 권유하는 한편, 선현先賢들을 존숭하고 사
람들을 사랑하면서 선비들에게 자신을 낮추었습니다. 이는 사문斯文이 크
게 관계된 일입니다.

갑오년〔1894〕에 동학교도들의 소요로 온 나라가 크게 흉흉하였으니, 각도
各道와 열읍列邑에는 쌓인 시체가 산더미와 같았습니다. 그러나 오직 우리
가 사는 한 경내境內만은 선생의 은택으로 한 명도 죽임을 당한 사람이 없
었습니다.

또 경자년〔1900〕에는 3면面의 토지를 모두 공둔公屯[63]에 귀속시키는 바람
에 수만 명의 인구가 모두 생업을 잃게 되어 남녀노소가 한길에 올라서서

---

63 공둔公屯: 지방에 주둔한 군대의 군량이나 관청의 경비를 대기 위하여 경작하는 둔전屯田
이다.

청우일기 부록 **·578**

울부짖으며 어찌할 바를 몰랐는데, 선생께서 특별히 백성들의 사정을 긍휼히 여기고 사민士民을 지휘한 결과 그들이 다행히 목둔牧屯에서 벗어났으며 널리 구제한 은덕이 다른 군郡에까지 널리 미쳤습니다.

선생께서 용퇴勇退한 이후에 국운이 점차 기울어지고 수많은 변고가 첩첩이 쌓인 것은 어찌 차마 이르겠습니까. 선생께서 늘 민영환閔泳煥, 조병세趙秉世 등 제현諸賢의 충절과 판서 최익현崔益鉉[64]의 수양산首陽山 절개를 칭송하면서 곧장 그분들을 뒤따라 죽음으로써 임금의 은혜에 보답하고자 하였습니다. 그러나 팔순의 양친이 당상에 계셨기에 결국 뜻을 이루지 못한 채 혹 나라 걱정, 세상 걱정의 마음을 잊기도 하였습니다.

정미년[1907] 가을에 왜놈들의 억지 무함誣陷으로 화포와 창검이 늘어선 왜진倭陣에 나아갔는데, 선생께서 엄숙한 용의容儀로 단정히 앉아서 단지 정직한 사실로써만 말하고 끝내 굴복하지 않았습니다. 그러자 왜놈들이 도리어 우례優禮와 경의敬意를 표하면서 이르기를, "김 아무개는 조선국의 대인大人이다" 하였으니, 열사의 충언에 대해서는 비록 오랑캐라 할지라도 또한 감복한 것이었습니다.

오호, 경술년[1910] 7월의 변고[65]는 또 어찌 말하겠습니까. 선생께서 일찍이 족척 및 문인들과 말하기를 "금년은 융희隆熙 4년[1910]이다. 섣달그믐 이후에 나는 실로 조용한 방에 깊이 틀어박힌 채 다시는 저 하늘의 해를

---

64 최익현崔益鉉: 1833~1906. 조선 말 고종 때의 정치가로. 자는 찬겸贊謙이고, 호는 면암勉庵이며, 본관은 월성月城 곧 경주慶州이다. 배일파排日派의 거두巨頭였다. 이항로李恒老의 문인으로, 1855년(철종 6) 정시 문과에 급제하였다. 흥선대원군興宣大院君의 실정失政을 상소하여 대원군 실각의 계기를 만들었고, 일본과의 통상조약을 체결하려 하자 격렬한 척사소斥邪疏를 올렸으며, 단발령에 반대하였다. 경기도 관찰사 등에 임명되었으나 모두 사퇴하고 향리에서 후학을 가르쳤는데, 을사늑약이 체결되자 「창의토적소倡義討賊疏」를 올리고 항일의병운동을 전개하였다. 74세의 고령으로 태인泰仁과 순창淳昌에서 의병을 이끌고 관군 및 일본군에 대항하여 싸웠으나 패전한 나머지 체포되어 대마도對馬島에 유배 생활하던 중 유소遺疏를 구술口述하고 병사하였다. 문집에『면암집勉菴集』이 있다.
65 경술년(1910) 7월의 변고: 한일병합조약을 맺은 일, 즉 경술국치庚戌國恥를 이르는 말이다.

보지 않겠다"고 했는데, 말을 끝마치기 전에 의분에 찬 눈물이 얼굴을 뒤덮었습니다. 그때 저 왜인들이 '은사금恩賜金'이라 일컬으면서 선생을 농락籠絡하였는데, 선생께서는 죽기로 각오하고 받지 않았습니다. 그 통렬한 원한이 병을 덧붙여서 12월 28일에 '융희'라는 연호年號와 함께 세상을 떠나셨으니, "충성이라면 목숨을 다한다忠則盡命"[66]라는 말이 이를 두고 이른 것이었습니다.

선생을 발인하는 길에 석사碩士와 인민들이 전물奠物을 받들고 노차路次에서 곡하였으며, 부녀자들과 어린아이들은 명정銘旌[67]을 바라보며 울음을 삼켰으니, 군자가 향리에 살면서 도를 행했음을 이로써 알 수 있습니다.

선생은 연세가 50하고도 5세인데, 학발鶴髮의 양친께서 쇠약한 모습으로 당상에 계시고 더구나 세 아드님은 아직도 장성하지 못하였으니, 이것으로 눈을 감지 못하실 일입니다. 그러나 외로운 충분忠憤을 지니신 선생과 같은 분이야 이처럼 천지가 뒤바뀐 때를 맞아 먼저 떠난 여러 충혼忠魂 및 의백義魄들과 함께 미련 없이 저승으로 돌아가심으로써 평소의 뜻을 이루게 되셨으니, 또한 지하에서 무엇을 한恨하시겠습니까. 오호, 슬픕니다. 오호, 슬픕니다.

선생의 별세는 어찌 다만 사문斯文의 불행일 뿐이겠습니까. 향당의 사민士民들도 모두 어미를 여읜 어린아이의 모습입니다. 그러나 유독 저 시정始鼎만은 그 더욱더 깊은 사정이 있습니다. 본래 타향의 외로운 사람으로서 이 고장에 유락流落하였거니와, 일찍이 부모를 여의고 사고무친四顧無親의 몸으로 동서남북에 떠돌다가 외지로부터 들어온 패역悖逆의 부류이니, 무

---

66 충성이라면 목숨을 다한다忠則盡命 : 주흥사周興師의 『천자문千字文』에 나오는 말이다.
67 명정銘旌 : 장례 때 죽은 사람의 품계品階·관직官職·본관本貫·성씨姓氏를 기록하여 영구靈柩 앞에 세우는 기旗이다. 보통 붉은 비단에 흰색 글씨로 적는데, 대렴大斂을 한 뒤에는 대나무 장대에 달아서 영좌靈座의 오른쪽에 기대어두었다가 발인發軔하면 상여 앞에서 길을 인도하여 장지로 가며, 하관한 뒤에는 영구 위에 덮는다.

뢰배無賴輩라 하겠습니다. 따라서 모든 사람들로부터 비난하는 말만 들었지 저를 잘 인도하여 일깨워주는 사람이 한 분도 없었습니다. 그런데 외람스럽게도 선생께서는 거들먹거리지 않으시고 제가 사는 누추한 곳을 자주 찾아주셨습니다. 항상 효제충신孝悌忠信의 도리를 간곡하게 일러주시어서 선심善心이 발휘되도록 하셨고, 사랑하고 가르치심에 마치 자제들과 똑같이 대해주셨습니다. 이름과 그리고 자字도 지어주셨습니다. 비록 잘 돌보아주신 뜻을 아직도 제대로 받들지 못하여 이룬 성과도 없지만, 어느 때인들 그 지극한 사랑을 잊은 적이 있었겠습니까. 스승을 어버이와 똑같이 섬기는 의리는 항상 가슴에 맺혀서 선생을 하늘과 같이 떠받들며 외롭다는 마음을 잊고 지냈는데, 천만 뜻밖에도 선생께서 세상을 떠나셨습니다. 아, 푸른 하늘이시여, 어찌 차마 이렇게 하실 수 있습니까. 저 시정은 집안에 부형父兄이 없는데 또 스승까지 여의었습니다. 이 한 몸을 되돌아볼 때 다시 누구를 의지하며 견디겠습니까. 아, 슬픕니다.

오늘은 바로 선생의 상기祥期 전 4일입니다. 이에 감히 몇 줄의 제문을 가지고 하찮은 저의 성의를 대략 말씀드렸습니다. 삼가 바라건대 영령께서는 굽어살피시옵소서. 삼가 바라건대 흠향하시옵소서.

16. 제문

김기봉金基鳳 지음

아, 슬픕니다. 선생께서 이 세상에 사신 지는 50년하고도 5년입니다. 이는 안자顔子[68]의 수명을 넘어선 것이며 또한 평균의 수명이라 하겠습니다. 그

---

68 안자顔子: 공자가 가장 아꼈던 수제자 안회顔回를 가리킨다. 자가 자연子淵이어서 흔히

러나 사녀士女들도 우러러 받드오니, 비록 100세를 살고 세상을 떠나신다 한들 어찌 공에게 충분하겠습니까.

지난날 한원翰苑[69]에 계실 때 장차 크게 쓰이셔서 공훈이 조정에 베풀어지고 혜택이 백성들에게 끼쳐지리라고 생각하였습니다. 그러나 하늘이 우리나라 백성들에게 태평성대를 보여주지 않으려는지 불행하게도 남쪽의 섬으로 유배 생활을 하였으니, 이는 곧 공에게 한 철이었습니다. 특별히 밝은 임금의 용서를 받았으나, 시국時局과 사기事機가 혼탁하고 혼란할 것을 미리 살핀 나머지 귀향하여 어버이를 봉양할 일에 마음이 간절하였습니다. 이에 서슴없이 벼슬을 버렸는데, 나아가고 물러남에 법도가 있었고 도를 행하고 몸을 숨김에 때가 있었으니, 이는 군자의 밝은 식견이었습니다. 오직 향리의 사람들만은 모두 공이 조정에 다시 기용되기를 바랐습니다만, 국사가 날로 어긋나고 천운이 갑자기 뒤바뀌는 데야 어찌하겠습니까. 그러다가 홀연히 부주산不周山이 무너지고[70] 한漢나라의 궁실이 텅 비게 되었으니,[71] 이 일은 경술년[1910] 가을 8월에 일어났습니다. 공의 별세는 경술년 12월에 있었는데, 부당한 은사금恩賜金을 받지 않았고 그 충분忠憤이 병이 되어 갑자기 돌아가셨습니다. 이에 효도는 비록 양친에게 충분치 않게 되었지만, 의리는 옛 임금에게 갚음이 되었을 것입니다. 이는

안연顔淵으로 불린다. 학문과 덕이 높았으며, 공자가 그를 가리켜 학문을 좋아하는 사람이라고 칭찬했는데, 32세의 젊은 나이에 죽었다. 아성亞聖으로 일컬어진다.

69 한원翰苑: 예문관藝文館의 별칭이다. 예문관은 제찬制撰과 사령詞令을 맡아보던 관청이다.

70 부주산不周山이 무너지고: 부주산은 곤륜산昆侖山 서북쪽에 있다는 전설상의 산 이름으로, 하늘을 바치는 기둥 구실을 하였다고 한다. 상고上古 때 염제炎帝의 후손인 공공씨共工氏가 황제黃帝의 후손인 전욱顓頊과 왕위를 놓고 싸우다가 진 나머지 노하여 머리로 부주산을 들이받자 하늘이 무너졌으므로, 여와씨女媧氏가 오색의 돌을 다듬어 하늘을 보수하였다는 전설이 있다(『淮南子』「天文訓」, "昔者共工氏與顓頊爭爲帝 怒而觸不周之山 天柱折 地維絶"). 뒤에 '부주산이 무너졌다' 함은 '시국의 혼란' 또는 '조정의 실추'를 뜻하는 말로 사용되었다.

71 한漢나라의 궁실이 텅 비게 되었으니: 나라가 멸망하였음을 비유하는 표현이다.

실로 인신人臣의 도리요, 또한 죽음도 제때를 맞은 것입니다. 아마도 세속의 티끌을 꺼려해서 깨끗하게 떠나신 것이겠지요. 아니면 혹 하늘이 혼탁한 시대를 미워하여 공을 속히 데려가신 것일까요.

지난 병신년[1896] 계하季夏에 시를 짓는 자리에 나아가 공을 배알하였을 때, 공의 증시贈詩에서 읊기를, "지난해 묵수墨水[72]에서 옛 사귐을 이루었는데, 오늘 이산尼山[73]에서 새 시詩에 화답하네墨水前年成舊契 尼山今日和新聲"라 하였습니다. 이 시는 충분히 행적을 기록한 글이 되겠으므로, 오늘에 이르기까지 가슴에 새겨서 잘 간직하고 있습니다.

제가 귤이 탱자가 되듯이 환경이 바뀌어 더 못나졌으니, 깊이 공의 서거逝去를 원망합니다. 매양 절실히 그리워하건대, 비루한 저를 내버리지 않고 자질子姪들과 동일하게 대해주셨습니다. 고금의 사적을 말씀해주셨고 올바른 도리를 가르쳐주셨습니다. 성대한 가르침으로 귀를 가득 채워주셨건만, 지난날과 마찬가지로 우매합니다. 신선의 모습을 바라보니 그대로 마루 위에 계시는 듯합니다. 아, 북두의 남쪽에 저 흰 구름이 떠가고, 동해의 바다 위에 저 밝은 달이 비춥니다. 이에 감히 추도의 글을 가지고 평생의 일을 말씀드리며, 공의 덕을 칭송하며 저의 사사로운 마음을 슬퍼합니다. 삼가 바라건대 고명한 영령께서는 왕림하시어 살펴보시옵소서.

기미를 알고 용퇴하여 이미 전원으로 돌아왔는데,

굳은 결심으로 은사금 물리친 일은 대의를 이루었도다.

홀아드님은 양친을 남겨두었으니 의당 눈을 못 감겠는데,

늙은 신하는 나라가 없으니 또한 어찌 살겠으리오.

마음으로는 정자程子·주자朱子를 배웠으니 본성을 따른 것이요,

---

72 묵수墨水 : 땅 이름으로, 충청남도 서산시瑞山市 대산읍大山邑 묵수지墨水池를 지칭하는 것으로 판단된다.

73 이산尼山 : 지금의 충청남도 논산시論山市 노성면魯城面의 옛 이름이다.

시詩로는 두보杜甫·육유陸游에 사이했으니 진정을 따른 것이네.

용호龍虎와 같은 호걸이 죽어서 강산이 어두워졌으니,

오로지 밝은 달만 남아 있어서 공의 정령精靈을 보게 되네.

17. 만사(10수)

이방헌李邦憲 지음

1

기우器宇가 당당堂堂[74]하니 일찍 동류들을 뛰어넘었고,

학옹鶴翁[75]의 집안에서 학옹과 함께 우뚝 솟았네.

광풍제월光風霽月 같은 모습에 빙옥氷玉 같은 절조 지녔으니,

이제 어느 곳에서 이러한 사람을 볼 수 있을까.

2

홍릉담紅綾餤[76] 먹은 다음 좋은 관직을 받았으니,

그 당시에 영광이 드높이 휘날렸네.

패옥 소리 쟁쟁 울리며 금마문金馬門에 나아갔으니,

---

74 당당堂堂: 원문에는 "當當"으로 되어 있으나, 문의상 "堂堂"의 오기로 보고 고쳐서 번역
하였다.

75 학옹鶴翁: 학주鶴洲 김홍욱金弘郁(1602~1654)을 지칭하는 것으로 판단된다. 그의 본관
은 경주이고, 자는 문숙文叔이며, 호는 학주鶴洲이다. 김자수金子粹의 8대손으로, 황해도
관찰사를 역임하였으며, 유저로 『학주집鶴洲集』이 있다. 시호는 문정文貞이다.

76 홍릉담紅綾餤: 진귀한 떡의 일종이다. 붉은 비단으로 쌌다 하여 붙여진 이름이다. 홍릉병
담紅綾餅餤이라고도 이른다. 당나라 희종僖宗이 홍릉담을 먹던 중에 진사進士들이 과거
급제를 자축하는 잔치를 열고 있다는 말을 듣고, 홍릉담을 하사했다는 고사가 있다.

군은君恩을 갚으려고 유독 근로勤勞하였네.

3

다급한 나라 운수가 나날이 어려워져서,
일찍 벼슬을 사양하고 강호로 물러났네.
짚신에 헌 갓 쓴 채 그대로 폐인이 되었으니,
고을 사람들이 다투어 옛날의 청반淸班이라 일컫네.

4

책상의 책이 만 권이어서 충청도에서 으뜸이니,
한 가닥 유학儒學의 도道가 공 때문에 보전되네.
온몸에 짊어진 짐이 천근인 양 무거운데,
큰 걸음 내딛다가 어찌 도중에 넘어지셨는지요.

5

어버이 공경하며 명분 없는 돈⁷⁷ 물리쳤으니,
요즘 세상에 가장 늠름한 대의大義로다
이 마음 넓혀서 늘그막 절개를 지켰으니,
허노재許魯齋⁷⁸의 보신保身에 버금가겠구려.

6

사찰의 야화夜話가 좋은 뱃놀이에까지 이르렀으니,

---

77 명분 없는 돈: 이른바 '은사금恩賜金'을 지칭한다.
78 허노재許魯齋: 송말원초의 학자인 허형許衡(1209~1281)을 이른다. 자가 중평仲平이고
    호가 노재魯齋이며, 시호가 문정文正이다. 『소학小學』의 실천을 중시하였으며, 유학의 발
    전에 크게 공헌하였다.

지난해를 떠올리면 질탕하게 유람한 그 일이지요.

누가 생각했으리오, 홍양洪陽 성내에서의 음주가

이 세상에서 다시 주고받을 수 없는 술잔이었음을.

7

양당兩堂에 어버이가 계시니 무어라 이르겠소만,

세 아드님 가업을 잇고 남기신 뜻 잘 받들 겁니다.

아득한 저승길이 어디에 있는지 모르겠지만,

알겠거니, 영령께서는 가시는 걸음 더디리라.

8

붉은 명정 흰 수레 가는 길이 희미한데,

해를 보니 푸른 산에 석양이 걸려 있네.

예나 지금이나 해로가薤露歌[79]는 무슨 소리인지,

현인이나 우인이나 똑같이 한 곳으로 돌아가네.

9

부럽구료, 공께서 푸른 산에 높이 누워 계심이여,

돌아보니 이 한 몸은 머물러 있을 곳이 없다오.

죽지 않고 헤매는 이 사람에게 오히려 소원이 있으니,

유학儒學의 도道가 길이 회복되는지 보는 일이라오.

---

79 해로가薤露歌: '해로薤露'는 '부추 잎에 맺힌 이슬'이다. '해로가'는 '인생의 덧없음이 부
추 잎에 맺힌 이슬이 쉽게 사라짐과 같음을 슬퍼하는 노래'로, 장례 때 부르는 만가輓歌를
이른다(『古今注』「音樂」, "橫自殺 門人傷之 爲之悲歌 言人命如薤上之露 易晞滅也 ……
其一曰 '薤上朝露何易晞 露晞明朝更復落 人死一去何時歸'").

10

아, 공께서는 이제 가시면 언제나 돌아오십니까.

백수白首의 이 몸은 바람 받으며 홀로 슬퍼합니다.

백 리의 먼 곳 사람들은 만가輓歌를 부르며 상여 끈을 잡는데,

저는 슬픔을 다만 열 수의 만사輓詞에 쏟는다오.

18. 만사(2수)

민삼현閔參鉉 지음

1

공의 가르침을 가슴에 새겨 오래 지녀왔으니,

정성껏 받들기를 마치 스승과 같이 하였다오.

벼슬을 버림에는 장한張翰[80]과 의논을 하셨고,

염치廉恥를 따짐에는 백이伯夷에게 물었습니다.

빛을 감춘 채 중인衆人들과 어울려 즐거워하셨고,

독실히 실천하여 당신의 몸을 깨끗이 지키셨습니다.

---

80 장한張翰: 장한은 진晉나라의 고사高士인데, 그가 벼슬을 버리고 낙향한 고사가 다음과 같이 전한다. "장한이 낙양洛陽에서 벼슬살이를 하다가 벗에게 이르기를, '천하가 어지러 워 화란이 그치지 않는다. 천하에 명성이 자자한 사람이라면 물러나기를 구하기가 참으로 어렵겠지만, 나는 본래 산림에 있던 사람이라서 이 시대에 명망이 없다. 그대는 잘 처신하 라'라고 하였는데, 어느 날 가을바람이 불어오자 불현듯 고향의 고채菰菜, 순채국, 농어회 를 생각하고 말하기를, '인생은 자기 뜻에 맞게 사는 것이 중요하다. 어찌 수천 리를 떠나 벼슬살이하면서 명성과 작위를 바랄 수 있겠는가' 하고, 마침내 고향으로 돌아갔다"(『晉 書』 권92, 「張翰傳」). 본문에서 '장한張翰과 의논하였다' 함은 '김약제가 벼슬을 버리고 귀 향한 행적이 장한과 비슷하다'는 뜻을 표현한 것이다.

향기로운 옷은 향초로 만든 은자隱者의 의복이었는데,

하루아침에 상제上帝 궁궐의 섬돌에 올라서셨습니다.

2

공께서는 공부에 힘써 모년暮年에 인仁·용勇·지智를 익히셨으니,

미친 세파에 홀로 우뚝이 선 지주석砥柱石이셨습니다.

진흙탕에 뒹굴며[81] 탁한 물을 마시는 저 같은 사람은

이에 부끄럽고 슬픈 심정을 참으며 만사輓詞 한 수를 걸어놓습니다.

19. 만사(2수)

족질 진사 김동필金東珌[82] 지음

1

하늘이 현공賢公을 늙기도 전에 데리고 갔으니,

고당의 양친께서 아들 잃은 슬픔을 어이하리오.

눈앞의 일들은 아직도 다 처리하지 못하였지만,

인간의 영달은 죄다 익숙히 알고 계셨더군요.

시회詩會의 풍류는 깨고 나니 한낱 꿈이었는데,

고향의 모임은 어느 때 또 기약하리오.

평소에 태산북두처럼 따르며 우러렀는데,

---

81 뒹굴며: 원문 "掘泥"는 "滬泥"의 오기라고 생각되어 고쳐 번역하였다.

82 김동필金東珌: 1855~?. 1891년(고종 28) 신묘년辛卯年 증광 진사시增廣進士試에 3등
　　제109인(559인 중 139위)으로 합격하였다.

머리를 돌려보니 온 천지에 이제 아무도 없구려.

2

애석하고 한탄스럽습니다,
오늘의 이 행차여.
멀리 청산을 향하여
붉은 깃발이 선도를 합니다.
이에 황망히 공을 생각하며
대략 평소의 뜻을 진술합니다.
하늘로부터 아름다운 덕성을 타고나시어
성대한 명성을 날로 휘날리셨으니,
소과와 대과에 연달아 합격하시어
훤초萱草와 난초蘭草가 빛을 뿜습니다.
벼슬길에는 풍파가 많았지만,
노고를 어찌 한恨하였겠으리오.
이 조카도 또한 포부가 있어서
외람되게 서울에서 지냈으니,
그때가 어느 해인가 하면
무자년[1888]에서 경인년[1890][83]이었는데,
동고동락同苦同樂하기를,
어느 날인들 늘 함께했답니다.
거처하는 곳마다 단란하게 모여서

---

[83] 무자년[1888]에서 경인년[1890]: 원문에는 "戊庚"으로 되어 있는데, 김동필金東泌의 진
사 시험 합격 연도인 1891년(고종 28)을 고려하여 번역자가 임의로 '무자년(1888)과 경인
년(1890)'으로 비정比定한 것이다.

속내를 서로 꺼내 보였거니와,

공께서 깊이 기뻐하신 바는

제가 소과小科에 합격한 일이었지요.

세도世道가 쇠미해져서

어지러운 일이 많이 생겼기에

강호江湖의 생활을 고르셨고

한 몸을 깨끗이 하셨으니,

기미를 살펴서 물러날 때를 아시고

급속히 발길을 돌리셨던 것입니다.

사는 곳이 비록 수십 리 떨어져 있었으나

꿈속에서도 오히려 찾아뵙고 맞았습니다.

늘 두터운 사랑과 보살핌을 입으면서

강락康樂 누리시기를 가만히 빌었습니다만,

이런 기대 사라질 줄 어찌 생각이나 하였겠습니까,

외로운 이 신세가 너무 서글픕니다.

의문이 생기면 누구에게 여쭙겠으며,

문제가 있으면 어디서 가늠을 받겠습니까.

하늘이 공의 수명에 인색하셨습니다.

어찌 공의 수명을 넉넉히 주시지 않았는지요.

돌아가신 뒤에 할 일은 많이 남아 있으니,

박한 인정을 잠자코 헤아려봅니다.

높은 연세의 두 어버이께서

아들 잃은 슬픔으로 실명하시면 어찌하겠으며,

혼인하지 못한 자제분들은

몸부림치며 눈물을 쏟아냅니다.

누가 알았겠습니까, 사람의 일이

하루아침에 이렇게 뒤바뀔 줄을.

근래에 만나보기 드문 일이니

세상의 일이 꼬이고 뒤틀린 것입니다.

은택을 저버렸음이 비록 많지만

후회의 싹은 없을 수 없습니다.

따라가도 더위잡을 수가 없으니

공의 무덤은 어디에 있습니까.

방초芳草 우거져 길이 안 보이는데

떨어지는 해에 먼 길을 떠납니다.

한 번 목 놓아 크게 부르짖으니

두 줄기 눈물이 주루룩 흘러내리네요.

20. 만사

족숙 김상열金商說 지음

입신立身과 수덕修德을 이루었는데 신선 되어 떠났으니,

느닷없는 한바탕 꿈으로 순간의 세상에 잠깐 계셨구려.

서로 헤어진 이후로 4년이 지났는데,

누가 알았겠소, 이렇게 떠나 영원히 이별할 줄을.

중년에는 공을 위해 묏자리 잡기가 어려웠는데,

하늘에서 공을 위해 백옥루白玉樓84를 지어드렸구려.

84 백옥루白玉樓: 천상에 있다는 상제上帝의 누각 이름이다. 흔히 문인이나 재사의 죽음을
   의미하는 말로 사용된다. 이는 다음과 같은 고사에서 유래되었다. "당나라 시인 이하李賀

고당에 계신 양친께서 끝내 한을 품도록 하셨으니,
늙어서 자식의 장례로 눈물을 흠뻑 쏟으십니다.

21. 만사

김상희金尙熙 지음

화락한 기운이 가득하여 사립문을 움직이는데,
넓은 대문의 상사上舍에는 피리 소리가 드날리네.
덕을 겸하여 닦았으니 얼마나 많이 쌓였겠는가,
많은 이들을 감복시켜서 따르지 않은 이가 없다네.
몇 년의 수명을 더 얻었더라면 끝이 좋았을 터인데,
오호, 세상만사가 갑자기 어긋나고 말았구려.
양친兩親과 두 아들들이 곡하지만 어찌 미치겠는가,
봄날의 석양에 꽃이 지고 새가 지저귀네.

(790~816)가 병이 위독하여 죽으려 할 무렵에, 대낮에 붉은 용을 타고 붉은 옷을 입은 사람이 나타나 옥판玉板을 내보이며 이하를 데려가려고 하였다. 이하가 늙고 병든 노모를 이유로 따라가기를 거절하니, 그 사람이 이르기를 '옥황상제께서 백옥루를 완성하고 지금 그대를 불러 누각의 기문을 지으려 한다. 천상이 더 즐겁고 전혀 고통스럽지 않다上帝成白玉樓 立召君爲記 天上差樂 不苦也'라고 하였다. 그러고 잠시 후 이하가 기절하였다"(李商隱, 「李長吉小傳」, "長吉將死時 忽晝見一緋衣人 駕赤虯 持一版書 …… 緋衣人笑日 帝成白玉樓 立召君爲記 天上差樂 不苦也 長吉獨泣 邊人盡見之 少之 長吉氣絕").

22. 만사

김용철金容哲 지음

높고 큰 산 우뚝 솟아 정기精神를 내렸음에,
세상을 소요하며 60년을 보내셨네.
평소의 온화한 기색에 인덕을 함께 지녔고,
팔도에 향기가 퍼져 이름을 모두 알았다네.
백수白首로 강호에 지냈으니 물러나길 잘한 것이요,
대대로 기업基業을 이어받았으니 마음을 제대로 쓴 것이네.
바야흐로 사문斯文이 무너짐을 통곡하나니,
황량한 산 적막한데 저녁 구름이 비껴 있네.

23. 만사

김후곤金厚坤 지음

만사가 소매 속에 있고 눈물이 옷깃을 적시니,
공의 겉모습을 슬퍼함이 아니라, 마음을 슬퍼함입니다.
10년 동안 홀로 산중의 눈 속에서 지내셨고,
한마디 말로 왜인의 은사금恩賜金을 뿌리치셨습니다.
고사高士들은 전물奠物을 산골에서 보내왔고,
향인鄕人들은 조전祖奠[85]에 수풀처럼 운집했습니다.

---

85 조전祖奠 : 발인發靷하기 하루 전 해 저물 무렵, 즉 일포日晡 시에 영결永訣을 고하며 지내는 제전祭奠을 이른다.

충효에 뜻을 온전히 이루지 못하였으니,

또한 저세상에서 품은 깊은 유감 알겠습니다.

24. 만사

종인宗人 김건주金建周 지음

옛날 마을에는 사람이 없어 늘 대문이 닫혀 있는데,

바람 처량하고 비 뿌리는 저녁에 까마귀가 나는구려.

당상에 노친 계심은 차마 말할 수 없거니와,

향중鄕中의 군자께서 떠나가심을 통곡한다오.

미옥美玉과 같이 후덕한 모습을 어찌 다시 뵙겠소만,

세한歲寒의 송백松栢과 같은 마음[86]은 어기지 않으리이다.

대한大韓의 천지가 도리어 빛을 내나니,

교리校理[87]의 명정銘旌이 석양에 걸려 있습니다.

86 세한歲寒의 송백松栢과 같은 마음: 어떠한 역경에도 변하지 않는 마음을 이른다. 『논어』
　　의 다음 구절에서 유래한 말이다. "공자께서 말씀하시기를 '1년 중에서 가장 추운 시절이
　　된 뒤에야 소나무와 잣나무가 그대로 푸르름을 간직하고 있음을 알게 된다' 하셨다子曰 歲
　　寒 然後知松柏之後彫也"(『論語』 「子罕」).

87 교리校理: 김약제는 문과에 급제한 익일에 홍문관 부교리弘文館副校理로 임명되었고, 그
　　이듬해에 동학 교수東學敎授로 임명되었다[『승정원일기』 고종 23년(1886) 3월 30일(계해)
　　조 및 고종 24년(1887) 윤4월 20일(정미)조].

25. 만사

꽃이 시들고 떨어짐을 애석해하지 않나니,
꽃이 피고 달이 차는 일은 다시 반복되지요.
사람의 삶은 꽃이나 달과 같을 수 없으니,
한번 청산으로 떠나면 뉘와 같이 돌아오리오.

26. 만사

이한교李漢敎 지음

뒤서지도 앞서지도 않은 채 이 세상을 살았는데,
평소의 마음속 아는 사람이 드물었구려.
서호西湖〔충청도〕로 돌아와 고향에서 늙었으니,
북극성이 내려 비춤에는 임금님을 그리워하셨구려.
어버이에 대한 효도를 못 마쳐 여한을 품었지만,
자제들 교육은 반듯했으니 후손을 기약하시리라.
상제께서 만약에 6년의 목숨을 더 주셨더라면,
당상의 양친을 모시고 회갑연을 베푸셨겠지요.

김약제 행록 및 제문 · 만사 •595

27. 만사

홍양섭洪兩燮 지음

벼슬을 사양하고 공께서 귀향하셨으니,
우연하게도 특별한 인연을 맺게 되었다오.
한 동네에 터를 잡고 함께 살면서
가르침 받은 지가 이미 3년 해입니다.
산중에서는 재상이라 일컬어졌는데,
천상에서는 신선으로 화化하셨구려.
평생 일삼은 바가 무엇인가 하면,
대대로 물려받은 충성과 효도였지요.

28. 만사

종인宗人 김장희金章熙 지음

누가 알았으리오, 공께서 60 전에 돌아가실 줄을,
경술년[1910]을 가장 싫어한다오.
이제 향중에 사우師友가 없어졌으니,
상제께서는 무슨 까닭으로 어진 이를 데려가셨나요.
매합梅閤에 대한 깊은 의탁은 양친을 받드는 일이었고,
자제들에 대한 큰 훈계는 가업을 잘 전수함이었네.
붉은 깃발 오고 가매 청산에 해가 지는데,
만사를 받쳐 들고 궤연几筵에 나가 곡하나이다.

29. 만사

종인宗人 김교선金敎善 지음

공의 오고 감은 오직 때에 그러함 때문인데,

저의 울음은 공과 저를 위해서라오.

단충丹忠을 남겨두고 몸이 떠났거니와,

학발의 양친 당상에 계심은 참으로 슬픈 일이지요.

마을에는 사람들이 있지만 모두 사제社祭 지내기를 그만두었고,[88]

충청도에 주인이 없어졌으니 어디에서 의문을 물을까요.

한양의 종잇값이 이제부터 오를 터이니,

초췌한 모습의 선비들이 다투어 만사를 지어니.

30. 만사

족질族侄 김구제金九濟 지음

어진 분인데도 수를 못 누림은 무슨 연유인지요,

푸른 하늘에 물어보려니 말이 더욱 길어집니다.

문학은 가업을 전수받았다고 세상이 칭찬하고,

---

88 사제社祭 지내기를 그만두었고: '사제社祭'는 고대의 제사 이름으로, 토지신土地神에게 지낸 제사이다. 중국 고대의 풍습에 봄·가을의 사일社日에 마을의 주민들이 모여서 사제를 지내고 풍년을 빌었다 한다. '사일'은 춘사春社의 경우 입춘 후 제5 무일戊日이고, 추사秋社의 경우 입추 후 제5 무일戊日이다. 삼국시대 위魏나라의 왕수王修라는 사람이 7세에 어머니를 여의었는데, 어머니가 죽은 날이 사일社日이었으므로 그 이듬해 사일에 그가 몹시 슬퍼하자 마을 사람들이 사제 지내기를 그만두었다는 고사가 있다(『三國志』「蜀書·王修傳」, "年七歲喪母 母以社日亡 來歲鄰里社 修感念母 哀甚 鄰里聞之 爲之罷社").

김약제 행록 및 제문·만사   • 597

효성孝聲〔효도의 명성〕은 고을의 으뜸이라 사람들이 말하네요.

외로운 충성심은 어찌 두 임금의 의리를 저버렸겠습니까,

남은 일은 모두 훌륭한 세 아드님께 전해주었다오.

영령께서는 어찌 회혼을 앞둔 어버이를 잊었겠소만,

고당에 계신 백발의 양친께서 눈물을 훔치십니다.

31. 만사

김용환金容煥 지음

대교大橋[89]의 시詩·예禮는 옛 집안의 명성이거니와,

임금의 은혜는 자주 패옥佩玉을 받들게 하셨지요.

옛 나라에 대한 단충丹忠이라면 힘없음을 비통해하였는데,

고당에 대한 봉양이라면 성의를 다 바쳤습니다.

매학梅鶴[90]에 단정히 예를 차렸으니 천륜天倫이 깊었고,

금란金蘭[91]의 벗들과 사귀었으니 성리학性理學에 밝으셨지요.

하늘이시여,[92] 갑자기 어진 사람이 떠나갔으니,

마을에는 인적이 없고 저물녘의 구름[93]이 입니다.

89 대교大橋: 충청남도 서산瑞山에 있는 지명으로, 김약제의 근거지라 판단된다.

90 매학梅鶴: 누구를 지칭하는지 미상이다.

91 금란金蘭: 마음 맞는 친구를 이르는 말이다.

92 하늘이시여: 원문 "天胡"는 "天乎"의 오기라고 판단된다.

93 저물녘의 구름: 원문의 "暮雲"을 번역한 말로, 대개 '멀리 떠난 상대방을 그리워하는 심경'을 나타낼 때 사용된다. 이 '모운暮雲'은 '춘수모운春樹暮雲'의 준말로, 원래 두보杜甫의 시 「봄날에 이백을 그리워하다春日憶李白」에 나오는 "위수의 북쪽에는 봄 하늘에 우뚝한 나무요, 장강의 동쪽에는 날 저물 때 이는 구름이로다渭北春天樹 江東日暮雲"라는 시구

32. 만사

족질族侄 김동현金東賢 지음

집안에 내려오는 충忠·효孝는 넉넉히 계승하였거니와,

가슴과 얼굴도 깨끗하여 청요淸要의 벼슬을 지내셨구려.

남전藍田의 향약鄕約[94]은 한 자의 비단에 써서 널리 배포했고,

대궐에 올린 소장疏章에는 붉은 충성을 모두 쏟으셨네.

꽃나무에 춘풍이 부는데 온화한 모습은 영원히 멀어졌고,

대들보에 달빛 가득 비치니[95] 하루 밤이 차갑군요.

자손들에게 덕을 심으신 일을 그와 같다 하더라도,

고당에 계신 양친의 남은 생애는 어이할까요.

에서 유래된 것이다.

94 남전藍田의 향약鄕約: 곧 『여씨향약呂氏鄕約』으로, 북송北宋 때 향촌을 교화하기 위해 만들었던 자치 규약이다. 섬서성陝西省 남전현藍田縣의 여씨 4형제, 즉 여대충呂大忠·여대방呂大防·여대균呂大鈞·여대림呂大臨 형제가 만든 것으로, "덕업을 서로 권하고, 허물을 서로 경계하며, 예의 바른 풍속으로 사귀고, 어려울 때 서로 구제한다德業相勸 過失相規 禮俗相交 患難相恤"라는 네 조목의 강령綱領으로 이루어졌는데, 후세 향약의 모범이 되었다.

95 대들보에 달빛 가득 비치니: '대들보에 달빛이 가득 비친다' 함은 '헤어진 벗을 그리워한다'는 의미이다. 이 말은 두보杜甫의 시 「이백을 꿈꾸었다夢李白」에 나오는 "지는 달빛이 들보에 가득하니, 그대 얼굴을 비추는가 의심하노라落月滿屋梁 猶疑照顏色"라는 시구에서 유래되었다.

33. 만사

종인宗人 김정희金正希 지음

누리신 수명이 50하고도 5세이니,
평생의 포부를 많이 펼치지 못하셨습니다.
임금을 사랑하면서도 충심衷心을 말할 곳이 없었는데,
학문을 높이자 성심誠心을 알아주는 이는 있었다네.
양친에 대해 효도 못다 한 일은 한을 남겼으니,
오직 바람은 여러 자제들이 어질게 되는 일.
길 가는 사람들도 부음 듣고 오히려 눈물 흘리는데,
하물며 한 마을에 살면서 자주 배운 사람이겠소.

34. 만사

종인宗人 김영제金永濟 지음

온몸에 광채가 나는 자질로 60 평생을 사셨는데,
큰 꿈이라면 늘 큰 강을 건너겠다 하셨지요.
가르치신 훌륭한 자제들은 떠나신 후에 영광을 보겠거니와,
문장으로 한 세상 울린 명성은 생전에 많이 누리셨지요.
출세 길에서는 잠시 조정의 반열에 서셨거니와,
갑자기 구천九泉으로 신선과 동행하셨습니다.
흰머리 양친께서 문려門閭에 서서 공을 기다리시니,
영령께서도 이를 생각하면 차마 눈감지 못하시겠지요.

35. 만사

족제族弟 김덕제金德濟 지음

우연히 이 티끌세상을 하직하심은 이치상 어찌 마땅하리오,
남은 한을 말하자면 하늘과 함께 끝이 없네요.
세 아드님들은 애도하며 여막에서 지내는데,
양친께서는 눈물 지으며 고당에 계시는구려.
열 세대나 전해온 충효는 더 높기만 한데,
육순에 백발인 공은 명성이 향기로웠지요.
슬프군요, 오늘의 공의 명정 아래에
끝없는 조문객들이 여러 고을에서 다 모였다오.

36. 만사

안재봉安在鳳 지음

현량한 풍모는 지금 세상에 속류俗類를 초탈했는데,
일신의 사업이라면 육항단자六行單子[96]가 새롭습니다.
생전의 고결한 성품은 마치 학鶴과 같은 마음씨였고,
자손들에게 물려준 계책은 곧 기린麒麟[97]과 같은 성품이었습니다.

---

96 육항단자六行單子: 생원시·진사시 및 문과·무과의 합격자가 국왕에게 사은謝恩하기 위해 올리는, 여섯 줄로 작성한 단자이다. 대개 "이번에 새로 급제한 신臣 아무개는 삼가 합문에 나아가 공손히 문후를 드리고 사은한 다음, 삼가 명령을 기다립니다"라는 내용으로 썼다.

97 기린麒麟: 전설상의 동물로, 사슴의 몸에 소의 꼬리와 말의 발굽을 지녔다 하며, 털이 있는

공을 여읜 부인의 수척한 모습은 차마 볼 수가 없고,

상여 뒤를 따르는 자제분들은 모두가 어지십니다.

연이어지는 해로가薤露歌는 차가운 구름 밖으로 퍼지는데,

가장 견디기 어려운 분은 바로 백발의 양친이라오.

37. 만사(6수)

김형식金亨植 지음

1

높은 벼슬길에서 일찍이 꽃다운 이름 드높았고,

해도海島의 격경양擊磬襄과 한수漢水의 파도무播鼗武[98]는 노년의 결심이었네.

성세에 영각瀛閣〔홍문관〕에 올랐으니 신선 같은 복분이 넉넉하거니와,

붉은 명정에 적힌 옛 벼슬 이름 빛을 발하는구나.

짐승의 으뜸이라 한다. 또 살아 있는 풀이나 벌레를 밟지 않는 인후仁厚한 성품을 지녔다
한다.

98 해도海島의 격경양擊磬襄과 한수漢水의 파도무播鼗武: 고대의 악관樂官인 '경쇠를 치
는 악인樂人 양襄'과 '도鼗를 흔드는 악인 무武'를 이른다. 전자는 해도海島로 가고, 후자
는 한수漢水로 가서 각각 은거하였다. 노魯나라가 쇠미해져서 예악禮樂이 무너지자, 예관
禮官들과 악관樂官들이 뿔뿔이 흩어져서 다른 곳으로 떠나갔는데, 그 가운데 '북을 치는
방숙方叔은 하河에 들어갔고, 도鼗를 흔드는 무武는 한漢에 들어갔으며, 경쇠를 치는 양
襄은 해도海島에 들어갔다'고 한다. 이러한 말은 『논어』「미자微子」에 보인다(『論語』「微
子」, "大師摯適齊 亞飯干適楚 三飯繚適蔡 四飯缺適秦 鼓方叔入於河 播鼗武入於漢 少師
陽擊磬襄入於海"). 본문의 '해도海島의 격경양擊磬襄과 한수漢水의 파도무播鼗武'는 노
년의 결심이었다는 말은 대개 '김약제 자신이 양襄이나 무武와 같은 마음가짐을 가지고 은
거하였다'는 의미이다. 원문의 "河鼗"는 『논어』를 따른다면 "漢鼗"가 되어야 마땅할 터인
데, 작자가 평측平仄 등을 고려해서 임의로 "河鼗"로 바꾸어 썼다고 판단된다.

청우일기 부록 ・602

2

고당에 계시는 백발의 양친께서는 서쪽 하늘에 걸린 기운 해[99]인데,

어찌 견디실까, 은애恩愛의 칼날[100] 창자를 끊는 이 슬픔을.

원래 목숨의 길고 짧음은 하늘이 정함을 알고 있거니와,

공리孔鯉와 안연顔淵[101]처럼 자식을 앞세우는 일 옛날부터 있었다오.

3

학해學海의 연원淵源을 높이 표방하였으니,

동류들을 따라서 어지러운 소용돌이에 빠지려고 하였으리오.

기둥 하나로 큰 건물을 지탱치 못함을 알았지만,

힘을 다해 미친 물결 막았으니 그 마음 또한 힘겨웠다네.

4

향당鄕黨의 사람들 저마다 하늘이 낸 효자라 칭송하니,

색동저고리[102]와 효양孝養의 음식으로 여년餘年을 잘 받드셨네.

끝까지 봉양하지 못했음을 후회하지 마세요,

---

99 서쪽 하늘에 걸린 기운 해: 원문 "日仄離"를 번역한 말로, 원래 『주역』의 '日昃之離일측지 리' 즉 '기운 해가 서천西天에 걸려 있음'에서 나온 말이다. '서천에 걸린 기운 해'는 곧 '인 생이 얼마 남지 않은 노년'을 뜻한다.

100 은애恩愛의 칼날: 원문의 "愛刃"은 "恩愛刃"의 준말로, '친척親戚 간의 사별死別'을 의 미한다. 이 말은 어린 아들을 잃은 슬픔을 읊은 소식蘇軾의 시구 "이어서 은애의 칼날 을 가지고 노쇠한 나의 창자를 끊는구나仍將恩愛刃 割此衰老腸"에서 유래되었다(蘇軾, 『東坡全集』 권14, 「去歲九月二十七日在黃州生子名遯 小名幹兒 頎然穎異 至今年七月 二十八日 病亡於金陵 作二詩哭之」, "儲藥如邱山 臨病更求方 仍將恩愛刃 割此衰老腸).

101 공리孔鯉와 안연顔淵: '공리'는 공자의 아들이고 '안연'은 공자의 제자인데, 두 사람 다 아버지보다 먼저 죽었다.

102 색동저고리: 옛날 중국 춘추시대의 효자인 노래자老萊子가 나이 70세에 색동옷을 입고 어버이 앞에서 어린아이처럼 재롱을 떨어 부모를 즐겁게 해드렸다는 고사가 있다(『高士 傳』 上, 「老萊子」).

집안에는 뜻을 이을 훌륭한 세 분 아들이 계시니까.

5

청산에서 상여 끈 잡고 곡하다가 노래하니,
공을 슬퍼하기보다 축하할 일이 더 많구려.
머리털 하나 손상 없이 온전한 몸으로 돌아가셨거니와,
검어지지도 않고 닳지도 않으니 어찌 물들이거나 바꾸겠소.[103]

6

꽃바람 따뜻하게 불고 풀에 낀 안개 희미한데,
깊고 깊은 무덤으로 정갈하게 돌아가시는구려.
공 뒤에 죽을 사람들이 연이어 눈물을 훔치는데,
기우는 달이 대들보를 비추면[104] 꿈속에서도 공을 그리워하리

38. 만사

종인宗人 김교석金教奭 지음

동해의 동쪽에 적선謫仙[105]이 강림하였는데,

---

103 검어지지도 않고 닳지도 않으니 어찌 물들이거나 바꾸겠소: '지조가 견고하여 변하지 않음'을 뜻하는 말이다. 이는 다음과 같은 공자의 말에서 유래된 것이다. "단단하다고 말하지 않겠느냐, 갈아도 닳아지지 않느니라. 희다고 말하지 않겠느냐, 검은 물을 들여도 검어지지 않느니라不曰堅乎 磨而不磷 不曰白乎 涅而不緇"(『論語』 「陽貨」).
104 기우는 달이 대들보를 비추면: 앞의 각주 '대들보에 달빛 가득 비치니' 참조.
105 적선謫仙: '하늘나라에서 인간 세계로 귀양을 온 신선'으로, '재주와 학문이 풍부한 사람'을 칭찬할 때 쓰는 말이다.

명문가의 가업을 넉넉하게 물려받으셨구려.

천성이 충후忠厚하니 인택仁宅을 이루었고,

심지가 관평寬平하니 복전福田이 되었구려.

한원翰苑에 올린 이름 젊었을 적 일이요,

고당에 엉긴 한은 백발의 부모님입니다.

집안에 세 분의 훌륭한 아들들을 두셨으니,

집안의 명성이 옛날 사람들에게 부끄럽지 않으리.

39. 만사

임학래林鶴來 지음

의리義理는 마음을 즐겁게, 덕德은 몸을 윤택하게 했는데,

책난責難과 진선陳善[106]으로 진정한 충성심을 드러내셨지요.

성효誠孝가 진정에서 나왔으니 옷과 띠를 가지런히 착용했고,

교육함에 힘썼으니 옥수玉樹와 지란芝蘭[107]이 새롭구려.

세상에 진 빚이 없으니 몸을 깨끗이 보존해 돌아가셨는데,

산속에서 인仁을 즐겼으니 온화한 봄날이 되었습니다.

한 고을이 텅 비었네요, 지금 어디로 떠나셨습니까,

남녀노소 목이 쉬도록 울어 눈물이 수건에 가득합니다.

---

106 책난責難과 진선陳善: '책난'은 '임금에게 어려운 일을 힘껏 하도록 권고함'을 이르고,
　　'진선'은 '임금에게 선정을 베풀 것을 진술함'을 이른다.

107 옥수玉樹와 지란芝蘭: '훌륭한 자제'를 비유하여 이르는 말이다.

40. 만사

전준진田畯鎭 지음

공께서는 하늘나라 신선神仙의 모습인데,

인간 세상에서 예순 해를 사셨습니다.

효성을 바꿔 임금을 섬기는 의리로 삼았고,

경서를 가지고 현량하게 자제들을 가르치셨네.

『진서晉書』에 실린 도연명陶淵明[108] 같은 분이요,

바다 동쪽 조선의 노중련魯仲連[109]이시네.

붉은 명정을 높이 걸고 나아가니,

떨어진 복사꽃 잎 흐르는 강물[110] 가입니다.

[108] 도연명陶淵明 : 365～427. 동진東晉 말기 내지 남조南朝 송宋 초기의 대문호 도잠陶潛을 이른다. 도잠은 자가 원량元亮 또는 연명淵明이고, 호가 오류선생五柳先生이며, 사시私 諡가 정절靖節이다. 동진의 개국공신 도간陶侃의 증손으로, 제주祭酒·참군參軍 등의 벼 슬을 지냈다. 41세 때 팽택 현령彭澤縣令이 되었으나, 군부으로부터 감찰관인 독우督郵 가 순찰하러 내려올 때 '관대冠帶를 착용하고 그를 맞이해야 한다'는 하리의 말을 듣고, "내가 닷 말의 녹미五斗米 때문에 소인배에게 허리를 굽힐 수 없다" 하고 벼슬을 물러났 다. 그때 지은 작품이 유명한 「귀거래사歸去來辭」이다. 그 후 향리로 돌아가 논밭을 갈 며 전원에 은거하였는데, 자연의 아름다움을 읊은, 맑고 깨끗한 시를 많이 지어 전원시인 의 종사宗師가 되었다. 작품집으로 『도연명집陶淵明集』이 전해진다(『晉書』 권94. 「陶潛 傳」; 『宋書』 권93, 「陶潛傳」; 『南史』 권75, 「陶潛傳」).

[109] 노중련魯仲連 : 전국시대 제齊나라의 고사高士이다. 진秦나라가 조趙나라의 수도 한단邯 鄲을 포위하였을 때, 조나라에 와 있던 위魏나라의 신원연辛垣衍이 조나라로 하여금 진 나라 왕을 황제로 추대하여 군대를 철수시키게 하려고 하였다. 그러자 마침 조나라에 와 있던 노중련이 신원연을 만나 진나라가 무도한 나라임을 역설한 뒤, "만일 진나라를 황제 로 추대한다면, 나는 동해에 빠져 죽을지언정踏東海而死 진나라 백성이 되지는 않을 것 이다"라고 하며 말리니, 진나라 군사들이 마침내 퇴각하였다(『史記』 권83, 「魯仲連傳」).

[110] 복사꽃 잎 흐르는 강물 : 원문 "桃花流水"를 풀이한 말로, '속세를 떠난 별천지別天地·신 선세계神仙世界'를 이른다. 곧 무릉도원武陵桃源을 가리키는 말로, 무릉원武陵源 또는 도원桃源이라고도 이른다. 이는 도연명의 「도화원기桃花源記」에서 유래된 말이다. 「도 화원기」에 의하면, 진晉나라 때 무릉武陵의 어부가 복숭아꽃이 떠서 흘러 내려오는 물길

41. 만사

이건식李建植 지음

순수한 인仁과 두터운 덕德은 천부天賦의 진정한 성품인데,

10년 동안 근로勤勞하신 때는 한원翰苑의 봄날이었소.

임금의 은혜를 특별히 받아 어버이 뫼시러 귀향했고,

깨끗하고 어리석은 처신을 알았으니 노성인老成人이구려.

국화菊花의 이슬 천추토록 전해지니 진晉나라의 도연명이요,[111]

3월에 만발한 복사꽃 무릉도원武陵桃源이군요.

백발의 노친, 어찌 자식의 장례를 견디시겠습니까만,

효성스런 손자 셋이 장차 편히 모실 겁니다.

42. 만사

문홍석文洪錫 지음

무지개다리 부러져서 부여잡고 따라오를 수가 없는데,

슬프고 괴로운 만가輓歌에 눈물이 옷깃을 적시네.

북두성을 향한 붉은 충성은 대궐에 걸려 있는데,

을 따라 올라가다가 작은 동구洞口를 통해 무릉원武陵源에 들어가게 되었는데, 그 고장 사람들은 진시황秦始皇의 학정虐政을 피해 이곳에 들어와 평화롭고 행복하게 살고 있다 하였으며, 아직도 진秦나라 시대인 줄로 알고 지낸다 하였다. 어부는 그곳에서 극진한 환대를 받았으며, 되돌아올 때 그 동구 밖에서부터 곳곳에 표지標識를 해두었다. 그러나 나중에 무릉원을 다시 찾아가는 데에 실패하고 말았다 한다.

111 국화菊花의 이슬 천추토록 전해지니 진晉나라의 도연명이요: 김약제를 '국화와 술을 좋아한 고결한 인품의 도연명'에 비기어 표현한 말이다.

가을을 알아챈 백발의 몸은 동산東山에 은거하셨구려.

큰 강에서 배와 노를 움직이는 재주는 부열傅說[112]을 닮았고,

누추한 동네에 가난을 견딘[113] 도道는 안연顔淵을 따랐구려.

천상의 백옥루白玉樓는 언제 이루어졌는지요,

인간 세상에 얽힌 갖가지 채무들은 상관치 마시구려.

43. 만사

이근도李根道 지음

『시詩』를 배우고 『예禮』를 배워서 몸을 윤택하게 했고,

평생토록 가난에 안주하였으나 덕은 풍부하였구려.

쳐다보면 태산泰山이 소산小山 내려다보는 것[114]과 같았고,

---

112 부열傅說: 은殷나라 고종高宗 때의 재상을 지낸 현인이다. 고종이 꿈에서 성인聖人을 보았는데, 이름이 '열說'이라고 하였다. 기억을 더듬어 그의 모습을 그리게 하고 부암傅巖에서 노역을 하는 그를 찾았으므로, '부암에서 온 열'이라는 뜻으로 '부열傅說'이라고 불렀다. 고종은 부열에게 "아침저녁으로 가르침을 들려주어서 나의 덕을 도우시오. 내가 쇠라면 그대를 숫돌로 삼고, 큰 내를 건넌다면 그대를 배와 노로 삼으며, 큰 가뭄이 든다면 그대를 장맛비로 삼으리라朝夕納誨以輔台德 若金 用汝作礪 若濟巨川 用汝作舟楫 若歲大旱 用汝作霖雨"라고 하였는데, 마침내 그의 도움으로 나라가 잘 다스려졌다 한다(『書經』「說命上」).

113 누추한 동네에 가난을 견딘: 원문 "簞瓢陋巷"을 번역한 말로, '가난하게 살면서도 도를 즐기는 고상한 생활 태도'를 이르는 말이다. 이는 원래 『논어』에 보이는 말이다. 즉 공자가 안연顔淵의 가난한 생활을 칭찬하여 이르기를, "한 대그릇의 밥과 한 표주박의 마실 물로 누추한 동네에서 사는 것을, 다른 사람들은 그 근심을 견뎌내지 못하는데 회回는 그 즐거움을 바꾸지 않으니, 어질도다, 회여一簞食一瓢飮 在陋巷 人不堪其憂 回也 不改其樂 賢哉回也"라 한 것이 그것이다(『論語』「雍也」).

114 태산泰山이 소산小山 내려다보는 것: '김약제의 드높은 덕망'을 비유적으로 표현한 구절로, 『맹자』에서 따온 말이다(『孟子』「公孫丑上」, "泰山之於丘垤 河海之於行潦 類也").

마음가짐은 뭇 별들이 북극성을 감싸고 도는 것[115]과 같았지요.

슬피 곡하니, 여러 상제들이 젊은 아들들인데,

어찌 이별하리오, 당상에 계시는 백발의 부모님을.

하늘은 어찌 생각 없이 어진 이를 급히 데려가셨는지,

아직까지 공의 후덕한 음성이 귓가에 맴돈다오.

44. 만사

유성환柳聖煥 지음

아, 애통합니다.

아, 비통합니다.

공께서 사신 기간은

55년이었습니다.

춘풍春風과 같은 기상에

추월秋月과 같은 정신이었습니다.

춘당春堂〔부친〕과 훤위萱闈〔모친〕는

기쁨을 드리고자 색동옷 입고 춤을 추셨고,

소과의 합격과 대과의 합격으로

---

115 뭇 별들이 북극성을 감싸고 도는 것: 원문 "衆星拱北辰"을 번역한 말로, 『논어』에 보인다. 공자가 이르기를 "정사政事를 함에 덕德으로써 하는 것은 비유하면 북극성이 제자리를 잡고 있음에 여러 별들이 그를 둘러싸고 도는 것과 같다爲政以德 譬如北辰居其所 而衆星共之"라고 하였는데, 이는 원래 '백성들이 임금의 덕화德化에 귀향함'을 이르는 말이었으나, 뒤에 뜻이 전하여 '신하의 임금을 향한 충성'을 뜻하는 말로도 썼다. 본문의 구절은 물론 '임금에 대한 김약제의 충성심'을 비유하는 말로 썼다.

이름을 드높이고 세상에 나아갔습니다.

갑오년[1894]에는

나라의 운수에 어려움이 많았으니,

절개를 온전히 하고

본성을 지키고자 하여

뒤늦게 산림으로 돌아오셨으니,

헛헛하게 마음을 안정시키지 못하셨습니다.

화양華陽과 석담石潭에게로

학문의 연원을 거슬러 올라가시어,

세교世敎를 유지하고

후진後進을 이끄셨습니다.

도덕은 태산처럼 높았고

문장은 하해처럼 도도하였으니,

집안을 크게 빛내고

가문의 이름을 잘 이어받으셨습니다.

하늘 탓입니까, 운명 탓입니까.

나라는 무너지고

현량한 사람은 죽었습니다.

비록 요절은 아니라고 하나,

어진 분이 수를 누리지 못했으니,

생각건대, 하늘은 믿기 어렵습니다.[116]

---

116 생각건대, 하늘은 믿기 어렵습니다: 원문 "詢難諶斯"를 번역한 말로, 『서경』의 문구에서
따다가 쓴 말이다. 즉 『서경』의 "하늘을 결코 믿을 수 없는 것은 그 명이 항상 일정치 않기
때문이니, 덕을 언제나 힘쓰면 자리를 보전하겠지만 그렇지 못하면 구주九州도 잃고 말
것이다天難諶 命靡常 常厥德 保厥位 厥德匪常 九有以亡"라는 구절이 그것이다(『書經』
「咸有一德」).

이제부터 우리 고장에는

인물이 없는 것과 같으니,

아, 우리 소자小子들은

누구를 받들어 모시겠으며,

누구를 좇아서 의지하겠습니까.

통곡하며 상여 끈을 잡으니,

아득한 저 먼 곳에 계시는 듯합니다.

방울 소리는 빗소리마냥 울려 퍼지고,

해로가薤露歌 가락은 햇빛으로 더욱 참담합니다.

아, 애통합니다.

감히 하찮은 성의를 다 쏟아서

상차喪次로 나가 한없이 울부짖습니다.

45. 만사

김창식金昌植 지음

인간 세상의 빚을 다 못 갚으신 채

갑자기 신선으로 변했으니,

조물주는 정신없이 나이를 잘못 따져서,

공이 수를 누리지 못하게 하셨습니다.

정원의 자형紫荊[117]이 다시 꽃을 피우고,

---

117 자형紫荊: '형제간의 우애' 또는 '우애가 좋은 형제'를 비유한다. "남조南朝 때 양梁나라
　　사람인 전진田眞의 3형제가 부모의 유산을 나누어 가지면서 마지막으로 뜰에 심어놓은

섬돌의 난초[118]는 세 개의 잎이 이어 나왔습니다.

당상에는 양친께서 앉아 계시니,

영령께서는 차마 바로 숨을 거두지 못하시겠지요.

46. 만사

종인宗人 김상억金商億 지음

산악의 정기가 철인哲人을 내셨으니,

평소의 포부가 천진天眞의 성性을 짊어지는 일이었습니다.

깨달은 도의 깊은 근원은 천 곡斛의 강물이었고,

한 몸의 온화한 기운은 사철의 봄바람이었습니다.

일편단심으로 임금을 걱정하매 백발이 돋아났고,

중년에 꿈이 헛되었으니 세속의 먼지를 털어버렸습니다.

누구를 향해 그 당시의 일을 이야기하겠습니까,

찬 비 내리는 텅 빈 산마루, 흐르는 눈물 수건을 적십니다.

자형나무를 세 가닥으로 쪼개어 가지려 하니 자형나무가 하룻밤 사이에 시들었는데, 3형제가 '우리는 나무만도 못하다'며 뉘우치고 도로 유산을 합치고 자형나무도 쪼개어 갖지 않기로 하니 그 나무가 다시 소생했다"고 하는 고사가 있다(『續齊諧記』「紫荊樹」).

118 섬돌의 난초: 원문의 "蘭砌"를 번역한 말로, '남의 집안의 훌륭한 자제'를 비유하는 말이다. '玉砌蘭芽옥체란아' 또는 '一庭蘭玉일정란옥'이라고도 이른다.

47. 만사

족제族弟 김완제金完濟 지음

오늘 공을 떠나보내는 것이 매우 부당한 일이라

하늘처럼 오래 남을 그 한스러움을 어찌하리오.

충신의 혼백은 동해 바다로 달려가 뛰어들 터[119]이요,

효자의 뼈는 썩기 어려우니 북당北堂의 노친과 하직했기 때문이지요.

오래도록 전해질 공자의 가르침은 누가 지탱하겠습니까만,

오래 이어온 우리나라 역사에 현량한 분을 두게 되었소.

세상길에 얽힌 온갖 일들 모두 말하지 마시구려,

맑은 바람 소매에 가득 담아 상제上帝 나라로 가시니까요.

48. 만사

종인 김태희金泰熙 지음

저승 가는 한 가닥의 길은 이 세상과는 다르니,

이 이별은 어찌하여 다시 아니 돌아올까요.

지팡이와 신발로 남긴 흔적은 지난날의 발자취요,

국그릇과 담장 머리[120]에 비친 건 옛 얼굴 모습입니다.

---

119 충신의 혼백은 동해 바다로 달려가 뛰어들 터: 595쪽의 109번 각주 '노중련魯仲連' 참조.

120 국그릇과 담장 머리: 원문의 "羹墻"을 번역한 말로, '선배나 성현을 사후에 간절히 추모하거나 사모함'을 이르는 말이다. 요堯 임금이 죽은 뒤에 순舜 임금이 그를 몹시 그리워한 나머지 자리에 앉으면 요 임금이 담장 머리에서 보이는 것 같았고, 밥을 먹으면 국그릇에 요 임금이 어른거리는 것 같았다는 고사가 있다(『後漢書』 권63, 「李固傳」, "昔堯殂之

궤연几筵 앞의 아드님들은 슬픈 울음을 삼키고,

고당高堂의 양친은 비통한 눈물을 뿌리십니다.

흰 삽翣[121]과 붉은 명정이 되돌아온 뒤에,

저녁노을 허허롭게 빈산을 메웁니다.

49. 만사

이진희李秦喜 지음

영거靈車가 이미 출발하였으니,

자손들과 영원히 이별할 때였습니다.

상엿소리에 청산에 날이 저무는데,

붉은 명정에 백일이 더디게 갑니다.

흐르는 강물은 부질없이 울어 예고,

쩍쩍거리니 새들은 스스로 슬퍼합니다.

봄바람이 멈추어 고요하기만 한데,

쓸쓸한 이 심정을 묻는 사람 없습니다.

後 舜仰慕三年 坐則見堯於牆 食則睹堯於羹 斯所謂聿追來孝 不失臣子之節者).

121 삽翣: 입관할 때는 영구靈柩를 가리고 상여가 가는 도중에는 상여를 가리는 목적으로 쓰는, 부채 모양의 상구喪具이다. 삽선翣扇이라고도 한다. 임금은 보삽黼翣·불삽黻翣·운삽雲翣 각 한 쌍을, 대부大夫는 불삽과 운삽 각 한 쌍을, 사士는 운삽 한 쌍을 각각 사용하였다.

50. 만사

김형두金衡斗 지음

선생께서 떠나셨으니 하늘이 어찌 이렇게 잔인한가요,
생각건대 선생은 봄기운처럼 한 덩이 따사로운 기운이었네요.
세상에 떨친 아름다운 명성은 사람들 입에 오르내렸고,
가르쳐주신 아름다운 말씀은 황금·백금보다도 값졌습니다.
처량한 바람 부는 북당北堂에는 모친께서 연로하신데,
쓸쓸한 비 뿌리는 정원에는 구슬 나무122가 새롭습니다.
제생諸生들은 상여 끈을 잡고 애 끊는 울음을 토하는데,
해로가薤露歌 소리 멀어지니 눈물이 넘쳐 흐릅니다.

51. 만사

족제 김근제金勤濟 지음

60년 한평생 세월이 지는 꽃과 같았으니,
앞길에 놓인 녹음방초는 끝없는 슬픔을 자아낸다오.
고을 사람들 모두가 맑은 덕을 지니신 분이라 칭송하니,
두드러진 명성을 대대로 누려온 후손들의 집안입니다.

---

122 구슬 나무: 원문 "珠樹"를 번역한 말로, '훌륭한 형제들'을 비유하는 말이다. 이 '珠樹
주수'는 '세 그루의 구슬 같은 나무'라는 뜻의 '三珠樹'의 준말인데, 이는 원래 당나라
초기의 사람 왕면王勔·왕거王勮·왕발王勃 3형제를 칭찬하여 일컬었던 말이다(『舊唐
書』권190上,「王勃傳」, "勃六歲解屬文 構思無滯 詞情英邁 與兄勔勮 才藻相類 父友杜易簡
常稱之曰 此王氏三珠樹也). 본문에서는 물론 '김약제의 아들 3형제'를 지칭하고 있다.

대문에 기댄 두 분 노친老親은 실명失明토록 슬퍼하시고,

상여 끈을 잡은 제생諸生들은 해로가薤露歌를 부르네.

살아생전에 이승의 빚을 다 갚지 못하셨으니,

지하에서도 오래도록 남은 한이 많으시겠구려.

52. 만사

종인宗人 김일제金一濟 지음

3월 청산에 붉은 명정 걸렸으니,

그 누가 알리오, 이날 이런 행차가 있을 줄을.

홀로 강호에 계시면서 도덕을 온전히 하셨는데,

일찍 조반朝班에 올라 영명榮名을 누리셨지요.

천고千古의 세월을 거슬러 오르는 데 있는 힘을 다했고,

이승의 삶을 버렸으니 다 마치지 못한 마음이 있네요.

신선이 되셨다는 공의 소식을 어디에서 전해 받을까요,

그 옛날 꿈꾸던 물과 구름에 잠긴 영주瀛洲[123]지요.

---

123 영주瀛洲: 봉래蓬萊, 방장方丈과 함께 삼신산三神山의 하나로, 신선들이 사는 신선 세계
를 이른다.

53. 만사

성낙준成樂峻 지음

수명도 어짊도 하늘로부터 받았는데,

어진 사람으로서 일찍 죽었으니, 이치가 어찌 이럴까요.

북풍 진눈깨비에 오늘을 슬퍼하는데,

남극南極의 노인성老人星[124]에 늘그막을 한탄합니다.

누가 알리오, 나의 곡읍이 진정한 슬픔에서 나오는 것임을.

그만두세요, 신선神仙의 인연이 상계上界에서 이루어졌으니.

슬피 울며 반벽攀擗[125]하는 세 아드님이 있으니,

가성家聲을 이어받음은 이련二連[126]보다 더 훌륭하리다.

54. 만사

김용혁金容爀 지음

당시에 공의 명예가 장안에 가득하였으니,

---

124 남극南極의 노인성老人星 : 별 이름으로, 남극南極·남극로南極老·남극노인南極老人·
노인성老人星·수성壽星 등으로도 불린다. 수명壽命을 주관하는 별로, 이 별이 나타나
비추면 세상이 잘 다스려지고 사람들이 수복壽福을 누리게 된다고 한다.

125 반벽攀擗 : '반호벽용攀號擗踊'의 준말로, 부모父母의 상喪을 당하여 매우 슬퍼하며 시
신이나 영구를 부여잡은 채 울부짖기도 하고 가슴을 치며 뛰기도 함을 뜻하는 말이다.

126 이련二連 : 고대에 효성으로 이름난 소련小連과 대련大連 형제를 이른다. 『예기』에 "소련
과 대련은 거상居喪을 잘하여 3일 동안 태만하지 않았고 3개월 동안 게으름피우지 않았
으며, 1년 동안을 슬퍼하였고 3년 동안을 근심하였으니, 동이東夷의 자식이다少連大連
善居喪 三日不怠 三月不解 期悲哀 三年憂 東夷之子也"라고 하였다(『禮記』「雜記下」).

경림瓊林에서 연회를 하사하고[127] 좋은 벼슬도 주셨지요.

세상이 바뀐 나라에서 임금과 멀어짐을 슬퍼하고,

텅 빈 산의 해로가薤露歌는 맑은 시냇물을 울리네요.

학발의 두 노친은 서녘 하늘의 지는 해요,

홀로 된 부인의 방에는 한 조각 달빛이 차갑구려.

어찌 황천으로 영원히 결별하며 떠나시려오,

다만 충혼忠魂만을 남겨 조정朝廷을 위해 우시겠지요.

55. 만사(2수)

김하영金夏榮 지음

1

가시면 아니 돌아오시네, 오시는가, 아니 오시는가.

풀빛은 해마다 새로운데, 오시는가, 아니 오시는가.

돌아감만 못하리라, 돌아감만 못하네.

두견새는 곳곳에서 '돌아감만 못해不如歸'[128]라고 우는구려.

---

127 경림瓊林에서 연회를 하사하고: 임금이 과거의 급제자들에게 이른바 '경림연瓊林宴'을
    베풀어주었다는 말이다. '경림연'은 중국 송宋나라 때 과거의 신급제자新及第者들을 위
    해 황제가 경림원瓊林苑에서 베풀어준 잔치를 이른다. 조선시대에는 이러한 연회를 '은
    영연恩榮宴'이라 일컬었다.
128 돌아감만 못해不如歸: '불여귀不如歸'는 '돌아가는 것만 같지 못하다'는 의미의 말인데,
    중국 사람들은 '불여귀'를 '두견새의 울음소리와 비슷한 것으로 인식하였다. 따라서 '불
    여귀不如歸'는 '두견새의 별칭'으로도 일컬어졌다.

2

오호, 공께서 떠나신 뒤,

세상일이 모두 애틋하게 되었는데,

두 노친은 슬픔을 이루 다할 수 없고,

세 아드님은 효성에 어김이 없습니다.

텅 빈 밤하늘, 밝은 달빛 상탑牀榻을 비추고

조용한 한낮 사립문에 흰 구름이 머무네.

구원九原의 세계가 어디인가요,

슬픈 눈으로 바라보자니 눈물이 옷깃을 적시네.[129]

56. 만사

종인宗人 김동관金東管 지음

문하생이 와서 '일어나라'는 꿈[130]의 점을 쳤으니,

129 눈물이 옷깃을 적시네: 원문에는 "淚沾巾"으로 되어 있으나, 이를 "淚沾衣"의 오기로 보고 후자 쪽으로 바로잡아 번역한 것이다. 즉 원문의 "巾"은 "衣"의 오기이다. 이 만사 輓詞에 보이는 당초의 운각韻脚은 '依의', '違위', '扉비', '巾건'인데, 마지막 구절의 운각 '巾건'은 앞의 세 운각들과 같은 운부의 글자가 아니어서 낙운落韻이 된 것이다. '依', '違', '扉'는 상평성上平聲 제5의 운목韻目 '미微' 운韻에 속하는 글자들이며, 동일한 운부의 글자로써 압운하기 위해서는 '衣'자를 쓰면 적합하며 의미상으로도 변동이 없다. 이 만사의 원작자는 틀림없이 "淚沾衣"라고 썼을 터인데, 나중에 이를 옮겨 쓰는 사람이 기계적으로 적다 보니 만사에 상투적으로 등장하는, 동일한 의미의 구절 "淚沾巾"을 자신도 모르는 사이에 적음으로써 뜻밖의 실수를 범한 것으로 판단된다.

130 '일어나라'는 꿈: 후한後漢의 정현鄭玄이 꿈속에서 공자孔子가 '일어나라, 일어나라. 올해는 진년이고 내년은 사년이다起 起 今年歲在辰 來年歲在巳'라고 일러주는 말을 듣고 나서, '용사의 해에 현인이 탄식한다歲至龍蛇賢人嗟'는 참언讖言에 비추어 자신이 곧 죽을 것을 알았는데, 과연 얼마 뒤에 병에 걸려 죽은 고사가 있다(『後漢書』 권35, 「鄭玄傳」).

물이 동쪽으로 흘러가고 해가 서쪽으로 넘어갈 때였다오.

백발의 육순六旬이니 천명天命이 있음을 알겠거니와,

붉은 명정은 한번 가면 돌아올 기약이 없다오.

자손에게 분수에 안돈하라 일렀으니 농사와 독서요,

가문의 명성을 실추하지 말라 했으니 『예禮』에 『시詩』였다네.

응당 하늘 위에서 의기양양하게 계시겠지만,

머리를 돌려 양친을 생각하고 흐느껴 우시겠지요.

57. 발문跋文[131]

오호! 무릇 죽은 분을 보내는 슬픔은 비록 사람의 일상적인 마음이지만, 그러나 친소親疏와 원근遠近에 따른 차이가 있음도 이치상 당연한 일입니다. 그런데 유독 공의 상사喪事에 대해서만은 이웃 사람들과 향당鄕黨의 사람들 모두가 마치 자신의 친척을 여읜 듯이 슬피 울지 않는 사람이 없는 것은 무슨 까닭이겠습니까.

대개 공은 관위官位가 4품品을 넘지 못하였지만 용감히 물러나와 농사일을 돌보았고, 먹는 음식이 단사표음簞食瓢飮[132]을 벗어나지 못했지만 누추한 시골의 삶을 굳게 지키셨습니다. 위로 어버이를 섬기고 아래로 자녀들을 교육시키느라 뒤돌아보며 긍휼矜恤을 베풀 겨를이 없었으니, 실로 남을 도울 밑천이 없었고 사물을 사랑하는 은혜도 제대로 베풀지 못했습니다.

---

131 발문跋文: 원문에는 이러한 제목이 없으나, 역자가 이 글의 취지를 참작하여 임의로 붙였다.

132 단사표음簞食瓢飮: '한 대그릇의 밥과 한 표주박의 마실 물'이라는 뜻으로, '가난한 생활'을 이르는 말이다. 앞의 각주 '누추한 동네에 가난하게 살면서도' 참조.

그러나 종족宗族과 요우僚友들로부터 향당鄕黨과 주려州閭의 사람들에 이르기까지 모두 다 공을 마치 어버이나 스승인 것처럼 애모愛慕하면서 열복悅服하였고 형제처럼 신뢰하였습니다. 문제가 생기면 나아가 바로잡았으며, 어려운 일에 부딪혔을 때는 의지하여 도움받았습니다. 그러다가 공의 부음訃音을 듣자마자 허둥지둥 다투어 달려가서 제문을 들고 제사를 올렸으며 슬퍼하면서 저세상으로 보내드렸습니다. 이는 어찌 공께서 자신을 지키심이 간결한 반면에 베푸신 것은 크고 넓어서 행실이 내면에서 이루어져서 교화가 밖으로 미친 것이 원대해서가 아니겠습니까. 이는 이른바, "뿌리가 튼튼하면 잎이 틀림없이 무성하며, 근원이 깊으면 흐름이 반드시 유장하다"는 것입니다.

애석합니다. 만약 도를 행하는 지위를 얻지 못하셨다면, 하늘은 의당 90세, 100세의 수명을 주시어 그 덕德을 점차 더 발전되게 하시고 그 공덕을 확충하게 하도록 해야 합니다. 그러나 공의 모범됨이 가정과 향당에 그치고 말았습니다.

공의 덕행의 실질과 행적의 내용은 여러 군자들의 문장에 실려 있으니, 어찌 다시 군더더기 말을 덧붙이겠습니까. 공의 후계자 되는 사람이 그 덕행과 행적을 수습하여 오래도록 전하여야 마땅하겠습니다. 공의 맏아드님은 병으로 미처 이러한 일을 완수하지는 못하였지만, 확고한 뜻과 독실한 행실로 장차 몸을 잘 조섭하고 요양하여 장수를 누리면서 훌륭히 선대의 가업을 잇고 업적을 서술하리라 기대하고 있었습니다. 이로써 스스로 위안을 삼으며 그 기대가 매우 컸습니다만, 이어서 또 불행히 젊은 나이에 죽었습니다. 하늘은 어찌 이다지도 잔인하신지요. 만사가 모두 한 줌의 재가 되었으니, 더욱 목이 멥니다. 둘째와 막내 두 아드님들은 아직 어린아이를 면하지 못하고 있습니다.

세월이 오래 흘러 공의 행적이 유실되고 누락되는 일이 생길까 염려되므로, 눈이 흐리고 손이 떨리지만 희미한 정신을 무릅쓰고 기록들을 등초謄

草함으로써 후진後進들이 후세에 전하여 지킬 수 있도록 했습니다.

갑인년[1914] 12월 일

서종숙庶從叔 김상원金商元 삼가 씀